译文纪实

AND THE BAND PLAYED ON
POLITICS, PEOPLE, AND THE AIDS EPIDEMIC

Randy Shilts

[美] 兰迪·希尔茨 著　　傅洁莹

世纪的哭泣

上海译文出版社

目 录

主要人物

弗朗索瓦丝·巴尔——巴斯德研究所研究员，分离出艾滋病病毒的第一人。

鲍勃·比格——美国国家癌症研究所环境流行病研究员。

弗朗西丝·博尔切特——旧金山的一位老祖母。

爱德华·布兰特——美国卫生与公众服务部助理卫生部长。

乔·布鲁尔——旧金山卡斯特罗街区的男同性恋精神治疗师。

哈里·布利特——旧金山监事会（相当于市议会）成员，该机构唯一的出柜者。

菲利普·波顿——坚定的自由主义者，旧金山众议员。

萨拉·波顿——继其丈夫菲利普·波顿之后担任众议员。

迈克尔·凯伦——摇滚歌手，在纽约组建了“艾滋病患者联盟”。

露·蔡金——旧金山卡斯特罗街区的女同性恋心理治疗师。

让-克洛德·彻尔曼——首度分离出艾滋病病毒的巴斯德研究所研究人员。

马科斯·柯南特——加州大学旧金山分校医疗中心皮肤科医生。

詹姆斯·科伦——流行病学家，美国亚特兰大疾控中心艾滋病研究团队主任。

威廉·达罗——参与疾控中心艾滋病研究的社会学家兼流行病学家。

沃尔特·道达尔——传染病研究中心主任。

塞尔玛·德里兹——旧金山公共卫生局传染病控制局助理主任。

盖坦·杜加斯——加拿大航空公司法裔加拿大空乘，北美地区最早被诊断为艾滋病的患者之一。

迈伦·“麦克斯”·埃塞克斯——哈佛大学公共卫生学院逆转录病毒学家。

桑德拉·福特——疾控中心医药技术人员。

威廉·福格——艾滋病病毒刚开始肆虐时的疾控中心主任。

唐纳德·弗朗西斯——疾控中心艾滋病研究实验室负责人、逆转录病毒学家。

罗伯特·加罗——位于贝塞斯达的国家癌症研究所逆转录病毒学家。

迈克尔·戈特利布——加州大学洛杉矶分校免疫学家。

恩里克·"基科"·戈凡特斯——旧金山同性恋艺术家，比尔·克劳斯的情人。

詹姆斯·格朗德沃特——治疗旧金山第一例艾滋病患者的皮肤科医生。

玛丽·桂南——参与疾控中心早期艾滋病研究的流行病学家。

玛格丽特·哈克勒——1983 年初至 1985 年底任美国卫生与公众服务部部长。

肯·霍恩——旧金山第一例上报的艾滋病人。

哈罗德·杰斐——疾控中心艾滋病研究项目的流行病学专家。

克里夫·琼斯——旧金山同性恋活动领袖，"卡波西肉瘤研究与教育基金会"的组织者。

拉里·克莱默——小说家、剧作家、电影制片人，纽约"男同性恋健康危机"① 的组织者。

比尔·克劳斯②——旧金山知名同性恋领袖，众议员菲利普·波顿和萨拉·波顿的助手。

马修·克里格——旧金山平面设计师，盖瑞·沃什的情人。

玛蒂尔达·克里姆——知名癌症研究者，艾滋病医学基金会组建者。

戴尔·劳伦斯——曾在疾控中心对血友病患者及输血接受者进行艾滋病研究。

迈克尔·马拉塔——旧金山发型师，早期艾滋病患者之一。

詹姆斯·梅森——1983 年底任疾控中心主任，1985 年代理助理卫生部长。

罗杰·麦克法兰——纽约"男同性恋健康危机"的执行理事。

唐娜·米德文——位于曼哈顿的贝斯-以色列医疗中心艾滋病研究员。

吕克·蒙塔尼耶——巴斯德研究所艾滋病研究团队负责人，该团队首次分离出艾滋病病毒。

杰克·诺——纽约发现的早期艾滋病人之一，保罗·波帕姆的旧情人。

恩诺·波斯克——平面设计师，1981 年初因情人尼克去世而投身艾

---

① Gay Men's Health Crisis，男同性恋平权组织。——译注

② William James "Bill" Kraus。——译注

滋病防治组织。

保罗·波帕姆——华尔街商人，“男同性恋健康危机”组织的主席。

格蕾特·拉斯克——驻扎伊尔的丹麦外科医生，最早记录在案的死于艾滋病的西方人。

威利·罗森鲍姆——巴黎顶尖艾滋病临床医生。

埃尔·鲁宾斯坦——纽约布朗克斯区的免疫学家，最早在婴儿身上发现艾滋病毒的医生之一。

大卫·森瑟——纽约市负责公共卫生事务的卫生专员。

默文·希弗曼——旧金山公共卫生局局长。

保罗·沃伯丁——旧金山综合医院艾滋病诊疗室主任。

盖瑞·沃什——旧金山同性恋心理治疗师，艾滋病患者组织的早期创建者。

亨利·威克斯曼——来自洛杉矶的美国众议员，众议院卫生与环境小组委员会主席。

乔尔·魏斯曼——洛杉矶著名的同性恋医生，最早发现艾滋病疫情的医生之一。

瑞克·威利考夫——最早被诊断为艾滋病患者的纽约布鲁克林教师，保罗·波帕姆的密友。

蒂姆·韦斯特摩兰德——众议院卫生与环境小组委员会顾问。

丹·威廉——纽约知名的同性恋医生。

相关政府机构

美国政府机构中，卫生机构是美国卫生与公众服务部（HHS）的一部分。主要的卫生和科研机构大都隶属于卫生与公众服务部助理卫生部长领导下的美国公共卫生署（PHS）。其下属机构包括国家卫生研究院（NIH）、食药局（FDA）以及疾控中心（CDC）。

国家卫生研究院由不同的独立机构组成，它们从事与卫生问题相关的实验室研究，实验室大都隶属政府。国家卫生研究院最大的两个研究机构，也是进行艾滋病研究最多的两个机构，分别是国家癌症研究所（NCI）和国家过敏及传染病研究所（NIAID）。

疾控中心由处理各种公共卫生问题的不同中心组成。其中最大的是传染病中心，在那里，艾滋病研究通过大部分流行病来进行研究。卡波西肉瘤和机会性感染工作组（KSOI 特别工作组）后来改名为艾滋病特别工作组，之后又改为艾滋病活动办公室，它也是疾控中心的一部分。

卡波西肉瘤研究和教育基金会（KS 基金会）1982 年初在旧金山成立。1983 年分裂为国家卡波西肉瘤/艾滋病研究和教育基金会（国家 KS 基金会）和旧金山卡波西肉瘤/艾滋病研究基金会。前者于 1984 年解散，后者后来更名为旧金山艾滋病基金会。

艾滋病医学基金会 1983 年在纽约市成立，1985 年与国家艾滋病研究基金会合并，成为美国艾滋病研究基金会（AmFAR）。

序 言

1985 年 10 月 2 日，洛克·哈德森去世的那个早晨，一个词在西方世界家喻户晓。

艾滋病。

很多人听说过“获得性免疫缺陷综合征”，但这听上去似乎又事不关己，不幸罹患此症的大多是某些阶层的弃儿和贱民。可是突然之间，就在 1985 年的夏天，当一个电影明星被诊断为艾滋患者，报纸上无休止地讨论此事时，艾滋病疫情忽然变得触手可及，而这种威胁无处不在。

突然之间出现了要上学的艾滋儿童，要工作的艾滋劳工，出现了需要经费支持的研究人员，这个国家的公共卫生系统面临着无法忽视的威胁。最重要的是，人们开始隐约意识到这个陌生的新词将会包含在未来之中。艾滋病将会成为美国文化的一部分，并无可避免地改变我们的生活历程。

艾滋病的影响要再过几年才会充分反映出来，但是 1985 年 10 月这一天，人们首次意识到了这个问题。洛克·哈德森首次将美国人的注意力集中到这个致命的新威胁上，他的诊断结果成为一道分水岭，将美国历史分为艾滋前时代与艾滋后时代。

然而这一认知的时间点反映了艾滋病疫情发展过程中蕴藏的一个无法改变的悲剧：当美国人注意到这种疾病时，已经来不及采取行动了。病毒已在全国肆虐，遍及北美大陆的每个角落。横扫美国的死亡之潮后续也许会放慢速度，但已无法阻止。

当然，艾滋病最初出现在生物学领域时，尚属萌芽阶段，几十年来问题一直在恶化。1980 年代后期，死亡人数并没有出现惊人的新增长，不过是多年前就已经预测到的事实。这种苦难一度是可以在很大程度上避免的，然而到了 1985 年，时机已然丧失。事实上，当洛克·哈德森的死讯公之于世时，有 1.2 万美国人已经或即将死于艾滋病，还有数十万人感染了病毒。然而很少有人注意到这点，好像也根本没人在乎。

一个令人痛苦的事实是，艾滋病并不是平白无故在美国蔓延的，而是由于一干政府部门没有尽职尽责地保护公共健康，任由病毒肆虐所致。体制缺陷带来了不必要的苦难，令西方世界此后几十年饱受困扰。

如果一种致命的新疫情蔓延，国家在那一刻没有任何理由推卸责任。因为当时，美国号称拥有世界上最成熟的医疗技术和最广泛的公共卫生体系，其目标正是将这一类疫病从民众生活中清除。艾滋病毒出现的时候，这个世界上最富裕的国家设有的经费充足的科研机构——它们有的隶属于政府医疗部门，有的设在科研院所内——其职责就是研究新疾病并迅速予以控制。而监督政府研究人员和公共卫生部门是否尽职的，正是世界上最不受约束也最富攻击性的媒体，大众的“看门狗”。此外，受疫情影响最严重的同性恋团体此时也建立了基层政治组织，尤其是在疾病最先发生、情势最为凶险的城市。这些团体的领袖纷纷就位，时刻关注同性恋团体的健康和生存的福祉。

然而，自从 1980 年一位独居的同性恋男子首次罹患这种前所未闻的奇怪病症以来，迄今已过去将近五年。在危险刚刚降临时，所有机构——医疗、公共卫生、联邦及私人科研机构、大众传媒以及同性恋团体的领袖——都没有采取应有的措施。艾滋病在美国流行的第一个五年，是一个全民皆输的局面，其背后是无谓的死亡。

他们死了，是因为里根政府无视来自政府机构的科学家的呼吁，没有为艾滋病研究划拨足够的经费，直到艾滋病蔓延全国才采取措施。

他们死了，是因为科学家认为研究因同性恋造成的疾病并无建树可言，所以没有在疫情初期予以适当的关注。即使是在这种忽视逐渐消失后，他们的死，也与一些科学家——尤其是那些在美国政府部门工作的科学家脱不了干系，这些人更在乎跨国研究工作中的竞争而非合作，其关注点和精力根本没用在疾病本身。

他们死了，是因为公共卫生当局和领导它们的政治领袖，将政治上的权宜之计凌驾于公共卫生之上，拒绝采取必要但艰难的措施来控制疫情蔓延。

他们死了，是因为同性恋团体的领袖拿艾滋病当政治筹码，将政治教条置于救助人命之上。

他们死了，没人当回事，也因为大众传媒不愿报道同性恋的事，对涉及同性性行为的报道尤其谨小慎微。报纸与电视尽力避免讨论艾滋病，直到死亡人数高到无法忽视，且患者也不再只是社会边缘人物。媒体不履行公共监护人的职责，那么其他人只能以自己认为合适的方式处理（或者不处理）艾滋病。

在疫情初期，联邦政府将艾滋病视为预算问题，地方公共卫生部门的官员则视其为政治问题；同性恋团体的领袖认为艾滋病是公共关系问题，而新闻媒体认为它是一个其他任何人都不感兴趣的同性恋问题。其结果是，几乎没有人真正去挑战艾滋病这个深重的医疗危机。

对这种制度上的冷漠发起反抗的是一小群各有其使命的英雄。在美国和欧洲的一些研究中心，孤立无援的科学家团队冒着失去声誉乃至工作的危险，成为早期艾滋病研究的拓荒者。一些医生和护士对感染者的看护远远超越了职责的要求。一部分公共卫生官员拼尽全力争取疫情得到妥善处理。少数同性恋团体的领袖力排众议，极力主张同性恋团体对这种疾病做出明智的应对，并游说议员为研究提供了第一笔关键的资金。还有许多艾滋病感染者与排斥、恐惧、孤立以及自身的致命预后①抗争，以帮助公众了解病情，关心病情。

正因为这些人的努力，这个关于政治、民众以及艾滋病蔓延的故

---

① 预后，在医学上指根据经验预测的疾病发展情况。——译注

事，最终成为关于勇气与懦弱、悲悯与偏狭、奇思妙想与唯利是图、救赎与绝望的传奇。

这是一个值得讲述的故事，唯有如此，它才不会在任何地方、任何人身上重演。

第一部分

且慢，灰白的马

我就看着，见有一匹灰白的马。
骑在马上的，是死神。
地狱跟随他，权柄赐予他，
许他以刀剑、饥荒、瘟疫、野兽，
屠戮地上四分之一的人。

——《圣经》启示录6：8

1. 心灵的盛宴

1976 年 7 月 4 日，纽约港

高大的船帆在深紫色的夜幕中飘扬，烟花射向天空、炸开，在肃穆的自由女神像上方散开，变成红色、白色和蓝色的烟花。似乎全世界都在观看，全世界的人都汇聚在此。来自 55 个国家的船只把水手们运到了曼哈顿，与这里的百万人一起欣赏这史无前例的盛会。一切都是为了美国建国 200 周年的庆典。城里所有的酒吧，直到第二天凌晨依然挤满了水手，后来人们一致认为纽约市这次办了一个史上最大的派对，招待了来自全球各地的宾客。

后来，当流行病学家彻夜研究并讨论病毒是何时何地开始流行时，他们注意到了这次盛会，并忆起纽约港那个绚烂夺目的夜，还有那些水手；想起这些人是从世界各地汇聚到纽约的。

1976 年，圣诞夜，扎伊尔，金沙萨

烈日炎炎的非洲天空暗了下来，并且闷热异常，完全没有圣诞节的感觉。

在位于赤道的首都，持续的酷热让伊比·拜博耶格医生更加渴望回到丹麦。厨房里，决心帮年轻的同事缓解一下思乡之情的格蕾特·拉斯克医生，正着手以类似丹麦传统中开始庆祝圣诞的惯例准备一顿晚餐，几个世纪以来，这种庆祝方式被称为“心灵的盛宴”。

她一边准备，一边回想起自己在齐斯泰兹度过的童年，这是一个古老的日德兰港口，坐落在靠近北海的利姆峡湾。格蕾特·拉斯克知道主菜必须包含一道禽类做的食物，在日德兰他们用鹅肉或鸭肉，在扎伊尔只能用鸡肉替代。在处理鸡肉时，格蕾特又一次感到了时时袭来的疲乏。过去两年里，她一直被疲惫缠绕，现在她觉得扛不住了。

格蕾特倒在了病床上。她是来这里接替比利时医生的丹麦医生之一——这个新生的国家急于摆脱其比属刚果①的殖民地身份，所以不欢迎比利时人。格蕾特初次来此是1964年，随后回到欧洲学习腹部手术和热带疾病的治疗。过去4年，她一直生活在扎伊尔，尽管在非洲待了这么久，但她依然是那种典型的以来自峡湾北部为傲的丹麦人。来自利姆峡湾以北的人，个性直接果断，独立率真。峡湾将丹麦半岛一分为二，北部的居民会说，生在峡湾南部的日德兰人性格偏弱。而因为哥本哈根的国王遥不可及，坚毅的北部居民几百年来养成了自己的集体特性。来自齐斯泰兹的格蕾特·拉斯克正是这种特性的写照。

这也是她来到离家5 000英里的扎伊尔的原因。如果在哥本哈根的大型现代医院，她可能会是一名收入可观的外科医生，但是大都市的工作意味着要被人监督，听人命令。而她宁愿在扎伊尔北部偏远的阿布莫拜兹村的简陋医院里工作。在那儿她一个人说了算。

阿布莫拜兹的医院条件并不像这个国家的其他医院那么糟。这里出过一位著名的将军，他很有影响力，能把白人医生吸引到村里，而格蕾特正是在此与比利时修女一起用讨来或借来的设备开展工作。这里毕竟是中非，即便受到优待的诊所也无法配备无菌橡胶手套或一次性针头这样的基础设备。针头得反复使用，直到完全磨损，手套破损以后，就得冒着风险把手伸进病人的血液中去，别无他法。基本设备匮乏，意味着外科医生必须面对的风险是发达国家的医生难以想象

---

① 比属刚果曾是比利时殖民地。1971年10月，时任总统蒙博托为去殖民化而改国名为扎伊尔，1997年恢复国名为刚果民主共和国至今。——译注

的，因为在落后地区，尤其是中非，新的疾病会如噩梦般有规律地滋生。这一年的上半年，在距离阿布莫拜兹不远的地方，扎伊尔-苏丹边界埃博拉河边的一个村庄，一种可怕的致命新疾病爆发，展示了落后的药物和新病毒带来的危险。恩扎拉村的一个小贩因为发烧和无法控制的大出血来到马里迪的护士教学医院就医。这个人的病显然是由性行为引发的。然而几天内，马里迪 40%的学生护士都被感染并伴有发烧，不管是标准的护理程序还是意外被针头刺到，病毒都可以通过接触病人的血液传染。

吓坏了的非洲卫生部门官员收起自尊心向世界卫生组织求助，世卫组织派来了一位美国疾病控制中心的工作人员。当年轻的美国医生抵达时，39 名护士及 2 名医生已经去世。疾控中心的医生迅速行动，隔离了所有的发烧病人。当地人对美国医生禁止用传统方式埋葬死者极为愤怒，但清洗尸体的仪式明显导致了疾病的进一步扩散。数周内，传染病得到了控制。最终，这个后来为人们所熟知的埃博拉病毒导致了 53%的受感染者死亡，153 人丧生，然后突然消失了，一如它当初神秘降临。性和血液，是传播新病毒的两条超高效途径。若干年后，当医生们谈及这个新的杀人病毒幸而是在地球最偏远的角落萌芽并且很快被消灭时，声音里带着些许安慰。假如发生地距离这个地区的交通要隘再近一点，势必引发可怕的瘟疫。有了现代化的道路和飞机，地球上没有哪个地方会遥不可及；也没有哪种疾病会像从前那样，找不到散播到地球各个角落的途径，只能在某个遥远的人群中流连几个世纪不为人知。

人类与疾病之间的斗争，没有比在恶臭的赤道气候下进行更惨烈的了，在那里高温和湿气会激发出新的生命体。一位历史学家认为，远古时代非洲地区第一批进化出来的人类，之所以向北迁徙到亚洲和欧洲，不过是希望找到致命微生物无法高效滋生的气候条件。

就是在这儿，在世界上最糟糕的医疗环境下，格蕾特·拉斯克前来救死扶伤。在阿布莫拜兹的 3 年里，她通过软硬兼施弄到了资源，建起了她的丛林医院，当地人敬爱她，视她为偶像。后来，她回到了繁华的金沙萨，在最大的医疗机构——丹麦红十字医院担任首席外科医生。她遇到了刚刚从南部另一个偏远乡村回来的伊比·拜博耶格。拜博耶格长着浓密的黑发，身形小巧，看起来不像丹麦人，而他自认为这是某位西班牙水手在几个世纪前到丹麦留下的遗产。格蕾特·拉斯克具有齐斯泰兹女人的特征，高高的颧骨，剪得很短的金发，一些人说她有股“英气”。

在拜博耶格看来，那个圣诞夜，格蕾特的样子令人担忧。她身体消瘦，体重因不明原因导致的腹泻而下降。自从她在北部那个贫困的村庄工作以来，这两年她一直有隐隐约约且持续不断的疲惫感。1975年，经过药物治疗，症状短期内有所缓解，但是过去一年来，任何治疗似乎都无济于事。她的体重越来越轻，每一天都精疲力竭，衰弱不堪。

更让人担忧的是，46 岁的她淋巴系统功能紊乱，而淋巴正是人体中发挥免疫功能抵御疾病的腺体。格蕾特所有的淋巴结都肿大，这种情况已持续两年。通常，淋巴结会在身体某处肿大，在脖子、腋窝或者腹股沟处出现小肿块，以抵御这样或那样的感染。但她的淋巴肿大似乎没有任何理由：身上没有哪里存在明确的感染，更没有迹象表明为何会引发如此大规模的全身性淋巴肿大。

疲惫感，是格蕾特医生的症状中最令人不安的部分。当然，在她感觉还好的时候，这个峡湾北部来的务实的女人根本不知道什么是放松。比如那天，原本并没有排她的班，但她还是工作了一整天。她总是在工作，而在这里似乎也没什么好说的，因为总是有很多事情要做。然而拜博耶格觉得，她的疲惫并非过度操劳引起的。工作向来辛苦，但格蕾特的身体一直相当健康。不，她的疲惫有着更隐秘可怕的原因；它的形影不离令她举步维艰，它像热带草原上的鬣狗无时无刻不发出咯咯的声音，嘲笑医生的勤奋敬业。

尽管格蕾特·拉斯克不是多愁善感之人，也不是无比虔诚的基督徒，她还是想鼓舞年轻的工作伙伴；可是，她倒下了，再一次无法动弹。两个小时后，格蕾特醒过来，有心无力地开始吃饭。拜博耶格惊讶于她病得如此之重，即便是像“心灵的盛宴”这样的东西也无法让她打起精神保持清醒了。

1977 年 11 月，丹麦，提斯特德

在利姆峡湾以北，丹麦的一个荒凉地区，凛冽的北极寒风捶打着光秃秃的荒野。一栋白色农舍孤零零地矗立着，离它最近的邻居家在两英里开外。狂风从北海而来，向西横扫，席卷沙丘和低矮弯曲的松林，发出嘶嘶的呼啸。小屋整齐的红瓦屋顶下，格蕾特·拉斯克气息急促，正通过氧气瓶呼吸。

“我想死在家里。”格蕾特貌似不经意地对伊比·拜博耶格说过。

她的医生们唯一能达成共识的是她的临终预后。其余一切都是谜团。拜博耶格也刚刚从非洲回来，他反复思考着格蕾特身体上的复杂奥秘。一切都太不合理了。1977 年初，她看起来有所好转，至少淋巴结肿大的症状有所缓解，尽管她变得越来越萎靡不振。她又继续工作了一段时间，最终在 7 月初的时候到南非进行了短期休假。

突然之间，她开始呼吸困难。格蕾特吓坏了，飞回了哥本哈根，途中她靠瓶装氧气撑了过来。几个月以来，丹麦的顶级医疗专家为她做了检查，进行了各种研究。然而没有人能够彻底搞清楚，为何她会无缘无故地濒临死亡。同时，一系列无法捉摸的症状突然显现出来。她的口腔出现酵母菌感染，葡萄球菌感染在血液中扩散。血清检测显示免疫系统异常，她的体内缺乏 T 细胞①，它的作用是调节和引导身体抵御疾病。唯一能够解释 T 细胞缺失和身体无法击败感染的理由是淋巴癌，然而活检表明，她并没有罹患淋巴癌。医生只能心情沉重地告知，她患的是不明原因的渐进性肺病。并且，在她直截了当地提问之后，得到的肯定回答是：是的，她要死了。

最终，格蕾特·拉斯克厌倦了哥本哈根的医生们的扎针和无休止的检查，回到了齐斯泰兹的农舍。当地一名医生为她在屋里安装了氧

① T 细胞是淋巴细胞的一种，在免疫反应中扮演着重要的角色。——译注

气瓶。格蕾特的多年好友——附近一家医院的护士来照顾她。躺在白色的农舍里，格蕾特回忆起了她在非洲的日子，而北海的大风呼啸着，在门外垒起了日德兰半岛的第一场冬雪。

在哥本哈根，伊比·拜博耶格为他的朋友忧心忡忡，他现在就职于国立大学医院。她那些难以解释的病症肯定是有原因的，假如再多做几次检查的话……他认为，罪魁祸首可能是被忽略的普通热带疾病。她可以被治愈，然后他们会一边呷着美酒，一边享用“心灵的盛宴”，笑谈问题竟然这么容易就解决了。拜博耶格恳求诸位医生，诸位医生又恳求格蕾特·拉斯克，最终憔悴的她又回到了哥本哈根古老的瑞斯医院，做最后一次尝试。

拜博耶格永远都无法原谅自己把她从峡湾北部的农舍里带走。如果临终前她没有承受那些密集的检查，也许不会激发她体内隐藏的致命微生物。1977 年 12 月 12 日，离“心灵的盛宴”仅剩 12 天，玛格蕾特·P·拉斯克①去世，享年 47 岁。

随后，拜博耶格决心投身热带医学研究。他想在离开这个世界前弄清楚，究竟是非洲丛林里的哪个微型恶魔残忍地夺去了他最好的朋友，一个毕生如此关爱他人的女性的生命。

格蕾特·拉斯克的尸检表明，她的肺部充满了千百万被称为肺囊虫（Pneumocystis carinii）的微生物，正是它导致了这种令她呼吸困难的罕见肺炎。这次调查没有得到答案，却引发了更多问题——没有人会死于肺囊虫肺炎（Pneumocystis）。拜博耶格深感困惑，他打算着手研究此病，却被年长的教授们劝阻了，他们建议他研究疟疾，不要去研究肺囊虫肺炎，说这种病太少见了，研究它是不会有前途的。

---

① 马格蕾特（Margrethe）是格蕾特（Grethe）的正式名。——译注

第二部分

之前：1980 年

所有的历史，无疑都可以分解为几个勇敢赤诚之士的传记。

——拉尔夫·沃尔多·爱默生《论自助》

2. 光辉岁月

1980 年 6 月 29 日，旧金山

太阳驱散了清晨的薄雾，远景如此清晰、澄澈，让人担心凝望得太久它可能会碎。泛美金字塔[①]高耸于城市天际线之上，延伸至山丘的桥梁在初夏的阳光下闪着淡淡的金光。彩虹旗在微风中飘扬。

有 7 个人刚刚起床。比尔·克劳斯刚刚在华盛顿特区取得了政治胜利，这会儿他迫不及待想去市场街引领旧金山最大规模的游行。有不少事值得庆祝。

在旧金山同性恋聚集区核心地带的卡斯特罗街边公寓里，克里夫·琼斯正焦急地等着他的情人起床。克里夫反复念叨今天是游行日。即便是这个慵懒地躺在他身边的像松饼一样可爱的人，也不可能让他在这特殊的日子里迟到。克里夫爱看同性恋成百上千地聚集在一起的场景。就在一年前，他带领一大群同性恋冲击了市议会，当然，他现在的身份转换得相当体面，是加州最有权势的一个政客的助手。克里夫顽皮地告诉朋友们，他可没有出卖自己，只是给自己的传奇增加了一个新篇章。“游行队伍见！”他一边冲出门，一边对着床上昏昏欲睡的伴侣喊道，“我可不能迟到！”

几个街区外，丹·威廉在等着与大卫·奥斯特罗会合。这两位医生是为了同性恋医生在旧金山州立大学的研讨会而来的。在丹·威廉的家乡纽约，同性恋游行只能吸引到 3 万人左右，他试图想象数十万

人的游行会是什么样子。大卫·奥斯特罗听说过有关游行的传闻，他很高兴在芝加哥没有旧金山这样规模巨大的游行；永远不会有。

在加州大街，空少盖坦·杜加斯认真检视着镜子里自己的容貌。耳朵下的疤痕只是隐约可见，脸蛋很快就会干净无瑕。他特地从多伦多赶来参加这一天的活动，此时此刻他打算不去想医生几周前告诉他的坏消息。

在教会区，22 岁的基科·戈凡特斯过去五周一直待在旧金山等待同性恋自由日大游行的到来。从前他在威斯康星的一座小型院校谨慎地试探着自己的同性性取向，而在这里他可以大步前进了。也许在涌入这城市的千万人之中，基科能寻找到他的爱人。

* * *

以前。

这个词将永远成为数百万美国人——尤其是美国同性恋公民——的人生分水岭。一边是患病后的生活，一边是患病前的美好记忆。

以前和以后。这种疾病把患者的人生分割成两部分，就好像大型战争或经济大萧条通常被作为理解一个社会的分界点。

“以前”将承载着无数的细节记忆和旧日情怀。“以前”意味着天真和任性、理想主义和目中无人。最重要的是，这是死亡来临前的时光。准确来说，在那个阳光明媚的早晨，死神已在人潮中推搡着前进，如同一个粗鲁的游客想要占据游行队伍的领头位置。然而，它的存在还尚未被察觉，仅有 20 或 30 名男同性恋明显感到身体有莫名的不舒服。而这一小群人将在这一天成为未来和过去的连接点。

像比尔·克劳斯、克里夫·琼斯、丹·威廉以及大卫·奥斯特罗这样的人，他们最近取得的胜利已经超乎他们的期待；而未来的挑战也会超乎他们所有的恐惧。对他们以及其他数百万人——包括那些自以为与旧金山的这种生活方式毫无关联的人——而言，这一年将会是关于“以前”的最后一段清晰记忆。一切都将改变。

---

① Transamerica Pyramid，美国旧金山最高的摩天大楼和后现代主义建筑。——译注

* * *

比尔·克劳斯从市场街望向卡斯特罗街区，同性恋自由日大游行的人潮五色斑斓，挤满了旧金山市中心，看不到尽头。比尔摩挲着自己浓密的棕色卷发，再一次感到身为同性恋，再没有什么比此时此地更美好的了。在这美好的一天，所有的同性恋聚集在这美丽的城市，尽管他们形形色色，表达的却是同一个想法：我们无需再隐藏自己。

比尔·克劳斯走在游行队伍的前列，头顶上是一面横幅，写着男女同性恋代表参加1980年民主党全国大会的字样。他再次回忆起自己为今天这场游行所走过的每一步。他首先想起作为一个同性恋，他的小心隐藏以及无法言说的恐惧。多年来，他对旁人隐瞒真相，甚而也欺骗自己。如今已经很难彻底理解他在那段无望的岁月里所经历的恐惧和憎恨。这段时光如梦一般，是一段无法融入他觉醒后生活的记忆。

他常常会疑惑那些年自己究竟在想什么，或者到底在害怕什么。并不仅仅因为他是天主教徒。1968年，才到俄亥俄州几个月，他在辛辛那提教会学校接受的13年教化就烟消云散了。他留起了长发，一遍遍听着破音响里播放的鲍勃·迪伦的歌。那些歌词指引着他，"现在走在前头的将来必会落在最后，"迪伦唱道，因为这时代在变。在反越战游行和激进的社会运动盛行的那些年，比尔从没有把这些话当真，直到10年前他搬到伯克利，发现了卡斯特罗街和新时代的希望。

在此，比尔向一位名叫哈维·米尔克的相机店中年店主学习关于基层选区的基本要点。他学会了如何走访选区、研究选举地图以及建立联盟，并且意识到每个人都是有力量的，只要他相信这一点并付诸行动，就能有所作为。于是，"我们可以有所作为"成了他的政治理念的核心信条。每一次演讲，比尔都重复这句话，在今天的同性恋自由日大游行中，他尤其深刻地体会到这句话的力量。过去三年发生的一切——哈维·米尔克参选市监事会委员，成为全国第一位出柜的政治人物；政治谋杀；权力巩固——都让比尔相信自己的理念是正确的。几年之前还没人愿意蹚卡斯特罗街的浑水，而今天，同性恋已经成为这个城市最重要的单一选举群体，每四个登记选民中至少有一人为同性恋。比尔·克劳斯成为该市最声势浩大的草根组织“哈维·米尔克同性恋民主俱乐部”的主席。

哈维·米尔克1978年被枪杀后，他筹建的组织的影响力使得同性恋得以继续在市监事会保留一个席位，任职者是前卫理公会牧师兼米尔克的密友哈里·布利特。如今，比尔·克劳斯接替布利特成为“哈维·米尔克同性恋民主俱乐部”的主席，并且是布利特在市政厅的助手。1979年，他组织了布利特的竞选连任活动，从而奠定了他作为旧金山首席同志幕僚的声望。

这座城市的同性恋社团正在政治圈里取得传奇地位，其影响力远不止65万张总选票中的7万多张同志选票。过去三个月间，总统候选人也派专人来卡斯特罗街区拉票。当其他城市也效仿旧金山的做法获得政治上的成功，一个全国性的政治力量正在聚合。两周后，比尔·克劳斯和哈里·布利特将要以特德·肯尼迪代表的身份前往纽约参加民主党全国大会。此次大会的同性恋代表多达70人，同性恋代表团的规模超过了20个州的代表团规模。这一年，他们将有所作为。

* * *

近几年来，同性恋大游行已经变得声势浩大，需要占用旧金山市中心相当大的区域让花车、人群和乐队有序通过。队伍集结完毕后，格温·克雷格微笑地看着年轻人走向比尔·克劳斯，编出各种理由来接近这位年轻的著名社会活动家。几天前，比尔过33岁生日的时候，有人笑称他到了“基督的年纪”。比尔跟那些常常和格温在卡斯特罗街的咖啡馆消磨下午时光的不修边幅、满腹牢骚的家伙不一样，他曾经是一头乱发，如今修剪得整整齐齐，厚厚的镜片也换成了隐形眼镜，从前猫头鹰似的神态也不见了，一双蓝眼睛炯炯有神。他的体格强健，浑身日益散发着自信，非常符合他所表达的形象政治的理想。

比尔·克劳斯甚至开始在全国建立自己的声望。两周前，他已就同性恋权利纲领向民主党政纲委员会[①]送交了一份热情洋溢的请愿书，并推动其作为一项议程提交到7月举行的民主党全国大会上。比尔还发表同性恋权利宣言的演说，阐述了这个新生政治团体的目标。全国各地的同性恋报纸纷纷刊发了他的讲话，并将在同性恋自由日大游行的周末进行分发。

比尔·克劳斯指出，同性恋权利纲领“并不要求给予我们特权，也不要求任何人喜欢我们，甚至不要求民主党赋予我们那些其他美国人所拥有的法律保护”。

“民主党政纲委员会的各位成员，这个修正案来得正是时候，我们正好一再从民主党的一些重要党员那里听到谈及人权，民主党意识到我们是同性恋，也是人。”

* * *

伴随着乐队高声演奏的“加利福尼亚我来了”[②]，同性恋自由日游行的队伍开始从市场街向着两英里外的旧金山市政厅前进。3万多人组成了240个方阵，从20多万名围观者面前缓缓经过。这场游行是城里最好的表演，展现了同性恋多姿多彩的生活。分属天主教会、圣公会、摩门教会及无神论的同性恋们，多年前就在这座城市里组织了起来，此时他们在各自的旗帜引领下昂首向前。以职业区分的同性恋方阵，包括律师、工会官员、牙医、医生、会计和数量巨大的电话公司雇员。此外，还有身为人母的同性恋，身为人父的同性恋，异性恋父母及他们养育的同性恋儿女。黑人、拉丁裔、亚裔以及美洲印第安同性恋走在各色旗帜下，宣示着自己的双重骄傲。怪模怪样的“同性恋不吃早午餐”[③] 团体组成了自己的游行方针。一群男性易装

① 即 Democratic Platform Committee。——译注

② 1921年百老汇音乐剧《Bombo》中的歌，埃尔·约尔森（Al Jolson）等人所写，1924年录成唱片，被视为加州非官方的“州歌”。——译注

③ 即 Gays Against Brunch。有人认为吃早午餐的都是同性恋，而同性恋不想被人贴标签，所以这群人要向别人表明也有不喜欢吃早午餐的同性恋。——译注

癖则把这天当作演艺生涯的首秀，他们扮作修女，自称“永生放纵姐妹花”。

同性恋游客从世界各地涌入这个同性恋圣地，庆祝他们同性恋人生中的这个神圣的日子。凤凰城和丹佛来的游行花车，还有骑着马昂首阔步地经过市场街的“雷诺同志杂技团”的牛仔，他们纷纷挥舞着内华达州和加州的州旗以及作为加州同性恋标志的彩虹旗。

尽管路程只有 2 英里，但是全部游行队伍通过花了 4 小时。第一个方阵不到 1 小时就到达了宽阔的市政中心广场，那里的市政厅正门前已经竖起了一座舞台。

激进的同性恋解放运动成员对于集会地点安放的嘉年华游乐设施颇为不满。游行组织者则认为，过去几年的活动变得过于“政治化”，于是大部分集会特有的激动人心的演讲便让位于游园会的庆典安排了。

“我们觉得现在绝对不是庆祝的时候，”阿尔伯塔 · 马吉德向一家报纸的记者抱怨道。和她一起走在游行队伍里的还有包括“紫色左派”“石墙旅”，以及名称还挺贴切的“共产酷儿”等几个激进团体组成的联盟。“当我们还在受压迫时就不应该庆祝，在旧金山容易产生一种获得自由的幻觉，而实际上右翼运动正在飞快壮大。身为同性恋感到骄傲并没有错，但如果你仍在受到攻击，仅仅骄傲是不够的。”

许多强硬的激进分子回想起同性恋解放运动尚未流行的年代，都同意这个观点。毕竟，这次活动是为了纪念纽约格林威治的易装癖同性恋针对警察的暴动——当时，一家名叫“石墙”的同性恋酒吧经常遭到警察的骚扰。从 1969 年 6 月最后一个周末的“石墙暴动”开始，同性恋解放运动诞生了，参与者是一些愤怒的男男女女，他们意识到自己的抗争在反对战争和非正义行为之外，还有个人层面的意义。继席卷全美的各种解放组织之后，同性恋解放运动的登场令 1970 年代初刻板得令人窒息的美国尝到了甜头。

然而到了 80 年代，这场运动却成为其自身成功的牺牲品。尤其是在旧金山，在大规模的性革命浪潮中，同性恋话题渐渐不再是禁忌。在“淘金热”之后，史上最大规模的移民怀着对自由的向往来到旧金山。1969 年至 1973 年间，至少有 9 000 名男同性恋移居旧金山，而在 1974 年至 1978 年间，移居者达到 2 万人。到 1980 年，每年大约有 5 000 名男同性恋移居金门海峡①。移民的涌入使得这个城市每 5 名成年男子中就有 2 人是出柜的同性恋。这些移居此地的同性恋，无疑构成了美国选举人口中最稳固的自由派选民群体，而个中原因主要在于，自由派候选人承诺不干涉同性恋事务。不干涉就行了。重构全社会的性别角色观念是将来的事，也许自然而然就会发生。

对于谙熟对抗式政治的人而言，1980 年的游行是一个转折点，因为它表明他们的理想开始得到尊重。看起来，成功正在使同性恋解放运动变质。加州州长小埃德蒙·G·布朗发表声明，向全州各地的“同性恋自由周”活动致敬，州议员和市政府官员纷纷在同性恋集会上演讲。在他们看来，同性恋急于表明自己是值得尊重的。比如，当地血库很早就发现，把移动采血车开到大批同性恋集结的活动场所会收获颇丰。这群人很有公民意识。据血库负责人估算，1980 年旧金山 5% 到 7% 的血都是他们献的。

* * *

摩天轮轻轻摇晃着，把克里夫·琼斯送到了最高点，他俯瞰雄伟的圆形市政厅前移动的 20 万人，那是他热爱的同性恋群体。成千上万人聚集在一起展示他们的力量。游行，洪亮、愤怒的演讲，偶尔高举的拳头以及类似的表演，很戏剧化。对克里夫·琼斯而言，这就是在旧金山身为同性恋的意义。

“这是我的私人派对，”他咧嘴笑道，“只有我和我的几千密友。”

从 14 岁在斯科兹代尔高中读高二时起，克里夫·琼斯就知道旧金山才是他想去的地方，他要去参加同性恋权利游行。整个青春期他

① 金门海峡是加州圣弗朗西斯科湾与太平洋之间的海湾，此处泛指旧金山地区。——译注

都饱受折磨，他是班上的娘娘腔，也是更衣室里的出气筒。但他一有机会便搭车来到了旧金山，参加了 1973 年的同性恋游行。之后乃至余生，他都认为自己是在正确的时间到了正确的地方。

1970 年代的旧金山，是当时社会变革的力量与一系列大事件碰撞而产生的后来称为“历史瞬间”的场合之一。从克里夫踏进哈维·米尔克的店里，并自愿加入竞选活动的那一天开始，他的生活就和这段历史以及戏剧性的东西交织在了一起。在比尔·克劳斯这样的政治战略家的记忆里，1970 年代就是投票和胜选；而浪漫主义者克里夫·琼斯则将这个时代括进了一段宏伟叙事，一段在时光中流淌的梦境。

克里夫还记得，1978 年他一身白衣走在队伍前列，与同样一袭白衣的一位女同性恋高举握在一起的手，他们身后是一面旗帜，上面绘有带刺的铁丝网形成的彩虹。死亡集中营的图案在那一年是不可或缺的，因为来自加州奥兰治县的一位州议员约翰·布里格斯发动全州投票禁止同性恋在加州的公立学校任教。由此，国际社会不仅对加州的事态予以了关注——1977 年由安妮塔·布莱恩特倡导的反同性恋运动正在当地达到顶峰，也注意到了 1978 年的同性恋大游行，在此期间，同性恋公然展示了他们的力量。那一次，参加游行者有 37.5 万人之多，哈维·米尔克不顾死亡威胁乘敞篷车完成了漫长的游行，然后上台发表了“希望演讲”，鼓励大家以出柜的方式来创造自己最美好的未来。

克里夫·琼斯知道，同性恋解放运动的核心内容之一就是此类公开活动。毕竟，由于同性恋倾向本质上是不可见的，这便成为他们的政治事业达成目的的唯一途径。同性恋可以隐藏性取向，既是同性恋运动最大的弱点，也是其最深厚的潜力所在。不可见，同性恋就会被粗暴对待，这也使得他们永远不可能强调自己的力量。然而在 1978 年的那一天，这种力量第一次如此明确地展现了出来。几个月后，加州以 2∶1 的投票结果否决了布里格斯的倡议，那一年简直太妙了。

然而，选举才结束三周，旧金山监事会议员、当地唯一的反同性恋政客丹·怀特携带他的史密斯威森左轮手枪进入市政厅，射杀了哈维·米尔克和自由派市长乔治·莫斯克尼。当晚，克里夫协助组织了前往市政厅的烛光游行，以纪念哈维和乔治。6个月后，当陪审团裁定丹·怀特只需为谋杀这两人坐6年牢，克里夫组织了另一场前往市政厅的游行，但最终演变成骚乱，充分证明了这一代同性恋并不是一群只会受欺、不会反抗的软蛋。此次“白夜骚乱”，致使数十名警察受伤，市政厅前门受损。而当电视上出现一群狂躁的同性恋烧毁警车的画面时，全国上下的同性恋领袖都暗自高兴。

到1980年，经过克里夫等人的努力，哈维和1970年代、丹·怀特案以及“白夜骚乱”构成了初生的同性恋运动的新传奇，一个关于暗杀、政治阴谋、恐同分子以及街头骚乱的故事。从此，克里夫一跃成为城里最知名的街头活动家以及继哈维·米尔克之后最擅长操控媒体的人。新闻记者都爱克里夫·琼斯发表的那些激情四射的声明。

近几个月来，克里夫已经换下蓝色牛仔裤和球鞋，穿上了阿玛尼西装，为加州议会议长工作。此时，那些曾经参加游行声讨政府的局外人正在转变成学习如何使用手中权力的局内人。春季的大部分时间，克里夫都在组织筹备民主党议会竞选。他辗转于萨克拉门托和旧金山之间，旧金山有他的情人——杰出的墨西哥裔美国律师费利克斯·维拉德-穆尼奥斯。他们俩都认识当地政坛的要人，都热衷于谈论政治和解放运动、做爱以及随着无处不在的迪斯科音乐起舞。

在克里夫·琼斯的眼里，1980年的夏天就是这样的。同性恋群体是一种创造性能量，从旧金山放射出来，照亮全美。从偏执狂的投票倡议到后来的政治谋杀，同性恋渡过了重重难关，现在他们期待获得更大的胜利。

然而，克里夫跟许多同性恋活动家一样，对市政中心广场的游乐设施感到不安。他明白，同性恋革命至多只成功了一半。一遇到强大的有组织力量，其孱弱的成果就会被扫除殆尽。他明白，对于一位从得梅因[①]流亡到此的同性恋而言，这个城市意味着难以想象的自由。但他也知道，能自由出入同性恋酒吧并不算是真正的自由。

究竟哪个方向是正确的？克里夫自问。同性恋运动已经从个人对克服恐惧和自我疏离的内在探索，发展到对外界选举运动的关注。选民登记表已经取代了觉悟提高的团体，成为解放运动的象征。有时克里夫会疑惑，这些新近涌入卡斯特罗街的人是否已在其他地方经历了个人成长，还是轻松跳过了这一步——因为如今作为同性恋在旧金山生活是如此容易，无需迷失自己来获得这种生活方式。

问题实在太多了，今天无暇细想。当克里夫回想起 1978 年大游行的盛况，以及随后发生的一切，他也想庆祝一下。他再一次从他的摩天轮座舱里扫视围在圆形市政大厅外绵延数英里的几千人。他们曾在那里游行、暴动，如今他们在那里展示出如此强大的力量。摩天轮再次转动，一圈之后，他缓缓地回到了人群中。

* * *

一种新的疾病。

它从未成为正式讨论的话题，但那个周末，当全国的同性恋医生聚集在旧金山时，偶尔会在过道上或就餐时提起它。假如有一种新的疾病悄悄潜入这个群体中少数几个男人的身体，究竟会发生什么？这个想法让大卫·奥斯特罗医生感到恐慌。他试着不去想这个，和参加研讨会的另外两位医生一起，穿过各种游乐设施，在拥挤的集会地带漫步，那两位医生是来自曼哈顿的丹·威廉和来自旧金山的罗伯特·博兰。

当“永生放纵姐妹花”搔首弄姿地从他们身边经过时，奥斯特罗医生做了个鬼脸。此情此景让他这个来自中西部地区的人感到一丝不快，他觉得这太怪了。媒体会大肆渲染这种公开展示性取向的做法，易装癖和半裸的肌肉男会再次成为同性恋文化的象征。像奥斯特罗这样倾向于长期、稳定的性关系的人，永远不会得到媒体的关注。

---

① 美国中部城市，衣阿华州首府。——译注

而奇怪的外表似乎总会遮蔽同性恋群体中的积极方面，比如这次的医学研讨会。医生们不够浮夸，当然上不了头条。同性恋媒体也几乎不会提到他们，能在最近的热门话题“皮革酒吧”① 后面提到他们已经算运气好了。

当比尔·克劳斯这样的战略家从选民登记册中读取同性恋群体的未来时，当克里夫·琼斯这样的街头活动家在响亮有力的演讲中听取同性恋群体的未来时，同性恋医生们则在那个周末根据病历诊断同性恋社群的病情。由于游行，研讨会推迟了，和许多内科医生一样，奥斯特罗医生离开时忧心忡忡。

性病治疗日渐证明是一场西西弗斯式的任务。奥斯特罗是霍华德·布朗纪念医院的主任，有些男同性恋希望躲开芝加哥公共卫生部门下属诊所医生的讥讽，而这家医院能提供保密服务。奥斯特罗诊室的筛查表明，进入医院的每 10 名患者中有 1 人患乙肝。有证据表明，在该院接受检查的男同性恋至少有一半患过乙肝。在旧金山，三分之二的男同性恋患有这种衰竭性疾病。统计数据表明，假如一位男同性恋跳下汽车，进入一个典型的城市同性恋社区，那么在未来 12 个月内，他感染乙肝病毒的几率是五分之一，5 年内肯定会患病。

另一个问题是肠道疾病，例如阿米巴病和贾弟虫病，这些病由寄生在肠道内的微生物引发，在男同性恋中发病率高得出奇。由丹·威廉任医学主管的纽约男同性恋健康项目研究发现，30%的患者胃肠道有过寄生虫。医学杂志称该现象为“男同性恋肠胃征候群”，在旧金山，这种疾病的发生率 1973 年以来增长了 8 000%。这些寄生虫造成的感染极有可能是由肛交引起的，肛交使人容易接触到其伴侣的排泄物，并且几乎可以肯定是通过当时流行的舔肛行为，医学杂志出于礼貌称之为“口肛行为”。

令人不安的是，同性恋群体中似乎没有人在意这些传染病的盛行。在纽约市公共卫生部任职以来，丹·威廉已经在演讲中谈过未确

① 同性恋酒吧，光顾的同性恋多有施虐或受虐癖好，因爱穿皮衣而得名。——译注

诊性病的危险性，尤其指出过舔肛等行为的危险。但他的“常客”还是一次次带着感染前来，期待他拿出什么灵丹妙药让他们重新活蹦乱跳。威廉开始觉得自己在像父母一样劝诫那些男孩：“我得告诉你们，你们这样很不健康。”

然而，滥交才是1970年代喧嚣的同性恋运动的实质。至于他那些忠告，这个得克萨斯人太逗了，说如同在风中撒尿一样。他试着劝告人们，在性行为方面，最好像伊丽莎白·泰勒那样，一段时间只有一个伴侣，就算不能长久，至少你能知道自己大部分晚上是睡在谁的床上。

当“斗牛犬浴场”① 的花车驶进市政广场，游行队伍再一次欢呼起来。肌肉发达的年轻男子身着黑色皮背带②，既帅气又好看，从市场街过来他们一路在笼状花车里跳着迪斯科。当晚，他们会出现在浴场的监狱主题派对上，是蒸蒸日上的旧金山性产业发起的一个狂欢派对。

同性恋性行为的产业化是当下图景的一部分，也是导致性病、肝炎和胃肠疾病频发的同性恋生活方式的一个方面。1970年代的同性恋解放运动，催生了公共浴场和性俱乐部的生意。在美国和加拿大，有几百家这样的商业机构，总价值上亿美元。而公共浴场的老板本人往往就是同性恋政治领袖，为通常囊中羞涩的同性恋群体提供支持。同性恋社会活动家告诉他们自己，性产业服务于长期处在压抑中的人，目前也许在探索新自由的路上有点走极端，但稍后一切终会达到平衡，因此，性产业现今仍是政治解放过程中不可或缺的部分。例如，畅销书《男同性恋性爱圣经》把舔肛称为“最有情趣的行为”，与此同时，多伦多一份左派报纸登载了一个关于“革命性的舔肛性爱”故事。

大卫·奥斯特罗想，这也许是种有趣的政治策略，然而纯粹从医

---

① 曾是旧金山最大的浴场，同性恋聚集地之一，现已改为宠物救助中心。——译注
② 即harness，类似于挽具，是SM用具之一。——译注

学角度来看，公共浴场就是一个滋生疾病的恐怖温床。去公共浴场的人，比大街上任何一个同性恋都更容易感染疾病并传染给他人。例如，在西雅图开展了一项针对男同性恋的志贺杆菌病感染的研究，结果发现69%的患者从公共浴场挑选性伴侣。丹佛的一项研究表明，公共浴场的普通顾客一晚上通常有2.7个性接触者，当他走出浴场时，感染梅毒和淋病的机率达33%，因为那些在浴场走道闲逛的人中，大约每8个就有1个是上述疾病的无症状感染者。

相比在同性恋大游行那天上了报纸的人，大卫·奥斯特罗和丹·威廉这样的医生虽然有着相对稳重刻板的形象，但他们并不认为自己是假道学。然而性产业化带来的健康问题令他们不安。1980年，威廉在接受纽约同性恋杂志《克里斯托弗大街》采访时指出，“同性恋解放运动的影响之一，是性行为被视为习以为常乃至天经地义。20年前，在纽约的浴场或公园进行性交的男子一晚上也许有1 000人，而现在达到了一两万人，地点遍布浴场、酒吧包间、书店、色情影院、纽约中央公园漫步区以及其他一系列地方。性行为的机会过多造成的公共卫生问题，将伴随每一家新开的浴场而越来越多。”

如此言论在政治上是极不正确的，威廉被指责为“一夫一妻论者”。至于这个刚刚摆脱了几个世纪的压迫，开始自我认同的群体，他们还很不擅长自我批评。

总的来说，这一代同性恋有幸拥有健康的体魄。威廉常常告诉自己，当一名同性恋医生是很有意思的。健身是同性恋群体的习惯，成千上万的男同性恋拥在著名的诺德士健身中心和各种举重室。他很少被迫匆忙赶去医院，因为他的病人极少患上重疾。

离开游行队伍时，大卫·奥斯特罗的心里也萦绕着不祥的预感。由于浴池和高频率的性行为，这群人不断染上新疾病的情况很难避免。当然，这种可能性目前还比较小。值得庆幸的是，传染性疾病对人类的威胁已被现代医学根除。但是，恐惧还是会不时袭上奥斯特罗的心头，因为他不知道性传播疾病何时才有尽头。它们不应该无限发展下去。他已经注意到，芝加哥有数名男同性恋的免疫系统出现严重问题。而丹·威廉注意到，一些过度滥交的病人中出现了奇怪的淋巴结炎症。淋巴结肿胀的原因令人困惑，因为看起来并非是对特定部位的炎症做出的反应，而是全身性的；也许这是人体在染上各种性病后，免疫系统超负荷而产生的反应。

多年以后，丹·威廉还会想起1980年的初春，那个45岁左右男子因乙肝急性发作接受治疗的情景。因为此人的手臂和胸口有奇怪的紫色伤口，威廉便把他转到了纪念斯隆–凯特琳癌症中心进行治疗。后来发现，他患的是一种罕见的皮肤癌：卡波西肉瘤。威廉从未听说过这种病，只好回去翻书。幸运的是，书上说，这种病预后不错。老年犹太男子或意大利男子会患上卡波西肉瘤，通常他们会在20年后正常老死。而这种癌症看起来良性的。

* * *

默文·希弗曼看着经过他身边的这些女人，她们身着皮质束带，穿了乳环的乳头赫然袒露，此时他才意识到，自己已经不在堪萨斯了。他在公共卫生部门工作了20年，曾经游历世界，在曼谷和南非住过一段时间。他看着同性恋大游行的队伍从身边经过，想着他去过的地方没有一个如旧金山这样令人激动，觉得此生再也不想去任何地方了。

希弗曼早生华发，这使他很容易被人认出来，大家都来跟他握手，向他介绍自己的爱人。作为公共卫生局局长，旧金山市政厅的官员没有谁比希弗曼更受欢迎了，也很少有人像他那样不遗余力地表现出对同性恋群体的关心。1977年，就在乔治·莫斯克尼市长任命他为公共卫生局局长几周后，默文·希弗曼意识到，在旧金山当这个局长与在其他地方截然不同。每个社团和利益集团都有自己的顾问团向卫生局谏言，这样的顾问团共有34个。每个送到他桌面的决议都充满了政治暗示。希弗曼住在上阿什伯里街区的弗雷德里克街，这是一栋宽敞的维多利亚式建筑，现在已安排了警戒，这都是因为一条关闭附近一家健康中心的决议。

但是，政治上的紧张局势令希弗曼兴奋。他喜欢挑战，与媒体保持着良好的关系，在这个城市的每个角落都赢得了不可思议的好名声。希弗曼是一位受欢迎的政府官员，他也喜欢这样。他基于大部分人的意见做决定，以避免公众的不满。他广泛听取意见，然后制定中间路线。他意识到，所有公共卫生政策本质上都事关政治；他享受公众对他的认同，是一位好政客。这是他作为政府官员的长处。

* * *

“我最帅了。”

这已经是个固定的玩笑了。盖坦·杜加斯走进同志酒吧，四下扫了一眼，然后对朋友们宣布：“我最帅了。”通常，他的朋友也承认他是对的。

盖坦是那种大家都想亲近的人，是此时此地最理想的那种男同性恋。他的沙色头发略带稚气地覆在额头，嘴角随时漾起讨人喜欢的微笑，他的笑声会让黑白两色的单调房间变得春意盎然。他在巴黎和伦敦最时髦的商店置装，他在墨西哥和加勒比海度假，美国人被他柔和的魁北克口音和性吸引力所迷倒。对这位 28 岁的空少而言，让男孩们爱上自己的最佳地点莫过于旧金山了。

雾气越过山丘，飘向卡斯特罗街，飘向 1980 年市政广场上的集会人群。随着傍晚的第一缕凉风拂过，市中心的人潮渐渐散开，成千上万的同性恋涌入城里各处的盛大迪斯科派对，这是大游行周最主要的庆祝方式。花上 25 美元便可以去位于日本町中心的“热浪”迪斯科派对、“肌肉海滩”派对和流行的“梦境”派对，还有几个街区外更入时有趣的“勃勃生气”舞会。

空少盖坦知道，最性感最健美的人将在涌入加勒瑞设计中心的那 4 000 人当中。当他和朋友们抵达时，派对刚刚开始。大堂的每个角落以及五层楼的中庭都挤满了和着迪斯科音乐起舞的男人。音乐太嘈杂的时候，他们就来点可卡因和安眠酮，它们都是这种派对的标配。

盖坦和他的朋友——另一位多伦多来的空少——轻松地从这群大

汗淋漓的人体间穿过。他俩是 1977 年驻加拿大新斯科舍的哈利法克斯时认识的。1978 年，他们鼓足勇气一起到旧金山参加同性恋游行，之后便每年都来。他们认定旧金山将是他们的终极庇护所。如今，每年 6 月的最后一个周末，他们都会抛开一切，直奔酒吧和浴池那些彻夜狂欢的派对而来。

在这里，盖坦可以和他钟爱的加州帅哥纵情声色。每次他在卡斯特罗街逛一圈回来，口袋里便会装满写着地址及电话号码的火柴盒外壳和纸巾。他把最热情的仰慕者的名字记在布面通讯录里，但情人对他而言一如日光浴：他们的美妙、性感只能维持几天，很快就会褪色。有时候，盖坦会好奇地研究他那本通讯录，想回忆起某人到底是谁。

当盖坦走进加勒瑞中心舞池的时候，很多人大声和他打招呼，他也像见到了失散多年的兄弟一样热情地拥抱他们。他的加州帅哥会问："这是谁？"盖坦漫不经心地笑道："我也不知道。"

盖坦时而和着音乐轻轻摇摆，时而欢快地跺脚，总之如鱼得水。对他而言，旧金山不是故乡却胜似故乡，令他淡忘了很久以前在远方的生活，在魁北克的工人阶级街区，他是个人尽皆知的娘炮。那时，身为同性恋就意味着不断与嘲弄他的孩童打斗，而且内心出于个人良知会陷入罪恶感。但那都过去了，现在有了旧金山。1980 年 6 月 29 日，盖坦就是那只变成了白天鹅的丑小鸭。

盖坦一下舞池就脱掉了 T 恤，迅速而熟练地从牛仔裤口袋里掏出一瓶芳香催情剂（popper）。细密的金色胸毛勾勒出了他胸部浑然天成的线条。

他感到自己强壮有力，充满生机。

他一点也不觉得自己得了癌症。

这是医生在切除了他脸上的那个紫色小包之后告诉他的。盖坦想去掉它是因为爱美，但医生要做个活检。几周之后，检测报告从纽约发了过来，多伦多的专家告诉盖坦，那是卡波西肉瘤，一种罕见的怪异的皮肤癌。也许这就是为什么一年来他的淋巴结总是肿大。活检以后，直到6月盖坦才跟朋友们说起这事。一开始他吓坏了，但是他相信人可以战胜癌症，也如此安慰自己。在他自己创造的生活里，他可以拥有一切他想要的东西和人，因此他也要想出办法来对付癌症。

春药渐渐在他体内起效，盖坦意识到他的快感可能会比这群人更持久。接下来总是去浴场。他回顾了一番他的选项——在定期造访这座城市之前，那些地方他已经去过多次。“俱乐部浴场”肯定挤满了盎格鲁-撒克逊男人，他们身材魁梧，想必非常健康，哦，典型的美国人；“热屋”的奇幻包房很迷人；“斗牛犬浴场”的监狱主题派对也一定相当有趣。

夏天才刚刚开始。火焰岛的海滩和洛杉矶的泳池派对就在眼前。后来，研究者开始称盖坦·杜加斯为“零号病人”，并追溯这位空少在那个夏天的行踪，他们翻看他的布面通讯录，试图厘清那些奇怪的巧合以及这位年轻英俊的空少在随后来临的疫病危机中所起的独特作用。

就在1980年的那天，盖坦在跳跃的五彩灯光下一边舞蹈，一边试图忘记一切。他觉得自己再次焕发了生机，他告诉自己，总有一天要搬来旧金山。

* * *

“这家伙的手臂好像长在了那人的屁股上。”

基科·戈凡特斯心想，也许站在穿吊带的那个男人两腿之间的人被截了肢，也许他是在揉搓那个人屁股下的残肢。

“他的手臂的确在他屁眼里。”基科的朋友说道。

基科感到恶心。自从五周前搬来旧金山，他便听说了很多浴池里发生的事。当地的同性恋报纸充斥着这种生意的广告和吸睛的标语：“手球快车”的口号是“发现你的极限”，“炉口”自称“世界上最非凡的性交地点”，卡斯特罗街的“美洲豹性爱俱乐部”卖力地兜售“你的幻想，你的愉悦”，男女通吃的“苏特罗浴场”每个周末都举办“双性恋派对”，“玉米洞”的广告更直接，就是一个裸男脸朝下躺着。

基科在同性恋大游行期间遇到的英俊的心理学家，答应带他来看看世界上最大的同性恋浴场——“斗牛犬浴场”。这里装修成“圣昆汀”监狱①的样子，在性爱俱乐部圈里是个有着传奇色彩的地方。同性恋杂志《鼓手》曾经洋洋洒洒地写过，“这座二层楼的监狱逼真得不可思议（真的牢房，真的栅栏，真的厕所……），当你看见站在二楼的狱卒时会不由得双膝一软，当场跪下”。

这简直疯了，基科心想。

基科从威斯康星搬到旧金山的时候，心里非常清楚身为同性恋意味着什么。他认为同性恋也约会、恋爱，不会和刚刚见面的人上床。他并不介意先约会几个月，再发生关系，然后再发展成类似婚姻的稳定关系。祖辈是古巴贵族的基科，3 岁时随家人逃离哈瓦那，因而受到了相当多的庇护。但突然之间他迷茫了。

当集会演讲者在高谈同性之爱的美好时，监狱主题派对就在几个街区之外，这种派对就像费里尼电影里的场景，令人困惑又充满诱惑，但也令基科感到厌恶。这种场景甚至更有疏离感，因为里面的人都如此性感，显然他们也觉得基科性感。从身体条件看，他能感觉到自己和他们的融洽。他身型修长，深色皮肤，相貌英俊，正是他们喜欢的类型。每层楼都挤满了裹着浴巾的精壮男人，迪斯科音乐喧闹刺耳，服务员欢快地送出免费的啤酒。空气黏稠，蒸汽弥漫，还带着浓烈刺鼻的亚硝酸盐吸入剂②味道。

基科望向他的同伴。当然，心理学家能看出这里的病态，在这样一个欢庆的日子里同性之爱被玷污了。心理学家好奇地瞧了基科一眼，就好像后者是个天真的小孩，他似乎很开心能带着这位 22 岁的青年穿过迷雾明白这是什么情况。

“那是拳交。”心理学家说。

---

① 加州最古老的监狱，始建于 1852 年，是加州唯一执行死刑的地方。——译注
② 作为新型毒品，亚硝酸盐吸入剂使用后可以增加阴茎勃起的持久性。——译注

“哦。”基科说。

知道了描述这种行为的词，并不能帮助他理解眼前发生的事。感情在哪里？他很困惑。一段有意义的性经历应该是灵魂与身体的互动，这哪有？在他看来，那些因为性取向而被社会孤立的人，现在通过他们的性行为彻底把自己孤立了。他们通过自己的身体来体验肉体的感受，全情投入性的肉体层面意味着性行为的花样不断翻新、更加极端，因为性的体验依赖于更兴奋的感官刺激而不是情感刺激。

基科觉得，一个基于爱而存在的群体竟然创造出这样完全不讲究私密感的公共场所，简直太讽刺了。带着恐惧和失落，他离开了浴池。当他穿过空荡荡的市政中心广场时，清洁工正在清理集会留下的垃圾，健壮的游乐场工人正在拆卸游乐设施。在这承前启后的一天，雾霭弥漫全城。基科不由得感到一丝寒意。

3. 无望者的海滩

1980年8月，纽约，火焰岛

拉里·克莱默望向桌子那头的恩诺·波斯克，从后者清晰低沉的声音里，他听出了极度的不安。

恩诺再次重述了拖垮他情人尼克的症状：莫名的腹泻、似有似无的乏力、不断冒出来的疹子。看了无数个医生，做了无数次检查，一无所获。几年来，尼克像教徒一样恪守严格的健康食品养生，看来毫无效果。拉里是位著名作家，交游甚广，恩诺想他应该有办法。

“有没有哪家医院特别擅长治疗不明情况的病症？”恩诺问。

拉里想起他初遇尼克的情景，那是一次全同性恋的加勒比游船之旅。

尼克是个讨人喜欢的游船酒保，集意大利人的特点于一身，诙谐、英俊、爱热闹。每一天，尼克都会从彻夜的派对里挤出时间来给恩诺写长长的情书，每到一个港口都会有一包恩诺的情书在等着尼克。这种充满柔情蜜意的情书是拉里一直想要的，而自从在阳光明媚的火焰岛海滩邂逅，8 年来，尼克与恩诺之间的爱情似乎从未褪色。

恩诺说起了他如何带着尼克辗转于不同的医院。拉里想象着高大、宽肩的恩诺像伐木工一样环抱着瘦弱的尼克，扛着他在陡峭的钢制楼梯上爬上爬下，只为救尼克的命。这些画面让拉里想哭，但是，他真的和医院、医生都不熟，也不知道能帮病情每况愈下的尼克做些什么。

恩诺走开后，尼克回想起这个夏天发生的怪事。似乎大家都在谈论最近频发的肠道寄生虫，吃饭时也常常聊起这个话题，比如某种治疗方法消灭了这个顽固的微生物，还有流行的抗寄生虫药物甲硝唑实际上会致癌，等等。感觉就像是在偷听一群迈阿密老太太坐在树荫下的长椅上讨论她们的关节炎。

那天晚上，拉里去了“冰宫”①，那里有火焰岛上永不停歇的夏日派对。他小心翼翼地穿过门口的人潮，看见一个像万宝路广告男主角一样的人无精打采地在迪斯科舞池里晃悠。拉里知道以他的聪明才智，他和纽约城里任何一个人都能处得来，然而一看见如模特般英俊自信的保罗·波帕姆，拉里总是惊叹不已，就好像人们看见电影明星会情不自禁地屏住呼吸一样。

在“Y”酒吧，拉里对保罗说，你天生拥有这么好的身材，根本不需要锻炼，保罗羞涩地回了一句“噢，胡说！”那种率真让拉里想起了电影明星加里·库珀或吉米·斯图尔特。在火焰岛的夜生活中心“冰宫”，拉里不知道像保罗这样的人感觉如何，他看起来如此适合这个地方，如此受欢迎，这是拉里这样的局外人从未体会过的。无论在哪里，保罗似乎总能自然而然地扎进好看的人堆里。在火焰岛，他和恩诺、尼克以及另外几个英俊的男人合租在一个屋檐下，他们是岛上每个大型派对的核心人物。

---

① 纽约同性恋酒吧。——译注

拉里不适应这样的夏天。他甚至不想与人合租房子，悄悄在岛上哪个地方度个周末就行。他刻意低调行事，但尴尬还是会不期而至。他去杂货店买橙汁，店老板也是个同性恋，他瞪着拉里，并且恶狠狠地说："你会毁了这个岛，真不明白你干吗到这儿来。"

播放唐娜·莎曼的歌时，DJ 调高了音量。拉里看见他的老朋友，也是一位作家走进了"冰宫"。他朝拉里所在的方向看了一眼，然后故意往另一个方向走去。

拉里·克莱默知道，这种反感与他的书有关。那是一本关于纽约和这个岛的同性恋生活的书，从书名《基佬》（*Faggots*），到书中详细描述的以格林威治村樱桃园为轴心的地区的淫乱生活，都触怒了同性恋书评人以及被拉里写进书里的人。曼哈顿唯一的同性恋书店禁止此书上架，同性恋书评人告诫读者，买这本书就是在损害同性恋解放运动。

同性恋解放运动兴起后，同性恋在那些激动人心的日子里创造了属于自己的亚文化，《基佬》一书探索了这种亚文化的每个黑暗角落。其中，有迪斯科舞厅里毒品诱发的迷醉场景，有上东区时髦的合租公寓里的彻夜狂欢，还有"马桶碗"里的拳交，这是曼哈顿众多乌烟瘴气的酒吧之一，在这样的地方，人们用粗粝的激情探索各种怪异的性行为。书中的高潮部分是火焰岛上一个到处都是派对和舞蹈的周末，尤其提到了"人肉市场"的纵情声色。"人肉市场"是指自博南伍德延伸到邓斯纳恩的一片植被极其茂盛的狭长树林。

在此背景下，情人们争论忠贞，争论在这样无所不在的狂欢中能否存在任何类似于有意义的承诺的东西。故事的主人公，一位犹太剧作家兼电影制片人，其实就是拉里·克莱默本人，眼见自己对爱情的希望破灭，他文思泉涌，并在其中提出了许多令人不安的问题。

"为什么基佬总是不停地做爱？"拉里写道，"好像我们没别的事情可干似的……就知道住进同性恋街区，跳舞嗑药做爱……外面是大好世界！……我们的世界和他们的世界是一样的……我厌倦了做纽约火焰岛上的基佬，我厌倦了用我这样一个平庸之人的身体去引诱另一个平庸之人，我想爱上一个人！我想走出去，和一个爱我的人一起活在这世上，我们不必强迫对方忠诚，我们就该想着忠于彼此！……这世上没有哪一种感情能在我们脚下这摊狗屎上存在下去。”

这一切都必须改变，拉里的主人公在书的高潮部分对一位不忠的情人说，“要不然你会害死你自己的。”

这本书确实轰动一时，但是自打它出版以后，拉里就成了岛上不受欢迎的人，所以他只是偶尔回去拜访朋友，到处看看。已经过了凌晨一点，拉里看着保罗·波帕姆护送着他英俊的情人杰克·诺回到舞池。最后，美丽的人们开始纷纷到来。拉里明白，在大西洋岸边这片岛岬上，到处都是一样的奢靡淫逸。

下午在各个海滩流连，接着是清淡的晚餐，也许会打个盹，然后就是去狂欢派对，在累到不能动弹之前会逛遍当季流行的所有迪斯科舞厅。当然，没人会在凌晨两点以前去“冰宫”，所以你得靠毒品熬到那个时候。一旦音乐响起，就别想早睡了，跳完舞你就会去“人肉市场”，直到太阳在沙滩上升起，你才会走回家。这套一成不变的程序令拉里感觉自己老了，45 岁的他不再有熬长夜的本钱。他也好奇，那些人怎么会心甘情愿地跑过来，过一个比快节奏的曼哈顿还要令人筋疲力尽的周末。

拉里·克莱默时不时会把纽约的同性恋生活和旧金山的做比较，这是他另一个惹恼曼哈顿同性恋知识分子的嗜好。哈维·米尔克和乔治·莫斯克尼市长被枪杀的那天，拉里就在旧金山，面对市政厅外 3 万根蜡烛闪烁的烛光，还有那些理想化地谈论改变世界的演讲，他也落下了泪。加州州长、州高等法院全体人员以及其他政府部门的大部分官员都出席了米尔克的追思会，对此他感到吃惊。他心想，纽约的同性恋从来没有获得如此的成就和尊重，因为他们似乎更热衷于建一个更好的迪斯科舞厅，而不是更好的社会秩序。在纽约当同性恋，好像是件周末才干的事。在工作日，每个人都回到了自己的工作中，小心翼翼地藏起自己的性取向，假装一切都很正常。

当然，这并不是说拉里是个疯狂的同性恋激进分子。实际上，对纽约的同性恋活动积极分子而言，他并没有什么用处。激进分子似乎沉迷于辞令，但这过时了。更有身份的同性恋是热衷谈论民权的人，他们似乎更想维护当前同性恋的生活方式，而不是让其变得更有意义。同性恋运动争取的与其说是婚姻权，不如说是像兔宝宝一样蹦蹦跳跳的特权。

同性恋团体似乎迷失了，有时候拉里也感到迷茫。昔日，他有过两次一炮而红的经历，如今已成昨日云烟。第一次是在电影业从业多年后，拉里改编并制作了以 D·H·劳伦斯同名小说为蓝本的电影——每个人都觉得那本小说根本不可能拍成电影。《恋爱中的女人》成为当年最受欢迎的电影之一，为拉里赢得了奥斯卡最佳剧本奖的提名，还让片中一位明星格兰达·杰克逊获得了奥斯卡奖。他还担任了其他电影的制片，但作为艺术家——尽管有人不这么认为——他第二个引起轰动的作品是《基佬》。目前，他正在鼓捣另一部小说，也受命写些剧本，但事实上他觉得自己和同性恋团体一样杂乱无章，无法找到明确的方向。

保罗·波帕姆在“冰宫”注意到了拉里·克莱默，瞬间觉得自己应该再试着读一读《基佬》这本书。他耐着性子读了 20 页或 30 页，就读不下去了，觉得没劲。他想不明白，为什么会有人如此一本正经地看待身为同性恋这事。没错，保罗是个同性恋，但这个事实并不比他曾是“绿色贝雷帽”队员或在俄勒冈长大更了不起。是就是吧，他想不通为什么要说这么一大通。他从来没感到被歧视，从来没想过自杀，也从不曾因为同性恋倾向而在罪恶感中挣扎。身为同性恋，最糟糕的也不过是一点轻微的不便，要到处打圆场。

他心想，我的私生活不关任何人的屁事。也跟政治扯不上关系。就像在华尔街工作的大部分同性恋一样，他以一名注册共和党人的身份参加投票。今年，他对里根的政纲没什么兴趣，但卡特是个窝囊废。等到 11 月，保罗决意要投给无党派的独立总统候选人约翰·安德森，一位来自伊利诺伊州的温和共和党议员。

保罗扫了一眼舞池，纽约同性恋社团的精华一览无余，那些穿着紧身衣、蓄着髭须的男人是如此美好，令人担心盯得太久会弄坏他们。这一切让保罗后悔自己没有好好利用海洋街上那栋破房子里属于他的那间。恩诺已在那里租住多年，保罗今年刚刚搬进去，住的是他最要好的朋友瑞克·威利考夫的房间。

去年 9 月，瑞克提起自己耳朵后面有几个奇怪的凸起。他不想去看医生，但是保罗说服他去纽约大学知名皮肤科专家那里看看，保罗曾在那里治疗过顽固的牛皮癣。当医生说瑞克得了一种他们没有听说过的癌症，叫卡波西肉瘤时，保罗和瑞克都很震惊。更奇怪的是，医生还提到附近一家医院也有一位得了这种癌症的男同性恋。后来才发现，瑞克和这位患者甚至还有共同的朋友。

一直以来，瑞克的病看起来都不严重，就算到现在他也没有病入膏肓，就是一直觉得疲惫不堪。瑞克在布鲁克林一个挺乱的街区当五年级教师，保罗认为也许是工作把他累垮了，但是瑞克坚持说工作没那么累。他辞了职，和他的情人蜗居在西 78 街褐色砂石饰面的房子里。保罗工作很累，还要去看望瑞克，对他而言，没什么能比躲进“冰宫”度过无忧无虑的周末夜晚，在热情的火焰岛沙滩上度过没有牵挂的白天，更让他觉得解脱的了。

* * *

回到海洋街的房子里，恩诺·波斯克盯着尼克睡着的样子看。他们原打算让尼克在海边度过一个轻松惬意的夏天，恢复健康。恩诺整个夏天都在城里忙于一个重要的建筑绘图项目。他没想到尼克的变化那么大。

尼克看上去憔悴不堪，几乎没有力气从那栋年久失修的三居室海滩小屋的平台上走下来。恩诺偶尔会想，瑞克和尼克这两个好朋友同时生病，真是很不寻常。至少在他眼里，瑞克是很健康的一个人。最近，尼克的状况不太好，恩诺虽然是来自俄勒冈的乐天派，但也感到担忧。他觉得自己心都快要碎了，他太爱尼克了。

恩诺想起 5 个月前，也就是 1 月，他们的阿斯彭滑雪之旅。有人说，尼克的疲惫感是对高纬度和稀薄空气的正常反应。回到纽约后，尼克去做了罗尔夫按摩（Rolfing），但是几个钟头后他回来时，又患上了流感。第二天，他感觉好些了，就回去工作了，然而几个小时后又回来了，说还是觉得隐隐不适。那是他最后一次去上班。尼克精心准备的所有健康膳食、罗尔夫按摩和精神治疗的方法通通试过了，全都无济于事。

恩诺再次感到困惑：到底哪里能治好尼克的病？尼克在床上不停地翻来翻去，嘴里还嚷嚷，把自己折腾醒了。然后他又昏睡回去，床单上的印痕显示出他的体重减轻了许多。恩诺知道明天尼克会说听到了有人喊叫，他被弄醒了。也许他会责怪恩诺，然后再度坠入空荡荡的白日梦里，现在他的白天几乎都在昏睡中。恩诺想起尼克最好的朋友几个月前曾经严肃地警告过他们。

“如果再不想点办法尼克会死的。”

“你反应过度了。”当时恩诺是这样说的。

8 月 9 日，星期六，纽约

“请问尊姓大名？”

肯尼迪参议员一边漫不经心地摩挲发白的头发，一边问比尔·克劳斯。

“应该称呼‘同志’？还是‘女同性恋’和‘男同志’？抑或‘男同性恋’和‘女同志’？”

民主党全国代表大会两天后将在麦迪逊花园广场酒店召开，参议院和卡特总统的斗争也到了紧要关头。关键在于肯尼迪参议员提出的“开放大会”。假如肯尼迪参议员能够促成修改规则，允许代表凭良知投票，而不是唯候选人初选会的意见是从，那么他可能会有机会取胜。这是他最后的机会了。在代表大会男女同性恋党团的鸡尾酒会上，在场者都很友好，因为三分之二的同性恋代表已经倒向参议员。比尔·克劳斯是政纲委员会的成员，在党团里他是级别最高的肯尼迪支持者，他还要介绍候选人。肯尼迪试图谨慎地遵循 1980 年代政治上的规矩，在称呼问题上不出错。

“‘还是女同性恋’和‘男同性恋’?”

比尔看向格温·克雷格。格温知道她这位朋友此刻内心正狂喜呢，他一边陪着肯尼迪参议员在酒会上转悠，一边克制自己不要流露出得意忘形的神色。支持总统卡特的纽约代表没有一个愿意来参加同性恋的活动。

肯尼迪最终决定用“女同性恋”和“男同志”这两个称呼，并开始他鼎力支持同性恋的演讲，同时提醒听众，他是第一个在这类问题上表示支持的重要候选人。然而，纽约的同性恋活动积极分子竟然提出，比起完全支持同性恋议案的肯尼迪参议员，对同性恋权利毫无作为的候选人其实更符合同性恋的利益。比尔简直不敢相信自己的耳朵。他私下对格温说过，这是典型的纽约同性恋干的破事儿。

纽约的同性恋领袖似乎将同性恋权利视为和驾照差不多的东西，这两样都得有州政府的特许。在比尔·克劳斯看来，这些权利完全是同性恋应得的。拜托！他们讨论的是天赋人权，而非特权！后来比尔回顾过往，意识到在1980年民主党大会上，加州的同性恋政治形态和纽约的已经出现了明显的隔阂，站在这个角度便可理解后来几年发生的许多事。

一切始于一个月前在华盛顿举行的民主党政纲委员会会议，在会上，民主党提出了竞选的原则声明。比尔·克劳斯迫切希望推出同性恋团体的完整要求。总统的一纸行政命令可以立即消除联邦政府机构针对同性恋的歧视，“大笔一挥”即可，比尔乐于这样强调。一个外国同性恋有可能被拒绝进入这个国家，理由是根据麦卡锡时代通过的某项法案，这些人是“病态的”，比尔对此感到恶心。他还希望获得一个修改移民法的承诺。

这些提议让卡特阵营的人相当恐慌。在南方——这位前佐治亚州州长的政治基地——越来越多的有争议的宗教激进主义者已经够令他们担心了。如果同性恋团体需要，肯尼迪答应让足够多的代表将其诉求在大会上以少数派政纲条款的形式提出。比尔喜欢公开辩论的设想。他认为，假如同性恋运动要作为一个合法的社会问题被严肃对待，那么就需要通过全国电视转播引起关注。

卡特阵营本来希望完全不提及同性恋权益，但是为了避免会场辩论，他们做出了妥协，提出了一个反对基于性取向进行歧视的普通政纲。纽约的同性恋支持这位现任总统的做法，他们说，假如同性恋因此制造麻烦的话，就连上述政纲都得不到。比尔·克劳斯不愿让步，他认为，与其在一个没人会读的文件里出现这样一个语焉不详的声明，还不如把问题呈现在5 000万电视观众面前。要是做出让步，他们获得的会比应得的少，而他们原本是有能力在政治上取得更大成就的。在执中立态度的人占了多数以后，比尔开始公开谈论纽约人是如何采取“持久的顺从策略的”。他期待参加大会，因为强大的西海岸同性恋活动家们将会在其间起主导作用。

“问题并不在于邪恶的人性或背叛，而在于政治理念，这种政治理念认为，受压迫阶层要想达到目的，就得小心翼翼，不可得罪权势阶层。”当那个表示妥协的政纲出现后，比尔向“米尔克俱乐部”这样报告。“问题在于，我们总是不希望冒着战斗的风险来争取应得的，总是希望保护好我们业已获得的那一丁点权益。问题在于，我们总是相信我们现在获得的是政客施予的恩惠，而不是他们对于我们所要求的政治权力的认同。”

比尔想，要是没了精英的慷慨，纽约人还是无法构建出这样的权力体系。加州人都说，那是因为曼哈顿的同性恋都是秘而不宣的。不站出来，没有坚实的投票集团，同性恋就会一直被剥夺权利，只能依靠陌生人的善意。这是他们自己的错。比尔认为，从党派大佬那里乞求恩惠，这是低级政治。高级政治则意味着要利用政治体系来确立我们所追求的可长期推进的社会变革。

女同性恋弗吉尼亚·阿普佐是卡特阵营的代表，以她为首的纽约同性恋领袖们认为，对于美国主流大众而言，加州的同性恋运动太过激进。不是每个人都能像旧金山的出柜同性恋那样生活，时不时来场骚乱。他们认为，你必须遵守游戏规则，而这意味着和真实的世界和平相处。在这方面，卡特显然比那位刚刚在底特律获得提名的共和党候选人、加州前州长罗纳德·里根更擅长。

* * *

大家都为肯尼迪参议员鼓掌，他和其中几个人握了握手，就赶去另一个聚会了。在自由派人士看来，当晚在高耸的曼哈顿东区奥林匹克大厦举行的同性恋核心党团活动显然是最“潮”的。当格洛丽亚·斯泰纳姆窝在一个角落时，比尔·克劳斯正被几个议员追着要求将他们介绍给大家。没人能想到1976年的民主党大会之后，同性恋取得了这么大的成就。当年他们只有4名代表，现在有76位代表及候补代表，并且已经实现了他们的夙愿：把涉及同性恋的议题写入全国最大的政党的政纲中。很明显，同性恋运动的中心已经西迁到了加州，因为一半的代表住在那里。同性恋党团中来自其他19个州的政客围在旧金山代表的身边，听他们讲述哈维·米尔克的故事，还有同性恋群体如何策划和组织政治斗争的。同性恋运动现在由比尔·克劳斯这样更具攻击性的活动家接棒，而非温和的东部人。第二天，比尔全票当选为同性恋代表团的联席主席。

肯尼迪不仅在公开选举大会上落败，并且未能获得提名，比尔和他的同盟对此深感失望。比尔对格温·克雷格哀叹道，像卡特这样的笨蛋都能在票数上领先，民主党败局已定。尽管同性恋人数不少，但东部的媒体还是无视大会上这个新生政治力量的存在。而比尔仍然急于把同性恋运动推到电视上去，并且努力推销提名一位同性恋为副总统的想法，这样的话，提名演说就可以上电视。因为比尔尚未达到宪法规定的竞选年龄——35周岁，所以他本人无法获得提名。但是，同性恋代表们迅速在大会上活动，11个小时后，他们征集到了足以提名副总统的请愿签名。获得提名的是华盛顿来的一位黑人同志领袖，梅尔·步泽。大会的最后一天，比尔·克劳斯上台发表了有关提名的演讲。

“我们来了，”他说，“我们带着力量而来，带着骄傲而来。我很高兴，我们还带着朋友而来。你们中的许多人和我们一起努力将同性恋条款写入了本党的纲领，并第一次提出了男女同性恋也应享有其他美国人所拥有的权利，即不受歧视的权利。”

* * *

在回旧金山的航班上，比尔·克劳斯和格温·克雷格聊以自慰地想，一旦里根当选，对同性恋而言，也不算是最糟糕的结果。民主党控制下的国会，也许会阻止新右派的反同性恋法案。尽管议程表上他们很看重的其他几点可能会被削减开支，但是，同性恋运动本质上是为争取社会合法性，而非争取任何特定的支出项目。像免受警察滋扰和职场歧视这样最基本的人权，并不是从联邦政府层面获得的，而是从同性恋势力集中的大型城区获得的。罗纳德·里根或杰瑞·法威尔[①]夺不走他们在地方的政治力量。感谢上帝，同性恋不会为了社会计划而逐利。

比尔慢慢地呷着伏特加汤力水，为纽约人的懦弱无能而气恼。他想，如果同性恋需要的并不仅仅是被慷慨接纳的承诺，那么纽约人就受骗了。

8 月末，弗吉尼亚，弗吉尼亚海滩

灵媒一动不动地坐着，听尼克讲述他的问题。尼克的蓝灰色眼睛里透出绝望，他已经病了整整一年。还能治吗？

恩诺·波斯克想让他的年轻情人去明尼苏达州的梅奥诊所（Mayo Clinic）看病，但是尼克却要来弗吉尼亚州的谢南多厄河谷拜访灵媒。灵媒打开手提录音机，随即陷入一种精神恍惚的状态。最终，他说了句：“你得的是弓形虫病。”

尼克不明白他到底在扯什么。

灵媒把这个单词拼了一遍，但是对尼克而言没什么用。说到底，弓形虫不过是猫身上携带的一种寄生虫。太扯了。

---

① 美国基督教领袖，社会活动家。——译注

回到纽约后，恩诺把海洋街的房子退了，尼克住到了一个朋友那里。虽然恩诺仍保持乐观，但尼克的病恶化得相当快，就连起床也要费一番脑筋、耗费巨大的体力。首先，尼克要在头脑里想一想才能起身，再也没有任何自发的身体动作。一旦决定了，他就得分解起床所需要的每个动作，从脚开始到背部，再到穿鞋和穿裤子的动作。到了9月，完成起床和穿衣的过程需要一个小时。尼克走路的时候，每一步都要通过有意识的努力，才能把一只脚挪到另一只脚的前面，而且似乎随时可能会因为缺乏支撑而倒下。

对恩诺而言，最可怕的是尼克的身体发生了奇怪的变化，整个人仿佛卷了起来。当尼克的身体弓起来的时候，他的双脚呈内八字，双肩向内挤，看上去就像恐怖的死胎。

恩诺意识到尼克的朋友说得没错。尼克快死了。他重听了灵媒的录音带，试图找出让他朋友起死回生的线索。只听灵媒一个字母一个字母地拼着那个奇怪的词："T－O－X－O－P－L－A－S－M－O－S－I－S（弓形虫病）。"

4. 先兆

1980年9月，哥本哈根

瑞斯医院的一间小而整洁的病房里，一个36岁的人喘着粗气拼命呼吸，抵抗着窒息感。他的手掌因缺氧呈淡蓝色。床脚的单子上把他的病列为无法归类：不能确诊。此时此刻，他的主治医生让·格斯特福特觉得自己已经无计可施，只能眼睁睁地看着病人死去。

格斯特福特知道这位农业工程师为何呼吸如此急促，这不是什么难题。他的肺泡里充满了微小的原生生物。一个正常人的肺里通常有3亿个肺泡，吸入的氧气经过肺泡向血液扩散，这是人类生存的最基本的生理过程之一。同样，这些肺泡也为肉眼不可见的肺囊虫有机体提供温暖的甚至接近赤道温度的生存环境。

这种新型原生生物，是巴西科学家卡里尼博士 1910 年在豚鼠身上找到的。三年后，巴斯德研究所的科学家推断，巴黎下水道老鼠的肺里也有。然而，1942 年，人体中也发现了它的存在。几年后，人类所知的第一次由肺囊虫引起的肺炎在战后欧洲的一家孤儿院大爆发。后续研究表明，这种潜伏的原生生物可以追溯到生命的起源——最原始的单细胞生物，而在地球上每个有人居住的区域都可以找到它。它是人类正常运作的免疫系统能够轻松抑制的成千上万种生物之一。

不管是生活在拥挤的贫民窟的营养不良的儿童，还是淋巴系统被癌症损毁的成人，免疫系统问题常常是肺囊虫肺炎的先兆。当现代医学已经能够通过人为抑制免疫系统来帮助人类应对移植后的肾脏和心脏排异时，肺囊虫病还是会陆续冒出来，并急于在其首选的生态区——肺部蓬勃发展。不过，一旦免疫系统恢复功能，这种疾病便会自动消失。于是，这种微小生物进入了医学书籍里一个不起眼的角落，成为其中记载的数以千计的邪恶微生物之一，它潜伏在人类生存的角落，处于休眠状态，直到出现一个难得的机会，让它迸发出生机，并遵循生物机制来生长繁殖。人类这种物种能够在不同的大陆和气候中生存，很大程度上是因为拥有对此类有害生物的免疫力。

然而在 1980 年那个寒冷的秋天，在哥本哈根慢慢窒息的那个人的进化看来遭遇了短路。他的免疫系统一定被什么东西摧毁了；这就是为什么肺囊虫会在他肺里安家。

格斯特福特医生来自丹麦政府研究机构“国家血清研究所”，是来研究这个人的诊断中难以解释的部分的。他的免疫系统出了什么问题？以及该如何治疗？格斯特福特医生很困惑，他做了一项又一项的检测，但还是无法解释为何肺囊虫会在那人的肺里以如此惊人的数量繁殖，以致其大汗淋漓、呼吸困难。此人最近的病史记录看起来并没有什么异常。他是丹麦乳业部门的一名农业工程师，1979 年曾去纽约参加挤奶机的使用培训。这看起来没什么可疑的。他也是个同性恋，但哥本哈根是世界上对同性恋最友好的城市之一，没人会大惊小怪或者觉得这是种病态。

格斯特福特医生后来想到，也许这是个医学问题，因为就在几周前，他还收治了一名同性恋。后者莫名地日益衰弱，体重也减轻了，并且突发可怕的肛门疱疹。这名37岁的男子在丹麦首都的戏剧圈非常有名，他说他的情人也莫名其妙地病倒了。

当然，进一步的想法过了很久才出现，因为即使我们这个时代比过去进步，人类由于不明原因病倒甚至死亡的情况也并不鲜见。不管怎么说，这年9月在瑞斯医院去世的这位农业工程师是第一个死亡病例，而三年前那位名叫格蕾特·拉斯克的外科医生也死于这种肺炎。

*　　*　　*

哥本哈根的这两起死亡病例，暗示了1980年悄悄在三大洲游走的杀手有着某种共性。在欧洲，这种微生物的首位受害者主要与非洲有关。就在格蕾特·拉斯克被迅速从南非带回哥本哈根几周之后，金沙萨的一位34岁的航空公司秘书利用公务旅行津贴把生病的女儿从扎伊尔送到了比利时。她的女儿才3岁，患有口腔念珠菌病，这是一种口腔酵母菌感染。她的另一个孩子已经死于由不明原因的免疫系统问题引起的呼吸道疾病，而免疫系统的疾病正是由于念珠菌感染开始的。抵达布鲁塞尔几周后，这位母亲自己也感染了口腔酵母菌。9月中旬，她的淋巴结开始肿大，体重骤降，还感染了严重的巨细胞病毒。一波又一波的感染严重损害了这位母亲的健康，医生们却束手无策。她因肠道内无法治愈的沙门氏菌感染而导致严重腹泻，身体每况愈下，1978年1月她飞回了金沙萨，一个月后在当地去世。

她去世几周后，一位成功的年轻小提琴家因为感染了卡波西肉瘤而令科隆的科学家们百思不得其解。这位德国音乐家是同性恋，过去10年经常来往于欧洲大陆各地，但这并不能说明他为何会患上这种在北欧罕见的老年疾病，也不能解释为什么三个月后，他的淋巴结好像在抵抗某种看不见的感染，肿得都快要炸开了。接下来的几个月，医生还是想不出办法，只能眼睁睁地看着这位 42 岁的病人被各种疾病轮番轰炸，直到 1979 年 1 月他彻底解脱。

正是在那段时间，驻扎伊尔的比利时医生们开始报告说，金沙萨的米莫耶末总医院里感染隐球菌的病例激增。1980 年，医生们记录了 15 个这样的病例。传播隐球菌的孢囊被发现存在于全球各地的鸟粪里，所以问题并不在于出现了新生隐球菌，而在于患者的免疫系统不够强大，给了疾病可乘之机。

在巴黎，第一例令人费解的肺炎病例也和非洲有关，那是 1978 年，一位葡萄牙籍出租车司机突然感到呼吸困难。这位黝黑的矮个男子从安哥拉回来才刚一年左右，安哥拉内战期间他服务于葡萄牙海军，后来成了卡车司机往返于安哥拉—莫桑比克公路，这条公路正好斜穿过扎伊尔西部狭窄的海岸沙咀。1979 年，克劳德-伯纳德医院的威利·罗森鲍姆医生应邀来为他诊治，并迅速断定他身上有肺囊虫。罗森鲍姆想不明白到底是什么样的免疫问题诱发了肺炎，于是请来了免疫学家雅克·莱博维奇。莱博维奇已经习惯了在世界各地的旅行者中发现奇怪的病症，他似乎总在治疗一些受到不明感染的机长或空乘。医生首先为这名男子做了淋巴癌检查，这种病常常会导致这样奇怪的免疫缺陷。但是检查结果没有说明任何问题，其后的验血也是如此。从巴黎各地来的专家纷纷拥在这名病人的床前，不仅希望找出治疗方法，也想对这个令人费解的疑难杂症一探究竟。与此同时，密实的白色真菌在这名男子的口腔和咽喉大量出现，常见的良性乳多空病毒引发的瘊子布满了他全身，四肢也都是。

当发现这名病人的大脑感染了弓形虫这种罕见寄生虫时，医生们的心彻底凉了，但依然毫无办法。1980 年，这名病人回到了他在葡萄牙的妻子和 5 个孩子身边，等待死亡降临。当他在伊比利亚垂死挣扎的时候，两名妇女因肺囊虫感染被送进了克劳德-伯纳德医院的重症监护室。其中一人是扎伊尔妇女，她的非洲医生无法找到有效的治疗方法，于是和许多住在中非法语地区的精英一样，她到巴黎的医院寻求治疗。另一位是个法国女人，但近期也在扎伊尔住过。

欧洲的秋天变成了冬天。等到冬去春来的时候，这几个人——葡萄牙出租车司机以及巴黎的两个女人——都已经被充满他们肺部的原始原生生物吞噬了。

* * *

在美国，由奇怪的新型综合征引发的不明疾病可以追溯到1979年。那是1979年9月的一天，气候宜人，瑞克·威利考夫被送到琳达·罗本斯坦因医生那里验血。与此同时，琳达注意到他的身体因抵抗治疗而出现大面积的皮疹，并且全身上下的淋巴结都肿大。全面研究后，琳达判定他患的是淋巴癌。后来一位皮肤病专家告诉琳达，病人身上的皮疹是一种叫卡波西肉瘤的皮肤癌。

“这究竟是什么东西?”琳达问道。

没花太多时间，她就了解了目前有关它的全部知识，因为世界上关于这种疾病的医学文献并不多。这种癌症最初发现于1871年，患者是地中海及犹太裔男性。在19世纪的医学文献中大概记录了500到800个这样的病例。它一般发生在五六十岁的犹太男子或意大利男子身上。1914年在非洲发现的第一例记录在案的卡波西肉瘤，简称KS。后续研究表明，这种肿瘤在班图人（Bantus）当中非常常见，通常发生在中非热带大草原的某些已知地理范围内。在那里，每10个癌症患者中有一个患的是卡波西肉瘤。

一般情况下，患者身上会出现一些扁平无痛的紫色病灶，很长一段时间以后才会死亡，而且通常还是死于其他原因。就癌症来说，卡波西肉瘤相对没有危险。最近几年，有报告指出中非出现了一种更新、更危险的肉瘤形态，但是看起来瑞克·威利考夫得的并不是这种。据报告说，非洲人的病灶会迅速覆盖身体和内脏，但他的情况并不是这样。另外，他也从没去过那样的异国他乡。瑞克与同龄的普通纽约教师相比，唯一一个细微的差别就是他是个同性恋。

鉴于此类癌症极为罕见，又难得出现在一位年轻的非地中海人身上，琳达决定密切跟踪瑞克的病情，并将此事告知了另外几位医生。总有一天她要把这个病详细地写下来。

在第一次见到教师瑞克两周后，她接到了荣民医院的一位同行打来的电话，该医院就在纽约大学医疗中心以南几个街区的第一大道上。

“你可能不相信，我这儿也来了一个这样的病人。”他说。

琳达·罗本斯坦因迅速前往荣民医院，去看这位貌似和瑞克症状相似的卡波西肉瘤患者。无疑，这人要帅多了，毕竟他是个模特。不过他 37 岁，是个同性恋；而最怪异的是，这两人有几位共同的朋友。这很不寻常。他们说他们的熟人中有一位迷人的加拿大金发空少，他那与众不同的名字就这样印在了琳达的脑海里。

“他叫盖坦。你应该和他谈一谈。”1979 年 9 月，纽约城里最先被诊断为卡波西肉瘤的两个人对琳达·罗本斯坦因说。

“你应该找盖坦谈谈，他身上也有这样的皮疹。”

10 月 1 日，旧金山，戴维斯医疗中心

迈克尔·马拉塔被戴维斯医疗中心——卡斯特罗街区最大的医院——收治的时候很不高兴，但他已经病了一年了，想要弄清楚是怎么回事。他的病情被正式描述为 FUO，即“不明原因的发烧”。然而，他的医生怀疑情况要比这个严重，要求对他的肝脏、骨髓和淋巴进行活检。他的内科医生觉得，这也许是尚未显现出来的霍奇金病，那么这就可以解释一年来困扰着这位发型师的不适感究竟从何而来。当然，迈克尔试图像往常一样继续他的生活。他依然会举办城里最好的派对，6 月，他包下了市场街他那个美发沙龙楼上的整个四层，办了这一年的终极狂欢派对。男孩们兴高采烈地挤满了四层楼的外墙楼梯，痛饮啤酒，还有几百人挤在后面的院子里跟着迪斯科 DJ 起舞。地下室里，更多的人互相摸索和爱抚着沉浸于一个类似浴池狂欢派对的大型娱乐活动，中间那个就是迈克尔，一个完美周到的主人，正向每个来宾分发致幻剂药片甲撑二氧苯丙胺（MDA）。迈克尔心想，这是旧金山同性恋的光辉岁月，建国200周年纪念活动之后他从格林威治村搬来这里，他很享受自己打造的这种生活方式。有时候他会好奇那里的朋友们过得怎样，例如恩诺·波斯克和他的情人尼克，他们几个人曾经非常亲密。如今，他很少听到这帮老朋友的消息了，当高大的船只从世界各地涌入纽约港时，他们曾一起度过了激情燃烧的几个月。

旧金山，旧金山大学医疗中心

“太多的人正在传播。”

这样的话已经成了塞尔玛·德里兹医生关于男同性恋肠胃疾病的老生常谈的固定结语。她觉得她在加州大学旧金山分校医疗中心举行的这次性传播疾病专家月度会议上所做的分析，表明了事态有着特殊的严重性。她知道这是全美最负盛名的医学院之一。这些医生需要知道正在男同性恋的身体里滋生的某些新东西，他们需要保持警惕，看看它可能会导致什么。

德里兹医生是旧金山公共卫生部的传染病专家，可她从没打算在职业生涯的后半段研究男同性恋肠道内寄居的微生物，并且成为全国最重要的权威之一。她的专业研究始于1967年，在她当选为旧金山公共卫生部传染性疾病控制局的助理主任后不久。

通常，每年她会收到5到10个阿米巴痢疾病例的报告，病人多半来自日托中心或餐馆。现在医生们一周报来的病例就有这么多。她又检查了一遍数据。几乎所有的病例都是年轻的单身男子，其中大部分来自卡斯特罗街的戴维斯医疗中心。她和卫生部的另一职员讲起这事，说这有点奇怪，因为她并没有收到过对该街区餐馆的投诉。同事把德里兹拉到一旁解释说，这些病例集中于男同性恋中。德里兹不明白这个信息有什么关联性。

“这是口肛接触。”他说。

“什么？”

塞尔玛1940年代上医学院的时候，学校可没教过这些东西，但她马上就明白了肠道疾病的这种污秽龌龊的现实。同性恋医生很早就认识到，像阿米巴病、贾第虫病以及志贺杆菌病等寄生虫病就是同性恋的健康隐患。1960年代末到1970年代初，随着肛交的盛行，问题越来越多，因为在这种性行为过程中几乎难以避免接触粪便。当性行为的喜好变得越来越奇特，舔肛开始流行，问题便爆发了。没什么方法能比直接摄入更有效地获得一剂寄生虫孢子了。

虽然这一切是同性恋医生的常识，但公共卫生行业对此知之甚少。当阿米巴病反常地在格林威治村一带大量出现的时候，认真负责的卫生官员一度还派人去那里检查了水质。

然而，德里兹对同性恋群体的健康情况了解得越多就越担心。男同性恋正受到一波又一波日趋严重的疾病冲击。一开始是梅毒和淋病，每年城里的性病诊所大约要接诊7万人，其中80%是男同性恋。治疗方法简单使得他们对性病抱着一种漫不经心的态度，许多男同性恋收藏排队号牌，把它当成希望的代币券，诊所则成了随便打个针再捡个约会对象的地方。后来是甲肝和肠道寄生虫，接着是乙肝的激增，由于肛交的流行，乙肝从由血液传播变成通过性传播的疾病。

德里兹是个冷静务实的人。情绪化会影响她传达信息，使她无法有所作为。她已经准备好冷静地告诫男同志们关于舔肛以及无保护措施的肛交行为的危害，尽管她的冷静态度与那个时代格格不入。然而，德里兹在专业上的分量让她广受同性恋医生的欢迎。她的孩子们取笑她，称她是“旧金山性教育女王”和“男同性恋的女训导长”。德里兹在男同性恋健康问题上已经成为无人能及的权威，因为1970年代末，她花了大量时间和同性恋医生开会，为医学杂志撰文，游走于加州北部并发布严肃的健康警告。

但在这里，1980年，德里兹感到这群性病学专家对她传达的信息无动于衷。她觉察到了这种反应。科学家很难相信性解放运动把

“蒙特祖马复仇”① 和吸毒者才易感染的乙肝变成了社会性疾病。德里兹平静地复述着统计数据：1976 年至 1980 年间，30 多岁单身男子中的志贺杆菌病患者增加了 700%；1969 年上报的阿米巴病患者仅有 17 例，现在一年上报的已超过 1 000 例，这还只是全城患病总人数的一小部分。30 多岁男性乙肝患者在过去 4 年里翻了 4 倍。

这些疾病都很难治疗，原因在于它们都有潜伏期，其间即使病毒携带者已经具有传染性，症状也并不会显示——男同性恋早在尚不知自己已经患病之前就将病毒传给了无数人。德里兹认为，这无异于一场灾难，而浴池滥交的商业化令事态变得更糟。

德里兹从幻灯机看向会议室里那些一脸怀疑的面孔。她想，这些医学院的书呆子们除非在显微镜下或试管里亲眼见证，不然什么也不会信。他们认为这是坊间的小道消息，而他们要看到数据。所有关于鸡奸和口肛接触的谈话也令他们不舒服。

德里兹试着展开她的观点，以便让这些医生明白，她讨论的并不是这种或那种疾病，也不是特殊的性爱体操。

“太多人正在被传染，”她说，“我们没能加以控制，它太容易传染了，假如有新的疾病暴发，我们将会付出沉重的代价。”

10 月 31 日，纽约

幽灵们在格林威治村蜿蜒的街道上掠过，万圣节游行队伍中的双关节骷髅架跟在畸形的黑暗精灵背后跳舞。几个世纪以来，万圣节一直都是独一无二的同性恋节日。社会学家指出，这是有道理的，因为这一天是把真实身份藏在面具后面的日子，而这是社会习俗长期以来为同性恋设定的一种常态。纽约是少数几个以游行来庆祝万圣节的城市之一，游行的核心区域刚好又是最著名的同性恋飞地。10 月的这最后一晚充满了可怕的近似死亡的感觉。拉里 · 克莱默没怎么化装，但是他和凯文 · 特里林以及一大帮作家朋友参加了游行，沿途还为那

① 指旅游者在墨西哥易得的腹泻病。——译注

些华丽怪异的装扮欢呼了一番。

* * *

那天晚上，同性恋的热点地区热闹非凡，到处是化装舞会和特别的派对。“弗莱明戈”是最高级的私人俱乐部之一，同性恋名流们常常在此跳舞至天亮。杰克·诺此刻就在那里，他一边寻欢作乐，一边想从装扮过的人里找到自己的朋友。他的男友保罗·波帕姆不在城里，这让他在看见一张熟悉的脸之后愈发觉得欲火难耐。一名金发男子冲他露出迷人的笑容，不一会儿，杰克和盖坦就从人群中溜了出来，消失在夜色中。

* * *

“他好像发癫痫了。”

在下城的哥伦布大道，恩诺·波斯克手忙脚乱地试图让尼克醒过来。和尼克待在一起的朋友眼泪汪汪地说听到尼克的房间传出一声尖叫，然后便发现他倒下了，不省人事。恩诺闻讯飞快赶来，跪在床边试图让尼克恢复意识。

“我们得送他去医院!”恩诺喊道。

恩诺心想，即使他已经昏迷，我也要告诉他我在做什么。尼克也许是清醒的，只是没法说话。

“我们现在给你穿衣服，带你去医院。”他说。

尼克吐出一口透明的黄色液体，并且大便失禁。恩诺把他弄干净，给他穿好衣服，温柔地抱着他的爱人走下四层楼梯。

“我们带你下楼，到外面去。”恩诺大喊。

出租车在上西区的街上疾驰。什么都阻止不了这个怀抱着一个垂死躯体的高个男人。恩诺意识到，因为这是万圣节之夜，出租车司机也许想当然认为他们是在某个化装派对上喝醉了。

* * *

第二天早上，在圣卢克-罗斯福医院，迈克尔·兰格医生久久注视着尼克的病房。一位神经科医生在 CAT 扫描过程中，发现这位年轻人的颅内有三大块病变，兰格作为传染病专家应邀前来诊治。尼克蜷缩在床的一侧，他的灰眼睛上有一层乳白色的膜，左脸看起来有点凹陷，体温正在上升。医生们告诉兰格，一年来尼克一直处于垂死状态，没人知道原因。

随着兰格与这样的垂死病例打交道越来越多，他成了这方面的国际权威，但这个场景在他脑海里多年挥之不去。他总是不由得回想起第一次看到病房里的尼克的情景，那一刻是个分界点，他的人生由此被分割成了“之前”和“之后”。多年后，兰格还是会随时想起那天，就好像记起他的结婚纪念日或孩子的生日。

那是 1980 年 11 月 1 日，一月之始。从那天开始，在世界的这个或那个角落发生的单个悲剧将迅速蔓延，逐渐在地球的生物图谱上拼出一个前所未有的恐怖的东西。

5. 定格

1980 年 11 月，洛杉矶，加州大学

迈克尔·戈特利布才担任加州大学洛杉矶分校的助理教授 4 个月，就展示出了自己的才华横溢。这位 32 岁的免疫学家刚刚在斯坦福大学接受完培训，就做了雄心勃勃的年轻科学家们在著名医学研究中心获得第一份工作以后应该做的事：用老鼠做实验。戈特利布尽职尽责地把自己的实验老鼠从斯坦福带到了加州大学洛杉矶分校，并计划研究辐射对老鼠免疫系统的影响，但是这些啮齿类动物感染了从洛杉矶采集来的病毒，接二连三地死了。说到底，戈特利布对实验室这种机械性劳动不是特别着迷，因此他提出，他手下的住院医师应该找些有意思的事来做——从一些病人着手来了解免疫系统。

没过多久，一名年轻热情的住院医师带回了一位年轻病人的案

例。这位病人的喉咙里出现了严重的酵母菌感染，以致他几乎无法呼吸。戈特利布知道先天免疫缺陷的新生儿有时会感染这种念珠菌病，饱受化疗痛苦的癌症病人也可能感染，但是，一个 31 岁、身体其他方面都很好的人得这种病，戈特利布还从未见过。

戈特利布和他的住院医生给这名年轻人做了检查，但他们始终想不明白为什么会这样。

两天后，这位病人——一位艺术家——抱怨喘不过气来，还开始轻微地咳嗽。出于直觉，戈特利布说服病理学家通过非手术的方式从病人肺部取了一小块组织来化验。结果发现一系列极其奇怪的症状，是年轻的戈特利布医生从未听说过的——这家伙得了肺囊虫肺炎。

戈特利布带着一管血液去大厅另一侧，找一位跟自己一样在实验室工作的免疫学家。后者也一直在密切关注有违常理的情况，其专长是有关 T 细胞的新领域，这种新发现的白细胞是免疫系统的重要组成部分。戈特利布想知道病人的 T 细胞数量，这需要检查两种 T 淋巴细胞：一种是辅助性 T 细胞，它通过激活抗病细胞并发出化学指令来生成消灭微生物入侵的抗体；一种是抑制性 T 细胞，它向免疫系统传达病毒威胁解除的信息。戈特利布的同事化验了病人的血液，不厌其烦地人工统计了 T 细胞亚群数量。其结果令他震惊：一个辅助性 T 细胞也没有。他以为操作出了问题，又做了一次，结果还是一样。

见鬼！到底是什么疾病找到并杀死了这种有特殊功能的血细胞？戈特利布和他的住院医师、同事以及所有有点空闲的人一起苦思冥想，集体讨论。谁也想不出个所以然来。他研读医书，找出那些关于不明原因的免疫疾病的研究报告。还是寻不到解答。他还仔细阅读了这位艺术家的病历，发现此人曾得过多种性病。在一次交谈中，病人倒是坦言自己是同性恋，对此戈特利布并没有多想，就好像这人在告诉他自己开的是福特车一样。

几个星期的调查毫无成果，戈特利布还是一筹莫展。也许稍后会显现出白血病的症状。他心想，过不了一两年我们就会知道问题出在哪儿了。

11 月 4 日，旧金山

“我没必要投票。”一位家庭主妇说。

比尔·克劳斯手里拿着从“哈维·米尔克同性恋民主俱乐部”拿来的一叠整整齐齐的候选人名单，努力压住火气。对他而言，投票和呼吸一样重要。你怎么能不投票？

那个女人打断了他的话：“吉米·卡特刚才上电视了，他已经承认竞选失败。”

“西海岸的投票还没结束，这个佐治亚笨蛋居然就撒手不干了。”回到卡斯特罗街的总部后，比尔忍不住抱怨道。

正在出现的全国大溃败并不令人吃惊。罗纳德·里根的势头横扫全国，而且即将组建近 30 年来第一个共和党控制下的参议院。同性恋问题第一次实实在在地成为严肃的竞选议题，但他们并没有什么成就感，因为这是由竞选对手的党派提出的。事实上，卡特阵营最终对同性恋的所有要求都做出了妥协，为了击败独立候选人约翰·安德森，他们不得不这么做。因为安德森甚至更积极主动地争取同性恋的选票，尤其是在同性恋聚集的各州中心城区。不过，因此获利的却是南方的共和党人。

“旧金山的同性恋选出了一位市长。”在针对南方选民的电视广告里，一个严肃的声音这样说道。当画面从光怪陆离的同性恋权利大游行，转到卡特总统的照片时，这个声音说：“现在他们打算选个总统出来。”

1977 年，宗教激进主义者突然开始针对蓬勃发展的同性恋议题做出激烈反应。1970 年代末，他们成功地使许多城市废除了同性恋权利法案，受此激励，宗教激进主义者在 1980 年的大选中空前团结。杰瑞·法威尔和他领导的“道德多数派”一时间家喻户晓，分析家预言在未来几十年内宗教激进主义者将会成为最重要的新政治力量。法威尔和他的“道德多数派”同仁几乎每次演讲时都会含沙射影地抨击势力渐长的同性恋群体，同时援引圣经《启示录》里面的话，暗示这已经被预言为末日审判的前兆。

在电视上，法威尔迅速宣称自己是里根获得压倒性胜利的功臣，并宣布他将继续推进支持家庭、反对同性恋的立法议程。然而大多数分析家认为，保守党大获全胜纯粹是因为现任总统卡特不得人心，以及选民似乎更倾向于一个承诺削减国内开支的节俭型政府。

当克里夫·琼斯和他的上司、加州议会议长里奥·麦卡锡昂首走进同性恋团体的总部时，比尔·克劳斯、格温·克雷格以及他们的盟友正在评估这些基督教狂热分子对政府造成的影响。他们兴高采烈地互相提醒，说民主党控制下的众议院或许可以拖延法威尔雄心勃勃的反同性恋提案。除此之外，共和党执政主要关系到削减国内项目的开支，对同性恋影响不大。同性恋政客们转而关注地方选举的结果，选民们刚刚否决了旧金山市按区域选举监事的做法。为实现区域选举，同性恋在1970年代顽强斗争，很大程度上是因为从全市范围来选的话，同性恋候选人根本不可能选上；那时候他们还没有这么强大。哈维·米尔克当选的是区监事，而比尔·克劳斯为了使米尔克的继任者哈里·布利特在全市范围的选举中获胜，已经辛苦了好几个月。当助手们从市政厅打来电话告知结果，同性恋的优势地位在旧金山已经很明显了。哈里·布利特轻松当选为监事，比尔的策略是和华人、劳工以及自由团体结盟，其成效远超他的期待。蒂姆·伍尔弗瑞德以前是布利特的助手、米尔克俱乐部的行政人员，现在他在旧金山社区大学董事会成员的全市角逐中获胜。

更棒的是，选举结果表明同性恋社区这一次又是全市选民登记最多、投票率最高的。同性恋区域也是全市最宽宏慷慨的选区，为现任民主党参议员阿兰·克兰斯顿贡献了10：1的多数票。全国其他大城市反馈回来的统计也同样证实，比尔·克劳斯在旧金山参与设计的以同性恋区域为目标、挨家挨户以老派方式进行的基层政治活动是很有智慧的。曼哈顿、新奥尔良和休斯敦的几个最大的支持卡特的阵营都来自同性恋街区。快速统计显示，大城市里62%的同性恋投票者支持卡特，相比之下，里根只赢得了27%，安德森居然拿到了11%。

看到选举结果，克里夫·琼斯和比尔·克劳斯难以掩饰他们的欣慰。随着宗教—右翼势力结盟，这届政府不会友好善待同性恋，但这并不重要。他们告诉彼此，不管全国局势如何，至少同性恋已经在全国、在各个安全的城市飞地挖好了战壕。杰瑞·法威尔在同性恋集中地区的市议会里并不会有什么发言权，而那里正是真正影响同性恋日常生活的决定诞生的地方。

随着总部的人群散去，比尔在遍地的海报、传单和候选人名单上踱步，不禁想起三年前哈维·米尔克当选的那个欢欣鼓舞的夜晚。这是个隐约令人不安的想法。那时候，他们非常清楚为什么而战。对手也很明确，比如安妮塔·布莱恩特和约翰·布里格斯的反同性恋教师公投。如今，在这么短的时间内他们已经赢得了很多他们想要的，至少在旧金山是如此。选票还在，但卡斯特罗街的政治热情已经消失。现在他们又该为何而战？

11 月 15 日，纽约，圣卢克罗斯福医院

恩诺·波斯克紧紧握着尼克的手，希望尼克空洞的眼神能感受到他的乐观。

“太好了，”恩诺说，“他们终于知道你得的是什么病了。现在他们会为你治疗，你会好起来的。”

手术后，尼克依然疲倦不堪，连挤个笑容出来都很困难。他的大半个脑袋依然被白色纱布裹着。这次探查性手术非常粗鲁。医生只是取下了尼克的头盖骨，试图找出造成那三块病变的原因。这番努力最终有了诊断结果。他们说尼克患的是弓形虫病；没错，它是可以治愈的。

“一切都会好起来的。”恩诺说。

11 月 25 日，旧金山

肯·霍恩一直想成为舞蹈家，在一群全神贯注的观众面前表演一系列令人眼花缭乱的竖趾旋转、腾空击脚跳以及阿拉贝斯克动作①，

① 芭蕾舞动作之一：一腿直立，另一腿往后抬起，一臂前伸，另一臂舒展扬起。——译注

观众们会颔首赞美他的优雅和美妙。他是个热情乐观的人，热爱与剧院有关的一切——浪漫的气息、华丽的服饰以及童话般幸福的结局。也许他甚至可以成为明星，人们会为他欢呼，为他著述。这就是他1965年离开俄勒冈的蓝领家庭就读于旧金山芭蕾舞学校的原因，当时他21岁。他原本已经精致的脸，在鼻子整形手术后更胜一筹，经过多年训练，他的身材强健有力。孩提时代的平淡无奇，与成年后的美貌形成了鲜明对比，这使得肯加入旧金山的同性恋生活圈是值得的。所有人都喜欢他，而他也如此渴望被人喜欢。他向朋友们倾诉说，有时候他觉得自己就是那个最终到达舞会的灰姑娘。

也许这就是为什么他会在1960年代末轻易地放弃了舞蹈家的梦想。他含糊其辞地告诉朋友们，是因为芭蕾舞导演规定，如果要留在舞蹈团，所有单身男子必须结婚或订婚，而且警察突击搜查同性恋酒吧时逮捕了所有舞蹈演员，他憎恨这样的耻辱，等等此类故事。不管怎么样，肯从芭蕾舞学校退学了，他和朋友们保证说一旦财务状况好转就会重返学校。1969年，他成了旧金山湾区捷运系统的一名文员，发现有固定工资挺不错；而且相比芭蕾舞团早上6点到晚上9点的严苛训练，一周有固定的工作日简直太好了。现在他晚上有更多时间出去玩了。“这毕竟还不算太坏，”他对一个朋友说，“我玩得很开心。”

很快，肯爱上了一位德国的广告牌画家，并和过去那些旧金山的朋友失去了联系，而大家只记得他是个爱浪漫的甜美男孩。5年后，当他们在皮革酒吧“福尔松监狱”遇到肯时都大吃一惊。他的头发几乎掉光了，沿着下颏蓄着一圈又短又窄的胡子，好像纳粹头盔的下巴托。他的老朋友们不知所措，不仅因为他一副当时风靡旧金山的“黑色皮革男”打扮，还因为他看起来如此瘦骨嶙峋。他的头发灰白，目光呆滞。肯抱怨说，在这个“同性恋随处可见的城市”，找个愿意和他睡一觉的人太难了。

肯的朋友们认为他和很多好看的男人一样，都困在了同样的问题里。20多岁时他只顾找爱人，不考虑谋生。等找不到爱人的时候，他又退而求其次——找上了性，而性很快变成了他的职业。这不是爱情，但至少感觉不错。就这样，他就像一个把所有时间都花在舞会上的灰姑娘，然而王子却从未现身。

当性行为的重点从激情转向技巧的时候，肯学会了一切能从肉体榨取愉悦的方式。性行为变得愈来愈神秘深奥，成了摆脱无趣的唯一途径。无论是曼哈顿还是旧金山，整个 1970 年代，仓库区街巷的酒吧层出不穷，里面挤满了像肯·霍恩这样的“皮革男”，到 1980 年，已经行业化了。

生活真令人失望，肯一边想着，一边走进旧金山最大的医疗机构大楼。那是 1980 年 11 月 25 日的早晨。对于一个正在向人们为之著述的道路迈出第一步的人来说，这真是个颇为讽刺的想法。

* * *

“我的生活正在四分五裂。”肯·霍恩对詹姆斯·格朗德沃特医生说。

格朗德沃特是皮肤科医生，他的工作环节并不包含这样戏剧化的告解。不过这位 43 岁的医生有一种父亲般的气场，让人忍不住想向他倾诉。肯一边不安地脱掉衬衫，一边给医生讲他的事。

有两年了，他一直觉得疲乏，还总感到胃里有点恶心。而且自 1978 年以来，一直断断续续地腹泻。情况很糟糕，肯说，然后上个月又长出了这些奇怪的包。

格朗德沃特检查了这些蓝紫色的斑点。一个在肯的左大腿上，其他的在他右侧乳头附近。

“我这是怎么了？”肯恳求医生告诉他。

多年来的求医问药丝毫没有让他好转，也没人告诉他到底出了什么问题，这让他很火大。

肯的淋巴结肿块之大令格朗德沃特吃惊。显然它们和那些包有关。

医生给肯做检查的时候，他继续讲着自己的故事：他的老板一直在提出不切实际的要求，所以这个月他去申请了社保残疾救助，并且开始看心理医生。为了让生活恢复正常，他做什么都愿意。

格朗德沃特仔细思考这位 37 岁的患者究竟出了什么问题。有可能是淋巴瘤，这样可以解释淋巴结为什么会肿大，但那些包是怎么回事就说不通了。格朗德沃特抽了一点血，又切了一小片病灶去做活检，希望能查出来。

11 月 27 日，旧金山奥兰治县，感恩节

加拿大的冬天沉闷乏味，所以当盖坦·杜加斯收到去加州南部过感恩节的邀请时，简直欣喜若狂。盖坦的新欢是位发型师，后者对这段恋情也很兴奋。这位发型师通常满足于在拉古纳海滩的“啪啪屋”[①] 舞厅猎艳，西好莱坞的“8709”浴池俱乐部他不过才光顾了二三次，就钓上了这个漂亮的空少，而这位空少又来了第二次，也许还有第三次。多么美妙的周末啊，他心想，也许浴池没有那么糟糕。

盖坦迅速审视了一下镜子里的自己。嗯，脸上竟然又冒出了几个斑点。医生说无药可治，但不是什么问题。他感觉很好，顺手把沙色头发向后一捋，边笑边想：“我还是最帅的那个。”

12 月 5 日，旧金山

肯·霍恩的眼睛里都是绝望。他慢慢脱下衬衫，给格朗德沃特医生看胸口新长出来的两个紫色斑点。不，不要再做活检了，他气势汹汹地对医生说。他想知道答案。

实验室送来的血检报告也令人不安。肯的白细胞出了问题。更让人吃惊的是，上次检查的时候，格朗德沃特医生给这位旧金山湾区捷运系统的主管做了一系列常规皮肤测试，却没有什么反应。这种测试是用携带良性细菌的针头在皮肤上扎一下，正常反应是出现一个红色硬块，这意味着免疫系统在制造抗体抵御细菌入侵。肯没有出现硬块。免疫系统对针头毫无反应。

---

① 即 Boom-Boom Room。Boom-Boom 在英语俚语中为“性交”之意。——译注

肯反复抱怨自己的恶心、疲倦、腹泻，把这位皮肤科专家都搞糊涂了。这个人听起来是病了，还很厉害，但是从实验室检查结果来看，似乎并没有什么大问题。血液检测结果总是不正常，皮肤测试间或无反应，但是免疫功能的这种波动并不会导致人如此疲乏无力。格朗德沃特只能要求做进一步检查。他说服肯让他做个淋巴结的活检，以便查看是否有淋巴癌的可能。医生又抽了一点血送到实验室，特别要求细查血清，看是不是由任何可能的外来病毒引发的疾病。

格朗德沃特心想，应该能找出答案的。总会的。

12 月 9 日，洛杉矶

“我们对自己做了什么?”

乔尔·魏斯曼医生在给一位紧张不安的 30 岁广告经理做检查时，觉得必须问自己这个问题。这个人病了，患有严重的湿疹，持续腹泻、发烧。更糟的是，他已经病了 6 个星期，是由普通内科医生转到魏斯曼医生这里来的。安排了各种检查以后，魏斯曼在病历上谨慎地写道:“症状显示有可能是继发性免疫缺陷。”

魏斯曼明白，在医学实践中，因不明原因发病的人并不鲜见，但这个病例并不是孤例。10 月，魏斯曼的同事接诊了另一名男同性恋，他也出现了类似的免疫功能紊乱。但这名男子身上各种疾病的密集让人震惊。他的指甲周围长了白色真菌，毛茸茸的念珠菌遍布他的上颚，他还出现了皮疹，高烧不退，淋巴结肿大而白细胞在减少。住院治疗缓解了病人皮肤上的病症，但在 12 月初，他夜里盗汗，把床单都湿透了，而且皮疹也复发了。魏斯曼的同事一开始认为该男子的血液受到大量细菌和病毒感染，不过到了 12 月，诊断他为“免疫缺陷”。

除了这两起病例外，当年魏斯曼的办公室还接诊了 20 个淋巴结出现异常的男人。这两个病情较重的病人最初也是如此。当魏斯曼开始看到淋巴结病或者淋巴结异常扩大时，他隐约感到会有更严重的问题。新的研究表明，93%的男同性恋感染了巨细胞病毒，一种与癌症有关的疱疹病毒。同性恋性解放运动还制造出了爱泼斯坦—巴尔病毒，这也是一种与癌症有关的病菌，在男同性恋中间广为传播。身体能够抵御的病毒只有这么多，然后就会出大问题。那位广告经理去年还很年轻健康，今天却病成这样，透过他那充满恐惧的眼神，魏斯曼担心自己正在看到最坏的情况。

作为南加州同性恋医生中的元老，魏斯曼曾经想过如何向男同性恋启齿，让他们放慢节奏；也想过告诉他们这样的性行为会对个人健康造成巨大危害。他知道，同性恋团体很难包容那些严肃的批评，尤其是性方面的。这些人通常已经被父母和牧师伤得体无完肤。他们不应该在此时此地被人指指点点，因为他们中的大多数人逃离家乡来到洛杉矶这样的城市，正是为了摆脱这样的评判。然而，社会禁忌和新获得的自由构成了奇特的组合，由此形成了一种为致命的微小病毒量身定制的社会气候。所以，魏斯曼一边安慰年轻人，说会治好他，一边自问："我们对自己做了什么？"

* * *

1980 年年末，当时最卖座的电影是《矿工的女儿》和"星球大战"系列的第二部《帝国反击战》。卖得最好的专辑是布鲁斯·斯普林斯汀的《那条河》，里面都是些悲伤的歌，感叹曾经国泰民安，如今经济失序、道德混乱的美国该何去何从。与此同时，一种新的病毒已经在三大洲扎根，它轻而易举地从非洲来到欧洲，随后抵达北美。后来的调查表明，1980 年代末，美国有 55 位年轻男子被诊断为与新病毒有关的感染；欧洲有 10 人；而在落后的非洲不计其数的病人中还有更多的人感染了该病毒。慢慢地、不知不觉地，这个杀手正在醒来。

12 月 23 日，纽约

瑞克·威利考夫的健康迅速恶化，令他的医生和朋友们感到震惊。琳达·罗本斯坦因医生知道卡波西肉瘤不是这样发展的，但尽管如此瑞克还是生命垂危。医生直截了当地告诉他，他的肺里充满了某种东西。他们会继续通过插入他胸腔的管子抽出积液，并用机器维持他的生命，而这是他们目前唯一能做的了：维持他的生命。

瑞克鼓起勇气说，不，他不需要这些机器。他想回到上西区的褐石房子里。离圣诞节还有两天，他从纽约大学医院出院了。保罗·波帕姆想和他一起回家。这是身为朋友应该做的。但是那天晚上，曾经在海洋街与他们同住一个屋檐下的两个朋友约翰和维斯正在举办派对。瑞克坚持要保罗去参加。

夜色渐深，瑞克的情人坐在他的床头，听着他的呼吸越来越短促，直到深夜时分停止了呼吸。在丹麦人举行“心灵的盛宴”之前几个小时，37 岁的五年级教师在西 78 街的一所公寓里死去。他是第 4 个死于后来被称为“获得性免疫缺陷综合征”的美国人。

纽约，贝斯-以色列医疗中心

带着一丝倦意，唐娜·米德文医生研究起了一位 33 岁德国厨师的尸检报告。过去 5 个月里，她在这个病人身上倾注了极大的心力。他的死状很吓人，浑身上下长满了巨细胞病毒引发的剧毒疱疹，整个人蜷成了一个球，最终，当 12 月底的严寒笼罩曼哈顿的时候，他死了。米德文一边研读该男子的最后一份脑部断层扫描报告，一边苦笑。他的脑子像老年人一样萎缩退化了。她想知道她是否有机会搞明白自己错过了什么，是什么如此残忍地夺去了这个人的生命。

两个星期以后，贝斯-以色列医疗中心的一位护士进了急诊室，他患的是肺囊虫肺炎。10 天后他去世了，后来发现，他也是一名同性恋。病理学医生告诉米德文，尸检发现，他大面积地感染了巨细胞病毒。医生立即想到：有太多巧合了。造成两人死亡的感染本来只是一般的麻烦，并非致命病毒。他们的免疫系统失灵了。这也同样可以解释她的另外 10 名病人——全部都是男同性恋——个个都有淋巴结肿大的症状。他们的免疫系统也出了问题。

米德文立即与城里最知名的同性恋医生丹·威廉安排会面。

“我也非常担心，”威廉说，“我这儿有很多淋巴结病的患者。”

米德文迅速抓到了核心问题。她确信所有这一切都是有关联的——在 1981 年初的头几个星期，她和其他几位医生最早开始有了更全面的判断。

“不管是什么样的淋巴结病，我想导致那两个人死亡的原因应该是一样的，”米德文说，“男同性恋中间正在传播一种新的疾病。”

第三部分

铺路：1981 年

跟大部分危机一样，围绕安德罗美达菌株发生的事件是远见和愚蠢、天真和无知的组合。因此，写下这些事件势必会冒犯某些牵涉其中的人。

然而我认为，重要的是把故事讲出来。这个国家为人类有史以来最大的科学机构提供支持，不断有新发现，其中许多具有重要的政治或社会意义。在不久的将来，预计还会有很多安德罗美达式的危机发生。因此我相信，有必要让公众了解科学危机的发生以及处理的方式。

——迈克尔·克莱顿《安德罗美达菌株》①

① 即 Andromeda Strain。又译《仙女座菌株》《天外病菌》，是被誉为“科幻惊悚小说之父”的迈克尔·克莱顿的科幻小说，1969 年出版，讲述了一种太空病毒在地球暴发的故事，后被改编为电影。迈克尔·克莱顿也是《侏罗纪公园》系列电影的原著和编剧，美剧《急诊室故事》的编剧。——译注

6. 临界规模

1981年1月15日，纽约，圣卢克-罗斯福医院

恩诺·波斯克看着白色泡沫从尼克的嘴巴里冒出来，接着从他的耳朵和鼻孔里渗出。11月中旬确诊后的几天里，这位年轻的酒保似乎好转了一些。他的脑部肿块消退了。尼克甚至偶尔还和恩诺开起玩笑来。然而诊断性手术之后，尼克再也没能恢复体力。他发了一次心脏病，又恢复了，然后被送进重症监护室，一根管子通到他的喉咙又进入肺部，以确保他能呼吸。

他大部分时间都在睡觉，有时候会睁开眼睛看看高大健壮又极其无助的恩诺。恩诺确信尼克想表达些什么，但是他的眼睛接着又闭上了。他们把管子拔出来，直接在尼克的喉咙上开了个小口，以缓解他的呼吸困难，即便有力气他也没法说话了。他又发了两次心脏病，不过护士和机器还是把他从死神手里夺了回来。医生说一种叫巨细胞的疱疹病毒正在他的身体里疯狂扩散，充满了每个器官，他的肺也已经被什么感染了。没有人说得清楚。

1月15日，星期四，一个清爽的早晨，恩诺和尼克的姐姐在他的床边守了一夜。这时，一位护士说道："他好像是为了谁在使劲撑着呢。"尼克的姐姐转向恩诺，说出了那句躲不开的话："我们为什么不把它关了？"

机器断开了，恩诺低头看着这个他很久以前在火焰岛海滩上遇到

的年轻人，曾经那么帅气、活泼。他就这样看着，当机器的信号声停止时，尼克的胸膛起伏了最后一次。

* * *

恩诺前往尼克的宾夕法尼亚老家参加了隆重的意大利式葬礼。这趟远门回来后，他无精打采地走进位于 80 街的公寓。他从未感到如此孤独。电话响了，一个匿名来电，对方张口便是脏话。恩诺简直不敢相信自己的耳朵。

“我的爱人刚刚死了，你个混蛋！我刚刚从葬礼上回来！”他大喊道。

“哦，上帝啊，”电话那头的声音带着真诚的悔意。“对不起。”

2 月 1 日，亚特兰大，疾控中心

技术员桑德拉·福特的小办公室坐落在一片红砖建筑群之中，那里是联邦政府监测公共卫生的神经中枢。此刻，她在自己的办公室里第二次查看戊烷脒申请表。戊烷脒是十来种极少被使用的药物之一，联邦政府通过与食药局（FDA）合作，统一储备此药供全国使用。这些药物没有广泛使用的许可，而且没有利润，商业公司也不愿意制造。如果医生要用，就找桑德拉·福特申请。

30 岁的福特过去两年一直在疾控中心 6 号楼狭小的 161 室工作，她处理戊烷脒申请表，把小瓶装的药放进加固纸箱，外面再贴上“急件”标签。

她心想，干这一行不可能拯救世界，但是她的职责很重要，她为自己的认真负责自豪。这就是她为什么会把一位纽约医生交来的这份戊烷脒申请表看了两遍。表格上说，她需要此药来治疗一例肺囊虫肺炎患者。这并不奇怪，因为戊烷脒在治疗肺囊虫肺炎时最常用到。但是，和其他申请表不同的是，这位医生并没有说明她的病人为什么会得这种罕见的肺炎。福特知道，只有人的自然免疫力降到最低时才会得肺囊虫病。她拿到的用药申请一般总是会提到免疫抑制的潜在成因。最常见的需要这种药物的是化疗后的白血病患儿，还有淋巴结病患者或者需要此药来阻止器官移植后的排异反应的患者。桑德拉在脑子里记了这份特别的申请表，有条不紊地将其归档，同时填好了订单。

华盛顿，雷伯恩众议院大厦

“你是支持总统还是反对总统?”

2月初，国会山的每个共和党人似乎都在重复这句话。全国上下好像都被新总统彻底弄晕了，他刚刚以友好的方式保证大幅削减联邦预算的规模，随后竟能宣布令美国蒙羞的伊朗人质危机结束了。由于失去了对参议院的控制，现任总统又连任失败，遭受打击的民主党人总体看起来很不安，就像高中毕业舞会上呆立一旁的青少年。在1981年的头几个月，他们似乎失去了斗志。

一直令人担心的里根政府预算报告刚一送到蒂姆·韦斯特摩兰德的办公室，他就拿在了手上。每个人都知道，这是走马上任的里根政府在削减国内开支方面打响的第一枪。整本文件摸上去还带着印刷机的余温，韦斯特摩兰德迅速翻到了有关医疗卫生项目的章节。作为众议院卫生与环境小组委员会的首席顾问，他将代表国会工作人员为民主党医疗卫生议案进行辩护。韦斯特摩兰德很感谢他的上司——洛杉矶国会议员亨利·威克斯曼，居然放弃了彻底的自由派立场，转而为联邦医疗开支说话。

这本预算报告在里根的就职典礼结束后没几天就迅速拼凑出来了，就像个潦草的手写笔记的大杂烩。卡特政府在医疗支出方面卡得很紧，但在韦斯特摩兰德看来，里根政府会有过之而无不及。在里根的提案中，国家卫生研究院的情况不是很糟，仅比卡特提出的38.5亿少了1.27亿。然而当韦斯特摩兰德看到里根计划拨给疾控中心的预算时，他叹了口气。美国行政管理和预算办公室（OMB）想把卡特提议拨给疾控中心的3.27亿预算削减到1.61亿。

这些都不是特别令人惊讶的。里根总统已经就职，他承诺把联邦项目移交给各州。从疾控中心预算中削减的经费，将有近一半以固定拨款的形式转给各州，以便他们在地方管理类似项目。然而韦斯特摩兰德担心的是，削减疾控中心的预算会招致灾难。当国家遇到突发公共卫生事件时，疾控中心就是前线阵地。过去 10 年间，疾控中心曾受命对付军团病①和中毒性休克综合征②。这可不是二流自由主义知识分子想出来的特殊利益“政治拨款”或者社会工程计划。当民众的生命受到威胁时，疾控中心就要出手。

纽约大学

琳达·罗本斯坦因医生一眼认出了保罗·波帕姆，知道他是瑞克·威利考夫的朋友。瑞克就是去年 12 月死于罕见皮肤癌的那名教师。保罗再次来纽约大学治疗牛皮癣。她告诉保罗，现在有 6 个人患上了那种癌症——卡波西肉瘤。有意思的是，他们全是男同性恋，她补充道。

洛杉矶，加州大学

手指上的真菌感染、腹泻、疱疹已经有一段时间了，年轻人小心翼翼地告诉迈克尔·戈特利布医生。他说他已经发烧 3 个月了，体温一直是 104 华氏度，体重减了 30 磅，但喘不上气的问题是最近才有的。

乔尔·魏斯曼医生把病人转到了加州大学洛杉矶分校，希望他们能找出是什么在无情地摧残他的身体。迈克尔·戈特利布对检测报告感到震惊，这个人的症状与他去年诊治过的一个年轻人极其相似。无独有偶，第二位病人也是同性恋。肺部活检表明，这位 30 岁的病人和去年的患者一样，也得了肺囊虫病，戈特利布很吃惊。更惊人的是

① 即 legionnaire's disease，大叶性肺炎，因在美国退伍军人大会期间确诊而得名。——译注

② 一种由葡萄球菌外毒素引起的综合征，其特征为高热、呕吐、腹泻、意识模糊和皮疹，可很快发展为严重而难治的休克。——译注

T 细胞的缺失，去年那位患者也是如此。

*　　*　　*

当迈克尔·戈特利布和乔尔·魏斯曼以及另外两位专家在加州大学洛杉矶分校戈特利布的办公室坐下来讨论病例时，戈特利布觉得魏斯曼看起来很焦虑。魏斯曼的确很焦虑，因为他还没有告诉戈特利布，他还有一位病人也有这些奇怪的症状，完全一模一样，包括现在突然变得不罕见的罕见肺炎。两起病例已然值得引起注意了，三起的话就是大事了，他觉得这预示着有更多的事会发生。

魏斯曼指出，那个人的免疫系统可能受到病毒影响而失效了，也许是某种新型的巨细胞病毒，或者巨细胞病毒和爱泼斯坦-巴尔病毒的结合体——这种与癌症有关联的病毒最容易引发单核细胞增多症。新病人的血液中，巨细胞水平明显升高，并且每天都在起伏。戈特利布同意巨细胞病毒和这种疾病有关，他会继续研究，但他不认为是巨细胞导致了疾病。这种病毒已经存在多年，根据记录，有高达 93% 的男同性恋感染过。如此普遍存在的病毒，不会只挑一小撮人下手。他们决定继续深入研究。不久，魏斯曼就把他的第二个肺囊虫病人送到了戈特利布那里，这是加州大学洛杉矶分校接收的第三例此种病患了。和魏斯曼一样，戈特利布也明白有些大事正在发生，即使他不确定那是什么。他开始仔细钻研关于巨细胞病毒、器官移植病人的免疫疾病以及他能找到的一切跟免疫抑制有关的书籍，并着手构思一篇关于“肺炎的小流行”的论文。

纽约，圣卢克-罗斯福医院

把自己送到曼哈顿的高级医院看病，没有几个海地人能负担得起费用吧，迈克尔·兰格医生心想。而据众议院的人透露，病人是海地“终身总统”让-克洛德·杜瓦利埃的保镖。兰格注意到，患者受到严重的念珠菌感染，更糟的是，结核杆菌已布满全身。他的免疫系统显然已被攻陷，而且查不出原因。在另一间病房里，兰格也遇到类似的疑团——一位患有肺囊虫肺炎的吸毒者。据传，皇后区的一家医院正在治疗静脉注射吸毒者中爆发的肺炎。

3月3日，旧金山，加州大学

医生轻轻地把那名男婴从他母亲的子宫里取了出来。这次分娩的复杂性不仅在于剖腹产，还因为这是一个“Rh溶血病婴儿”。由于一种不寻常的遗传并发症，他的身体携带自身血液的抗体。只有完全换血才能挽救他的生命，到下周他全身的血液将要换6次。

婴儿出生一周后，一位47岁的男子来到欧文纪念血库献血。捐献者看起来健康无恙。他的血液当天就被分解成各种成分。其中一部分，即具有凝血功能的血小板，第二天就在加州大学帕纳苏斯校区的医疗中心注入了病婴体内。

旧金山，卡斯特罗街

一见面，基科·戈凡特斯就向比尔·克劳斯说起了去年同性恋大游行那晚，他第一次去浴池的事。比尔笑着拥抱了他，说他简直太单纯了。自从他们相遇的那天起，基科的健康纯洁一直让比尔着迷。

基科知道，在那家嘻哈舞酒吧，他对比尔是一见钟情。这个种马一样壮实的男人穿着斜纹的棉布裤子、网球鞋，胸肌和平坦的腹部在针织马球衫下若隐若现。

“我在市政厅上班。”比尔语气中透着自豪，一有可能就把话题往政治上带。

“市政厅在什么地方?”基科问。

“我简直不能相信我在跟一个不知道市政厅在哪的人聊天，”比尔说，“我为哈里·布利特工作。”

“谁?”

“就是接替哈维·米尔克的那个人。”比尔回答，似乎这么说就全解释清楚了。

基科也没听说过哈维·米尔克。

“我们好像生活在两个不同的世界。”比尔说，这让他有点高兴。

比尔不敢相信，基科已经在旧金山住了6个月了，竟然没跟人上过床。当看到基科床头放着印度教典籍《薄伽梵歌》时，他不禁嘲笑起这个诚挚的24岁青年来。

“你就像个小小孩。”做完爱之后，比尔总结道。

“还能怎么样呢?”基科问他。

基科被这位热切的政客迷住了，他看起来如此渴望帮助他人并改变世界。比尔向基科解释了各种各样的事情，比如同性恋政治、结盟的重要性以及他的新计划——把重要的同性恋活动家安置到不同政治领袖的办公室，以此提升同性恋的影响力。

“光是邀请这些人来参加你的鸡尾酒会是无法获得权力的。”比尔滔滔不绝地说，“你必须加入他们。”

但是，最令比尔感受到恶作剧般快感的，似乎是吓唬这位新人的敏感神经——他向基科解释勾搭手法的细微差别，以及浴池之类同性恋圣殿的惯例。

“这太脏了。”基科直截了当地表达了对闹哄哄的浴池性行为的看法。

“这不脏——你这是在做价值评判，”比尔答道，“如果当事人自己感觉不错，那就不脏。”

“为什么会有人喜欢陌生人把手伸进他们的屁眼里?”基科问，“那跟爱情有什么关系?”

“那些人是从莫林①来的，”比尔解释道。当他感觉要跟人争论的时候就很难保持镇定，“他们一辈子都在受压制，现在他们变得有点极端，有点怪异，但是最终会恢复原状。就跟异性恋船员在船上待久了之后是一样的。”

就算招架不住了，比尔也很少承认自己的观点有漏洞。基科觉得比尔对于同性恋性行为的商业化过于敏感，并且急于防御，似乎是在

① 美国伊利诺伊州罗克艾兰县的一个城市，此处指保守之地。——译注

为他自己的纵欲无度找理由。而基科那天不想再继续这个话题了。

事实上，比尔很难协调好同性恋团体的性乐园和少数派政治理想之间的关系时，争议就产生了。性行为始于同志之爱，其中包含着温情和兄弟情。他第一次去浴池是在檀香山的时候，那次他感受到了巨大的自由。你可以在那里做任何你想做的事，没人会推开你的手，也没人会说你变态。然而到了70年代中期，当人们的口袋里冒出红手帕的时候，来自中西部保守地区的比尔感到有点愤怒。“这就是这些人和世界沟通的方式吗?”他感到不解，“让别人和自己拳交或者让人在自己身上撒尿?”

同性恋性行为开始变得越来越去人性化：一开始你和一个人上床，整夜相拥、聊天，第二天早上一起享用鸡蛋饼。后来早餐没了，因为鸡蛋饼吃多了终究会无聊，然后连一起过夜也没了，有了浴池以后，你连聊天都不需要了。还有“荣耀之洞”俱乐部、“玉米洞”俱乐部这样的时髦去处，在那里你甚至都不用看你在和谁性交。比尔的左派倾向让他将这些归咎于金钱的诱惑和商人的堕落。之所以出现这样的场所，就是因为有利可图。比尔本人挺享受这种性爱的便利，有时候他会去第八大道的巨型浴池以及“霍华德”的周二老友之夜。但是从政治角度看，去人性化的性行为麻烦很多。

更麻烦的是异性恋加入后发生的事。1981年初，比尔卷入了“美洲豹书店”所引发的争议。“美洲豹书店”是卡斯特罗街区中心地带的一个性俱乐部，是旧金山十几家同性恋私人性俱乐部之一，它在图书方面的盈利远低于会费收入，只要交了会费就可以到后面的黑屋子鬼混。在那里，无论白天黑夜，任何时候都能找到正在进行所谓非自然性行为的人。这家店想扩张到三楼，但是街区的异性恋集会反对这种扩张将造成的分区变化。作为监事哈里·布利特的助手，比尔·克劳斯支持性俱乐部的主张，而布利特遭到一些保守街区的严厉批评。对比尔而言，这是事关阵地的当务之急。假如同性恋不能在他们唯一的地盘卡斯特罗街上说了算，那他们还能到哪里去发挥影响力?

尽管如此，这场争议还是让他对同性恋性产业的企业家们生出了一种苦涩的感觉。尽管“美洲豹书店”的老板在公开场合声称自己是反同性恋偏执狂的牺牲品，并希望得到同性恋的支持，但是一旦得到他所要求的分区，他就不再对城市政治表现出兴趣。在比尔看来，他就是一头只知道赚钱的猪。不过，比尔并不后悔参加这次政治活动，就算只是因为他确信直人不该介入同性恋性生活。在旧金山建立这样的性自由花了 10 年时间，他们不能有丝毫让步，否则将前功尽弃。

一天下午，当基科和比尔沿着卡斯特罗街散步时，比尔向他解释了一切，基科觉得整个推论过程愚蠢之至。

“我还是觉得脏。”基科说。

3 月 30 日，旧金山，圣弗朗西斯医院

疼痛像沉重的木槌一样重重地砸在两只眼睛上，稍微动一动就感觉砸得更重了，就像有人要他坐在那儿忍受每一次痛苦的搏动。

詹姆斯·格朗德沃特医生知道这种情况很严重，雾蒙蒙的周一早晨，他要求肯·霍恩立即到医院来。和其他几个专家一样，格朗德沃特完全无法理解肯的健康为何会每况愈下。格朗德沃特看过很多皮肤病患者，知道什么样的状况是良性的，什么样的不是。不管肯·霍恩的紫色斑点是由什么造成的，肯定不是良性的。那个阴沉沉的早晨，他安排肯住院的时候非常确信这一点。

肯发烧不退已经好几周了，他抱怨说头痛得越来越厉害，今天又加了木槌重击般的剧痛。肯的脾气一个月比一个月暴躁。他不想做检查，只想知道自己得了什么病。与此同时，他的病情日益恶化。2 月，他的脸颊和上颚出现了新的病灶。3 月初，背部下方也布满病灶。

格朗德沃特觉得这可能是血管瘤，他把样本送去密歇根的一个实验室，但没有得出这方面的结论。对此，一位癌症专家也说不出所以然。肯住院数小时后，一位神经科医生来为他检查，看他为何如此虚弱。她给他做了个腰椎穿刺；结果发现了一种更令人费解的疾病——隐球菌感染。

当格朗德沃特听说这个诊断结果时，他觉得自己要晕倒了。除了头痛之外，其他的症状都找不到答案。他知道，隐球菌这种寄生微生物最常见于鸟类的排泄物。一个世纪以来，被隐球菌感染的鸽子粪每天都落在旧金山。为什么到了 1981 年 3 月突然会有人因为隐球菌而病倒呢？

* * *

1981 年 4 月 9 日，詹姆斯·格朗德沃特的办公室收到了旧金山第一例卡波西肉瘤的诊断书，是加州大学旧金山分校的一位病理学家发来的。他认为，肯·霍恩的症状与这种病“吻合”，肿瘤也侵入了肯的淋巴结。但格朗德沃特认为，肯得的不是典型的卡波西肉瘤，不是能让意大利老人挨过 10 年的良性肿瘤。格朗德沃特开始对比他能联系上的所有病理学家及专家的诊断意见。肯得的是其他的病，假如格朗德沃特找不出病因的话，肯就要死了。

7. 善意

1981 年 4 月 4 日，亚特兰大，疾控中心

如果这家伙连某种简单的肿瘤都发现不了，那他该回医学院从头学习，桑德拉·福特心里这样想着，但还是摆出了专业风度，换了个方式再次问这位医生：为什么他那里患了肺囊虫肺炎需要戊烷脒的病人是两个而不是一个？福特觉得，这是个简单的问题。导致肺炎的免疫抑制的根本原因是什么？

这位曼哈顿的医生再次回答，他不知道为什么这两个年轻人会患肺囊虫肺炎。实际上，他们的免疫系统似乎没理由如此紊乱。但他们还是需要戊烷脒，因为他们对治疗肺囊虫病的常规磺胺类药物反应

不佳。

福特估摸这个医生不是太无能，就是太懒。他也许没有把病人的病历摆在面前，也不愿意抬起他尊贵的屁股去隔壁房间找病历。然而，过去 8 个星期里她已经填了 8 张订单，病人都是患不明原因的肺囊虫病的成年男性。除一人外，其余 7 人都住在纽约。

洛杉矶，加州大学

4 月，加州大学洛杉矶分校迎来了第 4 位肺囊虫肺炎患者，这名黑人男性的症状正是目前迈克尔·戈特利布认为非常典型的：淋巴结肿大、发烧、体重减轻以及严重念珠菌感染。和其他三位肺囊虫肺炎患者一样，此人血液里的巨细胞病毒激增。这位 36 岁的病人是西洛杉矶一位知名内科医生介绍到戈特利布这里的，因为他听说戈特利布在研究患有这种免疫缺陷的男同性恋病人。戈特利布很吃惊，同性恋医生圈的小道消息传得可真快。

乔尔·魏斯曼医生告诉他，这种“微型传染病”可能源于某种巨细胞病毒井喷，也可能源于巨细胞与其他病毒结合产生的新型病毒。不管它是什么，对于这 4 名患者，戈特利布觉得在为医学杂志撰写一篇 8 月份的文章之前，他没有时间和精力收集未来两年的数据了。人们必须弄清楚这件事，戈特利布这样想着，思绪如麻。他 7 月才来的洛杉矶，不过已经有了一个重要的联系人。

在洛杉矶县公共卫生部拥挤的市区办公室里，韦恩·山德拉医生接了个电话，他一下子就听出了戈特利布的声音。他们是老朋友了，一起在斯坦福做过住院医师，7 月又一起搬到了南部。山德拉加入了一项为期两年的流行病学情报所项目，为美国疾病控制与预防中心从事田野调查的合作，第一站就在洛杉矶。山德拉在旧金山湾区待了三年，他讨厌洛杉矶，尽管他和戈特利布一说起合作项目就像换了个人似的。早在戈特利布打来电话之前，山德拉就曾建议研究传染性病原体的免疫反应。

“韦恩，”戈特利布说，“男同性恋中间，肺囊虫和巨细胞病毒的情况有点特殊。你能不能研究一下？”山德拉是自己人，这让戈特利布安心，要是不认识的人可能会觉得这是个骚扰电话。

戈特利布描述了这几个病例。在山德拉听来，这几个肺炎病人似乎经历了让免疫系统失灵的化疗。一放下电话，山德拉和一位同事提起了这事。她有点吃惊地指了指他的桌子。

“你那儿就有一份因巨细胞病毒感染死亡的报告。”她说。

山德拉浏览了一遍报告。一位 29 岁的律师上个月在圣莫妮卡死于巨细胞病毒肺炎。卫生部门因这种死因不常见而将其写进了报告，的确，巨细胞病毒通常并不致命。韦恩来到楼上的卫生部门实验室，专家们正在这里培养从死亡律师的肺部取出的巨细胞，以便查明这种巨细胞病毒株究竟有什么特别之处，竟能致人死亡。

山德拉知道这很重要，这也是他之前自愿效力于那个堪称“医疗界的和平工作队”的原因。他本想去某个不发达国家帮助真正的弱势群体，但是，当他把自己的发现告诉戈特利布时，他感觉自己现在所做的事情很有意义。

由于在县卫生部工作，他有权查看任何病人的病历。山德拉驾车沿着拥挤的圣莫尼卡高速公路前往律师死亡的医院。尸检发现，此人肺里竟然还有另一种微生物，而死亡报告上只字未提。也许这是因为肺囊虫的发现会让其死因变得更加离奇。

用医学术语来说，任何不寻常的疾病爆发都是流行病。现在，在同一个城市，过去几个月里有 5 位男同性恋被诊断患有肺囊虫肺炎，在戈特利布和山德拉看来，这符合流行病的标准。一名患者已经死亡。戈特利布感到不安，他觉得会有更大的事发生，这背后潜藏着灾难性事件。几个月里就发生了 5 例不常见的疾病，这意味着在男同性恋中间它已经是常见病了，戈特利布认为，很有可能在未来几个月内它会变得更加普遍。

他还知道，最好能在再有人死亡之前在医学期刊上发表一篇这方面的报告。他打电话给全国最知名的医学期刊——《新英格兰医学杂志》，和一位副主编谈了谈。

“我发现了比军团病更可怕的东西，”他说，“从交稿到发表，最短需要多久？”

副主编解释说，专家评审小组需要 3 个月时间传阅文章，以保证其科学严谨，另外，审稿完毕后和正式发表前还会有一段时间。他不说戈特利布也明白，和所有的主流学术刊物一样，他们也遵守一条铁律，那就是在正式发表以前对文章内容严格保密。一旦泄露给了大众媒体，杂志就不会发表相关文章了。

“我们愿意看一看，”副主编最后说，“听起来很有意思，但是我们不能保证一定会发表。”

可这是紧急情况啊，戈特利布一边想着，一边沮丧地挂掉电话。遇上紧急情况，怎么能按常规办事呢。

这是接下来几年的艰苦日子里，戈特利布几乎每天都要念叨的话。这位年轻的医生即将被公认为发现本世纪公共卫生威胁的功臣，对他而言，这句话成了艾滋病蔓延的可怕咒语。

4 月 14 日，亚特兰大，疾控中心

桑德拉·福特很想对这愚蠢的医生大喊大叫。10 天里，曼哈顿的这名医生已经是第二次来申请戊烷脒用于两位未知原因的肺囊虫患者的治疗了。不仅如此，这两个病人就是上次申请表上提到的那两个人，已经用这个药治疗过了。桑德拉一年要填八九十份戊烷脒申请表，从没有为同一个人填过两份。药一起效，肺囊虫就会消失。她知道食药局会审核她收集的药物申请表，这种抗生素只有试验性新药证书，它的使用受到严格控制，如果她提交给食药局的年度报告中有太多未经解释的诊断，就会引来麻烦。而她发出了太多不完整的表格，不知道该怎么办。

4 月 17 日，洛杉矶

当赤裸的身体在他身旁晃动时，这让克里夫·琼斯回想起同性恋生活中他最喜欢的部分——你可以遇见一个人，并在极短时间内与之发展出亲密关系。克里夫从未像他的许多朋友一样，将个人的性冒险看成征服；相反，他认为这只是小浪漫，是了解他人的简单途径。克里夫 26 岁了，从未有过所谓的“长期关系”，但他的生活不乏浪漫，比如和长滩来的英俊律师弗兰克的一段情。他们去年在萨克拉门托州的民主党大会上相遇。弗兰克是投身同性恋政治的成功律师，非常聪明，更重要的是，非常上进。当时，克里夫是去为旧金山议员阿特·艾格诺斯工作的，后者试图把民主党精英组织起来，支持州同性恋公民权利法案——1977 年以来，艾格诺斯在每次立法会议上都会推介该法案。弗兰克认出克里夫在哥伦比亚广播公司一部关于旧金山同性恋政治的纪录片中出过镜，而克里夫喜欢再来一段浪漫史，于是他俩就好上了。当然，他们之间不会有什么结果，因为弗兰克在长滩有情人。不过，当克里夫在洛杉矶的时候，他们会像今天一样偷偷约会一下午，或者借着在旧金山或民主党聚会的机会一起共度周末。

克里夫刚刚结束了一段与中西部民主党某位议员的感情，就在弗兰克返回长滩后一个星期，他又爱上了马林县的一位独立制片人。这就是克里夫心目中的浪漫关系。

后来，克里夫回想起那天弗兰克感觉不舒服，这也是为什么他一直忘不了在洛杉矶的那个温暖午后。他们吃了顿悠闲的午餐，然后做爱。那天是 1981 年 4 月 17 日。一个美好的周五。

4 月 22 日，旧金山，加州大学

阳光明媚的早晨，一切变得温暖舒适起来。从密集的水泥和玻璃构成的一片医院大楼中望出去，可以看到金门大桥和马林岬角，严冬的大雨浇过之后，它们变成了深绿色。事业蒸蒸日上的马科斯·柯南特医生走出他工作了 11 年的皮肤科办公室，走了半个街区，来到加州大学旧金山分校医学院庞然大物般的灰色门诊大楼。他的脑子里始终回想着老朋友阿尔文·弗里德曼-肯恩昨晚给他打的那个电话。

阿尔文说，他发现纽约在爆发卡波西肉瘤。在纽约大学办公室，他几天之内就接诊了两名卡波西肉瘤患者，于是开始着手调查。联系其他医生后，他很快得知，曼哈顿的其他医院也接诊了几例患有这种癌症的男性。他还透露，患者都是男同性恋，其中好些都热衷于拳交之类的重口味。

柯南特想起了自己在1969年准备皮肤科医师执业资格考试的事。他记得自己当时反复查看卡波西肉瘤的病理图片，由于太过罕见，他担心考试的时候难以辨识出来。从那时起，他的职业生涯中大概见过卡波西肉瘤六七次，通常是在研讨会上或演讲时。

马科斯·柯南特和阿尔文·弗里德曼-肯恩都对卡波西肉瘤特别感兴趣，因为他俩都是疱疹专家，而非洲的卡波西肉瘤一直与一种巨细胞疱疹病毒有关。这项研究的意义在于，它可能会首次发现某种病毒与癌症之间的联系，而科学家们已为此钻研多年。他们讨论了卡波西肉瘤与巨细胞病毒之间的关联，柯南特答应，次日在加州大学旧金山分校皮肤病医生的月度会议上，他作为特邀发言人，将会询问有关卡波西肉瘤的问题。

当柯南特问起是否有人碰到过卡波西肉瘤的异常病例时，吉姆·格朗德沃特惊呆了。他辛苦了好几个月，两周前才最终确诊肯·霍恩得的是卡波西肉瘤，现在纽约也出现了同样的问题。

“我有个患卡波西肉瘤的男同性恋病人，目前在圣弗朗西斯医院。”他告诉柯南特。

哦，天哪！柯南特想，麻烦来了。就在那一刻，大家意识到在旧金山出现了一种新的流行病。

* * *

第二天，格朗德沃特打电话给弗里德曼-肯恩，告诉他肯·霍恩的情况。格朗德沃特惊讶地发现，肯的生活方式与纽约那些病人的是如此相似，他们都热衷于拳交。那天下午，格朗德沃特收到一封信，是他之前咨询过的一位纽约知名皮肤病专家寄来的。

“很难确定传染性病原体是否诱发了这种病变。”A·伯纳德·阿克曼医生这样写道。他还出人意料地预言，“我们最近在年轻的男同性恋中发现了大量的卡波西肉瘤病例，我们认为，这种病灶极有可能是由一种传染性病原体引起的。”

4 月 24 日

和吉姆·格朗德沃特谈完以后，一直在给肯·霍恩治疗的传染病专家约翰·格莱特决定打电话到亚特兰大，向疾控中心汇报肯的卡波西肉瘤和肺囊虫肺炎情况。然而，所有和他交谈过的疾控中心医生对此似乎都没有特别大的兴趣。格莱特觉得自己好像打了一圈骚扰电话。而在疾控中心，后来没人回想起肯就是在这一天成了第一个被上报的这种可怕的新疫病的患者。

纽约，火焰岛

一阵轻快的微风拂过大海，保罗·波帕姆和几个朋友带着个小盒子，步履沉重地走在沙滩上。旅游旺季已过，除了几个商人和前来检查冬季暴风雪造成的损失的房主，整个岛上只有他们。保罗看了看手捧瑞克·威利考夫骨灰的鲍勃，他从不知道在这种情况下该说什么，所以他什么也没说。他们走过一间被木板封闭的迪斯科舞厅，又走过几间门窗紧闭的房子，来到一处只看得到沙滩、天空和大海的地方。从布鲁克林来的这位五年级教师希望自己的骨灰能洒在这里，洒在他深爱的这座小岛的海滩上。太阳西沉，暮色降临，鲍勃倒出粗粝的白色灰烬，瑞克飞入了冰冷灰暗的大西洋的怀抱。保罗想，也许现在他可以放下了。

4 月 28 日，亚特兰大，疾控中心

“你怎么看他们正在研究的纽约州立大学那 5 个患了骨肉瘤的同性恋病例?”医生问桑德拉·福特。

福特说她从未听说过这类研究。放下电话后，这段对话令她坐立不安。他们正在调查皇后区同性恋中间发生的一些情况，与此同时，她收到的都是奇奇怪怪的戊烷脒申请单。过去两周，又有两个不明原因的免疫抑制患者需要用戊烷脒。其中一份来自那位在福特看来非常无能的曼哈顿医生，单单他一人就在过去3周内提交了5次戊烷脒用药申请。自2月以来，她已经填了9份用药申请，所有申请都带着谜样的色彩。

这种不清不楚的情况让生性有条不紊、专注细致的她有些不安，于是在周二下午，桑德拉给她的上司——寄生虫病研究处副主任——写了一份备忘录，汇报了9份戊烷脒用药申请的情况以及关于骨肉瘤的传闻。通过这种方式，疾控中心这位认真谨慎的GS-7药物技术人员向联邦政府发出了新疫情的警示。

5月17日，星期日，西洛杉矶

迈克尔·戈特利布和韦恩·山德拉坐在山德拉家的餐桌旁，四周是一叠叠夹着医学图表的整齐的文件夹。戈特利布听说阿尔文·弗里德曼-肯恩正在纽约研究卡波西肉瘤，便想赶在他之前发表自己的论文。山德拉突然想到，可以在医生们熟知的疾控中心每周简报《发病率与死亡率周报》上发表。这本6×8.5英寸的小册子会在每周五寄到全球数千家医院和卫生机构。任何在公共卫生或传染病领域工作的人都会阅读，从中了解有关国民健康方面的最新信息以及每星期各州发生的所有传染病病例，比如狂犬病、炭疽病、伤寒等。尽管这本小册子的学术地位不如《新英格兰医学杂志》之类的期刊，但在上面发文章几乎无需等待。5月初，山德拉打电话给疾控中心性病分部的老朋友玛丽·桂南，后者说她会找合适的渠道发表他们的报告。

这份报告需要对这一新情况的病例逐个详细描述。戈特利布在讨论每个患者的医学图表时，山德拉在把信息转化为《发病率与死亡率周报》偏爱的那种干巴巴、冗长枯燥的文字。报告提醒大家注意肺囊虫肺炎、巨细胞病毒以及常见于肺炎之前的口腔念珠菌病之间的关系，并指出："所有这些患者都是同性恋，这一事实表明，在此类人群中，同性恋生活方式的某些方面或者通过性接触感染的疾病与肺囊虫肺炎之间存在关联。"

第二天，山德拉在电话里告知了报告的题目，非常简单——“洛杉矶：男同性恋中的肺囊虫肺炎”。

亚特兰大，疾控中心

玛丽·桂南医生把报告交给了她的上司、性病分部的詹姆斯·科伦医生。他把报告还给她的时候，在上面写了四个字：“出大事了！”

疾控中心周报将发表有关肺囊虫肺炎的报告的消息传遍了整个机构。桂南又接到疾控中心的寄生虫疾病分部工作人员打来的电话，说“纽约已经有很多人死于肺囊虫肺炎了，可谁也不愿意告诉我们”。显然，有医生给医学期刊写了论文，现在还在审阅阶段，关于肺囊虫肺炎爆发的信息他们一个字也不能泄露，生怕失去在知名医学期刊发表文章的机会。曼哈顿的一份同性恋报纸《纽约人》已经发表过一篇报道，说有传言称不少男同性恋突然染上一种新型肺炎。但是，疾控中心的地方公共卫生部门联络人对此嗤之以鼻，告诉这家报纸这些谣言“毫无根据”。

这样不对，桂南想，我们最好调查一下。

5月30日，圣地亚哥

在准备疾控中心性传播疾病年会上的讲话时，大卫·奥斯特罗医生想，祝词要按顺序来。乙肝是一个重要的国际健康问题，在一种乙肝疫苗的研发过程中，同性恋群体起到了关键作用，这一点应该引起医学界注意。过去三年，数千名男同性恋与疾控中心合作，不仅在世界上首次确立了乙肝流行病学，而且最终研制出了预防这种疾病的疫苗，要知道，在非洲和南亚这种疾病是导致儿童死亡的主要原因。从这些男同性恋身上抽取的成千上万份血样，现在还贮存在疾控中心的冷库里，以备将来研究之用。这种新疫苗将拯救全世界的数百万生命，而它的投产得益于同性恋群体的帮助。此外，奥斯特罗认为，疾控中心计划为男同性恋广泛接种疫苗，此举将成为在同性恋人群中消灭这种疾病的漫漫长路的第一步。

情况正在好转，奥斯特罗在同性恋性传播疾病年会的演讲中告诉大家。这件事已经有了圆满的结局。就个人而言，奥斯特罗希望能从性传播疾病领域完全抽身，因为最严重的男同性恋性病如今看来已经有效攻克了。

就在这时，詹姆斯·科伦医生站了起来。奥斯特罗在肝炎和同性恋性病领域浸淫多年，因而一眼就认出了他。科伦开始讲述洛杉矶发现的5例肺囊虫肺炎，他说，疾控中心下周将在《发病率与死亡率周报》上发表有关肺囊虫的报告，并且他们很快会成立工作组。

* * *

那天夜里，奥斯特罗、科伦、疾控中心的资深专家哈罗德·杰斐以及几位同性恋医生，聚在大卫·奥斯特罗位于海港假日酒店的房间里开会。春夜的一缕微风轻轻摇晃着窗外码头停靠的小船，奥斯特罗默默地想起这些年来，他花了很多时间帮助科伦和杰斐适应同性恋性行为中令人不适的细节，比如舔肛和拳交。一开始，科伦似乎有点紧张，但他在工作中还是全力以赴。杰斐和科伦都不是寻常的联邦政府工作人员，因为后者很少有机会接触男同性恋，即便有，也不愿意了解男同性恋的性行为细节。

也许肺炎是由于某些不良药品的作用引起的，奥斯特罗大声说出了自己的想法。这是比较容易对付的。科伦同意这一点，认为或许某些环境因素可以解释疫情何以突然爆发。也许是他们用的亚硝酸盐吸入剂出了问题。这是两个主要的假设之一。另一个更令人恐惧，“可能是种传染病”。

* * *

1981年6月5日，周五，疾控中心的《发病率与死亡率周报》发表了关于这种传染病的第一份报告，是基于迈克尔·戈特利布和乔尔·魏斯曼医生过去几个月在洛杉矶看过的肺囊虫肺炎病例而完成的。在文章发表前一个星期，惊弓之鸟般的疾控中心工作人员就如何处理文中提及的同性恋问题展开了辩论。性病分部的一些工作人员有长期跟同性恋群体打交道的经验，担心触及他们的敏感话题，而这个部门未来几个月还得和他们密切合作。同样，他们也理解同性恋群体在医学界内外都不是最受欢迎的少数群体，担心凸显该疫病在同性恋中流行会助长偏见。事实上，肝炎疫苗项目很大程度上得益于同性恋群体的贡献这一点，在给国会和政府的报告中被轻描淡写地带过了，因为担心该项目会被挤压。

所以，这份报告并没有出现在《发病率与死亡率周报》的第一页，而是放在了第二页上一个不显眼的位置。凡是提到同性恋的字眼都从标题中删除了，最终它被简单地写成了“洛杉矶：肺囊虫肺炎”。

不要冒犯同性恋，也不要激怒恐同人士。这是应对这场疫情时要处理的一对问题，它们从疫病流行的第一天起就在撕扯。在最善良的意愿的鼓舞下，这样的争论为这些善意不可避免引向的终点铺平了道路。

8. 最帅的那个

1981 年 6 月 9 日，纽约，纪念斯隆-凯特琳癌症中心

“接下来我会怎么样？”

詹姆斯·科伦医生盯着这个病人，仿佛在盯着另一个自己。这个人也是 36 岁，也毕业于常春藤名校，也在科伦的家乡底特律附近长大，也是一名成功的专业人士，尽管是在纽约从事演艺事业。与科伦完全不同的地方在于，他是同性恋，过去 15 年一直住在格林威治村。

科伦已婚，育有 2 个孩子，在疾控中心工作这 10 年，他不得不从一个城市换到另一个城市，直到在亚特兰大落脚，成为疾控中心性病防治服务的负责人。这就是为什么他昨天会去参加一个为调查肺囊虫肺炎和卡波西肉瘤的爆发而仓促联合组建的特别工作组的首次会议，现在又搭乘早班飞机到纽约和阿尔文·弗里德曼-肯恩面谈，并且想亲眼看一看这些患者。这位演艺人士是科伦遇到的第一个这类患者。

尽管科伦知道自己应该表现得像个从疾控中心过来的大专家，但是，当对方问他自己的病情到底会如何发展的时候，他也不知道怎么回答。和大部分医生一样，他不喜欢承认自己给不出答案。然而今天他别无选择。这种病的发现不过才 3 天。

“我不知道接下来会怎样。”科伦说。

病人脱得只剩内衣，就像实验室的动物，这让替他做检查的科伦觉得有点尴尬。然而一看病变情况，他马上进入了工作状态。不管这是什么，科伦想，这肯定不是教科书上提到的良性非洲卡波西肉瘤。这种疾病要更为凶险。

所有病人表现出的高识别度的同性恋特征也令科伦感到震惊。在和同性恋群体合作多年后，他很清楚光看外表是很难识别他们的。显然，身处大城市浓厚的同性恋亚文化氛围，使得这些患者毫不掩饰个人的同性恋身份。他们可不是昨天才开始偷偷张望外面的世界的。

这很奇怪，因为疾病往往不会对社会群体搞特殊对待。流行病可能有着严格的地理性，比如 1976 年在费城某家酒店，一群会议人员突然染上了军团病。疾病也可能出现在有着相似生理特征的人身上，比如使用“瑞来”卫生棉条导致中毒性休克综合征①的女性。然而在科伦的记忆中，流行病并不会基于人对自己的社会身份界定乃至性行为方式上的差异来选择病人。但纽约、洛杉矶和旧金山三地的病人表现出的共性，的确就是同性恋身份和性病的高发率。那么，他们所处的环境中一定有某种东西在危害他们的健康。

*　　*　　*

科伦回到亚特兰大，卡波西肉瘤和机会性感染（KSOI）特别工

① “瑞来”（Rely）是 P&G 开发的一款使用羧甲基纤维素（一种人造纤维）和聚酯纤维压缩凝珠（卫生巾里常出现的强力吸水分子）制作的具有超强吸收功能的卫生棉条，其超强吸收力造成了皮肤或黏膜表面的破损，而棉芯成了黄色葡萄球菌的温床，虽然只有极少数女性体内带有这种细菌，但依旧在 1979 年至 1980 年造成了 55 例中毒性休克综合征。——译注

作组正在热火朝天地追查线索，正是这种工作热情让美国疾控中心享有世界顶级医疗调查机构的盛誉。重叠感染、不明原因的免疫缺陷以及前所未有的社会学问题，所有这些使得该流行病无法归入任何单一的类型中。大约 12 名工作人员自愿加入了特别工作组，他们来自可能与该病有关的不同学科，其中包括免疫学、性病学、病毒学、癌症流行病学、毒理学和社会学。由于疾病的暴发还和同性恋肠病综合征有关，所以也邀请了寄生虫病研究专家加入。有科伦、哈罗德·杰斐、玛丽·桂南在，工作组的性病研究力量最强。科伦被任命为卡波西肉瘤和机会性感染特别工作组组长，在他看来，这主要是因为他是工作组中唯一一个有秘书的人，而秘书能帮忙做会议纪要。

由于特别工作组每天开会分享笔记，该流行病的两个潜在原因被逐渐厘清。首先，这些病人的生活环境中可能存在一些相同的引发免疫问题的物质。虽然几乎所有的毒品都可能是罪魁祸首，但排第一的是催情剂或亚硝酸盐吸入剂。当然，还有一种观点认为，该疾病由某种病原体引发，这种病原体不是某种新病毒，就是由业已存在的微生物结合而成的。尽管这两种假说几乎涵盖了一切可能性，但是疾控中心大部分工作人员还是确信能找到确凿的证据来证明。他们以前战胜过疫病，以后也会。他们会采取老派的实地流行病学研究方法，而疾控中心的标志正是一只鞋底磨出一个洞的旧鞋子。①

大量的电话从全国各地打来，回应《发病率与死亡率周报》上的报告，医生们不是在接电话，就是在打电话给联系人。由于这篇报告只谈及肺炎，所以最常见的说法是“我发现了肺囊虫肺炎，但我也在男同性恋身上发现了卡波西肉瘤”。无论洛杉矶患者的肺囊虫肺炎具体情况如何，在一定程度上都和纽约的卡波西肉瘤患者有关。

迈克尔·戈特利布发现，肺炎病人的辅助性 T 淋巴细胞少得出奇，为了解决这个问题，玛丽·桂南动身去埃默里大学的医学图书馆

---

① 此处为双关语，“实地流行病学”英文为 shoe-leather epidemiology，意指为突发性公共卫生事件进行实地研究调查，“shoe”一词与下句疾控中心的标志呼应。——译注

查找一本免疫学的教科书。书上没有任何关于各种 T 细胞的内容，他们的发现是最新的。桂南打电话给在纽约贝斯-以色列医疗中心的朋友唐娜·米德文。米德文向她介绍了自己从去年 7 月开始接诊的男同性恋身上出现的免疫问题，告诉她这些人的感染非常严重，最终很可能会衰竭而亡。

出于某种直觉，桂南给一家医药公司打了个电话，后者生产的是治疗严重疱疹感染的药物。他们向她提及一位纽约的医生，一直在接诊病情越来越严重的男同性恋疱疹病人。那位医生告诉桂南，他认为这些感染的肆虐与肺囊虫肺炎有关。不过他还没有跟任何人提及这些病例，因为他的论文医学杂志正在审阅中。

桂南对自己的调查结果感到震惊。她对于治疗性病早已娴熟于心，只要注射治疗就会痊愈，但现在的情况却截然不同。她的头脑中有一个挥之不去的念头：一种会置人于死地的病出现了。她还抱着一线希望，但愿能找到跟环境有关的原因，从而把这些病例关联起来。她想，如果冒出新的致命性传染病，那就只能靠上天保佑了。

* * *

《发病率与死亡率周报》发布肺囊虫肺炎报告以后，多家新闻社发表了有 12 段文字的报道，谈及此次肺炎爆发。全国各地的同性恋报纸大都没有将其放在头版，觉得这充其量不过是医学怪谈，很有可能是被科研机构和媒体的恐同人士夸大了。但与此同时，同性恋报纸又将肺囊虫肺炎这个复杂的术语开天辟地地简化成了适合用作新闻标题的词——“同性恋肺炎”。

6 月 12 日，巴黎，克劳德-伯纳德医院

一名同性恋病人来到威利·罗森鲍姆医生的诊室，自称体重骤降，呼吸困难。罗森鲍姆医生诊断他患的也是肺囊虫肺炎，之前已经有一位葡萄牙出租车司机、一位扎伊尔航空公司雇员以及一位在中非生活过的法国妇女被诊断为这一疾病，但他对致病原因感到困惑。那天下午，从美国寄来的《发病率与死亡率周报》上描述了洛杉矶爆发的肺炎。罗森鲍姆明白他早上接诊的病人与此相关，那么只有一种解释。不可能是环境原因，洛杉矶几乎远在天边。一定是一种新的病原体。

6 月 16 日，凤凰城，疾控中心肝炎实验室

尽管才 38 岁，唐纳德·弗朗西斯已经是疾控中心流行病学领域最著名的专家之一，并且是 1970 年代把天花从地球上彻底消灭的少数流行病学家之一。最近几年，他和同性恋群体合作肝炎疫苗项目，目前已圆满收官。

一听说肺囊虫肺炎和卡波西肉瘤患者的 T 淋巴细胞不明原因的枯竭，弗朗西斯立即打电话给他在哈佛的导师迈伦·埃塞克斯。当年正是在埃塞克斯的指导下，他通过研究猫白血病毒拿下了病毒学博士学位。

“这是人感染的猫白血病。”弗朗西斯说。

埃塞克斯知道弗朗西斯喜欢用极尽夸张之能事的词语迅速给出结论，他也知道他这位昔日的学生凭借自己的非凡才华赢得了国际声誉。在研究致猫死亡的主病因猫白血病 8 年以后，埃塞克斯更感兴趣的是这种病和人类疾病之间的某些关联。他和弗朗西斯相信，病毒终有一天会与癌症以及其他严重的人类疾病发生联系，而持这种观点的科学家极少。他俩合作发表了 8 篇关于猫白血病的文章以及一篇有争议的文章，后者认为某些人类淋巴瘤、白血病和免疫系统癌症可能与病毒感染有关。埃塞克斯坐下来听弗朗西斯讲自己的思路。

癌症与免疫抑制，弗朗西斯说。猫白血病和这种新的同性恋疾病都有一个显著特征，即似乎是原发性感染（primary infection）削弱了免疫系统，从而让机会性感染钻了空子。在猫身上，猫白血病病毒击垮了猫的免疫系统，导致猫有可能患上各种癌症。显然，一些类似的病毒对男同性恋发起了同样的进攻，也让他们得了癌症。其次，猫白血病的潜伏期很长，而这种新型疾病也一定有很长的潜伏期，这就是为什么它能在东、西海岸三大城市置人于死地，却无人发现它的存在的唯一原因。

多年来，弗朗西斯在非洲、亚洲和美洲治疗流行病，他的经验使他坚信，病毒是一群狡猾的小东西，为了生存而不断尝试打败人类。漫长的潜伏期就是阻止人类觉察并消灭它们的伎俩之一。弗朗西斯并不认为，同性恋健康问题是由巨细胞病毒或者人们讨论过的其他常见病毒引起的。这些病毒已存在多年，并未置人于死地。弗朗西斯说，应该是某种新病毒，甚至是逆转录病毒。

这番话引起了埃塞克斯的好奇心，尽管在他看来，大多数科学家会认为弗朗西斯的说法牵强附会。逆转录病毒是病毒亚群，充其量不过是一组奇怪的外来病毒。去年，国家癌症研究所的研究员罗伯特·加罗博士向大家介绍了一种逆转录病毒，它引起的白血病在日本很常见，这是病毒第一次和人类的一种癌症产生关联。不过，这是一个逆向的科学探索。加罗先发现了病毒，然后在全世界寻找它可能引发的疾病。机缘巧合，日本科学家正在研究 T 细胞白血病，并假定这是一种接触性传染性癌症，但是还没有找到元凶病毒。确认人类嗜 T 细胞病毒（HTLV）是病因，是病毒学上的重大突破，但是其漫长的潜伏期也令科学家们感到恐慌。这种病毒会在引起疾病之前到处传播，而人们甚至都不知道它的存在。

然而，很多科学家仍对逆转录病毒研究的未来持怀疑态度，许多人依然坚信逆转录病毒是动物病毒，因为几乎所有逆转录病毒都和鸡、猪或猫的疾病有关。埃塞克斯觉得这是种一厢情愿的想法，而弗朗西斯的猜想值得注意。

弗朗西斯坚信自己的想法。他很快成为疾控中心下述理论的主要支持者，即一种可以通过性行为传播的新型病毒正在导致男同性恋的免疫缺陷。

6 月 28 日，旧金山

比尔·克劳斯因为备受关注而有点不自在，但他显然很享受基科·戈凡特斯为他组织的 34 岁生日派对。克里夫·琼斯、格温·克雷格以及哈维·米尔克俱乐部的所有老朋友都来了。每个人都举起香槟向比尔道贺，随后，他们要去市中心参加 1981 年的同性恋大游行。

参加过往年游行的人注意到，今年的气氛比过去沉闷，市政中心的广场也没有了游乐设施。今年的游行主题是"自由的前线"，它借鉴了当地流行的一种观点，即旧金山不仅是全国同性恋运动的前线，也是正在成形的对抗里根政府中的新宗教保守主义的战线。游行吸引了 25 万人，这是一年一度大游行的典型规模；当天下午，纽约亦有 5 万人参加了同性恋游行，这是有史以来曼哈顿举行的人数最多的同性恋游行之一。

当天，旧金山的同性恋报纸《哨兵》（*The Sentinel*）出了一期特刊，以 5 个短篇报道来谈及同性恋肺炎。尤为突出的是上面的一篇社论，它向旧金山的同性恋群体——一群身上充斥着不安和自信的复杂情感的人——发问："同性恋运动的目标是什么?""我们要向哪里去?"

7 月 1 日，旧金山综合医院

保罗·沃伯丁医生是在盐湖城的犹他大学医院实习的博士后，为在独自值班的夜里保持清醒，有时候他会盯着高速公路上向西驶往旧金山的汽车尾灯看。他从未去过那里，但他知道，那是他实习期一满就会去的地方。对此他深信不疑，一如他深信自己会成为一名逆转录病毒学家。他在明尼苏达州一个乡村的奶牛场长大，奶牛场附近有家梅奥诊所，因而他很早就对医学着了迷。到了高中，实验室是他最喜欢的地方，在那里他用各种植物病毒做实验。进了大学，实验室这方宁静天地让他暂时摆脱了明尼苏达大学校园轰轰烈烈的革命活动。他远离喧嚣几个小时，沉浸在肉眼不可见、却能对人类造成毁灭性影响的基因信息中。就在大学里他听说了逆转录病毒，他知道自己将毕生致力于了解它们。

如果保罗·沃伯丁没有在实习期间开始接触癌症患者，那他今天就会依然在实验室做研究。他爱上了癌症病人，爱那种能洞穿一切肤浅废话的坦诚。在生活的其他方面有着太多的词不达意。人们总是说些言不由衷的话，听些不明不白的事。癌症病人不会这样，他们的话里没有无关紧要的东西。保罗注意到病毒在带给人疾病的同时，似乎也让人展示出了最好的一面。

在加州大学旧金山医院的逆转录病毒实验室工作 3 年后，沃伯丁开始在旧金山综合医院担任肿瘤科主任，这是他梦寐以求的工作。他才 31 岁，年纪轻轻就坐上了这样的位子。7 月 1 日是他上班第一天，一位资深癌症专家拍了拍他的背，令他既紧张又兴奋，不知道该说些什么。这位专家指了指一个检查室。

“下一个大病在那儿等你呢，一个卡波西肉瘤患者。”他说。

沃伯丁以前从未听过“卡波西肉瘤”这个词。他不知道这位老专家在说什么。沃伯丁走进那间屋子，生平第一次，他看见一个病人身上融合了他对于逆转录病毒和绝症晚期病人的兴趣，而且这种兴趣成了他终生奋斗的事业。

这位 22 岁的病人带着热情淳朴的南方口音。他是旧金山一个浴池的服务员，几天前因腹泻和体重减轻而入院，前天才刚刚确诊是卡波西肉瘤。沃伯丁从没有在年轻病人身上见过这样的症状。他骨瘦如柴，病灶布满全身，看上去就像胃癌晚期。而沃伯丁知道，他比癌症晚期还要糟，就像一个马上要死的人。

这个年轻人在旧金山没什么朋友，孤零零地住在破旧的田德隆区的一间公寓里。他久未与家人联络，也不明白为什么体重轻了这么多，身上的紫色斑点又是从哪儿来的。他吓坏了，孤独、无助、困窘。他的样子就这样留在了沃伯丁的脑海里，难以抹去。

听说纽约也出现了这样奇怪的癌症病例，沃伯丁便打电话给圣卢克-罗斯福医院的迈克尔·兰格医生，比较了彼此的治疗记录。沃伯丁阅读了医学图书馆里关于卡波西肉瘤的所有文献，并根据建议开始给病人化疗。但是，毫无效果。沃伯丁不知道该怎么办，全国上下的卡波西肉瘤专家也都束手无策。随后几个月里，沃伯丁只能无助地看着这个年轻人痛苦而孤独地死去，他是后来在旧金山综合医院去世的几百人中的第一个。这真的是“下一个大病”。

7月2日，旧金山，加州大学

在加州大学旧金山分校医疗中心楼上的办公室里，马科斯·柯南特草草地写了份备忘录给当地的另外一小撮专家，他们也对卡波西肉瘤的爆发很有兴趣。现在他知道，旧金山有6个卡波西肉瘤患者，由于此地是同性恋圣地，他估计未来几个月还会出现更多的病例。

“假如阿尔文·弗里德曼-肯恩的判断没有错，未来12至18个月里，我们将在此地看到40到50个男性卡波西肉瘤患者。”柯南特写道，“其中半数会有暴发性疾病，并可能死亡。虽然未雨绸缪并非美国人的天性，但我还是认为，组建一个多学科结合的特别工作组，由它来决定如何对转诊到我们这里来的病例进行调查，可能是个明智的做法。”

几天以后，柯南特在教员俱乐部提议组建一个卡波西肉瘤诊所。医生们一致认为这是个合理的办法。把当地的患者集中在一起，一方面能帮助医生理清思路对付困局，另一方面也能保证患者得到最专业的治疗。没过几周，诊所就成立了，就算不出于其他考虑，就为了上述理由，这也差不多是解决医学问题最明智的方案了。柯南特后来反思，也许这就是为什么4年来美国几乎没有其他医疗机构认真地在本单位开始这方面的治疗工作，这种新的流行病很少被当作简单的医疗问题来处理。

* * *

关于卡波西肉瘤爆发的第一份官方报告，1981年7月4日在《发病率与死亡率周报》发表，此时距离全球55个国家的帆船齐聚纽约港庆祝美国建国200周年那一天已经过了5年。这份报告题为“纽约与加州：男同性恋中的卡波西肉瘤和肺囊虫肺炎”，它以最平实的语言勾勒出了卡波西肉瘤患者的常见症状，这些患者中 20 人住在纽约，6 人住在加州。其中 4 人发过一次肺囊虫肺炎，其他人则患上了严重的疱疹、念珠菌感染、隐球菌脑膜炎和弓形虫病。报告还公布了新发现的 10 例男同性恋肺囊虫肺炎患者，其中 6 人来自旧金山湾区。

这份报告指出，“在年轻的男同性恋中，30 个月内出现这个数量的卡波西肉瘤病例是很不寻常的”，“从未有任何报告提及卡波西肉瘤和性取向之间的关系。这些患者的暴发性疾病临床病程，也不同于老年病患的经典描述……男同性恋中新确诊的 10 例肺囊虫肺炎表明，之前报告的 5 例并非孤立的现象。此外，疾控中心还接到报告，说纽约的 4 名男同性恋已经发展成了严重的、渐进式肛周单纯疱疹感染，并有证据表明出现了细胞免疫缺陷。3 例已经死亡，1 例患有全身性巨细胞病毒感染……目前尚不清楚卡波西肉瘤、肺囊虫肺炎以及男同性恋中的其他严重疾病之间是否相关，或如何相关。”

就在报告发表前几天，疾控中心性传播疾病分部的负责人保罗·温斯纳抓住疾控中心主任威廉·福格医生谈了一次话，这是他第一次为不胜烦恼的卡波西肉瘤和机会性感染特别工作组要求更多经费，这样的谈话以后还有多次。他说：“我认为这事比我们想的要严重得多。”

* * *

《发病率与死亡率周报》发表报告那一天，杰克·诺因莫名的疼痛和双腿麻木住进了格林威治村的圣文森特医院。医生诊断他患了一种罕见的淋巴癌，而这种病常见于儿童。

杰克入院的第二天，保罗·波帕姆在《纽约时报》上读到了有关卡波西肉瘤的文章。一个月前，他和杰克分了手，但心里仍然惦记着旧情人。他立即觉得杰克身上罕见的癌症与 6 个月前杀死他最好的朋友瑞克·威利考夫的皮肤癌之间有某种关联。算上瑞克和尼克，杰克是火焰岛海洋街上那栋房子里患怪病的第 3 人了。

7 月 5 日，旧金山，阿什伯里街 1040 号

去他妈的医生，肯·霍恩心想，我才不回去呢。

窗外，黄昏的天空从紫色渐渐暗成了黑色，汽车的前灯蜿蜒地穿过金门大桥。肯的宠物鹦鹉在笼子里不安地踱来踱去。肯的胃有点涨，但他把胃里冒上来的恶臭强压了回去。7 天前，他从第三次入住的圣弗朗西斯医院出院。他们说他得的是某种肺炎，和他的皮肤癌一样说不清楚，现在有传言说这种病也在洛杉矶和纽约出现了。他很虚弱，感觉自己又要吐了。但是，他不想打电话给吉姆·格朗德沃特，因为医生会让他再次住院，捅他、戳他、给他做各种检查，然后告诉他病很严重，却不告诉他为什么。电话铃响了，而且响个不停，尖利的铃声让他头痛欲裂，在朝电话走过去时他被绊了一下。

肯的姐姐打开公寓门的时候已近午夜。她发现肯躺在他卧室的地板上，在倒地的时候他的嘴唇磕到了床边的桌子，流了血。她摸了摸他的额头，很烫。

急诊室里，肯拒绝跟医生说话，他们给他量脉搏和血压的时候，他茫然地盯着别处。一躺上床，他就开始胡言乱语，偶尔还尖叫。护士们忙不迭地进出他的病房。有时他会忽然惊起、哀求，然后一声不吭。

“求你了，”护士听见他在漆黑的病房里呼号，“求你了，求你了，求你了。”

* * *

《发病率与死亡率周报》发表的卡波西肉瘤报告，得到了为期一天的媒体关注，作为义务性报道上了《纽约时报》和《洛杉矶时报》，由此通过各种渠道登上了全国主要大报。文章写得很谨慎巧妙，既不冒犯任何人，也不至于引起恐慌。有可能出现新的感染因子的观点被淡化了，更偏向于假设——要么和环境因素有关，主要指亚硝酸盐吸入剂之类的催情剂；要么是由旧病毒发展成的新病毒株，尤其是《发病率与死亡率周报》中详细讨论的巨细胞病毒。但在未来一年内，这一天是该新疫情获得关注最多的一天。7月的第一周过后，新疫情失去了报刊的关注，并成为大部分男同性恋感兴趣的话题。

在旧金山，比尔·克劳斯把新疫情的报道归咎于媒体的反同性恋偏见。他认为，记者从不谈论同性恋群体做的有积极意义的事，但是才病倒几个人，他们就来劲了。

克里夫·琼斯把早上的《旧金山纪事报》文章剪了下来，贴在他办公室的布告栏上，上方是他手写的标题："就在情况好转的时候"。

多伦多

如果盖坦·杜加斯遇到困难，他会决心用最快的办法去战胜它，而且会满怀信心地行动。当他决定退出美发行业成为一名空乘时，他仔细研究了工作要求，然后开始努力。加拿大航空公司要求空乘人员会两种语言，于是从没在魁北克法语区之外生活过的杜加斯搬到了温哥华，当时他连一句英文也不会。在新的语言环境下，他很快便掌握了工作所需的语言技能。

看到第一篇关于卡波西肉瘤的报道后，他对美国最好的治疗中心做了一番研究，然后直奔纽约大学——在此，阿尔文·弗里德曼-肯恩和琳达·罗本斯坦因收治了绝大部分的卡波西肉瘤患者。他告诉朋友们，他会战胜这种疾病。他的加拿大医生什么也没做。而他自己几天内就约到了纽约大学的门诊。

* * *

走出格林威治村的"三部曲餐馆"时，保罗·波帕姆认出了盖坦·杜加斯，他正沿着克里斯托弗大街走来。老天，那家伙真帅，保罗心想。难怪杰克·诺去年万圣节的时候跟他勾搭上了。保罗知道，这一对后来还一起度过好几次周末。

"杰克在圣文森特医院，"保罗说，"我想他一定很高兴见到你。"

盖坦笑容满面地与他闲聊，但并没有提及自己为何到这里来。

几天后，盖坦花言巧语地哄一位同是空乘的朋友跟他去圣文森特医院看望一位老伙计。这位朋友从多伦多来，为了帮盖坦度过化疗的第一周。盖坦已经住进了纽约大学医院提供给非卧床病人的公寓，在去圣文森特医院的路上他心情很好。两个年轻人都没想到，这位曾经英俊的病人竟已如此憔悴。

“也许下周我就能起来了。”杰克叹了口气。

在两位访客看来，杰克哪儿也去不了了，不止下周，也许永远。

回纽约大学的路上，盖坦坐在出租车里一言不发。他的朋友想，这是盖坦第一次意识到事情有多严重。

化疗结束后，盖坦回到了蒙特利尔。他已经向加拿大航空公司请了假，决定利用他还能享受的航空公司通行证过一种更悠闲的日子，像从前那样在海滨寻欢作乐。他每个月会回纽约大学做一次治疗，当头发开始脱落时，他就剃了光头，这样谁也没有注意到有什么特别。他看起来就像尤·伯连纳①，非常迷人。穿梭在旧金山、洛杉矶、温哥华、多伦多和纽约之间，他意识到假如继续待在灯光暗淡的浴池里，没有人会问他关于紫色斑点的尴尬问题。他还是最帅的那个。

9. “埋伏牌”催情剂

1981 年 7 月，亚特兰大，疾控中心

詹姆斯·科伦最终得到了官方消息，有 3 个月时间他将会被告知卡波西肉瘤和肺囊虫肺炎爆发的详细信息。这意味着他可以全职从事该流行病的研究，而据他所知，研究这一新健康问题的环境目前是非常恶劣的。这并不是因为他的上司们不感兴趣。他每周都会和疾控中

① 美籍俄裔演员，奥斯卡奖得主，《国王与我》里的暹罗王拉玛四世的扮演者。——译注

心的主任会面，就连这个国家最高级别的卫生官员、美国卫生和公众服务部的助理卫生部长爱德华·布兰特也定期给他打电话，了解最新情况。但是，和其他高级政府官员一样，布兰特也支持疾控中心预算削减，他相信各州有能力更好地处理各自的卫生问题。

科伦知道，经费的削减意味着人手的大幅减少，从事卡波西肉瘤和肺囊虫肺炎研究的工作人员几乎随时都可能被解雇。其中包括一些关键人物，比如哈罗德·杰斐，他经验丰富，是研究同性恋性传播疾病的资深人士，并迅速成为卡波西肉瘤流行病学的协调人。但是一年前，当他成为芝加哥大学的荣誉研究员之后，他就失去了在工作组的职位，科伦不得不想尽一切办法保住他的工作。

在这种情况下，科伦意识到他不能指望雇用新人了。他不得不拉拢其他部门的员工，充实自己的人手。所幸，疾控中心普遍都是年轻而又充满激情的团队，新的不解之谜总会让他们中间的山姆·斯贝德①脱颖而出，再则疾控中心处理过的问题中很少会有如此神秘难解的——这样奇怪的感染居然出现在那么分散的地方。

有无数线索需要追踪。有各种假说需要消除。肺囊虫肺炎的爆发到底是新情况，抑或只是不曾上报的一般状况？举例而言，1976 年对军团病暴发的最初调查表明，这种肺炎已经存在多年，但直到它突袭费城的军团会议导致 29 人死亡，人们才发现它。

药物技术员桑德拉·福特有条不紊地重新检查了过去所有的戊烷脒文件，想看看之前的肺囊虫肺炎病例有没有与该疾病的新模式相符的。果然，她发现有 9 位病人戊烷脒申请表上的描述与新型肺囊虫肺炎病患的情况完全符合，而所有病例都是 1980 年下半年报告的。她没发现 1979 年以前有任何同性恋肺炎患者，由此可见，这些都是新出现的病例。

研究人员还试图确定，这种疾病是否确实出现在地理上彼此孤立的三个同性恋集中的大城市。对这三个城市的病例进行研究是否会得

① 美国作家达希尔·哈米特的小说《马耳他之鹰》中的硬汉私家侦探。——译注

出结论，即因为这些城市的同性恋生活都是快节奏的，所以只有生活丰富多彩、节奏快的同性恋才会得这种病？是否全美国的同性恋都会罹患此病，只是因为人数如此之少，所以没被发现？特别工作组决定对城市展开调查，按其同性恋性病发病率高、中、低来分别进行对照。他们将洛杉矶和纽约列为发病率最高的城市，亚特兰大和纽约州的罗切斯特列为中等发病率的城市，俄克拉何马和奥尔巴尼列为最低的城市。疾控中心流行病情报学服务部门（EIS）的官员走访皮肤病学家、肿瘤学家、传染病专家和内科医生，搜寻这些城市的医院记录，以了解可能未报告的病例。他们带着预期的结果返回。在洛杉矶，特别是纽约，发现了数十个新病例，但是同性恋性病发病率为中和低的城市几乎未发现病例。

疾控中心还需要对他们正在研究的内容有个标准的定义。工作组成员经过多次讨论后认为，一个尚未命名的综合征的病例定义应包括卡波西肉瘤患者，或者未接受化学免疫抑制的肺囊虫肺炎患者。他们必须年满 15 岁，以确保没有错将先天性免疫病例包括在内；而且必须小于 60 岁，因此老年男性中的卡波西肉瘤患者也不会错误地混入其中。

和工作组的大部分人一样，科伦热切地希望这种疾病可以追溯到催情剂上面。毕竟，糟糕的吸入剂可能会引发免疫问题。这可以解释为什么这些疾病只限于三大城市，考虑到东、西海岸一些富裕的同性恋的生活方式，被污染的催情剂小瓶可以轻易在洛杉矶—旧金山—纽约之间流通。患有上述疾病的每个患者几乎都吸催情剂。假如它确实是罪魁祸首，疾控中心只需反催情剂即可。他们可以禁止使用，把装它们的小瓶都砸了，结束这场疫情。就该这样。

科伦还有一种不太乐观的想法，他怀疑这不是问题的答案。毕竟，美国仅 1980 年一年就售出近 500 万支亚硝酸盐吸入剂。同性恋人群中几乎每个人都在使用，因而第一批病人使用硝酸盐催情剂并不令人吃惊。而且科伦感觉催情剂的原理太简单了，看起来不像是一个容易流行的疫病。

7月，工作组成员达成共识：他们需要做的是一项病例对照研究（case-control study）。他们将把患卡波西肉瘤及肺囊虫肺炎的病人与没有患病者进行对照。患者与对照者之间的差异会指向疫病发作的原因。哈罗德·杰斐给国家癌症研究所的流行病学专家打电话，求教如何开展病例对照研究。后者解释说，很简单，用一年时间准备访谈文件，然后决定以谁为对照者；第二年进行访谈；第三年分析数据并将其汇总成一篇精彩的文章在医疗杂志发表。

"3年时间，我们可以完成一项出色的研究。"国家癌症研究所的专家告诉他。

杰斐想知道这些专家们是否听说了，在舒适的国家癌症研究所实验室外，真的有人正死于这种疾病。上述过程可能适用于研究乳腺癌或黑色素瘤，但是杰斐担心这种疾病具有传染性。国家卫生研究院所有机构的研究进程都是慢悠悠的，但疾控中心耗不起时间。

"我们希望在3个月内完成研究，而不是3年。"他说。

当然，用于病例对照研究的问卷和方案就需要数周时间完成。第一批报告的41个病例中，已有8例死亡，很多人明显奄奄一息，工作组感到他们等不及了。科伦及他的工作组在7月的第二周决定，所有调查人员进入现场，实地研究，与他们能够找到的美国境内的每一位病人交谈。加州人哈罗德·杰斐整理好行装去了旧金山，布鲁克林出生的玛丽·桂南飞往纽约。

7月17日，纽约

对玛丽·桂南而言，这又是研究同性恋癌症的寻常一日。她早上6点醒来，与同性恋医生及同性恋社区领袖共进早餐，并且一遍遍地问"社区内有什么新情况"，到底是什么新的因素引发了这场灾难。

早上的剩余时间以及下午，她跑遍了曼哈顿的各家医院，走病房，看病人，直到晚上7:30才回到酒店房间。通常，她会打4个小时的电话，但是今晚，她已经答应了千里迢迢飞来纽约的丈夫，答应出去吃晚餐，庆祝他们的纪念日。

喝香槟的时候，桂南向她丈夫吐露，这是她公共卫生职业生涯中处理过的最耗费精力的工作。玛丽·桂南高挑美丽，金发飘逸，看上去比实际年龄 42 岁要年轻。她浓重的布鲁克林口音和直率的举止，掩盖了她出于母性的敏感对这种疫病特有的担忧。同事们认为，也许这就是她能成为如此优秀的实地调查员的原因。她给人的印象是，既强大到足以接受任何残酷的事实，又能感同身受，让人觉得她真心实意地在乎。随着曼哈顿的夏天越来越闷热，桂南能感到每一次访谈都让她心碎得更加厉害。

太可怕了，她说。这些人是那么年轻、聪明、才华横溢，而且非常配合。他们努力回想任何一个有用的细节，最后，他们会问："预后如何?"

桂南不得不回答"不知道"。和许多癌症患者一样，许多人都相信总有办法治愈他们，只是还没有找对路子。一旦找对了，他们就能战胜病魔，这个病终究只是一段噩梦，会慢慢从他们的记忆中消失。然而两周后，她会接到电话，说病人已经去世了。

桂南感到无助、害怕。这是她遇到过的最邪恶的疾病。她拼命思考这些人生活中的每一个细微差别。她知道疾控中心需要把每一个能想到的假说放入病例对照研究中。他们有没有去过越南？也许这是橙剂①的延后效应？他们的祖母是否患过癌症？也许这就是基因作祟，只不过现在才显示出来；又或许就是一些饮食风尚出了岔子。

调查还发现，其中有几例病人根本不是男同性恋，而是吸毒成瘾者。桂南心想，在疾控中心，人们不太愿意相信静脉注射吸毒者可能会卷入这种疫病，纽约医生似乎也只关注同性恋这个角度。"他说他不是同性恋，但他肯定是。"医生会跟她耳语。

问题在于，吸毒者似乎不会得卡波西肉瘤，他们得的是更致命的

---

① 指美军在越南战争中使用的毒性枯叶剂，越南被喷洒过的地方，战后出生的儿童都存在多种健康问题，包括腭裂、智力不足、疝气和多指症等。——译注

肺囊虫肺炎。大部分人在上报到疾控中心以前就已经死亡。桂南谨慎地向那些还在世的瘾君子询问了他们的性行为癖好。这是她在纽约几个星期以来获得的最有意义的线索。在亚特兰大，这些吸毒者并没有受到认真对待，但多年来走访梅毒病患的经历让桂南有了第六感，能分辨人们什么时候在撒谎，什么时候在讲真话。她并不觉得这些将死之人在性生活问题上撒了谎。她知道乙肝是男同性恋和静脉注射吸毒者都会得的，正如这几周来她始终相信，假设一种新疾病可能也是如此是合理的。

这种分析合乎生物学逻辑。像乙肝这样的病毒可以在男同性恋之间通过性传播，也可以在静脉注射吸毒者之间通过血液传播。桂南在心里提醒自己，要观察血友病患者以及输血接受者的病例。作为乙肝病毒的其他主要受害者，他们也有可能通过血液制品感染了这种病毒。

桂南还注意到一点，也许仅仅是种巧合。她去纽约大学非卧床病人的公寓走访一名患者时，后者刚刚洗完澡从浴室出来。一开始桂南有点不好意思，但这个人非常有魅力，讲话带着轻柔的法语口音，于是她开始询问他的情况。

这位病人颇为骄傲地坦陈自己的性生活非常活跃。他是一名法裔加拿大空乘，其性生活与桂南走访过的别的男同性恋没什么不同。把在浴场的那些夜晚算在内的话，他估计自己一年有 250 次性接触，开始同性恋性生活已近 10 年，2 500 名性伴侣对他而言不在话下。事实上，他的一个“老伙计”也得了怪病，住在纽约的医院里，盖坦·杜加斯说。

后来，桂南跟工作组提及了这段对话，但大家还是没有头绪，即便盖坦谈到跟杰克·诺上过床，使这两名新疾病患者第一次通过性关系联系在一起。由于盖坦是加拿大人，是加拿大第一个确诊的艾滋病患者，疾控中心不再直接对他进行随访。病例对照研究只针对在美国生活的人。

7月29日，纽约，纽约大学医疗中心

拉里·克莱默看见大卫·杰克逊在阿尔文·弗里德曼-肯恩的候诊室，他吃了一惊。大卫是个古董商，年近四十，为人友善，样貌平凡，在布莱克街的一家店里卖些零零碎碎的玩意儿。拉里被《纽约时报》上关于新癌症的文章搞得心烦意乱，所以来找弗里德曼-肯恩谈谈。弗里德曼-肯恩是为疾控中心整理早期卡波西肉瘤流行病学情况的医生。拉里的朋友们似乎都不在意，但他自己对这个话题的兴趣不只是文字上的。他有性传播疾病的病史，和报纸上写的那些卡波西肉瘤患者一样。他认识的每个人都是一样的情况，这让他感觉大事不妙。当然，这位作家没有想到，一走进这位著名医生的办公室就遇上了熟人。大卫开始自言自语，仿佛正在试图厘清头脑中的一切事情。

“当我在火焰岛的海滩散步时，我决定开始新的生活，”大卫说，“我要吃得健康，注意营养。”

他的声音渐渐低了下来，他诚恳地看着拉里，告诉拉里自己身上有些奇怪的紫色斑点。

“我没有朋友，”大卫说，“跟别人说这事让我觉得丢脸。你能来看看我吗？”

*　　*　　*

这才只是冰山一角，弗里德曼-肯恩告诉拉里·克莱默。情况会越来越严重，必须马上开始研究。

“我不认为有人会对此采取任何行动，”医生说，“你得帮忙。我需要经费做研究。政府拨款得等上两年。”

拉里已经听说一些人，一些火焰岛上的朋友，病倒了。他答应弗里德曼-肯恩会把这些人召集到自己的公寓来筹集一些经费。

“我该怎么做才能不得这病？”拉里问，试图把挥之不去的疑病症从自己的声音里驱除出去。

“如果我是个同性恋的话，我知道自己会怎么做。”弗里德曼-肯恩说。

拉里觉得医生的话莫名其妙，但他还是专心地听医生的下文。

“我会不再与人发生关系。”

*　　*　　*

刚迈出弗里德曼-肯恩的办公室，拉里大吃一惊，他看到了唐纳德·克林兹曼，杰弗瑞芭蕾舞团的资助人，也是拉里一个好朋友的情人，那两人一直分分合合。此刻，他是弗里德曼-肯恩下一个要见的病人。

“别告诉我你也生了这个病?”唐纳德问。

“没有。”拉里回答。他不知道该说什么。

“我得了。”唐纳德平静地说。他是来验血的。

接下来的几天里，拉里给唐纳德·克林兹曼和拉里·马斯打了电话，后者是给纽约最重要的同性恋报纸《纽约人》写医疗新闻的医生。他还给保罗·波帕姆打了电话，因为听说保罗最好的朋友去年死于卡波西肉瘤。拉里叫他们到他的公寓来，一起商讨为研究提供一定资助的事。

马里兰，贝塞斯达，国家癌症研究所

一年前引入新的荧光激活细胞分选仪（FACS）① 时，大部分免疫学家觉得它不过是人类创造出来的又一台昂贵的科学玩具。分选仪可以让计算机做以前人类手工做的事情，即从抑制性 T 细胞中分离出辅助性 T 淋巴细胞，然后计算它们的数量，看两者比例是否正常。比如，在一个普通人身上，每 2 个辅助性 T 淋巴细胞搭配 1 个抑制性 T 细胞，那么二者的正常比率是 2∶1。这种快速的计算并不能说明分选仪就是一个方便好用的工具。毕竟，T 淋巴细胞亚群本身也才被发

① 即 Fluorescence activated Cell Sorter，又称“流式细胞仪”，这种高精仪器通过测量细胞标记的荧光，对单个细胞或者其他生物颗粒进行快速、准确、客观定量分析和分选，对细胞的物理或化学性质，如大小、内部结构、DNA、RNA、蛋白质、抗原等进行快速测量并可分类收集。目前广泛用于生命科学、临床医学、药物学等研究领域。——译注

现不久，科学家还不确定各种淋巴细胞的功能，也不确定其比率有何重要意义。根据大家在实验室的讨论结果，这些谜团估计还要 5 到 10 年的时间才能找到答案。只有到那时，这些昂贵的累赘才有实用价值。

尽管如此，詹姆斯·古德特医生还是很高兴国家癌症研究所花了 50 万美元购买了一台第一代细胞分选仪，因为他接收了一名新病人，得的也是去年 12 月他第一次见到的那种罕见的皮肤癌。研究所的细胞分选仪非常新，在古德特用它分析他接诊的两位卡波西肉瘤患者的血液之前，没人用过。但辅助性 T 细胞与抑制性 T 细胞的比率大大偏离了正常范围，以致实验室技术人员都怀疑结果出了错。

出于直觉，古德特抽取了华盛顿地区来的 15 位外表健康的男同性恋的血样，发现其中一半人的免疫系统出现类似的不正常。这个结果让他的心一沉，就像电视上飞机在坠落前划下的一道优雅弧线。古德特知道，无论是什么原因导致的，免疫系统问题已然非常普遍。吉姆倾向于认为是毒性药物，并怀疑是催情剂。他开始设计一项针对男同性恋的研究，以检测自己的想法。

旧金山，市场南区

哈罗德·杰斐医生神情紧张地望向酒吧的大门。即使一阵夏日微风吹过，空气中仍然弥漫着浓烈的刺鼻性气味，像是电池酸液和植物性起酥油混合产生的怪味。“埋伏”酒吧看起来和杰斐听说的一样乌烟瘴气，是个地板踩上去黏哒哒的地方。这里还是催情剂的源头，旧金山的男同性恋对这种东西赞不绝口。店里的自有品牌催情剂在楼上的皮革店悄悄出售，杰斐的病人说它不会让人头疼。事实上，城里所有的艾滋病患者都声称使用过“埋伏牌”催情剂，这就是为什么杰斐和城市疾控调查员卡洛斯·伦登会光临哈里森街上这家脏兮兮的皮革酒吧。

“我不确定自己真想走进这种地方。”杰斐说。

“我去吧，”伦登语气平淡地说，“我该怎么说?”

“他们管那玩意儿叫‘真家伙’，”杰斐说，“就说你要‘真家伙’吧。”

伦登回来的时候，拿了个没有标签的琥珀色瓶子，杰斐把它收好，准备带回亚特兰大做化学分析。和玛丽·桂南一样，杰斐也去寻访一切可能的解释，他的调查集中于两个主要的假说：这种综合征要么是因为接触了某种有毒物质，比如“埋伏牌”催情剂；要么是新的传染源传播的一部分。

杰斐不相信他能在催情剂中找到解决办法。他想，如果这么简单，那老早就有人解决了。相反，杰斐的基本动机之一是了解这种新的疾病到底是什么。跟不断加入到这一疫情的调查研究中的医生一样，他也震惊于患者的病情如此之重。他们极度瘦弱，看上去像是刚刚被拖出饱受虐待的集中营；许多人虚弱到回答一个问题就要休息片刻。这位 35 岁的疾控中心流行病学家者曾见过癌症晚期病人，但从没见过如此年轻的。

从病情的严重性及病例的数量上看，杰斐确信它不是间歇性爆发的疫病，像军团病那样来一次突袭，然后销声匿迹。这场疫病是一种全新的、才刚刚开始定义自己并且在逐步成形的东西。杰斐走访下来只获得两条实质性的线索：“埋伏牌”催情剂；以及——毫无疑问的——性伴侣的数量。一个典型的卡波西肉瘤患者或肺囊虫肺炎患者有数百个性伙伴，大部分来自同性恋浴场或性爱俱乐部，而这些地方的利润靠的就是提供源源不断的性交机会。“埋伏牌”催情剂可能为疫情的爆发提供了环境因素，但是杰斐相信，由于早期患者高度活跃的性生活，一种通过性行为传播的病毒可能是这种神秘癌症与肺炎的诱因；詹姆斯·科伦和唐纳德·弗朗西斯也持同样的观点。

* * *

在回亚特兰大的飞机上，玛丽·桂南头疼得厉害。机舱里有股难闻的味道，太阳穴都要裂开了。抵达目的地的时候，她从座位底下拖出自己的手提包，听到里面小玻璃瓶撞击的声音，注意到那股恶臭跟着她穿过东方航空的航站楼。她意识到，是那些催情剂搞的鬼。她去了每一家她能找到的色情书店，以便买到她能想到的每一种牌子的亚硝酸盐吸入剂。她自己去拿，因为纽约市卫生局的工作人员谁也不愿意走进那种地方。

玛丽·桂南的一个同性恋联系人提出，这种疫病可能是由催情剂和科瑞牌起酥油的混合物引起的，这种起酥油是拳交爱好者常用的润滑剂。桂南委派一位同性恋朋友去格林威治村的各家卧室收集混合了催情剂的科瑞起酥油，然后把这一团团的东西拿回疾控中心进行化学分析。没有什么反常的。

杰斐和桂南回到疾控中心的时候，听到一个令人不安的消息：卡波西肉瘤和肺囊虫肺炎扩散了。《发病率与死亡率周报》发布卡波西肉瘤报告才4周，疾控中心又收到了67例肿瘤或肺炎的报告。目前全国共有108例患者，其中43人已死亡。

在已知诊断日期的82例病患中，1980年患病的有20例，1981年头7个月里得病的有55例。科伦正在为《发病率与死亡率周报》准备一篇新的报告，以更新这种疾病的动态，这是未来9个月内发表的最后一篇相关报告。

工作组反复阅读了杰斐和桂南的研究。桂南十分确信这是一种新型传染病。她访问过的人中间，有一些并不使用催情剂。当然，服食海洛因获取快感的人是不会玩迪斯科催情剂这种轻量级玩意儿的。杰斐在实验室化验了"埋伏牌"催情剂，发现其之所以受欢迎，是因为它不是通常供男同性恋使用的亚硝酸异丁酯，而是真正的亚硝酸戊酯，是一种必须凭处方才能获得的东西。当然，若是你去对了旧金山的皮革酒吧，就不难获得。杰斐知道，这种处方类的戊基已经使用了大约一个世纪，而且并不致死。

比尔·达罗对于杰斐和桂南搜集的初步数据感到震惊。作为一名有20年经验的性病专家，在疾控中心的人眼里，他是最杰出的社会学家，在同性恋群体看来，他是个厉害的医生。42岁的他，在普遍三十出头的疾控中心工作人员中，差不多算是老人了。分析危机时，他有一种冷静而专业的气质，因此，在听完他对纽约和加州的31例受访患者的分析之后，大家都感到恐慌。

“这看起来像是一种比梅毒更厉害的性传播疾病。”他直截了当地总结道。

肝炎和阿米巴病不光通过性传播，还可以通过饮食，以及像肝炎那样通过共用注射器针头或输血感染。达罗说，这些新患者得的无疑是流行病。在这些病例中，唯一重要的事就是性伴侣的数量，这一点并非巧合，而恰恰就是在发病率低的情况下评估一个人罹患性传播疾病风险的唯一标准。

1981年8月初，比尔·达罗和另外六七个人在亚特兰大为此担心；全国上下，也许有十二三个临床医生及同性恋医生也看到了眼前发生的事的后果。达罗认为，问题在于如何让其余2.4亿美国人相信这是他们应该关心的事。

* * *

接下来的几周里，疾控中心的实地研究人员花了很多时间去了解复杂的同性恋性生活场所。当地的流行病专家，比如旧金山公共卫生部的塞尔玛·德里兹医生，飞到亚特兰大学习如何管理为病例对照研究设计的22页调查问卷。当工作组成员解释某些病人一生有2 000个以上的性伴侣时，总是有人惊得目瞪口呆，并且会问：“他们究竟是怎么做到的?”

1981年8月，旧金山，卡斯特罗街

盖瑞·沃什领着跟他同一个办公室的心理医生乔·布鲁尔穿过“罪恶之地”的转门，这家酒吧离卡斯特罗街不过几扇门。乔也是男同性恋。

“我要教你怎么勾搭人，”盖瑞的话语里带着他特有的果断，“没有人学不会。”

整个春天，乔都因为跟好了7年的爱人分了手而郁郁寡欢，一向热情四射的盖瑞受够了朋友的情绪低落。

“看见那边那个帅哥了吗?”盖瑞一边说，一边指向一个穿牛仔裤的金发男子，裤子那么贴身，谁都不禁注意到他没穿内裤。“首先，有人会过去跟他搭讪，但他不会怎么搭理。记住，永远不要做第一个搭讪的。”

盖瑞颇有深意地看了乔一眼，确保他听懂了。

“没人会跟第一个和自己说话的人回家，这样做会看起来很贱。”这位 36 岁的心理治疗师继续说道，“得手的总是第二个。”

乔靠在墙上看着，发现盖瑞的预言完全没错。盖瑞把乔从墙边拖走。

“不，不，不，”盖瑞像修女在批评祭坛前犯错的男孩一样，指点他说，“不要靠墙站。站出来一点，身子稍微转过来一点，这样大家就能注意到你了。”

尽管已经在旧金山做了 7 年的心理医生，但乔还是对同性恋圈里猎艳手段之复杂惊讶不已。他一直向往长期稳定的关系，而盖瑞是他见过的最荒淫无度的人。乔和盖瑞在许多方面都截然不同，可能正因为如此，他们才从 1977 年第一次见面那天起就成了好朋友。

在盖瑞·沃什看来，佐治亚州长大的乔·布鲁尔是个南方绅士，有着细腻的生活品味；而在乔看来，盖瑞具有中西部人特有的直率和不拘小节，讨人喜欢。他出身艾奥瓦的天主教劳工家庭，与乔的南部卫理公会家庭可谓大不相同。盖瑞似乎羡慕乔能维持长久又热烈的关系，乔则搞不懂盖瑞怎么能在有了一个那么棒的固定男友之后还到处拈花惹草。在专业上，乔和盖瑞是一对好搭档，他俩都是旧金山同性恋心理治疗的先驱，事实上，是他俩开创了同性恋伴侣心理咨询。

每当盖瑞不经意地摆出一个能提高猎艳几率的示范动作，他就忍不住狡黠地朝乔笑一笑。乔觉得这件事颇有讽刺意味，他和盖瑞的工作是指导同性恋伴侣在这个上帝创造的最大的性糖果店里如何克服困难、维持关系，而实际上，他和盖瑞自身在爱情生活中也遇到了麻烦。乔目前单身，但他讨厌单身。与此同时，盖瑞和他的爱人马修·

克里格则为了“一夫一妻”和“个人自由”这样的问题争论不休。马修想要婚姻，盖瑞则只想到处寻欢，于是马修也四处留情刺激盖瑞。从心理分析的角度看，乔觉得这是典型的男性竞争心理。但是他也注意到，从整个猎艳方式来看，男同性恋群体的性生活方式似乎是由性别而非性取向决定的。

乔·布鲁尔对于卡斯特罗街的最初记忆是性爱之后的浪漫泡泡浴。他是1970年来的湾区，那时刚出柜不久，而不久前他还恳求心理治疗师把他“掰直”。靠着嬉闹做爱摆脱罪恶感，在初到卡斯特罗街时他获得了自由，而且同性性爱还充满了兄弟情谊。渐渐地，性行为中间的亲近不见了。不仅亲昵感消失了，而且很快大家的穿着打扮像是出来完成性交任务一样，又是手帕，又是钥匙，这让他们的猎艳行动更为高效，浴场实际上变成了速配便利店，肛交界的“7－11”。

每周大约有3 000名男同性恋涌入第八大道和霍华德街口的“俱乐部”浴池，这个庞然大物任何时候都可以容纳多达800名顾客。乔觉得，滥交以及去人格化性爱的吸引力源于对亲密关系的恐惧。他认为，这并不是男同性恋的问题，而是男性的问题。问题在于，根据定义，男同性恋亚文化的价值观之中缺乏调和大男子主义的因素，因此，后一种价值观在他们中间获得了比在异性恋男子中间更虔诚的尊崇，就连浴场里那些目光冷酷无情的侍者都是如此。滥交之所以猖獗，是因为在一个完全由男性构成的亚文化中，没有人说“不”，不像异性恋关系中有女性扮演调和的角色。某些异性恋男子私底下透露说，假如能找到愿意参与的女性，那么在浴池里随时随地都可以匿名地性交真是个绝妙的点子。当然，同性恋男子常常对此表示赞同。

乔有时候想，这太频繁了。剥夺了人性，人只能通过越来越怪诞的性行为寻求更大的感官刺激。而乔更喜欢泡泡浴，期待能再次找到爱情。

盖瑞·沃什倒觉得男同性恋的性关系远没有这么复杂。他全身心地投入性解放运动，认为在一个遵守“一夫一妻”这种过时观念的社会，和很多人发生性关系是驱除所有男同性恋心中根深蒂固的罪恶感和疏离感的一种手段。私下里，盖瑞认为不喜欢经常性交的人都很无趣。他教导乔：生命在于学习，而性和其他事情一样，是合理的学习手段。

吃午饭时，他俩计划去一个同性恋度假胜地过周末，那地方在离旧金山北边有一小时车程的俄罗斯河边。后来，盖瑞取消了行程，说口腔得了酵母菌感染。乔一点不觉得意外，盖瑞好像总是会得这样那样的病。

8 月 7 日，旧金山

到 8 月初，旧金山湾区有 18 名同性恋出现不明原因的免疫缺陷，其中 2 人已经死亡。

“没有人知道这种潜在危险会扩大到什么程度，但是用几周时间谨慎行事总是对的。”当地的同性恋报纸《哨兵》对此发表社论，“就在几年前，政府花了数百万美元来研究只会影响极少数人的军团病的成因。迄今为止，还没有如此大量的经费用于研究卡波西肉瘤的成因和发展，而这是一种迅速致死的癌症，短期内致死人数远高于军团病。”

8 月 11 日，纽约，第五大道 2 号

黄昏时分，空气依然闷热，80 名男子拥入了拉里 · 克莱默位于华盛顿广场一角的公寓。保罗 · 波帕姆带来了他在火焰岛的室友恩诺 · 波斯克；卡波西肉瘤患者唐纳德 · 克林兹曼和他的情人一起来了。这些人在公寓里挤来挤去，分享着谁病了、谁看起来不太好之类的最新传闻。拉里扫了一眼，没发现有政治狂热分子夹杂在其中，他松了口气。相反，来的都是纽约最热门的同性恋夜生活场所的精英，这个岛上或时尚迪斯科舞厅里最炙手可热的人。当拉里向大家介绍那个跨坐在起居室中间平台上的微秃矮个男子时，室内顿时鸦雀无声。

“我们看到的只是冰山一角。”阿尔文·弗里德曼-肯恩医生说。而这句话将成为未来几年里对艾滋病疫情方方面面的隐喻。

他不知道造成这场疫病的原因是什么，但他知道患者有很多性伴侣，并且有长期的性病史。（拉里注意到很多人不安地挪了挪穿船鞋①的脚。）弗里德曼-肯恩警告说，要让世人都了解情况，认真对待。他又补充说，这项研究需要经费——现在就要。

弗里德曼-肯恩这番话让现场大部分人一时间目瞪口呆，说不出话来，对他们而言，这一刻如同分水岭，将他们的人生从此分为“以前”和“以后”。他们生命的日子将从此刻、从他们意识到一个残酷的意外已经打断了他们的人生计划之时开始计算。而恩诺·波斯克在这一刻突然想到，7 个月前尼克的惨死可能与杰克·诺和瑞克·威利考夫的病有关。

当拉里希望有志愿者参与一些更大的筹款活动时，恩诺留下了，保罗·波帕姆也是。保罗从不涉足同性恋政治，并引以为傲，但这次不一样。两个朋友死了，还有一个奄奄一息。另有大约 35 人留下来在火焰岛的劳动节周末组织筹款会。拉里为弗里德曼-肯恩在纽约大学的研究项目募集到 6 635 美元。这就是为当年余下时间抗击新疫情而筹集到的全部私人捐款。

有些人是怀着对弗里德曼-肯恩的愤怒离开拉里·克莱默的公寓的。他在有人问起如何避免得这种同性恋癌症时，竟然再次建议“停止性行为”。一些人怒气冲冲地说，我们同性恋不需要这种道德卫道士来对我们的性生活说三道四。另一些人则怀疑此次聚会不过是为了进一步鼓吹拉里那众所周知的反滥交观念。

但拉里认为这将是他的新事业的一个重要起点。接下来几天，他给一些重要人物写信，提醒他们注意这一疫病；又给卡文·克莱（Càlvin Klein）留了言，希望其能为研究出一份力；还请求《纽约时

---

① 即 Topsiders，一种休闲鞋，通常为皮革或帆布的面，橡胶底，设计用于船上。——译注

报》一位未出柜的记者，希望多多报道此事。自从《纽约时报》发表第一篇报道以来，一个月内病人翻了一倍，但此后，拉里再没读到过一个字。

9 月 7 日，纽约，火焰岛，劳动节

“你疯了吗?”

保罗·波帕姆不明白这家伙的话究竟是什么意思。

“你是在小题大做。”这个熟人继续说道，在抛给保罗一个奇怪的眼神之后，他朝着传出唐娜·莎曼歌声的“冰宫”大步走去。

保罗很惊讶，你怎么能不在乎呢? 100 多名男同性恋因为某种疾病倒下了，其中不少人已经死了，可是每个人都觉得保罗像是大联盟比赛时出来扫兴的那个人。保罗彻底怒了。天知道，他也喜欢派对，可现在是危机时刻。他请大家捐点钱，一两块也行，而人们不仅无视他的存在，还常常毫不掩饰对他的敌意。不是说他歇斯底里，就是说他参与了异性恋破坏同性恋社区的阴谋。对他无动于衷已经算是好的了。

这个周末从一开始就是一团糟。拉里·克莱默、恩诺·波斯克、保罗·波帕姆以及另外一小撮人，在去“松林”必经的码头附近拉了个横幅，上面写着“请为同性恋癌症捐款”。靠着在拉里公寓筹得的一部分经费，他们把志愿者拉里·马斯博士为《纽约人》撰写的文章印了几千份，放在火焰岛上两个同性恋社区“松林”和“樱桃园”家家户户的门口。每份复印件上还附了纸片，说明如何来支持弗里德曼-肯恩的研究。这一小波人估计他们能从参加 1981 年最后狂欢季的 1.5 万名男同性恋中筹到几千美元。

他们错了。

“走开，别来烦我。”这是他们最常见到的反应。

“这真叫人扫兴。”这是另一种反应。

“你们说的是什么?”这大概是他们收到的最客气的回应了。

恩诺对这些自以为聪明的家伙的回答感到吃惊，拉里则非常沮丧。该如何去帮助一个拒绝帮助的群体呢？他很困惑。保罗感到一种全然陌生的疏离感，他心想，这些都是我的同类啊。他认识这些面孔，看着他们多年来在“圣人”迪斯科跳舞，在圣马可浴池晃悠，在沙滩上晒太阳。他们会花 10 美元进“冰宫”，再花大概 50 美元买些支撑他们狂欢到天亮的药物，更别说花 4 000 美元在火焰岛上租房消夏了。花上几块钱支持科学研究又能怎样呢？

那个周末总共筹到了 124 美元。保罗从没想到，人可以如此轻率。他不知道这对未来意味着什么，而未来会有更多人死去。

* * *

劳动节筹款惨淡收场几天以后，杰克·诺在圣文森特医院去世。自从独立日那天住院后，他就没有离开过医院，他死得极为痛苦，令医生强烈地感受到这种同性恋疾病究竟有多可怕。

听说杰克的死讯后，保罗·波帕姆心里空荡荡的。他爱过杰克，如今他和瑞克、尼克一样，也死了。

后来，保罗忽然想到，下次碰见盖坦·杜加斯的时候得告诉他杰克的事。

10. 科研机构的高尔夫球场

1981 年 9 月 15 日，马里兰，贝塞斯达，国家卫生研究院

国家卫生研究院位于马里兰州丘陵地带，占地 306 英亩，那里靠近罗克韦尔收费公路，距离华盛顿西北 10 英里。各种疾病的流行和国会的倡议促使研究院每年发放 40 亿美元的经费给下属各研究机构，到 1981 年，包括国家过敏及传染病研究所、国家心肺和血液研究所以及其他各种眼科、牙科和神经学方面的研究机构。其中最负盛名的是国家癌症研究所。它和另外 5 个研究所不同，基本不受国家卫生研究院院长管辖，其主管有权直接向卫生和公众服务部的助理部长汇

报。凭借每年 10 亿美元的预算，国家癌症研究所是西方卫生研究机构中资金最雄厚的。

国家卫生研究院的院长和各著名研究所的所长在石砌的豪华大厦里办公；大厦矗立在绿草如茵的山包上，好像大学校长庄严的校园帝国。因此，他们喜欢把卫生研究院所在地称为“校园”。在这里，科学家们摆脱了商业需求的影响，可以自由地进行没有任何实际目的的研究。纯粹的科学研究。这意味着没人能告诉他们该做什么。科学家们可以听从自身兴趣的指引，并由此不经意地获得对人类有益的发现。

卫生研究院的目标是纯学术性的，但是这座研究院所在的葱郁山丘以及白发科学家悠闲地漫步其间的景象，又让人觉得仿佛置身高尔夫球场。这是个又大又悠闲的俱乐部，只有精英才有资格进去，并且没有什么事需要匆匆忙忙。

9 月 15 日，周二，国家癌症研究所召开卡波西肉瘤及机会性感染的学术会议，大会最引人注目的特点就是缺乏紧迫感。大约 50 名正在诊治这类疾病的主要临床医生怀着很高的期望飞到了华盛顿，其中有加州大学洛杉矶分校的迈克尔・戈特利布、纽约大学的琳达・罗本斯坦因以及加州大学旧金山分校的马科斯・柯南特。终于，“大男孩们”开始行动了。疾控中心的参与令人放心，但是，每个人都知道疾控中心只是扑杀疫情的突击部队。作为一支快速部署的力量，可以依靠他们来应对危机，建立滩头阵地；而国家癌症研究所拥有经验更丰富的老手，3 倍于疾控中心的经费，他们才是重型火力的部队。

现在全国已报告 120 多个病例，但病人的免疫缺陷依然无法解释，聚集在贝塞斯达的临床医生越来越清楚地意识到，这次疫情调查将是一段漫长的征程，需要癌症研究所提供大量资助。有传言说，这次会议实际上是国家卫生研究院首次向院外机构提供癌症研究经费的前奏。美国这次爆发的疫情，投身其中的医生屈指可数，作为他们之中的关键人物，这次参会的医生知道他们最有可能成为这种加速的拨款过程的受益者。

阿尔文·弗里德曼-肯恩向大家介绍了他近日提交给出版机构的流行病学研究成果，详尽阐述了他在接触第一位患卡波西肉瘤的男同性恋之后5个月来，对于这一致命新疾病所了解的情况。稍后，国家癌症研究所的代表上台发言。有幸参加过情况简报会的医生知道，这不是讨论环节，所以当癌症研究所的专家开始讲述非洲的卡波西肉瘤情况时，他们都听傻眼了。

专家解释了这种非洲疾病的复杂性，也介绍了治疗的处方。几乎没怎么谈到免疫系统，对卡波西肉瘤和肺囊虫肺炎之间的关系也不感兴趣，对可能的病毒病因或者任何可能的病因的讨论也寥寥无几。关于医生如何在非洲治疗卡波西肉瘤的讲座非常简短。国家癌症研究所的医生们说，这类病人可采用放疗或高强度化疗。这些疗法是有效的。一位纽约来的临床医生提出，采用会对免疫系统造成伤害的化疗治疗免疫缺陷的病人可能会出问题，但他们似乎并不感兴趣。就这样，国家癌症研究所办了研讨会，然后宣布这天的会议取得了成功。

迈克尔·戈特利布对所有谈到班图人患卡波西肉瘤的内容大为震惊。这表明，似乎没人告诉过癌症研究所这些杰出的研究人员，非洲这种良性的卡波西肉瘤和导致美国病人死去的恶性皮肤癌之间几乎没有相似之处。他曾经希望能制定一项多机构参与的新疾病研究计划，并与制药企业和全国的医生合作，开展治疗实验。然而，本次会议的实质性进展唯有癌症研究所含糊的保证，说他们会在未来某个时候接受联邦研究基金的申请。

知道这种拖延会使联邦研究经费的拨付滞后，戈特利布沮丧地离开了会场。科学界并没有动员起来抗击这种他认为极有可能遍及美国的传染病。他利用夏天的大部分时间有理有据地完成了一篇关于肺囊虫肺炎病例的论文，准备发表在《新英格兰医学杂志》上。然而，这份期刊似乎并不急着将其付梓，而是寄还给戈特利布，要他改这改那。这是科学期刊上第一篇关于全面治疗同性恋肺炎的文章，但直至12月才发表，此时离戈特利布在《发病率与死亡率周报》上发表第一份报告已有6个月之久。

国家癌症研究所的会议加深了戈特利布的疑惑，他觉得没有人在乎此事，因为坐以待毙的都是同性恋。没有人站出来说同性恋死了没什么了不起，但是同性恋似乎得不到其他患者群体会得到的紧急关注。科学家并不关心，因为在这个领域得不到什么荣耀、名声及经费。只要报纸忽视这种疾病的暴发，他们就不可能获得名利，并且媒体也不喜欢报道同性恋的事情。于是没有人关心，而迈克尔·戈特利布唯一能做的就是返回洛杉矶，眼睁睁地看着更多人死去。

*　　*　　*

詹姆斯·科伦并不像其他人那么惊讶。他已经料到国家癌症研究所的人会谈论癌症，而不是更基本的免疫抑制问题，尽管很显然这才是疫病的关键问题。他知道，联邦政府部门的许多癌症研究人员就是不愿意相信疾控中心的判断，即新出现的卡波西肉瘤和肺囊虫肺炎是相关的。为解决这个问题，科伦在他交给癌症研究所的最新病例报告中创建了一个特殊的统计类别，把病例分为卡波西肉瘤病人、肺囊虫肺炎病人以及越来越多的同时患这两种病的病人。

尽管如此，科伦知道，最好的情况是，国家卫生研究院的医生对于疾控中心那些意气风发的年轻人有一种居高临下的态度。科伦还没有办法让国家卫生研究院的人对同性恋疾病的研究产生兴趣，当然，从事没有实际目的的研究的科学家们也不肯服从命令参与其中。科伦能做的就是继续向贝塞斯达的会议施压，期待有人会注意到正在发生的事有多严重。他想，也许病例对照研究会说服他们。

旧金山，加州大学

这对年轻父母非常焦躁。他们的另一个孩子好好的，可这个男婴到底是怎么回事？当然，他们知道，这个婴儿在经历了一系列改变其 Rh 溶血因子的输血后，头几个月对他而言会很艰难。可是，现在他已经 7 个月大了，还是一直生病，患有念珠菌病和耳部感染，抗生素毫无作用。免疫学家发现，这个孩子患有某种免疫功能障碍，但其症状又与婴儿先天免疫缺陷的情况不符。

与此同时，10 月初，在另一位医生的诊室，一位 47 岁的男子自诉淋巴结肿大。他似乎总是很累，体重一直在下降，也许是因为没有胃口。更可怕的是他的眼睛问题：他的视网膜上不知什么原因多了一层白翳。医生注意到，他以前一直很健康。他甚至定期献血，不久前的 3 月就献了一次，而他的血液被输入了现在加州大学医院的那个婴儿体内。

1981 年 10 月，旧金山，田德隆区

每个年轻英俊的男子都跑来问玛丽·桂南的房间号，这让那位同性恋事务接待员越来越好奇，就算一个女佣提及她在这位亚特兰大来的漂亮的金发女医生房间里发现一条血迹斑斑的床单，也不能帮忙解惑。

政府补贴一天只有 75 美元，因而桂南和哈罗德·杰斐只能住到旧金山田德隆区边上的一家破旅馆里，那里是该市犯罪率最高的街区。当接待员听桂南说她和哈罗德·杰斐是来进行同性恋癌症研究的，似乎放心了；在得知桂南的所有衣服都在一家洗衣店被偷了之后，甚至还礼貌地告诉她上哪儿买新衣服。接下来几天，桂南总不由自主地想着街上有人穿着她的内衣走来走去。

不过，病例对照研究被证明是对每个人的耐力测试。疾控中心的医生每天筋疲力尽地工作 16 个小时，走访美国境内目前还存活的 75%的病人。特别工作组花了整个夏天把表格拼凑在一起，共 22 页、62 个问题，其中涵盖了可能与疫情有关的所有能想到的行为和接触，甚至包括房子周围的植物、宠物、清洁剂和光化学物质。为了交叉匹配病人生活的各个方面，为每位病人都选择了 4 个对照人。一个是年龄、背景有可比性的异性恋；一个是从性病诊所找来的男同性恋，其性生活相对活跃，性行为模式与病人相仿；一个是从私人诊所找来的男同性恋；一个是病人的朋友，但没有与病人发生过性关系。而最后一类人被证明是最难找的，因为看起来病人的每位朋友都曾与之发生

性关系，而这通常是建立柏拉图式关系的前奏。在旧金山和纽约，这就是你遇到另一个男同性恋的办法。

通过观察对照人对性关系各方面问题的反应，疾控中心的工作人员能够分辨出谁是同性恋，谁是异性恋。被问到性技巧的问题时，异性恋似乎感觉受到了冒犯，同性恋则津津乐道。一位男同性恋还拿出一个袖珍计算器来估计他一生有过的性伴侣。

医生带着冷漠处理从参与者体内抽取的血样，而这后来竟成了他们的噩梦。在从病人手臂抽血时，没人戴手套。毕竟，所谓“病原体”的说法只是一种假说。然而，疾控中心的医生们一天比一天更加确信，无论是什么导致了这种综合征，都不是他们能在整齐有序的问卷上看出来或列出来的。似乎只剩下几个因素能将病人与对照人区别开来，那就是性伴侣数量、性病发病率和去同性恋浴池的次数，而正是最后一种行为导致大量性伴侣成为可能。也许用计算机分析所有的细节问题会得出一些结果；但是对于玛丽·桂南这样的研究人员而言，一种新型致命病毒引发疾病的证据正在变得无可争议。

一天晚上，桂南在用餐时跟马科斯·柯南特谈起了她的忧惧，并惊讶地发现后者居然心有戚戚。在她着手研究病毒因子和流行病的传播时，她已经习惯于被人当作疯子来打发。眼前这个人对正在发生的事一清二楚，她想，尽管他对这种通过性传播的致命疾病对旧金山可能造成的影响的预测，令她非常不安。

柯南特说，要是我们不加快行动的话，光是这座城市就会有几千人死亡。待在这样一座生活丰富多彩、节奏快的城市，只能确保他们看过的这些病人会先没命。他警告说，如果这种病毒具有较长的潜伏期而且已经扩散，那它已经影响到“慢车道”上的同性恋的生命。

*　*　*

回到亚特兰大，玛丽·桂南受命复审那些声称是异性恋的病案。这是病例对照研究发现的最成问题的部分。有些病人显然不是同性恋，尽管他们确实承认吸食海洛因。遗憾的是，大部分瘾君子在疾控中心联系他们时已经死亡，因为他们通常得的是致死速度快的肺囊虫肺炎，而非致死较慢的卡波西肉瘤。在确认死者是不是异性恋时，他们的家属根本靠不住，因此在进行更直接的访谈之前，还不能肯定静脉注射吸毒存在致病风险。

尽管越来越多的证据表明有新的传染病存在，令卡波西肉瘤和机会性感染特别工作组感到震惊，但并非疾控中心的每个工作人员都对癌症和肺炎的爆发大惊小怪。许多资深人士确信这是因为病人接触了某些有毒化学物质，但这种情况不会重复出现，这种疾病会神秘地消失一如它神秘地到来。也许 5 年以后他们能解开这个谜，而现在这就是件有趣的怪事，终究不是特别重要。

旧金山，加州大学

马科斯·柯南特一直在想办法让加州大学的其他专家对“同性恋瘟疫”感兴趣，“同性恋瘟疫”是同性恋媒体对这种疫病的蔑称。能有机会在黑色素瘤诊所与旧金山综合医院的肿瘤科主任保罗·沃伯丁不期而遇，柯南特显得特别意外。他觉得沃伯丁是那种会在危难时刻出手的医生。沃伯丁没有陷在某个僵化的专业领域，他还很年轻，不会受反同性恋偏见的困扰影响自己的科学及医学判断。当沃伯丁提到他认为卡波西肉瘤是一种特别有意思的肿瘤时，柯南特建议他俩一起去看看加州大学旧金山分校医疗中心的一名患者，此人有可能预示着未来疫情的走向。

西蒙·古兹曼试着朝走进自己房间的这位年轻英俊的医生微笑，带他来的是西蒙熟悉而又信赖的马科斯·柯南特。西蒙是墨西哥人，英文不太流利，但是沃伯丁一眼就看出他是个善良友好的同性恋，正大步迈向痛苦的英年早逝。当然，他身上有卡波西肉瘤的病灶，并且遭受着腹泻和疱疹的折磨，柯南特悄悄告诉沃伯丁，其他感染尚未确诊。有东西正在损坏他的肠子，但查不出是什么。

沃伯丁想起了他在旧金山综合医院第一天上班时遇到的那个无助的年轻人，他答应柯南特，他会签名加入柯南特正在组织的治疗这种新疾病的诊所。有了城里最大的医院以及著名的加州大学旧金山分校医疗中心做后盾，柯南特信心大增。几周内，他就拨出了几个房间供实习医生夜间休息，并成立了全国第一家卡波西肉瘤诊所。北加州的医生们开始将这类病人转给柯南特，以确保新疾病得到最好的治疗、研究和监测。柯南特负责皮肤病的治疗和学术活动，沃伯丁负责在综合医院治疗病人。

加州大学旧金山分校的另一位年轻的助理教授唐纳德·艾布拉姆斯也与诊所签约，并带来了自己的计划。自从 1970 年代末在地方医院当住院医师以来，他一直在研究同性恋患者不明原因的淋巴结肿大。其中一位患者是他的朋友，已经发展成了淋巴癌，另一位则因为奇怪的脑膜炎而倒下了。艾布拉姆斯坚信这些淋巴结问题与新疾病有关。于柯南特而言，艾布拉姆斯是又一位愿意把写论文和实验室工作搁在一边，为遏止新疾病而奋斗的医生。

当然，这些早期的努力靠的是山顶校园里各位专家挤出来的业余时间，资金的一部分来自柯南特的私人皮肤病诊所的收入。柯南特告诉自己，联邦政府的拨款会来的。这是他们 9 月在贝塞斯达承诺的。政府一旦觉察到情况的严重性，肯定会全力以赴。

1981 年 11 月，贝塞斯达，国家癌症研究所

詹姆斯·古德特向鲍勃·比格医生谈起了他的亚硝酸盐吸入剂研究。比格是国家癌症研究所环境流行病分部的研究员。该部门位于一处不起眼的办公楼里，离癌症研究所所在的国家卫生研究院丘陵园区有几英里。古德特的两名卡波西肉瘤患者引起了比格对新疫病的兴趣。比格在非洲生活多年，知道卡波西肉瘤是非洲大陆最为普遍的癌症之一。但是，他对催情剂致病理论持怀疑态度。同性恋群体使用亚硝酸盐吸入剂并不是什么新鲜事。此外，一种由社会现象引起的疾病呈现出一条渐进曲线，后续随着行为趋势的增长而缓慢上升。疾控中心新收到的卡波西肉瘤病例和肺囊虫肺炎病例的报告呈指数变化，这是传染病的传播方式，会随着传染性病原体在人群中的传播而急剧增长。比格想，肯定还有别的方法可以追踪。在设计研究计划时，他的思路飘向了丹麦。

受国家癌症研究所环境流行病分部的委派，他花了4年时间在加纳丛林里研究爱泼斯坦–巴尔病毒与伯基特淋巴瘤（Burkitt's lymphoma）之间的关系，因此，他确信这种传染性病原体可以致癌。不过，就这一假设对美国的任一同性恋聚集区展开研究，都将因为一个事实而难以令人信服，即某些男同性恋已经感染了这种致病的病原体，但是人们无法准确地区分谁感染了，谁没有。比格觉得自己应该去一个有同性恋但还没有出现这种疾病的地方做研究。

纽约州的罗切斯特乍看是个很合适的地方，但事实证明它离新疾病的中心纽约太近了。一天，他突然想到一个更合适的研究地点，于是马上向上司申请飞往丹麦。奥胡斯是日德兰峡湾以北最大的城市，这里有相当数目的公开的同性恋，他们很可能会愿意配合；而且其地理位置远离美国的同性恋癌症中心区，还有一家重要的医疗中心。有了医疗中心的医生和未被感染的同性恋的帮助，比格可以开展研究，追踪新疾病，解开这个看似难解的谜团。这项工作的成本也很低，主要支出就是机票和他的薪水。

比格正忙于起草研究计划，这时，他接到消息说国家癌症研究所的头头们不会报销他的机票。他们私底下告诉比格，经费很紧张。研究同性恋癌症不是当务之急。

旧金山，圣弗朗西斯医院

上一次吉姆·格朗德沃特见到肯·霍恩的时候，不禁回想起一年前这个怒气冲冲的年轻人踏进他办公室的情景。现在的肯·霍恩闷闷不乐地躺在圣弗朗西斯医院阴暗的病房里，不复之前的活力，这种活力曾帮他熬过了肺囊虫肺炎、隐球菌脑膜炎和全身病毒感染造成的虚弱。尽管肯一度令人讨厌，但格朗德沃特佩服肯面对疾病的精神和勇气，他总是说服自己，肯会熬过来，会被治愈，重回其昔日生活——白天在湾区捷运系统工作，晚上在浴场快活。

如今，格朗德沃特注意到，肯的声音里已经没有了斗志。他似乎接受了自己即将死去的事实。他那曾经优美的舞者身材缩到了 122 磅，时常发烧到 102 华氏度①。由于巨细胞病毒疱疹感染损坏了他的神经系统，他已经失明了，而且大脑似乎在游离状态，如同患了痴呆症的老人一般。当然，年轻人是不会得痴呆症的。医务人员认为，他的神经灵敏度渐失要么是因为药物，要么是因为过去一年里接二连三地对抗疾病对身体造成的压力。

格朗德沃特此前从未见过有人被疾病折磨成这样。11 月的某个早晨，他又像往常一样鼓励肯·霍恩坚持住，但是在离开肯的病房时，他心知死神即将降临，让这具饱受折磨的躯体得到解脱。

11 月 26 日，在取下呼吸机后，肯·霍恩出现了呼吸困难。他们又把他救了回来，给他连上一种能帮助无法自主呼吸的患者呼吸的装置。11 月底的一个晚上，北风裹挟着一堆堆暴风雨前的乌云掠过旧金山的天际线，肯的呼吸再次变得沉重而痛苦。

1981 年 11 月 30 日凌晨 1 点，乔治·肯尼斯·霍恩痛苦地喘了最后一口气，从此陷入了无尽的黑暗之中。

* * *

得知肯·霍恩的死讯，吉姆·格朗德沃特并不感到惊讶。然而在对他的遗体进行解剖后，医生们才发现肯所受到的感染远远超出了他们的想象。

肯死亡的主要原因是隐球菌肺炎，这是卡波西肉瘤和肺囊虫肺炎共同作用的结果。然而这些只是显而易见的疾病。医生们发现，卡波西肉瘤的病灶不仅覆盖了他的皮肤，还波及他的肺部、支气管、脾脏、膀胱、淋巴、口腔和肾上腺。他的眼睛不仅被巨细胞病毒感染，还被隐球菌和肺囊虫原虫感染。在病理学家的记忆里，这是他们首次看到原生生物感染人的眼睛。

肯死后第二天，他的母亲从医院认领了他的遗体。当天下午，肯

---

① 大约 39 摄氏度。——译注

被火化，装进了一个小小的骨灰瓮里。

是肯的卡波西肉瘤引导人们在旧金山发现了这种后来被称为“获得性免疫缺陷综合征”的流行病。8个月前，他是全国第一例向疾控中心报告的卡波西肉瘤患者，疾控中心当时就对这个“第一”表示怀疑。现在，他是旧金山18例此类病患中的一个，也是旧金山市第4个、全美第74个死于此病的人。未来还会有很多很多人死去。

12月1日，亚特兰大，疾病控制中心

肯·霍恩的遗体火化那天，詹姆斯·科伦口述了一份给疾控中心主任威廉·福格的备忘录。以科伦对政治的了解，他知道在全国卫生预算被砍的情况下，现在不是要求增加拨款的好时机，但同时他也确信，不解决的话，这种新疫病将会对健康造成严重威胁。

卡波西肉瘤和机会性感染特别工作组的每个成员都以为，记者现在肯定在到处找线索进行报道。军团病和中毒性休克综合征发展到这个阶段的时候，几乎天天上报纸头版，这反过来又引起了国会议员的兴趣，后者欣然增加了拨款用于研究。然而，关于此次新疫病，报纸和电视几乎只字未提。相反，预算争夺战不得不偷偷地通过内部备忘录进行。11月，提交给疾控中心高层的一份特别工作组会议记录提到，正如一份备忘录所言，会议议题一再切换，从“讨论预算削减对于预算所要达到的科研目的造成的影响……”，到试图“在特定经费不能到位的情况下，想办法将其对研究的干扰降到最小”。

现在，詹姆斯·科伦已经完成了那份要求不高的半年预算计划，希望获得83.38万美元的经费，以便特别工作组开展下一年的工作。福格答应要去争取追加经费，而这只不过是公共卫生服务预算的1%的一小部分。科伦急切地等待着回复。

等了又等。

11．恶月升起

1981年12月，巴黎

雅克·莱博维奇医生容易激动，还没读完《新英格兰医学杂志》上的两篇文章就陷入近乎狂喜的状态。一篇是迈克尔·戈特利布写的，关于男同性恋患肺囊虫肺炎的文章，一篇是阿尔文·弗里德曼-肯恩写的，关于卡波西肉瘤的情况；都刊在一期上。他立刻回想起3年前，威利·罗森鲍姆医生转来的那个矮胖的葡萄牙司机。这个人也患了这种肺炎，一年前也死了。莱博维奇和罗森鲍姆不是很亲近的朋友。平心而论，也许他俩太像了，以致很难成为朋友。他们都身材健硕、线条优美，貌若明星，有着与刻板的医学领域不相符的充沛的专业精神；他们都散发着性感的魅力，但莱博维奇更愿意自己是房间里唯一一个有魅力的人。尽管如此，他还是忍不住打电话给罗森鲍姆讲了戈特利布的文章。

“那个疫病——那个出租车司机，”这位39岁的免疫学家激动地说，“那个疫病3年前就已经出现在这里了。”

“是的，”罗森鲍姆说，“现在我这里就住了3个病人。”

罗森鲍姆告诉他，过去几个月里，有2名得病的男同性恋来找他，还有2名妇女，一个是扎伊尔人，还有一个是在非洲生活的法国人。不管这是什么病，肯定不是男同性恋独有的，而且一定和非洲有关，罗森鲍姆说。

鉴于自己的传染病研究背景，罗森鲍姆希望从那几个得了这种病的男同性恋入手，开展流行病学研究，以了解其中的模式。他不知道医院管理层对他从事同性恋疾病研究会怎么看，但他感觉这件事很重要，而且会越来越重要。

出于直觉，莱博维奇给他姐姐打了个电话，她是巴黎另一家医院的皮肤病学教授。果然，她也正在治疗两位患了卡波西肉瘤的男同性恋。莱博维奇和这两位患者进行了交谈，然后开始阅读所有从美国传过来的关于此病的文章。他惊讶地发现，尽管这种神秘的病症已经导致多人死亡，还有很多人在等死，但大众媒体很少提到它。对于这种病被宣传为同性恋疾病，他也感到很诧异。

他想，把一种疾病视为同性恋或异性恋特有的，这简直太像美国人干的事了，好像病毒聪明到能分辨人类行为的倾向似的。这些美国人不过是沉溺于性爱罢了。他毫不怀疑这就是某种病毒。其与非洲的关联让人立即联想到这是一种病毒因子，而非洲经常是新疾病萌芽的地方。肯定不是美国人一直在讨论的催情剂。他从未听说过催情剂，那位出租车司机肯定也没有听说过，更不用说那两位从扎伊尔来的妇女了。他意识到，要是这个病在美国、法国和非洲都出现了，那就是会影响全球的大事了。

纽约，布朗克斯，爱因斯坦医学院

埃尔·鲁宾斯坦柔和的嗓音中带着浓重的以色列口音，在免疫病房的大部分患者——来自布朗克斯的那些可怜的黑人孩子听来，充满了异国情调又令人安心。这可不是贫困街区的居民所说的那种带浓重喉音的英语，那些街区多年来是美国底层贫困生活的写照。不知为何，鲁宾斯坦的口音听起来就像个医生。作为爱因斯坦医学院过敏与免疫科的主任，他在这些穷孩子身上见过免疫系统紊乱的各种情况，但是过去两年出现了一些新情况。在他看来，毫无疑问，这些在布朗克斯底层社区长大的孩子所遭遇的，与曼哈顿时尚社区的时髦同性恋备受困扰的，都是同样的免疫学问题。

现在回想起来，一切始于1979年。当时，一位焦虑的母亲带着3个月大的婴儿来看病。验血结果表明，孩子的免疫缺陷问题明显不是鲁宾斯坦专攻的先天性免疫缺陷。它的情况截然不同，辅助性T细胞显著减少，还出现了先天性免疫缺陷不会有的血液异常现象。接下来的两年间，布朗克斯公立医院的临床医生开始频繁地打电话给鲁宾斯坦，说有孩子淋巴结肿大，甚至连最常见和良性的感染也明显无法抵御。医生注意到，其中一部分孩子的母亲吸毒成瘾。

起决定性作用的那个孩子是在1981年末走进鲁宾斯坦的办公室

的。他的母亲是成千上万的吸毒者之一，在附近的雅可比医院接受治疗，她淋巴结肿大，持续轻微感染，有明显的免疫缺陷迹象。现在，她的孩子也出现了相同症状。鲁宾斯坦知道，母子出现同样的症状，就不是先天免疫缺陷。他仔细研究了相关文献。也许这是由巨细胞病毒和爱泼斯坦-巴尔病毒引起的，但他了解到，那些感染的表现会有所不同。带着惶惶不安，他在他们的病历上写下了他认为正确的诊断意见——免疫缺陷，不管同性恋的卡波西肉瘤和肺囊虫肺炎因何而起，现在这种疾病也开始在吸毒者中蔓延，而最悲惨的是，他们的孩子也未能幸免。

诊治这位母亲及其孩子的医生把鲁宾斯坦的诊断意见从病历上划掉了。

尽管鲁宾斯坦是位享有盛名的儿童免疫学家，但他无法让其他人相信他的分析，那些分析看上去不太可能发生。于是，他开始在市里的免疫学会议上提及这些病例，并警告说，对此我们必须引起重视。其他医生则向他保证，说这肯定只是某种新型的先天性巨细胞病毒感染。在冷泉港举行的一次免疫学会议上，鲁宾斯坦提出了更多数据，以证明他所看到的情况不可能是巨细胞病毒感染引起的。这是新病毒，它不仅在同性恋精英中蔓延，也在布朗克斯的贫民窟传播。不可能，科学家们告诉他，同性恋肺炎和同性恋癌症是男同性恋得的病。

12 月，鲁宾斯坦撰写了一份摘要，准备在美国儿科学会会议上发言。在他看来，证据已经相当充分。他对 5 名婴儿的情况进行了彻底的研究。有些得了肺囊虫肺炎，但所有婴儿都有着跟同性恋肺炎患者一样的 T 细胞模式。至少有 3 个孩子的父母是滥交的瘾君子。

鲁宾斯坦清楚这意味着什么，他们必须站在屋顶上大声疾呼，让所有人都知道。儿童感染此病，意味着它不是从催情剂或者同性恋生活方式中任何特有的东西而来，是一种新病毒在作祟，母亲正在将这种病毒传给孩子，比如通过胎盘。全社会需要采取强硬措施，不仅因为男同性恋中出现了新型传染病，也因为那些吸毒者有可能把疾病传给下一代。

然而，这样的想法在科学界看来太牵强附会了——因为当科学家们把这种病当成同性恋癌症和同性恋肺炎时，一切问题都停留在同性恋身上，大家皆大欢喜。所以，儿科学会是不会接受鲁宾斯坦的摘要，也不会让他在会上发言的；免疫学家们私底下也窃窃私语，说这位以色列的研究人员太过偏执。

旧金山公共卫生局

塞尔玛·德里兹医生静静地有条不紊地在旧公共卫生大楼的地下室翻了一上午，终于发现了合她心意的黑板。它不能太大，要不然传染病控制局三楼小办公室的墙上挂不下；但也不能太小，要能写得下所有的名称。她帮助疾控中心进行病例对照研究，在长期访谈中，她开始注意到一些模式并忽然有了个想法。如果一个人得了卡波西肉瘤，他的室友感染了致命的巨细胞病毒，后者的死因也许不是新疫病，但是德里兹毫不怀疑这与她在男同性恋身上发现的免疫缺陷有关。因而，她在她的黑色笔记本和卡片上认真记下了这些人的人际联系，然后把卡片收进她桌上的一个旧鞋盒里。

到 12 月，她已经收集了足够的人际联系信息来填进她办公室墙上的黑板，黑板上的圆圈分别代表肺囊虫肺炎、卡波西肉瘤、巨细胞病毒，圆圈之间画有箭头，从中她发现了规律。情人和室友，朋友和朋友的朋友，所有的箭头指向一个令人不安的结论。尽管还缺乏把理论提升到事实的坚实证据，但在德里兹看来，这种同性恋癌症具有传染性，是通过性行为传染的。

德里兹觉得，也许是时候发布公共卫生警报和官方警示了。可是，和全国各地的科学家及公共卫生官员一样，她也希望疾控中心新近完成的病例对照研究能提供更多的证据。这将决定成千上万人的生死。

* * *

1981 年的最后几周里，纽约和旧金山各家医院的检查室也得出了另外一些令人不安的结论，尽管它们的意义后来才显现出来。在加州大学旧金山分校的卡波西肉瘤诊所，唐纳德·艾布拉姆斯医生已经开始对淋巴结肿大的研究，这种病人的发病率越来越高。他觉得，这些淋巴腺病变尽管还处在初级阶段，或者只是轻微的免疫缺陷问题，但与同性恋癌症有关。他还开始研究患有同性恋癌症和肺炎的人的固定性伴侣，以便从中找到线索，确定这种病是否具有传染性；假如真有，在出现致命表征之前它有多长的潜伏期。这些研究没有一分钱经费，但他想办法这里弄点，那里弄点，并从已然忙碌的日程中挤出时间来进行。他知道国家癌症研究所答应过要拨款，他可以坚持到那个时候。

亚特兰大，疾控中心

詹姆斯·科伦医生害怕听到的正是这样的故事，尽管健在的“同性恋瘟疫”患者中他与75%的人都交谈过，这种事在所难免：一个男人和他的长期伴侣住在一个很小很偏僻的镇上，生活心满意足，没有大城市的同性恋那样的紧张刺激，他也不用催情剂；但他快死了。后来发现，他的情人原来是一个旅行推销员，一贯忠诚，只是在到纽约的时候头脑发热去了同性恋浴场。在这位固定伴侣生病后不久，推销员自己也病倒了。

科伦知道，要证明一种病有传染性，必须以柯霍氏法则①来论证。根据这套已使用百年的标准，需从一个动物身上获取传染因子，注入另一动物体内，后者生病后，再从其体内提取传染因子，注入第三个对象体内，而第三个对象也因此病倒。这是证明一种病具有传染性的科学方法。推销员及其忠贞爱人的故事，并不满足柯霍氏法则的所有细节，但是从流行病学的角度来看，它为疾控中心卡波西肉瘤和

---

① 即 Koch's postulate。它是由四项标准组成的一套研究思维，用以建立疾病和微生物之间的因果关系。1884 年，柯霍和勒夫勒共同将此法则理论公式化，后经柯霍独立修正于 1890 年公之于世，并以此为基础建立了炭疽和结核的病原学，如今这套思维已经广泛用于许多疾病的研究上。——译注

机会性感染特别工作组的观点——即同性恋癌症和同性恋肺炎是一种新型传染病——提供了新的支持。

截至12月，据官方统计，15个州的152人患病。假如算上需要进一步观察的疑似病例，就有近180人，而且人数攀升极快。152人中只有一名女性，她是一位静脉注射吸毒者。玛丽·桂南医生负责处理所有疑似的异性恋病例，她相信吸毒者将在下一批免疫缺陷病例中占多数。但是，正式公布这一点还存在问题。吸毒者往往在报到疾控中心前就已经死了。工作组之外的卫生官员经常报告他们是同性恋，理由很奇怪——他们不太愿意让这种病摘掉“同性恋疾病”的帽子。他们会说，这些瘾君子终归会变成同性恋。

然而桂南并不相信。如果这些疾病能够通过共用注射针头传播，那么它不仅是美国，也是全球公共卫生的巨大威胁。桂南认为，吸毒者的病例中肯定预示着血友病感染以及因输血而染病的问题。此外，这种传染途径与乙肝非常相似，因此公共卫生当局应该发布指导方针，以帮助同性恋减少感染这种恐怖疾病的机会。

跟特别工作组的每个人一样，桂南也希望病例对照研究的冗长问卷最终形成的表格能够提供一些明确的答案。但她也明白，答案不会出现。尽管在过去6个月里，特别工作组通过挪用疾控中心的其他预算、人员分流已经迅速地开展了工作，但由于经费不足，以致研究在最紧要关头陷入僵局，难以前进。

疾控中心主任威廉·福格医生曾就疾控中心需要新的拨款以开展同性恋癌症方面的研究，与助理卫生部长爱德华·布兰特直接进行过交涉。布兰特亦认为这项研究非常重要，应该给予更多资助，但他也清楚，政府对于所有非军备开支都有严格限制，他说他必须设法从国家卫生研究院的高额预算中争取这笔经费。毕竟，詹姆斯·科伦要求的83.38万美元只是国家卫生研究院一年预算的五千分之一。然而，国家卫生研究院没有任何回复。

进一步监测和流行病学研究都被推迟了。这些研究中的任何一项都有可能成为解决疫病难题的关键，疾控中心的官员为之担心，但这些研究不得不延期。

与此同时，对尚未制表的数据的初步审查，显示出同性恋瘟疫病人与对照人之间的一个不同之处——性行为。病人中还有一种使用催情剂和街头毒品的倾向，但这更多是反映了快节奏的生活方式。当然，工作组成员知道，性行为明显成为疾病的预测因素，意味着疾病是通过性传播的。如果真是这样，就没有理由认为它不会影响整个国家。不过，这种假设是基于粗略的评估。假如没有病例对照研究，不条分缕析，仅凭普通民众无法理解的科学统计数据，这样的结论在科学界也是站不住脚的。公开这些情况将会有损于疾控中心的信誉。

如此一来，疾控中心只能做出空洞的保证。他们叫大家不必惊慌；以为这样就能阻止恐同人士的轻举妄动。他们还说，没有具体的证据表明该病会传染，同性恋可以安心。在疫病蔓延期间，卫生官员心照不宣的一条政策是：没有定论时，就不要扰乱民心。

* * *

“这是猫白血病和乙肝的结合。”唐纳德·弗朗西斯和他的哈佛导师埃塞克斯医生说。这是他俩关于同性恋癌症的无数次电话讨论中的一个片段。

从一开始，弗朗西斯就认为是某种病原体导致了潜在的免疫抑制，以致同性恋癌症患者更易染上各种疾病。关于病例对照研究的谈话让弗朗西斯确信，这是一种比肝炎更明确的性传播疾病。以流行病学来看，事实非常清楚。

多年来在第三世界从事消灭流行病的工作，教会了弗朗西斯对付新疾病的方法——找到传染源，然后围堵，确保其不再扩散。他坚持认为，疾控中心应考虑控制这种疾病。至少血库应保持警惕。他想，如果这种疾病像肝炎一样传播，那么它肯定会在输血中出现。

12 月 10 日，旧金山

“我叫鲍比·坎贝尔，患有同性恋癌症。尽管如此，我还是想说我是世上最幸运的人。”

因为同性恋报纸《哨兵》上的这段文字，一位注册护士成为第一位公开病情的卡波西肉瘤患者。而接下来，旧金山市为唤起同性恋群体对免疫缺陷疾病的关注所进行的长期艰苦卓绝的努力，正是由此开始的。鲍比是塔科马人，去年秋天以前，他一直在这个同性恋的天堂过着正常的生活，即便和情人在卡斯特罗街区一带安顿下来之后，依然喜欢浴场和夜生活。9 月下旬，他在大苏尔徒步一天后，注意到脚上有些紫色斑点。他以为是水泡，不以为意，但斑点变大了。他去找马科斯·柯南特医生，医生说他得了卡波西肉瘤。

纽约最大的同性恋报纸《纽约人》上面充斥着各种关于新疾病的报道，还刊登了拉里·马斯医生撰写的详细的医疗文章。可是在旧金山，同性恋报纸大都对此漠然视之，假如想登点什么的话，他们就选登马斯的文章段落。于是，鲍比·坎贝尔——旧金山第 16 位确诊的同性恋疾病患者——决定用自己的办法引起大家的重视，他称自己为“卡波西肉瘤海报男孩”。

“作为海报男孩，我的目的是让大家对一项事业感兴趣并参与筹款，我希望为对付同性恋癌症做点什么，”他写道，“我写这些是因为我决心活下去。你也是，对不对?”

克里夫·琼斯的一位长期政治伙伴打电话给他，叫他 12 月去卡斯特罗街和鲍比会面。克里夫习惯于上班迟到一会儿，磨磨蹭蹭地喝点东西，他对于鲍比在《哨兵》上写的专栏很好奇。鲍比向克里夫展示了脚上的病灶，并告诉他自己计划成立一个同性恋癌症患者支持小组，希望市里能提供足够的帮助。克里夫答应帮忙，尽管他也不确定他们自己的项目人手够不够。事实上，这是他第一次见到同性恋癌症患者，第一次相信《旧金山纪事报》上写的那些事都是真的，不是某些疯狂的头条记者臆造出来的。

几个星期后，鲍比就赊买了卡斯特罗街中心地带的一家街角药店，在迎街的橱窗贴上了关于卡波西肉瘤的海报。比尔·克劳斯在店外徘徊了许久，盯着那些紫色的斑点看。他一直以为，这种病是纽约那些下流的拳交混混才会得的，这无疑是恐同媒体的炒作，只是病灶的图片令他非常不安，并在记忆里挥之不去。没过多久，他就再也不去浴场了。他跟自己说，过去一年左右经常在电视上露面，他厌倦了总是被人认出来。然而在内心深处，他知道不再去浴场跟那张图片有关。

* * *

拉里·克莱默始终认为，男同性恋从一开始就非常清楚，为避免染上这种致命的新综合征，什么该做，什么不该做。他坚信，问题在于男同性恋如何对这些知识做出反应，而不是如何去获得这样的知识。因为试图直言不讳地提醒纽约的同性恋警惕卡波西肉瘤，拉里在1981年12月下旬卷入了争论。

“大致说来，克莱默的意思是我们同性恋做的某些事（毒品？性怪癖？）引起了卡波西肉瘤，”曼哈顿的同性恋作家罗伯特·谢斯莱给《纽约人》写了几封攻击克莱默的信，其中一封这样写道，“……危言耸听是危险的。诸如此类的专家已经告诉过我们，对于卡波西肉瘤的病因做任何假设不仅错误，也为时过早；但是还有一个问题，仔细审视一下感情牌总是有启发性的，因为它的后面往往隐藏着真实的信息，而这才是打感情牌的真正用意。我认为，克莱默的感情牌隐含的信息就是罪恶感占了上风：同性恋该死，因为他们滥交……好好去读一读克莱默写的东西吧。我想你会发现他的潜台词永远是：同性恋犯下的罪，要以死偿还……我并不是轻视卡波西肉瘤的严重性，但这里还有其他一些严重的问题：恐同症和反性爱论。”

拉里·克莱默和他的心理治疗师认真琢磨了这些攻击言论，以无礼的文章进行了回应。拉里写道，谢斯莱是个被抛弃的情人，他怒火中烧，因为拉里和他初次约会后就再不想见他了。不过，拉里的长文中绝大部分内容还是切题的。

“……我们正在做的事无异于在引爆定时炸弹，而这颗定时炸弹在导致一些人的免疫力崩溃。虽然我们确实不知道它到底是什么，但是在各种可疑病因被排除之前，小心行事难道不比不计后果地冒险要好吗？每个人都有权决定吸不吸引……但是，指责发出警告的人难道不是愚蠢吗？

“我不会为死亡而自豪。我怕极了死亡：不论死的是我的朋友，还是纽约的任何一个社区，抑或是任何可见的爱情。”

拉里及其批评者之间的唇枪舌剑、你来我往，成了《纽约人》“读者来信”专栏的固定内容，以致有记者写文章进行讥讽，并假装是在辟谣“贝蒂·戴维斯已经签约在电影版‘读者来信’中扮演拉里·克莱默”。

与此同时，拉里对官方漠视这一流行病感到绝望。半数病人生活在纽约，但拉里呼吁《纽约时报》增加相关报道的信却石沉大海。即使自许为曼哈顿一切事务仲裁者的《村声》（*Village Voice*），迄今也没有发表过一篇有关同性恋疾病的文章。拉里打电话给纽约市长埃德·科赫的联络人，希望在同性恋社区开展一些公共卫生行动，助手说“明天回复你”，但从没有联络过拉里。筹款 4 个月来，只筹到 11 806 美元。

“纽约每周会新增两例卡波西肉瘤患者。全美每天都会增加一个新病例。在争取有钱有势的异性恋群体对我们的帮助上，同性恋群体毫无建树。”拉里在给《纽约人》的一篇长文中写道，“假如卡波西肉瘤是异性恋患的新疾病，马上就会吸引媒体的持续关注，资助癌症研究的机构将收到来自各界的巨大压力，研究会紧锣密鼓地展开。”

纽约，美国广播公司演播室

所有的奔波，所有的问卷调查，所有的头脑风暴，迄今都没有发现有任何关键因素是导致这种综合征的原因。总的来说，詹姆斯·科伦对疾控中心过去 6 个月的工作还是相当满意的。从发现第一例中毒性休克综合征，到《发病率与死亡率周报》上登出第一份报告，中间隔了 18 个月，然后又过了一个月才成立特别工作组，开始病例对照研究。相比之下，从迈克尔·戈特利布向疾控中心通报同性恋肺炎，到在《发病率与死亡率周报》上发表第一篇报告，再到后来成立特别工作组，中间只有一个月；而3个月后就开始了病例对照研究。如果对比军团病，情况就不那么乐观了。那次疫情暴发期间，亚特兰大投入了大量的资源和人手，在疫病尚能控制的阶段，科学家便找到了致病细菌，解开了谜团。

科伦认为，差别在于媒体的关注度。一旦中毒性休克综合征上了头版，就有了寻找答案的压力。《发病率与死亡率周报》发表第一份报告后几个月，特别工作组就发现了卫生棉条与疾病之间的关联。1976年，死于军团病的将士灵柩上覆着国旗的照片在报纸上铺天盖地。可是，关于同性恋疫病的报道就是没有出现。《纽约时报》只刊登了两篇相关报道，这为全国报纸不当回事定下了基调。直到1981年12月末，《时代周刊》和《新闻周刊》才开始第一次出现有关疫病的报道。工作组的每个人都很清楚，媒体不感兴趣的原因只有一个：患者是同性恋。记者告诉科伦，编辑枪毙这类文章，是因为他们不希望报纸被同性恋以及他们令人厌恶的性行为污染。

在去美国广播公司演播室的出租车上，科伦在脑子里反复酝酿该对《早安美国》的采访者说些什么。因为资金短缺，科伦深知在全国媒体上亮相对于获得关注及研究经费都是至关重要的。令人惊讶的是，这居然是该疫病首次出现在全国电视新闻网。

采访原定为9分钟，但是因为黎巴嫩冲突最后被剪成150秒。采访者弗兰克·吉福德大声宣读了惊人的死亡人数以及不断攀升的病患人数，然后以一个令人无法礼貌回答的问题开始了提问环节，科伦几乎忍不住要叹气。

“这么可怕的病，”吉福德说，“怎么没人注意到呢？”

旧金山

马修·克里格一听说马科斯·柯南特要在旧金山召开的美国皮肤病学会大会上分发关于卡波西肉瘤的小册子，就想帮忙筹划一个新闻发布会。马修已经辞去了加州大学旧金山分校新闻事务部的全职工作，现在他的时间一部分从事自由职业，另一部分用于为自己和爱人盖瑞·沃什寻找住处。即便讲不清究竟是什么原因，但他确实认为，同性恋癌症是件严重的事。马科斯·柯南特和吉姆·格朗德沃特用自己的钱做了本介绍卡波西肉瘤的全彩小册子，其中包括肯·霍恩的病变部位图片。在大会的最后一个环节之前，他们花了整个早上把一本本小册子放在新建的莫斯康会展中心的每一把椅子上。

回家路上，马修仔细研究了肯·霍恩的病灶图，他想到了盖瑞。最后，他满脑子都是揪心的恐惧：盖瑞身上那些奇怪的皮疹，各种小小的不适，还有手肘上一直没有消退的溃疡，这些都是同性恋癌症的症状。

马修冲进多洛雷斯街的公寓，他的焦虑已经到了崩溃边缘。

“恐怕你要死了！”马修告诉盖瑞。

盖瑞翻了个白眼。

“别胡说八道。”

12 月，丹麦，奥胡斯

凛冽的寒风从北海吹过奥胡斯，相比之下，华盛顿的天气不值一提。入夜，红色的心形装饰迎着狂风在拥挤的商店门口来回摆动，一切都是为了庆祝“心灵的盛宴”。鲍勃·比格医生更喜欢温暖季节里的斯堪的纳维亚，但是他觉得自己的研究不能再等了，即便国家癌症研究所认为流行病不是当务之急。他自己掏钱来到丹麦，召集了 259 名丹麦男同性恋编为一组进行研究。

可是，他的研究从一开始就令人不安。尽管他希望能在奥胡斯找到一群未受感染的研究对象，丹麦有关部门却报告说，在哥本哈根已经出现了 5 例不明原因的同性恋疾病。其中一些细节再次证实了比格的怀疑：这是一种传染病。一个病人是另一人的性伙伴。另一个年长男子在丹麦过着深柜生活，但每年去纽约住一个月，其间尽情地与黑人男性发生性行为。他们与纽约的关联是病毒引发疾病的最有力证据。

当丹麦研究的第一阶段告一段落，比格开始构思学术论文，提出他的结论，即假设一种病毒导致了这种疫病。“一种传染因子的实证”将成为他学术生涯中有关这个问题的最具前瞻性的成果，同时也是被极大忽略的。

洛杉矶

有关传染性病原体的最确凿的证据，不经意地出现在乔尔·魏斯曼医生位于谢尔曼-奥克斯的舒适办公室里。当时是 1981 年年底或 1982 年的头几周，具体日期后来被遗忘了，但关于这场尚未命名的疫病的一段最深刻的对话就发生在这一天。

又有一个朋友兼长期病人死于肺囊虫肺炎。魏斯曼和这个男人的情人聊着天，后者很健谈，对别人的事也知道得不少。他们是老朋友了，所以不介意告诉医生最近几周他跟一些人的混乱关系。他说，有五六个人病倒了，他们都去了那个派对。一个家伙和另一个家伙发生了关系，这个家伙又和别的家伙发生了关系，现在他们不是死了就是快要死了。

他说话的时候，魏斯曼一直盯着办公室冷冷的灰色墙面。突然，他明白了这个人说的一切。魏斯曼认识他所说的每个人，他在自己的脑海里绘出了这些人之间的关系，他们是一个个小圆圈，圆圈之间是箭头，一个指向另一个。

“哦，我的天啊，”他喊道，“你说的正是我提过的假说。它是对的！”

后来，魏斯曼回想起那一刻——一年前，就在这间办公室，美国报告的首例肺囊虫肺炎患者走了进来。他觉得那是他生命中最惊心动魄的瞬间，一种新的病毒正在杀死男同性恋。上帝啊，两年前就有那种派对了，现在它已经无所不在。只有上帝知道还要死多少人。

第四部分

阴云笼罩：1982 年

……镇上小小的官方告示刚刚张贴出来，尽管都贴在没什么人会注意到的角落。从告示中很难看出当局正视事实的态度。采取的措施也远非严厉的，人们觉得这已经做出了诸多让步，不希望让民众惊慌。

——阿尔贝·加缪《鼠疫》

12. 时间是敌人

1982 年 1 月，亚特兰大，疾控中心

布鲁斯·伊瓦特喜欢与血友病患者一起工作，他毕生致力于出血性疾病的研究，很早就成了疾控中心的住院专家。这种困扰欧洲皇室数代人的出血性疾病，是由一个分子的遗传信息决定的。这种分子结构的顺序通过遗传密码由母亲传给儿子；这个分子决定了儿子的血液是否会凝结止血。患血友病的儿子没有这种能力，因而他们的病症——血友病，意为“爱的血液”。除了对这种分子的迷恋之外，伊瓦特还发现和血友病患者一起工作本身就是件有趣的事。他们不仅聪明，而且见多识广，人生中曾经历过一次科学上的突破，预期的寿命增加了几十年。

第八因子的发明，一种注射之后能帮助血液正常凝结的物质，彻底改变了美国 2 万名血友病患者对于寿命的想法。在第八因子出现之前，血友病患者只能活 20 年，也许 30 年，其间必须不断到医院大量接受输血，而输血的唯一作用就是补充失血。第八因子是由数千名献血者的血液浓缩而成的一种凝血制剂，一旦注入血液，血友病患者便有了能让血液自行凝结的必要成分。这一发现使血友病患者的寿命有望与正常人一样。

布鲁斯·伊瓦特很欣赏血友病患者中间的乐观精神。他们组织起来，为研究经费四处游说，热切地致力于改变自己的命运；他们不像

癌症或慢性病患者那样在绝望中等待死亡。

伊瓦特关心血友病人，因此当他在1982年初接到一个来自佛罗里达的电话后深感不安。迈阿密的一位医生确信第八因子导致了他的一个病人死亡，这位老年血友病患者几个月前因肺囊虫肺炎去世。不会是肺囊虫原生虫进入了他的病人注射的凝血剂中传播了疾病吧？

伊瓦特让那位医生放心，制备第八因子过程中的过滤程序会阻止细菌和原生生物的传播。当然，较小的微生物——比如病毒——可以躲过过滤程序，导致血友病人有相当高的机率患上某种疾病，比如肝炎。但是，肺囊虫原生虫很大，过滤程序不会漏掉。伊瓦特周到细致的讲述散发出一种仁慈，让人很难不信。

然而一放下电话，伊瓦特就面色沉重，脑子里出现了他一直试图回避的绝望念头。疾控中心的工作人员，比如玛丽·桂南和唐纳德·弗朗西斯，已经预计血友病患者和输血接受者中会出现同性恋肺炎患者。这不仅是第一个此类病例，而且可以提供一些证据，证明男同性恋普遍出现的免疫缺陷确实是一种病毒引起的。伊瓦特打电话给血液制品的主管部门——美国食药局，看他们有没有听说过类似的问题；又询问管理有序的血友病人组织是否听说过有类似的病例报告。都没有。桑德拉·福特的记录也显示没有血友病患者申请使用戊烷脒。

佛罗里达的病例本身也有问题。尽管活检确诊了肺囊虫肺炎，但病人已死，无法再做更精确的免疫分析了。而且，医生没有进行尸检，那么未确诊的肿瘤或淋巴癌造成了免疫抑制、免疫抑制导致肺炎也不是没有可能。

卡波西肉瘤和机会性感染特别工作组的哈罗德·杰斐向疾控中心主任威廉·福格解释了这些问题。身为流行病学领域的老兵，福格充分意识到这个病例的分量，这不仅事关血友病患者和输血接受者，而且为最终确认疫病原因开辟了道路，哪怕只是一个普通标签，比如“病毒”。不过他也明白，其中变量太多了。

“假如确实如此，还会有新病人出现，”他告诉杰斐，“到时我们就清楚了。”

伊瓦特请桑德拉·福特留意任何将血友病列为可疑病情的戊烷脒订单，然后开始了长达数月的不安等待。

哥本哈根

伊比·拜博耶格医生从扎伊尔回来已经4年了，正好赶上了他的朋友格蕾特·拉斯克1977年底去世。1982年年初，医院里的每个人都在谈论男同性恋感染的新疾病。美国国家癌症研究所的一位专家已经前往丹麦进行研究，这肯定是件大事；丹麦科学家们都急着写论文，以赶在美国国家癌症研究所之前发表第一篇关于奥胡斯的研究论文。

作为热带疾病专家，去年下半年，拜博耶格医生被召去治疗他的第一个病例。不久，病人接踵而来，因为瑞斯医院的免疫学科名声在外。拜博耶格时年36岁，当研究到第三例患有不明原因的同性恋病症的病人时，他忽然生出一种似曾相识的感觉。这太像非洲疾病了。有个患者的肠子被无法控制的阿米巴寄生虫吸干了，情况跟一些非洲丛林的原住民一样。还有卡波西肉瘤，他也只在非洲见过。当拜博耶格的第一个卡波西肉瘤病人死于肺囊虫肺炎，接着又有一个病人死于同样的肺炎时，他有种奇怪的感觉。他的朋友格蕾特去世后，他想要研究肺囊虫这种原生生物，但被他的教授们劝阻了，这些人断言研究这种罕见疾病是没有前途的。

于是，拜博耶格转而研究淋巴细胞。他很高兴自己的选择，因为现在那些患有卡波西肉瘤和肺囊虫肺炎的年轻人显然是淋巴细胞出了问题。拜博耶格觉得，淋巴细胞甚至有可能是了解病因的关键。

但他脑子里有个挥之不去的念头：导致这些男性死亡的疾病，某种程度上与导致格蕾特·拉斯克死亡的疾病有关。他仍然信守自己在她临终前做的承诺：在他死之前弄清楚是什么夺走了她的生命。在荒凉的日德兰旷野，“心灵的盛宴”期间，肺囊虫肺炎成为过去和现在的联结点。

拜博耶格跟部门主管商量，希望允许他在医学刊物上发表一篇关于格蕾特之死的文章。也许这会成为一小块拼图，帮助其他人看清这种疾病的完整图景。以便让他们知道，新的致命病毒首次在欧洲亮相也许就是在她的体内。

拜博耶格的上司们对年轻科学家想要发表文章的冲动一笑置之。他们告诉他，热带疾病到处都有，非洲的疾病随处可见。又说，跟几百个人发生过性关系的同性恋得的病，怎么可能会和格蕾特·拉斯克的病有关呢？后来有个朋友指出，受人尊敬的拉斯克医生便是个从不隐瞒性取向的女同性恋。

巴黎

雅克·莱博维奇和威利·罗森鲍姆在 1982 年初召集的法国研究小组还没有着手寻找这种奇怪的、尚未命名的疫病的原因。起初，他们大张旗鼓地走进各家医院只是想追踪这种新的疾病。罗森鲍姆已经联系了巴黎的同性恋医生，但是他发现，那些医生坚决认为这不过是一个新的阴谋，逼他们转入地下。“就让我们这种人去死吧。”他们跟他说。罗森鲍姆决定在巴黎郊外的克劳德-伯纳德医院开始自己的流行病学研究。他建起了自己的热线，每天尽可能多地接待病人。失业的流行病学家让·巴普蒂斯特-布伦特正好想找一份临时工作，他自愿跟踪巴黎的非洲病例。莱博维奇则与镇上的其他医生保持联系。

他们认为，美国人将病人分为同性恋和非同性恋，而他们必须提供一种不受这种偏见影响的视角。美国科学家认为把新疫病视为非洲人的病很莫名其妙，但法国人认为把它视作同性恋疾病也不太常见。但归根结底，这就是一种极大影响人类健康的疾病，它一定来自某个地方。巴黎的病例比美国的第一个病例早三年出现，它的起源地指向了非洲。在整个北欧，有关这一理论的证据正在迅速累积。比利时的医生在扎伊尔和乌干达等国发现肺囊虫肺炎的病例已有 4 年之久。

1 月 6 日，凤凰城，疾控中心肝炎实验室

可怕的热病不知从哪里冒出来，席卷了扎伊尔和苏丹的边境，到达散发着恶臭的埃博拉河岸。这种疾病是一种血源性病毒，通过两种方式迅速传播——要么是性行为，因为受感染的淋巴细胞存在于患者的精液中；要么是当地丛林医院的共用针头。由于缺乏现代化的防护措施，医护人员也会感染血源性疾病，这种传播路径在文明国家是难以想象的。

1976年疫情暴发的时候，世界卫生组织的工作组受命前来消灭这种后来被称为“埃博拉出血热”的致命疫病。在扎伊尔边远地区工作的丹麦医生，比如伊比·拜博耶格和格蕾特·拉斯克，对工作组的战斗力印象深刻。当唐纳德·弗朗西斯发现尸检以及在丧仪中接触尸体明显会使人感染疫病，这位从美国疾控中心借调到世卫组织的医生马上禁止了当地的丧仪，并果断焚烧了尸体。已感染的幸存者搬出社区并进行隔离，直到确认他们不会再传播热病。几周之内，疫情就像来时那样神秘地消失了。部落民众对于这些傲慢的来自其他大陆的年轻医生禁止他们延续了上千年的丧仪非常愤怒，受伤的表情甚至扭曲了他们的面容。

这一天，当唐纳德·弗朗西斯陷入对免疫缺陷流行病的沉思时，脑海里始终萦绕着可怕的埃博拉出血热爆发时的一幕幕画面。这些记忆在周三早上变得愈加清晰起来，当时，弗朗西斯接到了巴黎的盖伊·德·泰医生的电话，他也是一位经验丰富的非洲疾病专家。

德·泰医生翻阅了有关非洲疾病的最新研究。当然，其中提到了良性卡波西肉瘤，弗朗西斯已经听说过1972年乌干达通报了第一例更凶险致命的新型卡波西肉瘤。但是还不止这些，德·泰说。乌干达境内尼罗河西部地区，同居的年轻男子开始患上常规的良性卡波西肉瘤，还有凶险的、类似于折磨美国同性恋的卡波西肉瘤。这些非洲患者还患有淋巴腺疾病，跟美国的疾病初期症状一样，德·泰说。它们之间肯定有关系。

弗朗西斯心想，当然有。一种非洲来的新病毒。国家癌症研究所的罗伯特·加罗医生推测，导致人类T细胞白血病的逆转录病毒也是从非洲来的。毕竟，人类T细胞白血病病毒仅出现在葡萄牙商人居住的日本部分地区，显然是这些葡萄牙人在500年前从非洲把这些微生物带过去的。与非洲的关联使弗朗西斯关于“传染性病原体”的假说更具说服力。

这次通话也让他更有紧迫感。他现在每隔几周就飞去亚特兰大和正在苦苦挣扎的“卡波西肉瘤和机会性感染特别工作组”讨论进展。对于这该死的病的成因，他们仍然毫无头绪；而目前最重要的病例对照研究也陷入了绝境，因为他们没有人员和经费将调查问卷编制成图表。国家癌症研究所对该疾病似乎不太感兴趣。癌症研究所的少量实验都集中于催情剂和精液的理论上，这种假说认为性行为产生的精液导致了免疫抑制。尽管亚硝酸盐吸入剂明显会对身体产生不良影响，但是工作组基本上已经排除了它作为新疾病病因的可能。毕竟它们不是什么新事物。国家癌症研究所青睐的精液理论在弗朗西斯看来荒谬至极，男同性恋几个世纪以来都一直在体内射精也没患上卡波西肉瘤，更不用说女异性恋倾向于以此受精这种不争的事实了。

弗朗西斯认为，时间永远是流行病最可怕的敌人。已经没时间去期待国家癌症研究所或国家过敏及传染病研究所哪一天对这些病产生兴趣了。眼下，为了开展有效的实验工作，弗朗西斯计划建立自己的实验室来做通常由国家癌症研究所做的实验。为此，他得想办法搞点钱来。

他知道，即便他追查到病因，问题也不会就此解决。回想起在苏丹见过的那些被愤怒扭曲的脸，他更加知道，要控制这种疾病，还有巨大的困难等在前面。习俗和礼仪必须彻底改变，然而从他对同性恋群体的肝病研究经历来看，他明白与性有关的习俗是最难改变的行为模式。

* * *

唐纳德·弗朗西斯接到巴黎来电的第二天，卫生部助理部长爱德华·布兰特医生就以联邦政府卫生部门最高官员的身份，匆忙向国家癌症研究所、国家过敏及传染病研究所、国家药物滥用研究所的所长们发出了一份备忘录，说疾控中心缺乏卡波西肉瘤和机会性感染的研究经费，问这些资金雄厚的机构愿否接手一部分工作？

这封信是以请求而非命令的口吻写的。接下来几周，国家卫生研究院下属各大机构的主管们坐在他们位于贝塞斯达连绵起伏的绿茵中的办公室里，将它忘到了九霄云外。

与此同时，由于国家癌症研究所在9月的会议上做出了承诺，全国各地的研究者都翘首期盼着经费的到来。但很显然，连个影子都没有，研究所甚至没有发布申请联邦资助的标准提案书。没有这个，国家癌症研究所甚至无法开始接受经费申请表，更不用说审核申请和进行发放经费所必需的长期实地回访了。

国家癌症研究所的每个人看起来都不慌不忙的。显然，新疾病被放在相当次要的位置，尽管越来越多的人觉得它将带来巨大的灾难。

1月12日，纽约，第五大道2号

在拉里·克莱默公寓的会议上，大家一致同意保罗·波帕姆是“男同性恋健康危机”最理想的主席人选。成立这个新组织的目的，是为同性恋癌症研究筹集资金，还有一些更显著的原因没有明说，保罗在大家看来是火焰岛上成功的同性恋名流，从未参与过曼哈顿那些乱七八糟的同性恋政治活动。有他参与，会使这项活动比普通同性恋活动显得更时尚、有地位。而且，他相貌英俊，或许可以吸引更多的志愿者。此外，大家也不便明说，尽管拉里·克莱默在组织中起到了领导作用，但他那咄咄逼人的风格不适合担任领袖，如果他们要筹集大量资金，光是他的名字对那些要出钱的人而言就是个诅咒。况且，拉里对保罗也有点动心，所以他也毫无异议地投给了保罗。保罗当选后，“男同性恋健康危机”又选出了理事会，其中有拉里·克莱默以及保罗的老朋友、火焰岛上的室友恩诺·波斯克。

这群人说服了一家不太热门的迪斯科舞厅“天堂车库”作为4月的筹款地点。他们觉得，通过这个机会能为研究筹到足够的资金，然后他们就此打住，重回自己的生活。私底下，保罗明确表示不希望他在该组织的角色公之于众。他说，他的工作伙伴都不知道他是同性恋，他希望维持现状。拉里一言不发。他不想出口伤人，但他内心里觉得，“男同性恋健康危机”有一个不想承认自己是同性恋的主席可不是什么好事。

1 月 14 日，旧金山，加州大学

马科斯·柯南特告诉克里夫·琼斯，他需要政治人物的建议。他们准备在晚餐时讨论这事，但在这之前，柯南特想让克里夫见个人。

当年轻的社会活动家克里夫·琼斯走进加州大学医疗中心顶楼的病房时，西蒙·古兹曼羞涩地对他笑了笑。交谈中，西蒙拿出了自己从前的一张快照。他肌肉发达，棕色的肌肤光滑紧致，穿一件黄色的速比涛牌（Speedo）紧身泳衣。在克里夫看来，西蒙性感无比，他知道他可能会爱上照片里这个健硕的墨西哥人。

然而，如今的西蒙·古兹曼瘦得只剩一副骨架，皮肤蜡黄、松弛，上面布满病灶，身上能想到的每个孔和静脉都插了管子。西蒙解释说，他在海沃德郊区当了两年印刷工，没交到什么朋友。没错，他很受欢迎，但那种受欢迎的方式不太可能让人在那样的时间地点拥有好朋友。现在他腹泻不止，医生甚至说不清是什么原因引起的。他很尴尬，因为他母亲将从他得了同性恋癌症知道他是同性恋，有时候他觉得特别孤单，很想立即死去，那样一切就结束了。

克里夫离开病房时觉得很不舒服。他需要来一杯。

这就是事实；这就是未来。

* * *

吃完晚餐，柯南特开始小心陈述他看到的未来。自从 9 月开完国家癌症研究所的会议之后，他一直在考虑这事。这位 44 岁的皮肤科医生靠在椅子上，脸上带着明显的疲倦，但声音非常坚定。他以一种缓慢流畅的南方语调完成了他的讲述，那是他老家佛罗里达州杰克逊维尔的印记。多年来，他以临床教授的身份在加州大学旧金山分校上课，已经学会了如何调节句子的长短，如何适时停顿，让听众充分理解其中的重要信息。

柯南特开门见山：这是一种传染性疾病。疾控中心的病例对照研究也许能提供一些有关它如何传播的确定信息，但研究停滞不前，可能是因为缺乏资源。我们正在浪费时间，而时间是所有流行病的敌人。政府毫无作为的时候，疾病正在蔓延。

正是这次晚餐，让克里夫第一次听说了诸如“几何级数”和“指数增长”之类的技术术语，这些词成了他未来几年的噩梦。部分科学家为这种综合征想出了一个新名字：男同性恋免疫缺陷（简称GRID）。不过，柯南特不确定这种免疫缺陷会持续多久。病毒通常不会考虑人类当中的这种人为的分类标准。淋巴细胞就是淋巴细胞，它们显然是这种新病毒的主要攻击对象，无论它们是在同性恋体内还是异性恋体内。

“这将是一场世界级的灾难，”柯南特说，“可是没人上心。”

克里夫有点走神，他的脑子里混杂着柯南特讲的可怕的新病毒，还有他所知道的同性恋群体的性观念。见鬼！还有他自己的性壮举。他脸色发白，点了一杯酒。

“我们都死定了。”克里夫说。

柯南特静静听着，没说话。当然，他也有这样的担心，但是同性恋群体没时间在绝望中沉沦。他有个计划，需要克里夫的帮助。

他们需要有个基金会，类似美国癌症协会那种，通过它来警告男同性恋，同时向政府施压，争取更多的研究基金。柯南特注意到，同性恋正在纽约努力为研究筹款。这样做很愚蠢，因为私人捐款与政府大笔一挥批下来的巨额研究经费是完全无法相提并论的。但是，华盛顿的钱就是不来。即便病例数量不断上升也一切如常。

柯南特说，这意味着短时间内不能指望华盛顿来救我们的命。在政府采取行动之前，同性恋群体只能自救。

“这是头等大事，”他叹了口气，“没有比这更重要的了。”

柯南特又告诉克里夫，他从同性恋群体获得的合作是多么微乎其微。他打过电话给当地的同性恋教堂，希望能帮忙分发小册子。他们对此不感兴趣，说这可能会引发教区居民的恐慌。同性恋商业团体也对筹措资金不感兴趣，认为是危言耸听。当然，塞尔玛·德里兹是在宣传说一种极其危险的疾病在向我们靠近，但德里兹多年来一直在警告同性恋有这样或那样的危险，所以人们很容易忽略她所说的“男同性恋免疫缺陷”。

克里夫很清楚要谈什么，于是柯南特不必浪费时间绕弯子。克里夫在任何俱乐部或团体都没有头衔，他也许是唯一一个靠个人魅力赢得支持的同性恋领袖。他就像一个没有头衔的部长，卡斯特罗街的人都信任他。克里夫也知道如何利用政治体系来获得金钱和恩惠，而这两点正是男同性恋免疫缺陷的大量出现后，同性恋特别需要的。克里夫喝下了最后一口伏特加汤力，隐约觉得自己将要承诺什么，而为此付出的东西不是开几个晚上的会所能比的。然后，他想起了形如枯槁的西蒙·古兹曼和照片里穿黄色泳衣的男子。他注视着酒杯底部正在融化的冰块以及转动的柠檬片，轻声说道，“算我一个。”

* * *

马科斯·柯南特说服他的律师开始为一个名为“卡波西肉瘤教育与研究基金会”的非营利组织起草必要的文件，克里夫·琼斯则与政治领袖广泛接洽。克里夫以为会从卫生部的男女同性恋健康办公室主任帕特·诺曼那里获得大力支持，毕竟，诺曼名义上是旧金山同性恋健康方面所有问题的负责人。没想到，在会面的过程中，诺曼一直坐立不安。她说，我们不想引起恐慌。她概括了潜在的问题：男同性恋会恐慌，恐同人士可能借此卷土重来。她保证，一旦她和同性恋群体的领导人进行商讨，并就怎么说才“合适”达成一致意见后，她会把“合适”的信息“适当”地传播出去。在疫病流行的头 6 个月里，克里夫知道，这意味着什么都不说。

克里夫理解这种双重担忧，一方面要安抚同性恋，另一方面不能煽动反同性恋的偏见。然而这位 26 岁的街头活动组织者认为，以他对这场疫病的了解，让同性恋稍微恐慌一下也许是可行的，因为没有什么人关注报纸上对于同性恋癌症和同性恋肺炎的零星报道。

克里夫与他12月结识的卡波西肉瘤患者、注册护士鲍比·坎贝尔吃了顿饭。鲍比和吉姆·吉尔里发起成立了卡波西肉瘤患者讨论小组，每周三晚上在不同的病人家里聚会。志愿者吉尔里是一位悲伤心理辅导师（grief counselor），来自伯克利一个名为“香缇计划（Shanti Project）”的组织，该组织为临终者及其家属提供服务。“香缇计划”已经成立7年，基于生死学大师伊丽莎白·库伯勒-罗丝[①]的作品形成了他们的服务理念，但这几年逐渐失去了方向。不过，对于这些被恐怖的新疾病击倒的人来说，每周一次的互助小组活动和柯南特的卡波西肉瘤诊所几乎是他们能得到的全部支持了。鲍比·坎贝尔很清楚，随着病人数量的不断增加，还会需要更多的服务，包括住家护理、临终关怀，还有在同性恋群体中进行大规模教育。

“没人在行动，”鲍比告诉克里夫，“我们得把人组织起来。”

* * *

克里夫的时间很快分成了两部分，一部分用于与卡波西肉瘤相关的新工作，一部分用于继续游说，争取在全州通过他的老板、旧金山议员阿特·艾格诺斯发起的同性恋权利法案。周末有时间的话，他要么和多年男友费利克斯·维拉德-穆尼奥斯腻在一起，要么和长滩遇到的情人弗兰克幽会。有时候，弗兰克会抱怨太累并取消这难得的约会。而克里夫一开始谈论同性恋癌症，费利克斯就心烦意乱，然后看起来不太舒服。这些问题过了很久才引起注意，在1982年初的几个月，则不过是克里夫生活中的背景，就好像城市有轨电车发出的单调声响，你听得到，却从未用心聆听。

2月，洛杉矶

当乔尔·魏斯曼医生打电话给疾控中心驻洛杉矶县公共卫生部的

---

① 一位出生于瑞士的美国医生，1969年出版了传世著作《论已死与将死》（*On Death and Dying*），后人称为“生死学的经典”。——译注

外勤戴夫·奥尔巴克时，已有来自“西好莱坞健康中心”的传言称，洛杉矶早期的男同性恋免疫缺陷明显与奥兰治县附近同性恋聚集的拉古纳海滩大有关系。

于是，奥尔巴克开始走访奥兰治县所有的男同性恋免疫缺陷患者。正是在访谈中，他第一次听说了加拿大航空的那位空乘。有许许多多空乘的名字在调查中出现，而奥尔巴克始终感激这位，他的名字如此不寻常，一听就牢牢记住了。盖坦·杜加斯，确实令人难忘。

纽约，圣卢克-罗斯福医院

实验室的检测结果是如此一致，没有理由否认它们的有效性。这些受测对象是迈克尔·兰格医生从“男同性恋健康危机”、哥伦比亚大学学生健康服务中心、哥伦比亚大学同性恋学生组织招募来的，他以为自己可以在性行为活跃的男同性恋中测出一些巨细胞病毒，也许还能发现巨细胞病毒与男同性恋免疫缺陷之间的关系。第一次实验发现，与巨细胞病毒的关系并不明确，因为几乎所有人都存在惊人的免疫缺陷。受测的男同性恋中，每 5 人中就有 4 人存在辅助性 T 淋巴细胞严重衰竭的问题。兰格估计，他们身上可能还没有同性恋癌症的明确迹象，但相当多的男同性恋的免疫系统明显出了问题，一场巨大的灾难正潜伏在前方。

各区都传来令人不安的消息。布鲁克林的医院里来了很多患弓形虫病的海地人，同样的脑部感染一年前无情地夺去了恩诺·波斯克的爱人尼克的生命。其中一部分人还感染了肺囊虫肺炎，这暗示它与男同性恋免疫缺陷有关。但这些海地人都坚称自己是异性恋。

布朗克斯的更多瘾君子得了同性恋肺炎。在爱因斯坦医学院，埃尔·鲁宾斯坦医生试图让他的同事们相信，他在治疗的这些婴儿也患有男同性恋免疫缺陷，但他的努力是徒劳的。鲁宾斯坦把自己的论文发给了《新英格兰医学杂志》，但未收到任何回复。考虑到龟速般的论文发表流程，他也不觉得意外。但是其他学者认为，鲁宾斯坦的假说就算不是完全不可能，也是不太可能的；单从名字看，男同性恋免疫缺陷就是一种同性恋疾病，婴儿或他们的母亲怎么可能会得。

兰格的男同性恋免疫缺陷研究也没有得到什么支持或鼓励。他要为昂贵的淋巴细胞测试花费数万美元，却没人给他拨款。他手下那些本已十分烦恼的工作人员不得不自己抽时间做研究。与此同时，同事们都劝说兰格退出男同性恋免疫缺陷研究，回到正经的实验室研究上。

“这病没什么的，”有人不止一次这样告诉他，“它会消失的。你走偏了，回到研究的路子上来吧。”

他们警告兰格，他走上的岔路会影响他的科研事业。

这位年轻的医生很想知道，如果一种类似的流行病袭击的是除同性恋之外的其他所有人，他们是否还会这么建议。他没有动摇，只希望国家癌症研究所或疾控中心尽早拨款。他知道，金钱自会给科学研究领域带去尊重。

2 月 22 日，凤凰城，疾控中心肝炎实验室

尽管在意料之中，但这几个月以来唐纳德·弗朗西斯一直害怕这场对话。1982 年初的几个月里，弗朗西斯一直焦虑不安，他想争取更多的经费用于实验室的男同性恋免疫缺陷研究；想对灵长类动物进行注射，看看能否追踪到病毒。他确信这种疾病是某种病毒引起的，假如不能先证明这个关键点，就永远无法控制它。弗朗西斯想用黑猩猩做实验，因为它们的免疫系统与人类最接近，但黑猩猩也是最昂贵的实验动物，每一头要大约 5 万美元。传染病中心主任沃尔特·道达尔医生负责疾控中心的男同性恋免疫缺陷研究预算，所以他不得不打电话给唐纳德·弗朗西斯，告诉他这个令人沮丧的消息。

“没钱了，”他说，“这是最糟的情况。”

放下电话，弗朗西斯松了口气，为自己还在凤凰城而不是亚特兰大工作感到庆幸。在这儿他说了算。他叫来了勤杂工巴德，向其布置具体任务。得把墙推了，把新实验室建起来；得到哪里弄点钱，弗朗西斯想。他会继续干下去，哪怕丢了工作也在所不惜。

*　　*　　*

在亚特兰大，卡波西肉瘤工作组的工作人员每天都会接到卫生官员的电话，他们盼着听到病例对照研究的结果。在竞争激烈的科学界，有些人很快便意识到疾控中心可能会阻拦他们发表研究成果。每个人都知道，如果研究成果能在《新英格兰医学杂志》这种重要刊物上发表，也许能带来几百万的研究经费。对于疾控中心而言，让流言到处飞，也许比承认事实更容易：事实是，他们没有钱自己雇统计学家，所以迟迟无法公布结果。即便像塞尔玛·德里兹这样急于知道研究结果、想看看能做些什么来遏制疾病蔓延的卫生官员，工作组也只能向他们保证说结果总会来的。时间一周周地过去了，他们只能这样回复来电者：下周再打来看看吧。

由于资金短缺，调查中有希望的部分也被忽视了。保罗·奥马里提出，去疾控中心某个人的办公桌前坐等。他是个热心的卫生督察，曾经领导疾控中心旧金山分部的肝炎研究。最近几个月，他在总结肝炎方面的研究时偶然发现了一个有意思的现象。参与肝炎研究的7 000名当地男同性恋中，有为数不少是男同性恋免疫缺陷患者。事实上，旧金山最初的24例男同性恋免疫缺陷患者中，有11人是乙肝患者。奥马里与唐纳德·弗朗西斯交谈之后，也认为男同性恋免疫缺陷可能是通过性传播的某种血源性病毒引起的。奥马里还得知，疾控中心在凤凰城的肝炎实验室存有这7 000人的血样。

奥马里认为，这一大群肝炎研究对象也许是全世界最适合研究这种疾病的群体。不仅因为他们多年的医疗记录都封在小瓶里保存在政府的冰箱，还因为他们都填写了调查问卷，其中详细说明了各人的性癖好。大部分人依然住在城里，未来几年可以继续追踪，看看发生什么情况。

这种病，谁会得？谁不会？他们能否从1978年和1979年的血样中找到疾病的源头？它是如何传播的？关于这种流行病的最重要线索可能就在疾控中心的冰箱里，只是他们没有看过。

1982 年初，奥马里激动地向疾控中心特别工作组的哈罗德·杰斐谈了这些想法。杰斐说，他会设法搞到一些研究经费。

两年后，他做到了。

*　　*　　*

2 月下旬，疾控中心宣布全国共有 251 名美国人患有男同性恋免疫缺陷，其中 99 人已经死亡。

2 月 25 日

《华尔街日报》上的第一篇关于这种流行病的报道，稍后将被新闻评论引用，作为艾滋病流行的最初几年媒体如何处理此事的标志。后来才知道，这位记者一直在给编辑施压，希望刊发一篇关于同性恋疾病的报道。1981 年他写过一篇，但编辑拒绝付梓。最后，这位记者把文章改写了一下，围绕 23 个异性恋并且大部分是静脉注射的吸毒者来写，这些人都被确诊为男同性恋免疫缺陷患者。得到善意的异性恋首肯后，这篇文章终于以 16 段的篇幅登上了全美发行量最大的日报的某个角落，标题是“女性和异性恋男性也患上了致命的新型同性恋疾病”。

有关同性恋瘟疫的文章之所以能发表，不过是因为连有身价的人、非同性恋最终也不能幸免。

旧金山，加州大学

在卡波西肉瘤诊所，医生争分夺秒地救治病人，并为教科书上从未出现过的疾病设计治疗方案。31 岁的唐纳德·艾布拉姆斯是“男同性恋免疫缺陷”小组最年轻的医生，他坚决主张，临床医生在治疗卡波西肉瘤患者时，必须放弃化疗，即便化疗是经历了时间考验的疗法。他说，专家可能会建议你做，但那些教材都是男同性恋免疫缺陷出现之前写的。化疗起作用只是因为它阻止了细胞分裂，根据定义，癌细胞分裂极快，化疗通常能减缓癌症的发展速度。但是，它也使本应正常分裂的细胞减缓了速度，例如口腔、胃肠道以及血液细胞，后者是最重要的。化疗也许能杀死癌细胞，但也会阻止淋巴细胞的生长。艾布拉姆斯警告说，这可能会导致患者死亡。在其他城市——尤其是纽约，专家们对这位来自旧金山的 31 岁自大狂不以为然，于是，他们继续化疗，病人继续死去。旧金山诊所的临床经验逐渐超过了其他医院，因为他们把病人集中在一处，并开始探索其他药物。

即便在最初几个月里，诊所的工作成效也如噩梦一般：目瞪口呆的医生们眼睁睁地看着病人一个接一个地出现可怕的新问题，最后悲惨地死去。在马科斯·柯南特、保罗·沃伯丁、唐纳德·艾布拉姆斯看来，西蒙·古兹曼的病情恶化过程是最恐怖的。他似乎得了脑部的淋巴癌，这是医生第一次在男同性恋免疫缺陷患者身上查出这种病。与此同时，卡波西肉瘤也没有消停，西蒙曾经英俊的脸庞被折磨得不成人样，身体也因药物而肿胀，就像那个浮肿的伤痕累累的“象人”①。艾布拉姆斯开始每月给他拍照，以研究疾病的进展情况。

西蒙的严重腹泻也是个问题。反复检查都没有发现异常。最后，一个空军实验室寄来的检测结果让加州大学旧金山分校的专家们哑口无言。西蒙感染的是隐孢子虫，一种通常出现在羊的肠胃里的寄生虫。据悉，这是人类首例报告的隐孢子虫病患者。

塞尔玛·德里兹在每周一次的讨论会上听到卡波西肉瘤诊所做的这个报告之后，为这一科学突破兴奋不已。她知道，发现人类疾病的第一个病例，就是站在了卫生科学的前沿。这也是她第一次感到旧金山这 30 位已通报的男同性恋免疫缺陷患者的背后藏着更深层的危险。她在黑板上把数字列成表格，画的箭头和圆圈并没有开始讲述他们今天看到的人类苦难，也无法呈现他们未来势必会见证的悲剧。

---

① 一种非遗传性疾病。该病发展缓慢，患者往往自幼患病，肿块生长于人体的面部、背部、四肢等部位，同时皮肤上可见咖啡斑沉着。如得不到及时治疗，长期拖延，病情会不断恶化，面部的肿瘤将不断长大。因患者面容似大象，故人们习惯称其为“象人”。有同名电影。——译注

出于直觉，治疗西蒙·古兹曼的一位医生找到了爱荷华大学农业系的知名隐孢子虫专家。专家说，他的确非常了解隐孢子虫。旧金山的医生松了口气，也许他们能轻而易举地对付它。

“得了隐孢子虫病的羊你们是怎么治的?”他急切地问。

“没法儿治，”专家答道，“只能开枪打死。”

13. 零号病人

1982 年 3 月 3 日，亚特兰大，疾控中心

唐纳德·弗朗西斯把他的一生看作是各种随机抉择累积的结果，这让他在正确的时间来到了正确的地点。当年，他追随第一任妻子到了洛杉矶，很幸运，南加州洛杉矶县大学医疗中心医院就在她家附近，是他申请当住院医师的第一家医院，因为他想师从保罗·韦尔利医生。后者曾在疾控中心工作，他力劝弗朗西斯与其出于道义拒服兵役，不如加入疾控中心的流行病情报学服务部门。机缘巧合，疾控中心把弗朗西斯派去了苏丹，在那里他参与了消灭天花的工作，这使他在 33 岁时就获得了他自以为难以超越的成就。从非洲回来后，他跟着新女友去了波士顿，最后在哈佛大学公共卫生学院研究猫白血病病毒。疾控中心迅速将弗朗西斯召回，让他研究埃博拉出血热病毒。之后，他获得了逆转录病毒方面的博士学位，疾控中心又把他派到了凤凰城，作为实验室主任和同性恋群体一起为疾控中心进行肝炎研究。

唐纳德·弗朗西斯觉得，是一次又一次的机缘巧合让他出现在了 1982 年 3 月初的这个时刻，一切都刚刚好。逆转录病毒学、猫白血病、非洲的防疫经验以及长时间与同性恋群体的合作研究——这一切给了他一个清晰的视野。今天，他将在美国公共卫生署召开的首次男同性恋免疫缺陷研讨会上向国家卫生研究院的代表简要通报正在发生的情况，并希望能获得他们的帮助。

与疾控中心的许多医生一样，弗朗西斯不相信国家癌症研究所还在瞎折腾“男同性恋免疫缺陷是由催情剂或精液引起的”这样的半吊子理论。然而研讨会上，国家卫生研究院的代表做的发言就是这个观点。没有任何人谈到弗朗西斯认为的最显而易见的致病原因：一种新的病毒因子。

午休期间，弗朗西斯冲到图书馆复印了他在哈佛和麦克斯·埃塞克斯做猫白血病研究的论文。作为疾控中心最杰出的病毒学家之一，弗朗西斯被安排在当天最后一个发言，他希望产生一些影响。

这位 39 岁的研究者展示了两张图表。第一张是他在哈佛对猫白血病做的流行病学研究，疾控中心小礼堂的大部分听众对这项开创性的研究并不陌生，但弗朗西斯还是用温和的北加州口音认真重述了一遍，希望大家理解其中的意义。

他研究了 134 只猫，其中 73 只感染了猫白血病病毒，这里面又有 63 只患有淋巴瘤、癌症或各种血液疾病。只有 1 只是健康活泼的。没有感染的 61 只猫中，仅有 2 只患上了淋巴癌，另有 21 只因为其他原因病倒，但大部分都是健康活泼的。弗朗西斯强调，仅仅一种病毒——在这个示例中就是逆转录病毒——就可能导致免疫抑制，从而引发癌症以及一系列疾病。

他又指向另一张图表，上面列出了乙肝的危险人群，最引人注意的是男同性恋和静脉注射吸毒者。弗朗西斯说，病例对照研究的初步数据表明，男同性恋免疫缺陷和肝炎的危险因素实际上是相同的。性伴侣的数量、去同性恋浴场的频率以及被动肛交，似乎都可以预测男同性恋免疫缺陷的得病几率，就像它们也可以预测肝炎的得病几率一样。

“把猫白血病和肝炎结合在一起，就产生了免疫缺陷。”弗朗西斯说。

对弗朗西斯而言，结论显而易见。接下来，血液制品中可能会找到被污染的证据，需要大量的实验室工作来追查病毒元凶，以便开展治疗、研发疫苗。疾控中心还需要对同性恋进行预防这种疾病的教育。

尽管疾控中心特别工作组的大部分成员早已接受了弗朗西斯的观点，但国家卫生研究院的专家反应并不热烈。唐感觉到，各研究所都认为他是在鼓吹疾控中心已在同性恋免疫缺陷研究领域独占鳌头，都认为他的理论不过是想把国家卫生研究院的研究基金弄进疾控中心的腰包。显然，国家卫生研究院的医生要按自己的路子来研究这场疫病。他们告诉他，他的想法，嗯——有点意思。

弗朗西斯一边把图表取下来，一边想，还不如对牛弹琴呢！他们的傲慢将使很多人丧命，而他无能为力。

洛杉矶，唐人街

“要是不吃饭，我们就成了废物。”

比尔·达罗和戴夫·奥尔巴克对洛杉矶第一批男同性恋免疫缺陷患者中存在联系的人进行了访谈，这又是精疲力竭的一天。按计划，那晚 8 点半前，他们应该抵达奥兰治县，可是现在已经快 8 点了，他们还在市中心。达罗宁肯迟到，也不愿意饿肚子，对此奥尔巴克挺高兴。于是他们俩步行到唐人街，打算吃点中式快餐。奥尔巴克也很高兴达罗从亚特兰大的疾控中心总部来到洛杉矶，因为这位社会学家记忆力非凡，能记住多年前的名字和人脉关系。访谈要求男同性恋们透露过去几年和哪些人上过床，在这段漫长时间里，达罗温和而专业的态度很管用。

今天，奥尔巴克又回到了那名法裔加拿大空乘的有趣线索上面。他的名字出现了三次。但是，所有的报告都来自已故病人的爱人，而非那些真正和盖坦·杜加斯同床共枕的人。当然，盖坦也只是这群人里的 3 位空乘之一。洛杉矶、纽约和旧金山之间的空中桥梁显然以惊人的速度把病毒传播到了全国各地。

* * *

当奥尔巴克和达罗最终抵达奥兰治县的时候，已经迟到了 45 分钟。他们计划访谈的那位发型师领着他们穿过精心布置的起居室，来到厨房的野餐桌旁。他得了卡波西肉瘤，一坐下便开门见山。

“我知道我这病是怎么来的，我敢打包票，”他直截了当地说，“我和浴场里遇到的一个帅哥发生了关系。他是来度周末的。后来又来过几次洛杉矶跟我一起过周末，连感恩节也来了，之后我就没再见过他。他把肝炎传给我了，我敢说这病也是他传给我的。”

他顿了一下，然后承认：“我到现在还很喜欢他。”

他哗哗啦地翻着一本书，寻找那人的地址和电话号码。

“盖坦·杜加斯，”他说，“是个空乘，这是他的联系方式。”

比尔·达罗的铅笔掉到了地上。

奥尔巴克瞥了他一眼。从这两位流行病学家意味深长的目光中，发型师感觉自己好像刚刚说了个有魔力的词。

的确如此。奥尔巴克和达罗终于听到一个大活人告诉他们，自己和这位空乘发生过关系。后来，达罗称其为这场流行病期间最重要的时刻之一。同性恋的游戏真的出了大问题。

*　*　*

患者之间的关系开始逐步理顺。洛杉矶第一批 19 位男同性恋免疫缺陷患者中，有 4 人与盖坦·杜加斯发生过性关系。与此同时，另外 4 个病人的性伙伴曾与杜加斯发生过性关系。这样一来，洛杉矶 19 例病患中有 9 人与性有关。另外，这些关联还证实了唐纳德·弗朗西斯的担忧，即病毒的潜伏期很长。例如，达罗和奥尔巴克在奥兰治县走访的那人直到 1981 年 8 月才出现症状，此时离盖坦和他共度 1980 年感恩节周末的日子已有 10 个月。另一位洛杉矶男子发现自己身上的第一个卡波西肉瘤病灶，是在他和那位法裔加拿大人发生性关系 13 个月之后——当时是 1980 年 2 月，盖坦到南加州旅行。

达罗想折回纽约，追踪这名空乘在曼哈顿的荒淫行径，不过，他先顺道去了旧金山，想看看塞尔玛·德里兹那块画着箭头和圆圈的黑板。

与全国各地的公共卫生官员一样，德里兹也在焦急地等待着病例对照研究的结果，她不能理解疾控中心为什么拖了这么长时间还没有得到关键信息。不过，当达罗走进她办公室，扫了黑板一眼之后宣布“我找到9个”时，她的兴趣来了。

德里兹立即认出那两个来自奥兰治县的病人的名字，他们有时候也住在旧金山，旧金山的卡波西肉瘤患者中至少有一人与他们发生过性关系。疫病期间一直冲击她的两种复杂情感，此刻再次涌上德里兹的心头：她会为出现新关联、打开新思路而兴奋不已，同时又会感到一种发自肺腑的绝望。是的，这是科学上的进步，令人兴奋；但每一个发现只会揭示更多的坏消息，预示出前方有更大的灾难。

*　*　*

1982年3月19日，疾控中心报告在17个州发现了285例男同性恋免疫缺陷患者。其中半数在纽约确诊，大约四分之一生活在加州。另有5个国家——都在欧洲——也报告了该疾病的病例。

亚特兰大，疾控中心

比尔·达罗每天都给哈罗德·杰斐打电话，汇报他在集群研究（cluster study）上的最新进展。每天都有一些新状况，而杰斐觉得自己好像在透过达罗描绘的错综复杂的人际关系认识这些患者，了解他们的生活。性政治及其与1979年的洛杉矶大型筹款晚宴之间的政治纽带，似乎与这些派对动物在各大洲之间穿梭往来享受欢愉的故事交织在一起，如同一部横贯大陆的同性恋肥皂剧。其中的联系使某种情况得以发展，最终酿成了大事。

在达罗开展集群研究的同时，疾控中心的病例对照研究也终于完成了计算机制表。在未知情况层出不穷的这一年里，疾控中心特别工作组就是这样开展工作的；一个问题刚刚解决，更麻烦的危机就来了，给似乎只是暂时解决的问题增加了新的混乱。

集群研究就对病例对照研究造成了这样的影响。期待很久的男同性恋免疫缺陷患者与其对照组的比较结果，正是疾控中心特别工作组在去年7月刚开始与病人谈话时就注意到的。患者倾向于比对照人的性伴侣数量多一倍，并且寻求与其他滥交的男性进行这样的接触，因为那些人更有可能去同性恋浴场找乐子。一个典型的男同性恋免疫缺陷患者一生会与1 100名男子发生性关系，其中少数人甚至会有多达2万次性接触。梅毒和其他性传播疾病，以及病患中不少人使用毒品，也都和这种疾病有关，但是这些看起来更像是紧张刺激的生活方式的一部分，而非预测免疫抑制的因素。鉴于病患与对照人都使用亚硝酸盐吸入剂，并且处在一样的环境因素中，这项研究是对“催情剂或任何环境因素引发男同性恋免疫缺陷”这一观点的驳斥。

正如疾控中心的大部分人确信男同性恋免疫缺陷是一种性传播疾病，洛杉矶的患者群对于这种疫病的了解也增加了一个维度。这群病人不仅证实了该疫病在感染病毒与症状出现之间有着很长的潜伏期，而且证实了在病毒潜伏期，病毒携带者就能传播疾病。在大城市的同性恋聚集区，3到6个月的乙肝病毒潜伏期能让乙肝疫情失控；而男同性恋免疫缺陷的潜伏期明显要长得多，这使得不知情的感染者能造成更大的危害。

* * *

“精液贮存者（semen depositor），”玛丽·桂南说，“我们得谈谈这个。”

1982年春，这成了桂南在疾控中心的主要任务。她谈起这个，就跟唐纳德·弗朗西斯谈论猫白血病一样。这是桂南从研究中涌现出的信息中逻辑推理出来的，她刚说服疾控中心相信，静脉注射吸毒者与男同性恋确实不是同一类男同性恋免疫缺陷患者，随即她在自己的研究领域发现，囚犯和妓女中出现了第一批男同性恋免疫缺陷患者。这个春天的大部分时间，她都在美沙酮诊所采访男性海洛因吸毒者及其女友，以证实共用针头的吸毒者会通过血液传播男同性恋免疫缺陷，并且随后吸毒者会传染其女友，实现异性恋人群的传播。在收到第一例囚犯患者的报告后，这位迷人的金发研究员来到了一座最高安全级别的监狱的小小会客室。

狱卒不太愿意把桂南留在房间里，与囚犯们独处，但是她坚持要一对一地访谈。她知道，如果要追踪到疫病的一切痕迹，她就要尽可能坦诚的谈话。对囚犯而言，这就意味着要追究他们在监狱里的性生活。

“你被强奸过吗?”桂南用她地道的布鲁克林口音问道。

“我在这儿有很多朋友，”一个囚犯实事求是地回答，“他们知道，谁敢碰我我就杀谁。”

桂南相信他说的。

当桂南问到关于催情剂和拳交的问题时，他们空洞的目光表明了这两种嗜好尽管在同性恋患者中很普遍，异性恋却是闻所未闻。此外，对静脉注射吸毒者的血样检测也说明，虽然很多人感染了巨细胞病毒，但病毒株各不相同，从而有力地证明了这种被很多科学家认为是致病因子的疱疹病毒，实际上并未发展出新的病毒株。没有单独的病毒株出现，这让唐纳德·弗朗西斯的假说更有分量，也就是说，正在肆虐的是一种新病毒，绝非巨细胞病毒。

然而，即使这个医学假说被排除，围绕静脉注射吸毒者中男同性恋免疫缺陷的临床表现还有更多谜团。尽管所有免疫缺陷患者都有的T-4淋巴细胞衰竭，在他们身上也出现了，但他们并没有得卡波西肉瘤。相反，他们得的是肺囊虫肺炎或其他机会性感染。似乎只有男同性恋会得这种皮肤癌。这使人怀疑，在另一种病毒开始破坏免疫系统之后，卡波西肉瘤可能是由某个单独的病因发展而来，也许是受到了某种男同性恋独有的因素的刺激，比如催情剂。

人类的奥秘使得这些不断增长的医学奥秘更加复杂。例如，出现了第一位原本非常健康的女性卡波西肉瘤患者。这位注册护士直接拒绝了桂南的采访请求。不过，桂南还是坚持调查。这个病例具有标志性意义，因为这可能是全国第一例医护人员感染男同性恋免疫缺陷的案例。男同性恋免疫缺陷的明确目标是乙肝高危人群，医护人员由于针头刺伤和血液接触亦为乙肝高危人群，联邦官员为这种情况捏了把汗。如果治疗男同性恋免疫缺陷的医生和护士认为他们感染这种病就跟感染乙肝一样容易，那谁能敢去看护病人呢？

后来才知道，那位护士之所以不接受采访，是因为她刚刚经历了一场糟心的离婚，其中有些隐私她不想涉及。桂南查看了她的工作履历，发现她不久前在监狱里当过护士，便有些明白了。间接证据表明这是通过性传播的，看起来医务工作者是安全的。至少目前是。

到了3月，有10名女性感染了男同性恋免疫缺陷，桂南的研究证实，这些女性几乎都和高风险人群有过性接触：双性恋男子，或更常见的瘾君子。这些案例以及监狱护士那样的故事，让桂南反复宣讲"精液贮存者"理论。她说，这才是理解这场疫病的关键，而不是同性恋。这种病是通过性传播的，人们把受到感染的精液射入性伴侣身上各种各样的洞里。男同性恋之间似乎大都射入直肠，随后病毒进入血液；而异性恋女性感染病毒显然是因为阴道内射精。男同性恋得病的频率更高，皆因他们的性活动更频繁，而且他们有浴场这样的地方，相当于一个个存放精液的联邦储备银行。主要问题不是异性恋会不会得这种病，而是得这种病的速度多快。男人可以把病传给女人，但是女人无法贮存精液，又是如何把病传染给男人的呢？

3月14日，纽约

詹姆斯·科伦从亚特兰大飞到纽约，要在"纽约医生促进人权协会"的会议上发言。该协会相当于曼哈顿版的旧金山同性恋医生组织，后者已经成立四年。纽约市卫生局专员大卫·森瑟医生，曾担任疾控中心主任，他出席了这个由250名男女同性恋医生、医学院学生和卫生专业人士参加的会议，随意聊了些关于梅毒和淋病的话题。轮到矮个子的科伦发言时，他站上一张椅子，在稍微停顿的间隙扫视了一下全场。

下面是一群和他年龄相当的医生，30多岁，甚至更年轻，现在他知道这些人余生会做什么了。科伦想，他们自己也许还不知道；但是根据病例对照研究的原始数据和比尔·达罗在洛杉矶的集群研究，科伦很明白他们的生活将与这场疫病密不可分。

科伦一开场就用了他常说的“冰山”隐喻，即卡波西肉瘤和肺囊虫肺炎患者只是冰山的顶端，中间是淋巴结肿大的人，下面也许有一个由已经感染但无临床症状的人群构成的巨大水库。这番话科伦以前就说过，用的是中西部地区密歇根人的那种平淡的口气。当他把开始话题从“以前”拉到“以后”时，声音变得更加微弱。

“这种病不会消失，”他说，“即使我们发现了致病病毒或其他病原体，也得花很长时间，可能好几年，才能研发出疫苗或者找到根除它的办法。这是个漫长而艰苦的工作。”

科伦扫了一眼那些突然变得如此安静的年轻面孔。

“我们将致力于此，即便不是用一生的大部分时间，也很可能是职业生涯的大部分时间。”他说。

后来，许多医生交头接耳，说科伦有点歇斯底里。

* * *

与此同时，在刚刚起步的“男同性恋健康危机”里，保罗·波帕姆和拉里·克莱默经常出乎意料地吵起来，比如那天晚上，委员会收到了1万张邀请函，邀请他们参加4月份名为“阵雨”的迪斯科筹款活动。新任主席保罗·波帕姆很生气，因为邀请函的回执地址里含有“男同性恋健康危机”几个字。

“我们不能把这个寄出去。”保罗说。

其他人都不知道他为什么突然翻脸。

“上面写着‘同性恋’，”他气愤地说，“怎么能把写着‘同性恋’三个字的东西寄给人家，万一人家还没出柜怎么办?”

拉里·克莱默对此并不十分赞同。况且邀请函已经晚到了，他们得赶紧寄出去。

“要不我们用记号笔把这几个字涂掉吧。”保罗建议道。

“要涂1万份?”拉里问。

“不然怎么办?”保罗怒不可遏，“我的邮差会知道我是同性恋的！”

克莱默觉得不可理喻。

“那你的门房知道吗?”他反问保罗，“你每晚都带着你的艳遇对象回公寓，你觉得门房会没想法吗？你为什么不担心他会知道?”

邀请函还是发出去了，不过克莱默很想知道，当同性恋群体想做点什么的时候，那些本该去行动的人却为自己感到羞耻，甚至不希望邮差知道自己是同性恋，那接下来会发生什么呢?

亚特兰大，疾控中心

1982年3月的最后几周，亚特兰大疾控中心红砖砌成的6号楼里，迷宫似的走廊上人们脚步匆匆。分到特别工作组的10个人几乎没时间写进展情况的报告，因为疫病又出现了意想不到的转变，他们只能再次加快步伐。最新的危机始于提交给疾控中心寄生虫部门的零星报告，上面说海地人中间发生的弓形虫病先出现在迈阿密，然后是纽约。起初，寄生虫病学家认为这是西半球最穷国家的难民独有的问题，另一些人则回想起早期病例中关于男同性恋罹患不明原因的弓形虫病的报道。

卡波西肉瘤和机会性感染特别工作组的哈里·哈沃克斯医生从亚特兰大飞往迈阿密，查看这些海地病人的医疗记录。这些难民不仅得了弓形虫病，还有肺囊虫肺炎以及严重的播散性肺结核。他们中间患卡波西肉瘤的病例要少于同性恋，但是一些活检证实还是有人得了。病人中间也在出现新的恐怖情况，他们往往比哈沃克斯见过的同性恋死得更快，而且生命消逝的过程更吓人。回来后，他确定这些海地人得的是男同性恋免疫缺陷。

在工作组看来，这一新出现的危险人群呈现出了更多的谜团；而他们才刚刚开始弄清一年前确诊的男同性恋免疫缺陷背后的谜团。传言说，伏都教的巫术仪式或许使血液传播成为可能。调查工作开展得非常困难，不仅由于语言不通，还因为海地人对任何政府事务都有疑虑，而他们就生活在一个美国政府资助过的最残酷的独裁者统治之下。病人们用干脆利落的克里奥耳语（Creole）对着翻译嘟囔，说喜欢穿拼色格子夹克的俄亥俄人哈沃克斯是中情局特工。哈沃克斯发现，几乎没办法追查到他们的家人或朋友，因为所有的难民都是非法来到美国的，很少有病人愿意冒这个险，怕朋友们因此被驱逐出境。

这些人真的是同性恋，是被来度假的纽约人传染了这种病吗？是他们把病传给了来这里度假的曼哈顿男子吗？这种病是通过可能引起血液传播的宗教仪式创伤蔓延的吗？哈沃克斯正在和玛丽·桂南一起研究囚犯中的患者，并追踪血友病患者中的潜在病患。这些研究中间有一周空档，他去了迈阿密，迅速为疾控中心应在这些海地人当中开展的病例对照研究绘制了计划。这些人与男同性恋以及静脉注射吸毒者之间的共同点，有可能会帮助科学家找到这场流行病的关键。

然而，正如这一年失去了诸多机会，哈沃克斯的提议跟其他未实施的项目一样落空了，因为疾控中心资金不足。两年后，当这项研究开始的时候，每个人都已经知道病因是什么了，这项研究变成了一个学术活动，有趣却不能提供什么必需的信息。

*　　*　　*

“跟我们说点别的吧。”记者们如此恳求哈沃克斯。

这是他们的口头禅。哈沃克斯明白，他们的意思是“给我们点跟同性恋无关的疫情信息吧”。那些科技记者坚称，他们的编辑不愿意接受有关同性恋疾病和同性恋性关系的报道，那么，他们就得选一个合理的角度。哈沃克斯早已注意到，《华尔街日报》的文章之所以能刊出，正因为它是站在异性恋角度。他很想知道，在所有新出现的男同性恋免疫缺陷高危人群中，男同性恋的比例依然最高，记者们打算如何诚实地避开这一事实？当然，他也知道，像他的海地人研究之类的项目之所以被搁置，很明显，原因就一个——缺乏媒体关注。没有媒体监督，联邦政府负责预算的人就只会以他们认为合适的方式资助男同性恋免疫缺陷研究。对一个致力于削减财政开支的政府而言，这意味着根本不提供资金。

纽约，纽约大学医疗中心

盖坦·杜加斯滔滔不绝地向比尔·达罗讲述他的性冒险经历，似乎很得意。达罗是通过阿尔文·弗里德曼-肯恩找到盖坦的。我所有漂亮的情人，这位空乘似乎很骄傲地说了句，然后停顿了一下，问了一个在达罗看来十分天真的问题。

“你为什么对这些人感兴趣?”

“他们中有些人被诊断出了免疫缺陷，有些人没有。我们想知道为什么有人得病有人没有。”

盖坦的脸挂了下来，看上去很震惊，似乎脑子里刚刚冒出一种可怕的新想法。

“你的意思是这种病有可能是我传开的?”他问道。

“是的。”达罗回答，他很吃惊盖坦以前竟然没想到这个，“可能是你把这病传给别人的，也可能是别人把病传给你的。”

事实证明，鉴于盖坦后来的所作所为，达罗的后半句还不如不说。

3 月 25 日，旧金山

在最后一次心脏病发作之后，西蒙·P·古兹曼的身体挣扎了 3 分钟；上午 11 点刚过，他最终向命运投降了。他是旧金山第 11 位死于男同性恋免疫缺陷的人。他的死亡证明标志着羊身上的隐孢子虫病首次被列为人类的死因。

3 月 30 日，亚特兰大

电视上正在播放全国大学体育协会（NCAA）篮球联赛的季后赛，不过，哈罗德·杰斐邀请保罗·温斯纳过来可不是看比赛的。温斯纳是疾控中心性病分部的负责人，不仅是杰斐的上司，还管着卡波西肉瘤和机会性感染特别工作组的大部分工作。杰斐觉得，篮球赛能让他俩避开位于克利夫顿路的总部大楼里此起彼伏的电话铃声，找个机会好好谈谈。杰斐有条不紊地列举了日益出现的证据，向他说明男同性恋免疫缺陷是一种性传播疾病。温斯纳马上发现了其中的流行病学意义。

“我们必须从长计议，”杰斐大胆提议道，“资源方面不能总是拆东墙补西墙。这病不会消失，它会越来越不可收拾。”

温斯纳掂量了杰斐的话并表示赞同。“我答应你。”他说。

杰斐坐下来看比赛时欣喜若狂。这是卫生主管人员第一次表示会永久提供流行病研究资源，并将此记录在案。当然，从组织结构上看，温斯纳充其量不过是个中层主管，但他比特别工作组的任何人都有影响力。杰斐认为，他对疾控中心上层可能更有说服力。此时此刻，任何有助此事的迹象都是好的。

4 月 1 日，旧金山，加州大学

这个年轻人一口流利、迷人的法国口音，简直就是温文尔雅的化身。马科斯·柯南特感到不可思议，他被诊断出卡波西肉瘤已经快 2 年了，但看起来还很健康，依然散发着强烈的性感。

癌症没有发展，盖坦·杜加斯对此甚为得意。他坚信自己会打败这场病，只是想让柯南特帮他检查一下，确认一切都在可控范围。

检查结束后，盖坦穿上时髦的衬衫，柯南特提醒他应该停止性生活。

“这也许是某种病毒，”柯南特说，“如果你有性行为，一定要确保进入别人身体时不发生直接接触，或者不交换体液。”

盖坦看起来相当困惑，但他的声音里透出强烈的怨恨。

“我当然要做爱，”他告诉柯南特，“没人能证明我会传播癌症。”

柯南特刚要反驳，就被盖坦打断了。“有人把这病传给了我，”他说，“我不会放弃性生活的。”

4 月 2 日，亚特兰大

迄今，人们在提及这场流行病时，广泛冠以各种令人眼花缭乱的首字母缩写词，10 个月过去了，仍未予以命名。除了“男同性恋免疫缺陷”之外，有医生称其为 ACIDS，即“获得性社区免疫缺陷综合征”，也有人称其为 CAIDS，即“社区获得性免疫缺陷综合征”。疾控中心不喜欢“男同性恋免疫缺陷”这个叫法，更愿意称其为“免疫缺陷流行病”。其他名称中的“社区”，显然是对同性恋社区的委婉称呼。相比之下，医生们更无法释怀的是这种疾病是谁传染的，而不是由什么传染的。

不管是 CAIDS、ACIDS 还是 GRID，截至 1982 年 4 月 2 日，这场疫病已经命中了 300 个美国人，119 人已去世。在过去 2 周内，又有 2 个州和 2 个欧洲国家发现了新病例，这说明疫病目前已经蔓延到 19 个州，7 个国家。在美国的 300 个病例中，有 242 人是同性恋或双性恋男子，30 人是异性恋男子，10 人是异性恋女子，还有 18 名男子性向不明。由于通过不洁针头传播一事还缺乏科学依据，谨慎的疾控中心统计学家尚未将吸毒者单独列为危险人群。截至目前，美国几乎每天都有人死于这场尚未命名的流行病。

4 月 8 日，曼哈顿，“天堂车库”

为给疫病研究筹集私人捐款而举行的第一场活动，选在了一个非常糟糕的晚上，那是逾越节的第二天，耶稣受难节的前夜。“男同性恋健康危机”已在全城的商店、浴场和同性恋贺卡商店放了门票，请它们代销，但迄今只卖出 500 张。拉里·克莱默、保罗·波帕姆、恩诺·波斯克和“男同性恋健康危机”的其他组织者都紧张地等着看会不会有人现身；他们的很多朋友都说同性恋癌症这个主题太令人沮丧了。

这个组织内部的紧张关系开始显现出来。拉里·克莱默坚持要当新闻发言人，波帕姆对此毫无异议，因为他不想承担任何有可能影响他工作的公开露面的角色。但是，理事会的其他成员担心克莱默的言辞太过尖锐。他总是严厉谴责市长埃德·科赫拒绝会见这个组织，还讥讽卫生局专员大卫·森瑟没有提供任何关于流行病的教育材料。不过，每次闹完以后，理事会成员还是会团结起来。他们相信为疫病而战是值得的，而这样的人并不多。

过去几周，这个组织意识到它们将是一个永久性组织，而不是临时募款工具。由于市政府无视疫病的存在，必须有人准备教育材料，对服务于男同性恋免疫缺陷患者的志愿者进行协调，因为这些患者往往是无法行动而又孤立的。克莱默鼓吹这个组织可以成为一个对政府施压的团体，迫使市政府提供服务，但是大部分成员都希望避开这种政治活动，以免暴露同性恋领导力量的微不足道。另外，医护方面的需求似乎也在快速增长。迈克尔·兰格医生最近和理事会成员碰过面，概述了他确信即将发生的灾难。他强调，还有很多工作要做，同性恋群体必须扛起很大一部分。

* * *

“天堂车库”开门前一小时，队伍就排起来了。大家都来了，很多人还带了大额支票。才几个钟头，就募集了 5.2 万美元。恩诺·波斯克对此感到吃惊。没有政治人物，来的都是他在火焰岛上共舞过的派对动物。终于，这些人开始关心“4 个 D”——毒品、生殖器、迪斯科和美食——之外的事情了。时至今日，恩诺已经得知尼克的弓形虫病是男同性恋免疫缺陷的一种情况。他常常想起已经去世 15 个月的尼克。当他看见几百个男人在迪斯科舞厅闪闪发亮的球灯下和着音乐起舞时，好希望尼克也在这里，跟他共度这样的夜晚，尽享欢乐。

当保罗·波帕姆用他那直率粗犷的俄勒冈口音向人群讲话时，大家都热情地欢呼起来。

“把我们团结在一起的，可能一半是恐惧，一半是希望。但最重要的是，我们在一起!”保罗说，“你们当中的大多数人或者你们朋友的朋友，认识得了这个病的某个人。我自己失去了 2 个朋友……我们必须反击；我们必须坚强；我们必须向彼此、向这个冷漠的世界证明，我们不只拥有容貌、智慧、天分和财富，我们也有勇气，还有一颗可贵的善心。”

火焰岛

保罗·波帕姆整个周末都待在海洋街的房子里等待天空放晴，可是天始终都是铅灰色的。最终到了周日，到了要回曼哈顿的时候了，他不能再等下去了。一年前，他带着朋友瑞克·威利考夫的骨灰来到这里，那是一个阳光明媚又令人忧伤的日子，因为有瑞克生前的情人和朋友可以分享悲伤而感到阵阵暖意。现在，瑞克的情人也病倒了，成了海洋街这栋房子里第4个患上这种新疫病的人，只留下保罗独自一人守着杰克·诺的骨灰。

在意识中的某个角落，保罗知道自己如此全情投入“男同性恋健康危机”，很大程度上是因为他必须掩埋悲伤。他至今依然为布鲁克林的教师瑞克，以及曾为长岛的“萨克斯第五大道”精品店设计橱窗的杰克伤心不已。大雨倾盆而下，保罗再次沉思那些熟悉的、无法厘清的问题。为什么这种事会发生在我身上，我朋友身上？他们这一生受的苦还不够多吗？为什么好像没人在乎呢？

见鬼的噩梦。

大海用它冰冷的白色手指抚摸着冷漠的沙滩，沙滩上散落着冬天留下的奇形怪状的漂流物。保罗打开盒子摇了摇，大海伸过手来抓住了杰克的骨灰，将他带向海洋深处。保罗凝视着铅灰色的天空和灰色的大西洋在远方交会之处，想知道何时才是尽头。他想，这不是真的，简直难以置信。

可是，当保罗将杰克·诺的最后一点骨灰抖落到海里时，他知道一切正在发生，而且一切都那么真实。

14. 200周年纪念日的记忆

1982年4月，旧金山，戴维斯医疗中心

当比尔·达罗打来电话时，病床上的迈克尔·马拉塔不仅痛苦、

愤怒，还充满敌意。两年来，他一直怪病缠身，医生全都无能为力；这么长时间了，他们甚至没法告诉他得的是什么病。现在，疾控中心某个爱刨根问底的医生打电话，打听各种隐私，关于那个他已经想不起什么时候鬼混过的加拿大空乘，还有他在格林威治村的生活。老天爷，那都是五六年前的事了，谁还记得。

达罗摆出了自己最好的专业姿态。1960 年代，为响应肯尼迪总统“为祖国奉献”的号召，他在纽约追踪梅毒多年。那时他只有 20 多岁，一脑子“单枪匹马也能影响世界”的天真想法。现在达罗 42 岁了，鬓角已经发白，言谈之间流露出搞学术的人常有的诡辩家的愤世嫉俗。可是这一次，他又有了年轻时的想法，觉得自己可以大有作为。

在纽约和盖坦·杜加斯谈过以后，他已经清楚地嗅到了踪迹。盖坦为自己刚刚更新过通讯录向他道歉，叹了口气说，很多人的名字都没了，谁能全记下来呢，实在太多了。不过，他记下了最近约会过的，还有印象的 73 个名字和电话号码。这让达罗想起杰克·诺和保罗·波帕姆以及海洋街的房子，纽约第一批男同性恋免疫缺陷患者中似乎很多都住在那里。达罗还听说火焰岛上也有一栋房子，曾聚居于此的人有的死了，有的奄奄一息。那是保罗·波帕姆前情人的住处，保罗搬去和尼克、恩诺·波斯克以及瑞克·威利考夫同住前，曾在这里待过一个夏天。

迈克尔·马拉塔是旧金山最早的卡波西肉瘤患者之一，尼克是全国最早的弓形虫病患者，而盖坦与这两人均有关系，这太令人兴奋了。后来发现，尼克、恩诺和迈克尔在 1970 年代都和同一群人一起活动。事实上，全国最早的这批患者似乎都曾在西村（West Village）华盛顿广场南面一带比邻而居。他们玩在一起，吃在一起，睡在一起——比朋友还亲。1970 年代末的光辉岁月里，这个社交圈里的人进进出出，但只有一个夏天，第一批男同性恋免疫缺陷患者那时全都在纽约，随后他们各自离开，分道扬镳。遗憾的是，没人能告诉达罗那到底是哪一年的夏天。

但达罗觉得自己已经接近真相，他发现的线索也许可以告诉他这种病是何时、何地以及如何进入这个国家的。一群曾经住在同一个地方的人，后来移居全国各地，却忽然患了同样的病，这看起来不像巧合。他们一定是在同住期间接触过导致这种病的东西。那到底是什么时候呢？

迈克尔·马拉塔对这种追问很不满。是的，他搬到旧金山……呃，肯定是在1977年底前。但是之前的事情，迈克尔既想不起来，也不想配合了。他回想起那年夏天在曼哈顿，他们都和一位摄影师走得很近，一位时尚摄影师。

比尔·达罗在洛杉矶一家医院找到了他。

洛杉矶

“我们无时无刻不在一起，”摄影师追忆道，“干什么都在一起。”

他在记忆中搜索，想起柔软的白色船帆在纽约港紫色的夜空中飞扬。

“我只记得所有的船都停靠在港口，”他说，“所有的大船。”

达罗立刻想到了那一天。谁会忘记那些优雅的大船以及高举火炬的自由女神背后升起的焰火呢？

“200周年独立纪念日，”达罗高声自言自语道，“是的，肯定是那天。”

1976年7月4日。一个庆祝美国生日的国际盛会，55个国家的船只以及全世界的人都齐聚纽约。

这个想法掠过脑海，使他茅塞顿开，明白了更多的事实和关联。1976年以前平安无事，1978年和1979年陆续有人病倒。从集群研究的其他相关联系可以清楚地看出，这种疾病可能长期处于蛰伏状态。1977年和1978年间，人们把它带到了世界各地，这就是为什么美国的不同地区不约而同地出现了这么多病例。

随着200周年纪念日这个想法逐渐深入，一种恐惧感笼罩在达罗的心头。人们不会一夜之间得病，这个病可以潜伏很多年。它将是个大问题，现在不过是刚刚开始。性病领域数十年的工作经验让达罗明白这种病会挑人下手。同性恋中间有着最优秀的艺术家与音乐家、政治家与企业家，还有美国的一些栋梁，他们会倒下，会死去，而他不确定有没有人能制止这件事发生。

4 月 13 日，好莱坞，男女同性恋社区服务中心

男女同性恋社区服务中心位于国会议员亨利·威克斯曼所在选区的核心地带。正是在此，威克斯曼手下的卫生与环境小组委员会顾问蒂姆·韦斯特摩兰德启动了针对不断增长的男同性恋免疫缺陷的首次国会调查。

韦斯特摩兰德认为，此次听证会将引发他们急需的媒体关注，让大家注意到同性恋癌症造成的这场无声无息的杀戮，而最终要让一些联邦官员了解，面对里根政府削减财政预算，他们对这种疾病做了哪些工作。在韦斯特摩兰德看来，听证会之所以此时举行，与其说是因为疫情发生了变化，不如说是因为政府的新健康预算提案。里根政府的预算人员想切掉国家卫生研究院的 1 000 个资助项目，并减少流行病情报学服务部门的人手。疾控中心的预算增加了 500 万，但这笔钱仅够弥补通货膨胀的缺口，并没有为应对疫病增加经费。此外，在政府预算中，卫生官员根本没有列出针对男同性恋免疫缺陷的项目；相反，他们期望各种研究人员继续从其他项目中偷窃、挪用金钱和人力。

此时，韦斯特摩兰德已经帮威克斯曼写好了开场白，希望由此打响抗议政府漠视疫病的第一枪。

“关于卡波西肉瘤的政治层面，我想说得直白一点，”威克斯曼说，“这种可怕的疾病折磨的是我们国家遭受污名化和歧视最严重的少数族群之一。患病的人是非典型、非主流的美国人。他们是男同性恋，主要来自纽约、洛杉矶和旧金山。

“我毫不怀疑假如得病的不是男同性恋，而是有挪威血统的美国人，或是网球运动员，那么政府和医疗机构的反应会不一样。

“得军团病的主要是一群白人，是异性恋的美国中年退伍军人。他们的社会地位使得他们引起的社会关注、获得的研究经费以及接受的治疗，都远胜于卡波西肉瘤患者。

“我之所以强调这种对比，是因为更受关注的军团病影响的人数较少，其致命性也相对更低。社会评判不是基于疾病的严重程度，而是患者被社会接纳的程度……如果坐在任何位子上的任何人对卡波西肉瘤以及其他疾病制定的公共卫生政策，是基于对他人性取向或生活方式的个人偏见，我将跟他斗争到底。”

来自疾控中心的詹姆斯·科伦私下里为威克斯曼的发言喝彩。他等着在听证会上作证。他和卡波西肉瘤和机会性感染特别工作组的所有成员都确信，正是由于从预算官员到新闻记者都怀有对性取向的偏见，导致人们漠视这场灾难。作为联邦雇员，科伦要在诚实与忠诚之间谨慎地保持平衡。他不能公开要求更多经费，但他可以列举事实，推导出合理的结论。当他再次谈到熟悉的冰山理论时，他把准备好的讲稿放在了一边，第一次提及这场疾病会影响成千上万人，而不是统计出的那几百名男同性恋免疫缺陷患者。

“这场疫病可能比目前描述的蔓延更广，可能还包含其他癌症以及几千甚至上万的免疫缺陷患者。”科伦对听证会下属委员会说。

他补充道，两年来，随着男同性恋免疫缺陷患者的死亡率攀升到75%，预计100%的死亡率已经不远了。此外，死亡的代价巨大。科伦列举了3个病例，每个病例死亡之前至少花了5万美元的治疗费。

威克斯曼鼓励科伦谈一谈预算削减造成的影响。科伦避开了具体情况，特别指出所有用于卡波西肉瘤研究的经费实际上都是从别的项目经费转过来的。他许诺说“我个人会……努力确保特别工作组的工作不受影响”，并特别赞扬了“我自己的上司。尽管疾控中心面临着削减工作组人手的威胁——这是悬在职业科学家头顶的幽灵，但卡波西肉瘤的研究工作相对未受影响，我们仍在继续前进”。

在接受洛杉矶议员威克斯曼质询时，国家癌症研究所癌症治疗部的布鲁斯·钱伯纳医生处境要困难得多，他好不容易才摆出了国家癌症研究所的工作成绩。他指出，9 月在贝塞斯达举行的研讨会是国家癌症研究所的一个重大举措，并总结道，他只是无法说明国家癌症研究所为这场疫病做了什么，尽管他怀疑癌症研究所某些研究经费的获得者将其他项目的钱挪用于疫病研究上，“很难说清楚他们通过改变资助项目而转用了多少经费，但从文章发表数量来看，我们认为数额相当可观。”

在证词结尾，钱伯纳宣布国家癌症研究所将发放 100 万美元用于卡波西肉瘤研究，其中四分之一用于治疗方面的研究，其余用于基础研究。他说，国家癌症研究所希望 10 月以前把钱拿出来。

听到这个数字，韦斯特摩兰德做了个鬼脸，心想钱伯纳提起这笔 100 万美元的拨款时应当很尴尬。通常，对一家研究机构的单个项目的拨款就会超过 1 000 万美元，现在联邦政府说要拿出 100 万美元给全国的研究者分，实在太可笑了。

幸好，美国公共卫生协会的主席也在场，他表达了以下观点。

“我们认为，我们国家的免疫反应系统有点弱，需要加强它的力量，而能做到这一点的只有国会。”斯坦·马修克说。他称赞了疾控中心所做的努力，但又补充道，“我们也担心他们。我们不知道他们在解决新疫病的危险方面有多接近极限。我们认为他们无法应对卡波西肉瘤及其相关综合征。我们相信他们的干预能力是有缺陷的，整个国家的健康都处在危险之中……我担心［目前的工作］呈现的不过是高水平、高素质人才为特定目的而形成的‘特殊工作方式’，无法保证工作的持续性。科伦医生向我们承诺他个人会努力保证工作的继续开展。遗憾的是，科伦医生只是一名独立技术人员和专业人员。这件事已经远远超出了个人能力范围，这是一个预算分配问题……”

“从流行病学角度看，这笔经费将从哪里来？国家卫生研究院是给不出的，至少不会给一大笔，因为国家卫生研究院之前对其他项目作出了拨款承诺，而且缺乏真正的融资能力。假如由疾控中心出资，无非是拆东墙补西墙，调整已经发放和已经申请的经费……也就是先把西墙补一补，而东墙暂时还没有必要补。”

*　　*　　*

在听证会作证后，马科斯·柯南特和迈克尔·戈特利布医生驱车前往加州大学洛杉矶分校，在那里，讨论很快转向在这场疫病中行医的压力。来自洛杉矶、纽约和旧金山的一群医生创建了一个非正式的互助网络，他俩也在其中；他们交流了彼此担心的问题，即医务人员是否会成为该疾病的高危人群，因为其传染途径显然与乙肝相同。马科斯·柯南特已计划退休，在内华达山脉地区建一座小屋，一年生活花销为3万美元。而戈特利布的妻子则希望带戈特利布去博拉博拉岛。当柯南特发现这个跟他截然不同的异性恋已婚犹太人，竟然和他有着同样的担忧时，不由得松了口气。当然，他俩都知道不能这样一走了之，哪怕口头说说也不行。

“到头来，我们不会是这场疫病的英雄，”戈特利布叹了口气，“而会沦为恶人。”

柯南特立刻明白了他的意思。

“他们会说，是我们没有把情况解释清楚，好像我们说了接下来会发生什么他们就会明白，并会采取行动阻止这种情况发生一样。”戈特利布说。

柯南特知道他们正在走向失败。没人听他们说话。没什么比这种失败更令人沮丧了，尤其是对医生而言。医生通常是一群屡战屡胜的人，从医学院的严格训练，到使用各种“神奇”的药物进行治疗。然而现在的情况不像生理学课程未得“A”那么简单，其结果也不是下学期多做些作业就可以弥补的。

戈特利布的妻子在考虑是否要离开一两年，等到这一切结束了他们再回来。

柯南特私下里认为他们这次谈话相当乐观。要是只离开几年的话，也不算逃跑。他觉得如果真想抽身而去，最好打算永远离开。

*　　*　　*

那天晚上，蒂姆·韦斯特摩兰德在回华盛顿特区的飞机上为听证会进行得如此顺利而高兴。未来的蓝图已经清晰地显出了轮廓：数以万计受此疾病影响的患者，光是在医院这一块很快就要花掉这个国家几千万美元。韦斯特摩兰德想，国家癌症研究所承诺的区区 100 万美元的下一年研究经费，会让每一位科技记者意识到，国家卫生研究院对这一疾病是不感兴趣的，而科伦显然已经暗示了需要开展大量的研究。韦斯特摩兰德期待媒体会报道此事。他等着。

然而，从大型电视网到地方电视台都没有报道此事。韦斯特摩兰德希望至少医学杂志和健康通讯会派人写一下听证会的事，因为这会引起一些目标读者的兴趣，但听证会就这样被忽略了。《洛杉矶时报》根据听证会证词发表了该媒体的关于这种流行病的第一批报道，不过报道并不想引导人们去关注发言者提出的重要公共政策问题，反倒在男同性恋免疫缺陷的故事上着墨，编辑似乎只对这个感兴趣。报道的标题是“异性恋中发现男同性恋疫病”。

4 月 18 日，凤凰城，疾控中心肝炎实验室

一个温暖的周日下午，唐纳德·弗朗西斯正忙着准备他的病毒实验室，詹姆斯·科伦打来电话，并拉上比尔·达罗一起开了个电话会议。达罗跟弗朗西斯谈了盖坦·杜加斯的事，以及最初的 20 个男同性恋免疫缺陷患者之间的关系网，主要是在洛杉矶。达罗说他还有些线索要继续追踪，不过他确信自己手上的证据就是特别工作组一直在找的，它能证明这场疾病本质上是一种传染病。弗朗西斯如释重负，希望新的研究能刺激国家卫生研究院从睡梦中醒来，采取行动。如果能证明致病因子的存在，研究的责任将从国家癌症研究所转到国家过敏及传染病研究所。他们的行动自然不会比国家癌症研究所慢。这些信息也激励他更想建立自己的病毒实验室。这个国家不能依赖国家卫生研究院来研究流行病。资金依然是最大的障碍。现在，弗朗西斯大约每隔一周就要在亚特兰大和凤凰城之间往返一次，从疾控中心的头头那里搞到 150 美元的机票钱都是非常困难的。弗朗西斯希望，随着集群研究的开展，身居高位的人能看清这场疫病将带来的巨大灾难。

然后他们才能干正事。

*　　*　　*

当比尔·达罗的研究告一段落时，他已经确立了10个城市的40名患者之间的性关联。这个集群图表的核心人物是盖坦·杜加斯，他被标记为男同性恋免疫缺陷的“零号病人”。他在其中的作用确实非同寻常。截至1982年4月12日，美国境内率先确诊的248名患有男同性恋免疫缺陷的男子中，至少有40人要么与盖坦·杜加斯发生过关系，要么与曾和盖坦·杜加斯有过性关系的人发生过关系。有时候这种关联性可以带出好几批人的性接触，疾病在无人知晓的情况下迅速传播，其影响令人深感恐惧。例如，盖坦的某位洛杉矶男友在得肺囊虫病以前，和另一个患有卡波西肉瘤的洛杉矶人发生了关系，还和一个同时患有卡波西肉瘤和肺炎的佛罗里达男子有性关系。而那个洛杉矶人又和另外两个洛杉矶男人交欢，这两人后来都得了卡波西肉瘤，其中一人又让另一位南加州男子患上了卡波西肉瘤。与此同时，那位佛罗里达人又和一个患有卡波西肉瘤的得克萨斯人、另一个患有肺囊虫肺炎的佛罗里达人以及两个佐治亚人发生了关系。这两个佐治亚男人中，一人患有肺囊虫肺炎，另一人很快出现卡波西肉瘤的病灶。可是，在病灶显现之前，该佐治亚男子还和一个宾夕法尼亚人发生了关系，后者后来被发现患有肺囊虫肺炎和卡波西肉瘤。

因此，只要和盖坦幽会过一次，就会有11位男同性恋免疫缺陷患者彼此产生关联。总之，盖坦与洛杉矶首批19名男同性恋免疫缺陷患者中的9人，以及纽约的22人、另外8个北美城市中的9人都有关联。洛杉矶的集群研究逐渐为人所知，它以有力的证据表明男同性恋免疫缺陷不仅具有传染性，而且单个致病因子就能导致。

这项研究还提供了进一步的线索指向新疫病最令人害怕的方面——漫长的无症状感染状态。通过研究仅接触过一位确诊患者的10对患者，达罗计算出该疾病的潜伏期至少长达十个半月。比如在盖坦尚未出现男同性恋免疫缺陷症状时，他至少传染了一个人。另外两人是在盖坦只出现淋巴结病症状的时候感染了这种病。盖坦与奥兰治县的发型师共度感恩节周末时则已出现男同性恋免疫缺陷症状。

首批 248 位男同性恋免疫缺陷患者中的 40 人，要么与同一位男子发生过性关系，要么与该男子的性伴侣发生过性关系，这是巧合吗？疾控中心的一位统计学家由此算出了概率，其结论是：巧合的概率并不是接近于零，而就是零。

旧金山，伦迪斯巷

在俯瞰教会区的寂静小山坡上坐落着一栋小屋，马修·克里格正在里面拆板条箱和纸盒子；他想，早该知道结果会这样。他和盖瑞·沃什原计划一起搬到这个由白栅栏围起来的白色小屋来住。现在马修意识到，他俩的买房子之举，跟有孩子的异性恋夫妻以买房来维系失败的婚姻是一样的。最近几个月，盖瑞变成了一个激进的内省者，总待在他的“自我表达房间”内，写诗、手绘涂鸦或听着他最爱的披头士乐队的唱片跳舞。他的内心深处似乎在准备某件大事——虽然永远搞不清楚到底是什么。他们的关系显然已经结束了。马修独自搬进了他们梦想的房子。

与此同时，马修忙于他平时的社会服务活动。他是一个组织的领导层成员，该组织致力于敦促男同性恋接种肝炎疫苗。这是个挑战。政府不支持此种疫苗，医药公司将疫苗价格提高到 150 美元一支，希望把为此投入的数百万美元研究资金赚回来一点，但这样做显然将适得其反。在参与这个活动的过程中，马修接触了一些医生，他们不经意地跟他谈起同性恋癌症。“这事会变得越来越糟糕，”他们实事求是地说，“现在还只是开始。”

与此同时，盖瑞去找他的老朋友和同事、同样单身的乔·布鲁尔。他俩决定像恋人一样共同生活，但不上床。他们一致认为，单身生活最可怕的部分是不得不独自度假。他们开始计划圣诞节期间在墨西哥来一次豪华旅行，又为自己安排了旧金山以北俄罗斯河度假区的一处休闲屋。

可是到了最后一刻，盖瑞不得不取消行程。他非常疲倦，却说不出原因。

4 月 28 日，亚特兰大，疾控中心

一年前的这一天，桑德拉·福特给疾控中心发了备忘录，提醒他们注意待确认“骨肉瘤”报告以及不明原因的戊烷脒申请单；今年的这一天，有人给卡波西肉瘤和机会性感染特别工作组做了个蛋糕，并送到了 6 号楼狭窄的走廊，跟男同性恋免疫缺陷研究相关的办公室都集中于此。研究人员聊了一会儿，喝了点香槟，试图不去谈论中心的现实问题：他们烦恼不断，工作超负荷，人手又不够。疫情的传播速度比他们的工作速度快。他们不知道下一次它会从哪里冒出来，也不知道如何阻止它。在这座大楼之外，几乎没人在乎，只有几个大城市的少数几家医院在关注此病。最后，有人拿起一把从咖啡厅顺来的黄油刀，插进糖霜，切开了蛋糕上的字——“周年不快乐”。

15. 盗汗

1982 年 5 月 4 日，旧金山

即使隔着电话，克里夫·琼斯也能想象出迈克尔的红头发纹丝不乱，一副《绅士季刊》（*Gentleman's Quarterly*）的做派。他想，迈克尔的长腿无疑会优雅地舒展着，就像他在《蓝色男孩》（*Blueboy*）和《托索》（*Torso*）杂志上常常展示的那样。相比成熟世故的曼哈顿人，克里夫更喜欢卡斯特罗街上那些年轻热诚的理想主义者；但不可否认的是，纽约的同性恋创造了一种优美的贵族气质，非常有吸引力。克里夫很高兴自己在频繁去纽约期间被他们接纳，尽管他只是一个贸然闯入者。这也使他认出了迈克尔列给他的那么多名字，这些人都患有同性恋癌症，正处在痛苦煎熬之中。

“好多人病倒了，”迈克尔忧心忡忡地说，“每个人都得了病。”

迈克尔给克里夫讲了 1980 年他参加的除夕夜派对。所有漂亮的人都在那里，现在这些人当中很多都已经死了。

“派对上的每个人都得了这个病，除了我。”他说。

克里夫没有说话。

迈克尔的声音旋即恢复了自信，“我认为是政府干的。”

克里夫比较听得进这句；这是他熟悉的话题。

“我认识的人都认为政府可能跟这事有干系。”克里夫对他坦言。

到现在为止，各种说法都有，克里夫也都听说了。在纽约，这场疫病似乎是在刻意加害曼哈顿最美的人们。人们称其为“圣人病”，因为得病的好像都是在热门迪斯科舞厅彻夜跳舞的那些男子。也许是谁在饮料、水或空气中投放了什么东西。在旧金山，这一流行病首先在皮革俱乐部蔓延。男同性恋开始怀疑酒吧里用于清除香烟味的空气净化器，怀疑这些小玩意儿在散发某种东西，比如致命物质。各种说法比比皆是，部分原因在于把发生在同性恋身上的这种不幸归咎于外在的某样东西而非同性恋自己，这样会令人心安。

克里夫心想，似乎没有什么不可能的。每个人都很担心。病入膏肓的西蒙·古兹曼那副形如枯槁的样子在克里夫心里挥之不去；有时候，在旧金山凉爽的春天夜晚，他躺在床上大汗淋漓，内心满是对未来的恐惧。

曼哈顿

“住院医师吓坏了，”医院办公室主任的语气中流露出一种不自然，“我们收治了太多这样的病人。院领导不允许我再收了。”

尽管这位主管没有直说，但罗杰·麦克法兰明白他的意思：纽约城任何一家医院都不希望因专治同性恋疾病而闻名。考虑到亚特兰大方面预测病患会呈指数级增长，医院估计，要是这里因为治疗男同性恋免疫缺陷而尽人皆知，不出几年就会被这类病人塞满。此外，坊间传说这种病的传播方式和肝炎一样，医生护士为此惴惴不安。医务人员一直是肝炎传染的高危人群，他们可不想再成为感染这种无法治愈的致命疾病的高危人群。

罗杰只好留下来继续争辩，这是他志愿加入“男同性恋健康危机”以来的又一个典型的夜晚。急诊室里坐着一个惊恐的病人，由于肺部充满肺囊虫几乎无法呼吸。与此同时，罗杰的传呼机上显示“男同性恋健康危机”热线又有电话进来。他不禁好奇自己是如何卷入这一团乱麻之中的。

“天堂车库”募捐活动后不久，罗杰·麦克法兰开通了他个人的“男同性恋健康危机”服务热线。第一天，他接了 100 个电话。曼哈顿的同性恋都惊慌失措，求助无门。活了 27 年，身为同性恋的罗杰从未觉得自己因此受人歧视，也从不理解那些社会活动家一直鼓吹的激进政治理念。然而现在，他发现有些东西确实错了。有人在受苦，而这座城市无动于衷。全国一半的男同性恋免疫缺陷患者生活在纽约，可是你几乎听不到市长或卫生官员提及这事。同性恋必须建立自助团体，要不然他们就会在耻辱、恐惧和孤立中死去。在坐出租车回家的路上，罗杰开始在脑子里构思服务计划。他向来认为，设计组织结构图表是缓解不明焦虑的最佳办法。

快到家的时候，传呼机又响了，这次是叫罗杰去比克曼医院。罗杰打电话过去，一位母亲吓坏了，因为医生说她儿子疯了，而且出现了幻觉，没人愿意帮他。罗杰打电话给那位医生，希望能在电话里处理此事，但那位医生不想搭理什么同性恋机构的人。当罗杰抵达医院时，病人躺在病房里，显得十分平静。

后来才知道，这位年轻的肺囊虫肺炎患者假装发疯，希望借此离开医院去接受心理治疗，然后再悄悄溜走自杀。罗杰使每个人都平静了下来，最后疲惫不堪地回到了自己的公寓。

几天后，他听说那位年轻人在比克曼医院去世了，不是自杀，而是死于肺囊虫肺炎。

5 月 6 日，凤凰城，疾控中心肝炎实验室

接到从国家癌症中心罗伯特·加罗医生实验室打来的电话后，唐纳德·弗朗西斯松了口气。加罗的一位同事说他已经开始培养从一位男同性恋免疫缺陷患者体内提取的淋巴细胞，使用的特殊培养基是加罗研发的，内含白细胞介素-2。弗朗西斯知道白细胞介素-2 是淋巴细胞生长介质的完美添加剂。通过这种简单的培养淋巴细胞的方式，加罗克服了一个巨大的研究障碍。但一些病毒没有得到很好的研究，只因科学家们不知道如何繁殖它们的宿主细胞。

唐纳德·弗朗西斯、哈佛大学的麦克斯·埃塞克斯以及加罗的实验室，现在经常交流男同性恋免疫缺陷问题。3 月，在国家癌症研究所冷泉港实验室召开的研讨会上，埃塞克斯提出，男同性恋免疫缺陷可能是由一种新的致病因子引发的，这种致病因子可能是类似猫白血病病毒的逆转录病毒。对此，其他医生礼貌性地表示接受，但加罗敦促埃塞克斯加紧工作并在自己的实验室着手研究。

弗朗西斯很高兴地看到有实验室在开展研究，但他觉得，其他大型逆转录病毒学实验室也应尽快全天候地投入男同性恋免疫缺陷的研究。这个春天的大部分时间里，弗朗西斯都在试图让疾控中心传染病中心的病毒学家对此产生兴趣，但这些人就是提不起兴趣，他们认为逆转录病毒导致此症的想法不太靠谱，而且他们还有别的事要做。完成手头现有的工作已经人手吃紧，没人会急着接受新项目。在哈佛，麦克斯·埃塞克斯是在兼职从事男同性恋免疫缺陷研究，他相信疾控中心随时会揭开男同性恋免疫缺陷的谜团，就像对付军团病一样。罗伯特·加罗的实验室在这项研究上投入了一小部分时间，行事拖沓的国家癌症研究所也投入了一点精力，弗朗西斯当然心怀感激，但他觉得一两个实验室是不够的。在他们可能因为方向有偏而阻碍了研究时，人们正在死去。

这时，弗朗西斯决定放下身段拉其他研究人员入伙。人都快死了，难道他们看不出这事有多严重吗？

5 月 12 日，亚特兰大，疾控中心

亚特兰大的《发病率与死亡率周报》上发表了“男同性恋全身淋巴肿大”一文，其内容主要仰赖唐娜·米德文和丹·威廉 1981 年初在纽约展开的工作，这是 9 个月以来，该周刊就这一流行病的相关方面发表的第一篇文章。当然，没有人知道这些淋巴结病患者后续会如何，但是文章强调，在 1981 年 6 月至 1982 年 1 月确诊的病人中，有 44%的卡波西肉瘤患者及 23%的肺囊虫肺炎患者出现了该症状。这是个坏兆头。

文章写道：“关于上述病患中发生持续性淋巴结病的原因，我们正在研究，但尚不能确定。”最后，它总结说，医生必须警惕某些症状，尤其是乏力、发烧、不明原因的体重减轻以及夜间盗汗。

*　　*　　*

几乎每周都会有新的卡波西肉瘤或肺炎患者出现在国内之前没有发现病患的地区，疾控中心派人前往得克萨斯西南部或其他偏远地区调查那里的首例男同性恋免疫缺陷患者，希望能多少得到些线索。截至 3 月 18 日，经过活检确诊在 20 个州发现了 355 位男同性恋免疫缺陷患者；其中 136 人已经死亡。纽约有 158 人，占一半；加州有 71 人，其中 40 人来自旧金山。79%的患者是同性恋或双性恋男子，还有近 12%的患者是使用静脉注射毒品的异性恋男子——当然，考虑到对公众的影响，疾控中心并未公开讨论这一事实。另有 13 名患者是异性恋女子。

疾控中心特别工作组需要追踪的病人，不仅有同性恋，还有新发现的海地人以及数量不断增长的静脉注射吸毒者和囚犯。他们意识到手头掌握的患者数据落后于疫情的实际发展情况好几个月，有时他们好奇美国境内究竟有多少患者。由于人手不够，他们不得不依赖“被动报告”，这意味着他们只能待在亚特兰大寄希望于卫生官员切实收集了病患信息。他们既没经费，也没人手，无法开展他们所希望的“主动监测”。有时，他们也睡得很不安稳，担心外面可能发生什么情况，担心错过发现什么的机会。

纽约，西 57 街

死亡的阴霾密布，男同性恋们的反应却大相径庭，丹·威廉医生第一次为此感到震惊。有些人没心没肺不当回事，考虑到《纽约人》对此疫病所做的非常透彻的报道，能这么潇洒还挺了不起的；有些人则风声鹤唳，稍微有点发烧、打个喷嚏或者长颗青春痘什么的，就跑去威廉在上西区的诊所。很快，威廉就注意到很多人有充分的理由担心。患淋巴疾病的男同性恋人数呈几何级增长，另一些人看起来疲惫不堪、无精打采，而更多人在睡梦中盗汗不止，床单被汗水浸透，头发也咸湿难闻，身体更是疲软无力。盗汗本身似乎尤为痛苦难耐，实际上这正是恶疾进入其体内的一个征兆。然而，威廉根本来不及记录，新的免疫紊乱层出不穷。威廉注意到，口腔念珠菌病（或称鹅口疮）是较严重的男同性恋免疫缺陷患者身上最常见的，而且怎么治都治不好。过去 6 个月里，一些病人还突发极其痛苦的带状疱疹，俗称“缠腰龙”。其状如卵石，多发于面部或肩部，继而向全身扩散，即便是极轻地触碰那小小的斑疮，都会引发灼热的刺痛。淋巴疾病患者似乎最常受带状疱疹攻击。1981 年底，威廉开始在办公室电脑上记录他诊治的带状疱疹病人。他想知道这些人会怎样，这种病意味着什么。1981 年 12 月记录了 11 人，1982 年 6 月达 17 人。6 月的某天，早前患带状疱疹的一位病人来找威廉，他身上长了不寻常的紫色斑点。这是卡波西肉瘤。

大概从那时起，恐惧开始降临。18 个月后，出现了一些全新的令人担心的问题，但威廉是不会轻易放手的，他肯定会弄清楚即将到来的危机。也许这些淋巴肿大的人都会死去。也许这种新病毒就像某种虎视眈眈的丛林猎食者，总是先攻击离群的动物。这样一来，就可以解释早期病例的极端生活方式了，他们犹如在高速公路上跳舞，必然最先被碾压。他们已然不堪重负的免疫系统也经不起什么战斗了。威廉担心病毒还会在其他部位循环，让人疲劳、盗汗，接着引发口腔里这样或那样的酵母菌感染，随后是可能会消失的严重的疱疹或带状疱疹。最后，在未来某个无法预测的时刻，每个经历过这些的人都会消耗殆尽，一死了之。

在疫病早期阶段，大多数医生更愿意抛开对这种最坏的情况可能成真的担忧。西奈山医院①的研究人员弗雷德·西格尔医生在男同性恋免疫缺陷出现之初就做了大量免疫学研究，对于《发病率与死亡率周报》上的淋巴疾病报道，他在《纽约人》杂志上表达了乐观的看法。西格尔写道："我的直觉是，大多数这类患者不会继续发展成完全的免疫缺陷综合征。反之，要是我们错了，那将是一场灾难。"

旧金山，传染病控制局

通过黑板上的箭头和圆圈，塞尔玛·德里兹医生目前可以找出纽约、旧金山、南加州及加拿大的44例男同性恋免疫缺陷患者之间的联系。她像侦探一样，仅在旧金山一地就发现6对情人患病。每当她看着这块破旧的黑板，总会想起那些浴场。她从不喜欢那种地方，这倒不是出于道德顾虑；她并不在意他人如何生活，只是好奇那些一心想控制他人命运的人。而浴场就是传染疾病的生物污水池。

"当然，站在老派的教科书般的公共卫生角度来看，最好去把浴场关了。"某天，德里兹对《纪事报》的一位记者说。

"不过，有人可能会认为这牵涉到个人自由的问题。"德里兹说。她的语气逐渐减弱，这说明她压根不觉得个人自由是此处的核心问题。

在德里兹和记者以及同性恋领袖交谈的时候，这样的话说着说着就没了底气，他们也听不进去。关掉浴场的想法简直不可思议，也就被搁置了。要采取如此极端的做法，光靠几十个不明原因的病例是没有说服力的。

---

① 美国历史最悠久、规模最大的教学医院之一，以临床治疗、教学和科研而闻名。——译注

德里兹没有施压，那样做不专业。相反，她试图让卫生部门和医疗机构了解目前情况的严重性。看着这些图表，仿佛看着预测她职业生涯的水晶球，德里兹心想，她的未来已经清晰地摆在这里了。

这种疾病的传播方式如此明显，简直太恐怖了。例如，德里兹绘制了一个图表，有关最初两年，即 1980 年至 1982 年纽约男同性恋免疫缺陷患者的数量，然后将其与旧金山湾区的情况进行对比。旧金山的曲线和数字与曼哈顿的曲线和数字呈现出近乎完美的同步性，两者相差整整一年。她想，纽约现在有 150 多个病例，这表示一年后旧金山的病例也会达到 150 多人，接下来的病例没有几千也有几百。

塞尔玛·德里兹的住处位于旧金山太平洋沿岸的沙丘附近，夜晚，她在自己舒适的家里无法入睡，她不知道事情会怎样发展。她在整理得井井有条的床头柜上放了一台小型录音机——万一某个失眠的夜里她忽然想到什么，也许这想法能阻止那些年轻人如此悲惨地死去。

旧金山，卡斯特罗街区

马科斯·柯南特是惊醒的，额头冒出热汗。难以置信的失落感和恐惧，揪心的恐惧，又一次占据了他。当这位皮肤病医生在自己舒适的家里走来走去时，他那不安的杜宾犬也在后廊上紧张地来来回回。他没有开灯，努力想从梦中清醒过来。这样的情况现在经常发生。梦中，他身在某处，孤身一人，他看到自己的皮肤上出现了大片紫色斑点，卡波西肉瘤的病灶布满全身。他开始变得和他现在每天工作中接触的年轻病人一样，变成身上长满青紫色斑点的恐怖的丑八怪。

然后，他在一身大汗中醒来，冲动地想要逃离。他想，要是知道这里每个人都会死，只有傻瓜才会留下。

和全国各地从事男同性恋免疫缺陷治疗的医生一样，柯南特定期去验血，以确保他的辅助性 T 细胞和抑制性 T 细胞维持正常比率。这是目前能测出男同性恋免疫缺陷的最好的办法。他知道自己的淋巴细胞工作正常，他没得同性恋癌症，但是别的要担心的还是很多。

一天到晚都有人打电话给他，讨论集群研究的事，一年前那个春天的早晨，他第一次听说肯·霍恩的病情时想到的各种可怕的情况现在似乎都发生了。一看到“零号病人”，他就认出这正是一个月前到他办公室来的那位温文尔雅的魁北克空乘。柯南特想，他就是每个人都想要的那种人，而这个每个人都想要的人带给大家的则是死亡。柯南特听说这位年轻的空乘，如今是第八大道和霍华德街那些俱乐部里炙手可热的艳遇对象。他想，这个人此刻说不定就在那儿，那儿的人现在可能已经被传染了。

还有其他的担忧。柯南特向美国癌症协会申请的研究经费是 5 万美元。这些钱仅够付给一个非常忙碌的秘书——来卡波西肉瘤诊所的病人越来越多，他需要一个秘书来协调工作。到后来，秘书还要推荐社会服务机构，进行悲伤咨询以及许多关怀工作。但是再也抽不出其他人手了。

在贝塞斯达召开的国家癌症研究所研讨会已经过去 9 个月了，没有任何迹象表明国家癌症研究所准备发放经费。柯南特不想坐等官方申请报告，他为自己的卡波西肉瘤治疗研究项目做了一份概述，并提交了国家癌症研究所。接着，他迅速给卫生与公众服务部助理部长爱德华·布兰特医生写了封信，恳请他出面说服国家癌症研究所尽快拨款。他收到了一封措辞客气的回信，称美国政府非常关心这场疾病，疾控中心和国家卫生研究院正在千方百计阻止疫病发生，并对他的去信表示感谢。

柯南特认为美国有技术有资源征服这场疫病。在世界上资金最充足的实验室里，最先进的科学技术已经准备就绪。大众传媒可以在几分钟内就让千家万户收到警示。看在上帝的分上，这不是哪个第三世界国家啊。我们可以赢得这场战斗，可是没人愿意付出努力，甚至没人愿意承认有一场可以打赢的战斗存在。

柯南特躺回床上，希望噩梦不再来——至少这晚不会。年轻时，柯南特曾好奇过，在“水晶之夜”[1] 之后，作为一个聪明睿智的犹太男人，即使世界上的其他人似乎都没在意，他也能清楚地看到即将到来的大规模死亡。那他们为什么不跑掉呢？

现在，柯南特第一次明白了。

* * *

5 月底，马科斯·柯南特和保罗·沃伯丁一起去东京参加世界皮肤病学研讨会，他们要在会上介绍卡波西肉瘤的数据。日本东道主非常客气，对这种新情况也颇感兴趣。

“出现这种问题，对旧金山来说是一种耻辱吧？”一位著名的日本科学家这样说。“那是因为你们有同性恋，”他顿了一下，又低声说道，“当然，我们这里没有同性恋。”

贝塞斯达，国家癌症研究所

罗伯特·比格在论文中推测男同性恋免疫缺陷是由一种致病因子引发的，而现下国内各主流学术期刊都拒绝发表此文，仅仅因为其观点与主流看法相去甚远。有些医生给老鼠注射精液，以证明导致免疫抑制的罪魁祸首实际上是精液。实验助理匆匆跑去色情书店买瓶装的“速效”或“闪电”[2]，在老鼠身上大剂量注射这些丁基吸入剂，想通过实验找出别的可能。疱疹专家们似乎对巨细胞病毒重新引起关注颇为得意。还有些医生认为，男同性恋免疫缺陷患者的免疫系统崩溃是因为感染超出了免疫系统的负荷。很多人在讨论男同性恋免疫缺陷的病因时，完全排除了单一致病因子的理论，认为可能性太小。

比格和同事詹姆斯·古德特把纽约和华盛顿特区的大批男同性恋放在一起，准备进行长期研究；古德特倾向于催情剂致病的理论。比格为自己的假说被忽视而感到沮丧，但他也明白工作还得继续。他见识过

① 亦称“碎玻璃之夜”，指 1938 年 11 月 9 日至 10 日凌晨，纳粹党员与党卫队袭击德国全境的犹太人的事件，被认为是对犹太人有组织屠杀的开始。——译注

② 即 Rush 和 Bolt，均为吸入式助性药物。——译注

非洲的瘟疫，知道美国人倾向于精液或催情剂这样简单而直接的理论，只因他们太过天真。人类生活再富足再文明，人类终究还是肉身，还是很容易被来历不明的病毒感染。事实上，病毒可能来自当今世界的任何地方。

从前，人类大幅度活动才会造成流行病蔓延。1918 年，西班牙爆发流感，2 000 万人感染，20 万美国人死亡，是伴随着一战期间人员的大量流动而直接出现的。二战动员期间，来自美国各地的人混杂在一起，为病毒的交杂融合创造了机会，最终合成了脊髓灰质炎病毒，传到了美国的各个角落，直接导致了 1940 年代末和 1950 年代初小儿麻痹症的大面积爆发。

随着飞机旅行的普及，散播毁灭世界的种子已经不再需要这种国际性事件了。只要某地的某个人把某种病毒传给一群人，疫病就会再次爆发。旁人或许现在还不能看清事实，但时间会证明一切。鲍勃·比格只希望不要太晚。

亚特兰大，疾控中心

卡波西肉瘤和机会性感染特别工作组的哈里·哈沃克斯医生想到个点子，把盖坦·杜加斯带到亚特兰大来。疾控中心认为，就算没有别的用处，至少这位空乘的血液里肯定携带了许多病毒。哈沃克斯给他装上了血浆分离机，收集了半升血浆供实验室研究。

因为下个月要发表研究报告，6 号楼里的每个人都在讨论“零号病人”和集群研究。比尔·达罗和哈罗德·杰斐想尽可能收集更多的男同性恋免疫缺陷患者的照片，给新患者看看。他们确信可以在这些病人之间找出更多的关联。疾控中心的高级官员对同性恋的保密问题相当敏感，他们否决了这个想法。

詹姆斯·科伦放弃了跟魁北克“伤寒玛丽”① 盖坦会面的机会。

---

① 即 Typhoid Mary。爱尔兰人玛丽·马龙，1883 年移民至美国，是美国首位被发现的伤寒健康带原者，因此被称为伤寒玛丽。作为厨师，她造成 53 人感染、3 人死亡，但她对此坚决否认，也拒绝停止下厨，因此两度遭到公共卫生部门隔离，最后在隔离期间去世。——译注

科伦听说了这位招蜂引蝶的空乘，从心底里讨厌他那些猎艳事迹。同性恋的这类老套故事让科伦生气，就跟他不喜欢那些《阿摩斯和安迪》① 电影的理由是一样的。

* * *

盖坦·杜加斯后来向朋友们抱怨，说他在亚特兰大期间，疾控中心把他当成实验室老鼠，一拨一拨的医生在他的病房里进进出出。他说他得这皮肤癌已经两年了，他讨厌做医生的小白鼠；而且医生也根本不知道自己在干什么。

纽约，纪念斯隆-凯特琳癌症中心

布兰迪·亚历山大住进了这家大型癌症中心的428A病房，在床边放了个魔方。有时他会拿起这个立方体，忍着酸痛用瘦骨嶙峋的手拧啊转啊，想把各种颜色都复原。但他一直没找到办法，也从没拼成功。

第一个斑点出现之前，布兰迪是个招摇的变装艺人，他演唱的《彩虹之上》《也许这一次》《纽约，纽约》都让人印象深刻。然而，随着病灶的扩散，他的棕色卷发变成了灰色，人也瘦了20磅，骨头从他松松垮垮、遍布紫色斑点的皮肤下突了出来。曾经英俊的脸庞，因为疱疹病毒肆虐而结满厚痂。常规治疗根本无法阻止疱疹，他满脸的疮都在流脓。除了卡波西肉瘤和疱疹，这位38岁的病人身上还有一系列常见的机会性感染，包括严重的肝炎和骨髓结核。

在唐纳德·弗朗西斯跨进布兰迪·亚历山大的病房前，主治医生告诉他布兰迪在这些病人中颇为典型。唐纳德·弗朗西斯觉得有点尴尬，尽管他和詹姆斯·科伦来纪念斯隆-凯特琳癌症中心是为了别的事，但他研究这场疾病已经快一年了，却还没见过一名患者。医生把他带到布兰迪·亚历山大面前，后者散发着一种优雅的魅力。他把手

---

① 即Amos n' Andy，是1928年开始播出的一档美国电台节目，每晚7点播一集。演员只有2人：一个扮演阿摩斯，一个扮演安迪，全程为这两人的对话。后来被拍成了电影。——译注

伸向弗朗西斯，似乎想要年轻的金发科学家亲吻它。弗朗西斯一眼就看到了他手臂上的一大片紫斑。

布兰迪低声说，这绝不是他喜欢的颜色。和他所有的箱包颜色都不搭。

弗朗西斯一个人留下了，听布兰迪讲述自己的生活。布兰迪也看得出弗朗西斯对他说的事并没有特别震惊。

“性是不可阻挡的。”他说，与此同时，眼睛在空洞塌陷的眼眶里茫然地打转，似乎想找到答案，“我不知道是不是因为怕孤独，我总是想和别人亲近。我也不知道是不是厌倦了正常的性生活，所以总想尝试新的、更刺激的，比如拳交，或者更厉害的。”

布兰迪的喃喃自语让唐纳德·弗朗西斯得出了一个结论，这让作为科学家的他有点恼火。布兰迪试图为自己如此痛苦地躺在428A病房里等死找个理由。弗朗西斯心想，老套的道德教条太难破除。

“我认为你得的是种传染病，”弗朗西斯实事求是地说，“你没有受到天谴。你生病是因为某种病毒。”

*　　*　　*

随后，唐纳德·弗朗西斯回到纪念斯隆-凯特琳癌症中心的医生中间，开始谈他此行的目的。美国只有几家逆转录病毒实验室，其中一个就在这家癌症中心。就连疾控中心都没有，现建的话则要耗时数月。因而亚特兰大的实验室无法研究长期潜伏的病毒性疾病，只适于对付迅速爆发且要立即解决的疾病，弗朗西斯说。他们在男同性恋免疫缺陷上陷入困局，需要帮助。

弗朗西斯提醒道，纪念斯隆-凯特琳癌症中心要赶紧开展男同性恋免疫缺陷研究。不能再拖了。

医生们耐心地听着，都认为这是个非常重要的问题。他们会考虑一下再找他。当然，弗朗西斯知道他们不会打电话给他的。

*　　*　　*

在阴云笼罩的1982年，在那些漫长而沮丧的夜里，唐纳德·弗朗西斯经常会做这个梦。就在他触不到的地方，悬挂着一盏橘色的灯，闪烁着黯淡的希望之光。这是答案，是解开谜题的办法。他伸出手去够那一点光亮，可是它越飘越远，无法企及。答案就在那里，在他眼前，离得那么近，可又近在咫尺，远在天涯。

唐的妻子在这一刻往往会把他叫醒，以防他那哀伤的呻吟吵醒孩子们。

16. 太多的血

1982 年 6 月 11 日，亚特兰大，疾控中心

一收到申请，桑德拉·福特就给疾控中心的血友病专家布鲁斯·伊瓦特打了电话。去年桑德拉是第一个提醒疾控中心男同性恋免疫缺陷有可能爆发的人，现在她有更坏的消息要告诉伊瓦特。

问题果然来了，桑德拉说。从丹佛发来了一份戊烷脒申请单，医生说这个肺囊虫肺炎患者是一位血友病人。

当晚，伊瓦特的同事、宿主因素分部的戴尔·劳伦斯医生乘机飞往丹佛的斯特普尔顿国际机场。

6 月 14 日，丹佛

戴尔·劳伦斯医生穿着白衬衣，戴着格子领带，脚上是黑色牛津鞋，稀疏的黑发耷在深邃的黑眼睛上方，看起来就像一位人见人爱的高中生物老师。他的声音听起来也像严肃的老师，语调温和，说起话来即使东拼西凑也都非常通俗易懂。他对血友病人惊慌失措的妻子说，事关重大，他不得不问这些问题。

尽管劳伦斯在疾控中心的宿主因素分部才工作一年，研究男同性恋免疫缺陷的遗传性和易感性，但他参加过特别工作组的很多会议，足以明白要问些什么。首先，他得确认病人没有同性性经历，或者没

有使用过可能造成免疫缺陷的毒品或药品。前几天，劳伦斯已经进行了深入调查，排除了其他可能性。那天早上，他还走访了当地血站。血站官员对他的来访非常不安，劳伦斯知道为什么。哪怕只有一两个血友病患者感染男同性恋免疫缺陷，也会严重动摇血库行业的基础。

劳伦斯小心翼翼地抽出盛放所有各批次的第八因子凝血剂的网格盘，这些凝血剂已由丹佛地区同一家血友病治疗中心注入数十位血友病患者的体内。也许这当中只有一份出了问题，凑巧又碰上了肺囊虫肺炎患者。可是他检查了过去 3 年的情况，没有出过一例这样的问题。

于是，劳伦斯又回头去找那位病人的妻子——病人正躺在科罗拉多大学医疗中心，靠呼吸机维持生命。这对夫妻的生活极为不幸，男人是个门卫，一辈子都在和疾病作斗争，相比医生在他出生时预测的寿命，他已经多活了几十年。不受控制的关节出血导致他的部分身体残疾，但为了妻儿他还是努力维持生计。当然，第八因子是上帝的恩赐，但他现在快要死了。难道就没人能做点什么吗?

谈话结束时，劳伦斯觉得其他感染途径已经可以排除了。他的上司布鲁斯·伊瓦特相信男同性恋免疫缺陷是通过第八因子感染的，即便他还没看到劳伦斯带回的最终调查结果。在第一个佛罗里达患者死于肺囊虫肺炎之后，几个月来伊瓦特一直抱有这样的怀疑。科罗拉多的病例起到了决定性作用。由于在制备第八因子凝血剂的过程中，细菌、原生生物、单细胞微生物很容易滤除，这意味着男同性恋免疫缺陷是由一种病毒引起的，它是唯一一种小到足以通过过滤器的微生物。

劳伦斯和伊瓦特都意识到，血友病人中间很快将出现越来越多的男同性恋免疫缺陷患者，接下来是接受输血的人。由于血友病人的生命有赖于大量的献血者，他们便不幸成为首当其冲的受害者，这情形就跟 1970 年代末自由放荡的男同性恋一样。

当天下午，旧金山，卡斯特罗街

当戴尔·劳伦斯对他在丹佛调查的全国第一例血友病患者感染男同性恋免疫缺陷的情况进行总结时，克里夫·琼斯正急急忙忙走向卡斯特罗街一幢建筑的大门，那幢楼被租下作为“卡波西肉瘤研究和教育基金会”的总部，租金是马科斯·柯南特和几个医生朋友一起凑的。这是专为免疫抑制流行病设立的机构的第一个办公室，最初只有一台破打字机，还是当地同性恋酒保捐的；办公用品也是志愿者们从各自的雇主那里搜刮来的，还有一部电话，刚装好一个小时它就开始响了，从此再也没有停过。

领导示威活动多年，又常在卡斯特罗街出没，因而克里夫身边聚集了一大群煽动者、老玩家、未来的男友人选，其中不乏志愿者。外面有个可怕的敌人，可这该死的家伙甚至连个名字都没有。

“我不知道该说什么。”克里夫新招的同性恋癌症热线接线员说。

克里夫叹了口气，“没人知道。”

旧金山，联邦大楼

哈维·米尔克曾在一场政治集会上指着大块头的菲利普·波顿议员，称其为旧金山自由民主党派的“守护者”，打那以后，比尔·克劳斯一直对这位国会议员心存敬意。凭着狡猾强硬的策略，以及在黑人、劳工及同性恋选民中间形成的开创性联盟，这位议员打造了一个了不起的自由派团体，主导地方政治 20 年。已故的乔治·莫斯克尼生前就是被他一手推上市长宝座的；个性张扬，被公认为仅次于州长的加州第二号政治人物的州下院议长威利·布朗，也是他的重要盟友。波顿的弟弟约翰是旧金山另一选区的众议院代表。1976 年，菲利普·波顿以一票之差落选众议院多数派领袖，但他本人仍是最有权势的众议院议员之一。

然而，菲利普·波顿过分沉迷于华盛顿的政治斗争，削弱了他在旧金山的根基。1982 年，当他开始谋求作为议员的第 10 个任期时，其势力降到了最低点。共和党提名州参议员米尔顿·马克斯参选，他是近年来地方政治史上唯一一个崭露头角的大老党[①]政治家。大家都

① 即 Grand Old Party，美国共和党的别称。——译注

明白，他之所以能在艰难的选举中一再获胜，是因为他多年来一直在争取和拉拢同性恋群体。尽管在日益保守的该州共和党人眼里，自由开明的马克斯如同眼中钉，但他一旦当选，共和党就有机会赶走波顿这个麻烦的家伙。因此，共和党各政治行动委员会的大笔捐款纷纷涌向马克斯的金库。

当波顿打电话召比尔·克劳斯来开会时，心里很担心。波顿需要一个联络人与同性恋群体保持关系。他想赢得选举，重返华盛顿的政治舞台。

“目前最重要的问题是什么?”波顿问比尔。

“同性恋癌症。”比尔回答。

这种不假思索的反应就连比尔自己也感到吃惊。最近几个月，他并没有真正把男同性恋免疫缺陷放在心里。和其他人一样，他也对身上的丘疹疑虑重重，但归根结底，他把同性恋癌症视为别人身上的病，跟 1 100 个人发生性关系的下流货色才会得的病。这是他从报上看来的。

比尔意识到他在这个问题上是如此坚定，因此在与旧金山的政治教父交谈时，他从政治层面对此进行展开，而这次谈话将对这次疫病产生深远的影响。

比尔解释说，他无法想象政府竟然毫无警觉，也没有为该疫病研究提供大量经费。这简直匪夷所思。想想当年应对军团病和中毒性休克综合征时，政府是如何大张旗鼓的吧。比尔还没有证据，但他怀疑他们之所以避而不谈是因为不想花钱，想把钱省下来支持中美洲的敢死队①。

听到自己最喜欢的尖锐的党派论调时，波顿开始明白比尔的意思了。他保证，比尔可以研究同性恋癌症，并且不太温和地提醒比尔，

---

① 中美洲问题在里根时期被激化，当时苏联人和古巴人想把中美洲变成对付美国的桥头堡，为此，里根支持尼加拉瓜反抗军与马克思主义者桑地诺的民族解放阵线战斗，并支持萨尔瓦多的民主党主席约瑟·拿破仑·杜阿尔特。里根支持的两方最终都获胜了，他们也以支持里根政策作为回报。——译注

赢得选举是首要大事。

*　　*　　*

比尔·克劳斯对他在国会的新工作欣喜若狂。但他和基科·戈凡特斯的关系出了问题。他向基科提到过同性恋场所的方方面面，并为自由开放的性关系辩护，以致基科现在要亲自去一探究竟。为了重燃他俩之间日渐消逝的激情，比尔开始护送基科去当地的浴场。

对这些场所，基科一向感到不舒服，觉得肮脏甚至邪恶。他已经与一位年长的英俊建筑师开始了新恋情，所以不需要去浴场释放欲望。比尔妒火中烧，尽管他和基科之间还藕断丝连，陷在一种永远无法终止的伙伴关系中。在内心的某个角落，比尔很高兴这份新工作让他得到某种解脱。他从不沉迷酒精或大麻，虽然偶尔会用鼻子吸一行可卡因，但他宁愿用工作来忘记个人烦恼。这份工作也使他可以进到国会，这是他认为唯一重要的民选工作。

夜里，当基科去找他的建筑师情人时，比尔就开着他的达特桑（Datsun）到一个刮着风的荒凉山顶，鸟瞰卡斯特罗区。从科罗纳高地一个凸起的崎岖岩层上，可以望见下面那片小而繁忙的同性恋飞地，还有市中心的摩天大楼衬托下的青瓷色天空。海上升腾的雾气在高耸的建筑物中蜿蜒而过，一种恐惧有时会油然而生。那是一种无以言表的感觉，于是他的愁绪又会游离到他要准备的演讲稿上。

马萨诸塞州剑桥市，哈佛公共卫生学院

麦克斯·埃塞克斯迫不及待地把日本一家传染病医院寄来的血样拿进了他的实验室。有了罗伯特·加罗医生位于国家癌症研究所的肿瘤细胞学分部实验室送来的试剂，检测人类嗜T淋巴细胞病毒抗体的实验变得轻而易举，并且取得了他们预期的结果。病房里的那些患有传染性疾病——如肺炎和细菌性疾病——的患者，感染人类嗜T淋巴细胞病毒的可能性是未感染者的3倍。这对日本人意味着什么，埃塞克斯并不在意，他感兴趣的是它对男同性恋免疫缺陷的影响。这证明

一种传染源，具体而言是一种逆转录病毒，能够通过损害人类的免疫系统来引发疾病。这种逆转录病毒本身就可以被传播，使免疫系统染上传染性疾病。例如，人类嗜T淋巴细胞病毒能够通过性交由精液传染，或通过受到污染的血液制品传播。埃塞克斯还假设这种病毒的某些菌株比其他菌株更容易诱发免疫抑制。也许导致男同性恋免疫缺陷的正是人类嗜T淋巴细胞病毒。

埃塞克斯打电话告知唐纳德·弗朗西斯这个消息。弗朗西斯知道，罗伯特·加罗的实验室已开始在男同性恋免疫缺陷患者的淋巴细胞中搜寻逆转录病毒。埃塞克斯决定用这个夏季来检测男同性恋免疫缺陷患者的血液，以找出人类嗜T淋巴细胞病毒感染的证据。

6月18日，亚特兰大，疾控中心

虽然疾控中心的每位科学家都相信，集群研究提供了他们需要的证据，证明了男同性恋免疫缺陷是一种传染性疾病，但在研究报告发布时，疾控中心官员加入了大量的限定词和表示不确定性的词。

颇为讽刺的是，对于集群研究的影响最害怕的居然是詹姆斯·科伦和疾控中心特别工作组。当然，出于公共消费的考虑，科伦和哈罗德·杰斐向记者们保证尚无证据表明男同性恋免疫缺陷是一种传染病。“集群的存在为一种假说提供了证据，即人际关系并非随机的，而这个集群建立在性关系之上，”科伦说，“当然，这并不是说，我们已经找到一个人传染给另一个人的证据。关于集群的另一个假说是该疾病不会由一个人传染给另一个人。只是这些人真的是一个人数极少的小团体，他们之间发生性关系可能并不罕见。第二种假说的可能性更小。不过，我认为这两种都不应抛弃。我们需要进行集中研究。我们不会草率地发布未经证实的信息；另外，我们也不会隐瞒具有重要意义的公共卫生信息。”

科学家们本着有什么说什么的原则接受了这些信息。大多数人希望看到更有说服力的证据。临床医生担心这种建立在性关系之上的小集群可能会验证“接触有毒物质致病理论”：因为一批有害物质有可能影响一群人。例如，一批大麻中含有百草枯，如果同性恋通过飞机将这批大麻带到纽约、洛杉矶和旧金山各地散发，就有可能导致所有人出现免疫紊乱。当然，这种说法掩盖了男同性恋——尤其是集群研究对象中人数最多的浴场猎艳者——随意选择性伴侣的事实。他们并非因为彼此是朋友才发生性关系。可是临床医生普遍不是社会学家，他们中的一些人并不理解“性交便利店”的复杂性。

另一些以研究为导向的科学家则告诉疾控中心特别工作组，他们发现集群报告很有意思，尽管有些内容看起来像奇闻；还说为证明通过性行为传播的假设，必须进行集群病例对照研究。当然，这样的研究需要几年时间才能完成，但科研耗时是众所周知的事。

无论如何，集群研究未能像比尔·达罗和疾控中心的研究人员原本希望的那样解决该病的传播问题。少数科学家和公共卫生官员显然明白其中隐含的问题，但没有人急于求成，因为当时的研究尚不具体。相关研究引发了全国媒体一阵风似的关注，但很快便烟消云散了。

不列颠哥伦比亚省，温哥华

因为盖坦在连接纽约、洛杉矶和奥兰治县的病例中所起的作用，相关研究渐渐为人所知，盖坦·杜加斯只向少数几个朋友透露他就是“奥兰治县关联人”。虽然他已经从加拿大航空离职，但这位30岁的空少依然拥有通行证，能够免费飞往世界各地。他热爱旅行，但他决定在旧金山安顿下来。这里的男同性恋免疫缺陷诊所有干扰素治疗项目，而且他也一直想住在旧金山。

就在这个时候，卡斯特罗街开始出现有关一个奇怪男子的传言，是个带法语口音的金发男子。他常在第八大道和霍华德街口的浴场出没，和人性交后，他会打开小隔间的灯，让对方看自己的卡波西肉瘤病灶。

“我得了同性恋癌症，”他说，“我快死了，你也要死了。”

7月2日，亚特兰大

布鲁斯·伊瓦特听说俄亥俄州的坎顿又出现了一个血友病人的免疫抑制病例，现在他很明白未来会发生什么。男同性恋免疫缺陷是一种由可通过血液传播的病毒引起的传染病。这个国家的血库已被该病毒污染。血液制品行业的官员很快就需要召开会议，采取紧急措施来挽救生命。

7月6日，旧金山，卡斯特罗街

克里夫·琼斯整个下午都在卡斯特罗街上发传单，卡波西肉瘤基金会将于第二天晚上举行首次公共论坛。当他来到前男友、律师费利克斯·维拉德-穆尼奥斯的家里时，脑子里还想着关于男同性恋免疫缺陷的对话以及他正在建立的这个新组织。令克里夫难以置信的是，其他同性恋领袖竟对此反应冷淡。他央求帕特·诺曼给他一份医生名单，以便提供给这一大批忧心忡忡的来电者；而诺曼说她得先查查要经过怎样的程序才能提供此类信息。

病人正在死去，而同性恋官僚担心的却是程序问题。克里夫说，没时间考虑程序了。同性恋医生们仍未决定要不要花精力编写一些疾病预防指南；克里夫又花了半天时间打电话给同性恋律师，恳请他们加入理事会，提高该组织的可信度。可他们似乎都不感兴趣，他们各自有各自的政治目的，把自己的名字与媒体炒作出来的这帮落魄之人联系在一起，对他们而言毫无益处。

克里夫长饮了一口他的第二杯伏特加汤力，又猛吸了一口万宝路香烟，注意到费利克斯没怎么说话。克里夫怪自己话太多，于是问这位民权律师最近在忙什么。费利克斯刚加入加州律师协会，通常他总是忙于伸张正义。然而这位芝加哥来的帅气律师并没有说什么，只是抱怨近来太疲惫，每天下班回家就直接上床睡觉了。克里夫觉得奇怪。1980年，他俩一起度过了一个浪漫的夏天，炎热的下午他们在迪斯科舞厅跳“茶舞”①，一跳就是好几个钟头。费利克斯似乎从来没有体力不济的时候。

记忆在此停住了，克里夫的思路又回到第二天的卡波西肉瘤论坛上，他想到自己新学的那些词，比如潜伏、干扰素，还有他越来越熟悉的繁琐的遗嘱认证过程。突然，费利克斯离开桌子，冲向后院，并吐了起来。见此情景，克里夫礼貌地起身告辞，前往一家酒吧。

* * *

费利克斯从未和任何人说过这事，当然也不会跟克里夫·琼斯这样的旧情人坦白，甚至连最好的朋友也没有提。不过，和旧金山其他几百人一样，他的医生跟他慎重地谈了一次话。医生警告说，他口腔内的酵母菌感染、倦怠感以及夜里盗汗，有可能是新出现的男同性恋免疫缺陷的症状。他们要仔细地随时掌握他的健康情况，因为有可能会恶化。费利克斯把这个消息悄悄藏进心底某个与肉体的其余部分隔绝的角落。他没向任何人提及，任它像一场等待发生的噩梦，萦绕在他汗津津的睡眠中。

纽约

罗杰·麦克法兰和“男同性恋健康危机”的其他成员正在培训热线电话咨询员，这些人都是理事会成员从自己的联系人中随机召来的志愿者。他们要学的东西实在太多了，从免疫系统的复杂结构，到如何安慰没有得病的人——那些人往往因为淋巴结似乎比平时大了一点就彻夜难眠。有一组志愿者要想方设法应付各种“繁文缛节”，以帮助病人获得残疾保障和失业救助。每个分部都配有一到两位社工，听取患有肺囊虫肺炎的同性恋或吸毒者的倾诉；很多人都不愿意做这种事情，所以在找社工时要小心辨别。

每当麦克法兰开始考虑长期护理计划时，总有人打电话来，他就

① 夜总会通常早上 11 点开始营业，11 点至 20 点之间称为“茶舞”（tea dance）。——译注

不得不去帮某人换床单，以免其整夜躺在屎尿之中。接着，他不得不花好几个小时陪这人说话，因为其家人第二天要来，而他们根本不知道这家伙是个同性恋，更不消说还得了同性恋癌症。

由于对“男同性恋健康危机”的机构性质意见不一，拉里·克莱默和保罗·波帕姆之间的关系日益紧张。保罗认为，必须在疫病流行期间为男同性恋创建一个完整的社会服务网络。作为少数群体，同性恋迄今在这样的大都市里几乎没有真正的政治影响力，市政府显然也不打算为他们提供什么服务。而拉里·克莱默希望这个组织转向政治活动，直接要求市政府赋予同性恋本应享有的正当权利。

另一个分歧在于该跟同性恋说些什么。拉里坚持认为，“男同性恋健康危机”必须向同性恋坦陈医生们在理事会会议上说的话——停止性行为。如果不能彻底停止，至少不要再发生把精液射入他人体内的性行为。火焰岛树丛里的酷夏猎艳，曼哈顿大型浴场里的长夜，这些对理事会大部分成员本人也不啻为新奇体验，而且他们也很难放弃自己过去 10 年来一直追求的生活方式。对别人的事情说三道四，则未免有假正经之嫌。7 月，“男同性恋健康危机”印发了时事通讯，呈现了降低患病风险的各种观点，这是疫情出现一年来，全世界第一份由非科学机构发行的出版物。

“很多医生——他们中的许多人亦是同性恋——建议同性恋患者节制性行为，减少性伴侣数量，同时要确保对方身体健康。”堪称最严苛的建议。也有人认为“导致风险升高的是性伴侣数量，而非性行为本身”。

然而，社会学家马蒂·莱文在另一篇文章里嘲笑这类建议是“谬误的推理”，跟那些“痛苦……依然在荡涤我们”的忠告是一样的。他写道：“大约 1 100 万（美国同性恋）中仅有 278 人患病，很难说这是一场疫病。”

至于“男同性恋健康危机”组织自身，已决定其工作将是面向男同性恋提供关于这场流行病的最新消息，并由他们自行判断。这一决策再次引发了拉里·克莱默和理事会其他成员之间的激烈辩论。拉里的反对者异口同声："我们不打算教人在床上做什么。"拉里心想，在性传播疾病流行期间，要挽救生命就得这么做。虽然在辩论中落败，但他还是坚信理事会最终会改变想法。他脑子里唯一的疑问是多少人会在此之前死去。

7 月 13 日，纽约，西奈山医院

早在疾控中心的詹姆斯·科伦医生发言之前，亚特兰大几天前出版的那期《发病率与死亡率周报》就已经在研讨会上传开了。报告最终确认了纽约和迈阿密的医生自去年以来就了解到的情况，即所谓的同性恋癌症已在这两个城市的海地难民社区蔓延。《发病率与死亡率周报》证实，有 34 个海地人罹患机会性感染，跟同性恋和静脉注射吸毒者得的是一样的病。大多数海地人不是患有肺囊虫肺炎，就是患有弓形虫病，还有一些则患有致命的脑部隐球菌感染或播散型肺结核。与同性恋患者不同的是，海地人患卡波西肉瘤的极少。然而，他们的血液亦表现为辅助性 T 细胞不足，这是所有危险人群共有的特征。

"之前从未有报告称，未接受过免疫抑制治疗或有免疫抑制病史的成年海地人中发生了机会性感染。"文章干巴巴地写道。简而言之，疾控中心的意思是这种情况以前从没出现过，如果他们能弄清楚为什么现在会发生，那真是见鬼了。不断蔓延的疫病已经迷雾重重，现在海地人又让它更加扑朔迷离。然而，这天最坏的消息还在后头。

当科伦开始发言时，一股明显的寒意在房间里弥漫开来。科伦说，又出现了一个新的高危人群。疾控中心会在那个星期公布 3 个血友病人的病史，他们显然是通过第八因子凝血剂感染了免疫抑制。据科伦了解，这 3 个病人，有 2 个是来自坎顿和丹佛的血友病患者，戴尔·劳伦斯刚刚对他们进行过调查；还有一位年长的佛罗里达人，其病情曾在 1 月向疾控中心报告过。科伦的报告震惊了现场，整个房间一片死寂。

讲座结束后，有人在走廊上对科伦耳语，说传言蒙特利尔也出现一起与输血有关的男同性恋免疫缺陷。听到这个消息，一向镇定的科伦脸色大变。

与此同时，医生们分成几个小组，试图弄清血友病人中出现男同性恋免疫缺陷意味着什么。首先是男同性恋，然后是静脉注射吸毒者，现在又是血友病人。这些人都是乙肝高危人群。他们还知道，另一组乙肝高危人群是医生、护士以及保健护理人员。目前，各家医院都给全体工作人员注射了新型乙肝疫苗，这是在医疗行业消除这一恶疾的第一步。男同性恋免疫缺陷会不会上演同样的剧情呢？那天下午，不少医生表达了他们的疑惑：《发病率与死亡率周报》上通报的下一批高危人群会不会包括他们自己？

* * *

截至 7 月 15 日，疾控中心已收到 471 例男同性恋免疫缺陷的报告，其中 184 人已经死亡。目前，患者分布在 24 个州，确诊的速度越来越快。其中三分之一的病例是在过去 12 周内上报的。2 月平均每天出现 1. 5 个新病人，到 7 月已升至 2. 5 人。最终，疾控中心公开称免疫抑制的爆发为传染病。

7 月 18 日的《华盛顿邮报》上有一篇对詹姆斯·科伦的采访，他说他们“面临的最大压力”在于找出病因，“也许还有别的人群感染此病，那里的人在不断死去……必须有人找出病因”。

17. 熵[①]

1982 年 7 月，巴黎

克劳德-伯纳德医院坐落于巴黎郊外，由一大批老式笨重的砖石建筑构成。1982 年夏，医院的官员们被屡教不改的威利·罗森鲍姆

---

① 它是一个描述系统状态的函数，常常指代混乱、无序、衰败、死亡。——译注

医生折腾得够呛。一年来，他在官方既没有批准也没有同意的情况下开展流行病学研究，医院里到处都是同性恋患者，以致该院渐渐成了知名的同性恋疾病治疗中心，管理层对此颇为不快。他们通知罗森鲍姆说，正派人不该搅和这种事。同时，这位 36 岁的传染病专家收到了最后通牒：要么放弃这项研究回到常规的医学研究领域，要么卷铺盖走人。

这年夏天，罗森鲍姆终于离职，医院总算松了口气。他去了比提耶-萨尔贝提耶尔医院，尽管这家医院对他的研究也没有太大的热情，但尚能接受。罗森鲍姆明白，从事男同性恋免疫缺陷研究可能会断送自己的事业，但他依然坚持，并逐渐成为这种疾病的欧洲权威。后来，曾经厌烦罗森鲍姆的医院管理层到处搜罗这方面专家，并后知后觉地想把自家建成治疗免疫缺陷的顶级医疗机构。

威利·罗森鲍姆离开克劳德-伯纳德医院的时候，免疫抑制这种传染病已在欧洲 11 个国家蔓延，包括比利时、捷克斯洛伐克、丹麦、西德、荷兰、意大利、挪威、西班牙、瑞士、英国，当然，还有法国。

7 月 27 日，华盛顿

谁不遵循科学原则，混乱就会接踵而来。

这是戴尔·劳伦斯的基本信条。从亚特兰大飞回来后，这句话来来回回在他脑子里打转。此行是和他的上司布鲁斯·伊瓦特一起去开会，参加者有唐纳德·弗朗西斯，还有血液制品行业、血友病患者组织、同性恋社团组织的一帮头头，国家卫生研究院及食药局的某些大佬。疾控中心希望通过血液传播的新证据刺激血液制品行业的两个主要组成部分——即自愿献血者血库和经营性血液制品商——尽快采取行动，杜绝血液污染。

而疾控中心本身则更倾向于启动目前唯一可行的预防措施：献血者屏蔽指导原则。也就是请符合高危条件的人不要献血，比如男同性恋、海地人、吸毒者。疾控中心认为，科学地进行男同性恋免疫缺陷研究需要采取理性的步骤，否则就会出现不必要的死亡。但是，从应对疫病的政治层面来看，科学并不是最重要的。

把免疫抑制与第八因子受污染关联起来的数据一公布，就遭到血友病患者组织的攻击。他们读过一些科学家的文章，后者提出男同性恋感染免疫抑制不过是因为受到的感染太多，身体不堪重负。这些科学家认为，血友病患者都暴露在血源性病毒中，他们也可能正承受过量的免疫重负。现在就确定是什么导致了血友病人的感染，会不会为时过早？全国血友病基金会也对第八因子被指为罪魁祸首感到不安，毕竟在过去几年，第八因子凝血剂令血友病患者的生活质量有了大幅提高，难道疾控中心希望这 2 万名美国患者再用过去那种落后的、会发生出血性死亡的治疗手段来止血吗？

而疾控中心的工作人员想知道，血友病患者是不是不愿意他们的血液紊乱问题与同性恋疾病扯上任何关系；这就造成了一个棘手的公共关系问题。

相比血友病患者组织，同性恋社群的领袖更重视公共关系。纽约的同性恋医生罗杰·安劳曾颇有说服力地提出，现在推出指导原则还为时过早。同性恋领袖也指出，任何类似行动都将影响几百万美国人的人权。只有丹·威廉医生表示反对，他认为屏蔽同性恋献血者可能是拯救生命的过程中完全合情合理的一步。此言一出，他的人气便开始在同性恋群体中下降。

有权对血液制品行业实行献血者屏蔽指导原则的政府机构是食药局。此次会议上，它已敏锐地意识到争夺有关管辖权的各种伎俩。一些监管者对疾控中心公然插手明显属于食药局管辖范围的血液制品行业的事相当不满。此外，食药局的很多人甚至不相信这种所谓的免疫抑制传染病的确存在。在与疾控中心官员私下交流时，食药局官员透露，他们认为疾控中心把一堆互不相干的疾病揉在一起，虚构出一种现象，上演了一出恬不知耻的诡计，目的是炒作这个濒临困境的机构并获得经费。众所周知，官僚们为了保护预算会不惜采取极不靠谱的办法。考虑到里根政府正在大幅削减预算，这样做也不算太过分。

最终，所有人一致同意只有一件事可做，那就是再等等，看接下来会发生什么。情况会变得明朗起来，他们会据此采取行动。怎能指望政府因为 3 个血友病患者倒下了就制定影响 2.2 亿美国人的政策呢？

不过，会议也确实取得了一项令人难忘的成就。自迈克尔·戈特利布与阿尔文·弗里德曼-肯恩报告手头的肺炎和皮肤癌病例以来，已经一年多了，这个流行病还没有一个普遍认可的名字。不同的科学家以不同的首字母缩写词来称呼它，使得原本已经令人困惑的对这种不明来历的新疾病的认知更混乱了。疾控中心工作人员看不上“男同性恋免疫缺陷”的缩写“GRID”，拒绝使用这个词。随着血友病患者的出现，詹姆斯·科伦认为应舍弃任何提及“同性恋”或“群体”的词，采用更中性的词。此外，科伦认为 ACIDS 这个缩写有点怪。

最终，有人提议了这个名字：获得性免疫缺陷综合征（Acquired Immune Deficiency Syndrome），使得这种病有了一个干脆利落的缩写：AIDS（艾滋病），而且在性别上是中立的。“获得性”这个词将免疫缺陷综合征与先天性缺陷或者化学诱导的免疫疾病分离开来，表明这种病症是从某处获得的——尽管没有人知道是哪里。

当然，解决了这个问题并不足以让戴尔·劳伦斯摆脱烦恼：有关艾滋病的血液传播问题，政策上还是一片空白。劳伦斯认为，免疫系统负荷过重与事实不符。几十年来，血友病患者一直靠输血维生，但直到最近几个月才冒出 3 个肺囊虫肺炎患者，显示出与同性恋艾滋病患者相同的免疫学特征。

同性恋担心公共关系，血友病患者则因为和同性恋扯上关系而惶惶不安。食药局担心管辖权问题，也基本上不相信有这样一种疾病存在，认为不过是疾控中心的某些能人想趁乱捞点好处罢了。

会上还有一个问题也在困扰戴尔·劳伦斯。詹姆斯·科伦和一些人讨论了艾滋病病例在监狱里出现的问题，一家商业血浆生产商承认大量血液取自国家监狱。他说那些囚犯是血浆的很好来源。那一刻，劳伦斯脑子里只有一个念头：“哦，我的天哪。”

*　*　*

到1982年年中，还有很多事没有引起重视；疫病的传播速度比官方宣布的要快得多。科学尚未尽其最能，新信息还未被公正对待，适当的调查研究也未开展起来。一小撮科学家无视前辈的忠告，对新命名的艾滋病疫情开展研究。他们发现，他们要对抗的不仅是一种难缠的疾病，还有冷漠的科学界、政府、大众媒体、大多数同性恋领袖以及公共卫生官员。

在布朗克斯，埃尔·鲁宾斯坦目前正治疗着11个患有艾滋病的婴儿，但几乎没有科学家相信他的诊断。他那篇关于婴儿罹患此病的文章，在《新英格兰医学杂志》放了6个月后被退了回来，理由很明确，这些婴儿得的肯定不是同性恋才会得的艾滋病。幸好，疾控中心的医生对他的发现感兴趣，不过他们行事非常谨慎。其他联邦卫生机构则对疾控中心虎视眈眈，唯恐他们以疫病之名分割掉已经有限的联邦经费。疾控中心每次发布的研究进展都必须完全合理，否则他们在政府里的敌人就会借机诋毁他们的声誉。

在爱因斯坦医学院的实验室里，鲁宾斯坦焦虑万分。他必须让人们信服。科学界过分关注大多数艾滋病患者的性生活，以致对美国社会的其他方面可能出现的可怕问题视而不见。根据艾滋病新病例的预测，显然更多的病婴将被受感染的母亲带到这个世界。这样的母亲有很多会死去。那么，谁来照顾这些婴儿？对于这批生下来就可能死于这种可怕疾病的人，社会将如何应对？然而，只有在说服某个大人物相信这样的问题、这样的婴儿确实存在之后，才有希望考虑解决之道。

8月2日，纽约

丹·拉瑟[①]盯着《CBS晚间新闻》节目的摄像机，表情严肃。

① 主持过《CBS晚间新闻》《60分钟》等著名新闻节目。曾是美联社记者，被派驻达拉斯、伦敦、西贡（今胡志明市）。——译注

“联邦卫生官员认为这是一场流行病，但你很少听到他们提及。一开始，它似乎只针对某一特定人群。但巴里·彼得森告诉我们，现在已经不再是这样了。”

这是美国电视新闻网关于艾滋病的首批报道之一，它包含所有恰到好处的要素：鲍比·坎贝尔谈到自己如何渴望活下去；拉里·克莱默说政府不投入这项研究是因为它被看成一种同性恋疾病；詹姆斯·科伦则提出了一个充满希望的观点，即解决了艾滋病问题一切癌症都将有望消除。

“但是，截至目前几乎没有经费可用，”记者彼得森总结道，“对鲍比·坎贝尔而言，这是在与时间赛跑。还有多久他和其他患者才能等到答案、看到治愈的希望呢?”

这则报道的所有句子中，最直指问题实质的大概是拉瑟的导语：“你很少听说这样的病。”身为《CBS晚间新闻》的总编，拉瑟通过新闻判断艾滋病是一种人们很少听说的疾病。3年后，电视评论员仍将谈论艾滋病是一种鲜为人知的疾病，仿佛他们只是一群无能为力的旁观者，而实际上，在公共媒体上噤声的正是他们自己。

因为没有人听说过这种病，所以在1982年，除了少数几个勇者，几乎没人真的为此做过什么。勇者太少，影响有限，鲍比·坎贝尔和其他成千上万的美国人终将输掉和时间的竞赛。

8月，贝塞斯达，国家卫生研究院

如今，疫病出现一年多了，国家卫生研究院还是没有应对艾滋病的协调计划。一切工作都是一小撮医生基于临时任务完成的，他们碰巧对世界上首次发现的免疫紊乱感兴趣。在规模庞大的国家卫生研究院下属医院里，少数医生不遗余力地利用各种可行的医疗技术拯救艾滋病人的生命，但都失败了。在国家癌症研究所的肿瘤细胞学分部，罗伯特·加罗的实验室里约有10%的人致力于研究艾滋病患者受损的淋巴细胞。在自己位于国家癌症研究所的实验室里，詹姆斯·古德特不顾一切地想开展全面研究，找出艾滋病病毒，但资源不足的问题像一堵墙似的杵在他面前。他想，外人是很难理解这种左右为难的情形的。这笔钱已在预算中。事实上，尽管里根政府削减了预算，但国会基本上成功地保住了医疗卫生方面的预算。不过，政府以不允许古德特这样的实验室管理者招募人手作为报复。古德特手上有足够的经费用于实验室测试、计算机工作和购买设备，但他不能雇用新人。因此，他无法招募科学家来从事他需要开展的工作——指导研究、分析数据并写成论文。

在其他实验室，不同的承包人也许会把国家卫生研究院的经费转用于这项研究，但在这里没有人做出实质性的努力。在贝塞斯达国家癌症研究所召开的卡波西肉瘤研讨会已经过去近 11 个月了，开放基金申请的通知仍然遥遥无期，也没给贝塞斯达之外的研究者发放任何经费。政府机构外的研究人员只能自生自灭。

旧金山，加州大学，人类肿瘤病毒研究中心

血友病患者的出现使杰伊·列维医生确信，他的研究需要从卡波西肉瘤转向艾滋病患者的血液，以找出是什么微生物在剔除他们体内的 T－4 细胞。当东海岸的科学家还在为致病源争论不休时，西海岸的研究人员现已基本达成一致，认为是一个致病因子在起作用。单一因子致病的可能性给列维提出了一个全新的难题。他的实验室位于医学院大楼的 12 楼，很小，只有 80 平方英尺，研究卡波西肉瘤这样的皮肤肿瘤没有问题，但学校认为实验室缺乏合适的安全设备研究传染病。要符合学校的安全标准，列维就得安装一个净化罩，并配上价值 1 500 美元的新过滤器。

列维再次为如何遵守安全规定而一筹莫展。由于政府削减经费，再加上科学界认为肿瘤病毒研究已过时，列维的实验室和全国各地的人类肿瘤病毒实验室一样举步维艰。他的很多同行已经离开了专业医学研究领域，转而在民营制药公司找到了更可靠的饭碗；还有人彻底放弃了科研。列维知道，由于经费短缺，几年内美国将面临严重的逆转录病毒学家短缺。这个在 1982 年似乎无人在意的问题，会成为

1985 年的噩梦。

结果，到了 4 月，为了给他的研究中心里仅有的两位员工——一位兼职技术员和一位兼职秘书——发工资，杰伊·列维只能去找一位有钱的朋友。他已经接到学校的通知，要么去争取研究经费，要么走人。现在，当他打算开始进行有希望找到艾滋病病因的研究时，却因为拿不出 1 500 美元买过滤器而陷入困境。他向校长办公室申请额外补助，但遭到了拒绝；学校的任何机制都不允许提供这笔钱给他。

垂头丧气的列维把事情告诉了马科斯·柯南特，后者一直在协调加州大学旧金山分校医生们的工作。柯南特向来不讨官僚机构的喜欢，他当场决定，“我们去找议会”。柯南特利用他不断积累的同性恋政客人脉，向议长办公室申请列维的实验室需要的 1 500 美元。

回到学校，管理层对这位逆转录病毒学家大为光火。即使在情况最好的时候，大学官员也憎恶任何卷入政治流程的行为，他们鄙视州议会里那些肮脏政客的短视。最让他们痛恨的是，议员想通过给这个或那个研究提供经费来剥夺他们作为大学领导的支配权。在学术界的象牙塔里，这种由政府官员直接发放的经费被认为是不干净的。

不管怎么说，列维拿到了钱。议长一个电话打到校长那里，问题就解决了。但这笔钱是在 1983 年 1 月，也就是他提出要求 6 个月后才到手的。

列维本可用这 6 个月寻找艾滋病病毒。事实上，他的实验室成了全球三家分离这种综合征的致病因子的研究机构之一，显然这 1 500 美元花得很值。列维随后指出，很显然，事情本来无需拖这么久。

1 500 美元过滤器的事，不过是 1982 年美国各个角落发生的众多故事中之一。

* * *

大学对这场同性恋疾病缺乏热情，此种情况并非仅仅出现在逆转录病毒学领域，也不仅仅出现在旧金山或巴黎。在洛杉矶，迈克尔·戈特利布医生申请开设一家诊所，用于研究人数激增的艾滋病人，行政官员想到此处会成为同性恋疾病研究中心，便感到相当不快，至今还在拖延。有些人甚至嫉妒戈特利布在过去一年所获得的关注。

疾控中心已更名为“艾滋病特别工作组”，负责人詹姆斯·科伦仍在游说知名病毒学家和研究者加入艾滋病研究队伍，但是感兴趣者寥寥。

马科斯·柯南特和保罗·沃伯丁也注意到，加州大学旧金山分校的管理层明显对于在该校设立全国唯一一家艾滋病诊所缺乏热情，于是决定把诊所从加州大学旧金山分校的校内迁往该校的教学医院——旧金山综合医院。7月，市政府批准了一笔经费，用于把这家县级医院的癌症科改造成一个艾滋病门诊诊所，并于1983年初开放。沃伯丁在1981年7月1日至1982年7月1日接诊了10名卡波西肉瘤患者，他以自己的行动来证明这笔钱——全世界第一笔投入艾滋病研究的市政基金没有被辜负。市政府的4万美元拨款是基于沃伯丁的预计，他认为明年的病人会新增20多个。当然，这个预言实在太天真了。不过，1982年夏天的那几个月仍是一段纯真岁月，一块黑板还能写完旧金山所有艾滋病患者的名字。

华盛顿，雷伯恩众议院大厦

在华盛顿，蒂姆·韦斯特摩兰德整个夏天都在想办法从美国卫生与公众服务部的头头那里得到有关艾滋病研究经费的正面答复。在7月的一份备忘录上，国家癌症研究所提议下一财年拨款125万美元，作为政府外的科学家3年的研究经费。韦斯特摩兰德大吃一惊。他意识到，光是等政府接受资助申请就要3个月，经费真的发下来可能还要再等9个月。以即将结束的这个财政年度来看，国家癌症研究所共计支出45万美元来支持该所之外的研究。下一年，他们计划支出52万美元。在国家癌症研究所的10亿美元总预算中，他们用于支持本所的卡波西肉瘤研究的支出是29.1万美元，约占其总预算1%的1/40。至于疾控中心，其在艾滋病研究上的投入约为200万美元，而该机构的总预算为2.02亿美元。

与此同时，国家卫生研究院在8月5日发给比尔·克劳斯的一份备忘录中，扼要地展示了他们所做的努力。这个庞然大物般的卫生机构年度预算总计为40亿美元，由国家癌症研究所、国家过敏及传染病研究所主持的12项不同实验正在不急不忙地进行着。所有的艾滋病研究项目整整齐齐地打印出来，3页纸都没用完，还留有很多空白。上面没有提及未来是否会向外部研究人员提供经费，也没有提及在它们自己的实验之外是否还有什么协调反应计划。

“这真是太可怕了，”克劳斯叹道，不由得脱口而出他常说的那句，“难道真没人关心吗?”

加州，俄罗斯河，法夫度假村

乔·布鲁尔觉得，盖瑞·沃什终于摆脱了激进内省的状态，重新变回过去讨人喜欢的样子。法夫度假村是个深受同性恋欢迎的地方，乔悠闲地躺在红树林旁的游泳池边，对他而言，在他俩之间保持“除了性什么都可以有”的恋人关系似乎是个不错的决定。盖瑞刚刚搬进卡斯特罗区上段的一间很棒的公寓，那里可以远眺市中心的天际线。马修·克里格被安置在一英里外他和盖瑞共同购买的古色古香的房子里。乔也是单身，所以他和盖瑞在感情问题上互相慰藉，一起享受阳光，并计划一起去墨西哥过圣诞节。

避开日光，回到简朴的小木屋独处时，盖瑞·沃什在自己浓密的棕色眉毛上方的红色斑纹上涂上了乳液。他恨这种乳液，讨厌时不时就要来对付一下这些瑕疵。但是，38岁的他内心充满恐惧，这些斑痕实际上是免疫系统正在崩溃的外在表现。没有一位医生对他明说过，盖瑞自己有时也不愿意承认这个事实。然而几个月来，当他独自在被汗水浸透的床上辗转反侧时，这些想法犹如毒气般在他脑子里升腾，他已然明白是怎么回事了。

在这个炎热的8月周末，他的内心已不再纠结于此，尽管他从没跟马修或乔谈过这个想法。盖瑞知道，即便自己目前没得艾滋病，也肯定迟早会得，除了等待别无他法。

盖瑞在眉毛上方涂完氢化可的松乳膏，对着镜子反复检查了自己的笑容，然后离开小木屋，去游泳池边跟乔待在一起。

纽约，贝尔维尤医院

戴尔·劳伦斯走到他床边时，病床上的那名西班牙裔男子已经神志不清。严重的肺囊虫肺炎导致其体温飙升，嘴里一直胡言乱语，然而英语不是他的母语，所以交流起来极为困难。主治医师已经问过他是不是同性恋或者静脉吸毒者，他可能说了是，但没人能确定。不过，他的妻子坚称他是居家男人，既非同性恋，也非静脉注射吸毒者。他的医生表示认同，并指出一种更有可能的感染原因。

1981 年 1 月，该男子在贝尔维尤医院做冠状动脉搭桥手术时曾接受大量输血。手术过程中，12 位美国人的血和 8 个单位的欧洲人血液进入了他的体内。这些美国献血者，无一被列入疾控中心的艾滋病患者名单。劳伦斯意识到自己必须去走访这 12 名美国人，以确认他们是否出现了这种病的早期症状，或者是否符合任何高危人群的特征。他认为，输血导致艾滋病是一场灾难，大难即将临头，必须尽早警示国民。

然而，美国最大的血库——纽约血液中心的官员拒绝向劳伦斯提供献血者的地址，以致他计划好的走访无法进行，劳伦斯对此大为失望。血库官员坚持认为，没有证据表明艾滋病可以通过输血传播。除非输血导致艾滋病已成为不争的事实，否则献血者的隐私受法律保护，不容侵犯。血库仅允许疾控中心将捐赠者的名字和艾滋病患者名单进行比对，但不允许疾控中心与捐赠者直接接触。血库确实同意给献血者打电话，询问他们是否属于高危人群。不出所料，他们后来报告说所有献血者都很健康，没人属于艾滋病高危人群。

戴尔·劳伦斯的上司布鲁斯·伊瓦特整个夏天往华盛顿跑了好几趟，试图促使血液制品行业采取措施，限制高危人群献血。疾控中心警告血库以及营利性血液制品的生产商——比如第八因子制造商——艾滋病可能会污染血液；然而，这些人无法理解事态的严重性。当伊瓦特无法从道义角度劝服血液行业时，他提到了此事对血库的财政影响。假如他们无视疾控中心的建议继续让艾滋病蔓延，有可能会面对大量的医疗事故诉讼。也不管用。

劳伦斯继续尽全力调查。他调查了当天手术室里的所有人，以确认是不是医务人员传染了这名西班牙裔男子；调查了与此人共用一台呼吸机的人；还有此人睡过的病床，乃至他病房里的输暖管道。毫无结果。要证明艾滋病通过血液传播，可能要看能不能采访到献血者，因而他拿不出必要的证据。

这个病例身上还有些令人困惑的情况，当然一段时间内无人明白。劳伦斯在查看这名病人的病历时，发现他最初的迹象并不是夜间盗汗、淋巴结肿大或疲倦感等典型的症状。相反，输血 3 个月后，该男子抱怨自己腿部神经出了问题。他拄了一段时间拐杖，直到好转，但随后他变得莫名其妙地健忘、糊涂，像个上了年纪的人。患者的一个孩子对着劳伦斯叹了口气，伤心地说："看来我爸已经精神错乱了。"

18. 徒劳无果

1982 年 8 月 6 日，旧金山，圣弗朗西斯医院

那天下午，一位国际贸易顾问的家人给报社发了讣告，说他在长期患病后去世了。事实上，这位 48 岁的贸易专家之死见报后，更多的是引起了社会名流的关注，而非医学界的关注，尽管他是当地第一批死于脑炎的艾滋病患者之一。这是一种新的并发症，不啻为又一个巨大的意外。

当时，在死亡通知书上隐瞒艾滋病的诊断结果并不鲜见。艾滋病刚开始流行的那几年，讣告掩盖了这样一个事实：一种疫病正在夺走各种人的生命，不仅有广为人知的浪子，也有知名人士。人们不得不

非常仔细地阅读讣告，看看里面是否语焉不详地提到久病不治，或者奇怪地提到死者才 30 多岁便突然患上肺炎或皮肤癌，然后就明白了。从讣告上看，人——尤其是富豪阶层的人，不会死于什么同性恋疾病；他们只会和小仲马笔下的“茶花女”一样沉疴不愈，直至生命耗尽。这样的讣告里从来不会出现其遗孀或孩子的名字，反而会有逝者的兄弟和姨妈、侄子侄女。通常，至少死者双亲中的一位会分到这个有违自然规律的任务——主持自己孩子的葬礼。

然而，在一个闷热异常的周五下午 1 点半，一位米德尔塞克斯大学和哈佛大学的毕业生发出了最后一声痛苦的呻吟。T－4 淋巴细胞的缺乏导致了可怕的脑炎，令他头痛欲裂；原生生物在他的肺泡里以惊人的速度增加，挤得肺无法呼吸。然后他死了。

这件事上了所有的报纸。死者的家谱也被翻了个底朝天，他的曾祖母是当地一家著名医院的创建者，他是旧金山某名门望族的第四代，著名的“太平洋俱乐部”成员及高级网球俱乐部会员，他的葬礼在最时尚的圣公会大教堂举行。这家人在捐钱时首选哈佛大学，他们其他的慈善捐助对象也没有一个与同性恋疾病有关。

*　　*　　*

要不是一名病婴的免疫缺陷症状令加州大学旧金山分校的知名儿科免疫学家深感不解，这场死亡几乎不会被人注意到。莫特·科万医生帮助这个 17 个月大的婴儿度过了一次又一次的感染、念珠菌病、重症肝炎、脾脏肿大以及后来可怕的鸟-胞内分枝杆菌感染，后者是一种奇怪的机会性感染，在美国很少见。

大概就在那时，科万给国内顶级儿科免疫学家之一阿特·阿曼医生看了这个婴儿以及他身上出现的免疫谜团。阿曼查看了病婴的病历和血检报告，很快得出惊人的结论。他对科万说：“我觉得这个婴儿得了艾滋病。”

阿曼很清楚自己的结论会引发争议。据他所知，他是唯一一个对婴儿做出这种诊断的医生。有些医生，比如布朗克斯的埃尔·鲁宾斯坦医生，尝试推动人们接受这一假设，但所有知名的儿科和免疫学期刊都拒不承认；而3 000英里外的阿曼医生并不知道其他人也会谨慎地得出同样的结论。

8月13日，得克萨斯，达拉斯

这天是美国第一届同性恋领袖大会召开的日子，人们在走廊上热烈地议论着谁进来了，谁出局了。大多数主要同性恋团体的领导人都没有理会由50名热心组织者在一侧小会议室举行的首届全美艾滋病论坛。

克里夫·琼斯在旧金山感到非常孤独，所以对终于遇到志同道合者感到欣喜若狂。这些人和他一样清楚，同性恋运动的未来有很大一部分与艾滋病谜团有关。克里夫认为，艾滋病论坛不同于他参加过的几十个同性恋会议，甚至不同于正在同一酒店召开的同性恋领袖大会。他一直惦记着“男同性恋健康危机”那个讨人喜欢的保罗·波帕姆，也想着暴脾气、爱对抗的拉里·克莱默，觉得比起在纽约和那帮躲在柜里的同性恋打交道，拉里在旧金山会过得更好。

对拉里而言，他自己就像走在大街上的一个朝气蓬勃、自命不凡的小孩。“男同性恋健康危机”实现了跨越式发展，目前已有300多名志愿者。他们将在下个月启用总部，同时正为“伙伴计划”培训几十名志愿者，以期为病人提供切实的服务。艾滋病患者的支持者团体以及他们的朋友、爱人也会离开医院，迁入新总部。“男同性恋健康危机”的领导自豪地告诉彼此，他们正在创建一个全新的社会服务网络，而且完全不依赖那些自以为是、政治正确的傻瓜——这些人在同性恋领袖大会上出尽了洋相。

拉里·克莱默认为，那帮炙手可热的领导者之中几乎没人愿意参加艾滋病论坛，这件事本身就说明了他们毫无远见。对他本人而言，别的同性恋事务都不值得参与。随着一场新疫病开始侵蚀大城市里的同性恋政治权力的核心，同性恋群体已无力承担过去的事务。同性恋政治团体试图发动轰轰烈烈的全国运动，到头来却徒劳无果。艾滋病的威胁使所有的努力戛然而止。

* * *

杰克·坎贝尔递给克里夫一张开给“旧金山卡波西肉瘤教育与研究基金会”的支票，他看上去有点不安。克里夫·琼斯知道原因。自从若干年前坎贝尔在克利夫兰开设第一家浴场以来，他已经创造了“浴场俱乐部”的业界传奇，其授权开设的浴场遍及美国和加拿大的每个地区。由于同性恋政治团体总是处于贫困状态，而浴场老板长期慷慨解囊，所以他一直是纽约、洛杉矶、迈阿密、芝加哥等地颇有影响力的同性恋领袖，在旧金山他的势力相对小一点。坎贝尔曾是全国同性恋工作组的理事会主席，在全国和佛罗里达都享有盛誉，在佛罗里达更是毫无争议的同性恋领袖。岂料佛罗里达竟是艾滋病疫情最严重的州之一。

与克里夫谈话时，坎贝尔慢慢把话题引向艾滋病对其事业可能造成的影响。

“我认为这是一种由病毒引起、通过性传播的疾病，”克里夫一边把支票收进皮夹，一边尽可能巧妙地表述，“还没有人提议关停浴池，不过我觉得要做一些改变。”

私底下，克里夫更倾向于在浴场外面竖起公告牌，让顾客知道光顾这样的性乐园可能会付出生命的代价。但即使是这样的暗示也遭到强烈反对，反对者们依然把浴场视为性解放运动的一种标志，是同性恋长期奋斗得来的胜利果实。许多人仍不相信艾滋病是一种性病。假如他们关闭浴场生意——同性恋的生意——却发现致病的是催情剂，那岂不是被压迫者玩弄于股掌之间吗？

作为一个政治议题，浴场问题很快被搁置了。即便那些投身于艾滋病防治的人也对关闭浴场的想法感到震惊，他们中的大多数人在争取民权的过程中都避免触及政治。与此同时，像杰克·坎贝尔和布鲁斯·梅尔曼这样的浴场老板——后者拥有在纽约遍地开花的“圣马可浴场”——通过大量捐款给警告浴场有危险的艾滋病组织来表达对艾滋病疫情的高度关心。大家都说，我们是一条船上的。

* * *

艾滋病论坛结束当晚，主要的艾滋病活动人士聚在芝加哥医生大卫·奥斯特罗的酒店房间，与论坛的主要发言人詹姆斯·科伦医生一起集思广益。同其他人一样，科伦也对参加大会的这么多同性恋团体领袖的行为感到惊讶，这些人似乎对这种可能会令其他同性恋事务都显得无足轻重的疫情不太关心，但他并不是来骂人的，而是来倾听的。他一直在问同性恋社群中有没有开始出现什么新情况。

当这群人回顾早期病例的情况时，拉里·克莱默说他已经知道21个人感染了艾滋病，科伦大吃一惊。一个人怎么会认识21个病人？科伦想知道这意味着什么。

克里夫注视着科伦对一举一动，看他挨个听取同性恋领袖的发言，记下他们的想法，自己倒没说几句。作为一个政治动物，克里夫想知道政府内部对于艾滋病的政治问题是怎么看的，他们得到足够的经费了吗？疾控中心究竟在做些什么？这方面，科伦没有多谈，在场的医生也没有问。

* * *

同性恋领袖在达拉斯开会的那个星期，美国的艾滋病患者总数超过500人。患者和死者人数的增长速度把亚特兰大的特别工作组惊呆了。其中至少20%的病人是在过去5周内确诊的；他们认为，照这个速度计算，年底会有1 000人确诊。就在这时，疾控中心主任威廉·福格听到有人以纯粹好奇的口吻，大声喊出心底的疑惑：“为什么人们对这场疾病无动于衷呢？”

曼哈顿

“男同性恋健康危机”办公室的启用，不过凸显了越来越多的纽约艾滋病患者急需这座城市提供服务。一旦被这种仍在发展的疾病限制了行动，许多人就只能困在纽约的公寓里。“伙伴计划”需要的不仅是后勤工作人员，还有家庭护理，教育也迫在眉睫。传说艾滋病的传播方式和乙肝一样，医院工作人员愈发惶惶不安。他们需要有人来平息他们的恐惧感。同时，要增加同性恋的恐惧感，就像拉里·克莱默所说，别让他们自己作死。

与市长埃德·科赫会面的要求遭到了拒绝。原因不难看出。科赫刚刚在激烈的纽约州州长初选战中败给了来自皇后区的民主党人马里奥·库莫。当然，在库莫的选战中，科赫长期单身的问题在该州保守地区被大肆渲染。在阿奇·邦克①安家的皇后区，竞选海报上写着："票投给库莫，别投给基佬。"大多数略有影响力的同性恋领袖也在初选中支持库莫。显然，科赫不会为同性恋疾病筹集基金。

拉里·克莱默倡议对科赫发起愤怒的抗议。他说，只有表现出力量，才能逼使他采取行动。"男同性恋健康危机"理事会的大部分人比较冷静，认为此举只会进一步疏远市长。

总的来说，同性恋更为愤慨的是纽约赫赫有名的同性恋医生丹·威廉，而不是科赫和他的哪个手下。《纽约人》发表了大量与艾滋病有关的报道，在其中一篇长文及随后的采访中，威廉竟然建议，应该要求浴场张贴警示标志，告知疫病与滥交的关系，就像在餐馆张贴"海姆立克急救法"的海报一样。他说，浴场应致力于改变性行为模式，降低感染艾滋病的风险，否则这里终将会像"俄罗斯轮盘赌场"一样使同性恋社群沦为艾滋病的牺牲品。

这一建议无异于将性解放运动的10年成果打回起点，其激起的舆论漩涡是威廉始料未及的。知名左派同性恋杂志《身体政治》谴责威廉是在宣扬"一夫一妻论"，"制造恐慌"，"散布恐惧"。威廉惊讶于自己会受到如此猛烈的抨击，但站在个人角度，他能够理解整个同性恋社群在面对致命新疾病的前景时所感到的不安。1981年初，他被告知患有退行性血液疾病，可能只剩下5年或10年的寿命。这

① Archie Bunker，1970年代美国电视剧《家庭生活》（*All in the Family*）的主角，他是二战老兵，退伍后从事蓝领工作，居家好男人。——译注

种病与艾滋病无关，但它让威廉体会到人在绝境中是不愿面对事实的：当一些事情糟到你完全不想相信的时候，你就会想怎么把它抛到脑后并坚决否认它是真的，怎么痛恨那个告诉你真相的人。

如今，当威廉告诉病人白细胞数量出了问题，需要密切关注其健康状况时，他发现有些病人也是否认事实，拒不接受的，他们会愤怒地反驳他。这也是一种否认，从社会乃至政治层面上讲都是。这是同性恋社群需要经历的一个阶段，他自己当时也是这样，后来找到了解决之道。不过，同性恋社群的问题更紧迫，因为否认意味着时间在一分一秒地流逝，而他们原本可以利用这个时间正视艾滋病，挽救自己的生命。在这场灾难中，时间就是生命。

* * *

然而，这年夏天，同性恋群体的意识里对一些可怕的东西有了模糊的认识。政客对此无所作为，商人却抓住了机会。同性恋报纸上，广告铺天盖地，一种名为“男子健康与免疫力提高剂”（HIM）的天价维生素合剂横空出世。这种药内含“天然维生素、矿物质和草药，适用于性行为活跃的男子”。广告上承诺，这种药的独特配方有助于“充分提高免疫系统的抗感染能力”并“保持性活力和性能力”；它当然不会写“吃了这种维生素，你就不会悲惨地死去”。但是，随着这种维生素合剂在全国各地的同性恋街区热销，其趁机敛财的意图显而易见。曼哈顿和旧金山的下水道里流淌着全国维生素含量最高的尿液；即便在成群结队前往浴场寻欢的时候，他们也深信要是真有危险的话，他们的领袖会提醒他们。是啊，他们都在一条船上。

8月19日，华盛顿

几家通讯社对达拉斯的同性恋领袖大会做了零星报道，因为患者人数急剧增加，大部分都选取了艾滋病的角度。几天以后，华盛顿的官老爷们作出了回应，用的是他们最熟悉的方式——新闻通稿。

“美国卫生与公众服务部助理部长小爱德华·N·布兰特医生，

今天指示美国公共卫生服务机构加紧行动，防治获得性免疫缺陷综合征。目前对此病知之甚少，但美国感染者已越来越多。”

布兰特当天宣布的措施，包括继续研究血友病患者，审查消除第八因子致病的技术，未来召开艾滋病会议时请所有受此病影响的团体参加，呼吁国家癌症研究所“尽快行动”，为政府及非政府的艾滋病研究项目发放下一财年的 220 万美元经费。布兰特跟食药局统一口径，都说全国的血液供应不存在任何问题，他还说，“3 位血友病患者出现的肺部感染令人不安。但是，目前尚无法确认病人使用的血液制品与艾滋病之间存在关联。”

布兰特指示国家癌症研究所“迅速”采取行动，全国各地主要的艾滋病研究中心对此一笑置之。毕竟，他们答应给经费的话已经说了将近一年，而拨款申请程序还没定下哪个月开始，这就意味着在 1983 年年中以前，国家癌症中心不可能“迅速”发放任何经费。

* * *

官方对病情的一时兴趣引发了一连串的新闻报道，这些报道随后形成了常见的模式。《新闻周刊》总是急于避开变态者或吸毒者的角度，围绕才公布 2 个月的血友病人发表简短报道：“同性恋瘟疫向新的受害者发起袭击。”重点是要让读者知道艾滋病正在袭击那些重要的人，所以这篇报道的第二句话是这样写的，“同性恋瘟疫已经开始在普通人中间蔓延。”12 名疾控中心工作人员为了迅猛发展的病情忙得马不停蹄，《新闻周刊》却将他们夸大为“一支 75 人的特别工作组”，这个数字大概包含了所有参与过艾滋病特别工作组会议的疾控中心工作人员。两周后，《时代》杂志的一篇报道将特别工作组说成有 120 人。

这些胡编乱造、刻意抬高的数字反映了多年来新闻界在报道艾滋病时存在的两个突出问题。其一，记者们愿意相信递到他们手上的新闻通稿，没有一丝兴趣去查一查报道的内容是否属实。自从“水门事件”之类的调查报告出现后，根据新闻稿而发的新闻已经过时，但在艾滋病蔓延期间又卷土重来。其二，关于艾滋病的新闻报道还有一个明显的特点，那就是不自觉地给原本凄惨的故事添上一点让人心安的调子。有大型工作组，就意味着这个问题可能会得到解决；并且每隔一个月左右，在大部分报纸的不为人注意的角落会有简短的几段文字提到艾滋病研究过程中这个或那个突破。标题会是这样的："卡波西肉瘤的新发现带来一丝希望"，但事实上，随着夏天转为秋天，1982 年没有任何希望出现。有的只是那些官僚，他们认为自己既能节省国家开支，又能阻止这种邪恶的新疫病；还有那些报纸编辑，他们不肯为同性恋瘟疫奔走，也不在乎报道是否真实。

与此同时，在 8 月的最后几周，又有两个州报告出现首例艾滋病病例。至此，艾滋病已席卷 26 个州及 12 个国家。

19．强制拨款

1982 年 9 月，旧金山，传染病控制局

狭小的办公室里堆满了医学杂志和病例文件夹，而塞尔玛·德里兹医生正在和亚特兰大方面通电话，想知道对方是否了解事情的严重程度。男同性恋中开始出现另一种新疾病，她确信与艾滋病有关。作为流行病学家，德里兹讲究数据，希望将这种新疾病的患者纳入艾滋病患者总数中。与往常一样，她在这个问题上再次与疾控中心意见不一。

第一批病人出现在医生面前时，淋巴结肿得像高尔夫球那么大。这不是普通的淋巴结病变，经诊断是伯基特淋巴瘤，是最早出现的与病毒有关的人类肿瘤之一。事实上，旧金山的一些研究人员曾在非洲工作，研究伯基特淋巴瘤与爱泼斯坦-巴尔病毒之间的关系，后者就是造成美国人熟知的"单核细胞增多症"或"接吻病"的微生物。德里兹对此很感兴趣，因为她发现，患有免疫缺陷的男同性恋中间又

出现了一种由病毒引起的肿瘤，一如卡波西肉瘤与非洲的巨细胞病毒有关。免疫缺陷似乎导致病毒肆虐，并助长了肿瘤。这一现象的发现有着比艾滋病更为深远的意义，这一思路也许会让人对癌症与病毒之间的关系有新的了解。

第一批病例报告是德里兹在和医生们闲聊时得知的，她回去查了一下。位于萨克拉门托的加州肿瘤组织注册中心有加州所有癌症患者的记录，与之核对后，她发现统计员预计未来两年内全加州只会有两三人罹患这种罕见癌症。而短短 9 个月，德里兹手头已有 8 个病例，都是旧金山的同性恋。

“伯基特淋巴瘤是艾滋病的一种形式，”德里兹用芝加哥口音实事求是地告诉疾控中心，“我们应当开始将这类病人计入艾滋病患者并公之于众。”

疾控中心表示反对，他们尚未从其他地方听说此事。德里兹想，那是自然，任何地方都不如旧金山那样井井有条。别的城市的卫生官员不会每天给医生打电话，了解这种威胁男同性恋的可怕疾病。这是让德里兹感到欣慰的事情之一，因为她与同性恋社群的复杂关系网是有接触的。

德里兹从不婆婆妈妈，不过等她挂了电话后，疾控中心的医生打赌说她现在会给自己弄一套统计数据。是的，他们没说错，她有两套数据，一套是根据疾控中心的狭义定义得出的艾滋病人统计数据，还有一套是根据她所在城市对各种致死疾病的最准确描述得出的统计数据。正因为这两套数据的存在，疾控中心最终让步，采纳这位严谨的卫生官员的建议，将伯基特淋巴瘤列为不断增加的艾滋病症状之一。到目前为止，艾滋病症状包括来自鸟类、羊、猫和鹿的真菌感染，以及全身各处出现的肿瘤，包括舌头、直肠等部位，其中最可怕的是脑瘤。

9 月 15 日，旧金山，联邦政府大楼

“你们要多少钱？”大块头的国会议员直截了当地问。

比尔·克劳斯原本准备以国家过敏及传染病研究所进行的复杂的淋巴细胞研究以及疾控中心对静脉注射吸毒者的深入研究为例，通过复杂翔实的细节详尽说明为什么需要这么多的经费支持。

而菲利普·波顿议员只要他报个数字，以便办正事。克劳斯犹豫了。

“说实话，我们现在也没底，”克劳斯说，一脸的不好意思，“没办法确定要花多少钱应对健康危机。没有这种算法。”

关于支出，克劳斯仅有的衡量标准来自国会研究服务中心①的报告。该报告发现，1982 年美国国家卫生研究院花在每位死于“中毒性休克综合征”的患者身上的研究费用达 36 100 美元，当时此病已被攻克。在最近一个财年里，国家卫生研究院在军团病死者身上的支出是每人 34 841 美元。相比之下，1981 年，国家卫生研究院为艾滋病人死亡患者投入的经费是每人 3 225 美元，1982 年达到每人 8 991 美元。根据国家卫生研究院投入的预算经费计算，一名男同性恋的生命价值大约只有美国退伍军人协会成员的四分之一。

最令克劳斯气恼的是国家卫生研究院对此事的反应迟钝。在上个月高调宣布将发放 200 多万美元的科研拨款后，国家癌症研究所至今尚未公布任何申请项目。事实上，国家癌症研究所做出经费承诺已经一年多了。研究血液问题的国家心脏、肺和血液研究所在 1982 财政年度总共才花了 5 000 美元在艾滋病研究上。即使在被污染的第八因子中发现艾滋病之后，该研究所下一年的预算中用于艾滋病研究的经费也仅有 25 万美元。而且，即便过去每个月都会出现大量病例，国家卫生研究院和疾控中心的预算提案中也都没有对艾滋病研究经费有所倾斜。国会的同性恋工作人员中间流传着一个笑话，说国家卫生研究院的缩写 NIH 意思是“对同性恋没兴趣（Not Interested in Homosexuals）”。

参议员哈里森·施密特已经在最近的一项追加拨款法案中悄悄增

① 即 Congressional Research Service，类似于智库，接受美国国会直接拨款，向国会议员及其助手提供各种咨询报告，其中必须反映对所咨询问题的正反两方面观点，但不得提出带有倾向性的政策建议。——译注

加 50 万美元，特别用于疾控中心的艾滋病研究，但政府以投入过多为由予以否决。

菲利普·波顿不耐烦地等着比尔·克劳斯报数字，后者想到了几个不错的整数。

“我们希望能给疾控中心 500 万美元，给国家卫生研究院 500 万美元。”克劳斯提议。

“见鬼，”波顿低斥道，“那我们就要个 500 万和 1 000 万吧。”

克劳斯这才意识到，这些数字在每天都跟动辄几千亿的联邦预算打交道的波顿眼里，根本不值一提。但是这个数字相当于之前的艾滋病研究经费的 30 倍，并且很快就会被拿到众议院讨论。

在华盛顿，作为众议院卫生委员会的委员长，蒂姆·韦斯特摩兰德主动提出将其纳入立法程序，并于 9 月 28 日公布。记者拉里·布什称其为“第一笔同性恋政治拨款”，对一场运动而言，就连为一个全国性组织筹集上万美元都是非常困难的，所以这笔钱看起来实在是巨款。克劳斯知道，菲利普·波顿的提案只是象征性的，因为最终的经费将被包括在更大的开支法案中，不过这些法案增加了伯顿对于众议院卫生议题代表亨利·威克斯曼的政治影响力。

接下来的两年里，大部分由联邦机构进行的研究都是通过上述法案并且由这两人在国会推动而获得资助的，而这两人又是受到了国会山仅有的两位出柜的同性恋助手的激励，一位是毕业于耶鲁大学法学院的蒂姆·韦斯特摩兰德，一位是曾经的街头激进分子比尔·克劳斯。无论怎样评价同性恋群体对艾滋病的反应，很显然，早期艾滋病研究获得的所有经费几乎完全归功于这两位男同性恋。

追加拨款法案为国会和里根政府在未来 3 年如何处理艾滋病问题设立了样板。当然，政府也反对额外拨款，并派相关机构负责人来辩称他们有足够的经费。但是，一旦这些钱在国会获得通过，政府就不会真的否决它，否则会令自己在政治上陷入窘境。最终，这笔钱会到位，但通常比科学家们希望的时间晚很多。里根政府永远不会要求拨款，并且也坚称没必要拨，但无论如何这笔钱都会强加在政府头上，好比牛不喝水强按头。

*　　*　　*

比尔·克劳斯细细品味着自己最终使这个问题有所改观的能力，突然意识到亨利·基辛格的话没错。权力确实是最好的春药。第一笔用于抗击艾滋病的主要经费到位，使他低迷的情绪得到了提振。基科·戈凡特斯去找他的建筑师爱人了，比尔再次形单影只。当然，他从不缺约会，只是对性感到不适，对他在喧闹的70年代末的生活方式感到不安。这段时间，朋友和同事开始注意到他常常工作到很晚，他的话题总离不开新的传染病以及所有需要做的事情。朋友们都心照不宣，他们理解比尔，他在自己最浪漫的爱情故事结束后全身心地投入到工作之中。

9月27日，市政厅，旧金山监事会

监事会顺利通过了追加拨款，没有人投反对票。比尔·克劳斯和达纳·范·戈德安排的投票时间相当完美，监事会半数成员要在5周内谋求连任，没人敢投票反对公共卫生经费，因为城里四分之一的选民是同性恋。市长范斯坦个人认为这笔钱应该出自卫生预算的其他部分，但是比尔·克劳斯知道她也无计可施，她在谋求明年连任，所以不敢否决任何艾滋病资金法案。

因为这种野蛮的政治力量的干预，旧金山政府拿出了45万美元资助世界上第一家艾滋病诊所，并通过“香缇计划”为艾滋病患者提供悲伤咨询和个人帮助，通过“卡波西肉瘤教育基金会”建立第一家地方资助的教育机构。现在，全美用于抗击艾滋病的所有经费——包括美国政府承诺的所有科学及流行病学开支——旧金山市、县承诺提供其中20%。

10月，纽约，布朗克斯，爱因斯坦医学院

作为艾滋病特别工作组的首席流行病学家，哈罗德·杰斐早已听说儿科医生都在嘲笑艾滋病可能出现在婴儿身上的说法。他知道一些科学家，比如埃尔·鲁宾斯坦，因为坚决认为流行病已经蔓延到婴儿身上而被人嗤之以鼻。所有儿科免疫学家都向杰斐保证，这是一种先天缺陷，被误认为是艾滋病。他们坚信免疫综合征是男同性恋得的病。

鲁宾斯坦向杰斐展示了第一批这样的婴儿，他看得出这些孩子并非先天缺陷，而是得了艾滋病。他的发现也与詹姆斯·奥勒斯克医生的结论一致，后者是一名免疫学家，曾治疗过数十个新泽西州贫民区的婴儿，而艾滋病正在这些贫民区的吸毒者中泛滥。杰斐离开时心中非常确定，他开始为《发病率与死亡率周报》写一篇关于婴儿艾滋病的文章。

他知道，艾滋病婴儿的出现巩固了他这类人的观点：一种通过胎盘传播的单一致病因子导致了艾滋病。由此也将人们的注意力直接引向致病因子通过输血传播的可能性，疾控中心迫切需要证明这一点，促使血液行业开始采取预防措施。杰斐的发现亦指出了艾滋病问题中的另一个令人沮丧的方面。研究人员刚刚确定吸毒者中间存在艾滋病人，他们又在病人的孩子身上发现了艾滋病。

如果哈罗德·杰斐在 1982 年 10 月对其他什么事情都不确定的话，他唯一确信的是，在所有的危险人群中，艾滋病患者的数量将继续增加。亚特兰大报告新病人的速度每天都在加快。6 号楼的关键词就是“指数级增长”。

在杰斐造访纽约期间，有人提到了 3 个孩子，他们是同一个妓女所生，都在加州大学旧金山分校接受免疫缺陷治疗。杰斐将于本月晚些时候去旧金山参加艾滋病研讨会，他在记事本上写道：“他们的父亲各不相同。这不符合任何已知的遗传性免疫缺陷模式。”

* * *

艾滋病爆发期间，出现了不同的流行病学轨迹，这使一小群参与研究的人得出了一个共同的结论：这件事正变得越来越严重。此外，疾病在形形色色的人群中蔓延，这意味着在病情稍微缓解之前，它会变得非常非常糟糕。

亚特兰大，疾控中心

联邦政府的新财年始于 10 月 1 日，而艾滋病特别工作组仍在想方设法争取经费。疾控中心的预算管理人员不得不为艾滋病研究工作准备 3 个预算方案，然后将其中之一提交给政府部门，希望这份研究开支已经减到不能再减的方案能被其接受。当艾滋病工作组代理行政主管威尔蒙·拉辛向疾控中心管理人员提交最终预算案时，他警告说："如各位所知，本预算案并不能为艾滋病监测和流行病学研究提供足够的经费。但是，我们将继续开展最迫切需要进行的研究，直到有更多经费可以支配。"

在位于凤凰城的疾控中心肝炎实验室里，唐纳德·弗朗西斯医生提交了另一份备忘录，要求为实验室的基础研究提供经费。他尽可能多地提出了 198 301 美元的申请，并敦促疾控中心的领导们尽快决定。他确信，病毒就潜伏在艾滋病患者的血液中，他所需的只是基本的实验设备。亚特兰大方面没有答复。

* * *

10 月，国家癌症研究所宣布将接受 150 万美元的临床研究基金申请，这是来自政府资助的唯一好消息。尽管国家癌症研究所的官员经常表示对此综合征有兴趣，但距离他们第一次暗示要为该病投入一些经费已经过去一年多了。在加州大学旧金山分校的卡波西肉瘤诊所，这个消息第一次给保罗·沃伯丁这样处在困境中的临床医生带来了一线希望。

接着，沃伯丁读了合作协议中的细则。150 万美元的拨款将以每年 50 万美元分 3 年发放。此外，这笔钱并不是给一家医院的，而是让多个城市的艾滋病中心共享。在试着完成一份符合要求的预算申请时，沃伯丁的心情像灌了铅一般沉重。他手下有 10 名科学家，其中不少是著名的逆转录病毒学家和免疫学家，他们搁置了其他研究计划，希望借此机会研究一种重要的疾病。现在，他不得不想办法让大家分摊这50万美元。当然，前提是他能得到全额拨款——而这是不太可能的。

一旦沃伯丁意识到当务之急是在诊所进行开创性的治疗和免疫学研究，他就明白自己不得不削减开支。尽管旧金山的同性恋群体比较集中，且很有合作精神，是全世界研究这种疾病传播方式的最佳场所，但没有资金提供给流行病学研究。流行病学研究没有经费，就无法研究哪些性行为最容易传播艾滋病，也无法通过公共健康教育来干预和减缓疾病的传播。

单单写资助申请，就意味着要向医院讨要文字处理设备。此外，沃伯丁还要不断缩减他认为根除此病所必需的研究经费。

在洛杉矶，两年前接诊了第一批肺囊虫肺炎患者的迈克尔·戈特利布，正忙于狂砍自己的经费申请计划。在借用加州大学洛杉矶分校的计算机时，他的一些同事痛心疾首地不断劝说他脱离艾滋病研究，重返科学研究的“正途”，而他全当耳旁风。随着经费申请最后期限的临近，他开车去了圣莫尼卡，在那里发现一名男同性恋自愿为这个复杂的申请做文字处理。当然，戈特利布很清楚，在1983年以前这笔拨款不会到位，而且数额也不可能足以开展像样的研究。他正在浪费时间，而时间就是生命。他不知道，在政府意识到疫情的严重性之前会有多少人死去。社会能在多大程度上承受死亡和苦难?

当这位帮助加州大学洛杉矶分校的首次艾滋病研究经费申请处理文字工作的同性恋油尽灯枯、死于艾滋病后，戈特利布又问了自己一遍同样的问题。

* * *

就在1982年10月的那几周，泰诺胶囊中发现了氰化物。10月1日，有毒胶囊——都是在芝加哥地区发现的——的事首次见报。整个10月，《纽约时报》每天都有一篇关于泰诺的报道，10月之后的两个月里又有 23 篇报道。其中 4 篇上了头版。中毒事件在全国各地的媒体上所占篇幅相似，激发了政府的巨大努力。在证实泰诺是唯一含有氰化物的胶囊后，美国食药局在几天内就下令全国各地的药店将此药下架。在发现动过手脚的药盒几千英里外的各州，联邦、州及地方当局立即着手通力合作。他们坚持认为，在拯救生命这件事情上任何行动都不算极端，花费再大也值得。

调查人员纷纷涌入芝加哥来揭开谜团。光是伊利诺伊州一地的案例就有超过 100 个来自州、联邦和当地的机构参与，并写成了 26 卷多达 1.15 万页的调查报告。据当时铺天盖地令人窒息的报道称，美国食药局有 1 100 多名员工检测了 150 万个类似的胶囊，以寻找中毒的证据，还追查了每个可能成为此事受害者的人。泰诺的母公司强生公司估计为此花费了 1 亿美元。在 5 周之内，美国卫生与公共服务部发布了关于防窃启包装的新规定，以免此类悲剧再次发生。

最后，除了发现一些穷极无聊的捣蛋鬼曾对几盒止痛药动过手脚之外，疾控中心耗资数百万的调查几乎没有什么结果。在 10 月初报告了第一批几个中毒者之后，再没有出现新的中毒病例。然而这场危机表明，当政府认为美国人的生命受到威胁时，是可以采取行动、发出警告、修改规则并耗费巨资的。

总共有 7 人死于这种含有氰化物的胶囊；在加州尤巴市病倒的那名男子，最终证明他是装病，指望从强生公司拿到赔偿金。

相比之下，到 1982 年 10 月 5 日，共有 634 名美国人感染了艾滋病，其中 260 人死亡。没有人急于投入经费，没有人动员公共卫生官员，也没有人发布可能挽救生命的法规。

新闻媒体本该替公众行使监督职能，然而对于已经死去和奄奄一息的同性恋身上发生的事，媒体不约而同地打着哈哈，漠然置之。全国有一半的艾滋病患者居住在纽约，而《纽约时报》在 1981 年只登了 3 篇关于艾滋病的报道，1982 年全年又只登了 3 篇。没有一篇上过头版。也就是说，一个人可以住在纽约或美国其他地方，却无法通过每天的报纸了解到一场疫病正在蔓延，即便连政府机构的医生都预测它将夺去成千上万的生命。

10月28日，纽约，市政厅

一名警察领着拉里·克莱默、保罗·波帕姆和“男同性恋健康危机”的其他代表来到市政厅一间阴暗寒冷的地下室。当这群人上上下下打量这个只有一张破旧的桌子和几把直背椅子的小房间时，警察说他想不起这里已经有多久没人来了。当时，还有几分钟就是上午11点了，他们与赫伯·瑞克曼约好这个点会面，后者是市长埃德·科赫手下的同性恋员工，也是同性恋社区的联络人。

克莱默对这个一拖再拖的与瑞克曼的会面期待已久，并把此次需要讨论的议程要点清清爽爽地打印好了。他们已经准备一年多了，到头来市长不过派了个低级助手来见他们，尽管克莱默怀疑“男同性恋健康危机”并不会从市长那里得到很多东西，但此次会面至少可以给这个组织提供一个机会为市政府要做的事制订一个计划。

克莱默希望“男同性恋健康危机”提出的合理要求能让他们在讨论中占上风。前一周，该组织宣布他们现在正在为艾滋病患者提供社会服务。由于几乎所有的社会服务通常都是由公共卫生机构提供的，克莱默希望市政府至少能帮助该组织为日益增多的“男同性恋健康危机”员工提供经费。更重要的是，男同性恋需要一些积极的健康教育。克莱默认为，这理应是卫生部门的职责。

赫伯·瑞克曼中午12点半才到，这种以为自己最重要的做派令温文尔雅的保罗·波帕姆颇为恼火。然而，市长的助手笑容满面、和蔼可亲，一边为迟到90分钟道歉，一边迅速接受了该组织的所有提议。这位助手说，如果旧金山方面为社团提供资金以对抗艾滋病，那么旧金山花费多少，纽约就投入多少。是的，他会让卫生专员大卫·森瑟立即着手应对这场流行病；当然，市长将宣布在春季设立艾滋病宣传周。瑞克曼承诺，城里的不动产委员会将为该组织找一处房子，市长的华盛顿联络人将会打电话给白宫。

会面结束时，即便是一向苛刻的拉里·克莱默似乎也心情愉快，这次会面标志着纽约市政府第一次正式关注这一流行病。“我们终于把脚迈进去了。”大伙儿互相转告。

保罗·波帕姆对《纽约人》杂志说：“虽然政府的流程缓慢，好在我们正在取得一些进展。”经历了一年的拖延、几个月电话无人接听以及官僚的搪塞之后，一切似乎都顺利得令人难以置信。确实如此。

巴黎

弗朗索瓦兹·布伦-维兹内医生和大卫·克拉兹曼医生出席了9月的纽约大学艾滋病研讨会，以“艾滋病在法国：有关非洲的假设”为题向大家展示了相关研究数据。他们的观点是，艾滋病已经从非洲传过来，因为大量的早期病例都是在得病前不久去过中非的非洲人和欧洲人。欧洲的艾滋病研究人员谈的都是与非洲的关联。此前几个月，哥本哈根的伊比·拜博耶格医生在回顾他的朋友格蕾特·拉斯克的惨死时，因为将艾滋病与传染性热带疾病联系在一起而遭到嘲笑。现在，布鲁塞尔和巴黎的科学家们正急于研究肺囊虫肺炎和恶性卡波西肉瘤病例，争取成为1970年代末以来率先发表相关论文的人。

两波截然不同的艾滋病疫情正在席卷欧洲，第一波至少5年前就在非洲出现了，而第二波是最近的事，发生在那些与美国同性恋——通常是纽约同性恋——有过接触的同性恋人群中。

然而，引起布伦和克拉兹曼极大兴趣的是科学界有关人类嗜T淋巴细胞病毒引发艾滋病的传言。很久以前，美国国家癌症研究所的罗伯特·加罗医生就推测人类嗜T淋巴细胞病毒源于非洲，被15世纪晚期曾在“非洲之角”停留的葡萄牙人带到日本。人类嗜T淋巴细胞病毒也是加勒比海地区特有的病毒，使那里的海地人正在感染这种病。布伦发现这个理论很有意思，因为她在巴斯德研究所的吕克·蒙塔尼耶医生的指导下对人类嗜T淋巴细胞病毒进行了研究。与此同时，克拉兹曼在过去一年里花了大量时间研究威利·罗森鲍姆收治的艾滋病患者的免疫情况。

布伦和克拉兹曼还加入了威利·罗森鲍姆医生与雅克·莱博维奇医生在年初组建的艾滋病工作组。从纽约回来后，这两位研究人员迫不及待地在随后的欧洲小组会议上分享了关于人类嗜T淋巴细胞病毒的讨论。他们决定招募逆转录病毒学家，希望能在巴斯德研究所这座法国人最推崇的科研机构对该假设开展研究。

在接下来的几周，布伦和克拉兹曼进行了长时间的讨论，并得出这样的思路：要寻找这种病毒，最好不要先从艾滋病患者的血液开始，而是从淋巴疾病患者的淋巴结开始查。克拉兹曼说，艾滋病患者的血液有个特点，就是T-4淋巴细胞缺乏。这种病毒显然非常致命，能杀死宿主细胞，以致可能无法搜寻到血液中的病毒。鉴于淋巴疾病似乎是艾滋病的早期症状，所以最好在病毒仍在增殖时便想办法找到它，而不是等病毒杀死大量T-4细胞后再去找。

后来的事实表明，这是艾滋病研究史上最重要的研究方法之一。法国医生终于提出了一个切实可行的计划——最重要的是，他们提出需要一个大型逆转录病毒实验室来验证这种做法是否可行；除此以外，当时一切都悬而未决。

* * *

10月28日，据疾控中心报告，美国共有691名美国人感染艾滋病，其中278人死亡。近五分之一的病例是在九十月间上报的。在过去2个月里，美国有4个州出现了首例艾滋病病例，分别是亚拉巴马州、肯塔基州、佛蒙特州和华盛顿州；20个主要分布在美国南部和落基山脉地区的州尚无病例报告。与此同时，又有3个国家报告了它们的首例艾滋病病例，即共有15个国家通报了52个病例，大部分在西欧。

10月30日，旧金山，加州大学

马科斯·柯南特医生组织了最初的一次艾滋病疫情全国研讨会，

与会的呼吸科护士凯瑟琳·丘西克坐在拥挤的流行病学分会场，内心焦急万分。过去一年里，她一直在看护艾滋病患者：当他们需要呼吸器的时候把管子塞进他们的喉咙；在他们整夜咳喘不停的时候拥抱、抚慰他们。作为“哈维·米尔克同性恋民主俱乐部”的活跃分子，丘西克也一直在向比尔·克劳斯抱怨当地缺乏艾滋病预防教育项目。她希望流行病学的新发现可以使克劳斯的注意力不再局限于联邦问题，转而关注地方公共健康问题。

儿科免疫学家阿特·阿曼在研讨会上介绍了艾滋病婴儿的情况，这使丘西克确信艾滋病是一种传染疾病。那位妓女是个静脉注射吸毒者，她所生的3个孩子都患有免疫疾病，这一事实加上吸毒者本人的病情以及集群研究的结果，证明艾滋病通过血液传播，也证实了丘西克的担心——艾滋病正在男同性恋中蔓延。流行病学家迈克尔·戈尔曼则巨细无遗地讲解着人口追踪及确诊的病例，忽然，丘西克听到一项统计数据，她猛地坐直了身体。

“在这座城市的中心区域，1%的男同性恋被诊断患有艾滋病。”戈尔曼小心翼翼地说。

丘西克打断了他，“中心区域具体是哪里？”

戈尔曼看起来有点慌张。

“就是市中心区域。”他重复道。

丘西克立刻明白他不想明说。这个城市的中心区域当然就是卡斯特罗区。竟然没有人告诉他们有1%的男性被诊断为艾滋病患者？天哪，她想，跟她交谈过的男同性恋中，有一半仍然坚信艾滋病是媒体炒作出来的。要让男同性恋明白这事有多严重，研究者任重道远。

“那这项研究你打算怎么做？”丘西克追问道，“这可是个惊人的比例。”

戈尔曼解释说，他已将信息提交给英国一家医学杂志，等到发表后，他才能公布内容。当然，每个与会者现在就可以拿到统计数据，而这些数据很快就成了同性恋领袖的话题。

凯瑟琳·丘西克开始怂恿比尔·克劳斯让这项研究见报，这样人们就会明白艾滋病的形势已经有多严重。她说，我们得行动起来。克劳斯四处打听了一下，惊讶地发现同性恋领袖之间的共识是隐瞒信息，他们告诉他："这么做会毁了卡斯特罗街。"

* * *

在加州大学旧金山分校的研讨会做完报告后，疾控中心的哈罗德·杰斐和阿特·阿曼一起查看了更多的儿童艾滋病病例报告。疾控中心正在酝酿一篇关于纽约和新泽西的艾滋病婴儿的文章。杰斐知道，阿曼在儿科免疫学界享有盛誉，他的参与将使报告更为可信。在他们讨论那位妓女所生的 3 个孩子时，阿曼提到了另一个婴儿。他说，该婴儿的父母既不是静脉注射吸毒者，也不属于艾滋病高危人群，但是婴儿在出生时曾接受过大量输血。

杰斐立刻意识到，阿曼说的这个可能是首例有记录可查的输血感染艾滋病病例。一回到亚特兰大，杰斐就打电话给在洛杉矶的戴夫·奥尔巴克，要求其进行自奥尔巴克开展集群研究以来最重要的一次艾滋病调查。

返回旧金山后，阿曼打电话给塞尔玛·德里兹，把婴儿的详细情况告诉了她。德里兹联系了欧文纪念血库，这里负责全部婴儿用血。

11 月初，血库完成了记录搜索，找到了 13 位献血者，他们的血液于 1981 年 3 月输入该婴儿体内。德里兹的目光停留在一位献血者的名字上，她认出此人是一位知名的国际贸易顾问，8 月死于脑炎，曾强烈地否认自己是同性恋。

"哦，上帝啊！"她叹了口气。那种熟悉的感觉又回来了：一方面，她激动不已，因为她站在职业领域的最前沿，这是这一行的人极为向往的；另一方面，她又为自己洞悉了人类的前景而无比悲伤，而她将保护人类的健康视为毕生事业。

她打电话给亚特兰大的杰斐。

"说来难以置信，其中一个献血者是艾滋病患者。"她说。

"事情终于发生了。"杰斐心想。

20. 肮脏的秘密

1982 年 11 月，旧金山，俱乐部浴场

在旧金山最受欢迎的浴场里，盖坦·杜加斯站在水汽弥漫的镜子前仔细打量自己。这人一直在寻找一个人，他想。打小他就在寻找自己的母亲，不是把他带到魁北克的那个女人，而是他的生母。一知道自己是被这个生活粗糙不堪的法裔加拿大工人家庭领养的，他就梦想着有一天能见到自己的生母。他知道自己注定会过上更好的生活，远离那些喊他“基佬”的大个子恶霸，那些在加拿大的严冬里拿雪使劲在他脸上搓的坏蛋。

他能从自己的相貌上看出他跟别人的不同，他值得拥有更好的生活。他爱家人，也爱他的姐姐，可是他们肤色更深，相貌平平，而他一直五官精致，头发柔软迷人。他觉得自己就像被农夫养大的王子。当他终于见到自己的生母后，却告诉朋友他们吵架了。她不肯说出他的父亲是谁，她也不像个公主；突然之间，盖坦再也不谈寻找父母的事情了。不管怎么说，他已经在同性恋帅哥圈里找到了自己的位置，他是同性恋社交界的明星。

现在，他打量着镜子，对自己依然美妙的身体露出笑容，心里想着别的事。他要查查是谁传染给他的。肯定是某个人。他们把病毒传给了他，这下他要死了。他总不由自主地想是谁干的，一如他曾经不停地好奇自己的生母到底长什么样。

盖坦向后退了退，再次欣赏起自己光滑的身体。他 30 岁了，他从没想过自己能活到 30 岁。但他活到了。他住在旧金山，那是他向往的地方。两年半以前，他被告知耳朵附近的小紫斑是卡波西肉瘤，他活过了所有医生预测的寿命，并且感觉很好，他很感恩。的确，这些天他感到比以往疲乏，偶尔呼吸困难。但是，他会战胜一切，会继续在浴场里享受夜生活。

当然，疾控中心的那些混蛋如果看到他在浴场可能会大喊大叫，但他已经叫他们滚蛋了。他们打电话给他的前男友们，打听各种私

事。另外一些医生则警告说他可能正在传播这玩意儿，他们也该滚得远远的。大家都知道癌症不会传染。他要看证据。而且，盖坦还反驳医生，说是别人把这病传给他的。

盖坦注视着小隔间当中的长廊，有些房间的门敞着。里面的男人俯卧着，身旁通常放着一罐科瑞牌起酥油和一小瓶催情剂。盖坦扫了一眼，做出了选择。他侧身挤进小隔间，等着对方礼节性对他点头，表示欢迎。无需言语，两个人就搭上了。盖坦随手关上了门。

旧金山，上阿什伯里街

保罗·沃伯丁低头看着自己的长手指，如今它们一个个皮包骨头。他健壮的体格，得益于童年时在父母位于明尼苏达州的奶牛场干过杂活，现在却瘦削憔悴，跟其他人一模一样。保罗·沃伯丁躺在位于上阿什伯里街的家中，呼吸越来越困难。这里地处卡斯特罗区上段，许多人在此生活过，又死了。现在，保罗·沃伯丁也快要死了。他有没有把病传给孩子？他的妻子又会怎样？每每想到这里，沃伯丁就会醒来。

这个梦在 1982 年的最后几个月里反复出现，每个晚上，保罗心头都笼罩着一层恐惧，因为他不知道噩梦何时再来。1981 年 7 月，沃伯丁在旧金山综合医院工作的第一天，一位资深肿瘤学家告诉他，“下一个大病”正等着他，那时候他对艾滋病充满了好奇。1982 年上半年，艾滋病是一种令人感兴趣的现象。而现在沃伯丁觉得它正在变成一场灾难。

就在几个月前，他和马科斯·柯南特、塞尔玛·德里兹、唐·艾布拉姆斯以及另外几位医生每隔一周就会去柯南特那里开会，更新疫病信息，因此他掌握了当地所有艾滋病人的名字。目前，患者数量迅速增长，远远超过柯南特本人的悲观预测。沃伯丁的艾滋病门诊将于明年 1 月开张，但他没有预料到病人会以这么快的速度增加，并且担心预算够不够。

他的担心并不仅仅出于专业考虑。奥兰治县的那群患者、血友病患者以及眼下在谈论的加州大学旧金山分校的输血传染病例，都使沃伯丁确信这肯定是一种病毒性疾病，可以像乙肝一样传播。有些护士已经相信了那个恐怖的说法，即护士极易感染艾滋病。艾滋病高危人群可以归纳为 4 个“H”，即同性恋者（homosexuals）、海洛因成瘾者（heroin addicts）、血友病患者（hemophiliacs）和海地人（Haitians）。有人说，很快就会有第 5 个“H”加入——医院工作人员（house staff）。在纽约，有报道称一些护士拒绝为艾滋病患者服务，他们把食物托盘放在病人的房门口，当班时放任病人躺在沾满排泄物的床单上。

秋天的最后几周，沃伯丁夜里开始盗汗，像一切病毒感染一样伴有高烧不退，整夜痛苦不堪、汗流浃背。沃伯丁知道艾滋病有很长的潜伏期。是不是已经在他体内潜伏了？会不会已经传给了他的宝贝儿子？他的身上冒出了一个斑点。马科斯·柯南特向他保证，这不是卡波西肉瘤的病灶。但是在他看不到的地方，比如背部，是不是还有别的紫色斑点？

保罗知道自己不是唯一一个感到恐慌的人。他的助理主任唐·艾布拉姆斯手上溅了一些液氮，起了个巨大的紫斑，也开始觉得自己要死了，尽管很容易证明这是液氮残留造成的。一位著名的哈佛临床医生也打电话给沃伯丁，说自己发烧并且呼吸短促。“我是不是得了肺囊虫肺炎？”他问。

旧金山，俱乐部浴场

回到浴池后，那个年轻人停止呻吟，翻身抽了根烟。盖坦·杜加斯伸手去开灯，慢慢调节着灯的亮度，好让他那位伙伴的眼睛有时间适应。然后，他盯着自己胸前的紫色病灶。“这是同性恋癌症，”他几乎像是在自言自语，“也许你也会得的。”

纽约

对于恩诺·波斯克而言，当百货商店开始布置圣诞气氛的装饰时，恐慌就来了。尼克死后的第一年，恩诺并不担心自己会染上导致他这位年轻情人死亡的疾病。他听说弓形虫病不是传染病。但是现在，尼克去世近 2 年了，恩诺害怕起来。在“男同性恋健康危机”理事会的会议上，他听说一个男人和在洛杉矶去世的所有艾滋病人发生过关系，也听说此病如何在血友病患者中传播。当圣诞装饰挂上去的时候，一个念头攫住了他。他挨不到圣诞节了。艾滋病也会要了他的命，就像它夺走他很多朋友一样——教师瑞克·威利考夫，橱窗设计师杰克·诺，当然，还有跟他一起共度了 8 年幸福时光的尼克。

旧金山，卡斯特罗街区

那幢灰色的巨型维多利亚式建筑傲然矗立在人行道一侧，仿佛它的存在给街道增添了光彩。这是 1880 年代遗留下来的巨大排屋，盖瑞·沃什一直都很喜欢它华丽整齐的风格。而且他和女同性恋心理治疗师露·蔡金在卡斯特罗街买下了他们自己的办公室，为此他感到很兴奋。

“看起来我们是专业上的两口子。”盖瑞打趣道，一双碧眼闪闪发光地看着 57 岁的露·蔡金。

露温柔地搡了他一下，觉得他俩的确是一对怪人。懒散的女同性恋年近六十，而帅气性感的心理治疗师正值盛年。私下里，露担心他们的关系不平等。盖瑞往往像传统女性一样，承担了养育者和教导者的角色，而来自弗拉特布什的露，以前是个假小子，扮演的是更粗犷的男性角色。

11 月，露和盖瑞装修了各自的新办公室以及他俩共用的候客室。每次购物盖瑞都发牢骚说很累，但他对搬办公室一事相当兴奋，对圣诞节要和乔·布鲁尔一起去墨西哥尤卡坦半岛旅行也欢天喜地。可是，盖瑞的身体还是越来越虚弱，当他去药店取药的时候，他跟露坦承他“非常担心”。

露不明白是为了什么。她知道盖瑞最近感染了严重的沙门氏菌，不得不住几天医院；但她的大多数客户都是男同性恋，而且他们似乎都曾得过寄生虫病。盖瑞简直无法忍受露的无知。

“艾滋病，”他第一次吼出了内心最深的恐惧，“这些都是艾滋病的症状。”

露想也不愿意想。艾滋病是种怪病，跟她的生活风马牛不相及。

“要是你得了艾滋病，”她开玩笑说，“我就杀了你。”

旧金山，欧文纪念血库

赫伯特·珀金斯医生的样子看上去就像是他的宠物可卡犬被卡车碾了似的。塞尔玛·德里兹明白他为什么沮丧。他是北加州最大的血库的医学主任，输入加州大学旧金山分校那位病婴体内的血液，就是从他们这里出去的。当然，德里兹知道，如果将这个全国第一起输血感染艾滋病的情况公之于众，将对血液制品行业造成巨大的打击。他们俩都知道接下来会发生什么。人们会呼吁禁止同性恋献血，这有悖于两位医生的个人情感，但珀金斯又补充了另一个事实。同性恋献血者减少，将对该地区向来稀缺的血液供应产生可怕影响。他告诉德里兹，欧文血库的献血者中有5%到9%是同性恋。“他们是很好的献血者。”他叹道。

德里兹深有同感，但她有公共卫生方面的顾虑，而且这个病例还有令人不安的一面。献血者就是那位名流，他于8月去世，并坚称自己是异性恋。德里兹认为，如果卫生当局打算着手拯救生命的话，就必须尽可能阐明艾滋病的血液传播情况。而这名男子未成定论的性取向，只会把情况搅得更乱。他当然不可能在某个毒品注射场所和他人共用针头，跟城里98%的艾滋病患者一样，他很可能是个同性恋。德里兹需要和他的家人谈谈，尽力找到真相。珀金斯提供了他能提供的所有信息。

作为疾控中心流行病情报学服务部门的成员，戴夫·奥尔巴克医生前去拜访献血者的弟弟。跟德里兹一样，奥尔巴克也曾见过那位在流行病学调查中极力否认自己是同性恋的顽固艾滋病患者。好在他的兄弟更愿意合作。他告诉奥尔巴克，8月他哥哥死后，在整理遗物时发现了这个——他一边说，一边给奥尔巴克看一本黑色的小地址簿。

回到公共卫生部，德里兹急切地翻看起来，她又一次为自己生来爱管闲事感到欣慰。在“B”条目下，德里兹认出了一个熟悉的名字。

巴德·鲍彻医生供职于卡斯特罗街的戴维斯医疗中心，他是当地首批专门针对男同性恋的执业医生之一。几年来，德里兹在男同性恋中间反复进行寄生虫危害教育，和所有的同性恋医生一样，鲍彻也因此知道了她的大名。他毫不犹豫地抽出病人的资料。那位献血者来找鲍彻只是为了解决一些乱七八糟的小麻烦，因为他不希望日常治疗他的知名医生知道这些事。在他的病症中，包括 1980 年得过一次直肠淋病。谜底揭开了。

*　　*　　*

盖坦·杜加斯目光炯炯，但已不见了往日神采；塞尔玛·德里兹直截了当地说，他必须远离浴场。“卡波西肉瘤基金会”的热线接到不少电话，有好几个人投诉一个操法国口音的男子在不同的性场所和他人发生关系，完事后平静地告诉对方自己患有同性恋癌症。她在公共卫生领域工作近 40 年，这是她听过的最可恶的事情之一。

“这关你屁事，”盖坦说，“我的身体我做主，这是我的权利。”

“你没有权利把病传染给别人，”德里兹保持着冷静的职业态度回答道，“那样的话，你就是在替别人的身体做主了，那不是你的权利。”

“保护好自己是他们的责任，”盖坦说，“他们知道发生了什么。他们听说过这个病。”

德里兹还想晓之以理，但收效甚微。

“我得了，”盖坦愤怒地说，“他们也可以得。”

盖坦·杜加斯并不是唯一一个光顾浴场的艾滋病患者。曾公开卡波西肉瘤病情并引发过一轮宣传攻势的“海报男孩”鲍比·坎贝尔也去了浴场，尽管他否认与人发生过性关系。同性恋医生告诉德里兹，还有几个病人现在依然会去。德里兹想，这种情况是不能容忍的，她很确定自己要做什么。只有一个问题，那就是它在法庭上是否站得住脚。这些人应该被关起来，特别是盖坦。德里兹开始咨询城里的律师，看看采取行动的话有什么法律依据。

* * *

11 月，又有 2 个州报告了首例获得性免疫缺陷综合征病例。自 1981 年 6 月首次发现疫情以来，疾控中心共收到来自 33 个州的 788 例艾滋病报告。其中约 400 人来自纽约地区，占全国艾滋病确诊病人的半数，而旧金山的病人占总数 10% 以上，疫情严重程度位列第二。在 1982 年的前 11 个月里，艾滋病患者及死亡人数翻了 4 倍。1981 年 11 月 30 日，疾控中心备案的首例艾滋病患者肯·霍恩在黑暗的病房里死去，距今正好一年。到 1982 年 11 月 30 日，全国已有近 300 人死亡。

12 月 1 日，贝塞斯达，国家癌症研究所

罗伯特·加罗本是当天的主角，但是因为大家对艾滋病越来越感兴趣，所以周三的例会上，国家癌症咨询委员会安排詹姆斯·科伦在加罗发言前先谈一谈。当然，这也是因为随性的加罗迟到了。吉姆讲了 30 分钟，加罗进来时，他正讲到一半，他谈了他的“冰山”理念，还有大量无症状的病毒携带者也许正在毫不知情的情况下传播艾滋病。例会即将结束时，加罗终于走上前台，显然他很享受同行的掌声。这是认可他工作的最佳方式。1970 年代末，由于在癌症研究中出现失误，加罗的职业生涯一蹶不振，成了国家癌症研究所的过气明星。但是，他坚持工作，发现了人体 T 细胞白血病病毒，并刚刚获得了著名的“拉斯克奖”。毫无疑问，他目前是美国最重要的逆转录病毒学家之一。

科伦花了一年多的时间游说一些杰出的科研人员加入艾滋病研究，但收效甚微。科伦总是不断回想起和唐纳德·弗朗西斯的对话，后者坚信，艾滋病很可能和猫白血病一样，也是由一种逆转录病毒引起的。当掌声渐渐停息，加罗走上讲台，科伦行动了。“你已经得了一个奖，”科伦对加罗说，声音大到足以通过麦克风传进在场每个人的耳朵里，“你应该回来研究艾滋病，再得一个奖。”

加罗带着和蔼的笑容握了握科伦的手。科伦不确定自己是否越界了。他知道，在政府科学机构的等级体系中，国家癌症研究所好比大联盟的纽约洋基队，而疾控中心不过是小联盟球队而已。他的话里带有一丝自大的暴发户的气息。

在加罗看来，是该对这该死的疾病出手了。麦克斯·埃塞克斯已在两名艾滋病患者的血清中发现了人类嗜T淋巴细胞病毒的抗体，在他的推动下，加罗的实验室化验了艾滋病者的血液，希望能找到一些逆转录病毒。后来加罗估算了一下，他1982年在实验室的时间有10%都花在了这令人困惑的疾病上。他觉得这已经够多了。说实话，艾滋病一直令加罗感到不适，因为他出身新泽西的传统意大利天主教家庭。坊间流传的那些关于1 100个性伴侣、拳交以及异常性行为的污言秽语，说真的，都让加罗觉得难以启齿。此外，实验室的研究也令人沮丧。

研究过程中出现了一个有趣的线索。因为逆转录病毒的遗传物质由必须转录为DNA的核糖核酸组成，以构建病毒的复制品，逆转录病毒需要一种特殊的酶进行繁殖——逆转录酶。到11月，加罗的实验室已在艾滋病患者受感染的淋巴细胞中找到了逆转录酶的证据。这种酶实际上已在淋巴细胞上留下了一种逆转录病毒的痕迹。但是，怎么都找不到该死的逆转录病毒本身。这就是麻烦所在。

此外，加罗手下的工作人员无法保持淋巴细胞的活性，它们都死了。加罗知道，任何白血病病毒都会导致细胞增殖，而非死亡。白血病患者身上有太多的白细胞，可是当加罗的工作人员在培养的淋巴细胞中加入从艾滋患者血液中提取的淋巴细胞时，淋巴细胞就会死掉，完全没有增殖。这种挫败感令人沮丧，到了11月，加罗做出了他职业生涯中最重要的决定之一：他放弃了。当然，他还是会在春季发表一些论文，讨论人类嗜T淋巴细胞病毒与艾滋病的关联。但他的研究没有取得任何进展。11月，他的实验室工作人员取走了他们一直在研究的艾滋病培养细胞，将它们塞进了加罗的肿瘤细胞生物实验室的圆形金属液氮冷库里。至少目前，他的艾滋病研究告一段落了。

巴黎，巴斯德研究所

“这里有逆转录病毒学家吗？”

观众中发出一片低吟。如今在场的许多医生都听说了，特立独行的威利·罗森鲍姆医生因为拒绝放弃研究这种奇怪的新病，不得不换家医院工作。他被尊为欧洲大陆最重要的传染病临床权威，但也因为被稚子般的热情冲昏了头脑而出名。当他在庄严的巴斯德研究所发表关于SIDA（这是法国人对艾滋病的称呼）的演讲时，忍不住琢磨起了老葛鲁乔·马克斯那句著名的台词——“这里有医生吗？”

演讲接近尾声时，他开始解释自己开场说的笑话。国家癌症研究所和疾控中心的一些研究人员推测是逆转录病毒导致了艾滋病。他的艾滋病工作组正试图招募实验室助理来寻找这种病毒。“这里有逆转录病毒学家吗？”他又问了一遍。

演讲结束后，弗朗索瓦兹·布伦-维兹内找罗森鲍姆谈了个想法。她曾在法国最著名的逆转录病毒学家让-克洛德·彻尔曼医生的指导下进行研究。她会向他求助。

布伦-维兹内立刻给彻尔曼打了电话。恰巧，同一时间政府官员正在就艾滋病问题联系巴斯德研究所的首席病毒学家吕克·蒙塔尼耶医生。巴斯德研究所是一家私立研究所，其研究经费很大一部分由巴斯德研究所的制药公司提供，而公司彼时正因为有关肝炎疫苗的传言乱成一团。巴斯德制药公司拥有在法国生产疫苗的许可证。肝炎疫苗来自男同性恋的血浆，随着患血友病的艾滋病人出现，人们担心接种这种疫苗可能会感染艾滋病。蒙塔尼耶了解到，美国研究人员唐纳德·弗朗西斯已对疫苗进行了研究，没有发现艾滋病和接种疫苗之间的联系，但蒙塔尼耶同意进一步调查研究。幸运的是，布伦-维兹内的求助得到了回复；蒙塔尼耶和彻尔曼都同意将巴斯德研究所的逆转录病毒实验室用于研究。

21．黑暗中起舞

1982年12月9日，旧金山市政厅

记者们沿着长长的、橡木装饰的走廊疾步走向市长黛安·范斯坦的办公室。她召集此次新闻发布会，是因为旧金山监事会又提出了一个全国任何市政机构都想不出的法案，而市长完全不能接受。争议的焦点是监事会成员哈里·布利特建议出台“‘家庭伴侣’条例”（“domestic partners' ordinance”），说白了就是“‘同居情侣’法”，它承认未婚关系的合法性，其中最值得注意的是同性伴侣关系。该法案允许城市雇员的家庭伴侣享有与已婚员工配偶同样的福利，还建立了相关法律程序，未婚伴侣可依据这一程序前往市政厅书记员办公室进行登记，并可享有婚姻关系下的部分配偶权。考虑到当时的具体情况，布利特还拟定了一项条款，允许未婚伴侣享有与已婚配偶相同的医院探视权，并给予其参加情人葬礼的奔丧假。范斯坦市长决定否决该法案。

“从我个人来讲，这项法案让我非常不安。”市长告诉记者，“我很希望能够签署一项认可单身人士需求的法案，但这类法案不应分裂我们的社区。”

范斯坦所谓的“分裂社区”，指的是最近几天因该法案造成的物议沸腾。就在一天前，罗马天主教大主教约翰·奎恩极为罕见地干预了市政事务，公开敦促范斯坦否决该法案。他说：“‘家庭伴侣’条例将有损于婚姻和家庭契约的神圣性，冒犯遵从公序良俗的人，也将危害我们的法律、文化、道德和传统。”奎恩表示，这项提案是对“核心价值观及制度的彻底否定”。

几乎所有宗教领袖都联合起来反对这项法案。圣公会主教指出，“婚姻制度已岌岌可危”；北加州犹太教拉比理事会强烈要求否决该法案，理事会主席表示，他“无法接受任何一种法规试图将非婚成年人关系视作男女之间的婚姻关系，无论是异性恋，还是同性恋”。该市最有政治影响力的黑人牧师阿莫斯·布朗代表黑人教会发言，他站在种族角度主张，“作为黑人，尤其是作为这个社会的一员，我们只有在团结的大家庭中才能立足。”

范斯坦在否决理由中提到，这项法案的条款很糟糕，也不够具体，但每个人都知道真正的问题在于同性恋关系是否能享有与异性恋关系同等的合法性。而对比尔·克劳斯来说，该法案唯一的意义就在于此。他在离开布利特办公室为国会议员菲利普·波顿工作之前，就已开始谋划如何让该法案获得通过。它的目的就是将同性恋运动的一个基本原则纳入法律，即同性恋作为一种生活方式，与异性恋生活方式是完全平等的。当然，否决理由无非重申了一个事实，就教会和国家角度而言，同性恋尚未拥有平等权；此外，它还凸显了一种看法，即这个社会依然反对承认同性恋及同性伴侣关系。同性伴侣关系注定是肮脏的秘密，仅此而已。

那天晚上，500 人自发地聚集到卡斯特罗街，他们冲向市政厅，一路高喊“黛安下台”。范斯坦任命的各委员会官员有一瞬曾考虑过集体辞职，但很快就不再提起。显然，这些同性恋官员都是民主党人，他们较为温和，很少会像“哈维·米尔克俱乐部”的成员那样大张旗鼓。

来自全国各地的同性恋活动人士对否决理由的谴责仍在继续。很多批评都是针对范斯坦个人的恶毒攻击，把她描述成一个讨厌的偏执狂。私下里，一些政客说她否决该法案是因为想让 1984 年的民主党全国代表大会到旧金山来开，她希望在此地被提名为副总统候选人。然而这一切都忽视了一点：在美国所有的民主党高层人士中，范斯坦无疑是最坚定的同性恋支持者。两位女同性恋朋友曾在范斯坦家的后院举行了一场类似婚礼的仪式，此事激怒了保守的选民。作为一名监事会成员，早在其他著名政治家甚至还没有学会如何说出“同性恋”这几个字之前，她已于1972年起草了美国第一个同性恋权利法案，还以令人信服的方式谈到了宽容和民权。而10年前她在更不稳定的政治气候里培养起来的政治力量，如今倒成了阻挠她否决“‘同居情侣’法”的首要障碍；这种事还没有哪位市长遇到过。

“过去12年里，我们经历了很多事情，”范斯坦在一次采访中这样说，她承认否决该法案可能是她职业生涯中最具争议的行为。“但旧金山依然是个开放包容的城市；在同性恋权利问题上，它也许是世界上最开明的城市。”

几乎没人能否认她说的这些事实，但她的话表述的更多是对同性恋不利而非有利的情况。尽管同性恋获得了许多认可，但在他们称为“麦加”的这个城市，同性恋依然无法享受平等待遇。一种普遍的道德观认为，同性恋是滥交的享乐主义者，他们无法维持深入长久的关系，这使得同性恋建立的任何关系都不可能被认同。就这样，偏见以其特有的方式助长了仇恨。

1982年12月，就在同性恋比以往任何时候都更需要人鼓励他们建立稳定的情感关系时，却从有关机构得知，他们的伴侣关系是毫无价值的；后来这些机构绞尽脑汁也想不明白，在明知生命危在旦夕的情况下，这些同性恋为什么不像情侣那般互相扶持。

12月10日

参加电话会议时，戴尔·劳伦斯医生人在华盛顿，与会者有他的上司——疾控中心宿主因素分部的布鲁斯·伊瓦特，还有哈罗德·杰斐、沃尔特·道达尔。劳伦斯知道，有传染病中心主任道达尔参加，这个电话会议一定非常重要。伊瓦特要劳伦斯返回纽约，走访去年夏天给贝尔维尤医院献过血、造成输血感染的人。

劳伦斯立即想起了那个病例。他还记得，美国最大的血库纽约血液中心对劳伦斯想联系献血者的事非常抵触。

“他们为什么突然又愿意了？”劳伦斯问。

电话那头的人解释说，那天下午公布了第一例输血感染病例。旧金山方面的人计划召开新闻发布会，发布警告。疾控中心正赶着将这一病例的报告发给当天发行的《发病率与死亡率周报》，他们需要一个强有力的病例来证明给血库管理者看。美国食药局的血液制品咨询委员会主要由血液制品行业人士组成，上周六在贝塞斯达，伊瓦特曾向他们讲述了加州大学旧金山分校那个病婴的情况。和夏天的时候一样，食药局官员和血库管理者坚持认为，他们需要更多的证据才能相信输血可能感染艾滋病。劳伦斯知道布鲁斯·伊瓦特是出了名的不打无准备仗之人，自从大约一年前出现血友病艾滋病人的说法以来，伊瓦特一直在关注此事；现在，他要证明这一切都是真的。

当天下午，旧金山，加州大学

记者招待会上，塞尔玛·德里兹和阿特·阿曼对欧文纪念血库的赫伯特·珀金斯医生左右夹击，帕纳索斯山会议室里的火药味令人不寒而栗。

"艾滋病的病因尚不得而知，但在男同性恋、静脉注射吸毒者和血友病患者中出现的情况表明，它可能是由一种传染性因子引起，通过性行为或接触血液、血液制品来传播的。"那天早上，《发病率与死亡率周报》发表的报道措辞相当谨慎。"如果本报道中描述的婴儿罹患的是艾滋病，而且是在输入艾滋病确诊病人的血液制品后致病的，那么传染性因子致病说又多了一项证据。"

这是第一次公开宣布血液制品中可能有艾滋病毒，这让东海岸的血库管理者们非常愤怒。当然，疾控中心对血液制品行业打出的是一套组合拳，除了《发病率与死亡率周报》这天的报道，它们还发表了第一例输血病例的报告，并且报道了 5 个血友病人患艾滋病的新病例。尽管如此，负责食药局的血液制品咨询委员会并担任美国血库协会官员的约瑟夫·博夫医生还是在有线电视网上说，目前仍然没有证据表明输血会传播艾滋病。一些血库管理者私下里认为，疾控中心夸大输血致病的可能性是为了博得公众的关注，从而得到更多的资助。科学界意识到，里根任内，卫生机构在确保足够经费方面存在严重问题。一些血库管理者，包括食药局的部分官员，甚至都不相信艾滋病的存在。

* * *

对第一例输血引起的艾滋病病例进行的铺天盖地的宣传，导致当天《美国医学协会杂志》上的一篇报道被忽略了。该报道称，有证据表明艾滋病患者中出现了奇怪的脑部疾病。科学家们曾在美国神经学协会的一次会议上报告说，神经系统问题通常是艾滋病的唯一早期症状。经过进一步检查，四分之三的艾滋病患者出现了脑部受损的证据。医生们经常忽略中枢神经系统受到的损害，轻易将不明确的失智症状与压力或抑郁联系在一起。尽管如此，一些病人正死于脑部疾病，他们的大脑物质有时会变得像“一团烂泥”。

纽约大学的一位医生撰写了一份关于中枢神经系统明显遭感染的详细研究报告，但是他拒绝向《美国医学协会杂志》的记者透露内容，因为他已将论文提交给某神经学杂志，且已被录用即将付梓。医学研究领域的游戏规则是“要么发表，要么消失”，如果他公开与媒体讨论他的研究成果，该神经学杂志可能会撤下其论文不予发表，这将对他的职业生涯造成影响。学术界向来如此，《美国医学协会杂志》需要做的就是等待 6 个月，直至此文发表。

隔天，旧金山，卡斯特罗街

早上，请愿者夹杂在匆忙赶路的购物者中间，出现在第十八大道和卡斯特罗街的街角。他们长发蓬乱，举止粗野，和男同性恋精心打造出来的那种随性气质有着天壤之别；但是，同性恋们看到他们手持请愿书站在一块标语牌下，脸上就露出了笑容。标语牌上写着“黛安下台”，男同性恋们毫不犹豫地在罢免市长黛安·范斯坦的请愿书上签了名。

6个月来，当地的白豹党[1]成员试图征集足够多的签名，启动旧金山的无记名投票程序。他们的主要理由是强烈反对范斯坦支持取缔该市枪支的地方法案。尽管法案已颁布，但联邦上诉法院还是将其驳回了。这一60年代激进组织的残余势力并不肯善罢甘休。大家都知道，他们偶尔会对那些在海特-阿什伯里区[2]附近逗留太久的警察开枪。他们想罢免范斯坦市长，不过因为是她建议取缔枪支。当然，职业政客们驳回了他们的请求，所以"'家庭伴侣'条例"被否决两天后，他们在卡斯特罗街上出现时并没有人真正注意到他们。不过，他们还是让该地区注册选民在一张一张请愿书上签了名。

* * *

盖坦·杜加斯漫不经心地从"美国男孩"服装店的橱窗前走过。这家店集中了"卡斯特罗克隆人"[3] 的各种装备，哪怕是小矮人也配了6块腹肌。这时，一个陌生人截住了他，抓住了他的手臂。盖坦试图挣脱，可对方不肯松手。

"我知道你，还有你干的事，"那人说，"你要是识相的话，赶紧离开这里。"

卡波西肉瘤基金会热线的志愿者们经常听说盖坦在各浴场寻花问柳的事，最近还听说，由于盖坦故意四处传播疾病，一群男同性恋决定将这位"奥兰治县关联人"驱逐出城。

盖坦挣扎着摆脱了这个气势汹汹的人，反击了几句挑衅的话，然后慢慢地走回了卡斯特罗街。心想，这帮人都被艾滋病吓得歇斯底里了。

就在那段时间，他向加拿大朋友透露说自己打算搬回温哥华。

---

① White Panther Party，美国主张以激进行动进行种族隔离的白人团体。——译注
② 旧金山著名的嬉皮士聚集区。——译注
③ 即 Castro clone。它是同性恋俚语，诞生在1970年代末的旧金山卡斯特罗区，具体是指一个男同性恋穿着打扮成理想化的工人阶级男性。这个词首次出现于亚瑟·伊万斯当时贴在卡斯特罗街周围的系列海报《红皇后宽边》（*Red Queen Broadsides*）中。——译注

12 月 12 日

达纳·范·戈德是监事会成员哈里·布利特的助手，他从国会办公室打电话给比尔·克劳斯，告诉他一则消息：和比尔·克劳斯约会过几次的马克·费尔德曼被诊断出患有卡波西肉瘤和肺囊虫肺炎。比尔惊呆了。他俩并不是特别要好，但马克在许多方面跟比尔非常相像。他事业成功、相貌英俊，政治地位也不低，医生确诊后没几天，他就公开宣布自己得了卡波西肉瘤和肺囊虫肺炎两种病，并希望大家提高对疾病的防范意识。和比尔·克劳斯一样，马克·费尔德曼曾经年轻、健康、强壮。他俩甚至曾在同一个健身房健身，可是现在，马克骤然开始消瘦，似乎一下子老了许多。理智上，比尔一直想消除这样一种念头，即这种病是某种隐喻，只有在福尔森街拳交的那些下流坯才会得。他知道这样的想法是政治不正确的。但马克·费尔德曼的诊断结果仍然给了他当头一击，让他意识到自己一直把艾滋病看成别人身上的问题。诚然，比尔为此努力工作，并一再向菲利普·波顿说明这是同性恋问题的当务之急；可是他从没把这看成是自己的问题，以为它只存在于自己脑海中的某个黑暗角落。

接下来的日子里，比尔·克劳斯考虑了自己的未来，他担心有一天医生会告诉他，说他得了这种不治之症。淋浴过程中，一旦在擦洗肩膀时发现某个斑点，他就会反复检查；恐惧无处不在。比尔一直记得带给他恐惧的那一天——1982 年 12 月 12 日，因为那天是他最后一次与人发生有体液交换的性行为。

* * *

旧金山的许多医生都记得 1982 年底的那些日子，对于他们的病人而言，就像一条看不见的分界线。虽然没有任何正式的研究，但医生在对病人做医学评估时注意到，在 1982 年底之前停止插入射精行为的男同性恋较少感染艾滋病病毒；那些受感染者往往是 1983 年及其后继续体内射精的人。当然，这只是一个粗略估计，因为后来的研究表明，在 1982 年底之前，旧金山至少有 20%的男同性恋可能感染了艾滋病病毒。新近感染者将会导致 1986 年、1987 年的患者和死者人数大幅增长。这些数字意味着，到 1983 年，被插入射精的一方几乎很难不感染这种病毒。

纽约显然是病毒最先抵达并广为传播的地方。在 1982 年的最后几周，同性恋人群中爆发了一场激烈的辩论，焦点正是滥交与艾滋病问题。两名艾滋病患者——一位是名叫迈克尔·卡伦的摇滚歌手，一位是曾经的皮条客理查德·伯考维茨——以《纽约人》杂志上一篇题为“我们知道我们是谁”的文章，打响了论战的第一枪。

时下流行的话题是，同性恋群体在讨论其性行为及同性恋癌症时受到了不公正的评价，而这篇文章对此予以了猛烈的抨击。当卡伦在媒体上谈论他的艾滋病时，“男同性恋健康危机”的人建议他，如果被问及是如何得病的，就回答“我不知道”。然而，卡伦很清楚自己是怎么得病的。他是纽约东河与太平洋之间每个性爱俱乐部和浴场的常客，因此也感染了各种各样的性病和寄生虫病。从病历看，他像个 65 岁的、生活在赤道附近污秽环境里的非洲人。1982 年，他花了很多时间去为其他艾滋患者的团体助威，后者之中许多人依然在格林威治村的小街巷里寻找往日的欢爱场所。

少数“艾滋病活动人士”所持的“政治正确路线”依旧认为，讨论同性恋群体无节制的滥交行为是某种“谴责受害者心态”① 在作祟。在迈克尔·卡伦看来，在指责受害者和承担责任之间应该有一条清晰的界线；他认为，如果男同性恋要继续生存，就应该直面有关这种疾病的话题。他和伯考维茨在《纽约人》杂志上写道，仅仅按照大多数同性恋医生和卫生官员的建议，对性行为加以节制，是不够的，必须采取有力措施；是时候考虑关闭浴场了，“如果去浴场真的和玩俄罗斯轮盘赌一样危险，那就应该劝大家把枪扔掉，而不仅仅是少玩”。

---

① 即把受害者的不幸归罪于受害者本人。例如，强奸者及其辩护律师会责怪被强奸者的行为、装束、言语等导致他们成为罪犯的猎物，种族主义者一直把有色人种受歧视和压迫归罪于有色人种自身的“人种问题”“缺陷”“素质问题”以及行为等。——译注

卡伦和伯考维茨旋即遭到口诛笔伐，被讥讽为“性交界的卡丽·内申[1]”，而《纽约人》的读者来信专栏也充满了愤怒的驳斥。作家查尔斯·朱利斯特在《纽约人》上发表了“为滥交辩护”一文，重点提到了一个广为流传的段子，即同性恋车祸死亡的概率要比得艾滋病死亡的概率高很多。朱利斯特写道：“可能有所谓传染性因子的假说……但是事情就是这样——这一切都是理论而已。根本拿不出科学证据。因此，以健康之名取消性自由，似乎有点为时过早。”

有关性行为的争议让“男同性恋健康危机”理事会成员苦恼不已。其中许多人认为卡伦和伯考维茨是假正经，对他们的行为感到愤怒。尽管“男同性恋健康危机”在艾滋病教育方面处于领先位置，理事会成员自身也在很大程度上减少了不安全的性行为，但他们还是认为，像关闭浴场这样的问题，涉及意义深远的民权问题。你可以从关闭浴场着手，但接下来会发生什么呢？他们问道。

与此同时，拉里·克莱默的立场变得越来越激进，他认为“男同性恋健康危机”应该直面艾滋病的相关事实，并宣称如果这些人想活下去就应该停止发生性关系。他也越来越倾向关闭浴场。

“男同性恋健康危机”理事会的会议往往演变成激烈的辩论，拉里·克莱默是一方，其他人是另一方。理事会其他成员认为，克莱默只是在继续抨击讲求刺激的同性恋生活方式，多年前他以《基佬》一书开始，到现在他仍不肯罢手。有些人私底下担心这些争论最后可能会成为克莱默新作的主题。大家都知道，他的一些朋友就是《基佬》里面的人物原型；有的人再也不跟克莱默说话了。理事会成员生怕自己最终被写进《基佬 2》里，这种担心对缓解日益加剧的紧张局势毫无帮助。

12 月 13 日

纽约血液中心的记录显示，一名郊区妇女 8 月感染了艾滋病，给

---

① Carrie Nation，美国禁酒令的倡导者，激进的禁酒运动女旗手。——译注

她输血的是一位静脉注射吸毒者。旧金山周五一宣布，戴尔·劳伦斯医生就在周一早上走访了这名献血男子。此人说他也许不该去献血，但当时外面有辆献血车，而他不希望老板知道他曾经参加过美沙酮戒毒项目。不，他没有任何艾滋病症状，但是和他共用针头的一个人得了种奇怪的血液病，他说。

劳伦斯在亚特兰大的总表上找到了另一个人的名字，他已被确诊为艾滋病患者。现在，他们已经证实了第二个输血病例。其他研究人员正在查看更多的报告，在疾控中心的敦促下，美国公共卫生局在1月的第一个周二召集血库管理者和艾滋病风险小组代表开会。疾控中心的病毒学家们正在加紧研究，以确定目前已有的血液检测手段能否筛选出被艾滋病感染的血液。官员们知道，该机构还无法真正有效地控制艾滋病在同性恋人群中的传播；但至少血液行业在食药局之下受着联邦法规的严格监管，如果迅速行动，他们还有机会拯救生命。

12月15日，旧金山，卡斯特罗区

盖瑞·沃什一打电话说他俩必须一起吃个午饭，乔·布鲁尔就知道出事了。乔心想，老天，他俩的办公室紧挨着。为什么要一起吃午饭？乔忙得不可开交，他要为去尤卡坦度周末做准备，要注意其他的细节，因为盖瑞压根打不起精神来。

“医生说我不能去墨西哥。”盖瑞闷闷不乐地说，目光闪躲着。

“为什么？”

“他有点担心我可能得了肠道寄生虫病，”盖瑞一边说，一边久久盯着地板，“他怀疑我可能有艾滋病前兆。”

乔·布鲁尔认识盖瑞那位冷漠保守的医生，知道他如果“有点”担心某事，实际上就是非常担心了。除非出了什么大问题，不然他绝对不会让盖瑞做出取消旅行这样大的决定。

“他担心如果在那里发生了什么事，附近没有好医院……”盖瑞欲言又止。

盖瑞要死了。

即便整个人都呆住了，乔也明白，那些从来没有浮现出来的预兆就这么突然出现在了自己的生活里。当然，他原本应该注意到的；现在一切近在眼前。盖瑞得了艾滋病，他快要死了。

那天晚上，盖瑞在他舒适的阿尔派露台酒店公寓里向乔坦陈自己的皮肤病，还有他不得不用的各种药剂。盖瑞张开嘴，让乔看他嘴里的白点。念珠菌病，医生说它俗称鹅口疮。而乔也终于开始明白盖瑞现在的病情以及他经受过的病痛。

乔心想，现在，时间最宝贵，他们不能再浪费了。乔立即开始制订一个新计划。他们可以去基韦斯特①，那里是热带，而且也有现代医学的所有便利条件。不到一个小时，乔就预订了最近一班飞往基韦斯特的航班，并幸运地订到了一家颇受欢迎的同性恋旅馆的最后两个房间。他们终究要去旅行的；生活还会继续。

乔从盖瑞的住处开车出来，停在可以俯瞰卡斯特罗区的山上，远眺市中心摩天大楼的黑色轮廓。他意识到他们的生活将永远改变。1982 年 12 月 15 日是他人生的分界点。从那时起，他的生命将分割为这件事发生之前、当下、之后。

12 月 17 日，亚特兰大，疾控中心

紧接着的第二周，版面很小、看似平淡无奇的《发病率与死亡率周报》在其灰色页面上刊登了一篇令人震惊的报道："纽约、新泽西、加州的婴儿中发现不明原因的免疫缺陷和机会性感染。"尽管《发病率与死亡率周报》的文章干巴巴的，可是每个病例读起来都像一个恐怖故事。

例如，1980 年 12 月出生的非裔西班牙婴儿，在出生后的头 9 个月里发育迟缓，后来完全停止生长。到第 17 个月，他得了鹅口疮、各种葡萄球菌感染，还出现严重的脑部钙化。他的骨髓里充满了鸟-胞内分枝杆菌，这是一种通常出现在鸟类身上的可怕的细菌感染。这

① 位于美国佛罗里达群岛，是著名的旅游胜地，也是美国领土的最南端。——译注

名婴儿的母亲是一名瘾君子，在孩子出生时似乎很健康，但在1981年10月得了念珠菌病，而且T细胞减少，一个月后就死于肺囊虫肺炎。那婴儿现在成了孤儿，也在死神的阴影里徘徊。另外一个海地婴儿，出生后短短30周就感染了肺囊虫肺炎、隐球菌病、严重的巨细胞病毒和其他感染，然后出现呼吸衰竭。疾控中心总共报告了22名婴儿病例，似乎都不符合现有的遗传性免疫缺陷特征；这些孩子的父母有的是静脉注射吸毒者，有的是海地人，全都属于艾滋病高危人群。

这份报告读来令人心情沉重，但疾控中心的工作人员希望这能向那些不愿接受他们观点的科学机构证明：一种新的传染性因子正大举入侵美国社会的方方面面，并且可能造成难以想象的悲剧。

*　*　*

在周五的晚间新闻节目里，第一次粗略地介绍了当天来自亚特兰大的令人震惊的最新报告；与此同时，乔·布鲁尔和盖瑞·沃什正赶往旧金山国际机场，搭乘飞往迈阿密的飞机。一切都很完美，乔觉得难以置信。然而，盖瑞在飞机上郁郁寡欢，他望着窗外，看着下面的城市灯光闪烁，就像一箱钻石被随意撒在黑色的天鹅绒毯子上。旧金山越来越渺小，消失在黑暗中，留给盖瑞一个他将不断追问的问题。

“为什么是我？为什么是我？”

*　*　*

新报告的这些非同性恋艾滋病患者，引起了一连串的媒体关注，它们尽职尽责地指出了病情的新变化。《时代》杂志、《新闻周刊》以及有线电视网、各通讯社都破天荒地报道了艾滋病疫情。1982年的第四季度，仅有30篇关于艾滋病的文章出现在全国主要的新闻报刊上，而且大多刊在这一年的最后几天，都是有关艾滋婴儿及输血隐患的报道。而1982年的第三季度，这些主流新闻媒体只发表了15篇相关报道。

当然，所有这一切都将突然改变，但目前的报道方式已为将来如何报道艾滋病树立了样板：重点关注那些穿白大褂的人，他们的话肯定有益无害。这些报道不仅措辞谨慎，以防引起恐慌，激怒恐同人士；也不过分关注同性恋病人的淫乱史，以免伤害同性恋的感情。文章总是以一种乐观的调子结束——科学上的突破或疫苗很快会出现。最重要的是，只有非同性恋死于这种疾病后，媒体上才会出现相关新闻。从这个意义上说，艾滋病本质上还是同性恋疾病，其新闻价值只在于它有时会找上非同性恋，而这些例外往往进一步证明了艾滋病确实是种同性恋疾病。

1982 年初，所有关于“男同性恋免疫缺陷症”及“男同性恋癌症”的讨论使得人们形成了这样的观念；不管得艾滋病的是什么人，在普罗大众眼中它就是一种同性恋疾病。这是一种医学现象，也是一种属于同性恋的现象，连同性恋自己也认同这一点——尽管他们是最后承认这一点的人。到 1982 年底，艾滋病被彻底认定为一种同性恋疾病，这一事实将决定政府、科研机构、卫生官员以及同性恋群体如何处理——或者说无视——这场疫病。

12 月 29 日，华盛顿，雷伯恩众议院大厦

新报告的婴儿及输血感染病例，加深了蒂姆·韦斯特摩兰德对疫病的发展趋势的忧惧。国会因圣诞节休会，但韦斯特摩兰德还是要国家卫生研究院拿出更多的资料，以说明他们到底为艾滋病做了些什么。岁末前两天，国会研究服务中心发来了他几个月来一直想要的报告。国会研究服务中心发现，基本的死亡率统计数据令人吃惊，远不止新闻报道所说的 40%。在 1979 年确诊的少数病例中，85%已经死亡；1980 年报告的死亡率大致相同。1981 年记录在案的病例中，60%的患者已死；而在 1982 年 1 月至 6 月间确诊的患者中，四分之一已不在人世。此外，新病例的报告速度在过去 12 个月里增加了 3 倍，预计还会进一步增加。

韦斯特摩兰德仔细查看了开支情况。在疫病暴发的前 12 个月里，即1981年6月至1982年5月，疾控中心为应对此次疫情暴发花了100万美元，相比之下，为军团病则花了900万美元。过去一周里，国会拨给疾控中心260万美元用于艾滋病研究。尽管里根政府已表示无需拨款，并且反对追加拨款，但拨款一旦通过，就受法律保护。未来3年的情形将是这样的：国会将不得不自行分析判断政府机构的医生需要多少钱来对抗艾滋病。政府会抵制拨款，但不会否决已经公布并记录在案的经费。疫病研究通过一个接一个的持续决议[①]（continuing resolution）延续了下来。持续决议是一个最终会为医生带来经费的策略，同时也会使那些可能需要的研究项目继续下去。

* * *

1982年年底，关于一个可爱的外星人的电影《*E. T.*》成了票房总冠军，两部以易装者为主角的电影《杜丝先生》（*Tootsie*）和《雌雄莫辨》（*Victor/Victoria*）也大获成功。当年最经典的影片是一部圣雄甘地的传记片，它探讨了偏见与情谊、爱之力量与恨之诱惑。保罗·麦卡特尼与史提夫·旺达合唱的一首关于种族偏见的歌曲《黑檀木与白象牙》（*Ebony and Ivory*），登上了唱片排行榜榜首。尽管文化上充斥着雌雄同体、同性恋以及偏见的困扰，但评论家后来指出，1982年是一个时代的开端，标志着美国又找回了自信。老式的红、白、蓝爱国情调重新成为时尚。当然，没有人特别注意到同性恋和海地人中间蔓延的疫病；虽然那年年底，疾控中心报告说，在美国有记录的艾滋病患者已增至近900例。

事实上，1982年底，全美最多只有一两千人真正明白这场正在蔓延的危机规模之大。对这些人而言，这将是个惴惴不安的新年。

---

① 即continuing resolution，是美国国会常用的一项临时拨款法案，是指在财年开始前，如果某些特殊的持续性项目还未通过正常的预算财年拨款，国会为其提供预算授权的立法过程。——译注

12 月 31 日，佛罗里达，大沼泽地

盖瑞·沃什和乔·布鲁尔决定离开基韦斯特去大沼泽地看看，因为他俩都没去过那儿，感觉像一次探险之旅。然而当晚，盖瑞早早就睡了，说自己太累，不能熬夜。这是乔第一次看到盖瑞如此孱弱。盖瑞引以为豪的旺盛体力正在衰竭。

盖瑞回到闷热的房间，爬上床；乔却闷闷不乐，他给自己调了杯马提尼酒，眼睛凝视着窗外。黑暗笼罩着旧年的最后一天，很快也将吞噬他的朋友，而他无能为力。远处传来庆祝新年的喧闹声。乔朝着入睡的盖瑞举起了酒杯，随着时间的流逝，那里仿佛离他越来越远。“新年快乐。”乔对自己喃喃低语。

“新年快乐，乔。”

旧金山，卡斯特罗区

当“卡波西肉瘤海报男孩”鲍比·坎贝尔头戴人造钻石皇冠，身穿一袭银色曳地长裙，在克里夫·琼斯举办的新年派对上闪亮登场，克里夫以热烈的掌声表示欢迎。这名护士现在是“永生放纵姐妹花”的一员，自称“弗洛伦斯噩梦小姐”。克里夫觉得，尽管他始终戴着的那枚“我能活下来”的徽章和银色长裙完全不搭，但他看起来还是很迷人。“啪啪小姐”“邪恶力量饿婊子小姐”“传教士体位小姐”都来了，他们习惯于和带着枪套耳鬓厮磨的同性恋警察一起在清空的客厅里跳舞。

大家都来了，克里夫笑容满面。“卡波西肉瘤基金会”的几十名志愿者也来了，还有一些彼此都认识的同性恋政客，以及几位有权有势的异性恋。旧金山监事会的一位监事正在克里夫的卧室里吸食可卡因。监事哈里·布利特和比尔·克劳斯一起来的，他因为批准了艾滋病研究的第一笔追加拨款而获得了颇多赞誉。

克里夫看得出，比尔·克劳斯再次彻底恢复了单身，而且他很会控制场面。可是，比尔似乎和克里夫一样有点沉默寡言。他告诉克里夫，接下来几天他们得找时间谈谈艾滋病的事，然后便消失在人群中。

特别制作的录音带将现场的气氛推向了迪斯科舞厅的疯狂状态，整座房子随着当年的热门舞曲、劳拉·布兰妮甘演唱的《歌洛莉亚》的节拍震颤着。临近午夜时，克里夫想给自己弄点香槟。他整晚都没喝酒，他知道自己一旦开始就停不下来，会一直喝到在所有这些政客面前丢尽脸面为止。然而，缓缓流动的香槟让克里夫觉得兴味阑珊。他并不是不开心，只是无法融入其中。

目光扫过人群，克里夫意识到这9年来他已经为自己塑造了一个良好的形象。给议员阿特·艾格诺斯当助手，让他所追求的政治事业有了个良好的开端。艾格诺斯是一位真正的圣人，他允许克里夫把所有时间都投入“卡波西肉瘤基金会”。这一切给了克里夫一种温暖的感觉，但他还是没有心情加入派对狂欢。这是仅有的一次，克里夫感到还有别的事情比他自己、比他的雄心壮志更加重要。他无法摆脱那种厄运即将降临的感觉。

午夜，钟声响起，1983年来了，但是朋友、午夜的舞蹈、美妙的音乐乃至香槟，都无法消融新的一年压在克里夫心中的巨石。他知道一个秘密，一个这些人都不知道的秘密。当他看着鲍比·坎贝尔时，看到的不只是皇冠闪烁；鲍比会死去，成千上万的人也会死去。喧闹无比的派对现在就要结束了。

第五部分

战线：1983 年 1 月至 6 月

在这个问题上，市民们和大家一样，都专为他们自己着想，换句话说，他们都是人文主义者：不相信天灾。天灾是由不得人的，所以我们告诉自己，天灾不过是我们脑袋里的臆想，一个即将消失的噩梦。然而噩梦并不一定都会消失，在噩梦连连的日子里，消失的反倒是人自己……

——阿尔贝·加缪《鼠疫》

22. 让血流吧

1983 年 1 月 3 日，巴黎，比提耶-萨尔贝提耶尔医院

威利·罗森鲍姆医生对患有轻微淋巴结病的同性恋时装设计师说，他们只需切小指头指尖大小的一片淋巴结，就可以通过培养找出是什么导致他得了艾滋病。切片并不是罗森鲍姆的工作，但他想在场，确保一切顺利。巴斯德研究所的弗朗索瓦丝·巴尔医生也意识到这很重要。安排活检的那天，她在空气清爽的早晨醒来，带上保存样本所需的设备，穿过市区来到位于拉丁区的医院。

巴尔戴着超大的玳瑁眼镜观察短暂的取样过程，罗森鲍姆的激动令她不禁微笑起来。他总是很容易激动。几分钟后，她把一小片淋巴结取样包在冰块里匆匆离开了医院。回到巴斯德研究所，吕克·蒙塔尼耶医生将切片放进 T 淋巴细胞中培养，并指示巴尔在接下来的几周里监测其生长情况。

巴尔医生几乎不需要指导。34 岁的她安静而有条理，其大部分职业生涯都是在病毒实验室度过的，从巴斯德研究所到国家癌症研究所，大家都知道她行事一丝不苟。巴尔和蒙塔尼耶一致推测，他们会发现一种类似于人类 T 细胞白血病病毒或人类嗜 T 淋巴细胞病毒那样的逆转录病毒。巴尔曾在国家癌症研究所逆转录病毒研究领域的鬼才罗伯特·加罗手下学习，后者提出人类嗜 T 淋巴细胞病毒可能是导致艾滋病的原因。如果病毒在淋巴结中的表现与人类嗜 T 淋巴细胞病毒

相似，他们应该很快就会看到淋巴细胞在培养过程中增殖。尽管这种病毒激增通常要几周才能完成，但巴尔决定每3天检查一次培养情况，使其处于适当的监控状态。她想，这是一种新的疾病，谁都不知道会发现什么。

1月4日，亚特兰大，疾控中心

唐纳德·弗朗西斯一拳打在桌子上。疾控中心其他官员尴尬地交换了一下眼神。血库的管理者们显然非常生气。

“要死多少人才够?”弗朗西斯又一拳砸向桌子，嗓门大了起来，“要死多少人你们才觉得够？给我们一个起步的数字，起码死多少你们才会相信这些事是真的？到那时，我们再来开会，再开始做点什么。”

在弗朗西斯看来，聚集在此的这些血液行业管理者正打算做的事情，在外人看来最多不过称为过失杀人——当然，大家都知道弗朗西斯私底下谈论这事的时候从不提“过失”两字。弗朗西斯认为，血库拒绝相信输血引起的艾滋病确实存在，那他们就是在杀人。就这么简单。

私底下，疾控中心的官员大都同意他的看法，尽管他们也嘀咕说，唐纳德·弗朗西斯如此宣之于口很没有礼貌。

由美国公共卫生局特别咨询委员会策划的这次会议，旨在召集所有与迅速发展的疫情息息相关的组织，包括美国红十字会、美国血库协会、全国血友病基金会、全国同性恋工作组以及代表经营性血液制品生产者的制药商协会，此外，还有一些代表来自国家卫生研究院以及唯一拥有血库管理权的食药局。国会助理蒂姆·韦斯特摩兰德以及大部分主流医学杂志的记者也出席了会议；《费城问讯报》则是唯一全面报道了此次会议的主流媒体。

疾控中心希望此次会议能促成一些行动，遏止这场新疫病对全国的血液供应造成的威胁。然而，每个组织显然在会前就定好了各自的议程，并且大都把阻止艾滋病的潜在传播放在次要位置。疾控中心声称，艾滋病可以通过血液传播，血库管理者对此公开表示质疑。食药局的部分官员甚至依然不相信有艾滋病这回事。同性恋团体谴责任何要求筛查献血者的吁求，认为此举是把同性恋当作“替罪羊”。由帕特·诺曼担任主席的旧金山同性恋服务协调委员会发表了一份政策性文件，声称筛查献血者“令人回想起把黑人血统和白人血统区别对待的种族通婚法”，而且“与二战期间把日裔美国人驱逐到美国西部，以防发生间谍活动的思路如出一辙”。

蒂姆·韦斯特摩兰德看着所有与会者聚集在疾控中心的 A 礼堂，围坐在几张排成大正方形的桌子边互相对峙，觉得这次科学家聚会的气氛不太友好，和常见的学术界过招不一样。各方感兴趣的是维护自身利益，保护自家地盘。日后忆起此次会议，很多与会者直接称其为“那场可怕的会议”。

詹姆斯·科伦给血制品行业提供了两种选择：要么采取一些指导方针，将高危人群排除在献血者之外；要么开始检测血液，排除可能的艾滋病毒携带者。在总结发言时，科伦警告血库管理者，艾滋病的潜伏期至少有一年。无论血制品行业在当天做出了哪种选择，都不会对下一年产生影响，在此期间，只会有越来越多的血源性艾滋病病例蛰伏和出现。

接下来是由疾控中心的顶级病毒学家之一、免疫学家托马斯·斯皮拉说明，为什么需要检测所有血液制品，艾滋病工作组迫切希望血库管理者能做到这一点。尽管还没有直接测试艾滋病病毒的方法，但过去几周，斯皮拉一直在检测艾滋病患者的血液，寻找其他指标。由于几乎所有的艾滋病危险人群，比如男同性恋、静脉注射吸毒者和血友病患者，都曾在生命中的某个时刻得过乙肝，艾滋病患者的血液特征并不难发现。虽然肝炎病毒通常会在身体康复后消失，但血液中仍会留有病毒的核心抗体。因此，斯皮拉发现，同性恋艾滋病患者中 88%的人血液中携带肝炎的核心抗体，静脉注射吸毒的艾滋病患者全部带有抗体，淋巴疾病患者 80%携带抗体。斯皮拉提出，这项测试或许无法筛查出所有的艾滋病病毒携带者，但可以大幅降低通过输血传播艾滋病的可能。

疾控中心官员希望通过检测这些替代指标①得出的数据引起讨论，即血库和经营性血液制品生产商如何应对艾滋病。没想到，讨论演变成了输血是否真会引发艾滋病的激辩。

“不要夸大事实，”纽约血液中心总裁亚伦·凯尔纳医生说，“目前至多只有3例献血引起的艾滋病病例，其中2例的证据非常靠不住。而且血友病患者中也只有一小撮人患有艾滋病。”

此外，凯尔纳还说，如果实施这项检测计划，他的血液中心将耗资500万美元。假阳性筛查结果将导致那些未感染艾滋病的血液被无端浪费。“我们必须小心慎重，不要反应过度，”他说，“目前的证据是没有说服力的。”

约瑟夫·博夫不仅是耶鲁大学医院血库的主任，也是美国食药局血液安全咨询委员会主席，他也持反对意见。他说：“我们正在认真考虑这些大规模的措施，因为一名婴儿从一个后来患上艾滋病的人那里接受输血后患上了艾滋病，而后可能还有一些其他病例。”

疾控中心助理主任杰弗瑞·科普兰闻言一惊。他反驳道：“把头埋在沙子里假装看不见，然后说‘让我们等到有更多的病人吧’，这种公共卫生措施可不太妥当。”

疾控中心的布鲁斯·伊瓦特医生试图再次强调血友病患者的数据。1982年以前，这些人中间没有得艾滋病的。但在过去一年间，仅俄亥俄州一地，100名血友病患者中就有6人死于艾滋病，还有3人出现了与该综合征相关的严重的血液问题。伊瓦特说，近10%的人已经因为与艾滋病有关而病倒。血库还需要什么样的证明呢？

来自旧金山公共卫生部门的塞尔玛·德里兹医生对血库管理者表示同情。她知道，任何替代指标检测都需要投入大量经费；也知道，相对温和的建议，即在高危人群中筛查艾滋病患者，将给城市血库造

---

① 即 Surrogate Marker，是指在直接预测非常困难或不现实的情况下，进行间接预测的指标。——译注

成巨大打击，对血库而言，热心公益事业的同性恋是不可或缺的血源。尽管如此，德里兹还是要顾及她所在城市的民众健康问题，并面对市监事会的质询。和许多卫生官员一样，她的数据也无法让血库管理者信服。她说："在过去的几年间，140 名（艾滋病患者）中有 10 名或 11 名患者献了全血①。我们不知道还有多少人向商业机构卖过血或血浆。"

德里兹认为，至少所有高危人群都应该被禁止献血。考虑到艾滋病病毒携带者在献出致病血液的时候有可能是完全健康的，就像那个旧金山婴儿的案例，德里兹觉得所有的同性恋都应该停止献血。

当血库管理者们回过头来讨论疾控中心记录在案的那些输血感染病例的病史时，唐纳德·弗朗西斯开始大声疾呼"要死多少人才能采取行动"。有证据表明，潜伏期可能比人们以为的更长，这让弗朗西斯进一步确信，疾控中心的工作不仅是监控艾滋病传播、统计患者数据，还要控制疾病。他请求道："我们不能总是被动地作出反应，不能总这样被牵着鼻子走。"

所有人都看得出来，这次会议进行得不顺，非常不顺。血库管理者担心钱的问题，还有招揽新献血者的成本；也对报道会议的所有记者心存疑虑。疾控中心是不是想迫使他们采取行动？食药局代表也对疾控中心保持警惕，他们对亚特兰大的流行病学专家公然插手食药局所辖事务感到有些恼火。血液政策是食药局的职权范围并且将一直是。

同性恋组织的代表站在疾控中心这边，支持他们提出的替代指标检测，但坚决反对采取任何行动来筛查献血者，称筛查将会引发严重的人权问题。

"所谓'过着纵情声色的快节奏生活'的同性恋正在造成一些问题，但他们只是少数男同性恋，"全国同性恋工作小组代表布鲁斯·沃勒尔医生说，"只有一小部分人与我们在此讨论的问题有关，在这

① 指未除去任何成分的血液。——译注

个时候筛查同性恋会令整个群体的民权运动蒙上污名……此外，许多同性恋对此也不认同，更不会对调查问卷做出回应。”

血友病组织的代表对同性恋代表的观点感到震惊。那血友病患者的生存权怎么办？他们问。

午餐之后，血库管理者开始更加坚决地反对血液检测，他们的理由几乎完全出于经费考虑。尽管血液制品行业主要由“红十字会”这样的非营利组织运营，但这个行业获利颇丰，年收入高达 10 亿美元。他们每年提供的输血服务达 350 万次，现在这项业务受到了威胁。由于血液成本太高，自体血回输已经有了一定的市场。血库管理者知道，只能靠价格上的竞争力。纽约血液中心的凯尔纳提出，每年全国用于肝炎抗体测试的费用将为 1 亿美元，实在太贵了。他转而提议，也许可以在纽约、洛杉矶和旧金山进行试点。

然而，趋利的血液制品生产商不愿意加入非营利性血液中心抱团形成的同业联盟。由于担心直接的市场竞争，阿尔法医疗公司的发言人宣布，作为第八因子凝血剂的制造商，他们将立即开始筛选献血者，排除所有高危人群，包括所有同性恋——不管他们是否“过着纵情声色的快节奏生活”。这一立场激怒了同性恋代表。

* * *

本次会议的目的是与会者达成共识，然后将意见告知美国公共卫生局的领导、卫生与公众服务部助理卫生部长爱德华·布兰特医生。会议快结束时，会议主持人、疾控中心的杰弗瑞·科普兰开始提议大家达成共识。布鲁斯·沃勒尔建议通过一项反对屏蔽高危人群献血者的决议；但在口头表决中没有获得通过。其他提议也遭遇了类似结果，或者被改得面目全非，以致毫无意义。到休会时，也没有提出任何建议或达成任何行动方针。一切还是照旧，就好像什么都没发生过一样。

* * *

唐纳德·弗朗西斯被激怒了。他怒不可遏地说，血库这是要置人于死地，而食药局打算听之任之。

哈罗德·杰斐的反应不像他这般强烈，但也同样感到失望。他不敢相信血库管理者竟然那样说。他们不愿相信自己所在的行业会卷入像艾滋病这样可怕的事情，所以干脆否认出了问题。杰斐知道，在很大程度上，同性恋社区跟他们的反应是一样的，但血库管理者都是医生和科学家。他们应该是理性的，而且大多数人曾发誓要信守“希波克拉底誓言”。

自从布鲁斯·伊瓦特在血友病患者中听说第一个疑似艾滋病病例以来，已经有一年了。当时，他预料到会有更多的病人，但病情的发展速度比任何人预计的都要快。他没料到疾控中心几乎无法对公共政策产生影响。如今，疾控中心孤立无援，不知所措。他知道，这将成为人类历史上一个愚蠢的错误，一个极其愚蠢的错误。

*　　*　　*

就艾滋病而言，1983 年将成为这样的一年：各个方面的人都拒绝相信，导致犯下愚蠢的错误，短期内造成上千人死亡，长期则会造成数万人死亡。1982 年失去的机会将在后面用“合唱”来解释：“我们怎么知道?”这在 1983 年毫无意义。到那时，很多人了解到更多情况，但是在面对知识并且有机会做点什么的时候，他们通常做的都是错事。当时，他们的姿态看起来做的是正确的事，是为了维护民权，或者维护血液产业的经济活力。但问题在于，这些考虑经常掩盖了医学和公共卫生方面的问题。

*　　*　　*

在 A 礼堂那场重要会议结束两天后，美国血库协会在华盛顿召集所有大型血库组织开会，到场的还有美国红十字会、全国同性恋工作组和全国血友病基金会。在同性恋代表的敦促下，这些组织发表了一份联合声明，重申了血库行业反对筛选献血者的立场，并表示“直接或间接地询问献血者的性取向是不恰当的”。纽约的同性恋医生、美国医生促进人权协会的领导人罗杰·安劳医生宣布了这项政策。他说：“我们不仅维护同性恋的权利，而且维护个人隐私权和个人选择权。”

1月6日，华盛顿，雷伯恩众议院大厦

从亚特兰大回来后，蒂姆·韦斯特摩兰德更加确信艾滋病会成为一场公共卫生危机，两年前，当他第一次读到里根政府提出的医疗预算削减计划时，他就开始担心了。他再次提请疾控中心和国家卫生研究院投入经费。输血引发艾滋病的消息被披露后，媒体的关注终于达到了新的高度。韦斯特摩兰德想看看国家卫生研究院会如何回应关于其应对疫情不力的质询。

答案就在国家过敏及传染病研究所传来的一份备忘录上，它是周四早上送达卫生小组委员会办公室的。备忘录称，国家过敏及传染病研究所在上一个财年已经“尽全力”提供资助，共为免疫调节研究提供了2 200万美元，另外还投入240万美元用于免疫缺陷研究，130万美元用于巨细胞病毒研究。总之，其结论是，“本所在与艾滋病患者相关的各项研究上共投入约2 600万美元”。

文中提到的“与艾滋病患者相关的研究”，韦斯特摩兰德知道，那就是个记录在案的弥天大谎。在另一段里，这家机构隐晦地承认只投入了75万美元直接用于所内的艾滋病研究。从技术上讲，应对普通感冒也会涉及免疫系统研究，所以过敏及传染病研究所就把这些统统归为“与艾滋病患者相关的研究”——即使它们与艾滋病综合征几乎扯不上关系。

那个星期，比尔·克劳斯与罗伯特·戈登医生会谈，后者是国家卫生研究院一大堆艾滋病协调员中的一个。克劳斯想了解艾滋病研究经费是否有困难，他说，国会不会阻碍研究机构申请更多经费。

没有困难，戈登医生回答说，国家卫生研究院给艾滋病研究的资助“绰绰有余”。

1月7日

《发病率与死亡率周报》刊登了男性艾滋病患者的女性性伴侣罹

患艾滋病的报道，由此确定了获得性免疫缺陷综合征的最后一个主要高危人群。“精液贮存者”，玛丽·桂南已经骂了不止一年，但直到纽约两名患艾滋病的妇女的病史曝光，疾控中心官方公布的高危人群中才出现“异性性接触”类别。据《发病率与死亡率周报》报道，一名患有肺囊虫肺炎的37岁女子与一名静脉注射吸毒者共同生活了5年，吸毒者已于11月去世。一名23岁的西班牙裔女子患了淋巴疾病，她并无其他感染艾滋病的可能，除了在过去18个月里与一位双性恋共同生活，后者于1982年6月罹患卡波西肉瘤和肺囊虫肺炎。该报道还指出，疾控中心已收到报告，另有43位原本身体健康的女性在与静脉注射吸毒者发生关系后，患上了肺囊虫肺炎或其他与艾滋病相关的机会性感染。尽管这些男性都未感染艾滋病，但疾控中心推断，“这些男性吸毒者可见都是一种传染性因子的携带者，这种因子并未使他们生病，却让其女性性伴侣感染了艾滋病。”

当期《发病率与死亡率周报》上的另一篇摘要暗示了病情的下一步发展，用的是官方首次公布的艾滋病在监狱中日益严重的情况。文中谈及纽约州10个艾滋病囚犯，大都是静脉注射吸毒者，而新泽西州罹患艾滋病的囚犯则全是静脉注射毒品者。实际上，新泽西州的48个艾滋病人中有6个是囚犯。

《发病率与死亡率周报》上的这两篇报道都更为强调一个观点，即同性恋癌症不再专属于同性恋者。如今，艾滋病变得更有新闻价值了，尤其是当输血感染艾滋病的病例日益为民众所知。因为任何偶然的事故都可能导致一个人需要输血，所以似乎每个人如今都面临着感染艾滋病的危险。

* * *

亚特兰大会议后的几周内，血液行业受到了巨大压力，要求他们保护“无辜受害者”。全国血友病基金会呼吁“全力”禁止所有同性恋献血，激怒了同性恋活动人士。由于血友病患者是血液制品的主要消费者，以营利为目的的血液制品生产商不愿承担触怒血友病患者所带来的商业损失，于是很快站到了基金会这一边。然而，非营利性血库的管理者仍旧反对这种“不成熟”的做法。与此同时，全国各地的同性恋团体也组织起来反对所谓的“隔离”同性恋血液的行为。

血库管理者很快就学会了同性恋的措辞方式。在加州大学旧金山分校的艾滋病研究小组，马科斯·柯南特医生正试图设立一个专门的大学职位来主持肝炎抗体检测。旧金山欧文纪念血库的医学主任赫伯特·珀金斯很沉着，直接引用了“同性恋自由日”当天的激进演讲来反对替代指标检测。他说，肝炎测试最终会给男同性恋贴上“生物学上的粉红三角形”标签，即暗示这种行为如同当年希特勒的死亡集中营给同性恋贴上“粉红三角形”以做区分。“如果95%的男同性恋的抗体核心是阳性，我们是否要做上标记，排除他们的血液?”他问道。

柯南特对珀金斯医生的雄辩之辞不以为然。他知道血库之所以拒绝做血液测试或让献血者延期献血，并不仅仅是出于民权方面的考虑。无论是增加测试费用，还是为招募新的非同性恋献血者所采取的行动，每一步都要花钱。柯南特毫不怀疑，让献血者自发不去献血必然会是一场灾难。有太多同性恋还没出柜，而出柜的认为自己根本不会得艾滋病，只有那些下作淫乱的同性恋才会得。

两周之内，柯南特请到了加州大学旧金山分校主要的艾滋病专家，以及备受尊敬的医学院院长，他们公开呼吁纽约、洛杉矶和旧金山的血库管理者开始进行肝炎核心抗体的检测。

但血库对此置若罔闻。珀金斯坚持认为，替代指标检测的呼吁“毫无道理，没有合理证据表明它可以排除艾滋病患者或潜伏期患者”。

23. 午夜告白

1月13日，旧金山市政厅

一群乱哄哄的白豹党人捧着购物纸箱装着的请愿书，嬉皮笑脸地来到选民登记员面前申请认证。消息迅速沿着市政厅宽阔的大理石走廊传开，令在此工作已久的人们吃惊不已，多年来他们一直把白豹党视为持枪行凶的乌合之众。但是，经选民登记员确认，他们收集到了大约3.5万个签名，大部分来自卡斯特罗街周围的选民密集区。这个数字远远超过了启动投票罢免范斯坦市长的程序所需的1.9万个签名，随后，投票定于4月举行。

在楼上的大办公室里，当范斯坦得知自己将成为旧金山36年来首位面临罢免的市长时，不禁伤心地哭了。尽管她公开声称这是“一小群偏执的边缘团体”对“我们的制度发起的游击队式攻击”，但她毫不怀疑，罢免活动的组织者在她否决“‘家庭伴侣’条例”后激愤难平，到处寻找支持者。当天下午，同性恋领导人一起出席了他们与范斯坦的每周例会，她怒斥道：“哼，这下你们报了仇了。”

就连范斯坦的一些长期支持者也喜不自胜，很高兴这种否决“‘家庭伴侣’条例”的行为遭到了报应。几乎没人能想象得到在未来几年里，这次罢免投票将对成千上万旧金山人的生死存亡产生怎样的影响。

1月18日，巴黎，巴斯德研究所

弗朗索瓦丝·巴尔注视着培养皿，里面是15天前开始放进去的淋巴切片组织。她想不明白为什么淋巴细胞似乎正在相继死亡。这与她的预期完全相反。当淋巴细胞感染人类嗜T淋巴细胞病毒时，病毒会导致白细胞疯狂复制，产生过多的淋巴细胞，也就是白血病。巴尔加了一些新的淋巴细胞进去，以确保培养细胞存活。她担心自己可能做错了什么，但依然冷静而有条不紊地进行着。

当天下午，旧金山，加州大学

马科斯·柯南特一看到盖瑞·沃什身上的第一个病灶，便知道他患了卡波西肉瘤。就在几周前，在盖瑞动身去基韦斯特之前，柯南特已经让盖瑞惶恐不安了。柯南特仔细检查了他的每一寸皮肤。这3个小点，2个在他的右边小腿上，1个在他的左边小腿上，都是新出现的。

“我不打算跟你兜圈子，”柯南特说，“我认为这是卡波西肉瘤。我们要做个活检，可能需要10天时间来确认。我理解这10天你会非常难熬，但我们必须保证不出错。”

盖瑞穿好衣服，面带焦虑地离开了。在走廊上，柯南特平静地告诉护士在盖瑞的病历上记下他得了卡波西肉瘤。

1月23日，亚特兰大

作为美国同性恋群体中最大的艾滋病组织的主席，保罗·波帕姆在全国各地新涌现出的艾滋病组织中巡回亮相，为这一新疫病的受害者提供信息和支持。保罗很享受旅行的机会。美国腹地一些初出茅庐的艾滋病活动人士总在他说话时走神，谈起这位结实性感的纽约帅哥，说他身在战壕，却依然保持冷静。

到处都在争论跟献血有关的民权问题。保罗·波帕姆和疾控中心的詹姆斯·科伦双双等着在“声援亚特兰大”活动上发言时，聊起的第一个话题也是这个。科伦最近听到很多传言，害怕艾滋病可能成为医疗上的借口，以便围捕同性恋并把他们投入集中营。保罗也有同样的恐惧。

“我知道我不会得艾滋病，但如果要我在集中营度过余生，这太离谱了。”保罗以一种俄勒冈人的腔调礼貌地说。

科伦认为这种思路很奇怪。根本没有人因为同性恋可能会感染艾滋病而建议应将他们隔离，就连类似的暗示也没有过。某些右翼疯子也许会提出这种“最终解决方案”，但他们没有对这种疾病予以充分的关注以便建一个达豪集中营①那样的地方。实际上是同性恋自己以

① 它是纳粹德国建立的第一个集中营，位于德国南部巴伐利亚州达豪镇附近的一个废弃兵工厂，1933年3月22日建成启用。1945年4月29日美军解放达豪集中营时发生了“达豪大屠杀”。——译注

为他们最终会死在集中营里。

其实，这种说法早在艾滋病出现之前，在安妮塔·布莱恩特和加州参议员约翰·布里格斯发起保护儿童免受同性恋教师侵害的活动时，就已经存在了。

巴黎，巴斯德研究所

弗朗索瓦丝·巴尔每三天就会来观察淋巴细胞，看淋巴组织里有没有长出什么东西。周日下午晚些时候，她开始进行放射性测试，以检测是否有逆转录酶存在——这种酶能够复制逆转录病毒。她发现逆转录酶的放射性活动每分钟能达到 7 000 次。这种速度相当特殊，但仍不能证明逆转录病毒确实在培养细胞中生长。她检测到的可能是一些极端的环境辐射。3 天后，更有力的证据出现了。放射性检测现在测出的逆转录酶活动速度为每分钟 2. 3 万次。

这不是环境辐射；这是一种逆转录病毒，而且似乎并不是人类嗜 T 淋巴细胞病毒。虽然逆转录病毒的繁殖似乎正接近峰值，但同时也在杀死她的细胞株。如果巴尔之前没有添加新的淋巴细胞，她完全不会发现病毒，因为所有的细胞都会被极其致命的逆转录病毒杀死。后来她才得知，这种情况在疾控中心和国家癌症研究所的实验室里都发生过。科学家们等待着被感染的淋巴细胞增殖——就像白血球感染了人类嗜 T 淋巴细胞病毒之后会大量繁殖那样——而此时这些病毒实际上已经一次又一次地杀死了培养细胞。

巴尔把她的发现向吕克·蒙塔尼耶和让-克洛德·彻尔曼做了说明。她说，她发现了一种人类逆转录病毒，但它的表现跟人类嗜 T 淋巴细胞病毒不一样。这是一种新的逆转录病毒。

新的人类病毒并不经常被发现；科学家知道他们必须拿出详尽的证据来予以证明。此外，还需要更多的证据来证明他们可能已经发现了“神秘疾病”的病因，艾滋病在 1983 年的头几个月里常被称为“神秘疾病”。他们需要进行大量测试以验证其结果；他们需要获得罗伯特·加罗的人类嗜 T 淋巴细胞病毒抗体，以确保他们发现的病毒是新的。最终，研究人员还需要通过电子显微镜对病毒进行拍照，并描述其基因特性。

蒙塔尼耶决定，在进一步确认之前先不告诉罗森鲍姆医生这一发现，他太容易激动了；他不知道自己这会儿能否受得了这位年轻医生难以抑制的热情。

1 月 24 日，旧金山，卡斯特罗街

在卡斯特罗街上方裸露的花岗岩上，夏天郁郁葱葱的野草，冬天转为褐色，在一月的寒风中瑟瑟抖动。盖瑞·沃什在其中发现了新芽，这是春天万物复苏的预兆。当盖瑞陷入困境时，便会来这个岬角走走，看看小村落似的卡斯特罗街区以及远处在旧金山湾闪闪发光的大城市。明天早上，他要离开阿尔派露台酒店公寓，去见马科斯·柯南特医生。尽管他希望这次柯南特会大笑着告诉他，这是个假警报，可他也知道这是不可能的。他腿上的斑点并非虚惊一场。他得了艾滋病，明天早上马科斯·柯南特会告诉他，活检证实他生了卡波西肉瘤。

盖瑞扫视着脚下的卡斯特罗街区，又看了看风中的杂草，他惊讶地发现自己看到了更多的东西，每一处景象都呈现出更丰富的色调和更清晰的纹理。理性上，他知道个中原因。他也许看不到下个冬天了。似乎这是有生以来第一次，他真正感觉到了，这一刻的所有感受是此前不曾有过的。这种他多年来在自我探索和心理学职业生涯中一直寻找的东西，与这一刻、与当下紧紧地结合在一起。奇怪的是，他开始觉得自己既被诅咒了，也被祝福了。

* * *

接到盖瑞·沃什的电话，马修·克里格喜出望外。他给盖瑞做了一本他俩去墨西哥旅行的相册，本想在圣诞节送给盖瑞，但盖瑞已在基韦斯特。短暂的寒暄之后，盖瑞随口说出了自己的事。

“我打电话来是因为我想告诉你一些事，”他说，“我得了艾滋病，我想亲口告诉你，不希望你从小道消息知道。”

他们聊了片刻。马修想告诉盖瑞自己有多爱他，即使不是恋人了，他也希望他们永远是朋友。可他并不想给这位个性独立的前情人什么压力。至少不是现在。

那晚余下的时间，马修伤心欲绝。一年多前，他和马科斯·柯南特组织完新闻发布会后就曾警告过盖瑞，而现在，最令他恐惧的梦魇变成了现实。

*　　*　　*

那天深夜，盖瑞给自己倒了一杯白兰地，把贝多芬的《第五交响曲》放进立体声音响，并拿出小型磁带录音机。

“在过去几个月里，有一些不可思议的特别时刻让我感到非常非常充实：如果我的腿上没有长那些斑点，我就不可能获得那些美妙的感受，”盖瑞说，“我为此感到惊喜，这段时间是如此充实，而我是如此享受与自己内心的默默交流。这是我以前从来没有体会过的……一路走来我所承受的一切，包括这该死的疾病，似乎都在帮助我找到一个可以安息的地方，不管我会活着，还是死去。我愿意要这个斑点，是它把我与周遭的一切美好联系在了一起，我对它的渴望超过了对爱人的渴望——因为它就是我的爱人。它会永远伴你左右，它会让你理解一切……”

当贝多芬交响乐的弦乐奏出了激动人心的高潮时，盖瑞计划好了治疗疾病的方法，就像他在治疗过程中解释的那样。“对我而言，密切关注这个过程是很重要的。假装自己没经历过这一切是很容易的。这是一个有趣的时刻。我不想因为这个世界而错过这一刻——我想知道经历这个过程是什么感觉。”

第二天早上，旧金山，加州大学

盖瑞·沃什走进马科斯·柯南特的诊疗室时，带着明显的焦躁不安。柯南特不喜欢给出这样的诊断结果。通常皮肤科医生和病人的谈话不是这样的。柯南特证实了自己的诊断，并和盖瑞一起讨论了可能的治疗方法。盖瑞说他会和自己的内科医生谈谈下一步怎么办，然后回来找柯南特。

盖瑞悄无声息地走出了办公室。柯南特低头看了一眼病历图表，他知道未来几年里还会有很多个盖瑞·沃什出现，他们都将死去。柯南特不得不相信这是现实，即使朋友和同事有时说他过于悲观了。柯南特觉得，如果他真的相信自己能拯救这些人，那就更糟了，因为这会让他们死得更可怜。他把病历放在一边。隔壁的候诊室里还有一个生气勃勃的年轻人，跟盖瑞·沃什没有什么两样。他来是因为前天在自己的大腿上发现了一些紫色斑点，他有点担心。

* * *

1983 年 1 月 25 日，盖瑞·沃什的卡波西肉瘤确诊了，这使他成为旧金山第 132 个确诊的获得性免疫缺陷综合征患者。

* * *

当天上午，唐纳德·弗朗西斯医生再次提交了一份预算，申请 198 301 美元为疾控中心建一个艾滋病实验室。几个月前他就提出过同样的申请，但是没有回音，他也怀疑此次重新提交是否会得到比上次好一点的结果。“我们的要求跟上次一样，”弗朗西斯给疾控中心传染病分部的助理主任写了份报告，“目的是通过电子显微镜、细胞培养和血清学检测来寻找病原体。如果我们要在这方面有所作为，这些设备必不可少。”

1 月 31 日，旧金山

整整一天，客人都是哭着离开盖瑞·沃什的心理治疗室的。在露·蔡金与盖瑞共用的候诊室里，她的客人对此好奇不已。

“他肯定很厉害，能让人这么感动。”有个客人对露说。

楼上，乔·布鲁尔这一天基本上都在流泪，即便在指导日益焦虑的客人如何应对报纸和晚间新闻中突然出现的疫病消息时也是如此。客人们想知道，这是真的吗？抑或只是恐同媒体的炒作？

当晚，露和盖瑞去“范妮餐厅”喝酒。这是一家很受欢迎的餐厅，在临街那一层有个小小的卡巴莱①，离两位同性恋心理治疗师一起工作的维多利亚式办公楼仅几步之遥。当欢快的音乐在他们周围响起时，盖瑞说他会休息几个月再回来继续营业。他俩都知道，这事可能只是说说，但他们都没有挑明。这是人们在得知自己患了绝症后的最初反应，57岁的露·蔡金不会剥夺她的朋友乃至她自己拒不承认现实而得来的短暂慰藉。

2月1日，凤凰城，疾控中心肝炎实验室

唐纳德·弗朗西斯一次又一次地感到挫败。他认为，疾控中心的行为完全是被动的。没有计划，没有切实控制疾病的措施，也几乎没有长远目标。在凤凰城那间没有窗户的办公室里，他开始制订自己的长远计划，以赶在疫情之前获得主动。

有必要采取更广泛的实验方法，这甚至比他几个月前提议建立实验室还要重要。疾控中心要在旧金山和纽约增加人手，着手收集实验室分析所需的样本。弗朗西斯还想成立一个由疾控中心以外的免疫学家和逆转录病毒学家组成的咨询小组。在发给传染病中心主任沃尔特·道达尔的一份简短备忘录中，弗朗西斯尽可能巧妙地点明目前艾滋病研究经费不足可能造成的两难局面。

“……考虑到这种疾病的严重性，我认为有必要投入大量的资源，”弗朗西斯写道，“但是，疾控中心其他疾病方面的许多重要研究已被削减，或者停止进行艾滋病方面的研究。为了避免更多业已存在的重要研究项目被削减，目前增加人手和经费看来是明智的……每年的总费用在25万至30万美元之间。在当前预算紧张的情况下，这

---

① 即cabaret。这是一种具有喜剧、歌曲、舞蹈及话剧等元素的娱乐表演，盛行于欧洲，主要在设有舞台的餐厅或夜总会表演，观众边用餐，边观看。此类表演场所本身也可称为卡巴莱。——译注

笔投入似乎相当大，但是随着病例增多，公众和国会施加的压力也在增大，我预计我们在未来无需解释我们的经费不足，寻求经费会更容易。”

弗朗西斯在第二份备忘录概述了他应对艾滋病的长远规划中的最关键部分。即便这种疾病仍然神秘莫测，就目前疾控中心对这种综合征的了解而言，足以开展大规模的行动来阻止其传播。尤为重要的是，男同性恋中很多人都受过良好教育，相比静脉注射吸毒者或海地人这样的高危人群，他们更容易听从政府的警告。

“我觉得为了控制艾滋病的蔓延，我们有义务尝试改变性行为。毫无疑问，对淋病、梅毒和乙肝的恐惧并没有使男同性恋的性伴侣数量减少，但是对艾滋病的恐惧或许可以。疾控中心必须向全国各地通报艾滋病的信息。我们有性病诊所网络，可以通过它们传递信息。为什么不试试呢?”

为什么不试试呢?

多年以后，许多人会问这个问题。

而唐纳德·弗朗西斯从未收到过对其 1983 年 2 月 1 日备忘录的书面答复。

* * *

旧金山公共卫生部传染病控制局的塞尔玛·德里兹医生及时将盖瑞·沃什的卡波西肉瘤诊断结果报告了疾控中心；后者将其计入了 2 月 2 日周三上午公布的新确诊报告中。就在这一周，美国的艾滋病患者超过了 1 000 例。至此，全国范围内已有 1 025 人患上了这种 19 个月以前才出现的流行病，其中纽约州 501 例，加州 221 例。至少有 394 名美国人死于这种综合征。仅在过去 2 个月里，就有近四分之一的病例上报给联邦官员；在过去 8 周里，已有超过 100 人死亡。自去年 12 月以来，又有 2 个国家报告了他们的第一批艾滋病病例，在官方记录中，这一流行病已在全球 16 个国家蔓延。

24. 否认

1983年2月7日，首都，华盛顿

2月的这个早晨，笑容满面的玛丽·克劳斯·惠特塞尔小心翼翼地走进了国会议员菲利普·波顿的办公室。她为儿子比尔感到骄傲，甚至不自觉地就会笑出来。当然，比尔总是对政治有着浓厚的兴趣。这可能得自他父亲迈克·克劳斯的遗传；比尔在各方面都很像迈克，尤其是倔强固执。

尽管比尔在辛辛那提的圣泽维尔中学表现优异，并在高中最后一年获得了全国优秀奖学金，但玛丽知道他一直不快乐。当两个儿子分别搬到了旧金山，并宣布他们是同性恋以后，玛丽不知道这种她不太了解的生活方式是否真能带给他们幸福。玛丽并没有跟她在辛辛那提的许多朋友提过自己儿子们是同性恋的事；这些人是不会理解的。

最近，再婚的玛丽读到了关于艾滋病的消息。这让她有点担心，于是她特别关注了报纸或辛辛那提电视新闻节目中出现的内容。比尔说他现在正在华盛顿为艾滋病研究筹集更多经费。然而，玛丽注意到比尔在转移话题，不肯告诉她疾病本身的事以及它会使旧金山怎样。

当国会议员波顿猫着腰走过候客室，坚持让玛丽去他宽敞的办公室时，比尔·克劳斯不禁笑了起来。在国会山，波顿被政客们视为老虎；比尔简直不敢相信波顿可以在他妈妈面前变得像泰迪熊一样可爱。

“我希望你知道，比尔帮了我很多——我不知道没了他我该怎么办。”波顿微笑着说道。

比尔每每提及波顿，玛丽都能看出，这位国会议员在她小儿子的眼中犹如父亲一般。

比尔带着玛丽和她的丈夫厄尼去国会餐厅吃午饭。在过去几年里，他变得如此英俊和自信，玛丽难以抑制心中的骄傲和激动。经历

了这么多的痛苦，他终于成功了。

* * *

比尔·克劳斯并没有意识到艾滋病游说活动有多么混乱，直到他在这个下雪的周一早晨召集国会山六七个出柜的国会助理以及两大全国同性恋团体的领导人开会时才发现。代表艾滋病患者筹款的大部分工作由 3 个人负责，即来自波顿办公室的比尔·克劳斯，“米尔克俱乐部”的另一个积极分子、在旧金山第二届国会代表芭芭拉·博克瑟办公室工作的迈克尔·豪什，以及起关键作用的卫生小组委员会顾问蒂姆·韦斯特摩兰德。成立 7 年的“同性恋权益全国游说组织”(GRNL)，尚未意识到疫病的严重性，将其视为国会议题，因而同性恋群体在国会山的唯一全职说客史蒂夫·恩迪安 1982 年全年和 1983 年初都在为他奋斗多年的议程游说支持者，以期能使国会签署一份联邦同性恋权利法案。“同性恋权益全国游说组织”已经成功说服 71 人支持该法案，但是比尔·克劳斯和蒂姆·韦斯特摩兰德都知道，几年甚至几十年内，这项法案不会在国会获得通过；并且短期内还需为筹集艾滋病研究经费付出更大的努力。然而，“同性恋权益全国游说组织”对此并不感兴趣。

作为全国第二大同性恋组织，“全国同性恋工作组”已经和“同性恋权益全国游说组织”将它们在国会山的工作做了分割，并宣称自己日后将负责处理同性恋社区与政府行政部门的关系。在行政部门的态度与狂热的反同性恋宗教激进主义者保持一致的情况下，比尔·克劳斯想不明白此时这样分割是什么意思，但在一个长期将民权视为优先问题的群体中，议程改动起来会很慢。比尔召集来自洛杉矶、旧金山和纽约的国会助手在国会山开了史上第一次同性恋助手会议。单单这一事实本身就让比尔很忧心，他相信东海岸的未出柜病人将导致同性恋运动的终结。

比尔收集了令人沮丧的艾滋病资金统计数据，并提交给该组织。如果把通胀因素考虑进去的话，总统的新预算等于要求疾控中心的经费实际减少 7%。根据截至 1984 年 9 月的财年的当前预算，整个国家卫生研究院建议仅在艾滋病方面投入 940 万美元，约占该机构预算总数 1%的 20%。

更令比尔·克劳斯恼火的是国家癌症研究所的延迟拨款，自 1981 年 9 月以来，研究人员一直在等待这笔经费。国家卫生研究院的官员曾在私底下告诉比尔，这些申请不符合正常标准。研究的“焦点不够明确”，比尔一再听到这句。到目前为止，国家癌症研究所仅发放了 34 万美元给外部的申请者。与此同时，科学家们告诉比尔，未获批准的经费申请评分极低，这不过是国家卫生研究院在处理艾滋病疫情时磨磨蹭蹭的又一个例子。为一个才出现 20 个月的疾病申请研究经费，如何做到“焦点足够明确”？任何试图将研究焦点明确到一点上的做法都是在造假，因为事实上没人知道是什么导致了这种疾病，更不用说如何明确研究的焦点了。他们说，国家卫生研究院是将通常标准应用于非常状况。很多研究都不得不在黑暗中摸索。对此，国家卫生研究院的官员们会假装没看见，因为研究艾滋病的是一群业余人士——他们中几乎没有人超过 35 岁——而且你也不能指望联邦政府在麻烦事上花钱。至少在这段时间不会。

更糟糕的是，比尔·克劳斯听说全国的艾滋病研究人员中有传言称国家卫生研究院在窝里斗。国家癌症研究所和国家过敏及传染病研究所之间一直存在竞争，显然在艾滋病这件事上爆发了。如今，既然艾滋病已经被确认为一种传染病，国家过敏及传染病研究所就想采取更多行动；国家癌症研究所则认为，在国家过敏及传染病研究所忽视艾滋病时，他们一直率先致力于研究这种疾病。两家机构都不肯互通有无，以致国家卫生研究院无法协调各机构对艾滋病联合出击。

“我们必须动手解决这个问题，”比尔叹道，“就没有人关心吗？”

比尔·克劳斯想从弄出点动静开始，想搞几次愤怒的新闻简报发布会，并着手筹措更多的经费。蒂姆·韦斯特摩兰德对比尔身上那种街头政治家的智慧印象深刻，但他后来透露，他认为比尔对国会采取的是“生硬的政治策略”。你不能走进美国众议院大声尖叫，不能因为你是对的就以为自己能获胜。单靠道德愤慨是没法赢得众议院拨款的。圆熟的国会内部人士蒂姆·韦斯特摩兰德说，处理这些事必须灵活，而且要慢慢来。会议结束后，比尔松了一口气。天哪，他讨厌玩手腕，他对迈克尔·豪什说，尤其是对那些不把艾滋病视为同性恋问题首要议题的傻瓜。如果同性恋都死了，争取同性恋权利还有什么用呢?

* * *

第二天，国家过敏及传染病研究所的官员们带着比尔·克劳斯和其他同性恋领导人进行了一场3小时的巡讲，介绍了国家过敏及传染病研究所在抗击艾滋病方面的努力。他们在一份长达8页的备忘录上以精心制作的饼图和复杂的科学语言来表明，国家过敏及传染病研究所已经在抗击艾滋病上“推进”了“一大步”。这份备忘录援引了许多夸大的数据，说一个月以前他们已经向蒂姆·韦斯特摩兰德提出将投入数千万美元用于免疫系统研究。不过，这份备忘录称，国家过敏及传染病研究所目前投入“与艾滋病患者相关的研究”的经费“大约是2 700万美元”。不知怎的，比上个月交给蒂姆·韦斯特摩兰德的数据无端多出了数百万美元。

* * *

比尔·克劳斯此次华盛顿之行的最后一天，暴风雪席卷了宽阔的大街和宏伟的纪念碑，全城都是白雪的世界，差点瘫痪。比尔、迈克尔·豪什以及他的情人瑞克·帕克尔像孩子一样在雪地里玩耍，一起堆雪人、做雪天使。然而那天晚上，比尔变得严肃起来，他回忆起25年前的同一个月，他父亲的新坟周围也积了厚厚的雪。

迈克尔·豪什总是注意到比尔·克劳斯不为人知的一面。它不仅出现在他愤世嫉俗的幽默中，也在他对自己的生活总体上抱有悲观的看法时，无论是因为他无法维系一段关系，还是因为对艾滋病研究经费难以筹措感到沮丧。可直到现在，迈克尔才能真正理解比尔生活中不为人知的一面。

比尔说，他父亲的去世是件非常痛苦的事。他只有 10 岁，感到很孤独；更糟的是他们全家从田园诗般的肯塔基州米切尔堡乡下搬到附近的辛辛那提市之后的日子。那段记忆，那些可怕的景象一再进入他的噩梦中：在大雪纷飞的日子里，克劳斯一家在密尔沃基的墓地里深深地埋葬了他的父亲。冰。地面冻得死硬，而他们要把棺材埋入地下。比尔看过英格玛·伯格曼的一部电影，当中也有一段是在瑞典的寒冬里把一个棺材埋进地下；当时比尔用力地咬了自己的指关节，都咬出了血。那一天他的童年时代结束了，眼前的一切真像 25 年前的那个可怕的 2 月啊。

比尔接着说道，他从来没办法和母亲好好交流，在去俄亥俄州立大学前也从未真正知道什么是幸福。他顿了一下，视线停在了瑞克和迈克尔起居室里漂亮的木制装饰品上。

“我想我会得病的。”比尔说。

迈克尔不明白他是什么意思。

“我想我会得艾滋病的，”比尔说，“我这么觉得已经有段时间了。”

“很多人都担心会得艾滋病，”迈克尔说，“你想多了。你很健康呢。”

比尔摇摇头，“我有种预感。这事完结之前我就会得病。”

巴黎，巴斯德研究所

威利·罗森鲍姆无法抑制自己的兴奋之情。几天前，吕克·蒙塔尼耶教授打电话告诉他：“我们找到了一些东西。你能不能过来跟我们谈谈艾滋病的事？”

罗森鲍姆、蒙塔尼耶、弗朗索瓦丝·巴尔、弗朗索瓦兹·布伦-维兹内和让-克洛德·彻尔曼聚集在蒙塔尼耶位于巴斯德园区的办公室里。蒙塔尼耶宣布发现了一种新的人类逆转录病毒，他说他们将测试新病毒，看它是不是人类嗜 T 淋巴细胞病毒，但它看起来根本不像白血病。它引起细胞病变，疯狂地杀死 T 淋巴细胞。

罗森鲍姆列出了他所知道的关于艾滋病的一切，描述了一些已经发生的可怕的死亡事件。他说，他唯一能做的就是眼睁睁地看着。单单治疗一种疾病是没用的，因为另一种疾病会在一天后冒出来并杀死患者。目前没有有效的艾滋病治疗方案，除非他们知道导致免疫缺陷的真正原因。

罗森鲍姆明白这个想法缺乏科学依据，但他毫不怀疑巴斯德团队已经发现了艾滋病的致病原因。一种逆转录病毒——这完全说得通。

蒙塔尼耶提醒大家还有很多工作要做。该小组需要每周六在蒙塔尼耶的办公室开会，他们将开始为医学期刊准备一篇关于这种新型人类逆转录病毒的论文。

* * *

一年前，威利·罗森鲍姆和雅克·莱博维奇召集了一个工作组会议，在接下来的一次会议上，罗森鲍姆激动地解释了巴斯德研究所的发现。莱博维奇立即怀疑巴斯德的研究人员除了人类嗜 T 淋巴细胞病毒，别的什么都没找到。当然，那时候，大家都知道这位爱出风头的医生反感巴斯德研究所。那年秋天，莱博维奇申请过该研究所旗下的巴斯德制药公司的免疫学家职位，但被拒绝了，至今他还愤愤不平。

在会上，科学家们对这一发现的重要性展开了激烈的争论。罗森鲍姆觉得巴斯德研究所找到了艾滋病的病因；莱博维奇相信巴斯德的发现不会有什么重大意义，他说，国家癌症研究所如今齐集了这么多研究机构，或许还可以指望。至于威利·罗森鲍姆，莱博维奇私下里觉得他就像个孩子。

* * *

在全国各地，血液问题也引起了同性恋社区领导人之间的争斗。湾区领导人透露，他们会敦促男同性恋与当地血库合作，在献血时进行筛选检测，此后，湾区医生促进人权协会及其上级组织——美国医生促进人权协会之间产生巨大的分歧。而欧文纪念血库采取了折中的做法，他们并不直接询问献血者是不是同性恋，而是问他们是否出现淋巴结肿大、夜间盗汗以及其他明显的免疫缺陷症状。

在美国医生促进人权协会的全国代表大会上，该协会发布了全国指导方针，呼吁进行乙肝核心抗体检测，并反对把男同性恋排除在献血者之外，除了那些“认为他们可能会增加患艾滋病的风险的人”。协会的声明指出，“我们强烈反对一些血液制品生产组织和血库组织成员企图通过问卷调查来甄别同性恋，并将他们排除在献血者之外。这种企图是对个人隐私的不必要侵犯，并且严重误导美国人民对该问题的看法。”在华盛顿，同性恋领导人成功地说服红十字会官员放弃设计与性取向相关的问卷，转而与同性恋活动人士合作，制定一项同性恋政治家会支持的献血办法。同性恋政治资深人士弗兰克·卡米尼表示，如果当地血库官员继续进行筛查，他将“建议同性恋们撒谎”。

在纽约，全国同性恋工作组几乎找来了曼哈顿所有的同性恋领袖，他们站在纽约血液中心的台阶上举行新闻发布会，谴责筛查献血者的做法。迈克尔·卡伦是新成立的“艾滋病携带者”协会纽约分会的领导人，他扫了一眼这群人，为这场新闻发布会的讽刺意味感到好笑。他知道，在场的同性恋几乎每个人都有乙肝，而且大多数人的性行为都是那种有着很高的艾滋病风险的。卡伦想，凭良心说，这些人一个都不能献血，而他们在这里宣泄自认为正义的愤慨，不过是因为有人认为他们无权献血。

* * *

对于同性恋群体来说，“降低风险指南”的问题更为严重。在美国医生促进人权协会的全国代表大会上发布了对“健康的男同性恋性行为”的温和建议。考虑到这不是个“性行为消极”的群体，指南向男同性恋保证：发生性行为没有任何问题，但是他们应该检查他们的伴侣有没有出现卡波西肉瘤病灶、淋巴结肿大以及明显的艾滋病症状。这个指南还试探性地建议，性伴侣数量少一点也许是个好主意。纽约的“男同性恋健康危机”组织把同性恋医生们的智慧凝聚成一句话："性行为有多少都没关系，但性伙伴要少而健康。"所谓无症状携带者，就是看起来非常健康，实际上却暗藏着一剂艾滋病病毒的人，尽管医学文献中对这类人的复杂表征有充分的记载，但并没有体现在指南中。

在旧金山，更为谨慎的湾区医生促进人权协会仍在召开委员会会议，就降低风险指南的每一处措辞争论不休。一些医生对于告诉他人在床上该做什么感到恶心。其余的人觉得最好是慢慢来，谨慎行事，以免说错话。与此同时，卡波西肉瘤基金会的电话响个不停，人们纷纷打电话来问该怎么做才能保护自己。基金会的领导人只能建议他们等同性恋医生结束委员会会议以后再打电话过来。

在华盛顿，朋友们告诉蒂姆·韦斯特摩兰德，他之所以变得阴郁，是因为他总在警告别人性生活和艾滋病方面的事。朋友说，这种病是纽约人和旧金山人的问题。韦斯特摩兰德这才觉得，自己像个在拥挤的机场里谈论航班安全的人。他在当地的同性恋报纸《华盛顿刀锋》上发表了一篇特约文章，对疫病在未来几年可能产生的后果发出了一长串警告，说保险公司接下来可能会拒绝给男同性恋上保险，或者试图将艾滋病从保险项目中划掉。他写道："在某种程度上，保险业会出现对风险区别对待的做法，或从中获利或敬而远之。"为此，其他同性恋都指责韦斯特摩兰德危言耸听。

巴黎，奥利国际机场

当年轻英俊的科学家坐下来时，空乘警惕地注视着保温瓶，乘客们也伸长脖子看烟是从哪里冒出来的。雅克·莱博维奇向乘务长解释说，他是一名科学家，要把标本送到贝塞斯达的国家癌症研究所去。这事关非常重要的科学研究。烟雾只是液态氮。不，他不能打开。最终，年轻科学家的魅力占了上风，他回到座位上，身边是冒着烟的保温瓶。

他不由得笑了起来，巴斯德制药公司负责他前往贝塞斯达的路费，不是为了运送这些标本，而是为了吕克·蒙塔尼耶和让-克洛德·彻尔曼去取人类嗜T淋巴细胞病毒的抗体。莱博维奇还带了一封蒙塔尼耶的信，信里解释了法国人的发现。

雅克·莱博维奇非常希望证明巴斯德研究所是错的。他愿意竭尽全力帮助罗伯特·加罗医生证明其发现的人类嗜T淋巴细胞病毒是此次疫病的罪魁祸首。为了保证不出纰漏，他甚至带上了他姐姐诊治的一个扎伊尔艾滋病患者的淋巴结活检标本，打算亲手交给加罗。哦，他多想打败巴斯德研究所的那些家伙啊。

墨西哥，蒂华纳

整体机能治疗师向盖瑞·沃什承诺，氨基酸和二甲基亚砜（DMSO）能治愈他；并向他保证，他们之前已经治愈过艾滋病患者。此外，医疗机构知道这些治疗是有效的；他们说，这正是这些治疗在美国不合法的原因。如果大家都知道如何使这种病真正痊愈，医生们就会破产。

这种逻辑在不循常理的盖瑞听来非常受用。在动身去圣地亚哥之前的几天里，他的内心燃起了熊熊的希望。

他告诉自己，他没有得致命的疾病。当他走进诊所接受10天疗程的首次治疗时，心想，这儿的铺位可真不少啊。

盖瑞几乎是立刻就感觉好多了。整体机能治疗师告诉他，注射氨基酸以后，健康细胞会消耗掉他的卡波西肉瘤病灶。果然，疗程结束的时候，盖瑞的病灶似乎变小了。感谢上帝，他想，我要活下去。

2月5日，旧金山

马科斯·柯南特在早晨的邮件中发现盖瑞·沃什的来信，对此他一点也不觉得吃惊；这种事以前也发生过。

“我的卡波西肉瘤病灶正在消失，”盖瑞写道，“我感觉好多了。健康的细胞正在消解癌细胞。”

盖瑞写道，如果这种情况持续下去的话，他可能不需要再来见柯南特了。他预计自己会康复。

柯南特的病人中，盖瑞·沃什并不是第一个去墨西哥寻找神奇疗法的。绝望的艾滋病患者千方百计想要摆脱死刑判决，那些诊所单靠提供氨基酸就发了大财。你只有离开这个国家，才能得到医疗机构拒绝提供的治疗，这使得这些疗法看起来更加诱人。近来被确诊患有致命疾病的人，往往不太接受任何官方药物。

柯南特自己的心理治疗师保罗·达格曾尝试过氨基酸治疗，他去的就是这家因推荐癌症患者使用苦杏仁苷①而出名的诊所。保罗向盖瑞建议了氨基酸治疗法。其他的病人从治疗师那里——通常在墨西哥——回来以后，都兴奋地大谈特谈病灶是如何消失的，即便柯南特能测出肿瘤实际上在大量增长。柯南特知道，接受绝症得有一个过程。而第一步，就是否认它的存在。

保罗·达格是著名的同性恋社区组织者之一，早期艾滋病患者。在生命的最后阶段，他飞到菲律宾去做"心理手术"，这是他寻找治疗方法的最后一次苦苦挣扎。在保罗临行前几天，马科斯·柯南特去看了他。尽管奄奄一息，保罗还是坐在椅子上迎接柯南特。柯南特知道，他不得不坐着，因为一个乒乓球大小的卡波西肉瘤正在他喉咙里晃来晃去。如果保罗躺下，肉瘤会落在他的气管里，让他窒息。柯南特想，老天爷甚至不让这个人躺着死去，他在生命的最后几个月只能一直坐着，这是何等残忍。

在跟柯南特说了他的菲律宾旅行计划后，保罗犹豫了一下，似乎在等柯南特劈头盖脸地谴责这种替代疗法。柯南特反而祝保罗好运。

"我不是去治病的，"保罗说，"我要的是一个奇迹。"

25. 愤怒

1983 年 3 月 3 日，华盛顿，美国卫生与公众服务部

整个 2 月，联邦政府在保证血液供应方面感受到了越来越大的压

① 即 laetrile，亦即维生素 B17。——译注

力。发现首例血友病患者染上艾滋病已经 9 个月了，然而国家血液政策至今没有任何应对措施，这种情况不能再继续下去了。考虑到血友病患者的需求，几乎所有的私人制药公司都与全国血友病基金会的指导方针保持一致，即限制男同性恋和其他高危人群献血。与此同时，联邦政府要落实其政策，就不得不协调疾控中心与食药局之间的地盘争夺战，并且应对血库管理者、容易情绪激动的同性恋群体以及各有打算的国会代表所施加的各种压力。

疾控中心在他们提出的指导原则中采取了强硬立场，呼吁对所有高危人群进行血液检测和强制排除，而不只是血库希望的自愿推迟献血。食药局依照血液行业的做法，倾向于采取更温和的限制措施。血库管理者担心，如果限制所有同性恋献血，会导致供血不足，影响经济收益；他们还担心，如果草率拒绝所有同性恋献血，就会让他们看起来像恐同偏执狂。

政府的最终建议是在可行的范围内尽可能广泛地采取折中措施。美国公共卫生署作为疾控中心、国家卫生研究院及食药局的上级单位，是将其当作一项政策来发布的。该指导原则称，“作为一项临时措施，艾滋病高危人员应避免捐献血浆和/或血液”。然而，其中所谓的高危人群并没有包括所有的同性恋，而是仅指那些性行为活跃、具有明显的免疫缺陷症状或者与上述人群发生过性关系的人。没有要求进行疾控中心所希望的肝炎抗体检测。相反，指导原则要求对评估筛查程序开展研究。由于美国公共卫生署处于领导地位，美国红十字会、美国血库协会和血液中心团体理事会别无选择，只能宣布他们会遵照执行。

美国公共卫生署出台了献血指导原则，而此时距疾控中心 1982 年 7 月首次提出应为艾滋病血液问题制定政策已过去 7 个月之久，距亚特兰大召开的那次“可怕的会议”也已 2 个月。从 1 月 4 日举行会议，到 3 月 4 日《发病率与死亡率周报》发表指导原则，全美已进行了近 100 万次输血。

*　　*　　*

美国公共卫生署有关艾滋病的声明中，还包括联邦政府发布的第一个降低风险指南。尽管尚未公布的病例对照研究中收集了大量的数据，但公共卫生署认为，给渴望避免染上这种新型怪病的同性恋提供两句指导就行了。“应该避免与已知或疑似患有艾滋病的人发生性接触，”公共卫生署如是说，“高危人群应该意识到，有多个性伴侣会增加罹患艾滋病的几率。”

这一声明代表了1983年3月美国政府为阻止同性恋免疫缺陷综合征蔓延而做的所有努力。此时，疫病流行已超过20个月。

旧金山，卡斯特罗街

坐在卡斯特罗街的“乡村熟食店”里，盖瑞·沃什把自己面前的一盘意面沙拉翻来翻去，眼睛却看向宽大的玻璃窗外来来往往的男人，所有人都裹着厚厚的羊毛夹克。乔·布鲁尔看得出来，疾病已然搜刮走了盖瑞身体里多余的脂肪。他那曾经饱满圆润的脸颊，如今颧骨突出。盖瑞的眼睛虽然偶尔会闪现出他们往昔的欢乐时光，但现在已经深陷在憔悴的眼眶里，看起来更大更空洞。

盖瑞用叉子把菠菜面卷成团，又看着它滑落，然后终于吐露心声：

“你怎么看待重病自杀这事?”

“我认为这么做是错的，”乔说，并为自己如此迅速地脱口而出感到吃惊，“自杀是对生命的不敬。在生命自己完结之前就结束它，是把自己当上帝了。”

“我不知道诶。”盖瑞说，语气里透着怀疑。

吃完饭，他俩去了盖瑞位于阿尔派露台酒店公寓。乔注视着窗外向海湾延伸的城市风光，盖瑞则在厨房里煮咖啡。当然，乔知道盖瑞对氨基酸疗法有多么失望。有一个星期盖瑞感觉好多了，但没过几天，疲惫和疼痛就卷土重来，他愤怒地取消了一张1 000美元的支票，那原本是用于支付最后一次治疗费的。此后，他有好几天不想见到任何朋友。乔想，他已经从否认转向了沮丧。一旦盖瑞感到愤怒，事情就会好起来。

盖瑞坐到沙发上，继续沉浸在自己的思绪里。从他 7 岁时被车撞到的那一刻起，他的人生大部分时间都在痛苦中度过。最后，就在几年前，他做了背部矫正手术，觉得自己解脱了，但术后恢复需要卧床 3 个月，再次陷入慢性疼痛。

“我太了解疼痛的感觉了，”盖瑞说，“我可能没办法一直这样下去。”

乔回想起盖瑞背部手术后的那些痛苦的日子，理解盖瑞的意思。而且，这是盖瑞自己的决定。

“行吧，”乔不情愿地回答，“我会竭尽所能来帮你。”

3 月 7 日，纽约

“如果这篇文章没吓到你，我们就有麻烦了。如果这篇文章没让你愤怒、暴怒、狂怒乃至采取行动，那么同性恋在这个世界上可能就没有未来了。我们能否继续存在取决于你有多愤怒……如果不为生命而战，我们活着和死了无异。自打有同性恋的那天起，我们从未如此接近死亡和灭绝。我们中的许多人正奄奄一息或已经死去。”

拉里·克莱默写的这段话，如同往“否认”的掩体里扔进了一枚手榴弹，大多数美国男同性恋躲在掩体里，对这场疫病袖手旁观。《纽约人》杂志上题为“1112 人，还没完……”的封面故事，是克莱默写的，他不想再跟在所有同性恋领袖及“男同性恋健康危机”组织者后面行事，这些人总是生怕会让同性恋惊慌失措，总想着不要刺激同性恋恐惧症。在克莱默看来，男同性恋需要一点恐慌，还有很多愤怒。

克莱默的文章不仅围绕迅速增长的统计数据来写，还有医生们对于处理新病例的茫然无措感到的恐惧，以及同性恋自杀的第一波传言——这些人宁可死也不愿面对这残酷的毁容的疾病。他猛烈抨击国家卫生研究院拖延经费发放，并指责疾控中心在收集流行病学数据方面滞后。“艾滋病患者如此之多，以致疾控中心再也无法及时提供救助。他们已经放弃了。”克莱默写道，“这是一种可悲的浪费，对我们而言则是可怕的暗示——随着病人数量急剧增长，医生最终承认他们不知道发生了什么。当有人死去，当发生过关系的一组或两组男人感染艾滋病，却没有人监控、收集、研究可能揭示传染模式的更多信息……艾滋病是如何传播的？是通过哪些体液、什么样的性行为在什么样的社会环境中传播的？几个月来，疾控中心被要求开始进行持续监控的准备工作。疾控中心的能力已经达到极限，而且要求他们开展工作的所有领域都严重缺乏经费。”

谈到地方层面时，拉里·克莱默抨击《纽约时报》鲜少报道与艾滋病有关的事，还批评纽约市卫生专员大卫·森瑟所开展的健康教育工作糟糕得“令人震惊”。文中最尖锐的讽刺是针对市长埃德·科赫的，“无论出于什么原因，他似乎都不希望非同性恋觉察到他将在目前的紧急情况下向同性恋伸出援手。我们一再要求与他会面，一再被拒绝。我们一再试图请他对此次危机及突发公共卫生事件做出必要的公开声明，也遭到他的工作人员的拒绝。在艾滋病要我们命的时候，纽约市长保持沉默，那他就是艾滋病的帮凶。”

对于同性恋社区，克莱默也没什么好话。他说，作为一个团体，纽约的同性恋医生“什么也没做，真正为我们服务的医生一只手都数得过来”；而唯一一份全国发行的同性恋新闻杂志《倡导者》“至今尚未完全承认有任何事情发生”。

克莱默写道：“我讨厌那些家伙，他们一说到要放弃随心所欲的性行为就唧唧歪歪，任由事情发展到不可收拾，比死还糟糕。他们怎么能对生命如此不珍惜，对鸡巴和屁眼却那么在意？”

拉里·克莱默在文末列出了已故友人的名字，比如尼克、瑞克·威利考夫、杰克·诺、迈克尔·马拉塔，还有他第一天去阿尔文·弗里德曼-肯恩办公室时见到的大卫·杰克逊和唐纳德·克林兹曼。克莱默认识的人里面已有21人死亡，“还有一个，等到这些文字见报时也将死去。如果我们不立即采取行动，那么厄运就在眼前”。

* * *

拉里·克莱默的文章不可逆转地改变了同性恋群体中讨论艾滋病的语境，进而也改变了全国讨论艾滋病的语境。这无疑是10年来鼓吹性新闻①中最具影响力的报道之一，“1 112人，还没完……”迅速将这场疫病凝结成一次同性恋群体的政治运动，当然，文章也引发了巨大的争议，导致同性恋领袖的两极分化。大量信件涌入《纽约人》杂志，谴责克莱默“危言耸听”，说他是厌恶性行为的偏执狂，说他利用艾滋病再次传递他在《基佬》里的那一套——“我早就警告过你了”。尽管这期杂志在曼哈顿的报摊上销售一空，但克莱默还是打算把这篇文章在全国广泛宣传，尤其是旧金山，使其对艾滋病政策产生更为深远的影响。

趁着克莱默以文章发难，“纽约艾滋病互助网络”也向科赫市长提出了对城市服务的要求。他们在声明中写道：“首先必须说明，同性恋群体正在日益觉醒、担忧并感到愤怒。如果我们没有与市长及财政预算委员会的委员们进行沟通的途径，说明迄今为止他们还是不愿和这个社群、和所有的同性恋扯上任何关系，对此我们深感沮丧。”

为了强调这一点，《纽约人》杂志上刊出了一个请求，召集3 000名志愿者参与静坐示威、阻挠交通等非暴力抗议活动，迫使市政府官员正视艾滋病问题。

* * *

2天后，3月9日，市长埃德·科赫和卫生专员大卫·森瑟医生匆忙宣布成立了一个“男女同性恋健康问题办公室”，罗杰·安劳医生担任主任，正是他一手设计了在同性恋社区低调处理艾滋病问题的

① 即advocacy journalism。在新闻伦理各标准中，客观报道的新闻观自1925年延续至今，它要求新闻从业人员必须恪守中立，不偏不倚。但近几十年中还出现了鼓吹性新闻、新新闻主义、敌对新闻等新闻思潮，最终，客观报道与1920年代兴起的解释性报道、发端于20世纪初中兴于1960年代的调查性报道成为当今美国主流新闻报道样式。——译注

策略。同性恋领袖们很清楚，安劳是不会改变现状的。

* * *

同一天，华盛顿举行了一个简单而有品味的仪式，美国卫生与公众服务部新部长宣誓就职。与前任理查德·史威克一样，玛格丽特·哈克勒部长也是做了八届马萨诸塞州仅有的几个共和党国会代表之一，以中间派偏自由派的政治资历来上任的。4个月前，她在连任竞选中输给了波士顿国会议员巴尼·弗兰克。而她的支持者在绝望之余，竟炮制了一场政治诽谤运动，散布谣言称弗兰克是同性恋。然而，权威人士表示，哈克勒的任命是里根政府试图在残酷削减预算两年后，改善自己在社会政策方面的形象。

在雷伯恩众议院大厦，国会议员亨利·威克斯曼不无担忧地指出，总统任命的这位官员在国会任职多年，却似乎从未表现出对卫生问题或公众服务有多大兴趣。此外，哈克勒才学普通，意志也不够坚定，不足以作为一个行政管理者致力于仔细探析她宣誓管理的那些项目。

* * *

哈克勒部长宣誓就职的那天，疾控中心发布了新的数据，称已有1 145名美国人罹患艾滋病，其中428人死亡。美国有五分之一的确诊病例是1月以来报告的。

3月12日，不列颠哥伦比亚省，温哥华

每个来参加艾滋病论坛的人都对美国人正在大加议论的这种新疾病有种隐约的担忧，这也是他们来开会的原因。对于眼前这位大帅哥，谁都不抱希望，在大家看来，穿着格子衬衫、褪色牛仔裤、安全靴，还留着漂亮的胡子的他，一望便知是个亦攻亦受的同性恋。不过，据说他是纽约“男同性恋健康危机”的头头。当他谈到他那些已经离世的朋友，谈到死亡如何在纽约、旧金山、多伦多和洛杉矶蔓延而且此地亦不能幸免时，很少有人不为之动容。

保罗·波帕姆也接受了温哥华艾滋病论坛组委会的邀请，因为他

可以趁此机会去美国西北部并看望在俄勒冈的家人。演讲结束后的问答环节，一个熟悉的身影走到了听众用的麦克风前，保罗吃了一惊。

“有人说这种病可以通过性行为传播，”盖坦·杜加斯问，“有什么研究能证实这种说法吗？如果连致病原因都没搞清楚，怎么能说这种病会传染？”

保罗·波帕姆从未见过通常彬彬有礼的盖坦·杜加斯如此愤怒。他的大部分问题都是向医生发问的。然而在这场争论中竟看不出来，医生和盖坦究竟谁更了解艾滋病。自从 3 年前被确诊，盖坦花两年时间阅读了他所能获得的关于这场怪病的一切资料。盖坦说，他读过的任何资料都无法提供确凿的证据证明他不能有性行为。

当然，其他与会者的发言也对保罗·波帕姆和上台演讲的医生们发起了挑战。同性恋中的左派激进分子坚持认为，对这场美国疾病的一切关注都将助长恐同心理。同性恋浴场老板对当地同性恋报纸开辟健康专版很恼火，他们认为，美国不过是发现了几个病人，对这种事紧抓不放会损害浴场的生意。但是，站在那里争辩不休的那个穿黑皮衣的魁北克人引起了论坛组织者鲍勃·蒂维的注意。这个人身上有某种熟悉的东西。临近傍晚，蒂维想起来了，他至少 10 年前就在多伦多的热门迪斯科舞厅里见过盖坦。除了年纪稍长，盖坦一点没变。那肯定是 1971 年或 1972 年的事了，蒂维记得盖坦一直是安大略最炙手可热的派对动物，他非常时髦，总是充满魅力。当时，他是那种似乎每个人都想在同性恋酒吧遇到并与之共度良宵的人。

论坛结束时，鲍勃·蒂维再次向盖坦介绍了自己，同时还提到了一些有可能提供或需要社会支持服务的人的名字。盖坦透露，他是北美第一批被诊断出卡波西肉瘤的人之一。是的，他想要支持服务，盖坦说，但是，他并没有得艾滋病，他得的是皮肤癌。盖坦又生起气来，谈到那些告诉他不该再与人发生性关系的医生。谁听说过癌症会传染？蒂维发现，盖坦表现出来的否认和愤怒情绪几乎可以作为教科书级的典型案例，并认为给他提供心理辅导会很容易。

与此同时，埃德蒙顿的一家同性恋报纸已经发表了一篇报道，说一名患有艾滋病的空乘突然出现在阿尔伯塔省，还在浴场和人鬼混，但鲍勃·蒂维此时还没听说过这些报道。

* * *

保罗·波帕姆不敢相信盖坦看起来气色如此之好，而且是在确诊这么久以后。盖坦透露说，那年冬天他得了肺囊虫肺炎，回魁北克接受治疗。他在西海岸的所有朋友都以为再也见不到他了，但现在他感觉很好。化疗结束后，他的头发又长出来了。保罗告诉盖坦，“男同性恋健康危机”计划下个月在麦迪逊广场花园举办一场精彩的马戏表演进行募捐。他还提到，杰克·诺在一年半前去世了。

谈话还在继续，但盖坦已经抑制不住内心的怒火，突然脱口而出，“为什么我会摊上这病?”

* * *

1983 年 3 月，澳大利亚本土确诊了首例艾滋病病例，是一位美国游客。现下，等待本土第一个病例出现的澳大利亚公共卫生官员意识到，在 1980 年代初，有成千上万人乘坐廉价的夜间航班“空中列车”飞往旧金山。法国艾滋病研究人员雅克·莱博维奇开始称艾滋病为“包机病”，因为登上这种廉价航班前往纽约和旧金山的男性中，有许多便是早期的欧洲同性恋艾滋病患者。

3 月 17 日，曼哈顿，纽约大学

马科斯·柯南特从报摊上拿起一份刊有题为“1 112 人，还没完……”的文章的《纽约人》杂志，然后递给保罗·沃伯丁。这两位旧金山医生正在纽约大学参加艾滋病研讨会，现在是私人时间。他们站在校园的天井里；柯南特能看到其他医生在里面走来走去，分享彼此的最新见解，讨论哪种化疗对卡波西肉瘤最有效。

“克莱默是对的，”柯南特说，“我们在此探讨的是已经患病的人，对他们来说已经太晚了。我们要走出去唤醒同性恋，如果他们再不停下来，我们都得死。”他俩决定一回旧金山就召集同性恋社区领导人开一次会。是时候敲响警钟了。

保罗·沃伯丁很庆幸在旧金山，医生们不必与艾滋病医学的政治化做斗争。而在纽约，同性恋医生似乎把一切都变成了政治问题。在纽约大学此次会议的一个单元，沃伯丁注意到，旧金山综合医院计划在夏天为艾滋病患者开设一个病房，此事的出发点与开设艾滋病门诊是一样的。考虑到该综合征出现了如此复杂的一系列疾病，因而需要有新的专家来应对，这样的人要能知晓治疗上的细微差异，比如一个肺囊虫肺炎患者也许同时患有直肠溃疡疱疹，卡波西肉瘤病灶也正在布满胃部。光是处理药物和症状之间产生的医学史上最复杂的一些临床问题，就会涉及几乎所有医学专业。在旧金山综合医院，正是因为有艾滋病门诊的存在，他们得以撰写关于艾滋病护理的教科书。沃伯丁说，开设一个这样的病房无论对于病人，还是对于想要摆脱艾滋病噩梦的医生来说，都是具有医学意义的。

让保罗·沃伯丁大为惊讶的是，纽约市“男女同性恋健康问题办公室”的新任协调员罗杰·安劳医生竟然强烈反对设立艾滋病病房，说“这无异于又一个麻风病人隔离区”。安劳医生大声叫嚷道，不该对艾滋病患者进行单独治疗，他们在纽约所做的一切都是为了避免这种情况。

*　　*　　*

当天下午，国会议员菲利普·波顿在国会提出了一项决议，要求为疾控中心额外提供 1 000 万美元用于艾滋病研究。另一位旧金山国会议员芭芭拉·博克瑟提出了一项平行法案，要求向国家卫生研究院拨款 2 000 万美元用于艾滋病研究。计算和撰写这些财政法案的是国会大厦最著名的 3 位出柜的国会助手：比尔·克劳斯、蒂姆·韦斯特摩兰德以及博克瑟办公室的迈克尔·豪什。当然，里根政府仍然郑重地坚称，无需更多经费用于艾滋病研究，并声称科学家们已经拥有了足够的经费。但是，对于 3 位同性恋助手来说，这些法案只是研究经费争夺战的序幕。韦斯特摩兰德已在筹划于 5 月召开一个关于艾滋病的卫生小组委员会听证会，而正在主持一个政府监督委员会的曼哈顿众议员特德·维斯正在考虑举行一次全面的听证会，以深入调查政府对这一流行病的整体反应。

比尔·克劳斯一边给菲利普·波顿打关于艾滋病法案的新闻稿，一边想，事情终于有进展了。

* * *

为期 3 天的纽约大学艾滋病研讨会为四面楚歌的血液行业提供了一个机会，使其能形成自己的战线，对抗政府对于血液检测的要求。鉴于约瑟夫·博夫医生是食药局血液咨询小组的主席、耶鲁大学纽黑文医院血库的主任、美国血库协会输血传染病委员会主席，他现在俨然成了血液行业的主要发言人。美国公共卫生署发布献血指导原则还不到两周，博夫已经对此极为担心，生怕“越来越激进和独立自主的疾控中心”急于“做点事情”，会对血库提出更多要求。博夫对疾控中心提出的血液传播证据嗤之以鼻，坚称在疾控中心能拿出确切证据证明是传染性因子导致艾滋病之前，血库无法保证会采取行动。“几乎所有证据都是推论性的，”这位耶鲁大学实验室医学教授说，“我希望能有更有力的证据。”

此外，疾控中心只有一例输血艾滋病病例能将接受输血者与实际患有艾滋病的献血者配对。另外 6 个正在调查的病例中，献血者属于出现艾滋病早期症状的高危人群，但没有一个人所患病症符合疾控中心提出的艾滋病充分症状。博夫医生补充说，有关旧金山艾滋婴儿的报告是在《发病率与死亡率周报》上发表的，这不是一个标准的同行评审的医学期刊。博夫刻意避开了一个事实，即在那种同行评审的出版物上发表论文需要等 6 到 9 个月。“同行评审的医学文献中根本没有任何病例——一个也没有!”博夫说，“……缺乏这种（血液）传播的证据。”

* * *

几年后，当数百人明显由于血液制品业及食药局的联邦监管人员听从了约瑟夫·博夫之流的意见而奄奄一息时，博夫医生把他的演讲稿从耶鲁大学的书架上取了下来，以证明他 1983 年在纽约大学的陈述从技术上讲是准确的。他说："我写的是'证据极少'。我用词极其谨慎。无论从哪方面讲，我都不想留下记录。我很聪明，不会说没有证据。从技术上讲，我的话并不是不准确的。"

* * *

纽约大学的艾滋病研讨会开幕当天，旧金山的同性恋报纸《湾区记者报》发表了拉里·克莱默那篇檄文。那期报纸上还有一篇社论，其中包含了编辑保罗·洛赫一些令人吃惊的声明。洛赫写道："这个篇幅——就这件事，编辑部刊发的这一整篇文章——对于报道逐渐为人所知的艾滋病而言算是非常小的。我们所采取的立场是，在刻画人物时承认每个人都拥有自己的身体，并有权为之谋划未来。他也有权决定自己的死亡方式……［现在］我们已经非常慎重地决定多为艾滋病及随之而来的致命后果发声。"

旧金山，卡斯特罗街

盖瑞·沃什和乔·布鲁尔被拉里·克莱默的文章迷住了。盖瑞禁不住复述了拉里在文中的一连串控诉——没有足够的政府拨款；新闻媒体不关注；无人关心，无人愤怒。

乔很高兴看到盖瑞为艾滋病而激动；自从被确诊后，他就没见过盖瑞著名的脾气。

"我们得做点什么——放点大招。"盖瑞说。

蜡烛，盖瑞突然想到——烛光游行。

这个点子太完美了。1978 年，在监事哈维·米尔克和市长乔治·莫斯克尼被暗杀的那天晚上，从卡斯特罗街到市政厅的烛光游行是他们一生中最激动人心的时刻之一。盖瑞甚至离开游行队伍给父母打了电话，戏剧性地向他们宣布自己是同性恋，这使他的母亲担心他日后上不了天堂。

盖瑞想，缓缓流动的烛光如小溪般沿着市场街向前，这将是一条温和的、没有威胁的战线。我们可以提出要求，但不是以丑陋的对抗方式，而是以一种能唤起人们最美好的一面的方式。此外，媒体会不可避免地长时间、反复拍摄同性恋手持蜡烛的画面。这会非常棒。

盖瑞把这个想法通知了其他艾滋病患者。他们决定举行一场他们自己的游行，作为当下正在亲历恐怖新疾病的人，借此表明他们的需求。盖瑞埋头准备这项计划并潜心研究有关艾滋病的事实，以便在媒体前露面和进行政治游说，再也不提自杀的事了。

乔·布鲁尔开始整理笔记，希望在当地的同性恋报纸上发表一系列文章，为男同性恋提供心理学方法，从而由此改变他们的性生活。他是在盖瑞确诊后才意识到自己是在否认艾滋病的存在，这已经太晚了。他想起自己直到圣诞节去了基韦斯特以后，才开始进行绝对安全的性行为。所有的艾滋病组织——如“香缇计划”、卡波西肉瘤基金会，尤其是旧金山公共卫生部门——都致力于避免让同性恋恐慌。从他自己的经历以及与客户的谈话中，乔认为，如果男同性恋们想要改变他们的性生活并生存下来，他们现在就应该感到一点恐慌。

不列颠哥伦比亚省，温哥华

当盖坦·杜加斯最好的朋友从多伦多搬回温哥华时，他觉得自己好像落入了电影《小城风雨》[①] 的场景里。每个人都在谈论“奥兰治县关联人”盖坦，讲他如何在酒吧和人们做爱。即使盖坦在“温哥华艾滋病论坛”露面，讨论艾滋病是否真的可以通过性行为传播，也没有改变人们的话题。打那以后，盖坦频繁地四处猎艳，达到了令人难以置信的程度。尽管前臂上也出现了病灶，但他毫不掩饰自己的

① 即 *Peyton Place*。是美国剧作家约翰·迈克尔·海耶斯根据同名小说改编的电影，1957 年在美国首映，描述了一个新英格兰小镇发生的色情和丑闻的故事。——译注

疾病，在酒吧喝啤酒时还漫不经心地把袖子高高卷起。

有个故事是这样的：某次，盖坦的幽会对象听说他患有艾滋病后非常愤怒，于是找到这位前空乘并质问他。等两人谈完话，这个人又被盖坦迷倒回到了床上。

一位从多伦多来的朋友请盖坦坐下聊一聊。他们相识多年，因为两人都曾是加拿大航空公司的空乘，曾一起在哈利法克斯工作，并一起前往旧金山参加同性恋自由日游行和派对。他真心地爱着盖坦，知道他是一个善良而有爱心的朋友，而不只是寻欢作乐的伴儿。如果一个朋友病了，盖坦会殷勤有加，对于亲近的人他的体贴关爱从未停止过。但是，这位朋友怀疑传言可能是真的。他知道，让盖坦放弃性行为，就跟让布鲁斯·斯普林斯汀[①]放弃吉他一样。对盖坦而言，性不仅是做爱；性就是盖坦的一切，是他自我认同的基础。

起初盖坦否认他在与人发生性关系。但他的朋友并没有就此罢休，他向盖坦建议，任何患有艾滋病的人都应该停止性行为。

盖坦说："他们不能告诉我性交会传染，他们还没法证明这一点。"

"没错，"他的朋友反驳道，"但是，哪怕可能性微乎其微，你也不应该这么做。"

"好吧，我想你说的没错。"盖坦耸耸肩。

朋友不确定盖坦是否真的同意他的观点。他想起几年前，他俩在哈利法克斯注射完治疗淋病的药物后，讨论晚上能否去酒吧。医生们总是说要等几天才行，但盖坦认为既然有人传染给了他，他也可以传染给别人。

"这病是无法治愈的，"盖坦的朋友继续劝他，"你把它传染给别人，那是非常不公平的。"

没错，盖坦说道，太不公平了。

---

① 美国著名摇滚歌手，1970 年代爆红，已名列"摇滚名人堂"。——译注

26. 大玉米饼[①]

1983 年 3 月 20 日，旧金山，天王星街 79 号

雨水打在玻璃移门外的红木地面上；北加利福尼亚的那年冬天比往年更漫长一些。这些同性恋政治运动的核心人物曾是哈维·米尔克的亲密战友，如今他们围坐在厨房餐桌旁，边上摆着刊有“1 112 人，还没完……”的报纸，以防还有人没读过这篇号召大家行动的檄文。比尔·克劳斯、克里夫·琼斯和迪克·帕比齐等人都在。5 年前的 11 月，迪克冲进哈维·米尔克的小办公室，发现他们的政治导师脸朝下倒在血泊中。

达纳·范·戈德是监事哈里·布利特的助手，他从城市层面提出了问题。公共卫生署至今从未提供过一份关于艾滋病的信息文件。委员会没完没了地开会，以确定要说的话以政治正确的方式表达。就连最简单的建议，比如达纳·范·戈德过去所提的有关城市轨道交通系统的巴士标志的建议，也会久久搁置。卫生部门毫无紧迫感。

还有艾滋病研究的问题。早在 10 月，加州大学旧金山分校的流行病学家就与旧金山综合医院合作，对确诊的艾滋病人数与人口普查获得的未婚男性数量进行比较，并讨论所得数据。截至 12 月底，在卡斯特罗街区，每 333 名 15 岁以上单身男性中就有 1 人确诊患有艾滋病。考虑到异性恋单身男性和诊断上报滞后，这意味着该地区每 100 个男同性恋中可能有 1 人已经患有艾滋病。如果一个人一年内有 20 次性接触，那他接触到艾滋病患者的机会是十分之一。如果将更多已感染但无症状的男同性恋纳入统计，比例就会飙升。

研究人员安德鲁·莫斯和迈克尔·戈尔曼已于 1 月将他们的发病率研究报告交给了“湾区医生促进人权协会”和其他同性恋政治领袖，他们以为这些人会公布数据，并向男同性恋发出警报。然而，这些同性恋医生和活动人士自认为知道怎么做对这座城市的同性恋最为

① 即 the big enchilada 此处为双关语，enchilada 原指一种墨西哥玉米饼，但在美国俚语中，也指最重要的事或人。——译注

有益，便什么也没做。相反，他们正在考虑如何传递信息……才恰当。他们担心研究结果会对卡斯特罗社区造成毁灭性的影响，导致一场重大的公共关系灾难；他们还用这种观点来吓唬研究人员。流行病学家们担心会失去社区的合作，而这对他们的研究很重要，因此同意推迟公布他们的研究结果，直到4月才在英国医学杂志《柳叶刀》上发表。

监事哈里·布利特与公共卫生局局长默文·希弗曼医生会面，告知其这项研究，然而几周过去了，后者并没有采取任何行动来宣传该研究成果。确切地说，希弗曼似乎满足于让同性恋自己承担教育责任。这是自由主义的做法，在政治上也是明智的，因为不会招惹到同性恋领导人。比尔·克劳斯指出，这也是卫生部门最省钱的课程，既不需要投入工作人员的时间，也无需投入教育资源。

“好吧，我们只能跟这些人打迂回战，”比尔对聚集在天王星街79号的这群人说，“我们要像竞选一样，把关于安全性行为的信息散播出去，就这样一遍遍地，直到这些信息深入人心。定向发送邮件，演讲小册子，这些我们以前都做过。”

此外，比尔认定，这项研究要从同性恋领袖期待的类型中解放出来。去他妈的过程。等看到情况的严重性，他们就会改变。这些领导人当自己是谁，凭什么来决定社区的生死存亡？

在接下来的两个小时里，该组织制订了一个教育计划。由于卫生部门不会发放宣传册，比尔·克劳斯将游说菲利普·波顿和已经跟“哈维·米尔克俱乐部”统一战线的芭芭拉·博克瑟，请他们利用国会的免费邮寄特权直接将小册子寄送给计算机整理好的一份名单上的人——都是同性恋聚集区的单身男性。与此同时，“哈维·米尔克俱乐部”要再做一份宣传册，内容比任何国会代表公布的都更明确。男同性恋需要简单直接的信息，告诉他们该做什么，不该做什么，这样才能让社区生存下去。

分配完任务后，比尔把克里夫拉进了一间客房，一边把裤管往上拉，一边说自己的腿上有个斑点。克里夫检查了变色的部位，然后断言这就是一个普通的黄褐斑。

他开玩笑说："你们老男人都会长这个啊。"

比尔看起来只是稍稍松了口气。克里夫暗自思忖，他们是否会像这样度过余生。好几个月了，他的淋巴结一直有点肿，早上洗澡时他会仔细检查身上的每一寸地方。他有一半的朋友都在这么做，另一半则像往常一样继续光顾浴场。

3 月 22 日，旧金山，米慎街 901 号

《旧金山纪事报》位于第五大道和米慎街交界处的一幢大楼里，里面有一座塔楼，一座大钟。它离金融区不远，附近已经成了酒鬼和无家可归者的避难所，他们会向来来往往的记者讨要一点零钱。今天早上，一名年轻记者从乞讨者中间穿过，将某位"国会线人"给的一份研究报告交给本地新闻助理编辑。记者说一名"卫生部门高官"已经确认这项研究是准确的，这一点以及黑体的"机密"标记激起了编辑的好奇心。当然，这人不会是默文·希弗曼，对话过程中不小心透露的一个女性代词，使编辑确信这位高官就是没有废话的塞尔玛·德里兹——在新闻界，她的可信度仅次于上帝。记者不必向编辑说明消息来源，但是为了说服他们让文章发表，给点暗示也无妨。《纪事报》上发表的艾滋病报道比美国任何一家报纸的都多，但也没有多到哪里去。艾滋病报道仍然需要编辑进行谨慎的编排，以便在付印前清除各种障碍。

"这绝对是篇好报道，"编辑同意了，又用眼睛打量了其他几个新闻编辑——他得说服这些人也同意。"我们走吧。"

* * *

"我们不希望公布这些数据，"这份研究报告的合著者迈克尔·戈尔曼博士表示，"你没有权利公布。这属于机密文件。"

在旧金山公共卫生部，当帕特·诺曼得知《纪事报》要公布这项研究时很不高兴。"我了解这个情况才两星期，"她突然说。马上就要宣布她成为监事会候选人的消息，如果让人觉得她也参与了掩盖事实，对她一点好处都没有。她显然没有意识到记者在两周前就看到了这封信，安德鲁·莫斯在信中提到帕特·诺曼已经表示反对发布该数据。

诺曼认为，公布医学研究结果不是她的工作，是传染病控制局局长的工作，而他也没有透露这些信息。她说："要不要公布这些信息从来都不是问题。我们希望以合理的方式公布，要恰当，以免引起恐慌。"

而新闻编辑室那边，电话响的时候记者刚写完两段报道。打来电话的是兰迪·斯托林，"爱丽丝·B·托克拉斯民主俱乐部"的主席，并且和帕特·诺曼一同担任"人权联盟"的联席主席，而"人权联盟"是该市所有同性恋团体的庇护组织。

"我永远不会阻止记者进行报道。"他说。又补充道，不公布这些信息有很多理由，然而，他说的却是：应该以一个……适当的方式公布。

"他们会在卡斯特罗街区周围挂上带刺的铁丝网，"斯托林说，"这会引起恐慌。人们不会再去光顾卡斯特罗街的同性恋生意，这会被用来打击在萨克拉门托签署的同性恋权利法案。"

记者又写完3段话后，莫斯医生从伦敦打来电话，请求不要把这项研究公诸报端。显然，他担心的是，如果同性恋领导人谴责该研究，同性恋在未来的研究中将不会与他合作。

莫斯说："文章已经发给合适的渠道了。"他指的是同性恋领导人和"湾区医生促进人权协会"。记者必须"非常认真地考虑"要不要写这篇报道。

记者又写了两段之后，塞尔玛·德里兹打来电话，对帕特·诺曼出现在她办公室时的样子不禁笑了笑。诺曼要求她禁止《纪事报》发表文章。德里兹说："我不知道她在担心什么，这是事实啊。"于是，德里兹明明白白地告诉记者，这项研究是准确的。

加州，纽瓦克

瑞克·沃什一直记得他的叔叔盖瑞是个讲故事高手。在位于艾奥瓦州苏城的沃什家地下室里，盖瑞会滔滔不绝地编他的故事。从那时起，盖瑞就一直是瑞克最喜欢的叔叔。他在瑞克面前从来没有架子，总是把他看作平辈。因为沃什奶奶说了盖瑞不能上天堂之类的话，盖瑞 4 年没有和父母说话，瑞克成了家里的传声筒。虽然瑞克结婚了，定居在加州纽瓦克郊区一个安静的小巷里，他和盖瑞依然很亲近。

3 月的某天晚上，瑞克很开心接到盖瑞的电话，尽管他听得出来他叔叔没打算讲笑话。

“你听说过艾滋病吗?”盖瑞问他。

瑞克说：“听说过。”他不喜欢这段对话中流露出的意思。

盖瑞说：“我得了这病。可能一两年就会死的。还没有人被治愈过。”

“天呐。”瑞克说。

瑞克不敢相信盖瑞叔叔得了这么严重的病。他不知道该说些什么。停顿了很长时间后，他脱口而出他想到的第一件事。

“除了我爱你，我不知道该说什么。”

盖瑞在苏城的父母则是另外一番情景。

“这就是你从那些事里得到的，”他妈妈说，但她并没有完全吐露自己的真实意思。“你为什么不离开那个城市呢?”

她建议盖瑞去教堂忏悔，盖瑞挂断了电话。

3 月 25 日，旧金山，联邦大厦

对比尔·克劳斯而言，投身政治以及他生活的理由就是改变世界。他对社会保障局的施压正在产生效果，比尔期待着给一位艾滋病患者的妹妹打电话。她几个月前打电话给比尔，说社会保障局的人拒绝了她哥哥的残疾补助。没错，他患了肺囊虫肺炎，但他看起来还能工作。他们说他不符合社会保障对残疾人的要求。他提起了申诉，但以失败告终。

为了这件事，比尔·克劳斯已经给政府官员打了好几个月电话。他再一次感到为菲利普·波顿工作是件幸运的事，波顿会签署比尔放在他面前的任何纸张，只要事关艾滋病。在目前疫病流行的情况下，难免有人拿同性恋开玩笑，比尔知道，波顿是国会里唯一一个不会开这种玩笑的代表。他俨然成了这件事的负责人，在比尔的要求下，他给社会保障局高层官员写信，要求他们将艾滋病诊断书定为失能的证据。官员们也许迟钝，却不顽固。

比尔全力关注这位得病的旧金山男子的案子，他先是获得了一位当地官员的合作，随后这位当地官员又将此事提交到萨克拉门托市核准。几个月后，该男子终于符合社会保障局的残疾条件。

比尔打电话过去告知这个好消息时，妹妹的声音听起来有点空洞。

“谢谢，”她说，“可是我哥哥昨晚去世了。”

最终，在比尔的游说下，国家下令宣布艾滋病是一种推定残疾。然而，即使多年后，比尔讲起这个男人和他妹妹的故事还是会忍不住泪流满面。这似乎就是 1983 年的情况的缩影。

3 月 31 日，旧金山，太平洋高地

“你们每个人都代表了同性恋社区中的不同选区。”马科斯·柯南特说，他扫视着这间巨大的屋子，这个城市里关系错综复杂的同性恋政客都在座。“要尽快做出改变，不然你们就什么选民也没了。”

政客们不安地在椅子上动来动去。总的来说，他们不习惯这种谈话。他们更熟悉那些关于歧视与解放，常人对正常性取向的共识和异性恋压迫的讨论。现在眼前是一堆令人不安的新术语，比如巨细胞病毒、集群、潜伏期、乙肝模型，当然，还有几何级数。在讨论艾滋病时，大多数同性恋政治领导人倾向于用熟悉的概念来描述。这就是为什么大家更愿意谴责联邦政府。你可以使用约定俗成的词语，包括歧视和偏见等。可是现在，医生们把球直接扔进了同性恋领袖的场地，大多数同性恋活动家都不确定应该怎么办，或者更准确地说，政治正确的做法是什么。

这是马科斯·柯南特和保罗·沃伯丁在纽约大学艾滋病研讨会期间决定筹划的动员会议，当时柯南特读了“1 112 人，还没完……”那篇文章。柯南特认为，这些都是会敲响警钟的同性恋领袖。

莉娅·贝利是同性恋事业的长期支持者，也是本市最著名、最好斗的律师梅尔·贝利的妻子，她把自家在太平洋高地豪宅里的娱乐室提供给此次会议使用。没想到，这个娱乐室占据了这座宫殿般豪宅的整个顶层；许多活动人士私下承认，他们来这里只是想看看位于本市最高级住宅区的房子长什么样。在把马科斯·柯南特介绍给大家时，莉娅·贝利恳切地表示，这种流行病要求同性恋群体“立即采取行动”，这是“一个凌驾于政治之上的问题”。柯南特此次召集了城里所有主要的艾滋病研究人员，对未来可能发生的一系列恐怖情形进行了描述。

柯南特说，根据目前的估计，艾滋病潜伏期长达 18 个月，这意味着明天的艾滋病患者今天在到处传播病毒。“1984 年的艾滋病患者已经感染了这种疾病，”柯南特说，“即使我们今天有疫苗，也对这些患者无能为力。”

塞尔玛·德里兹报告了最新的数据：湾区“截至今天”已有 207 个患者，到今年年底还会增加数百个。安德鲁·莫斯展示了他的人口普查图表，上面将卡斯特罗街确定为当地疫病的“起点”。莫斯的线形图显示为一条近乎垂直的曲线，他指出，如果男同性恋不从此改变他们的性行为，这条曲线是不可能开始趋平的。

保罗·沃伯丁谈了洛杉矶的集群研究和“零号病人”。他说，研究表明，无需要 1 100 次性接触就可以感染艾滋病。现在只是运气问题，跟彩票一样。他说：“当这种疫病刚开始发生时，也许需要很多次性接触才会感染，因为当时的发病率比较低。现在情况已经完全不同了。”

问题主要集中在一件事上：医生是否真的知道艾滋病是如何传播的？科学家说，考虑到乙肝的传播模式，肛交可能是一个主要原因。这种病毒显然存在于精液中，它可以通过直肠内的缝隙直接进入血液中。柯南特建议男同性恋开始使用避孕套，但似乎没有人对他的话特别感兴趣。疾控中心的病例对照研究表明“滥交”是罪魁祸首，同性恋领导人立即指责这个词是对他人“评头论足”，而医生们很难给出直接建议，说哪些行为会传播疾病。由于联邦研究经费短缺，无法开展后续的流行病学研究来查明这一问题，尽管此类研究恰恰是能最直接地挽救生命的。现在，医生们一边竭力要求不情愿的同性恋群体转变行为，一边在经费短缺的情况下负重前行。

“体液。”“湾区医生促进人权协会”的罗伯特·博兰医生如此建议。

这是同性恋群体第一次听到这个说法，但不是最后一次。

“你得避免接触体液，”博兰说，他是同性恋医生社团中最激进的艾滋病斗士。“包括精液、尿液、唾液和血液。我的意思是离得远远的。这就是个大玉米饼，伙计们，一旦得了这个，你就不会有第二次机会了。”

旧金山监事卡罗尔·鲁思·西尔弗是同性恋社群的长期亲密战友，听了这番话后，给出了她认为合乎逻辑的建议：“如果你的意思是这病可以通过性接触传染，那么我就有理由申请法院命令，让公共卫生部门关闭同性恋浴场。这样或可拯救生命。”

西尔弗的建议引来一片嘘声。或许同性恋领袖们已经准备好把艾滋病看作一个大玉米饼，但他们还没有准备好吞下一个套餐。他们警告说，这样的行动可能会产生深远的政治后果。一片起哄声让西尔弗陷入了沉默，其他市民领袖都是如此。关闭浴场不仅是一件不可能办到的事，甚至连讨论都不可能。

各位领袖排着队慢慢走了出去，他们还是跟以前一样告诉马科斯·柯南特或保罗·沃伯丁他们在做哪些细致的工作。坚持下去，他们说。当柯南特走下大厦蜿蜒宏伟的楼梯准备离开时，他有一种不祥的预感。他曾希望同性恋社群的领袖们在呼吁大家全力抗击疫病上达成一致。然而，他们似乎只专注做政治正确的事情。柯南特担心人们会因此丧命。

*　　*　　*

比尔·克劳斯喜欢在长长的黄色便签簿上写写画画，简要地认真记下自己的想法，除了破折号以外不用其他任何标点。他曾希望在贝利家的会议上达成某种共识，但冲突反倒更明朗了。比尔认为，如果同性恋继续以同性恋群体的旧脑筋来思考问题，那么防治艾滋病的战役就无法见效。同性恋运动过去那套修辞——性解放运动——也需要修订，他认为，这不是以反同性恋来维护生命权。比尔·克劳斯开始写他的宣言，并在其中规划了最激烈的政治斗争战线。

“我们认为，现在是时候说出简单的真相了，也是时候互相照顾、采取行动了。毫不夸张地说，危险性行为正在害死我们。如今在旧金山与多名性伴侣发生不安全的性行为极有可能感染艾滋病乃至死亡。有些人和大量性伴侣发生过不安全的性行为，和这样的人进行不安全的性交也会导致上述结果。因此，在浴场和性俱乐部里发生不安全的性行为尤其危险……

“如果同性恋运动有什么意义的话，那就是学习尊重自我和互相尊重。当一种可怕的疾病导致我们以成千上万的生命为代价来购买性自由时，要收起自尊心，直到一切再度安全。”

克里夫·琼斯、罗恩·休伯曼——比尔·克劳斯最好的朋友兼“哈维·米尔克俱乐部”副主席——和比尔一起在信上签了名。当胡伯曼把这封信交给《湾区记者报》时，该报发行人鲍勃·罗斯开玩笑说，他的许多广告商不会喜欢这种基调。果然，过了6个星期这篇文章才得以发表。

*　　*　　*

与此同时，3名常驻卡斯特罗街的心理学家莱昂·麦考斯克、托马斯·科兹以及威廉·霍斯特曼，正在将他们3月中旬以600名男同性恋为样本，对其性行为进行研究的结果制成图表。虽然这些样本不是随机抽取的，但仍是这方面有史以来范围最广的研究。他们向傍晚来到同性恋酒吧，深夜离开同性恋浴场和性俱乐部的男性分发问卷，从中采集信息得出结论。另外200名受访者是同性恋情侣，他们填写问卷并寄回。采样显示，公共卫生教育工作者的任务有多么艰巨。

受访者中，只有15%的人表示他们已经不再进行被动肛交，三分之一的人说肛交频率不变，28%的人说次数减少了。约20%的人表示他们不再频繁发生舔肛行为，而九分之一的人称自己与新伴侣的舔肛频率同上一年持平，28%的人已经完全停止舔肛。研究表明，最难改变的性行为是口交。虽然有三分之一的男性说他们进行口交的次数减少，但只有5%的人完全停止了口交，55%的人依然保持疫病发生前的口交频率。

更糟的是，浴场和性俱乐部仍然是同性恋性活动的主要场所。四分之一的男同性恋每周至少去浴场一次，五分之一的人每月去一次。考虑到男同性恋的健康意识日渐提高，性场所的受欢迎程度颇有讽刺意味。三分之二的受访者在受访前10周内去看过医生。在过去的一年里，只有十二分之一的人没去看过医生。

同样令人不安的是，调查发现，六分之一的男性认同以下说法："自从我对艾滋病有所了解以后，有时我会因为自己有了不该有的性行为而感到沮丧。"

总的来说，这项研究在许多方面敲响了警钟。首先，它表明男同性恋知道什么情况下他们会面临艾滋病的危险。这方面信息已经广为人知。然而，62%的人仍然保持同样频率的高风险性行为，甚至比了解艾滋病之前的频率更高。只有30%的人减少了高风险性行为，尽管并不是所有人都告别了可能使他们染上艾滋病的所有行为。其次，研究显示浴场在传播疫病的过程中起着危险的作用。与调查中抽样的其他组别相比，去浴场寻欢作乐的男性改变其性行为的可能性要小得多，感染性传播疾病的可能性则要大得多。医生们的结论是，必须发出更严厉的警告以免更多人死亡。

作者写道："在我们提交这份报告的同时，感染率正在呈指数级增长。显然，男同性恋目前已经开始采取措施避免感染，但这还不够。调查显示，受访男同性恋对疾病如何传播知之甚少，抑或是他们不愿意或不能改变性行为模式以降低染病风险。”

3月31日

对旧金山第一季度艾滋病发病率数据的分析表明，这种风险已变得相当普遍。截至3月底，艾滋病病例报告发现，在卡斯特罗街区，每250名年龄在35至44岁之间的单身男性中有1人被确诊患有艾滋病；而居住在邻近的杜伯塞三角公寓一带的人当中，每150名同一年龄组的男性中有1人患有艾滋病。假定住在这个社区的人当中有一部分是异性恋，安德鲁·莫斯医生的结论是：“在旧金山的部分同性恋人群中，30岁和40岁年龄组的艾滋病发病率目前分别是1%到2%。”

后来的研究表明，在1983年的这个时候，依然保持高风险性行为的男同性恋中有62%的人至少有25%的机会与感染新病毒的人发生性关系。这是一张死亡彩票，几乎毫无胜算。

* * *

到1983年3月底，另一明显的事实是，这种流行病在全国不同地区传播时，呈现出不同的面貌。例如在新泽西州，流行病学家发现，截至3月28日向州当局报告的艾滋病病例中，同性恋或双性恋男性为少数。反之，静脉注射吸毒者占该州艾滋病患者的44.2%，海地人则占4%。在纽约周围的大片贫民区，艾滋病正迅速在穷人和非白人中蔓延；新泽西州68%的艾滋病患者是黑人或西班牙裔。事实上，研究人员后来将艾滋病的传播标记为同心圆，以曼哈顿为中心，在纽约大都会的外围扩展，蔓延至土地越来越广、人口越来越多的贫困地区。艾滋病在东海岸贫困走廊的扩散，预示着美国第二轮艾滋病流行的开始，而这一次与同性恋中的疫情截然不同。

与此同时，欧洲也出现了两种类型的艾滋病，一种与非洲相关，另一种是后期在去过美国的男同性恋中发现的。例如，当时所有比利时艾滋病人都是中非人，主要是扎伊尔人或者最近去过那片大陆的人。截至1983年3月31日，西德报道的所有44例艾滋病患者不是曾前往海地或非洲旅行的人，就是最近去佛罗里达、加州或（最常见的）纽约度过假的男同性恋。

至于美国，到 3 月 31 日，疾控中心共收到 1 279 例获得性免疫缺陷综合征报告。其中 485 人已经死亡。

4 月 4 日，不列颠哥伦比亚省，温哥华

从法律上讲，他们束手无策。

温哥华艾滋病协会理事会早已对此表示认同。大家都在谈论“奥兰治县关联人”仍去酒吧寻欢作乐。从法律上讲，他们认为他们对盖坦·杜加斯无能为力，尽管理事会最终派了一名医生去找他谈谈。理事会会议结束后，委员们私下里交换着彼此的困惑：为什么会有人做盖坦做的那些事？

27. 转折点

1983 年 4 月，巴黎，比提耶-萨尔贝提耶尔医院

威利·罗森鲍姆医生进入医学领域并不是为了看着人们死去的。他不是这样的人。罗森鲍姆早就注意到，肿瘤学家或者癌症专家似乎都有一种宿命论气质，使他们能够适应死亡。传染病专家的字典里没有“放弃”这个词，尤其是在 20 世纪下半叶。罗森鲍姆乐观而积极，他认为传染病专家就应当如此。他们认真钻研，挽救生命。过去一个世纪，他们在许多次抗击疾病的战役中都取得了胜利，因而似乎没有理由不保持乐观积极；而且，罗森鲍姆认为，医学专业是通过其所具有的智力挑战而非个人魅力来吸引医学从业者的。他那不可救药的乐观情绪使得他在巴斯德研究所缠着让-克洛德·彻尔曼医生不放。

“我的病人快要死了，”罗森鲍姆抱怨道，“我得找到治疗方法。”

弗朗索瓦丝·巴尔医生已经在培养她于1月下旬发现的第二株逆转录病毒，这次是来自血友病患者的血液。高级研究员吕克·蒙塔尼耶医生尚不愿意宣布他们已经找到了艾滋病的病因，因为他们仍需证明这种新病毒不仅仅是一种因为淋巴结病患者免疫系统衰弱而导致的新的机会性感染。

威利·罗森鲍姆却对此深信不疑。你不会经常发现新的人类病毒，这绝不是巧合。而且他的首要任务是拯救生命。他厌倦了治疗与艾滋病有关的各种机会性感染，这就好像你明知大坝的一边会在几分钟内坍塌，却只能拿一块砖堵住大坝的另一边。他需要一种抗病毒药物，这种物质也许可以干扰催化逆转录病毒繁殖的酶——逆转录酶。

一天下午，当让-克洛德·彻尔曼谈到他在1970年代早期参与开发的一种药物时，威利·罗森鲍姆像往常一样地兴奋和急切。药物的学名是锑钨酸盐，但彻尔曼叫它HPA-23。在对老鼠进行的长期逆转录病毒实验中，他发现这种药物能有效地缩短老鼠身上白血病逆转录病毒的逆转录酶过程。其他的实验已经确定了人类可以承受的安全剂量水平。

彻尔曼说，当然，必须为艾滋病患者制定一个新的治疗方案，但也不妨一试。

罗森鲍姆提醒说，艾滋病人已经没有什么可以失去的了。

*　　*　　*

在巴斯德研究所，吕克·蒙塔尼耶医生正在润色一篇关于发现逆转录病毒的论文，此文下月将在《科学》杂志上发表。尽管如此，奇怪的是，当抗体从美国国家癌症研究所罗伯特·加罗医生的实验室送来时，几乎都被灭活了；蒙塔尼耶一点都没有耽搁，又进行了测试，看他的病毒是否与加罗的人类嗜T淋巴细胞病毒一样。出现了一些反应，但似乎并不是同一种病毒。蒙塔尼耶决定不把他的病毒称为人类嗜T淋巴细胞病毒，而是命名为RUB，它源于对那位空乘姓名首字母的重新排列——病毒正是从他的淋巴结中取样培养的。

作为论文发表前的审查过程的一部分，蒙塔尼耶的手稿已被送到马里兰州贝塞斯达的加罗医生手中。蒙塔尼耶和加罗是两个截然不同的人，都让对方隐隐感到不舒服。加罗是个有亲和力、好胜、富有魅力的人，蒙塔尼耶则冷漠超然，经常被人形容为强悍、有贵族气质。尽管如此，蒙塔尼耶还是承认加罗是人类逆转录病毒学方面的领先人物。更重要的是，加罗在学界有足够的分量，能阻止法国人的发现在美国获得认可，美国是唯一真正在乎这个东西的地方。

根据加罗的说法，《科学》杂志的一位编辑认为，用 RUB 这种缩写来命名一种与此特殊疾病相关的病毒令人无法接受。加罗设法说服蒙塔尼耶承认其逆转录病毒来自人类嗜 T 淋巴细胞病毒家族——恰巧，最先发现人类嗜 T 淋巴细胞病毒的人就是加罗。

蒙塔尼耶后来把这次更名当作他科研生涯中犯过的最大错误之一，是他踏入未来“漫长的黑暗隧道”的第一步。

4 月 10 日，旧金山

冰。

电话响起的时候，比尔·克劳斯正在冲澡。

飘雪。

国会议员菲利普·波顿的助手在哭，几乎话都说不出来。她一边抽泣，一边说，议员今早倒地不起。你记得吗？他整个星期都在抱怨身体不舒服。

棺材落入冻得硬邦邦的土里……

“他死了，比尔，”她抽泣道，“菲尔死了。”

几天后，比尔·克劳斯知道他那份议员助手的工作没有丢。而菲利普·波顿的遗孀萨拉将参加下个月的特别选举，以填补这个席位，无疑她会获胜。她私下告诉比尔，他可以继续从事艾滋病和同性恋权利方面的工作。但比尔知道一切跟从前不一样了。在国会玩游戏，资历占四分之三，其余四分之一靠厉害的手腕，萨拉·波顿充其量只是一个新手。

接下来几周里，菲尔的离世始终在比尔心头挥之不去，不仅是因为他想到自己现在为萨拉·波顿而不是菲尔工作。只有少数几个朋友能理解比尔的心情，菲尔的死让他回想起尘封的痛苦，1958 年冬天，父亲就是这样弃他而去的。

当天下午，纽约，林诺克斯山医院

雨水打在拉里·克莱默的身上，但他欣喜若狂，让纽约市长埃德·科赫直面艾滋病的运动，势头终于开始越来越大。整个上午，他和一小队抗议者都站在倾盆大雨中，等待科赫出席艾滋病研讨会。这一年半市长一直回避与社区领导人见面，讨论疫情。等科赫终于现身，情绪激动的拉里对着他大吼："你什么时候才会对艾滋病采取行动？得死多少人才行？"这些场面被电视摄像机忠实地记录了下来。

研讨会组织者很长时间以来都在争取让市长科赫露面，并发表一些他们期待已久的关于艾滋病的讲话，所以一直担心抗议者会破坏他们的努力。事实上，科赫对此次研讨会并没有表现出多大的热情，但是组织者安排得如此缜密，除了参加，市长没有多少政治上的选择。

大家没料到会议的组织者是凯文·卡希尔医生，他是纽约爱尔兰社区的大人物，也是美国最著名的医生之一。1981 年教皇遇刺时，正是凯文·卡希尔从纽约飞到罗马去照顾他。尼加拉瓜的桑地诺政府总统丹尼尔·奥尔特加需要特别的医疗照顾时，他也打电话找凯文·卡希尔。卡希尔还是纽约州前州长休·凯里的公共卫生专员。他为人正直，无可指摘；作为一个虔诚的天主教爱尔兰人，他的资历也是无人可及的。观察家认为，他对艾滋病的兴趣源于他笃信天主教而获得的道德力量。在位于第五大道的办公室里，他开始看到疫病肆虐；他不敢相信居然没有人为此大声疾呼。

凯文·卡希尔决定举办一次研讨会，吸引所有能提供这场疫病的最新信息的知名艾滋病研究人员来参加。他很快起草了一份出书协议，保证在研讨会上发表的论文会被立即出版。参议员爱德华·肯尼迪和丹尼尔·莫伊尼汉此前已承诺，一旦论文结集出版，参议院关于艾滋病的第一次听证会将以其中信息作为参考。

为吸引重要的医生来参加此次会议，卡希尔还设计了另一个天大的诱惑：任何出席会议的人都将受邀参加在作曲家伦纳德·伯恩斯坦公寓里举行的私人鸡尾酒会。组织者认为，专家们自己可能不想参加另一个艾滋病会议，但他们的配偶肯定不希望错过与伦纳德·伯恩斯坦共进晚餐的机会。

这些环节都衔接得非常完美。卡希尔请到的演讲者堪称明星阵容，包括疾控中心艾滋病特别工作组的唐纳德·弗朗西斯医生、疾控中心主任威廉·福格医生、海地艾滋病方面的专家谢尔顿·兰德斯曼医生、纽约市卫生专员大卫·森瑟，还有来总结政府应对措施的曼哈顿国会议员特德·维斯。在卡希尔的强烈要求下，红衣主教特伦斯·库克同意来做祈祷，这让大主教区的工作人员感到非常恐慌。

红衣主教库克的到场，使得埃德·科赫无法拒绝该组织发出的"请市长前来欢迎主教"的请求。据传，在会议召开前几天，科赫曾多次致电红衣主教库克的办公室，以确保其届时真会露面。市长的助手也很紧张，甚至拒绝将此事列入定期发给媒体的市长公开露面行程表。

卡希尔医生以一段谴责医学界和政府对这一疫病的反应的讲话，拉开了研讨会的序幕，这个题目是唐纳德·弗朗西斯提议的。

"艾滋病发生在一个最不合时宜的时刻，"弗朗西斯说。他说起了预算削减和人手不足给疾控中心带来的"灾难"，以及在必需品采购和出差费用方面受到的"严格限制"。在弗朗西斯的演讲中，几乎无时无刻不在提及"缺乏资源"。

唐纳德·弗朗西斯希望有人能把他的评论当成对联邦政府的质问。他正在把弹药放在盘子里，双手奉上。可是，医生们只是礼貌地鼓了下掌。

* * *

当晚，组织者和发言人出席了在伦纳德·伯恩斯坦豪华的达科塔公寓举行的会后鸡尾酒会。没几个小时，意料之中的那一刻便来临了，所有的异性恋客人都走了，他们不是说要送孩子上床睡觉，就是说还有别的安排，就像在时髦的曼哈顿派对上常常发生的那样，剩下的只有男同性恋。还有弗朗西斯。

唐纳德·弗朗西斯很少有这样的放松时刻。最近，疾控中心的负责人说服他搬到亚特兰大，在那里他获得了“艾滋病活动办公室”实验室主任的头衔，这个办公室以前被称为“艾滋病特别工作组”。因此，弗朗西斯决心创立疾控中心逆转录病毒实验室。前来参加研讨会的当天早上，弗朗西斯又向传染病中心主任沃尔特·道达尔医生发了一份备忘录，坚持认为“随着疾控中心对艾滋病病因的不断探索，有必要在疾控中心建立一个具有逆转录病毒诊断能力的实验室”。该实验室要能培养病毒，能开发抗体测试以找出艾滋病病毒，并确定可能的致病病毒在该综合征中的作用，然后确定各类艾滋病高危人群中病毒感染的患病率。弗朗西斯感到，只有到那时，才有可能采取严厉的控制措施着手阻断疾病的传播。根据目前的计划，唐纳德·弗朗西斯和詹姆斯·科伦将共同担任疾控中心艾滋病工作的领导，当然，疾控中心内部知道，鉴于弗朗西斯在控制天花疫情方面的国际声誉，科伦对他心存敬畏。他们预测，唐·弗朗西斯要么会自然而然地成为领袖，不然将免不了有一场权力斗争。

然而，这一晚，当唐纳德·弗朗西斯听着伯恩斯坦演奏肖邦的钢琴曲，任由思绪随音乐流动时，其他客人却在打听弗朗西斯是不是同性恋。他们注意到，已经 41 岁的他依然保持着良好的状态，而且对同性恋生活的任何方面似乎都不感到厌恶或吃惊。不过，他的外表看起来也不像同性恋。他的头发有点太长了，似乎向往着在北加州的家乡度过的嬉皮时光。

拉里·克莱默还沉浸在媒体报道了他的抗议的喜悦中，他不禁对唐纳德·弗朗西斯产生了些许好感。唐非常可爱。此外，他们的想法似乎在平行线上流动。他们都同意，必须阻断、控制这种疾病，而不仅是在显微镜下研究。拉里还有这样的感觉：虽然唐纳德·弗朗西斯想做的更多，但他的双手被官僚束缚住了。如果再多说话——他已经说得比任何人都多了，他们就会解雇他。

雨点洒在窗户上，音乐在他们周围飘荡，唐纳德·弗朗西斯觉得非常自在。他找到了一群关心这种疫病的人，他们会做些实事。他认为，有了像伦纳德·伯恩斯坦这样的名人参与，人们会开始倾听。最后，他将能够开始从事那些需要完成的工作。

4 月 11 日，星期一

当天，全国各地的《新闻周刊》封面是一只没有身体的手握着一管血液，这是艾滋病获得了新闻价值的最重要标志。管子的标签上写着“注意，卡波西肉瘤/艾滋病”，封面上有几行字：“流行疾病：被称为艾滋病的神秘致命疾病或成为本世纪的公共卫生威胁。它是怎么开始的？有办法制止吗？”照例，杂志封面在提出问题方面要比试图回答这些问题的报道精彩，但随着艾滋病最终在新闻中出现，铺天盖地的报道开始了。有关输血感染艾滋病的爆料 12 月底就已经出现了。在 1983 年的头 3 个月里，全国主要报纸和新闻杂志刊登了 169 篇关于这场疫病的报道，是 1982 年最后 3 个月的报道的 4 倍多。不仅如此，4 到 6 月这些主流新闻机构发布的报道数量惊人，达到 680 篇。媒体对艾滋病的闪电战一直持续到夏季，对疫情的关注期虽然短暂，却是前所未有的。

每一份报纸都找到了自己的报道视角，尽管大多数报纸都像新闻杂志一样，把报道交给科技版撰稿人来写——这些人更喜欢写穿白大褂的医生的故事。偶尔，也会有关于艾滋病患者历经各种检查的新闻报道，写得像肥皂剧。在旧金山、纽约和洛杉矶，这些报道中总会出现一些彬彬有礼的同性恋，而且用的是真名实姓；在不那么都市化的地方，类似报道的主角总是“一个叫鲍勃的人”，连超市小报也参与其中。例如，《环球报》登了一篇冗长的封面故事，说艾滋病实际上是图坦卡蒙的诅咒①，在 1970 年代末跟随图坦卡蒙的宝藏来到美国。

① 图坦卡蒙位于帝王谷的坟墓在 3 000 年里从未被盗，直到 1922 年被英国人霍华德·卡特发现，挖掘出近 5 000 件珍贵陪葬品，震惊了西方世界。由于最先进入坟墓的人中有几个早早死去，有媒体大肆渲染这是“法老的诅咒”。——译注

“要么图坦卡蒙死于此病，要么它是被放在坟墓里，以惩罚那些后来可能亵渎他坟墓的人。”一位曾经涉猎考古工作的圣地亚哥前验尸官如是说。

有两种趋势在报道中最为明显。一个是完全没有任何关于艾滋病研究经费短缺的内容。通常，一位同性恋医生会抱怨经费不足，而疾控中心或国家卫生研究院的某些人会极力否认。仅此而已。不再挖掘更多的真相。除了政府新闻通稿，没有人做进一步调查。不到10年前，从事这一职业的人曾使一位指使手下入室安装窃听器的总统下台，如今这一行的人调转船头直接把官方声明当作新闻报道。当然，他们在处理其他公共卫生危机时并不是这样的，比如有毒废弃物，甚至泰诺，他们都召集了大型调查小组，并依据《信息自由法案》①提出了申请。但是，这类文章总有些令人尴尬：内容浅谈辄止、语焉不详，只敢用“体液”这样的词而不敢提精液和肛交。《新闻周刊》的封面上称艾滋病是“本世纪的公共卫生威胁”，但在新闻编辑室里他们并不是用这种态度来对待艾滋病问题的。旧金山以外的其他新闻机构亦是如此。

对于这些，行使监督职能的媒体只顾睡大觉。正因为如此，联邦和地方的各级政府机构都被放任按照其认为合适的方式来处理——或坐视不理——艾滋病。起初并不明显，因为政府似乎在看到第一次媒体集中关注时采取了行动。然而，后来，艾滋病新闻的真正质量显而易见：那些报道犹如当年的密西西比河，宽广却并无深度。

另一个趋势是在旧金山同性恋对艾滋病危机的反应上着墨过多。仲春时节，新闻工作者在卡斯特罗街上不停奔走搜罗素材。当然，纽约的艾滋病患者数量是这里的3倍，全国有近一半的患者都在纽约。但是，你无法让那里的市长就该病发表任何言论，因为市长办公室把有关艾滋病的电话都转给了卫生专员；你也找不到市政计划可报道，因为压根没有计划；更没有什么民众关注艾滋病，因为纽约市的官员

① 该法案主要内容是规定公民有知情权，有权获得政府掌握的信息。——译注

似乎大都对疫病流行的事实无动于衷。日复一日，在那些民众以及旧金山人自己的想象中，旧金山成了美国的艾滋病之城。这个城市的男同性恋受到了人们的密切关注和研究，就好像他们是在一个充满异国情调的热带天堂里新发现的穴居人。

当天傍晚，贝塞斯达，国家癌症研究所

弗朗西斯·安东·加罗是意大利都灵移民的儿子，即便他从焊工做到冶金学家，再做到他曾经打工的公司的总裁，成了康涅狄格州一个成功的移民；但依然保留了意大利北部人冷静、智慧的个性。他妻子一家来自意大利比较温暖的地区，她身上充满了该地区特有的热情、外向和宗族文化气质。他们的儿子罗伯特既继承了母亲的魅力，也像父亲一样是个工作狂。

他的后一种性格早年在康涅狄格州沃特伯里的时候并不明显。他的人生转折点出现在 1949 年，当时他 13 岁，他妹妹得了白血病。罗伯特·加罗去哈佛大学医院看她。在那里，他遇到了著名的癌症专家西德尼·费伯，看到科学家们在实验室里竭尽全力挽救儿童的生命。他的妹妹终因白血病去世，但罗伯特·加罗对生物学研究的迷恋并未停止。他有个叔叔在康涅狄格大学教动物学，在叔叔的鼓励下，加罗跟随当地一家天主教医院的病理学家学习。这位病理学家是加罗遇到的第一个愤世嫉俗的人。年轻的加罗更倾向于情绪化的张扬而不是沉思，但还是慢慢地学会了批判性思考。十几岁的时候，他被获准独立进行尸体解剖，他全神贯注地投入了自己的工作中；18 岁时，罗伯特·加罗就知道他此生将在实验室度过，从事医学研究。

尽管如此，加罗的青春期还是很艰难。他不是个优秀的学生，花在篮球场上的时间也比花在作业上的多，而且每天都约会到很晚。要不是他在一场篮球赛中摔伤了背部，在床上躺了近一年，他可能永远不会脱离平庸。正是在艰难的康复过程中，他读了手头所有的生物学书。上大学时，他在母亲家车库上方的一个临时实验室里解剖了几十只老鼠。结束在芝加哥大学的住院医师实习期之后，来自国家癌症研究所的第一份工作坚定了他从事研究工作的决心。然而时运不济，他被分配到国家卫生研究院的儿童急性白血病病房工作。从那时起，他下定决心以后再也不跟病人打交道了。

加罗自1966年开始从事研究工作，到1970年，他已经进入了未来会使他功成名就的领域。当时，对于“病毒可能导致白血病甚至某些癌症”的理论存在大量争议。加罗研究的是逆转录病毒，而到了1970年代中期，包括他在内的一批科学家描述了一种被称为逆转录酶的酶，它是逆转录病毒分泌的一种化学物质，病毒通过它在患者细胞中复制。这项研究是科学工作的一个里程碑，它能从化学角度协助检测逆转录病毒感染。仅此一点就代表了逆转录病毒学的重大进展，然而很少有科学家对此感兴趣。毕竟，逆转录病毒在很大程度上被看作鸡、老鼠和猫的病毒。这跟人类有什么关系？

罗伯特·加罗认为科学只是着眼于显而易见的东西。当这些动物被逆转录病毒感染时，它们就会不计后果地拼命传播病毒。病毒很多，所以很容易发现。但在人身上，尽管可能有病毒存在，却并不容易发现。加罗需要找到一种方法让白细胞大量繁殖，从而找到逆转录病毒。他尝试了不同的培养基，试图使人类淋巴细胞在培养系统中存活并繁殖。在此过程中，他发现了白细胞介素-2，一种刺激T细胞增殖的天然物质。在培养基中加入白细胞介素-2可以使T细胞存活，并不断增殖。

有了这些发现，罗伯特·加罗的事业一帆风顺，直到1976年一场空欢喜从天而降。当时，他似乎发现了一种新病毒，并自豪地向全世界宣布了这一消息。结果却发现是一种动物病毒污染了他的细胞株，并没有什么新病毒，由此加罗的声誉一落千丈。他的生活似乎总在两个极端之间摇摆，而他也继续前进。1978年，他发现了一种新的逆转录病毒——人类嗜T淋巴细胞病毒；但是由于担心上次的乌龙事件会使他的最新研究成果被弃之不理，他继续埋头苦干，直到掌握了无懈可击的证据。这一次，他明确地告诉大家他发现了一种导致白血病的逆转录病毒。研究成果于1980年发表之后，加罗再次成为明星，不仅荣获人们梦寐以求的“拉斯克奖”，还成为逆转录病毒学领域公认的权威。1983 年春，加罗实验室的一名科学家发现了另一种与人类嗜 T 淋巴细胞病毒有关的病毒，并将其命名为人类嗜 T 细胞病毒 2 型（HTLV－Ⅱ）。

尽管收获了各种荣誉，但在科学领域，罗伯特·加罗仍是个有争议的人物。批评者认为他傲慢自大，说他在科学界的政治斗争中能做到冷酷无情；他们经常拿 1976 年的乌龙来证明加罗并不总是可靠的。加罗本人则认为这些批评折射出了他性格中的阴暗面。是的，他傲慢自大，但这是为数不多的勇敢的科学家必须具备的个性，因为他们的工作就是挑战大自然，让大自然将自己的秘密拱手奉上。当然，他知道他的实力也会毁了他；要不了多久。

这周一的下午，罗伯特·加罗医生在贝塞斯达坐立不安，他不禁回想起一年前首次在艾滋病血液中寻找逆转录病毒时，这种疾病是多么令他沮丧。詹姆斯·科伦让他研究这种病，不过是想让他难堪；雅克·莱博维奇则不停地从巴黎打电话来催他。尽管他对整个艾滋病问题都感到厌恶，但还是能看出其中的利害关系正在被重新定义。任何人只要看看新一期《新闻周刊》的封面就能明了。

国家癌症研究所的官员们也坐立不安。法国研究人员即将发表他们的成果，哈佛大学的麦克斯·埃塞克斯也将把对人类嗜 T 淋巴细胞病毒的研究公之于众，此时研究所才意识到，是时候认真对待艾滋病了。副主任彼得·费辛格通知下午 4 点半在癌症研究所的主任会议室开会。费辛格现在明白了，国家癌症研究所对疫病的反应并不理想，但是他认为这种情况部分是由卫生体系的构建方式造成的。卫生机构没有预算，无法向那些自以为是的年轻医生提供大笔资金，而迄今为止，这些医生实际上是投入此疫病的唯一一批科学家。为了发放第一轮拨款，国家癌症研究所已经将标准降到了它们认可的研究项目质量之下。然而，随着媒体开始关注这个问题，所有一切都将不得不改变。

费辛格一边扫视房间，一边说，本次会议就是“国家癌症研究所艾滋病特别工作组”的首次集会。国家癌症研究所肿瘤流行病分部家庭科的比尔·布拉特纳医生来了，詹姆斯·古德特和鲍勃·比格也在，他们都是从一开始就在艾滋病研究上孤军奋战的国家癌症研究所医生中的一员。国家过敏及传染病研究所的艾滋病研究协调员安东尼·福奇也派了一名代表来开会。

罗伯特·加罗的话掷地有声。他指出，法国人声称他们发现了一些东西。有人甚至从巴黎带了一个淋巴结来给他研究。

他说：“我相信此病与逆转录病毒有关，我们将在一年内证明是否确实如此。我们将用一年时间以某种方式来解决这个问题。”

费辛格承诺加罗将有权使用国家癌症研究所在马里兰州弗雷德里克的高级实验室的所有资源，而他会确保每个人都配合这位逆转录病毒学家的工作。国家卫生研究院的临床医学主任萨姆·布罗德医生则保证，加罗对国家卫生研究院医院的艾滋病患者组织标本有“绝对优先权”。终于，大家开始联合作战。

那一天，1983 年 4 月 11 日，后来被国家癌症研究所官员称为转折点，由此开始，该所将坚定地致力于寻找获得性免疫缺陷综合征的病因。而此时距离《发病率与死亡率周报》宣布在男同性恋中发现首批 26 例卡波西肉瘤、18 例不明原因的肺囊虫肺炎以及其他无法解释的机会性感染，正好是 1 年 10 个月零 7 天。自该报宣布之日，到国家癌症研究所决定着手查明病因的那天，其间有 1 295 名美国人感染了艾滋病，492 人已经死亡。后来，疾控中心计算出，在这 22 个月的时间里，这种奇怪新病毒的感染者就算没有多出几十万，也有好几万。

* * *

尽管这些承诺对加罗的实验室来说是一个福音，国家卫生研究院的其他艾滋病研究却因经费短缺而夭折。詹姆斯·古德特和鲍勃·比格 1982 年开始对华盛顿和纽约的同性恋人群进行研究，希望能发现是哪些因素导致某些男同性恋患上艾滋病，而其他人却保持健康。这项长期研究至关重要，不仅有助于了解该综合征的病因，而且也能了解其自然发展的过程。然而到了 1983 年，古德特仍然没有经费雇用人手，就连添一个护士来完成最基本的工作也不行。研究人员只得放弃追踪华盛顿那组研究对象的计划。光是对纽约那组进行抽血和体检就花了 6 个星期。由于缺乏人手，古德特面前的数据堆积如山却无人分析。

与此同时，詹姆斯·古德特与詹姆斯·科伦交谈，向他保证是一种新的传染性因子导致了这种综合征。此外，纽约的体检结果让他确信这种疾病有很多种表征，有些人身上出现了全部的艾滋病病状，有一些人则表现为淋巴疾病，更多的人甚至只是莫名的萎靡不振。

隔了很久古德特才发现，他送血液样本去做艾滋病检测的国家癌症研究所实验室，其实并不具备寻找逆转录病毒感染的确定标志物——逆转录酶——的能力，因而检测压根就没有进行。他后来说，作为国家癌症研究所的艾滋病研究员，生活就意味着“长期受挫”。

在国家过敏及传染病研究所，安东尼·福奇医生对古德特的经历心有戚戚。你需要一桶金子来招徕研究人员，但是对疫病研究的一切锱铢必较的行政部门根本不会给这笔钱。与癌症研究所不同，国家过敏及传染病研究所认为，没有加速其艾滋病研究的迫切需要。该所主管理查德·克劳斯对于他的研究所受到指责大为震惊，他说那些天天和病人打交道的临床医生最为聒噪。在他看来，那些人大都缺乏研究经验，给他们经费等于把钱丢进下水道。但是，过敏及传染病研究所在免疫系统研究方面进行了平衡。在战场上，一位深谋远虑的将军不会心血来潮派军队四处奔袭，他会根据计划进行战略性部署。克劳斯寻思：“怎么可能更快呢?”

此外，他认为，美国各地的实验室有大量的离心机和培养皿。如果医生想用这些资源不会用不到。

旧金山，加州大学，人类肿瘤病毒研究中心

法国和美国科学家即将发表关于人类嗜 T 淋巴细胞病毒的论文的

消息，使得杰伊·列维医生更急于找到逆转录病毒。然而，所有关于艾滋病的宣传造成了另一个障碍。没有一家实验室愿意让列维使用它们的超高速离心机对艾滋病患者的血液进行实验。科学家们越来越害怕在实验室里染上这种可怕的病。最近，为了一个最基本的实验室研究所需的气罩，列维被耽搁了6个月。现在他发现他的艾滋病研究又要推迟了，这一次是因为缺个超高速离心机。

4月12日，华盛顿，国会大厦

“［卫生与公共服务］部里就艾滋病做出非常郑重的承诺，”卫生部长玛格丽特·哈克勒对众议院拨款小组委员会说，“事实上，我已经亲自就该问题和疾控中心负责人交谈多次，我们会不遗余力地寻求答案。这是一个极其严重的问题，卫生部旗下的每条研究途径都是为了解决这个问题……美国公共卫生署将投入研究所需的每一分钱努力找出答案，因为这种疾病的死亡率如此惊人，已经高到对整个社会造成威胁的程度……我不得不说，在当前情势下，我真的不认为再多花一块钱会有什么不同，因为我们已经投入所有力量去寻找答案。”

*　*　*

那天下午在亚特兰大，唐纳德·弗朗西斯再次给沃尔特·道达尔医生写了一份备忘录，对联邦政府在艾滋病问题上的反应做出了截然不同的评价。

“我们的政府在应对这场灾难方面所做的实在太少了，”弗朗西斯写道，“其中很大一部分原因在于，流行病曲线的斜率是逐渐上升的，它会持续数年而不是几天。我们还不习惯处理潜伏期很长的疫情。但我们需要加大力度应对这些情况，因为即使发现了病因，我们的工作也是远远滞后的，控制起来也会更难……

“迄今为止，经费不足的问题已经严重限制了我们的工作，并可能加剧这种疾病对美国人民的侵害……由于经费发放过程缓慢低效，即便在我们获得了经费、招募了人手以后也总是太迟了——疾病又一次赶上了我们，于是再次发生人手不足、经费匮乏的情况。

“肯定有办法把事情做好的……在这个幅员辽阔的富裕国家，肯定有一种办法拿到1 000万至2 000万美元立即用于疾病研究。我强调速度，是因为在目前这种紧急情况下，通常的政府资助及支出过程慢得令人无法接受。

“为了这个国家的人民和全世界人民的利益，我们不应该再接受所需资金不足的情况，不应该再满足于所获得的微不足道的资源。我们过去和现在付出的努力都太少了，不能沾沾自喜。是时候多做点事了。是时候做正确的事了。”

旧金山

到4月中旬，盖瑞·沃什的“烛光游行计划”已传遍全国。在媒体的关注下，数十个城市的艾滋病患者率先举行了庆祝活动。旧金山的抗议活动名为“为我们的生命而战”，计划让抗议者一起呐喊。盖瑞和其他艾滋病人交流了最新的艾滋病玩笑。他们可不可以用身上的病灶玩“连连看”？安妮塔·布莱恩特怎么拼relief这个词？盖瑞问。A-I-D-S。① 一位卡波西肉瘤患者去跟人见面，身上带了块有紫色斑点的手帕，以表示他对“被插入”② 感兴趣。卡斯特罗街上最新的笑话是：新闻上说，疾控中心终于发现艾滋病的病因原来是工业用灰色地毯上的轨道照明。

盖瑞去萨克拉门托的立法机构游说，希望通过一项法案来建立一个能够评估该州艾滋病经费需求的小组。事后，他反复表演自己在游说时的滑稽举动，“我就要死在这个病上面了，”他说，“你怎么能投反对票呢？”这是一种厚着脸皮的夸张表演，正因如此盖瑞才更喜欢演。

他们还讲起一些熟人的事，这些人偷偷摸摸地看他们的病灶，结

---

① Relief有安心、放松之意，此处意思是，由于安妮塔·布莱恩特反对同性恋，现在同性恋得了艾滋病，她就心安了。——译注

② 被插入者因接受精液而被感染艾滋病。——译注

果被盖瑞点破，让这些原本以为神不知鬼不觉的人非常懊恼。

他们也分享了彼此的愤怒。他们讨厌被称为“艾滋病受害者”，因为这个词暗示在他们想要积极战斗、重获健康的时候却是被动、无助的。他们厌倦了被称为“艾滋病患者”，因为他们中的大部分人并不在医院，而按照通常的定义，在医院的才叫患者。他们希望被称为“艾滋病携带者”或者它的简称 PWAs，喜欢缩写的同性恋人群青睐后者。就这个问题，艾滋病携带者和《湾区记者报》之间爆发了一场激烈的争论。《湾区记者报》是一份特立独行的周刊，在所有地方性同性恋报纸中发行量最大。编辑保罗·洛赫此前已经开始批评各种艾滋病项目，比如“香缇计划”和“卡波西肉瘤基金会”等，称它们通过压榨患病的同性恋群体，向同性恋激进分子、“色狼”和“艾滋病皮条客”提供轻松发大财的机会。

在盖瑞·沃什等艾滋病携带者共同签名的一封信上，指控保罗·洛赫“以耸人听闻的方式进行报道（这）只会助长恐惧、内疚及恐同情绪，增加艾滋病携带者的日常心理压力”。这封信要求《湾区记者报》的发行人鲍勃·罗斯解雇洛赫，或者从卡波西肉瘤基金会理事会辞职。罗斯不以为然，而洛赫发表了一篇相当缺乏绅士风度的回应。

“如果我一开始就把事情闹得很大，把话说得更尖锐，你们中的一些人可能不会像今天这样出名，”洛赫写道，“更重要的是，我觉得你们的经历没有让你们成熟。你们的信揭示了一种相反的趋势，一种倾向于乖戾的趋势。在你们的生命中失去了荣耀，这是多么糟糕的日子啊，你们开始搬弄是非，呜咽着离开……对你们名单上的大多数人来说，你们送给这种同性恋生活的唯一礼物就是你们的灾难。

这篇反驳的文章引起了更多的争议。

保罗·洛赫决定自己报仇。他把要求解雇他的那封信，还有在上面签名的所有人的名单，拿来放在一边。每死一个人，他就划掉一个名字，可以说，他笑到了最后。

4 月 14 日，纽约

拉里·克莱默参加“纽约艾滋病互助网”的会议时迟到了，但他觉得问题不大。拉里在艾滋病研讨会上发表抗议后没几天，市长埃德·科赫就同意在 4 月 20 日召集一次最多只能有 10 人参加的会面。互助网中的每个组织各派两人。拉里以为他和保罗·波帕姆将代表“男同性恋健康危机”出席，然而姗姗来迟的他发现，10 名代表已经选好了，包括“男同性恋健康危机”的两名。拉里不在其中。代表“男同性恋健康危机”出席的是保罗·波帕姆和执行理事梅尔·罗森。

拉里·克莱默惊呆了，随即感到气愤。他说，这次会面是他一人促成的，是他组织了抗议活动，迫使科赫市长在第一时间召集会面，更别提过去 18 个月他一直在向政府抱怨。他们怎能把他排除在外呢?“男同性恋健康危机”可是在他家起居室里组建起来的啊。

保罗说他选择梅尔·罗森是有道理的。主席和执行理事应该是最能代表该组织的两个人。私底下，保罗对于带着一激就炸的拉里·克莱默去见科赫感到害怕。没人知道拉里什么时候会开始吼叫，一旦市长采取守势，他还会死缠烂打。

拉里决定搏一把。如果不让他去跟科赫市长会谈，他就辞去理事会的职务。

保罗说没问题。当天晚些时候，保罗在理事会进行了民意调查，大家一致支持他的立场。每个人都厌倦了争斗，而和拉里·克莱默一起就意味着争斗。

拉里惊呆了。“男同性恋健康危机”就是他的家。过去一年他所做的一切都是为了这个组织，现在居然把他扫地出门了。事实上，他几乎爱上了保罗·波帕姆，所以他的拒绝更令他恼火。他恨他们；也爱他们。他们就这样背叛了他，抛弃了他。

4 月 19 日，凤凰城，疾控中心肝炎实验室

唐纳德·弗朗西斯把他在纽约发表的演讲打成稿子，并于 4 月

12 日寄给凯文·卡希尔，以便艾滋病学术论文集收录。然而根据美国疾控中心的规定，发表论文要得到疾控中心高层的批准。詹姆斯·科伦把它寄回给唐纳德·弗朗西斯，还在上面手写了批注。

“我建议删除第 10 页整页以及第 9、11、15、16 页的部分内容：疾控中心资源不足。尽管我认为唐是对的，但在一定程度上讲，发表上述内容并无裨益，尤其是在一本‘带有政治色彩’的书里。”

被删剪的内容包括唐纳德·弗朗西斯对“预算削减的恶果”发表的每一句评论，以及在致力于减少医疗支出的政府领导下与疫病做斗争的问题。对手稿上这样大幅删剪是很难的，詹姆斯·科伦提出，“既然它已经发给了卡希尔，再修改的话可能需要找些理由”。

4 月 20 日，纽约市政厅，市长办公室

纽约艾滋病互助网的代表来到市政厅，与市长埃德·科赫进行第一次也是唯一一次会面，其间他们提出了两类请求——需要花钱的和不需要花钱的。科赫市长热情地接受了那些不需要花钱的请求。是的，他会在“男同性恋健康危机”举行募捐音乐会和烛光游行的那一周宣布对艾滋病采取进入“关注状态”。当然，他也会加入黛安·范斯坦召集的美国市长会议艾滋病特别工作组，还会支持对艾滋病患者的信息保密并同意联邦政府应该在艾滋病研究上投入更多经费。他会和市政府的说客讨论，以争取更多的联邦经费。

然后，还有一个请求，一个更麻烦的请求。不，这座城市不会为无家可归的艾滋病患者提供住所或临终关怀场所。这将被视为给同性恋的“特殊待遇”。科赫市长指出，纽约在无家可归者方面问题很大。他怎能单单挑出一类人来救助呢？至于同性恋提出的在格林威治村建立健康中心的要求，那是完全不可能的。总体而言，科赫说他将在艾滋病上投入与旧金山差不多的经费，但他从没提过这笔钱会花在哪里。

会议结束后，纽约艾滋病互助网发布了一份新闻稿，其中仅提到了科赫同意的事项，并未谈及失败的部分。同性恋终于一只脚跨进了市政府大门，这个时候冒犯市长是不明智的。然而，就连一向乐观的保罗·波帕姆也对此次会面感到沮丧。市长似乎丝毫不在意这场疫病，他的回答每次都太快了，几乎是轻率的。保罗心知肚明，卫生专员大卫·森瑟不会在这个问题上向市长施压。显然，尽管森瑟对艾滋病问题充满善意，但他对于这位依靠自己的工作人员来制定卫生政策的市长而言，几乎毫无威信。保罗看得出来，市政府内没有人对艾滋病问题负责，没有人真正在意他们。

*　　*　　*

1983 年 4 月间，纽约市政厅的这次会面和其他类似事件一样，标志着抗击艾滋病运动的势头从纽约市转移到了旧金山。在接下来的两年里，纽约的艾滋病政策不过是充满了未回应的挑战、被忽视的请求和未实施的计划的一串清单。考虑到无论从生物学角度还是先从心理学角度来看，纽约都是这场疫病的震中地带，这一转变颇具讽刺意味。由于《纽约人》杂志所做的杰出的报道工作，1981 年和 1982 年这座城市的同性恋社区接触到的艾滋病信息要比旧金山同性恋社区的多得多。纽约具备打赢艾滋病攻坚战的所有要素，除了一点：领导力。在旧金山，同性恋领导人太多以致产生了一个能够就艾滋病政策进行辩论的大环境，即便辩论方式很残酷。拉里·克莱默辞职以后，不管是赞成关闭浴场，还是反对一位广受爱戴的市长，纽约再也没有人愿意站在这些不得人心的立场。相反，这座城市的同性恋领导人奉行的是一种谨小慎微的路线，与市长进行建设性接触，而市长似乎对任何同性恋问题都高度认同，这或许是因为他长年处于单身状态的缘故。在纽约，抗击艾滋病的战斗将留给少数医生和不堪重负的同性恋组织去进行，许多人会死在那里；而在旧金山，艾滋病被视为当地一种现象，因为有人在采取行动。

4 月 23 日

为了对艾滋病追根溯源，科学家回到了非洲，1983 年春季的各医学杂志上充斥着与非洲相关的早期艾滋病病例的信件和记录。比利时人在《新英格兰医学杂志》上发表了关于早在1977年他们国家就出现了扎伊尔病例的说明。与此同时，其他比利时热带疾病专家已经冒险前往卢旺达和金沙萨，他们报告那里目前在爆发艾滋病，而且显然发生在异性恋之间。4月23日，《柳叶刀》杂志的来信专栏报道了第一个记录在案的艾滋病病例。一位名叫伊比·拜博耶格的丹麦传染病医生寄来一封简短信件，称一位之前健康的丹麦女性1972年到1975年间在扎伊尔北部一家落后的医院担任外科医生，于1977年12月死于肺囊虫肺炎。拜博耶格在信中指出，"她记得自己在扎伊尔北部工作时至少遇到过一个卡波西肉瘤患者；而在落后地区当外科医生，她必然大量接触了非洲患者的血液和排泄物。"

拜博耶格总结说，他在扎伊尔工作期间，对于迅速发现埃博拉病毒的美国疾控中心团队有着深刻的印象。"也许应该由这样的团队寻找另一种非洲病毒。"他建议道。

28. 好人命短

1983年4月26日，旧金山市政厅

起初，旧金山的同性恋政治圈有两个主要人物：吉姆·福斯特和哈维·米尔克。从1964年起，吉姆·福斯特就开始为同性恋政治权力奠定基础。他最令人难以忘怀的成就，是在1972年创立"爱丽丝·B·托克拉斯民主俱乐部"，那一年，哈维·米尔克搬到了旧金山。没几个月，哈维·米尔克认定旧金山监事会需要有一名同性恋监事，而非托克拉斯俱乐部喜欢的那种彬彬有礼的自由派异性恋。托克拉斯俱乐部的领导人担心逼得太紧，过于自信，同性恋可能会失去他们已经赢得的一切。哈维·米尔克把这视为唯唯诺诺，他认为如果同性恋甚至无法向自己选出的官员主张权利，那他们并没有取得多少

胜利。

哈维·米尔克要求吉姆·福斯特支持他参选1973年监事，福斯特感到惊愕。他想知道，这个要当监事的人究竟是什么来头。福斯特对米尔克说："我们就跟天主教教会一样。我们接受皈依者，但我们不可能在同一天让他们成为教皇。"

这一评论让哈维·米尔克恨上了吉姆·福斯特，更多是因为个人嫌隙，而非更高层次的理念差异。托克拉斯俱乐部从没有支持过哈维·米尔克。1976年，米尔克根据他个人务实强悍的政治风格，组建了他自己的俱乐部——"旧金山同性恋民主俱乐部"。随着1977年米尔克当选监事，该俱乐部的影响力与日俱增，并在1978年11月、其领袖被暗杀后更名为"哈维·米尔科同性恋民主俱乐部"。5年后，哈维·米尔克和吉姆·福斯特都从政治舞台上消失了——后者正在护理一位患艾滋病的爱人。尽管如此，他俩的宿怨仍阴魂不散并决定了旧金山同性恋政治的格局。托克拉斯俱乐部和米尔克俱乐部也依然热情饱满地互相憎恶，由于近年来米尔克俱乐部的风头盖过托克拉斯俱乐部，后者可能更为心怀不满。

今晚，一切都将改变。

选票登记员有条不紊地宣布市长黛安·范斯坦的罢免投票结果，记者、专家和各路政客跟班听得目瞪口呆。旧金山的第一位女性首席行政长官不但赢了，而且以在苏联以西的民主国家很少见的高票——81%的票数获胜。不出所料，她影响力最薄弱的选区在卡斯特罗地区，在那里她只赢得了58%的选票。

此次罢免投票非但不是对执政4年的范斯坦政府的控诉，反而证明是她的一次重大胜利。她的批评者已经发现，没有哪位可靠的政治家会反对她在秋季竞选连任。她唯一的公开竞争对手是一个名叫林顿·拉鲁什的政治怪咖，这人说同性恋可以"治愈"。此外，就在几天前，民主党宣布将在旧金山举行1984年全国代表大会，这意味着范斯坦摘得了她市长生涯中最大的成果。此事触怒了保守派民主党人，他们担心，在旧金山举行的党代会将会无可救药地使该党认同处于社会边缘的同性恋；但民主党全国委员会主席是加州人，从感情上讲，他更喜欢沿海城市。已经有人预测，范斯坦可能会在 1984 年成为民主党副总统候选人。

这次罢免投票启动了一种不幸的政治机制，它将对这座城市抗击病毒的斗争产生深远的影响，除此之外，上述大部分细节对我们的故事不过是一种渲染。在同性恋社区，罢免投票的反对者和支持者之间的战线，与同性恋领导人在应对艾滋病问题上的分歧大致是平行的。其中一方是比尔·克劳斯和“哈维·米尔克同性恋民主俱乐部”，他们倾向于发起一场激进的运动，提醒同性恋这种疾病有多危险。同性恋群体的生物生存正岌岌可危。“哈维·米尔克同性恋民主俱乐部”是该市为数不多支持罢免投票的主要政治团体之一，很大程度上是因为对“‘家庭伴侣’条例”被否决感到不忿。另一方则是“爱丽丝·B·托克拉斯民主俱乐部”和“人权联盟”等团体的领导人，他们主张采取低调的方式应对艾滋病，担心恐慌会蔓延到异性恋身上，以致这些人可能采取大规模隔离同性恋之类的可恶行径。对他们来说，同性恋群体的政治生存正濒临险境。在罢免投票中，托克拉斯俱乐部成员成为范斯坦最坚定的支持者。

政治只遵循两个原则：忠诚和复仇。就在今晚，这两个原则决定了谁将在本市政治和政策中最具影响力。米尔克俱乐部可能会在该市的两名国会代表和各位州议员中得到更多支持；但是托克拉斯俱乐部在有关旧金山市和县的事务上——包括卫生政策方面——具有优势。鉴于范斯坦市长是医生的女儿，而且她的直觉也总是更倾向于米尔克俱乐部更强势的立场，此时的事态具有一种讽刺的意味。然而，一个好的政治家必须听取盟友的意见，而市长恰恰是个非常老练的政治家。她是否会回报托克拉斯俱乐部的忠诚，将影响下一个关键年的公共政策。旧金山仍然是芝加哥西部最高度政治化的城市，人人都知道谁的建议最有政治影响力；谁的建议可以重视，谁的建议可以忽略。

所有这一切都将变得更加明显，但在 4 月的那个星期二监事哈里·布利特写给公共卫生局局长默文·希弗曼的一份备忘录上，情况甚至更显而易见了。此时，布利特还在委婉地向希弗曼施压，要求向男同性恋发布降低风险指南。旧金山公共卫生局尚未出版过任何一份关于艾滋病的小册子。监事通过市政府亲自为这类出版物拨款。比尔·克劳斯和哈里·布利特的助手达纳·范·戈德坐下来，字斟句酌地编写小册子。在当天给希弗曼的备忘录中，布利特写道："很高兴听说卫生部门有钱印这本小册子了。"又补充道，备忘录还附有一些建议用语，以备该部门在制订降低风险指南过程中遇到麻烦时使用。

当然，这些建议都被无视了；哈里·布利特不幸与"哈维·米尔克俱乐部"有来往，他曾受命接替被暗杀的米尔克担任俱乐部主席。

后来的事情变得越来越难看，但到那天晚上，战线已然拉开，极有可能获胜者呼之欲出。要计算出有多少旧金山人会被致命的微生物感染，并最终因为政治忠诚或者因为1973年吉姆·福斯特和哈维·米尔克决定彼此憎恨而死去，是个颇为棘手的问题。

4月29日，加州，洛杉矶

迈克尔·戈特利布在和加州大学其他研究人员一起去加州议会议长威利·布朗的办公室时，就知道自己在冒险。但这值得一试。戈特利布可以从他在加州大学洛杉矶分校治疗的那些男性憔悴的脸上看出，他得这么做。他们奄奄一息，体制却不作为。第一批用于非政府组织研究的联邦艾滋病资金将在几天内发放，但它们根本不足以支付过去两年从其他项目挪用过来的艾滋病研究费用，更不用说未来几个月要做的工作了。传统的大学体制也没有对危机做出任何反应。戈特利布看得出，这种疫病要求研究人员不得不身兼数职。他把晚上的空余时间都花在了"洛杉矶艾滋病项目组织"的理事会上，现在他将进入一个科学家更不熟悉的领域——党派政治。

戈特利布环视房间，发现来自加州大学各校区的28名艾滋病研究人员和他一样忐忑不安。他们将绕过大学的等级制度，直接向立法机构申请艾滋病研究资助。事实上，加州大学的官员容忍了立法机构对其研究资金的干涉，视其为民主的特质以及国家税收在该机构承销中的作用所与生俱来的倨傲。但是，大学官员们还是照常抵制立法者将其议程纳入大学重点项目中的企图。很少有加州大学教师敢陷学校领导于不义直接与立法机关交涉，更不用说像迈克尔·戈特利布或者保罗·沃伯丁这样的助理教授了。戈特利布深知，违反这种不成文的大学游戏规则所受的惩罚可能会比政治舞台上的报复更狠。政治圈里，政客们争的是权力；在学术界，他们玩的是虚荣，这是一种更强烈的本能，会激起更恶意的报复。

马科斯·柯南特想组建一个全国性的基金会为艾滋病研究筹集经费，他自己身兼数职，几天前就召集了会议。这次会议的目的是整合加州大学研究人员手头的所有艾滋病研究项目，制定一个协调一致的研究提案。旧金山的医生们已经有了一个有条不紊的计划。南加州的研究人员想显得更有竞争力，因而对研究地盘寸土必争。不过，当天较晚时他们达成了一致。本质上讲，该组织为初露头角的艾滋病专家设计了一份愿望清单，尽管考虑到大学研究人员中对此感兴趣者不多，资金总额仅为 290 万美元。大家都同意尽快将钱输入经济窘迫的艾滋病实验室。时不我待，他们得赶快。

他们知道，有了威利·布朗，就有了精兵强将。他被普遍认为是该州第二有权势的官员，仅次于保守的共和党州长乔治·德克梅吉恩。他支持的拨款提案几乎肯定能通过。开完会后，不出几天布朗将该提案放在了立法机构面前，并通过委员会以紧急立法的形式来加速实施。救兵已在随时待命。

*　*　*

洛杉矶会议结束几天后，马科斯·柯南特接到加州大学洛杉矶分校一位著名的逆转录病毒学家的电话，意识到了问题所在。这位科学家并没有冒着风险去参加会议，而是派了一名助手来观摩会议进程，还为这位病毒学家的实验室争取到了一笔金额不大的经费。然而，现在这项提案真的要提交给立法机构了，这位医生跳出来不依不饶。他特别恼火的是，在逆转录病毒学研究方面他的实验室得到的经费比杰伊·列维医生的少。

这位著名的科学家说："如果我拿不到跟杰伊·列维一样多的钱，我就把这事给搅黄了。"

柯南特知道这个人在大学管理层中很有分量。如果他竭力反对，提案也许会泡汤。尽管如此，柯南特还是很生气，因为这位教授根本没提交任何经费使用计划，却公然提出要钱。在此之前，几乎没有证据表明他对艾滋病研究有很大兴趣。

"我们讨论的是科学，而不是你有没有获得同等待遇。"柯南特说。

这位研究者再次发出了威胁，而柯南特最终想出了一个令人满意的经费分配方案。这还只是当年加州大学体系内的艾滋病研究所面临的问题的开始。后来，加州大学自夸其在艾滋病方面所做的工作比其他大学都要多。话是没错，但问题正在于此。

4月30日，星期六，纽约，麦迪逊广场花园

保罗·波帕姆一整天都忧心忡忡，但不是担心马戏表演是否会成功，这事已经板上钉钉了。一周前，所有1.7万个座位均已售罄，这是在麦迪逊广场花园举行的慈善活动首次提前售完门票。除了同性恋游行，这一晚正被打造成有史以来最大的同性恋活动，"男同性恋健康危机"已经收到25万美元的捐款。这真是太棒了；但保罗仍然担心，作为"男同性恋健康危机"的主席，他的脸会不会上电视，他的名字会不会见报；标题上写着"同性恋"三个字。保罗不希望带着这个身份回到日常工作中，他会说，他并不是因此感到羞耻，只是觉得这样会引起麻烦。人们会有怎样的反应？他认为，谁也没有出柜的义务，他和拉里·克莱默曾就这个问题争论不休。现在拉里辞职了，保罗只能自己纠结。

到了下午6点30分，在马戏节目开演前的新闻发布会上，保罗发现自己多虑了。他本该想到这一点。纽约的非同性恋媒体并没有报道艾滋病或同性恋的事，也不打算报道为艾滋病举办的同性恋表演，无论这个活动有多大，多了不起。保罗为保住了自己的秘密而松了口气，他为同性恋社群取得的巨大成就而欣喜若狂。

曼哈顿同性恋生活的方方面面在麦迪逊广场花园的马戏表演现场一览无余，衣着考究的有钱男人在座位间溜达，旁边是一身皮衣的女子、异装癖以及穿着时髦的女同性恋。恩诺·波斯克为此次活动设计了一份节目单，列举了“男同性恋健康危机”组织成立 20 个月以来取得的可观成绩。该组织分发了 25 万份“健康建议”小册子，并请数百名志愿者充当“伙伴”，为艾滋病患者打理杂务，听他们倾诉。100 多名志愿者接受培训后，成为该组织的热线接线员。在旧金山，提供教育、咨询和支持服务的各个组织均有自己的侧重点，纽约却没有这么好的条件。“男同性恋健康危机”承担了所有工作，并已然成为全国最大的同性恋组织。

该节目单还包括一份官方声明，称市长科赫将启动“援助艾滋病周”。最激动人心的部分是一页又一页悼念死者的通告，疾控中心每周发布的数字背后就是这样一个个名字、一张张面孔。

“我认为在过去的一年半里，让我印象最深刻的事是人与人之间越来越有爱了，”保罗·波帕姆在节目单的介绍中写道，“我们正在发现自我，发现我们在压力之下也能有所成就。我们并不孤单；现在就不；大家如此紧密地团结在一起。我们会熬过这段困难时期。虽然代价惨重，但我们也发现自己的力量比我们想象的要大得多。”

* * *

看着伦纳德·伯恩斯坦指挥马戏团的交响乐队演奏国歌，拉里·克莱默内心悲喜交加，一方面为活动的成功感到骄傲，另一方面也为自己莫名其妙成了外人感到难过。离开“男同性恋健康危机”后的日子，他一直沉浸在这样的痛苦之中，有时甚至难以自抑。当一向风度翩翩的保罗·波帕姆请他起立，向大家介绍他是“男同性恋健康危机”的创始人时，他真的很惊讶。拉里意识到，自己的辞职之举过激了，当然，他以为自己并非辞职，而是被迫离开。如果他们真的在意他，就不会同意他辞职；是他们把他赶了出去。不过，他们最终会请他回到理事会的，拉里心想；肯定会的。

*　　*　　*

恩诺·波斯克将记住这场马戏表演，因为这一天瑞克·威利考夫的爱人鲍勃被诊断出患有艾滋病，这使得住过火焰岛海洋街上那栋房子的艾滋病人又增加了一个。几乎就在他被确诊的同时，维斯死了。维斯曾在1980年夏天与尼克、瑞克以及保罗·波帕姆的已故男友杰克·诺一起住过那栋倒霉的房子。这栋房子的住客里面，活着的或是没有病倒的，只剩下恩诺、保罗以及另一个人。

5月1日，旧金山综合医院，86号病房

当保罗·沃伯丁收到419 463美元艾滋病研究拨款的正式通知时，他知道自己应该感到高兴。这是国家癌症研究所为这一疫病发放的最大一笔拨款。加州大学洛杉矶分校的迈克尔·戈特利布只收到20万美元，而实际上正是戈特利布发现了这种病。此时此刻，国家卫生研究院的任何机构还没有宣布过要为艾滋病提供更多经费。

然而，看到研究经费的通知，沃伯丁的沮丧之情大过欢喜。靠这笔数目不上不下的钱他能做的远远赶不上做不了的。

比如，杰伊·列维得到了8万美元经费，由于其中只有1.3万美元能用于购买设备，他依然拿不出足够的钱去买对他未来的研究至关重要的超高速离心机。他必须等待州议会批准。类似的情况在加州大学旧金山分校的各艾滋病研究实验室也纷纷上演。沃伯丁是第一个承认自己的待遇优于其他从事艾滋病研究的同事的，与大多数人不同，他在电视台工作人员蜂拥而至时畅所欲言。尽管医院的管理人员总在拖延开设艾滋病病房的事，但由于媒体对疫情的密集关注，使得计划开设时间提前至7月中旬。

保罗·沃伯丁知道，作为艾滋病临床医生，他已经拥有了目前世界上最好的条件；从全球视角来看，这让保罗明白情况有多糟糕。

5月2日，黄昏，旧金山，卡斯特罗街

大部分美国人认为坏人不会早死。

英年早逝总是带有某种悲剧性的浪漫色彩。最终，恰恰是这种情绪比任何其他因素都更能保护同性恋免受他们所惧怕的对抗性反应。在这个国家，民族精神中的善良一面将战胜那些以所谓“上帝的愤怒”煽动人心者。此外，同性恋自己也正在将过早死亡浪漫化。在“香缇计划”中，许多男同性恋加入了悲伤心理辅导师的队伍；颇有经验的生死学大师谈起“到另一边去”时，就好像艾滋病是一张车票，带他们去往宁静安详的世外桃源。这样的伤感想法使得当晚在全美进行的烛光游行注定会成功。

从下山走到卡斯特罗附近小山谷的那一刻起，盖瑞·沃什便知道这场游行一定会很轰动。同性恋游行在旧金山已变得司空见惯，以至于通常带有欢快的鸡尾酒会气氛。这一次则不同。成千上万人聚集在一起，有些人带来了离世友人的照片；有些人举着标语牌，上面写着“纪念爱人吉姆·戴，1982年7月2日”。有些标语牌弄得像墓碑：

肯·霍恩

生于1943年7月20日

卒于1981年11月30日

现场气氛阴沉。而盖瑞感到振奋。几个月来他一直觉得孤独，现在看来所有人都彼此关爱。

盖瑞的侄子瑞克·沃什和他的妻子开车从郊区赶来。安琪·沃什从没见过这样的场面——男的打扮成修女，大男人们手牵着手；就在公开场合。安琪紧紧抓着瑞克的手。在安琪工作的复印中心，已经有人隐晦地说艾滋病可能是上帝对同性恋的诅咒。

马修·克里格在市场街和卡斯特罗街的交汇处遇到了盖瑞·沃什，把买来的鲜花递到了他这位前情人的手里。成千上万人挥舞着蜡烛和标语，在十字路口走来走去。盖瑞竟然能把这么多人聚集在一

起，马修感到自己从没有像此刻这样为盖瑞骄傲。

当这群人踏上宽阔的市场街，准备以大家熟悉的方式步行 11 个街区前往市政厅时，电视台工作人员蜂拥而至，拍摄这群手举横幅的艾滋病患者——横幅上写着“为我们的生命而战”。深谙媒体之道的克里夫·琼斯自告奋勇地在横幅前面为摄影机开道，以便把那些急于挤进媒体镜头里的政客、同性恋野心家以及抢镜头的变装者拉到一边。克里夫很清楚，他希望出现在世界各地照片上的是一群有血有肉的艾滋病患者。

这场游行已经变成了一个绝好的媒体机会，令克里夫不好意思的是自己之前居然没想到。当然，各种事件不谋而合地确保了当晚的成功。媒体往往像永动机一样，自己加油添醋。由于新闻杂志具有权威性，很多媒体都跟着发表了封面报道，也引发了官方的更大兴趣，这倒又给媒体报道提供了新的新闻素材。晨报的头版刊登了一篇关于改变同性恋生活方式的报道。那一天，卫生部宣布扩大各公共卫生中心的艾滋病筛查范围。当天下午，市长黛安·范斯坦在其办公室欢迎到访的艾滋病患者，不仅拥抱，还嘘寒问暖，并宣布设立“艾滋病宣传周”。她还请求国会对艾滋病问题加大投入。

在某种程度上，电视摄像机和印刷工人对于烛光游行之类活动的需要，就跟游行者需要记者是一样的。许多现代新闻都是厚颜无耻伪造出来的，从新闻发布会得来，是大量公关人员写的用来炒作的新闻通稿。这场游行给疫情带来了真实感——即使它的确是为了制造新闻而设计的，它带着真诚的芬芳。

烛光摇曳了一英里，如今队伍快到市政厅了，暮色中只见一条光带和一路人。这一幕让克里夫·琼斯想起了他努力让同性恋关注艾滋病的这一年。他的使命已经完成。“卡波西肉瘤基金会”即将改名为“艾滋病基金会”，已经不再需要他了。接手它的已经变成注重程序的官僚，而非煽风点火的人。克里夫知道他应该为这长长的队伍欢欣鼓舞，但其实他很伤心。越来越多的朋友被确诊了。光是“确诊”一词，就标志着克里夫的生活发生了多大的变化。如今人们一说某某被“确诊”了，你根本不需要问是什么病；对于男同性恋而言，这个动词已经不需要对象。除此之外，克里夫在过去一年花了很多时间和基金会办公室的鲍勃、大卫、凯文、杰夫们相处；很难有什么事情令他精神振奋。他累了。他想，也许他得彻底离开这个城市了。

* * *

6 000 人站在联合国广场，靠近圆顶市政厅，聆听艾滋病患者的演讲。大多数演讲者都体重骤降，所以身上的衣服松松垮垮。几个月前，他们还很健壮、充满活力，但现在他们走路时身体歪得厉害。他们站在那里，关节僵硬疼痛，眼睛瞪得像稻草人。

盖瑞·沃什举着横幅的中间部分，左右两边站着鲍比·坎贝尔和马克·费尔德曼。鲍比是个护士，自称“卡波西肉瘤海报男孩”；马克则是盖瑞的前男友，那晚看起来特别苍白倦怠。

“我们的总统似乎不知道艾滋病的存在，”马克·费尔德曼告诉这群人，“他让核弹刷上美国国旗，花在油漆上的钱都比花在艾滋病上的多。这太恶心了。”

盖瑞从舞台上看向人群，心想，大家真的关心这些事了。他觉得他几乎能感觉到自己的病灶正在消退。

* * *

比尔·克劳斯兴高采烈地从市政中心出来。同性恋社区正逐渐意识到艾滋病的存在。媒体终于开始关注这一疾病。他认为，更深入的新闻调查将迫使里根政府开始提供充分的研究经费。现在一切都要改变了。

* * *

正如克里夫所愿，盖瑞·沃什和其他高举“为我们的生命而战”横幅的艾滋病患者的照片在全世界遍地开花。休斯敦、芝加哥、达拉斯、波士顿等城市举行的游行引发了当地媒体对此疫病的首次报道。当然，在纽约，媒体——尤其是《纽约时报》——仍然顽固不化。

《纽约时报》是一家不受廉价情绪影响的机构，它在报道的几个不易察觉的段落里提及了此事，而且完全没有提到颇为关注此事的主要是同性恋。相反，它只是声称这群人“大多是男性”而已。

* * *

盖瑞·沃什被确诊患有艾滋病已经4个月了，彼时美国的艾滋病病人首次超过了1 000人。根据疾控中心1983年5月2日，也就是烛光游行这天，发布的数据，美国确诊的艾滋病患者新增36%，达到1 366例。其中大约38%的人，或者说520人，已经死亡。这一死亡率并不能反映出未来艾滋病患者死亡的真实情况。已经确诊了两年的患者至少有75%的人已经死亡。近一半的艾滋病患者是年龄在30到39岁之间的男性，22%是20多岁的男性。所有病例中，27%的人患有卡波西肉瘤，51%的人患有肺囊虫肺炎，8%的人同时患有卡波西肉瘤和肺囊虫肺炎，还有14%的人患有各类机会性感染，比如隐球菌感染、弓形虫病或隐孢子虫病。全国大约有44%的艾滋病患者住在纽约，尤其是曼哈顿。旧金山已有169人感染了艾滋病，其中47人已经死亡。洛杉矶、迈阿密和纽瓦克的艾滋病患者数量仅次于这两地。

这场疫病还有许多未解之谜。艾滋病患者中71%是男同性恋，他们几乎是唯一患有卡波西肉瘤的人群；而静脉注射吸毒者除了肺囊虫肺炎以外，很少得其他病。疾控中心的研究人员倾向于认为催情剂可能与卡波西肉瘤发病有关，尽管尚无确切证据；因为缺乏经费，疾控中心无法开展任何进一步的流行病学研究。

事实上，由于人手不足，疾控中心甚至被迫停止对新的艾滋病人进行访谈。他们从当地公共卫生机构那里得知，最近确诊的患者跟以往的不同，并不是因滥交、吸毒之类纵情放浪的生活方式而感染的。这一点是说得通的，因为现在的传染途径更广了；一个人用不着与1 100人发生性接触，就能碰到病毒携带者。在纽约和旧金山，寥寥几个性伙伴就可能中招。然而，疾控中心无法开展教育活动来警示男同性恋，因为他们没有经费。

疾控中心艾滋病活动办公室的许多人都跟比尔·克劳斯一样，指望媒体的关注会改变这一切。但最终他们也会像比尔一样失望。

* * *

“瞧这些美国艾滋病人啊！”雅克·莱博维奇医生一边看着旧金山艾滋病患者举着标语抗议的电视报道，一边想。巴黎的媒体也充斥着关于艾滋病的讨论，主要是因为法国的医疗用血大量来自美国。公开身份，举行盛大游行，这完全是美国人的做派。这种事永远不会在巴黎发生，莱博维奇想。美国人就是这样，就像菲尔·唐纳修的秀①，那么天真，那么令人反感。

* * *

烛光游行结束后的头几天，盖瑞·沃什似乎徜徉在一片粉红色的喜悦之中，但随着这种情绪的消退，他感到疲惫不堪。他的朋友马克·费尔德曼因为肺囊虫肺炎再次住院，人们都说他可能再也出不来了。游行之后的一周，马科斯·柯南特在盖瑞身上发现了 3 个新的病灶。他的体重也在下降。

偶尔，盖瑞想到卡斯特罗街上走一走，陌生人会当街拦住他，称赞他多么出色、勇敢而无畏。盖瑞不觉得自己会这样高尚下去，因为他可能年纪轻轻就死了。得艾滋病没有带给他更多的智慧；得艾滋病也不是什么美事；它让人痛苦、悲哀、沮丧。就像你听说自己会在明年的某个时候死于车祸，但没人能告诉你时间和地点，只知道你会死。闲暇时，盖瑞内心的期待和恐惧交织在一起。见过柯南特医生一两天后，他总感到呼吸短促，他想知道是不是他的脑子又在跟他开玩笑了。

---

① 美国作家、制片人，美国第一个以脱口秀形式制作的节目《菲尔·唐纳修秀》的主持人，该节目多关注美国现代自由主义和保守主义分裂议题，如堕胎、消费者保障、民权及战争。——译注

29. 当务之急

1983 年 5 月，亚特兰大，疾控中心

每个人都跟唐纳德·弗朗西斯说，亚特兰大没那么糟，但实际上确实很糟。唐一天到晚在开会，妻子凯伦和两个孩子住在一家汽车旅馆里，直到凯伦终于找到了房子。自从开始在亚特兰大和凤凰城之间奔波以来，唐第一次有了家的感觉。不过，他很少有机会享受家的温暖。

就艾滋病研究经费应从新的经费中拨付，还是从其他项目挪过来，疾控中心官员和政府预算人员之间摆开了交锋的阵势。卫生官员那一边被迫公开表示，这些机构已有抗击艾滋病所需的全部经费，因为它们可以从其他项目预算中挪用。在行政管理和预算办公室看来，拨给美国公共卫生署的 80 亿美元已足够慷慨，挪用一二不成问题。而在疾控中心，唐纳德·弗朗西斯正试图整合出该机构的第一个艾滋病实验室，此举意味着混乱在所难免。

他无法相信这就是他要着手改造的实验室，那些铜和石棉的培养箱就像从路易·巴斯德①那部电影里弄来的。研究人员目前已搭建了临时实验室，例如，为了将二氧化碳输送到一个有病毒培养物的房间，一名病毒学家直接用螺丝刀在墙上砸了个洞，以便把这个房间二氧化碳罐上的橡胶管拉过来，放进病毒培养物所在的实验室。这是现代科学吗？弗朗西斯想知道。

刚开始没几周，唐纳德·弗朗西斯就建议疾控中心开始动用经费，哪怕不是分配给他们的。他认为，国会将为疾控中心纾困，后者现在应该让自己出现赤字。那些官僚思想比较严重的人听了弗朗西斯鲁莽行事的策略，不禁打了个寒战。

其他艾滋病研究人员也面临类似的问题。艾滋病活动办公室完全处于危机之中，状况一个接一个地来，他们疲于奔命。时间一直不

---

① 法国微生物学家、化学家，微生物学奠基人之一。1887 年在巴黎筹建了一所非营利性私人研究所——巴斯德研究所。1936 年，一部有关他的传记电影《万世流芳》（*The Story of Louis Pasteur*）诞生。——译注

够，没法将研究结果写下来以供发表；实验室永远人手不足，没法对组织标本进行研究；也从没有机会去研究这种疫病的细微差异，例如可能由辅助因子所起的作用。疾控中心尚未完成一项全面的研究，弄清哪些性行为会传播艾滋病，哪些不会。有一次，唐纳德·弗朗西斯要求订购一本关于逆转录病毒的基本教科书，但被拒绝了。疾控中心连一本 150 美元的教科书都买不起。

疾控中心主任威廉·福格医生知道，《发病率和死亡率周报》将在几天内发表文章，宣布人类 T 细胞白血病病毒与艾滋病有关。罗伯特·加罗、麦克斯·埃塞克斯和吕克·蒙塔尼耶医生所提供的数据表明，首次有确凿证据指向一种特定的病毒。加罗正积极促使大家相信人类嗜 T 淋巴细胞病毒 1 型就是答案，而最近几周，法国人已变得更加急不可耐地要大家相信他们分离出来的东西是一种全新的病毒。无论如何，福格再也不能任由疾控中心的经费迟迟不到位了。5 月 6 日，他着手给他的上司、卫生与公众服务部助理部长爱德华·布兰特写了一份长长的备忘录，将要求一一列出。

“疾控中心正受到来自许多不同方面的压力，要求了解与艾滋病问题有关的资源需求。提出这些问题的包括同性恋团体、国会委员会、个别国会议员的手下，甚至还有国会图书馆。最近举行的拨款委员会听证会、媒体关于人类嗜 T 淋巴细胞病毒的报道以及相关团体的示威活动，都激起了人们的极大兴趣和高度关注。

“我们明白，国会正在考虑各种要求增加 1983 年和 1984 年艾滋病研究经费的提案。这让公共卫生署和疾控中心再次处于‘追讨’艾滋病研究经费的尴尬境地。

“显然，今年我们可以有效地利用追加的经费和人手，1984 年我们肯定会拓展工作。为公平起见，我必须指出，我们的计划和资源评估是基于我们目前对艾滋病的了解。我们并未将第一阶段研究结束以后对资源需求的评估包括在内。我预计，一旦确认了致病因子，研究方向将会改变，研究力度将会加强，需求将会升级。”

威廉·福格的备忘录附有一份 14 页的文件，其中密密麻麻地列出了如果艾滋病研究经费充足，疾控中心将会开展的一系列研究；还列出了一些项目，一旦政府不再为艾滋病研究提供更多经费，而疾控中心管理层不得不从其他项目挪用经费时，这些项目将被削减。备忘录中提出的要求，包括帮唐纳德·弗朗西斯建成他要的实验室，对海地人和献血者进行研究，举行一次国际性艾滋病研讨会，以及在纽约、洛杉矶和旧金山扩大对该疫病的实地监测。总的来说，这份备忘录标志着对抗疫情的努力迈出了新的一步，因为经费问题现在已经摆在了卫生部门主管的面前。

这不会带来多大的改变。当这份备忘录作为“信息自由法案”申请文件的一部分发布时，有人用笔在首页上画了黑线，就在“撤回”二字下面。

5月9日，周一，华盛顿，国会大厦，众议院卫生与环境小组委员会听证会

亨利·威克斯曼医生：我想花几分钟时间和大家谈谈我们的政府对于艾滋病危机的反应……目前，美国疾控中心已在处理第一轮危机，但它不得不将其通常用于处理肝炎、性病和其他公共卫生问题的一些工作，转移到对付突然袭来的艾滋疫情的压力上来。

国会就此表示，我们承认你们要做的工作是非常困难的；我们将再拨款200万美元。疾控中心去年在艾滋病上花了450万美元，这么说没错吧？

助理部长爱德华·布兰特：是的，你说的没错。

威克斯曼：现在，里根政府已经提交了1984年的预算，其中用于处理这个仍在持续的公共卫生危机的预算不是450万美元或更多，而是只有200万美元。

就在几分钟前，你说这是一个复杂的医学问题，是一种必须采取措施的疫病，是一个必须解决的问题。你的措辞表明了某种决心。但本届政府的所作所为是一种玩忽职守。目前，我们正处于这场公共卫生危机的中期而非尾声，你怎么能证明减少疾控中心用于应对这场公

共卫生危机的经费是合理的呢?

布兰特：嗯，显然我们总是可以回过头去看自己之前的做法，然后试图分析当初是不是还有别的处理方式；我认为在大多数情况下，事情总是可以做好的。

主席先生，我认为我们一直是在事态发展方向的指引下进行研究。最早这场疾病看起来与药物有关，于是我们重点关注了某些药物，想确定到底是不是药物引起的——我不是在说违禁药物，呃，会导致免疫抑制……这就是为什么国家卫生研究院早期在朝着这个方向进行研究。

在上述理论被否定后——很大程度上基于国家卫生研究院的两项动物研究——我们转而考虑传染病的可能性。这就是为什么我认为在过去几个月里，我们已经开始更全面地理解这场疫病的复杂性。

威克斯曼：既然你们现在已经意识到这场疫病的复杂性，为什么还要削减疾控中心的研究经费?

布兰特：我得回去查查再说。我之前听你这么说过。我对此事并不知情，事实上我刚刚得到的信息是1984年的经费可能会上涨……

威克斯曼：归根结底我想向各位说的是，我本人对政府在艾滋病问题上的反应感到非常失望。1982年4月，我们在洛杉矶就此疫病举行了一次听证会，疾控中心的一位主要研究人员告诉我们的小组委员会，300个病人只是冰山一角。我肯定他告知我们的这些信息也一定报告了里根政府。

那是1982年4月的事。

直到一年以后，我们才看到国家卫生研究院拨款支持该领域的研究，尤其是针对艾滋病的；至少我们自己听说，疾控中心的研究工作将会被削减；现在，国会出面了，对政府说，让我们为你设立一个基金来应对这场危机和未来的其他危机吧；对我们，你不说这是一个建设性做法，倒说你们不在乎理论；你对经费的事不太确定，但你们有权支配经费啊，可你们什么也不做。

我只是认为，在回答国会你们为应对这场疫病做了什么时，这种方式非常令人失望。

*　　*　　*

私下里，爱德华·布兰特与亨利·威克斯曼的个人想法并没有差得这么远；而且，布兰特知道威克斯曼明白这一点；威克斯曼也知道布兰特明白他知道。威克斯曼个人很敬重布兰特，他既是强硬的政府部门代言人，也是一位兢兢业业的医生。布兰特的工作是给他的老板里根总统做后盾；威克斯曼的工作是反对总统并维护公众健康。当威克斯曼拒绝布兰特在听证会作证时，这一切显而易见。“我知道你个人很关心此事，并许诺要让政府尽其所能，”威克斯曼说，“我知道里根政府的政策并不是都由你来制定的。但不幸的是，制定这些政策的人让你来和我们谈，让你来消除我们的不痛快。”

*　　*　　*

听证会结束后，威克斯曼的助手蒂姆·韦斯特摩兰德、众议员特德·维斯的助手苏珊·斯坦梅茨以及旧金山女议员芭芭拉·博克瑟的助手迈克尔·豪什一起到苏珊的办公室，一边吃三明治，一边谋划应对措施。听证会坐实了他们的担忧。政府非但没有承认过去的不足，并根据艾滋病研究的资金需求作出调整，反而让卫生官员在经费问题上撒谎。这几位助手需要收集一些数据来说明艾滋病研究所需的经费，而且要尽快完成。为了在10月结束的1983年财年中争取到适当的补充经费，他们必须在未来3周内让这笔钱在国会获得通过。为此，他们需要证明艾滋病研究正被削减得七零八落。

至于苏珊，次日她将奉维斯所在的调查政府部门间关系的委员会之命去亚特兰大审查疾控中心的文件。她在疾控中心的私人消息来源告诉她，疾控中心一些沮丧的工作人员向高层提交了非常不错的备忘录。

次日，亚特兰大，疾控中心

疾控中心主任威廉·福格从一开始就申明了两点：苏珊·斯坦梅

茨想做什么都可以，但不能碰疾控中心的任何文件；此外，她不能在管理人员不在场的情况下和疾控中心的任何研究人员谈话。至于斯坦梅茨想看的文件，疾控中心要她详细地列一个书面清单。

苏珊·斯坦梅茨目瞪口呆。他们认为监督委员会是做什么的？他们的工作通常就是仔细研读政府文件，以确定那些被大人物否认的事的真相究竟如何，然后私下找知道真相的员工谈话，并且是在老板没看到的情况下。她以为这是可以理解的。她已经跟詹姆斯·科伦、哈罗德·杰斐和唐纳德·弗朗西斯等人约好了，想单独和他们谈谈。她还想看看疾控中心的档案里是否有备忘录能证明她的疑虑，即与政府所声称的相反，艾滋病研究人员并没有足够的经费来对抗此次灾难。如果不能确知这些备忘录存在，她就无法列出要看的文件清单。

为了解决这个问题，威廉·福格提出了一个独特的想法。他说，所有档案中都有艾滋病患者的名字。因此，如果疾控中心向苏珊·斯坦梅茨展示这些文件，就侵犯了患者的隐私。

斯坦梅茨再次解释说，她感兴趣的是这一疫病的政策层面上的东西，比如规划、资源和预算等。她想知道，为什么一个真正致力于保护隐私的机构会把人们的名字写入这些文件中，而他们的名字在其中显然是无关紧要的。

接下来的两天是复杂的谈判，其间苏珊·斯坦梅茨多次咨询华盛顿方面，众议员特德·维斯愤怒地指出这是蓄意阻挠。在斯坦梅茨看来，疾控中心的工作人员特别爱唱反调，他们希望在斯坦梅茨查看这些文件之前先由他们对文件进行审查，但维斯不肯让步，认为他们可能会扔掉那些揭露真相的备忘录。最终，斯坦梅茨和疾控中心各级人员达成了一个包含 15 个方面的程序协议，他们会提取文件、删除人名，尽管她看到了那些文件，确实不包含人名，但她相信疾控中心不止清理了这些。

此外，疾控中心坚决要求在苏珊·斯坦梅茨采访疾控中心工作人员之前，由他们对其所提问题进行筛选。

斯坦梅茨觉得，这事变得很奇怪。在电话中，身在华盛顿的监督委员会一些工作人员向她透露，他们从未听说过有哪个机构如此顽固地跟国会做对，尤其是在目前情况下，调查结果只会使他们获得更多的经费。

最终，苏珊到来的第二天，负责协调斯坦梅茨工作的疾控中心管理人员艾尔文·希尔耶突然宣布，不允许斯坦梅茨再进疾控中心大楼，不允许机构内任何工作人员与之交谈。

苏珊·斯坦梅茨垂头丧气。特德·维斯暴跳如雷，他给美国卫生与公众服务部部长玛格丽特·哈克勒发了一封信，要求立即配合工作。哈克勒说，维斯应该以一种更“有序”的方式操作，并表示一旦他提出具体的问题和调查区域，她会让卫生部官员予以协助。维斯别无选择，只得将斯坦梅茨召回华盛顿。

在贝塞斯达的国际卫生研究院，斯坦梅茨也遭遇了许多同样的问题。国家癌症研究所的官员发布了一份备忘录，要求所有对研究人员的访谈都必须在该机构的国会联络员监督下进行。起初，国家过敏及传染病研究所是合作的，但后来它明显受到了国家卫生研究院的压力，再想在那里挖到什么信息变得很难了。

5 月 12 日，华盛顿，国会大厦

众议院拨款小组委员会举行了劳工部、卫生与公共服务部的听证会，全国最高级别的卫生官员悉数到场，包括国家卫生研究院、疾控中心、国家癌症研究所和国家过敏及传染病研究所的负责人。一个月前，玛格丽特·哈克勒部长向国会表示：“我不认为增加的经费会带来什么改变，因为我们已竭尽所能在其中寻找答案。”这就是卫生与公众服务部以及那些卫生官员定立的攻守同盟。他们不会费心费力去跟那些国会代表一起“破坏预算”。因此，当小组委员会的资深共和党人、马萨诸塞州众议员西尔维奥·康特向各部门负责人施压，要求他们提供充足的经费时，他们再三向他保证，研究人员早已有了足够的经费，如果机构负责人需要更多资金，他们肯定会开口要的。

“你们现在的配备能支持接下来的研究吗?”康特问威廉·福格。

“跟过去一样，如果遇到突发卫生事件，我们只要调用中心其他部门的经费就行了……当然，假如无法这么做的话，我们就会回过头来申请额外的经费。但目前我们打算按以前的做法来操作。”福格回答。可就在6天前，他自己刚刚给爱德华·布兰特写过信，说疾控中心“显然”需要更多经费。

国家卫生研究院院长詹姆斯·温加登医生简明扼要地表示，他们的艾滋病研究一切进展顺利，“我们一直在对这种获得性免疫缺陷问题进行研究”。

“你们能否对现有的资源灵活地支配，能否对这一新出现的卫生事件做出充分而迅速的反应?”康特问国家癌症中心主管文森特·德维塔医生。

“……我们已经具备了迅速做出反应的能力，我认为我们掌握了涉及这一特殊病症的所有线索，”德维塔说。而在5周前，他刚给温加登写了一份备忘录，要求国家卫生研究院追加艾滋病研究经费。他又补充道：“我认为我们确实具有很大的灵活性。”

国家过敏及传染病研究所的理查德·克劳斯医生对此表示赞同，他说他们研究所“正在尽全力学习如何应对这种可怕的疾病”。

* * *

蒂姆·韦斯特摩兰德也在现场，在他看来，此次听证会展现了华盛顿政府最恶劣的一面。作证者离作伪证近乎一步之遥。这也不是什么秘密。行政管理和预算办公室在计算预算时依据的是里根政府制定的政策。国会议员们以及对他们撒谎的科学家们都明白这一点。后来，有些人私下承认自己撒了谎，知道这是在犯错，但他们也自我安慰说，他们需要保住工作，以免被那些会犯更大错误的人取而代之。“如果我走了，谁将接替我?”他们大声质问，“有这样的政府……”

韦斯特摩兰德也惊讶于媒体居然如此轻信。似乎卫生官员的名字后面跟着“M. D.”或“M. P. H.”[1]的缩写，他们就变得跟摩西一

① M. D. 是“医学博士”，M. P. H. 是“公共卫生硕士”。——译注

样可信了。难道记者们不知道再问一个难一点的问题吗？或者事实上，他们根本不在乎？

次日，华盛顿，卫生与公共服务部，汉弗莱大厦

爱德华·布兰特宁愿自己那天不在办公室。这位俄克拉何马州人在离开得克萨斯大学负责卫生事务的校长助理一职加入了里根政府时，原计划只在这个岗位上待两年。他在整个职业生涯中一直秉持“政府干预越少越好”的理念，他认为他应该为自己和这个国家最终将其付诸实践。去年，里根的第一任卫生部长理查德·史威克辞职时，他也说过要走，但史威克劝他继续留任并协助部门平稳过渡。

一开始，布兰特认为艾滋病是个小问题。专家告诉他，这是催情剂引起的，所以他并没有太在意。现在，输血病例让布兰特意识到还有其他可能，他认为他的职责是确保事态稳定。

尽管布兰特是浸信会主日学校的一名教师，但他并不热衷于改变他人的道德观念，而且作为医生他笃信科学，不认为艾滋病是来自上帝的诅咒。然而里根政府中一些较为保守的医生，还有虔信宗教人士，都祭出“上帝的诅咒”之说，并且怀疑是否真的有太多经费没有投入艾滋病研究之中。还有人写信过来，例如一位二年级教师在信中说她母亲患有多发性硬化症，“为什么这些同性恋得到了所有的研究经费，而我那患病的母亲却没有？他们有什么特别之处吗？”

爱德华·布兰特认为他的职责是保持理性。白宫的一些中级官员试图随大流，将艾滋病患者献血定为犯罪行为并写入法律。布兰特迅速压制了这样的提议。他指出，尚无证据表明艾滋病患者的血液正在注入血库。这一提议的卑鄙之处触痛了他那根中西部的敏感神经，一如白宫中人喜欢落井下石一样。这不是美国人的做派。

但布兰特也是里根总统的忠实追随者，真心尊敬总统。几个月来，他一直在阻止医疗经费超支，他认为这是他应该做的。

今天，这将不得不改变。布兰特不相信砸钱就能解决问题，也不相信科学已山穷水尽，尤其是在美国人生死攸关之时。他现在意识到，艾滋病研究太重要了，经费方面不能再靠拆东墙补西墙，于是着手给卫生与公共服务部负责管理和预算的助理部长写备忘录。

他写道，“由于缺乏足够的资源，如今已经到了无法开展重要的艾滋病研究工作的地步。”疾控中心需要新的经费，而不仅仅是从其他预算中截取的资金。他列出了那些已经因资金转移而被“暂缓、拖延或严重削减”的“重要的预防方案”，“……1984 年，我们将第三次面临重大资源重新分配到艾滋病研究项目的情况，”布兰德写道，“这种长期的资金转移将对疾控中心的重要预防方案产生不利影响。”

* * *

这份备忘录是在布兰特让众议院小组委员会宣布公共卫生应急基金“没必要”4 天后写的，因为“现有的预算和拨款程序可以有效地为这些（艾滋病）活动提供资金”。

* * *

眼看大难临头，丹·威廉医生约“圣马可浴场”的老板一起吃饭。这家浴场营业面积有 4 层楼，自称是世界上最大的浴场。威廉摆出了他的计划。他确信艾滋病由一种新型病毒引起并通过性传播。他的患者绝大多数都会光顾浴场。显然，浴场的存在只是为了提供最大量的性接触机会。威廉向老板解释说，没有人说这些地方应该关闭，但现在有个大好机会摆在眼前，浴场可以在推动新型同性恋俱乐部方面发挥领导作用。

威廉对自己的想法相当自得。“一个新的安全之地——圣马可。”他说。浴场可以把私人包间的门卸了，把灯光调亮，阻止滥交，并将性行为更多地引向播放性爱视频，供男同性恋相互自慰，但要避免可能传播疾病的交换精液行为。

“别人想干什么是他们自己的事，”威廉回想起老板给他的回答，“我无权指手画脚。”

“圣马可浴场”在各楼层间竖了两块 28×11 英寸的标志牌，警示顾客说一些医生认为艾滋病是通过性传播的。过了一段时间，供群交之用的房间就关闭了。

直到后来，威廉才明白他的急切建议会对经济利益造成怎样的影响。浴场当然不想强调一种性传播疾病正在出没，正在杀死其主顾。这会毁了他们的生意。威廉意识到他可能跟医生相处得太久了，他无法想象有谁会明知自己能拯救生命却袖手旁观。一些人也许会将个人利益置于人类的生死存亡之上，这种想法对他而言是完全陌生的。

幸运的是，威廉最近刚刚成为“男性健康危机”医疗咨询委员会的成员。他希望这个新组织能够开始向这些企业施加压力，让它们意识到，企业的长期生存有赖于适应新的生物现实。他所提议的改变是如此容易理解，他相信过不了多久就会被接纳。

5 月 18 日，华盛顿，国会大厦

众议院拨款委员会召开最后一次会议，讨论本财政年度最后一项重大的追加拨款法案，会议开始前几分钟，布兰特的信到了。其实，就算信没到，国会山的所有人也知道委员会将投票支持增加艾滋病研究经费。问题是他们会批准多少。支持开展更多研究的人所给的数字是凭空而来。布兰特解决了这个问题。

“你们还问过，能否在本财政年度有效使用追加的经费，”布兰特写道，“正如艾滋病形势多变且严峻，经费需求也可能会迅速变化。附件 2 所列的是目前以及未来几个月可以完成的额外工作。

“虽然我们不要求对这些项目提供额外的预算授权，但我们不反对国会授予卫生与公共服务部部长酌情裁定权，将不超过 1 200 万美元划给卫生与公共服务部拨款范围内的艾滋病研究。”

这番话令政府支持者目瞪口呆，之前当卫生官员们说自己已经有了研究所需的全部经费时，这帮人已经深信不疑。尽管布兰特曾试图巧妙地绕开这个问题，但即使是最忠实的政府支持者也不相信这一请求是基于艾滋病“多变而严峻”的新情况。无论情况如何“迅速”发生变化，自布兰特、福格、德维塔和克劳斯在听证会上提出无需更多经费之后并没有出现重大突破。

拨款委员会拒绝了布兰特的请求，即从其他项目中转移经费，并迅速批准为国家卫生研究院和疾控中心拨款 1 200 万美元经费的法案。据说在国会山，一些国会议员——包括几个共和党人——对他们听到的不实之词大为恼火。然而事情还未结束。众议院将在下周对一揽子方案进行投票，各位助手认为这个令人遗憾的故事终会为众议院所知。

* * *

在参议院，艾滋病又给大家出了道题，要大家演练一遍如何拒绝参议院在 1980 年里根获得压倒性胜利后选出的那些极右翼骨干，这是一个阐述艾滋病问题的机会。尽管参议院劳工和人力资源委员会主席奥林·哈奇来自犹他州，是个保守的摩门教徒，但他致力于不让卫生问题成为党派问题，特别是在艾滋病这件事上。然而，哈奇的委员会中包括参议院的一些最狂热的新右翼恐同分子，比如来自亚拉巴马州的参议员杰里迈亚·丹顿和来自北卡罗来纳州的参议员约翰·伊斯特。因此，当亨利·威克斯曼的《公共卫生紧急法案》到达哈奇的委员会时，他做出了不合议会常规之举，即将法案放在自己的办公桌前，允许其不经过听证会就直接到达参议院。哈奇认为，与其在听证会上把卫生问题与道德多数派政治搅和在一起，还不如不开听证会。

立法机构耍的这些把戏，未来几年国会山还会因为艾滋病问题而经常上演。

5 月 20 日

国家癌症研究所、国家过敏及传染病研究所发出要求，让科学家们去申请比尔·克劳斯和蒂姆·韦斯特摩兰德去年秋天想办法让国会批准的那 200 万美元经费，截止日期是 8 月 1 日。流程更新加速之后，这笔钱可能会在今年年底到位，尽管科学家私底下大都认为这笔钱 1984 年以前不会真的进到研究机构。这 200 万美元不过表明国家卫生研究院在艾滋病流行期间二度提出了研究资金的申请。

5 月 24 日

由于众议院将于第二天就艾滋病经费问题进行投票，爱德华·布兰特召集疾控中心和国家卫生研究院的高级官员开了个新闻发布会。会上说了不少话，比如咬定致病的是人类嗜 T 淋巴细胞病毒，劝大家无需对输血感到恐慌等，但重要的只有一句。

“这是我们的当务之急，”布兰特说，“我认为艾滋病问题迫在眉睫。”

“我知道很多人觉得我们对艾滋病问题不够敏感，”布兰特说，“对于与此病有关的任何高危群体我们毫无作为。这些人都是受害者，我们将尽全力阻击这一疾病。”

这几句话让布兰特的风头盖过了众议院计划在一天后做的事，即对一些事进行说明并将艾滋病问题提升到一个新的重要程度，即使政府不愿在这上面花更多钱。从现在起，每当政府官员被问及联邦政府对艾滋病的反应时，他们都会回答说：“这是政府在卫生问题上的头等大事。”听起来确实很真诚。

* * *

就在爱德华·布兰特宣布艾滋病为政府当务之急的这一天，感染此病的美国人已达 1 450 人，其中 558 人已死。

次日，国会大厦，众议院

国会议员威廉·纳特彻需要得到众议院的一致同意，才能引入他最后一刻提出的为艾滋病研究追加 1 200 万美元拨款的修正案。在旁听席上，国会助手蒂姆·韦斯特摩兰德和迈克尔·豪什屏住呼吸，希望没有乡巴佬跳出来反对并破坏一切。谁也没有那样做。纳特彻和西尔维奥·康特共同发起了支持行动。在正式介绍时，纳特彻要求将玛格丽特·哈克勒和爱德华·布兰特之前反对艾滋病研究新增经费的证词记录在案。他认为这些代表了他们的立场。

国会议员康特站起来回顾了他是如何就资金是否充足的问题质询疾控中心、癌症研究所、过敏及传染病研究所的各位负责人的，他显然非常生气。为使这种表里不一的行径被准确记录在案，康特逐字逐句地叙述，质询过程由此进入“国会议事录”中。

众议院一致同意发放这些经费。

*　　*　　*

在阅读有关美国头号卫生问题的新闻报道时，国会议员亨利·威克斯曼不禁打了个寒战。他想知道，如果这就是他们对待头号卫生问题的方式，那又会如何处理二号或三号问题呢？

30. 与此同时

美国医学协会新闻通稿（1983 年 5 月 6 日发布）

有证据表明家人间接触可能传播艾滋病

芝加哥——本周《美国医学协会杂志》上公布了一项证据，表明获得性免疫缺陷综合征（艾滋病）可以通过日常的家庭接触传播。

医学博士、公共卫生硕士詹姆斯·奥勒斯克及其同事报告了新泽西州纽瓦克 8 例不明原因的儿童免疫缺陷综合征，这些在市区出生的孩子均来自有艾滋病高危人群家庭。

“其中 4 个孩子已经死亡，”作者写道，“根据我们的经验，生活在高危人群家庭的儿童易患艾滋病，而性接触、滥用毒品或接触血液制品并非疾病传播的必要条件。”

由医学博士埃尔·鲁宾斯坦和合作者，以及英国皇家医师约瑟夫·索纳本德和同事撰写的相关文章指出，艾滋病可由母亲子宫传染给胎儿；而患此综合征的是男同性恋，明显因其生活中某些行为过度，终致免疫系统几乎崩溃。

在随文发表的社论中，国家卫生研究院医学博士安东尼·S·福奇指出，“我们正在见证当前这种不明原因的新疾病的演变过程，其死亡率至少有50%，甚至高达75%至100%。患者数量每6个月就会翻一倍。”

他补充道，起初这种疾病似乎仅发生在男同性恋身上。继而发现静脉注射吸毒者也易感染，之后在海地人和血友病患者中均有发现，而后者显然是因输血引起的。

“患有艾滋病的婴幼儿是艾滋病患者或艾滋病高危人群的家人，这一发现对了解该综合征的最终遗传性具有重大意义，”他说，“如果日常近距离接触可以传播疾病，艾滋病就出现了一个全新的维度。”

“由于成年人的潜伏期被公认超过一年，因此该综合征对性接触者及潜在感染者的全面影响目前尚无法确定。如果非性接触、非血液传播也可致病，那么该综合征的影响范围可能将极大。”

* * *

艾滋病可能危及普通民众

芝加哥（美联社）——据某医学杂志今日报道，一项研究显示，儿童也许会被其家人感染致命的免疫缺陷疾病（艾滋病），这可能意味着普通人群患病的风险较之前以为的更大。

马里兰州贝塞斯达的国家卫生研究院安东尼·福奇医生认为，如果家庭成员间“日常”接触就能传播疾病，“那么艾滋病就出现了一个全新的维度。”

* * *

安东尼·福奇竟暗示家庭接触可能会传播艾滋病，埃尔·鲁宾斯坦对此颇为震惊。鲁宾斯坦从来都不太认同新泽西的奥勒斯克医生，在儿童罹患艾滋病问题上他们的观点是针锋相对的。于鲁宾斯坦而言，传播方式相当明显，与现有的艾滋病流行病学数据非常吻合。胎儿显然是在母亲子宫内被感染。胎儿接受母亲的血液，就像静脉注射吸毒者、血友病患者或输血接受者一样。在奥勒斯克的研究中，所有婴儿均不满一岁，这一事实进一步支持了他的观点。如果要将这个数据解释为“日常家庭接触”可能传播艾滋病，那就要建立一个全新的艾滋病传播模式。鲁宾斯坦的论文在这方面解释得非常清楚明白，尽管《美国医学协会杂志》似乎更喜欢奥勒斯克似是而非的分析。事实上，《美国医学协会杂志》一开始将论文寄回给鲁宾斯坦时，删掉了关于子宫传播的部分。因为鲁宾斯坦的坚持这些段落才被保住。

福奇是怎么回事？

经过调查，发现安东尼·福奇在给《美国医学协会杂志》撰写社论前并没有收到鲁宾斯坦的论文，而是读了奥勒斯克的结论。

* * *

作为美国国家卫生研究院附属医院的艾滋病临床医师，安东尼·福奇因其在疫情初期为拯救生命所做的巨大努力而闻名。他在国家过敏及传染病研究所的等级体系中迅速崛起，当在《美国医学协会杂志》这篇社论为人诟病之时，正是他被公认为卫生研究院的重要艾滋病问题专家之时。对此，福奇迅速作出反应，指责这是歇斯底里的媒体对他的评论“断章取义”。毕竟，他只是说家庭接触传播的可能性也许会引发所有这方面的科学意义。他辩称，普通民众并不懂科学术语。科学总是建立在假设之上的，这并不意味着他在说艾滋病就是通过家庭接触传播的。此外，他还明确指出，此事的罪魁祸首是美国医学协会新闻办公室，由于该期刊的学术地位向来屈居《新英格兰医学杂志》之后，因而无耻地大肆渲染这几些医学期刊文章以博人眼球。

无论该归咎于谁，媒体就“日常家庭接触”的新闻稿掀起一波歇斯底里的舆论大潮，任何免责声明都不起作用。《旧金山纪事报》科技编辑大卫·珀尔曼重述此事，将焦点转向鲁宾斯坦对数据的解读。改写完之后，珀尔曼又打电话给美国医学协会新闻办公室，训斥了惹出这出闹剧的公关主管。其他报社很少有对艾滋病的社会影响如此敏感的撰稿人。《纽约时报》和《今日美国》援引了美联社那篇有错漏的新闻稿，美国大多数报纸也是如此。

事实上，惶恐不安的卫生官员和记者几个月来一直在谈论艾滋病通过“体液”传播的事。他们所说的“体液”即精液和血液，但“精液”是一个有教养的人不会宣之于口的词，血库也依然反对使用“血液”一词。媒体的委婉措辞舒缓了人们敏感的神经，但没有消除公众的恐惧。唾液也是一种体液。艾滋病会通过咳嗽传播吗？塞尔玛·德里兹越来越频繁被问及这个问题。此外，这份报告留给公众的一个持久印象是，它会使人们在未来几年“谈艾色变”。大家都认为，科学家只是无法确定艾滋病是如何传播的。由于潜伏期较长，潜在的传播途径要到很晚才显现出来——届时为时已晚。安东尼·福奇在他那篇不甚严谨的社论中也说过这些话。

事实上，此病的传播途径在 1982 年时似乎还神秘莫测，但到了 1983 年，谜团已经解开。那时候，已经知晓感染艾滋病的所有途径，科学家们——至少疾控中心的科学家们——准确地了解了艾滋病是如何传播的。尽管如此，关于家庭日常接触传染的报道却牺牲了科学的公信力，让毫无根据的恐慌情绪占了上风，其社会危害性将持续多年。这篇报道所引发的恐惧，决定了接下来关键的几个月里讨论艾滋病的语境。

* * *

《美国医学协会杂志》事件一周后，早报头版上的一些照片表明相关负面影响业已显露。几周以来，旧金山警察一直在通过他们的工会发出备忘录，他们很担心，不知该如何处理一个疑似同性恋的犯罪受害人的血衣。一些工会官员建议警官每次与可能的艾滋病患者接触时都要写一份特别报告，一旦得病，这种报告在残障人士听证会上会有用。“家庭接触感染”也在消防员中引发了类似的担忧。文章发表几天后，旧金山的官员们不得不采取行动，在下一个周五向这座城市的每个消防站和警察局分发了口罩、橡胶手套和 10 分钟的艾滋病宣传片。接下来几周，人心惶惶，一名警官试戴一种急救面罩的照片开始出现在全国各地的日报和新闻杂志上。它是人们恐艾反应的真实写照，因为“发现”家庭接触可以传播艾滋病，全国都陷入这种恐惧之中。就这样，第二种传染病——恐艾——开始蔓延。

就在旧金山分发面罩的当天，位于奥本的一座纽约州立监狱的囚犯开始绝食抗议，起因是一周前死于艾滋病的囚犯曾使用过餐厅的餐具。几天后，加州牙医被建议戴上手套、口罩和眼镜，以保护自己免受艾滋病感染。关于应不应该强令他们对艾滋病患者的尸体进行防腐处理，纽约市殡葬业者开始议论纷纷；全国各地的警察部门也跟旧金山同行一样，开始鼓励使用面罩。

5 月 16 日，旧金山，林迪巷

盖瑞·沃什打来电话时，马修·克里格正在他位于贝纳尔高地的小屋的办公室。

“我在医院，”盖瑞说，“肺囊虫肺炎。”

马修哭了起来。

“我会好的，”盖瑞说，“我只是有点累，但我会活下来的。”

挂了电话后，马修叫来了他最好的朋友丽兹，并把情况告诉了她。最近几周，他和盖瑞的关系越走越近，但盖瑞显然想要独处，而马修虽然希望更亲近，出于尊重还是与其保持着距离。这是盖瑞第一次住院，马修希望借机与其和好如初。他想回到盖瑞的生活中。这是他搬到旧金山后一直渴望的：一个终身相伴的承诺，此生有福同享、有难同当。

“我想陪着他。”马修说。

丽兹轻抚马修布满泪痕的面庞，微笑着说：“那你也不能就这样子去啊。”

马修去卡斯特罗街的戴维斯医疗中心时，带了一束气球，都是盖瑞喜欢的鲜亮颜色。当他走进盖瑞的房间，看到盖瑞虚弱地露出笑容，马修知道自己来对了。这对恋人再续前情，从那以后，比以前更亲密了。

接下来的日子对他们两人来说都很艰难。为清除盖瑞肺里的肺囊虫，医生用了强效抗生素，这使得他大部分时间都迷迷糊糊地睡着。醒来后，盖瑞会和马修聊天，或者给他的朋友马克·费尔德曼写纸条。马克也患了致命的艾滋病肺炎，住在医院另一栋楼的病房里。盖瑞在纸条上写下了“加油”。

盖瑞说，喘不上气来的时候是最艰难、最恐怖的一刻。他对马修说：“人一旦得了这病，就不相信自己能活下来，而且有时候希望自己死了。”

几天后，他的精力开始恢复，他开始急不可耐地谈论出院的事。也许他会回萨克拉门托，进一步游说立法机构建立由州长负责的艾滋病特别工作组并为艾滋病教育筹款。他为人们不把艾滋病当回事而大怒，马修想，也许就是这种愤怒在支撑盖瑞的生命。

护士们很欣赏盖瑞的胆识，并且惊讶于盖瑞会在他们早晨精神不振的时候，给他们来个非正式的心理疏导。“这家伙得了艾滋病住在医院里，居然还担心我的问题?”他们对盖瑞的医生耳语。

马修很欣慰，他能和盖瑞一起待几个月。既然如今他们复合了，马修决定写日记，记录下他们一起度过的每一天。他知道，这将是他生命中的一段特殊时期，他希望能记住每个细节，而不是让未来的岁月模糊了场景和情感。当盖瑞康复时，马修写道：“曾经度日如年，我甚至以为自己活不下去了。”

等到出院回家那天，盖瑞觉得自己似乎在抛弃老朋友马克·费尔德曼——尽管马克也有全心全意的恋人和很多朋友陪在身边。出院前，盖瑞去看他，马克已经瘦得不成人形。这是盖瑞最后一次见他。

5月17日，伦敦

根据伦敦卫生部门发布的首份关于联合王国获得性免疫缺陷综合征疫情的官方报告，截至3月中旬，有3名英国人死于艾滋病，全国范围内还有6例在监测中。

这份报告以及美国传来的家庭接触可以传播艾滋病的坏消息，引发了一波艾滋病恐慌。卫生部门开始讨论是否应禁止进口美国血浆，因为英国使用的血液制品有一半来自美国。

5月19日，旧金山，卡斯特罗街区，大都会社区教会①

吉姆·桑德迈尔牧师高大健硕，拥有无可置疑的正直、低沉的嗓音和浓密的白发。周日下午，当他与多为同性恋的教友们握手时，总有人会说吉姆·桑德迈尔看着就是个牧师的样子。接着会有人对桑德迈尔挤眉弄眼，因为他前一晚看到这位受人尊敬的牧师一身黑色皮衣，悄悄地出现在了福尔森街。桑德迈尔相信许多街道上都能找到教堂，在同性恋社区的各种环境里他也能感到同样的踏实自在。这就是为什么达纳·范·戈德请他参加同性恋政治领袖、艾滋病教育工作者和浴场主之间的一次会议，他希望桑德迈尔充当调停人。

"只有你是所有人都信任的。"达纳说。

吉姆患了严重的带状疱疹，正躺在床上。这不是他第一次被叫去调解一向火药味十足的同性恋派系争端了，但是他想从这种事中抽身。当他忍着稍微一动就产生的剧痛，慢慢走进卡斯特罗街的大都会社区教会会议室时，再次为自己当初没有拒绝此事而后悔。他看得出来，这场争端需要做大量的调解工作。

邀请函是一周前从哈里·布利特的办公室寄出的，上面有一长串同性恋领导人的签名，比如克里夫·琼斯、凯瑟琳·丘西克、两位大都会社区教会的牧师、所有民主党和共和党同性恋俱乐部的领导人，还有向来怯懦的湾区医生促进人权协会。警察局的一名律师——劳伦斯·威尔逊，亦任职于爱丽丝·B·托克拉斯民主俱乐部执行委员会，他也签了名。

邀请函上写道，"在本次会议上，我们将提出几个我们认为非常重要的措施。考虑到有大量的男同性恋定期造访旧金山，尤其在

① 即 Metropolitan Community Church，是一个以男女同性恋为主要成员的基督徒团体，1968 年在洛杉矶创立。——译注

‘男/女同性恋自由周’期间，这些人有可能感染艾滋病并在离开后传播到其家乡；我们认为，人们应该受到性行为方面的警示，以减少他们感染或传播疾病的风险。有关这方面信息，通常不会让来到旧金山并可能照顾你生意的游客知道。”

信上说，这群人将讨论如何确保浴场是干净的，不仅要让每位顾客都获知艾滋病的相关信息，还要在醒目位置张贴艾滋病警示。而且随函附上了湾区医生促进人权协会编写的安全性行为指南。

在会议开始前，爱丽丝·B·托克拉斯民主俱乐部主席兰迪·斯托林已经在浴场老板间散布说，是比尔·克劳斯及其“米尔克俱乐部”的盟友们想关闭这类地方。这就是他们所谓的改变生活方式的下一步做法。实际上，根本没必要这样煽风点火。光是召开这种会议本身就已经激怒了某些浴场老板。市场街以南有家肮脏的色情皮革酒吧，名为“动物”，店主广发传单，宣称：“我们不想被人单独拎出来受这样的审判，我们没有发现任何医疗部门或卫生部门的证据能证明浴场是艾滋病威胁的源头或主因。”

当一家同性恋报纸的记者走进来的时候，卡波西肉瘤基金会的主任瑞克·克瑞恩责令他离开。浴场问题是不会进行公开讨论的。不，这需要以一种……适当的方式来处理。

一些业主愿意接受建议。一家名为“沸腾激情”的私人性爱俱乐部的老板承认，最近跟性有关的生意相当不景气。他早已发布了自家的“健康提示”并搞起了“打飞机之夜”，建议男同性恋在此过程中互相“帮助”。该市唯一一家双性恋浴场——苏特罗浴场——也推出了自己的安全性爱指南，然而这并不能平息异性恋主顾的恐慌，他们陆陆续续不再光顾。

其他浴场老板怨声载道，觉得人家都认为经营者应该警示顾客，就好像浴场欠了他们一样。比尔·克劳斯曾经费尽心思帮其申请执照的“美洲豹书店”老板对《湾区记者报》说：“（分发小册子的事）我不想再做了。人们到这儿来不就是为了忘记正在发生的事。”“自由浴场”老板的话精辟地总结了性产业对于艾滋病的看法：“我希望所有问题都消失。”

比尔·克劳斯知道问题不会消失；消失的是男同性恋，他们奄奄一息，而浴场主什么也没有做。当比尔和凯瑟琳·丘西克一起走进会议室时，他一眼就看到了很多问题。斯托林的盟友们迅速行动，高举反对“性爱法西斯”的大旗，说这些人将“扼杀性行为”。为什么呢？他们辩称，没人真正知道艾滋病是如何传播的；没人能证明它真的是一种病毒。传染给你的人可能是你在浴场认识的，也可能是在酒吧遇到的。

酒吧里可没人会面朝下趴着，身边搁一罐科瑞起酥油，什么人进来都可以上，凯瑟琳·库斯科一边想，一边看着会议室里涌动着否认的声浪。

凯瑟琳觉得这些政客装得好像不知道浴场在发生什么似的，她为这些人这么快就把话说绝了而感到惊讶。她原本以为浴场方面会明智地达成协议，如果在游行之前及时采取这些措施，没有人会提议关闭浴场。

双方的交锋越来越激烈，圣何塞的一名浴场老板宣布，他正在组建“北加州浴场主协会”。最终，这群人没有达成共识，只不过发了一份新闻稿称他们已经见过面。

“浴场应当关闭，”在出去的路上，比尔·克劳斯平静地对凯瑟琳说，“他们不在乎有人可能因他们而死，这些人太贪婪了。这些浴场全都该关闭。”

* * *

会议结束后不久，苏特罗浴室的老板出现在塞尔玛·德里兹的办公室。他听闻这位传染病专家直言不讳，说浴场是充满艾滋病病菌的粪坑。

“如果你要关闭浴池的话，我第二天就让你上法庭去拿临时禁制令。”他大声喊道。

德里兹担心他真的这样做。她已咨询过市检察官办公室，想知道关闭浴场是否具有合法性。虽然没有得到回复，但她知道，医生们尚未能分离出艾滋病病毒，因而很难下令关闭浴池。传染病学资料至多是在推论。这在法庭上能站得住脚吗？

尽管如此，塞尔玛·德里兹对浴场在此次疫病中所起的作用毫不怀疑。去浴场猎艳，不似在同性恋酒吧或公园里找个人。在酒吧里遇到某人，染病的机会只来自这一个人，随意性很大。公园更不确定；天公并不总是作美，灌木丛也很难为肛交这种最危险的性行为提供良好的环境。反之，浴场是肛交的天堂。滥交的唯一限制是体能。这些场所的存在就是为了提供大量的性伙伴，这样一来每个人都极有可能感染，因为他们接触了许多人。

正因为如此，唐纳德·弗朗西斯把“商业化的同性恋性行为”称为疾病的“放大系统”。几乎每一项关于性传播疾病的研究都表明，去浴场的男同性恋比其他人更易感染性病，无论是淋病，还是梅毒、乙肝或艾滋病。有浴场在，艾滋病就必然会在男同性恋间迅速传播。可以肯定的是，即使没有浴场，这种疾病也会在美国蔓延开来，但这些集中发生的性活动就像山林火灾一样，在助长这种疾病的传播方面，美国社会其他任何因素都不及它。

常识告诉我们，应该关闭浴池。然而对于艾滋病政策而言，常识并没有多少分量。事实上，在接下来的两年里，围绕着美国的浴场问题展开了文火慢炖式的争论，由此可见政治和公共卫生如何共同促成了灾难的降临。

* * *

在美国的其他地方，浴场问题也变得越来越棘手。旧金山会议之后的一周，华盛顿的一家浴场取消了为艾滋病举行募捐的活动，因为当地某组织散发了一本宣传册，建议男同性恋“停止或减少在多重性接触频繁发生的场所发生性行为，如浴场、书店、灌木丛和酒吧的里屋”。

浴场老板抱怨这条建议把浴场和艾滋病联系在一起。该市的同性恋领袖们纷纷力挺，异口同声地表示在这场危机中，不该单找同性恋产业的茬。

在迈阿密，杰克·坎贝尔对浴场在疫病中所起作用的问题根本不屑一顾，这位拥有42家连锁店的“俱乐部浴场”老板，坚称佛罗里达的艾滋病患者大都是海地人，而这不是男同性恋的问题。他的话并不准确。然而，坎贝尔在同性恋社区的角色揭示了同性恋政治领袖不愿对浴场严厉整治的原因之一。比如，坎贝尔曾在全国五大同性恋组织的理事会任职，无疑是佛罗里达州最具影响力的同性恋领袖。迈阿密的同性恋领袖不会提关闭浴场，而自由派政客为了巴结佛罗里达州规模庞大的同性恋群体也不会提。

洛杉矶也出现了类似情况，当地同性恋政治的教父谢尔登·安德尔森是该市最受欢迎的浴场“8709俱乐部”所在地的业主。在文件上，他曾被列为浴场老板，但州长布朗任命安德尔森为著名的加州大学董事会成员后，这块地的城市建筑许可证上立即出现了另一个人的名字。在芝加哥，浴场老板查克·伦斯洛是当地同性恋报纸的发行人，并在同性恋民主政治中有举足轻重的地位。纽约“圣马可浴场”的老板将其广受欢迎的迪斯科舞厅“圣人舞厅”作为同性恋社区的募捐场所，从而跻身重要人物之列。

此外，全国大多数同性恋报纸都从浴场和性产业获得了可观的广告收入。这种商业和政治影响力，不仅使得同性恋领袖中鲜有人支持对浴场采取行动，而且同性恋报纸也一致支持他们的广告商。关闭浴场就连作为一个替项拿出来讨论的机会也没有。

旧金山会议之后，当地的浴场老板发起了反击。“如果艾滋病确实是性传播疾病，为什么得病的人这么少呢?”“自由浴场”的广告上这样问：“没错，我说的是*很少*，因为据估计有2 000万名同性恋，假如每人每年与200人发生性接触，这意味着40亿次性接触，而在四年半的时间里我们发现了1 279名艾滋病患者，或者说，在这样的性接触数量中，感染艾滋病的机率是1/3 127 443。既然同性恋还继续着这样的性行为，为什么只有1 279人得病，我们都没得呢?”

斯坦福大学医院血库

百万分之一的机会。

输血接受者从血液制品中获得艾滋病的机率是百万分之一，这些话在血库管理者那里已经成了老生常谈。

在斯坦福大学的办公室里，埃德加·恩格曼医生认为这个估计出来的数字是对美国人民的无情愚弄。这位身材高大颀长、酷似喜剧演员切维·蔡斯的英国人，曾在美国血液用量最大的血库——斯坦福大学医院血库做了5年的医务主管。作为一名免疫学家，他早已开始密切关注疫情。在1982年年中血友病患者首次报告艾滋病病例后不久，他根据事实做出推论，认为这种疾病也可以在输血中传播。到1983年初，3个艾滋病病人住进了斯坦福大学医院病房；这3个人唯一的“危险行为”就是在旧金山输过血。

血库行业坚持认为，因为只有一到两名感染艾滋病的输血接受者与确诊患有艾滋病的输血者有关，那么输血感染艾滋病的概率就是百万分之一。他们说，毕竟每年有300万美国人接受输血。但是，恩格曼医生算出的概率却不同。首先，因接受患有淋巴结病或出现艾滋病前期症状的人献的血而感染艾滋病的输血接受者人数在增加，血库管理者却没有把这些人计算在内。显然，这些人也感染了病毒；血库在计算时玩了个文字游戏，将这些人排除在外。此外，每年可能有300万个单位的献血量，但是一个患者通常会接受3个而非1个单位的血液，这进一步提高了感染的概率。把没有发现艾滋病病患的地区数据也纳入计算中，这不合理。最诚实的概率计算方法应是利用艾滋病病毒猖獗的大城市数据。例如，在旧金山的欧文纪念血库，官员们发现，由于缺乏同性恋献血者，他们的血量减少了7%到15%。如果这些人在1981年和1982年献过血，这意味着在人们还没有意识到艾滋病存在之前，已经有大量血液感染了艾滋病病毒。

恩格曼认为，所谓百万分之一的说法简直是胡说八道，在他看来，一个人在旧金山接受输血的话，感染艾滋病的概率更多应为1/10 000，抑或1/5 000。

这个数字正是玩加州彩票的人希望赢得100美元的赔率，对恩格曼而言，这样的安全边际是很糟的。

恩格曼从一开始就觉得联邦政府的指导原则只要求对献血者提出质疑是不够的。该准则生效近3个月后，他发现一些高危人群仍在献血。并不是每个人都愿意阅读分发的小册子，然后自觉地推迟献血。对一些人来说，献血这种行为有助于克服罹患艾滋病的恐惧。因此，血库偶尔也成了男同性恋上演否认心理戏剧①的舞台。

恩格曼认定，斯坦福大学医院的血库需要验血。辅助性和抑制性淋巴细胞研究是一个新领域，作为该领域的专家，恩格曼很快选择将每份献血血样放入学校新配备的荧光激活细胞分选仪，以测出辅助性淋巴细胞和抑制性淋巴细胞的比率。测试费用昂贵，导致每个血液单位的价格上涨了6美元，约10%。但是，当你面对的是生死问题时，“昂贵”又算什么呢？

到5月底，斯坦福大学医院成了美国唯一一个决定开始检测血液以证明其是否被艾滋病感染的大型医疗中心。恩格曼居然要开展被行业抵制的检测，血液行业的其他企业大为震惊。有人说，这就是个噱头，是为了把被艾滋病吓坏了的患者从旧金山医院吸引到斯坦福大学医院。

怒火越烧越旺，恩格曼甚至在当时就注意到了。血库管理者自己好像也陷入了否认的心网之中。他们想看到艾滋病病毒确实存在的证据，他们需要超凡脱俗的证据来证明确有输血感染艾滋病的事，他们想从根本上否认自己可能卷入了如此可怕的事情之中。他们还没来得及站好队，恩格曼就已经打乱了队形。

恩格曼理解这种心理。他知道血库管理者都是好人，只是在这个问题上没有以理性和智慧行事。开始实施检测时，斯坦福没有大张旗鼓，也没有发布任何新闻稿。但是，恩格曼坚持一点，即他的医院不

① 即psychodramas，精神病学术语，是一种治疗方法，能使患者自动地临时表现与其问题有关的情景，通常需他人予以协助。——译注

要任何未经检测的血液。半岛血库为斯坦福大学的医疗中心提供编外用血，在与半岛血库官员举行的一次气氛紧张的会议上，恩格曼要求他们在30天内开始检测血液，否则斯坦福将停止购买他们的血液。血库管理者不情愿地妥协了。然而，旧金山的欧文纪念血库却没有跟风，他们告诉媒体，检测毫无必要。他们说他们推出了自主延期指导原则，而且因输血感染艾滋病的概率不过百万分之一。

亚特兰大，疾控中心

5月初，戴尔·劳伦斯再次会见血库管理者，向他们展示了另外10起与输血有关的艾滋病病例。他的职责是说服这些人相信，这真的是他们应该想办法解决的一个问题。但他失败了。血库管理者意欲把各个病例分开来单独讨论，并在细节上吹毛求疵，而不是综合起来考虑现象背后的意义：艾滋病仍在通过血液传播，有增无减。

血液问题仍然是艾滋病活动办公室的重点关注问题。詹姆斯·艾伦医生接手了输血方面的工作，并且日益确信延期献血指导原则会带来灾难。艾伦知道，这些问题必须由血库志愿者来问，这些志愿者往往是好心的、有公民意识的退休女士。询问是不是同性恋或静脉注射吸毒者，与询问地址和社会保障号是不一样的。疾控中心依然焦虑，因为在得克萨斯州，一名反社会的同性恋权益律师建议同性恋以发起"血液恐怖主义活动"相要挟，并说如果政府不启动重大的艾滋病研究项目，他们将集体献血。这个问题也产生了国际影响。5月中旬，法国开始禁止进口美国血液。荷兰和英国的卫生部门也在考虑类似的提议。

理想的状况是，疾控中心能通过追踪每一位接受过后期被确诊为艾滋病患者的献血者血液的人，迫使血液问题得到解决。戴尔·劳伦斯提出过这样的项目，但没有足够的经费实施。

5月23日，纽约，查理大叔酒吧

"他终于彻底疯了吗？"当保罗·波帕姆看到拉里·克莱默闯入

这家受欢迎的酒吧、站到 DJ 的位子上时，感到十分讶异。保罗一直为“男同性恋健康危机”的新志愿者举办聚会，每个人都在谈论拉里离开理事会后依然愤怒难平，不过保罗没想到他会这么做。他不知道自己该喊叫还是大笑。

“我是拉里·克莱默，”拉里冲着震惊的志愿者和“男同性恋健康危机”的工作人员用麦克风喊道，“我们正处于关键时刻。我以为成立这个组织是为了战斗。我觉得理事会非常非常懦弱。”

保罗想，这回他真的太鲁莽太冲动了。

拉里觉得自己是被逼到这个地步的。在与市长会面后的几周里，一切还是老样子。在最近的一次艾滋病听证会上，纽约市卫生专员大卫·森瑟无动于衷地表示，艾滋病在纽约并不是什么“紧急情况”。这个城市不需要教育项目，因为同性恋在自我教育方面做得很好。即使是最基本的医疗需求，比如医院病床，也毋需安排。该市的同性恋健康协调员罗杰·安劳也认为纽约不需要教育项目，作为自由意志主义者，他的观点是“市政府不应该告诉人们如何做爱”。

市政府和州政府官员都以开会来应对层出不穷的警报，确实，大卫·森瑟经常开玩笑说艾滋病的流行已经引发了会议的流行。一周前，马里奥·库莫州长在广场饭店举行的一场同性恋政治筹款晚宴上宣布，他将成立一个艾滋病工作小组。第二天，州政府宣布向“男同性恋健康危机”拨款 10 万美元用于教育项目。至于这笔拨款究竟代表了政府的真心实意，还是折射了州长和市长之间的长期不和，谁也说不清。马里奥·库莫很少会放过让对手埃德·科赫难堪的机会，而这点象征性的款项几乎起不了什么作用，只能显出该市在这个问题上的不作为。

该市也有自己的“跨部门艾滋病工作小组”，在大卫·森瑟的授权下召开会议。几乎每次会上，不同艾滋病组织的代表都会谈到对教育项目、临终关怀病床、家庭保健护理人员的需求，以及对未来医院需求的规划；也总会有某个市政府官僚答应去调查。在下次会上，市政府官员就会谈论这个那个的障碍。再下次工作组会议上，他们会带来更多的报告。等到再次开会时，又会冒出新的障碍，几乎没有任何解决方案。每次工作会议都变成了同样的问题和官方拖延的重演。人人都有话要说，但实际上什么也没做。尽管纽约市的艾滋病患者人数占全美总数的45%，但尚未在艾滋病教育或服务中投入一分钱。

拉里·克莱默心想，什么都没有。

“我们需要战士，”在“查理大叔”酒吧，他对着人们呼吁，“我们需要一个能对抗的理事会出来决一死战。”

保罗·波帕姆看着拉里·克莱默发表完即兴演说，走入志愿者之中。他想，你不能到处告诉人们怎么做爱（拉里却要“男同性恋健康危机”这么做）；你要给他们信息；不要责骂，不要搞道德说教。保罗听厌了拉里对市长科赫和《纽约时报》的抱怨。问题确实存在，但是你得在体制范围内解决它们。如果拉里不喜欢“男同性恋健康危机”的处事方式，为什么不离开，成立自己的组织呢？保罗认为，拉里的行事方式与纽约男同性恋格格不入，否则他们会聚集到拉里周围的，而不是来了这里。

恩诺·波斯克的评语更简洁。他说：“这家伙完全疯了。”

拉里很高兴他的演讲赢得了一些掌声。许多志愿者过来告诉他，他们之所以参加志愿活动，就是因为读了他写的《1112 人，还没完……》一文。拉里看着舞池那头的保罗，希望保罗能上来邀请他重回理事会。但保罗没有动。

* * *

在拉里·克莱默对“男同性恋健康危机”发表演说，声讨市政府不提供艾滋病服务的那一晚，旧金山监事会批准将 210 万美元用于该市不断增加的艾滋病项目。其中有 100 万美元是给旧金山综合医院的，供其配备艾滋病患者专用门诊和计划中的住院病房。在“香缇计划”的支持下，监事会还提供了足够的资金为 48 名无家可归的艾滋病患者设立住处。另有一部分资金用于资助“香缇计划”和“卡波西肉瘤基金会”的庞大志愿者网络中的后勤人员。有了 1982 年给艾滋病项目的这笔100万美元，旧金山市在艾滋病方面的开支已经超过了国家卫生研究院在全国范围内发放的院外艾滋病研究经费。

5月24日

“性解放运动已开始自食其果。在革命先锋中，同性恋权益活动人士的死亡率最高，并且还在攀升。”

那天出现在全美各地报纸上的评论，是许多同性恋政客们意料之中的。帕特里克·J·布坎南曾是前总统尼克松的演讲稿撰稿人，是个不属于任何部门的右翼分子，近年来他在社论版上发表的那些文章颇为引人注目。社论编辑一直在寻找保守派专栏作家，以弥补媒体的自由主义偏见。据说，相对保守的白宫助手很青睐布坎南，所以他的第一篇有关艾滋病的专栏文章被人们津津乐道。里根总统执政两年来对艾滋病问题缄口不言，最后他会如何表态呢？到目前为止，保守派一直不愿谈论此病；就连杰瑞·法威尔也没说什么。现在，随着艾滋病上了新闻头条，那样的日子即将结束，这篇专栏文章就是潜在反击的第一个迹象。

“这些可怜的同性恋啊，他们向大自然宣战，而如今大自然给了他们可怕的报应。”布坎南写道。

和大多数极端分子一样，布坎南并不特别讲求论点前后一致。他引用了凯文·卡希尔的说法，断言医生们就艾滋病达成了“缄默的共谋”，以支持一种观点，即自由主义者正试图掩盖携带艾滋病病毒的同性恋对美国造成的巨大威胁。他以戴着面具和手套的旧金山警察形象来说明艾滋病的危险性。在引用了许多不相干的医学统计数据后，布坎南总结道，不应允许同性恋接触食品，并且民主党决定在旧金山举行下届代表大会，将导致代表们的配偶及子女“受制于同性恋，而这群人全都是危险的、易传染的甚至致命的疾病传播者”。

几天后，布坎南又在第二篇专栏文章中引用了《纽约时报》对“日常接触感染”研究的悲惨报道。布坎南说，同性恋不仅在屠杀血友病患者和输血接受者，现在还通过那些当儿科医生和日托中心保育员的同性恋对儿童造成了死亡威胁。他总结道："长久以来，同性恋权益运动的口号就是'只要我们不伤害任何人，我们所做的事与他人无关'。如果纽约和旧金山市中心那些滥交的同性恋能通过随意的性接触传播死亡，那他们的口号——客气点说——就不再适用了。"

5月26日，旧金山，卡斯特罗街

"你是个性爱纳粹。"

那天下午，比尔·克劳斯一踏上卡斯特罗街就听到了各种说法，主题无外乎此。他在《湾区记者报》上发表了一篇文章，呼吁男同性恋改变他们的生活方式，并重新定义同性恋解放运动，那天下午也在街上传开了。比尔试图在这篇文章中表现出积极的态度，提出"我们男同性恋可以把这场疫病转变成我们最闪光的时刻"。然而，读者的反应迅速且恶劣。比尔被称为"反性爱"的褐衫党①，说他建议大家不要去浴池的那些话是想毁了同性恋群体。比尔在托克拉斯俱乐部的对手们兴奋不已，因为这等于给他们提供了大威力的弹药来对付米尔克俱乐部。

右翼分子开始围绕滥交和浴场问题划清界限。相比之下，许多同性恋并没有选择站在哪边，而是将这些问题作为他们的一道防线。比尔承认同性恋过去的生活方式有缺陷，这在他的很多批评者看来，等于投靠了敌方阵营。他们开始窃窃私语，极尽侮辱之能事，说他痛恨自己是同性恋，说他患上了"内化的恐同症"。

比尔·克劳斯被这些批评压得喘不过气来，尤其是在他加速推进艾滋病工作之时。他每周在国会办公室工作60小时，监督全国的艾滋病立法和资助。几天前，他被选为全国卡波西肉瘤/艾滋病研究和教育基金会的理事会成员——这是马科斯·柯南特正在组建的一个类似于美国癌症协会的艾滋病机构。比尔还与达纳·范·戈德合作，设计了一个旨在减少艾滋病风险的地方公共教育运动，以支援旧金山公

---

① 德国纳粹党的武装组织，因队员穿褐色制服、佩戴"卐"字袖标得名。——译注

共卫生部门长期停滞不前的行动。

“难道他们看不出来我想救他们的命吗?”比尔向基科·戈凡特斯抱怨。

虽然不再相恋，但基科依然是比尔的知己。基科拥着比尔，手指在他浓密的卷发上游走。他不明白，那些同性恋政治家、那些说要为了爱而奋斗的人，为什么会对彼此如此残忍。他还看出，比尔因为被人排斥而深感痛苦，它比政治上的某些东西更伤人。

“如果我得了艾滋病，”比尔说，“就是那些人的错。”

31. 请说“艾滋语”

在旧金山，瘟疫遇到了政治。本该有一个联合的权威部门制定明智的防御计划，结果内部四分五裂，其中存在的问题成了派系争端的主题。人们公开反对公共卫生学家的工作，市、州和联邦卫生当局之间纷争不断。有一段时间，人们处于最严重的危险之中，而给予他们充分的警示似乎是不可能的。

——《1907 年旧金山消灭鼠疫之战》

公民健康委员会报告

1983 年 6 月 2 日，旧金山公共卫生局

“希弗曼医生，这张海报上写着人们应该减少性伴侣。这是否意味着，如果某人去年一周有 10 个性伴侣，如今减到一周 5 个，那他就不会得艾滋病了?”

默文·希弗曼医生看起来局促不安。他选择接受 KCBS 电台直言不讳的记者芭芭拉·泰勒以及《旧金山纪事报》一名记者的采访，是想展示人人都在谈论的公共卫生部艾滋病宣传海报。

希弗曼说:“我们是在努力传递一个人人都会关注的信息。”

5年来，默文·希弗曼一直是位受欢迎的公共卫生主管。媒体爱他；同性恋群体崇拜他。他不习惯这样尖锐的质问，而过去7年一直在听政客们讲话的芭芭拉·泰勒继续施压。

“希弗曼医生，这张海报上说，人们应该限量使用消遣性毒品。这意思是不是一个原本每周注射3次毒品的人，如果换成每月注射1次，就可以远离艾滋病的威胁？你们没有说不要使用，而是说限量使用。”

希弗曼答道：“我们不想用教训人的口气，如果你给大家的信息是他们不爱听的，那就一点用都没有。”

泰勒说：“我以为我们是在告诉大家如何避免感染艾滋病。为什么不告诉他们怎么做呢？”

默文·希弗曼认为，芭芭拉·泰勒是在以一种老套的、教科书式的思路理解公共卫生问题。对此，这位公共卫生主管能够体谅，毕竟他是哈佛的公共卫生硕士。他45岁，满头白发，一生从事实地研究。然而艾滋病并不是一个典型的公共卫生问题。它很敏感，它要求信息是……恰当。

在泰勒看来，这张海报就是一堆废话，而希弗曼是在委婉地宣传艾滋病预防措施，这样就不会有大批愤怒的同性恋活动人士对他大喊大叫，称他是“恐同症患者”。过去几天里，发生了很多这样的事情。

现实中，既有希弗曼的善意，也有泰勒更为愤世嫉俗的政治分析，它们交织在一起。结果就形成了首次大规模公开展示的“艾滋语”（AIDSpeak），一种由公共卫生官员、焦虑的同性恋政客以及人数不断扩大的“艾滋病活动家”共同创造的新语言。“艾滋语”的语言学源头，与其说是真相，不如说是政治上的肤浅和心理上的安慰。“艾滋语”术语的主要特征是语义，因为这种语言长篇大论却从无冒犯之义。

一批新的词汇正在进化成形。例如，根据“艾滋语”的语法规则，艾滋病患者不能称为“患者”，而应称为“艾滋病携带者”或

PWA，就好像感染这种独特而残忍的疾病并不是一个生病的过程。“滥交”应换成“性活跃”，因为同性恋政客宣称“滥交”是在对人“下判断”，“艾滋语”认为这个词尖刻。“艾滋语”里最常用的委婉表达是“体液”，从而避免了“精液”这样令人讨厌的表述。

不过最重要的是，新语法允许同性恋政治领袖在接下来的几年对公共政策发表意见，并在很大程度上对其做出决定，因为公共卫生官员很快就掌握了“艾滋语”，所以从根本上说，这是一种政治语言。当政客像公共卫生官员一样说话，公共卫生官员像政客一样行事，这种新语法几乎使所有人都可以避免以医学术语挑战这种不断蔓延的疫病。

因此，措辞都是不涉及具体对象的。激励人采取行动时，很少用到“艾滋语”；替不作为辩护时，“艾滋语”便有了用武之地。没人会因此受到伤害；恰恰相反，“艾滋语”是一种让每个人都满意的语言。“艾滋语”是艾滋病流行期间的善意之语；“艾滋语”是死神的语言。

作为美国唯一一个高度关注疫情的市公共卫生主管，默文·希弗曼成了民众的首席“艾滋语”翻译。对此，这位曾加入美国和平队①的政府官员完全能胜任，因为他心里充满了对同性恋社区的善意，这在过去几天已被充分证明。

闹剧源于几天前《旧金山纪事报》第二版上的一篇报道。其中谈到该市的浴场和性爱商场里并没有提供艾滋病信息。报道称，至少有20万名同性恋游客将来旧金山参加“同性恋自由日大游行”。许多男同性恋来此的目的之一，是体验传说中的旧金山性爱商场；大多数人仍将艾滋病视为媒体的无稽之谈，疫情肆虐就是炒作出来的。

比尔·克劳斯悄悄泄露了与浴场主们不欢而散的那次会面的情况。一位不愿透露姓名的公共卫生官员——不是默文·希弗曼——对

① 即 Peace Corps。1961 年 3 月由美国总统肯尼迪下令成立，任务是前往发展中国家执行美国的“援助计划”。——译注

某报谈及为什么关闭浴场是最佳措施；退而求其次的话，应要求浴场张贴相关警示。

“我无权强迫浴场张贴任何东西。”希弗曼最初对调查记者这样说。

从技术上讲，他说的是实话。希弗曼唯一的权力就是利用他广泛的权威关闭任何对公众健康构成威胁的东西，但他不会这么做的。在5月写给一位市民的信中，他甚至否认自己拥有这种权力，说“如果我要求关闭所有提供匿名的多重性接触服务的浴室和其他类似场所，这是不合法的。我相信，此举无异于侮辱许多公民的智商，也是对隐私的侵犯”。

希弗曼也不想强迫同性恋商业机构警示顾客，使用其设施可能存在死亡风险。“政府在这方面能发挥的作用相当有限，”他说，“真正有效的信息来自同伴，这些来自同性恋群体本身的信息将会被大家接纳。”

像所有的“艾滋语”一样，这个解释听起来合情合理，尽管它回避了一个问题，即为什么会设立公共卫生官员。如果社区疾病预防最好由社区自己来做，那为什么要建立公共卫生部门呢?

在回答为什么不该关闭浴场这个问题时，希弗曼显然受过了同性恋政治领袖的调教。他说：“如果关闭浴场，人们就会去别的地方进行不安全性行为。”

过去10年里，同性恋权益运动的发言人举行过无数次新闻发布会，抗议社会对男同性恋的刻板成见，即男同性恋都是完全沉溺于追求快感的性瘾者。然而，随着“艾滋语”出现，这批发言人中有很多如今又坚决主张浴场必须一直开放，因为男同性恋就是性瘾者，如果没了性爱俱乐部，他们会在每片灌木丛后面乱搞。

在《旧金山纪事报》首次报道性爱场所的经理拒绝张贴警示的事之后，市长黛安·范斯坦予以猛烈抨击：“我认为，希弗曼医生可以把卫生法规里的语言写给他们，叫他们张贴任何必要的警示。我觉得这是明智之举。”监事会的大多数成员也表示，市公共卫生主管应该命令那些顽固的浴场业主发布警示。一天后，希弗曼医生宣布他将要求所有浴场张贴警示。如果业主不合作，他就关闭浴场。“我们将言出必行。”他说。

到了6月2日，周四早上，希弗曼和浴场主会面时，后者突然表示正“盼着”张贴警示。公共卫生主管承诺在该市开展史上最“密集”的公共卫生教育活动。在那次新闻发布会之后，希弗曼给芭芭拉·泰勒看了艾滋病海报，上面给出了4条建议：“使用避孕套”“避免任何体液交换”“限制使用消遣性毒品”“减少性伴侣数量，延长在一起的时间”。海报确实在告诉男同性恋有一种可怕的疾病可能会要了他的命，但只是建议“减少”性伴侣数量和“限制”毒品数量，没有直截了当地讲出一个事实：一个性伴侣或一个被感染的针头就能送命。

* * *

“爱丽丝· B·托克拉斯民主俱乐部”的领导从一开始就认为，关于浴场的纷争是比尔·克劳斯及其“米尔克俱乐部”的盟友们造成的。“托克拉斯俱乐部”主席兰迪·斯托林迅速发起了恶毒的反击。克劳斯违反了大家心里的一个共识，即浴场问题甚至不该被公开讨论。在希弗曼和浴场主会面后，“托克拉斯俱乐部”发表了正式声明。

要求张贴健康警示的命令，“是对我们社区的社会和经济生存能力的直接打击”，“托克拉斯俱乐部”指责道：“没有证据表明，是浴场或私人俱乐部导致了这种疾病。单单把同性恋商业机构挑出来为这场疫病‘负责’，这是摧毁同性恋社区的第一步。”

至于克劳斯在《湾区记者报》上发表的文章，“托克拉斯俱乐部”评论道：“以为只有一小部分‘忧心忡忡的人’意识到这种流行病的存在，他们就有权摆布他人的性行为，这是一种极其傲慢的态度。在我们应该团结一致共同捍卫这种珍贵而来之不易的生活方式时，我们社区的某些人表现出另一种倾向，那就是反性爱和恐慌。”

现在，他们确信比尔·克劳斯患了“内化的恐同症”；不然的话，他也会说男同性恋是性瘾者，离不开浴池。

性解放运动最狂热的支持者是康斯坦丁·伯兰特——同性恋游行委员会的联合主席。“我不是因为可以用避孕套才成为同性恋的，”伯兰特说，“当然，我们担心传播疾病。但是我们该怎么做呢？把我们的体液取出来，放进法拉隆群岛①附近的桶里？”

居然有人把同性恋运动的远大目标降低到弃用避孕套，克劳斯感到不可思议。

* * *

就像疫病时期的许多公共政策问题一样，1983 年 6 月初，浴场事件证实了媒体与政府之间复杂的相互关系。这件事的起因不过是报上的一篇文章，于是政府官员被迫采取相对明确的立场。在洛杉矶和纽约，报纸上并没有这些令人反感的话题，也没有提出这些问题。

此外，这两个城市的公共卫生官员已向焦虑的同性恋领袖们做出了全面的保证，承诺任何情况下都不会关闭浴场。在旧金山，只有以停业相威胁，才迫使浴场主同意张贴警示、发放小册子。纽约和洛杉矶的浴场主已经得到保证，在他们的城市不会发生这样的事，所以他们根本没有提供艾滋病教育的动力。少数支持发放类似材料的同性恋领导人发现，商人根本不听他们的。

塞尔玛·德里兹认为张贴警示是一种逃避手段。美国宪法或许可以解释为人人拥有自杀的权利，但是浴场的波及面并不会随着顾客离开而结束。这些人会去其他地方，染上病并传染给他人。宪法没有赋予任何人带着其他人一起死的权利。希弗曼发表声明的那天，市检察官签署了一份意见书，告知公共卫生部门主管，根据国家卫生法规，“你可以……立即下令关闭公共浴场”。

希弗曼医生召开新闻发布会后的几周，海报和小册子分发到了各

① 旧金山岛屿，是多种鸟类和鱼类的栖息地，目前为野生动物保护区。1946 年到 1970 年，其附近海域是核废料堆放处。——译注

家浴场。少数诚实的浴场老板把这些警示贴在了显眼的地方，但大多数人把它们贴在最黑暗的角落，如果他们还愿意劳神张贴一下的话。“艾滋语”是用来说的，不是用来做的。希弗曼医生没有派人去检查他的命令执行得是否到位。成千上万的男同性恋继续光顾浴场，继续一步步走向死亡。

6月3日

唯利是图之处，亦有勇气在。

盖瑞·沃什的朋友马克·费尔德曼与其他艾滋病患者一起参加了烛光游行，一个月后他去世了。盖瑞带着朋友露·蔡金一起参加追悼会。在将病况公之于众的早期艾滋病患者中，马克是第一个死亡的。尽管时日无多，但这些人勇敢地面对社会的歇斯底里和朋友的排斥，这样他们就能让人们理解，这样他们可以让人们关注此事。

马克的死状令人毛骨悚然。有好几个星期，他的嘴里全是痛苦难忍的疱疹溃疡，以致无法进食。卡波西肉瘤的病灶覆盖了他的内脏，肺囊虫充满了他的肺部，营养只能通过静脉注射摄入。

在他的葬礼上，盖瑞心情阴郁，露也不开心，因为有个念头在她脑子里挥之不去：某天，她也会参加盖瑞的葬礼。

盖瑞扫视了房间，看到了那些将死之人的脸，看到了已死之人的脸，也看到了自己。

葬礼之后的日子里，盖瑞·沃什整个人陷入了绝望中。他开始给玛格丽特·哈克勒部长的办公室打电话。在她到处宣称政府已经为艾滋病研究投入了所有需要的经费之前，她应该先和他谈谈。他说，她应该和死了朋友的人谈谈。盖瑞还试图与德克梅吉恩州长会面，后者尚未就这场疫病表示过丝毫的忧虑。他甚至给安·兰德斯①写了信。这一次，战斗并不能缓解他的愤怒、沮丧或恐惧。

---

①《芝加哥太阳报》读者来信及忠告专栏作家，47年中每天以此专栏帮助了无数人。其文章被译成20多种文字登在美国国内外超过1 200家报纸上，有人认为她的专栏“永远改变了报纸”。——译注

几周后，盖瑞跟露说，他觉得自己不会再去参加任何葬礼了。

这也是比尔·克劳斯第一次参加这样的葬礼，他是和朋友罗恩·胡伯曼一起去的，罗恩在马克得病之前曾与马克约会过。后来，罗恩注意到比尔异常忧郁。罗恩想，这是因为马克之死击碎了他们残存的一点否认，之前他们一直不愿承认同性恋社区所面临的威胁有多严重。这不仅是对那些人——福尔森街上的“拳交者”——的打击，还影响到他们这群受人尊敬的中产阶级同性恋。比尔还有更大的担忧。

比尔向他吐露了心声：“安妮塔·布莱恩特无法破坏我们的社区。联邦调查局永远不可能毁掉我们的社区；警察不能；丹·怀特不能；政府也做不到。但艾滋病或许能做到。我们已经取得的所有这些进展偏偏被某种病毒一笔勾销。”

* * *

马克·费尔德曼是签名要求《湾区记者报》解雇编辑保罗·洛赫的艾滋病患者之一。在得知马克去世后，洛赫找出了艾滋病患者名单，划掉了马克的名字。

巴黎，巴斯德研究所

吕克·蒙塔尼耶现在知道，新的艾滋病相关逆转录病毒并不是白血病病毒，他不再称之为 RUB 或 HTLV。由于病毒是从一位淋巴结病患者的淋巴结中提取的，他便取了个新的名字，叫它“LAV”，即“淋巴结病相关病毒”。蒙塔尼耶感到惊讶的是，巴斯德研究所宣布了一种新的逆转录病毒，外界竟然热情不高。大多数科学家都希望晚点做出最后的判断，等美国国家癌症研究所的罗伯特·加罗实验室多做些研究再说。毕竟，加罗是一位名气更大的逆转录病毒学家，他认为是人类嗜 T 淋巴细胞病毒。不过，蒙塔尼耶觉得他的团队更接近真相。最近几周，巴斯德的研究人员在一些血友病患者的血液中分离出了淋巴结病相关病毒，蒙塔尼耶越来越相信巴斯德研究所发现了导致艾滋病的病毒。尽管如此，淋巴结病相关病毒到底属于哪个病毒分类，他还是没有头绪。如果不是人类嗜 T 淋巴细胞病毒，那又是什么？

与另一位病毒学家在巴斯德园区的偶遇，帮蒙塔尼耶找到了得出答案的最后一步。这名同事提到了一组病毒，主要是在动物身上发现的，叫做慢病毒（lentiviruses）。lenti 的意思是缓慢。这些病毒进入细胞后，会潜伏一段时间，然后突然开始疯狂活动。蒙塔尼耶以前从未听说过这个病毒属。他花了一晚上的时间读了马病毒（equine viruses）的资料，并对其中的相似之处感到惊讶。淋巴结病相关病毒亦具有相同的形态，相同的蛋白质，甚至在电子显微镜图片中看起来也一样。在周六的艾滋病医生例会上，蒙塔尼耶自信地宣布他们确实发现了一种新的病毒，并且它不是人类嗜 T 淋巴细胞病毒。

事实证明，在对艾滋病的科学认识过程中，这是一个转折点。但在法国研究人员的生活中，它被认为是沮丧的开始。他们揭开了不明原因疾病的神秘面纱，但没人会相信他们。

6 月 13 日，纽约

纽约大都会区每个报摊的新闻标题似乎都在尖叫着召唤大家的注意。《纽约邮报》骤然出名了，大标题用黑体赫然写着："长岛老祖母死于艾滋病"。血库当然不会承认，因为他们至今连输血相关的艾滋病的存在都不愿意承认。但是，除了 3 年前做心脏手术时接受过输血，这位来自米尼奥拉的老祖母似乎没有其他的艾滋病风险。与 1983 年确诊的大多数输血感染病例一样，洛林 · 德桑提斯是在 1980 年接受输血的，甚至远在发现疫情之前。

突然之间，艾滋病似乎对每个人都构成了威胁，几个月前开始酝酿的极度焦虑的情绪，在 6 月的最后几周和 7 月的头几周里达到了高潮。全国上下似乎没有一处不受影响。

每件轶事都有着相同的前提，用的是同性恋社区之外难得听到的"艾滋语"。"科学家们并不清楚……"在同性恋的"艾滋语"中，意味着科学家无法证明艾滋病是通过性传播的，所以人们不应该采取措施来保护自己。然而，当异性恋说出同样的话时，他们的意思是科学家不能证明艾滋病不是通过随机感染传播的，因此人们应该采取任何可能的措施来保护自己和社会。这两种说话方式都根植于同样的偏执语言中，一种是政治的，另一种是医学的，当然它们暗示了截然不同的解决方案。

在1983年这波谈艾色变的狂潮中，异性恋得到了最多的媒体关注。这个国家的每个角落似乎都有自己对艾滋病恐惧的曲解。由于《纽约邮报》已经掌握了将夸大的恐惧和妄想炮制成头条新闻的技艺，似乎最吸引人的故事正在纽约市的五大行政区上演。

就在长岛祖母的头条新闻发布后的第二天，《纽约邮报》报道了另一个耸人听闻的故事："瘾君子艾滋病患者是贝尔维尤的管家"。这篇报道被刻意放在一篇题为"现实中的小鹿斑比①在韦斯切斯特找到了一个家"的文章旁边，讲述的是一个31岁的瘾君子如何在贝尔维尤整理床铺、换床单的故事。当警察将他送到法庭接受传讯时，他们都戴着橡胶手套和医用口罩。

次日，监狱看守身穿防护服、戴着医用口罩出现在郊区的韦斯切斯特监狱。县监狱确实有一名艾滋病患者，但他被安置在离监狱主楼四分之一英里远的地方，那里的警卫都穿带帽的尼龙连体工作服。图片下面的文字这样写道，"当韦斯切斯特县监狱的狱警穿上专门设计的服装处理艾滋病囚犯，未来的严峻形势昭然若揭。"

皇后区看守所一名监狱厨师死于艾滋病并发症的消息，立即引发了狱警工会官员的抗议。惩教署的一名官员告诉狱警，让艾滋病患者做食品加工人员没有问题，随后惩教官协会主席表示，如果能让艾滋病患者负责准备和供应食物，他愿意给惩教署所有行政人员买牛排和龙虾大餐。

---

① 1942年迪斯尼出品的动画片，斑比代表的是在弱肉强食的世界中顽强生存的形象。——译注

同一时间，旧金山也遭遇了艾滋病的恐慌。《纽约邮报》著名的“祖母头条”发表后第二天，两名艾滋病患者原被安排参加《早安旧金山》节目，以“揭开”艾滋病的神秘面纱，平息人们的恐惧。然而，这两名患者无法在节目上露面，因为演播室的技术人员拒绝给他们戴上麦克风。接着，摄影师说如果必须和两位男同性恋同处一个摄影棚，他们就拒拍这个节目。于是，两名患者改为在一个单独的房间内通过电话来接受采访；在这个旨在“揭开面纱”的节目中只闻其声，不见其人。

在美国广播公司演播室上演这一幕的时候，旧金山市政厅里，一位高级法院的法官手拿一张从口袋大小的螺旋笔记本上撕下来的纸，上面写着：“我们联名签署此抗议信，拒绝与一名众所周知患有致命疾病之人共处于狭小的空间里。该疾病目前尚无科学的解释，其传播方式仍不为人知。”

30岁的“众所周知的患者”安德鲁·斯莫尔惊呆了。他知道自己本可以健康原因拒绝履行陪审团的职责，但他觉得这是一种公民责任。当消息在陪审员之间传开后，一名女性的丈夫要求她离开陪审团。其他人也很沮丧。法官收到纸条后，就此事咨询了最高法院主审法官和马科斯·柯南特医生。柯南特告诉她，艾滋病不会轻易传播，法官也不希望这种疯狂的恐惧干扰她的庭审。但是，安德鲁·斯莫尔最终还是辞去了陪审团的职务，他觉得如果陪审团四分五裂，按照乙肝的传播模式争论不休，对诉讼当事人来说是不公平的。

同一天，报纸上纷纷刊登了圣何塞的两名护士因拒绝治疗艾滋病患者而辞职的报道。一位护士说：“真的没有人愿意走进这个房间。”在曼哈顿的艾滋病团体中，也有消息称那里的护士同样拒绝治疗某些艾滋病患者，尽管纽约的医院并不认为问题严重到要解雇那些护士。

即使死后，艾滋病患者也无法从恐惧和排斥中得到安息。纽约州殡葬业管理协会本周提议其1.1万名成员拒绝为任何疑似死于这种流行病的人处理尸体。

医生们也没有应对艾滋病恐惧的良药。在旧金山综合医院的艾滋病诊所，主任保罗·沃伯丁医生注意到同事们不太愿意与他握手，他周围的许多人似乎对他避之不及。电视新闻工作者同样对身体接触感到紧张。

在圣安东尼奥，医护人员在接近一名疑似艾滋病患者时，要求配备专用防护服——包括一件医用长袍、带帽连体服、医用口罩和鞋套。在圣地亚哥的郊区，当局取消了心肺复苏术培训课程，因为没有人愿意共享用于演示的假人，他们担心可能会因此感染艾滋病。海地裔美国人在他们集中居住的两个城市——迈阿密和纽约——遭受了各种各样的侮辱。在佛罗里达，有时候试穿一双鞋都会成为一种痛苦的经历，因为销售人员拒绝让任何看起来像海地人的人接近任何商品。海地人的社区领袖大声疾呼，要求把海地人这一类别从疾控中心的高危人群名单上删除，因为他们是唯一一个依据国籍挑出来受此特殊待遇的类别。据报道，在纽约，一些海地人向焦虑的未来雇主保证，他们并非来自海地，而是来自另一个讲法语的加勒比群岛——马提尼克岛。

社会学家推测，艾滋病焦虑比缠绕着其他疾病的焦虑影响更深远，因为艾滋病最初是在同性恋群体中发现的，而这个群体已经被社会歧视并激起了很多异性恋的恐惧。新疫病的出现等于给旧的偏见火上浇油。科学家们在谈论这种疾病时，情不自禁地用了大量的“假如……”和“但是……”，这进一步加剧了人们的恐慌心理。谨小慎微地讨论“体液”问题只会让事情变得更糟。

反同性恋的旧偏见在哪里萌发，哪里就会有“道德多数派”。6月的最后几周，尽管这个组织仍在制定有关疫情的最终政策声明，但其领导人已在使用新的语言对舆论进行试探。该组织执行副主席罗纳德·古德温说：“我们对艾滋病患者深表同情，但让我感到不可理解的是，政府并没有花更多的钱来保护普通民众免受同性恋瘟疫的侵害。我看到，政府没有任何问责机制，反而承诺将我们的税款投入科研，从而让这些患病的同性恋继续他们的变态行为。”另一位“道德多数派”发言人则更加直接。“如果不制止同性恋，”格雷格·迪克森牧师说，“到时候他们就会让整个国家都得病，美国就完了。”

在休斯敦，宗教激进主义牧师呼吁卫生当局关闭同性恋酒吧。“达拉斯医生反艾滋病”组织提起诉讼，要求撤销法庭的一项裁决——该裁决判定在德克萨斯州，成年人间的同性性行为合法。

当报纸不报道艾滋病恐慌的时候，就吹捧疗法和科学突破。那一年，全国各地每家日报的每个版本上似乎都会有某位医生在某处宣布自己在“通往艾滋病治愈/疫苗的漫长道路上迈出了第一步”。各地报纸都转载了《费城问讯报》的科技记者唐纳德·德雷克写的一系列精彩报道，讲述的是安东尼·福奇的壮举：他在国家卫生研究院的医院里采用白细胞介素-2进行治疗，并通过移植患者健康的孪生兄弟的骨髓制造淋巴细胞，挽救了一位男同性恋的生命。这一系列报道在全国都上了头条，都在鼓吹这是治愈艾滋病的方法。只有读完系列报道的末篇，大家才知道该艾滋病患者后来失明，并已死去。6月，还有不少人在讨论使用胸腺治疗艾滋病以取得突破，基因工程公司则提出克隆不失为摆脱艾滋病一条出路。在“卡波西肉瘤/艾滋病基金会”，这些报道被称为“每周疗法精选”。

这些报道始终关注的是研究和研究人员。到目前为止，艾滋病文章主要出自科技作家之手。普通记者可能偶尔会写一篇有社会影响的报道，但几乎每份美国报纸的科技板块都有艾滋病的报道。正因为如此，艾滋病报道往往出现了《怪才先生》① 这类节目的解释性风格——罪犯手到擒来，破案过程引人入胜。它们不会揭露或讨论公共政策问题。因此，在所有关于艾滋病的报道中，没有几段是和艾滋病政治相关的。6月初，一位失望的众议员特德·维斯公开了苏珊·斯坦梅茨在疾控中心调查时遇到的问题。

疾控中心的艾尔文·希尔耶回应说：“说得好像我们在隐瞒什么似的，但我们没有。”

---

① *Mr. Wizard* 是1951年至1965年间美国一档电视节目，以日常生活场景向儿童讲解科学原理。——译注

就在媒体对与艾滋病有关的一切都有强烈兴趣的这段时间，疾控中心的某人从楼下的自助餐厅拿了张餐巾纸，在一间办公室的门上做了个历史性的标记，上面写道："1981 年 4 月，就在这间办公室，桑德拉·福特发现了后来被称为'获得性免疫缺陷综合征'的疫病。"

32. 明星相

1983 年 6 月 14 日，丹佛

卫生部助理部长爱德华·布兰特认为，玛格丽特·哈克勒部长有必要做一场直言不讳的演讲。艾滋病恐慌潮中的恐同言论激怒了布兰特，他毕生恪守的保守主义思想浸润着他对是非的古板判断。他希望有一个明确的声明：即艾滋病不会成为歧视同性恋的工具，并认为同性恋自发组织了志愿教育和服务机构来应对这种疾病，理应得到褒奖。毕竟，里根改革的目的就是让人民自己动手，不坐等政府项目。

哈克勒部长同意了，尽管她知道她在美国市长会议之前发表演讲，无异于主动招批评家骂。艾滋病病情最严重的几个城市的市长已要求联邦政府再拨 5 000 万美元作为艾滋病研究经费，并要求保证让总统签字同意众议院已经通过的 1 200 万美元经费。然而，管理和预算办公室的官员说，里根总统将否决这笔 1 200 万美元的资金，他希望新的艾滋病研究经费能从卫生和公共服务部其他"挥霍无度"的项目中挪出来。而且，追加 5 000 万美元这样的数目实在太大，不可能不让预算办公室知道。在这样的问题上，哈克勒选取了通常的管理策略来处理——说一切都好，不需要更多的经费了。

在丹佛举行的市长会议闭幕式上，哈克勒部长发表了讲话，讲稿长达 17 页，这标志着内阁官员首次正式宣布艾滋病政策，从而成了当天的头条新闻。

哈克勒说，"在我看来，没有什么比这件事更重要的了：卫生与

公众服务部认为艾滋病是首要的卫生问题；你们不是在同艾滋病孤军作战，我们正和你们并肩作战。”

哈克勒再三保证艾滋病不是通过偶然接触传播的，随后又称赞了国家卫生研究院的“快速”反应以及政府在“探究艾滋病病因上的不懈努力”。

演讲中最有趣的部分，主流媒体却极少引用。哈克勒说：“如果不承认全国各同性恋组织所做的出色工作，任何有关信息共享的说法都是不完整的。在应对危机的过程中，他们给艾滋病受害者提供了全面的支持，并致力于向同性恋群体通报艾滋病的风险以及如何将艾滋病风险降至最低。我知道在座诸位中很多人都和这些团体有过广泛的合作，我为他们的同情心喝彩。”

* * *

巧的是，市长会议与第二届全国艾滋病论坛同时举行。在高度紧张的气氛中，几乎每个问题都引发了激烈的辩论：艾滋病论坛成了一个说“艾滋语”的盛会。

最激烈的辩论集中在旧金山代表团带到会场的艾滋病预防手册上。旧金山公共卫生部门匆忙组织好了文字，在打字机上打出了一份黑白两色的传单。比尔·克劳斯认为，这份传单有着令人厌恶的业余和怯懦。它没有提及体液，也没有提及要避免肛交之类的特殊性行为；反而建议同性恋减少性伴侣，并选择健康的性伴侣，“避免可能导致出血的性行为”。传单和新海报被树为榜样，供其他城市效仿。事实上，这是全国所有的公共卫生机构发布的唯一一份艾滋病预防公告。

比尔·克劳斯和凯瑟琳·丘西克是“哈维·米尔克俱乐部”艾滋病委员会的联合主席，他俩带着一盒“米尔克俱乐部”制作的三色宣传册来到了论坛。“我们能谈谈吗?”小册子通过漫画和诙谐的文字明确地告诉男同性恋，什么行为是安全的，什么行为是不安全的。标题直白，比如“口交和插入性交”，建议就列在下方，还进行了科学的分类，比如“被口交和替人口交”“被插入和插入”。克劳斯能理解，卫生部门是不可能发布这样有争议的小册子的，但他认为卫生部门应该为这个部门的名字印在会场外面的人们握着的一知半解的报纸上而感到羞愧。

纽约代表团的成员多来自“男同性恋健康危机”，他们带来了一个管理方案。井然有序的文件中包括流程图和正式职位的描述，在主席保罗·波帕姆看来，这是一个健全的组织机构必备的。这本小册子反映出在拉里·克莱默离开理事会之后，“男同性恋健康危机”致力于从事非政治服务。其教育计划包括与著名科学家和研究人员合作，开展艾滋病专题讨论会。遗憾的是，研讨会的听众还是同样一批500名知情人士，这些讲座并没有深入到最需要接受教育的人群，那些不把艾滋病视为生命威胁的同性恋。面对这一指控，“男同性恋健康危机”的艾滋病活动人士想出了一个新的“艾滋语”——“知情选择”。

“你不用告诉人们如何做爱，”他们争辩说，“你告诉人们艾滋病是如何传播的，让他们在知情的情况下自己做出选择。”

这一策略与纽约人对公民自由的担忧是一致的。没有得到民权律师认可的卫生政策是根本不会被考虑的。无论是对“男同性恋健康危机”，还是对纽约的公共卫生部而言，“知情选择”已然成了一个基本信条，这表明他们不愿为健康教育花钱。在纽约人看来，即便是旧金山公共卫生部门的那些欲言又止的文件也过于大胆了。当帕特·诺曼展示旧金山浴场的海报时，一些纽约人公开喝起了倒彩。

纽约人担心的不是教育，而是保密，这是曼哈顿“艾滋语”词典的首选词。问题不久前在纽约爆发了，因为疾控中心联系纽约血液中心，希望找出更多的输血感染艾滋病病例。疾控中心要求血库提供献血者名单，后者以保密程序为由予以拒绝，但又表示，如果疾控中心能提供全州所有艾滋病患者的名单，血库官员可以将其与献血者名单进行比对。不可思议的是，疾控中心竟然照办了。甚至在这次不当处理之前，纽约的同性恋医生就对疾控中心1982年进行的集群研究感到愤怒——当时，研究人员将早期艾滋病患者的名字告诉了其他病人，以了解他们之间是否有过性接触。这样的研究有助于证实艾滋病是一种传染性疾病，但不能平息对疾控中心的批评。现在，纽约许多同性恋医生因为担心疾控中心会泄露病人的姓名而拒绝报告艾滋病病例。

和西海岸的大多数同性恋领袖一样，比尔·克劳斯对保密问题并不感冒，他认为这事是典型的东海岸作风。虽然他认为疾控中心官员把名单泄露给他人是白痴之举，但也觉得没有必要在此事上面耗费太多的政治资本。毕竟，名单上的人已时日无多，不可能长期承受这样的耻辱。可是，纽约的卫生官员将保密工作提升为他们的首要工作，卫生专员大卫·森瑟甚至谈到有必要将保密工作作为该市第一要务。此举取悦了曼哈顿的艾滋病活动人士，也消除了因城市服务或教育项目的匮乏而产生的一部分愤怒情绪。人们互相安慰说，这个城市保密工作做得非常好。只有少数愤世嫉俗者指出，保密问题，就跟同性恋浴场问题一样，又是大卫·森瑟能稳操胜券的完美议题，因为它无需花费一分钱。在使用“艾滋语”的世界，象征性的问题几乎总能战胜实质性的问题。

* * *

论坛的总结报告是用“艾滋语”写成的完美之作。例如，“血液政策讨论组”发布了一份报告，通篇以政治术语阐述了重要的公共卫生问题，称任何血液检测“都必须认真考量献血者的保密问题，以及这种做法对于献血者群体产生的政治影响和社会影响……事实上，直接或间接的质疑已将男同性恋排除在献血者群体之外。对于一个已被剥夺了许多基本公民权利保护的群体而言，血液检疫是一种不祥的开端，它会进一步引发社会、政治、经济乃至身体的隔离。贬低一个已经被剥夺了公民权的社会阶层，在其血液上大做文章，可能会让恐同人士和种族主义势力以‘科学’之名实现其迄今为止无法完全实现的政治目标。”

公共政策委员会投票决定，“重申我们对个人权利的支持，坚决反对任何对道德进行立法的企图。换言之，我们反对通过立法限制性行为或关闭私人俱乐部及浴场”。在结尾部分，委员会报告以华而不实的辞令总结道：“我们永远不应忘记我们生活在一个恐同社会，或者说恐同症才是我们健康的主要威胁。在我们为同性恋健康孜孜不倦奋斗的过程中，必须不断与内化的恐同症做斗争。”

随着科学家越来越倾向于“单一病毒因子引发艾滋病”的理论，“政治策略讨论组”在报告的结尾部分提出了注意事项：“我们必须指出，单一病毒理论目前只是一个理论；我们认为，在科学证据出现之前，过早认同任何一种理论都将对同性恋群体的公民权利造成毁灭性打击。”

后来更名为“积极改变性观念讨论组”的“降低风险讨论组”，原本有机会为此次会议做出重大贡献——假如他们认同各种指南有可能拯救生命的话。但是，这个讨论组的最终报告承认，“没有就目前各种降低风险指南的要点和细则达成共识。我们的结论是有必要做进一步讨论”。

* * *

“我们的结论是有必要做进一步讨论。”比尔·克劳斯把这句话大声念给凯瑟琳·丘西克听，然后把纸揉成了一团。“同性恋群体的每个人都会死的，这两个政治怪胎居然还在争论告诉人们停止肛交是不是政治正确。”

* * *

默文·希弗曼从小就知道他会成为一名医生。他父亲是个牙医，所以他顺理成章地进入家乡华盛顿附近的华盛顿与李大学学医。但是，在洛杉矶一家县立医院的实习经历让希弗曼意识到他并不想行医，于是他加入了美国和平队，在泰国服务了两年。作为和平队的东南亚医学主任，希弗曼见识了预防医学的价值，也发现了自己的使命。随后，他在哈佛大学获得了公共卫生硕士学位，并加入了食药局，最终成为消费者事务部的主管。为了掌握更直接的权力，他接受了堪萨斯州威奇托市的公共卫生事务主任一职，在那里他留着长发、蓄着八字胡，怎么看都不像公职人员。

当1977年旧金山市市长乔治·莫斯克尼任命他为该市卫生局局长时，默文·希弗曼知道，他将从事一项高度政治化的工作。与威奇托市不同，旧金山的选民结构复杂，其中大部分人会直接表达他们的意见，旨在主张各种特殊利益的咨询委员会不少于34个。他了解到，旧金山的政治与公共卫生的关系比美国其他任何地方都要密不可分。

在丹佛，当市长黛安·范斯坦把他拉到一边讨论浴场问题时，希弗曼脑子里又冒出了这个想法。市长第一次提出这个问题是在1982年底，她的父亲及第二任丈夫都是医生，因而在医疗问题上给了她一些明确的意见。“如果出了问题，就得解决掉。”她说。希弗曼不认为滥交是一个孤立的、可以从人身上切掉的肿瘤；但艾滋病一来，整个同性恋群体都是病人。把病人吓得不敢去看医生，并不是解决之道。

由于疫情报道已经登上了报纸头版，范斯坦的担忧并没有那么容易缓解。她依然不明白，为什么默文·希弗曼不采取行动关闭浴场。希弗曼重新审视了自己的逻辑：他认为，社区需要更彻底的行为改变，关闭浴场可能只会把性活动转移到别处。

范斯坦并没有被说服，但在丹佛她也没有特别坚持。她知道，自己无权命令希弗曼做任何事，因为他是向市执政官而不是她汇报工作的。在希弗曼看来，范斯坦整顿这座城市的目的只不过是为了1984年在此召开的民主党全国代表大会。这个问题似乎不太可能消失。

6月16日，华盛顿，国会大厦

美国参议院以压倒性优势通过了对艾滋病问题追加1 200万美元的拨款法案，并且几乎没有任何争议。尽管白宫威胁要否决一项金额更大的追加拨款法案，其中包括艾滋病经费；但两党对艾滋病研究经费的支持力度相当大，足以确保资金到位。况且，这些金额在近1万亿美元的联邦预算面前，不过是些零头。

然而，宗教保守派开始在艾滋病问题上活跃起来。右翼杂志《人间事》谴责了此次的参议院投票，其社论称“这［1 200 万美元的拨款］是对同性恋激进分子发起的大规模游说活动做出的回答”。

在华盛顿，艾滋病预算案似乎碰上了定律：只要有一个提案刚刚走完必要的流程，马上就会传出科学上的突破，然后提案就被废弃了。已在公共卫生局传开的一份机密备忘录表明，里根政府提议在1983 年 10 月开始的财年中将 1 760 万美元用于艾滋病研究经费，这对于疾控中心、国家卫生研究院以及食药局所要承担的工作而言，简直是杯水车薪。各研究机构负责人认为，要想认真解决日益严重的艾滋病问题，卫生与公共服务部就得将艾滋病研究经费增加 3 倍，达到5 230 万美元。尽管这些计算结果出自联邦研究中心的机构负责人，但里根政府并没有提出新的艾滋病研究资助计划。政府的方针很明确：科学家已经有了艾滋病研究所需的全部经费。

*　　*　　*

截至 1983 年 6 月 20 日，根据美国疾控中心专为《发病率与死亡率周报》做的最新统计，已有 1 641 名美国人感染艾滋病，644 人死亡。纽约市报告的病例在其中占 45%；另外，旧金山有 10%，洛杉矶有 6%。随着新墨西哥州和亚拉巴马州报告发现首批艾滋病患者，可见疫情已扩散至 38 个州，以及哥伦比亚特区和波多黎各特区。疾控中心还报告，美国另有 21 名婴儿疑似患有艾滋病；由于该机构目前正在调查是否还有其他可能导致免疫抑制的原因，这些婴儿尚未列入疾控中心的统计报告中。在过去 6 个月里，感染艾滋病的人数翻了一番。疾控中心预测，在 1983 年下半年，死亡和接近死亡的人数将会再次翻倍，之后还会再翻一番。

6 月 21 日，华盛顿

在美国卫生与公共服务部总部所在地汉弗莱大厦，马科斯・柯南特的目光越过那张巨大的椭圆形橡木桌，直视托马斯・唐纳利的眼睛。这是他特地选的座位。唐纳利是美国卫生与公众服务部负责法务的助理部长，各部门主管通过他申请更多的艾滋病研究经费；他告诉他们，不能指望政府批准新的艾滋病研究经费，而是应该从其他项目挪出经费来用于艾滋病研究。朱迪·巴克莱也在场，但她只是白宫对外联络办公室的一名特别助理。这是一个没什么存在感的部门，其工作就是与白宫不想打交道的人会面。白宫下令将会议地点由其边上的老行政大楼改到卫生部总部，已然表明它是想置身事外。当此次会议的组织者——全国同性恋工作组领导人说，他们请了马科斯·柯南特和“纽约艾滋病人协会”领袖迈克尔·凯伦参加会议时，巴克莱差点在最后一刻退出。

为了就危机的各个方面达成共识，柯南特准备了一页纸的疫情介绍。现在它就躺在橡木桌上，其最后一段无疑具有先见之明：“西方文明在20世纪还没遭遇过如此大规模的流行病。这也许就是我们的政府对此次危机反应迟钝的原因。幸运的是，我们拥有战胜传染病的知识和方法。我们迫切需要采取紧急行动，让这些方法立即发挥作用，减缓这种流行病的蔓延，防止不可估量的大灾难的发生。”

另外一些理由也让马科斯·柯南特觉得托马斯·唐纳利个人也许会认同他的观点，但是当朱迪·巴克莱为会议定了基调，他的希望旋即破灭了。

她说，艾滋病也许会像癌症一样，耗时数年才能解决，不可能“速战速决”。

柯南特争辩道，艾滋病是一种传染病，找出病因相对容易些。而且，即使此刻也可以启动计划阻止其蔓延。

唐纳利并不是一种体察下情的语气，而是一副发号施令的官腔，在他驳斥柯南特担心未来将有几十万人丧生的想法时，柯南特心想。

“一旦同性恋意识到这是一种致命的疾病，就会改变自己的行为，疾病也就消失了。”唐纳利说。

柯南特认为，这么多人里面，唐纳利应是更清楚问题之所在的。

“人们并没有在改变他们的生活方式，”柯南特说，“他们快要死了。政府要加快行动。”

一些国会议员曾呼吁设立一名联邦艾滋病协调员。柯南特表示赞同，他说国家卫生研究院、疾控中心、食药局必须更加谨慎地安排工作，制定目标和优先次序。他说：“政府应像对付外来入侵一样采取措施。除非我们立即行动，不然 5 年或 10 年后才可能有解决方案。”

唐纳利开始长篇累牍地陈述政府迄今所做的工作，这是一篇为卫生官员精心准备的演讲，常用于应付国会调查。

唐纳利说，发放经费需经过同行评议，要求这种由来已久的过程提速，简直太歇斯底里了。他不敢相信，科学家们竟为了获得艾滋病研究经费而要求这么做。

会后，全国同性恋工作组发了一份新闻稿，称弗吉尼亚·阿普佐“因政府承诺会与受艾滋病影响最严重的人保持沟通而深受鼓舞”。

当马科斯·柯南特在华盛顿国家机场登机时，没有感受到任何鼓舞。在回旧金山的航班上，他给里根总统写了封信。他写道，国家需要组织专家加速研究项目的同行评议过程，并任命一个能做全国性规划的艾滋病协调员。最终，这场疫病可能会使总统描绘的美国未来图景全都黯淡无光。马科斯·柯南特警告说，站在历史角度讲，罗纳德·里根可能会因为对其任期内导致数千人死亡的疾病无所作为而下台。他写道，成千上万甚至几十万人将会死去，而他们大都是枉死的。

当飞机盘旋准备着陆时，柯南特茫然地从他的小窗望向湾区。他看见海上来的雾气掠过旧金山的西面，犹如幽灵的手指缓缓划过一座座守护着卡斯特罗街免遭海风侵袭的山坡。47 岁的柯南特觉得自己老了，无力操劳，他不知道什么时候才能歇下来。

6 月 23 日

全国卡波西肉瘤/艾滋病基金会的募捐会是一场充满旧金山风格的活动。主持人黛比·雷诺兹在介绍神秘嘉宾、女演员雪莉·麦克莱恩出场时，顺便评论了后者的美腿，麦克莱恩顺势往下拉了拉她的抹胸长裙，以证明她的其他部位也很不错。人群热情地欢呼“我们爱你，雪莉”，不甘示弱的雷诺兹拉起高衩礼服的后半截，飞快地秀了一下她的黑色内裤。

“黛比的时代一去不返啦。”一位房产经纪人在观众席上叹道。

“看我来秀一把。”过了一会儿，歌手茉嘉娜·金开玩笑说。不过，她打的是安全牌，只是浅吟低唱了一首《我可爱的情人》（*My Funny Valentine*）。

当这些趣闻传到全国其他地方时，大家惊得眉毛都竖了起来，不过长久以来旧金山人的做派一直会让内地人有这样的反应。更值得注意的是，那晚出现了第一批愿为艾滋病义演的名人。其实，包括电视演员罗伯特·“本森”·纪尧姆在内的这群人，是少数几个不介意与艾滋病扯上关系的名人。其他的大多数明星，包括许多被同性恋捧出来的明星，都不想卷入一种不……高级……的疾病中。

作为一个有争议的问题，艾滋病仍然缺乏明星气质。即使在同性恋之中，这种病也缺乏时尚的光环。基金会售出的门票远远低于预期，虽然募捐会有所盈利，但组织者不得不发放免费入场券，以确保交响音乐厅里的人数比门票的销售数量好看。实际上，在卡斯特罗区，人们最近有了新话题，都在说“我烦透了同性恋癌症”。过去几个月的媒体聚焦让人筋疲力尽，人们开始希望它消失。当浴场该不该张贴警示的争论甚嚣尘上时，在浴场张贴警示的很少，如今却开始多了起来。

第二天，旧金山医学会

1983 年夏，詹姆斯·科伦医生越来越喜欢“威利·萨顿定律”来证明艾滋病是由逆转录病毒引起的。臭名昭著的银行劫匪威利·萨顿曾被问到为什么要抢银行，他回答说：“因为钱就在那里。”

“我们会把钱放在［疾控中心的］哪里？”科伦这样问，“威利·萨顿会去哪里？我想，他现在会去找逆转录病毒。”

这样的解释总是能让人开怀大笑。詹姆斯·科伦如今已是联邦政府的艾滋病大使，把他的冰山理论幻灯片和吓人的图表带到了全国各地。今天，他与“湾区医生促进人权协会”会谈，这群彬彬有礼的同性恋医生在科伦这样的大人物面前感到头晕目眩。科伦如今在他那套常规的说辞中添加了一些小故事，以此显示里根政府对艾滋病的重视程度。

“有一天，我在酒店房间里接到一通电话，他们说是秘书打来的，”詹姆斯·科伦说。如今他担任疾控中心的艾滋病协调员已经两年了。“除了秘书，谁会在电话那头等着？结果是哈克勒部长。我可真没想到。”

笑声平息后，科伦继续说道：“不过部长确实支持我们的工作。”

那些彬彬有礼的医生看到《纪事报》的记者跟着科伦走出房间，跟进男厕所，站在小便池边，无礼地询问资金来源是否充足的问题，他们的脸色都变了。也许是出于对一位受人敬仰的同事的尊重，这些有礼貌的医生们从没问过这样的问题。

“我们拥有所需的一切。”科伦一口咬定。

这是他那年夏天在全国传递的信息。

3 年后，曾经尾随詹姆斯·科伦进厕所的那位记者问他如何评论当年的这番言论。根据《信息自由法案》的要求公开的文件显示疾控中心的情况并不乐观，科伦也明白这点。即使是在他向旧金山的同性恋医生做出保证的同时，也仍在给上级写备忘录，申请更多的经费。

科伦的措辞非常小心。

“很难向体制外的人解释。在体制内为一个目标工作，与跟体制外的人谈论这个目标，是两回事，”他说，“我是否该回答‘我一直想找个统计员但没找到’？我知道助理部长正在制定预算方案，以实现目标。现在不是在旧金山站出来宣布这一消息的时候。听着，你有 3 个选择：你可以沮丧地退出；或者退出，做个局外人；或者继续忠心耿耿地在体制内工作。外面的人可能会认为你在撒谎或掩饰。这不是真的。”

此外，没有几个人愿意听人抱怨。科伦后来指出，新闻媒体没在做公共政策方面的报道。就算科伦提供了这些信息，也没有一家报纸或电视网对此表现出任何兴趣。他说：“能让艾滋病研究项目坚持下来的只有两件事——内部压力以及来自同性恋群体的压力。仅此而已。”

* * *

在亚特兰大，疾控中心宿主因素分部的布鲁斯·伊瓦特医生担心血库和疾控中心之间的战线变得越来越难解。他经常飞到华盛顿，向血液行业的领导者提供越来越多的证据，说明艾滋病已经污染了血液供应。然而，双方并没有就某些行动方案达成协议，各自的立场反倒越来越强硬。会议经常蜕变成血库领导人对伊瓦特作为科学家的资格的质疑，并嘲笑疾控中心没有能力指导政策事务。在疾控中心工作多年，布鲁斯·伊瓦特从未遭遇过如此严重的人身攻击。伊瓦特一再警告血库方面，他们的做法将会引发日后的过失诉讼。在国会批准的特殊保护下，血库可免于产品责任索赔。但他警告说，玩忽职守就完全是另一回事了。可以说，到目前为止，血库很清楚，除了对献血者进行粗略的筛查，他们根本没有采取任何措施就随意分发疑似艾滋病感染者的血液。伊瓦特看得出，由于国会的特殊保护，血液行业自认为凌驾于法律之上，对他的观点根本不屑一顾。

6 月下旬，美国红十字会、美国血库协会和社区血液中心委员会发表了一份联合声明，谴责对受污染血液的恐慌，并再次坚称，如果问题确实存在，那也只是“每百万输血患者中有一例艾滋病病例”。当助理部长爱德华·布兰特——就是他在案头截停了用于卫生政策的经费——试图就血液问题达成一项共识政策时，他重申支持对献血者进行筛查的指导方针，但认为无需对血液本身进行任何实际检测。

6 月 25 日，意大利，那不勒斯

从艾滋病研讨会的角度来看，“欧洲研究小组”举办的第一个关于获得性免疫缺陷综合征和卡波西肉瘤的研讨会并没有引来一大批科学家。不过，此次会议的场所却充满浪漫气息，是在位于那不勒斯湾的一座 15 世纪城堡——蛋堡。迈克尔·戈特利布医生从洛杉矶飞来，向大会介绍了他目前关于卡波西肉瘤双病毒模型的理论。这种恶性肿瘤向戈特利布展示了此次疫情中最有意思的谜团，因为它似乎只发生在男同性恋身上。在非洲，这种疾病长期以来一直与巨细胞疱疹病毒有关，这使得戈特利布相信，也许第二种病毒与一种尚未被发现的艾滋病毒共同导致了卡波西肉瘤。根据他“分两步走”的思路，一个人先要感染一种破坏淋巴细胞的病毒，也就是淋巴细胞病毒，与此同时第二种病毒会引起卡波西肉瘤的爆发。根据这样的想法，单单淋巴细胞病毒就能导致艾滋病，这就解释了为什么静脉注射吸毒者和输血接受者很少会得皮肤癌。戈特利布把巨细胞病毒列为可能引发卡波西肉瘤的候选病毒；但他还是想不出究竟是哪一种淋巴细胞病毒。

迈克尔·戈特利布读过巴斯德研究所在《科学》杂志上发表的一篇文章，关于他们发现的一种新型人类逆转录病毒，但他并没有多想。跟大多数科学家一样，他需要更多的证据。当巴斯德研究所的让-克洛德·彻尔曼医生开始介绍该所最新发现的病毒时，戈特利布顿时为之一振。彻尔曼医生报告说，他们发现的淋巴结病相关病毒会引发一种令人难以置信的细胞病变，破坏受感染细胞。作为加州大学洛杉矶分校的临床医生，戈特利布将病毒描述与他见过的被损毁的免疫系统进行了对比。确实很有道理。他在提问环节举起了手。

戈特利布问：“这是不是人类嗜 T 淋巴细胞病毒 1 型？”

彻尔曼“唔”了一声，斟酌片刻又说：“如果你问我是不是人类嗜 T 淋巴细胞病毒，我会说是的，是人类嗜 T 淋巴细胞病毒。但如果你问我是不是人类嗜 T 淋巴细胞病毒 1 型，不，我认为不是。”

这位法国人解释了病毒的核心蛋白质和其他特征之间的差异。与此同时，巴斯德的另一位免疫学家大卫·克拉兹曼介绍了对不同艾滋病患者血液的研究结果，发现明显与淋巴结病相关病毒有关。

迈克尔·戈特利布完全信服。法国人发现了隐藏在艾滋病背后的必需的淋巴细胞病毒。第二天早上，他请彻尔曼共进早餐，并邀请他参加正在筹备的明年 2 月在犹他州一个滑雪胜地举行的研讨会。与其他处理各种流行病学和社会心理问题的会议不同，戈特利布希望他的研讨会能够成为一场科学思想的盛会，只谈纯粹的艾滋病科学。他希望这次研讨会能够在美国科学界点燃一把火，因为他们对新流行病的反应过于迟钝。

* * *

另一位美国艾滋病研究人员也对让-克洛德·彻尔曼医生的讲述印象深刻，他就是疾控中心的哈里·哈韦尔科斯医生。晚餐时，哈韦尔科斯以及他的妻子、彻尔曼，还有巴斯德研究所的其他科学家为发现病毒举杯庆贺。哈韦尔科斯很想立刻飞到巴黎取一些他可以带回亚特兰大学习的病毒。但是，由于疾控中心经费短缺，哈韦尔科斯无法另外安排行程。巴斯德研究所不得不将装有病毒的试管包上干冰，寄给疾控中心。然而，当样本抵达亚特兰大时，病毒已经死亡，只得要求该研究所再运送一次，如此一来，疾控中心的淋巴结病相关病毒检测推迟了好几个月。

6 月 26 日，旧金山

一群艾滋病人在 1983 年的“同性恋自由日游行”中走在了队伍前列，但警方早在游行前就收到了许多死亡威胁，不得不派出便衣警察在队伍中来回走动，以提供额外保护。一些穿制服的巡警在游行队伍周围指挥交通，他们戴着橡胶手套。庆祝活动结束后，4 名被派去清扫垃圾的市政人员戴着医用口罩，穿着一次性纸衣服出来工作。他们担心散落在街头的垃圾可能会让他们得艾滋病。

同性恋自由日那天刚好是比尔·克劳斯的 36 岁生日，当晚，朋友们在他位于卡斯特罗街上段的家里为他举办了一个小型生日派对。比尔兴致不高。他提出要重新定义同性恋运动，结果遭到猛烈抨击，这使他垂头丧气。他曾经认为，一旦同性恋群体意识到艾滋病带来了严重的危险，大家都会团结起来对生活方式做出必要的改变。没想到他们反而对着提建议的人大吼大叫。

在生日派对上，克里夫·琼斯告诉比尔·克劳斯他要离开这个国家一段时间。去年组织“卡波西肉瘤/艾滋病基金会”的活动让他精疲力尽，而过去几周，他因为在比尔的文章上签了名而招致的责难和谩骂，让他不堪承受。曾和他一起发起街头激进运动的老朋友，称他是性爱法西斯和恐同分子。克里夫自视为同性恋解放运动的拥护者，而不是恐同分子；他不知道如何应付这些批评。与疾病本身做斗争也让他疲惫不堪。这不是一场他可以面对并取得胜利的政治运动。每天都是一场战斗，而这种疾病又是如此无情，他再努力也很难有成就感，更不用说取胜了。克里夫想逃得远远的。

比尔和克里夫都认为，每个人都快疯了。

* * *

在纽约，市长埃德·科赫因为担心发生暴力事件，也为同性恋游行分派了额外的警员。就在游行前几天，专栏作家帕特里克·布坎南又发表了一篇文章，对同性恋展开了新的攻击，呼吁市长科赫或州长马里奥·库莫取消游行。文章大量引用了安东尼·福奇上个月发表在《美国医学协会杂志》上的那篇不靠谱的关于“日常家庭接触”致病的评论。还有两名医生也因为《美国医学协会杂志》的文章感到恐慌，他们在该市卫生局大楼的台阶上举行了新闻发布会，要求取消游行，关闭所有同性恋酒吧和浴场。这两名医生来自一个自称“道德行动委员会”的组织，他们建议对所有接触食品的人员进行检查，看是否有患病迹象，并要求对死于艾滋病的人的灵柩进行密封。

与旧金山、纽约一样，华盛顿的同性恋游行人数达到了有史以来的最大规模。经过一天的演讲、排球运动和音乐表演，大约 650 名游行者手持蜡烛前往白宫对面的拉斐特广场举行集会。当发言人谴责总统对艾滋病沉默、联邦政府对艾滋病怠惰时，天空下起了小雨。

艾滋病患者亚瑟·贝内特指着白宫说：“我认为在这场综合征开

始时，他们，就是那里的人，还有其他很多人说，‘让那些基佬去死吧。他们死不足惜。’我很想知道，如果死的是 1 500 名童子军又会怎么样呢?”

*　　*　　*

第二天，疾控中心报告说，在美国有 1 676 人确诊患有艾滋病，其中 750 人已经死亡。

第六部分

例行公事：1983年7月至12月

世上的邪恶总因无知而起。如果缺乏见识，善意也许会和恶意一样有害。总的来说，好人总比坏人多，然而问题不在这里，人的无知确有高低之别，这就是我们所谓的邪恶或有德，而最无可救药的邪恶是这样一种无知：误以为自己什么都知道，于是乎声称自己有权杀戮。杀人犯的灵魂是昏盲的；如果没有真知灼见，也就没有真正的善良和崇高的仁爱。

——阿尔贝·加缪《鼠疫》

33. 马拉松

1983年7月，纽约，布朗克斯区，爱因斯坦医学院

一个名叫黛安娜的女婴因为身上出现了所有婴儿艾滋病的典型症状而被带到埃尔·鲁宾斯坦的儿科免疫诊所，虽然只有几个月大，但她出生后的最初几周并没有正常发育。她父母的情况听起来有点耳熟，他们都是静脉注射吸毒者；母亲还出现了淋巴结肿大之类的免疫异常。黛安娜的哥哥也出现了同样的消耗性综合征。鲁宾斯坦医生送孩子去雅可比医院接受检查。

起初，母亲偶尔还来看望黛安娜和她的哥哥；然后她就消失了，把两个孩子扔给护士和医生照料；布朗克斯的白砖墙医院成了黛安娜的新家。

1983年初夏的几个月，这种情形反复出现。尽管艾滋病最初是从男同性恋中冒出来的，但它也扎根在贫民区的瘾君子群体中，在那里，共用皮下注射针头被证明是一种非常有效的传播途径。这一流行病正在将儿童变成新的受害者，这些儿童的母亲或自己使用毒品或与吸毒成瘾的婴儿父亲发生性接触而感染了艾滋病。孩子们不是被遗弃，就是成了孤儿，最终无家可归，只能住在市立医院里。

埃尔·鲁宾斯坦为这些婴儿深感难过，但他很快就想出了一个计划，也许可以给孩子们一点家的感觉，同时又能避免高昂且不必要的医疗费用。鲁宾斯坦知道，可以给孩子们找养父母，但他们往往都是

工薪阶层，白天无法照顾婴儿。如果能有个小型日托中心的话，鲁宾斯坦觉得，他就可以在养父母上班期间监控婴儿的身体状况，那么这个城市每天可以为每名儿童节省近500美元的医疗费。

这个计划看起来既人道，又划算，所以鲁宾斯坦向市政府官员求助。每个人都深有同感，并且不吝溢美之词，但没人有兴趣把钱投到鲁宾斯坦的日托中心。这时，鲁宾斯坦才体会到同性恋领导人这两年来的遭遇：纽约市政府只有一个意图，那就是花政治上说得过去的最少的钱来度过这场疫病。鲁宾斯坦警告说，考虑到艾滋病患者人数正在不断增加，如果现在不开始制订一些计划，这样的婴儿将出现在城里所有的病房。鲁宾斯坦的话被斥为危言耸听，他本人也被从一个部门调到另一个部门，从一个职位转到另一个职位。

* * *

纽约市对这场疫病的反应是完全不采取任何应对措施。州政府和市政府官员都极力掩盖疫情的严重程度，以证明他们的不作为是合理的。6月下旬，城市卫生专员大卫·森瑟医生报告说“患者人数趋于平稳”，并提出男同性恋有可能正在对这种疾病产生“免疫力”，而艾滋病可能“没有我们想象的那样具有传染性”。市人权委员会主席以赛亚·鲁滨逊更是直白地告诉《每日新闻》“不存在疫情”。他的推断源于这样一个事实，即一个有2亿人口的国家出现1 600个艾滋病病例，意味着只有十万分之一的美国人感染了这种病。“十万分之一的人得的病算不上疫病。”他说。

不管属于哪个党派，官方对艾滋病压根没兴趣，在奥尔巴尼，州长马里奥·库莫就是个明证。在财政方面，自由民主党强烈反对共和党主导的州参议院要求拨款450万美元用于艾滋病研究，70万美元用于教育和预防项目。对此，州参议院一致投票决定拨款，但库莫威胁要投否决票，他说：“假如你手头有500万美元，这无疑是一个非常好的法案。但我并没有500万美元。”当着一个调查疫情的立法委员会的面，库莫手下的州卫生专员大卫·阿克塞罗德驳斥了对他们的批评，称纽约州更重要的健康问题是高血压。

旧金山和纽约的政治机制截然不同，这使得东海岸鲜少有同性恋领导人会非难政府。在西海岸，同性恋政治权力运动是一场草根运动，主流政治家意识到他们的地位与其取悦同性恋选民的能力有关。在纽约，同性恋的权力倾向于自上而下的模式。很少有证据表明草根运动的存在，而同性恋政治领袖则更多地依靠政府官员的支持。尽管民主党人对同性恋问题很敏感，但他们对同性恋领袖的依赖程度不及同性恋领袖对他们的依赖程度。其结果是，哪怕偶尔出现抗议官方不作为的示威活动，也是不温不火的。

假如同性恋领袖想要抗议，几乎没有证据表明他们能找到一个可信的平台来公开表达他们的担忧。6 月下旬，同性恋活动组织者与《纽约时报》的副主席会面，希望一起努力扩大对同性恋社群和疫病的报道。尽管这家报纸跟踪报道了艾滋病事件中的医学研究进展，但在地铁版或国内新闻版上很少提到。顽固不化的《纽约时报》执行主编亚伯·罗森塔尔，此前曾因未报道麦迪逊广场花园的募捐会向“男同性恋健康危机”“表示遗憾”，他将此次没有报道归咎于“人为错误”；在与同性恋政客的会面中，《纽约时报》副主席依然坚称该报在新闻报道中提及“男同性恋”时将继续使用“homosexual”而非“gay”。这位高管认为，对大多数人而言“gay”一词有“开心”之意，即使他在整个商谈过程中采用的都是这个词在 20 世纪的意涵。会谈结束后，温和的同性恋领导人认为他们取得了一点进展，并这样告知同性恋报纸。对此，那名高管后来予以了驳斥：“我并没有说《纽约时报》会接受批评，我说的是愿意听取建议。”

* * *

当玛蒂尔达·克里姆医生开始推动城市提供更多的服务时，纽约市的漠然令她大跌眼镜。6 月，克里姆医生和一群同性恋医生组织了“艾滋病医学基金会”，旨在激发人们从医学角度了解艾滋病的兴趣。很快，克里姆不得不为了市政卫生问题各处游说，因为几乎没有人愿意做这件事。

这位56岁的癌症研究人员在纪念斯隆-凯特琳癌症中心工作，在那里，她被称为“干扰素女王”；1981年她在工作中首次对艾滋病产生了兴趣。她一直在寻找一种皮肤癌，想用它来测试干扰素对癌症的疗效。卡波西肉瘤的神秘表象引起了她的兴趣，皮肤上的肿瘤是可测量的，从而能够更准确地评估干扰素作为抗癌药物的表现。

1983年初，随着玛蒂尔达·克里姆加快了自己的艾滋病研究，她对纽约市协调服务的匮乏感到吃惊。医院不愿发挥领导作用，促进有序应对疫情。市里的各家医院惧怕被人视为“艾滋病医院”，这会使它们在当前谈艾色变的情况下失去病人，因此没有哪家医院愿意跟这种疾病扯上关系。个别同性恋医生建立了自己的档案并收集数据，但即便是纽约也没有在未来规划艾滋病诊所或病区的想法。在旧金山，加州大学旧金山分校及旧金山综合医院开展了协作研究，发现干扰素对早期患者具有一定作用；在纽约，则看不到什么进展。克里姆认为，区别在于卡波西肉瘤患者在纪念斯隆-凯特琳癌症中心接受治疗时，病情已经恶化到难以准确地反映出药物在他们身上的效果。实际上，他们走进医院时已经半死不活了。

官方长期忽视艾滋病，对研究人员的影响也很大。由于该市没有针对艾滋病患者的门诊部，因此，原本可以在专门的门诊部处理的病人被毫无必要地送去住院治疗。克里姆认为，缺乏家庭护理或临终关怀床位，也会加剧原本没必要的对艾滋病患者进行制度化处理的问题。城市将为此承担巨额成本；因为许多病人在失去工作后也没了医疗保险，于是将被迫进入公立医院。根据对艾滋病蔓延情况的预测，城市将面临巨额开支。而且在未来几年，由于缺乏教育计划，这种潜伏期很长的病毒无疑会培养出大量的艾滋病患者。

现下，克里姆已经听说了拉里·克莱默跟这个城市所做的斗争，并认为克莱默是对的。她觉得愤怒是完全合理的反应。纽约市太不负责了。

幸运的是，玛蒂尔达·克里姆比拉里·克莱默的资历雄厚，愤怒的作家拉里在与同性恋组织闹翻后，声名一落千丈。由于母亲讲德语，克里姆讲话带着浓重的欧洲口音，这让她听起来像个权威研究人员。她嫁给了猎户座影业公司的董事会主席亚瑟·克里姆，后者在强大的纽约—洛杉矶高级金融圈享有很高的声望和地位。有着这样的社会关系和科学声望，克里姆似乎是老天爷赐给艾滋病斗士的一份礼物，因为他们仍然缺乏明星气质。

很快，她发现这一切并没有什么用。

克里姆给一些私交打电话，这些人手上有几个知名的医学和科学基金会。

“艾滋病是一个地方性问题，”他们告诉她，“我们处理的是全局性问题。”

当她开始联系市政官员，讨论服务匮乏的问题时，得到的回复是：“我们先等等看事情怎么发展再说。”

“如果观望的话就太晚了，”克里姆说，“事情会完全失控，你将束手无策。”

向卫生专员大卫·森瑟求助也没有取得任何结果，于是克里姆医生希望与市长科赫会面。由于她的人脉关系，这显然是没有问题的，问题仍然出在科赫身上。

“我该怎么做呢？”他率先发问，“同性恋社群不喜欢我。每个人都说我是同性恋，可我不是。我不知道他们要我做什么。”

克里姆概述了一项协同作战方案，包括一个门诊部、一个家庭护理计划以及临终关怀的设想，并强调这些举措于市财政有利。

“我们希望看到有具体数字的材料，以证实你说的是对的。”科赫说。

玛蒂尔达·克里姆说她会提供这样的文件，市长的态度缓和了一些。

“好吧，玛蒂尔达，我会任命你为我的艾滋病工作组组长。”他说。

克里姆离开办公室时，感觉自己取得了一些成果。

她再也没有收到市长科赫的任何消息。

后来的艾滋病诊断汇编文件显示，1983 年 7 月，纽约的艾滋病病人超过了 1 000 例。到 7 月 30 日，共有 1 003 名纽约人患上了这种致命的疾病，比几个月前全国的患病人数还要多。

* * *

7 月 8 日，墨尔本的亨利王子医院报告了澳大利亚首例艾滋病死亡病例。医生说，这名 43 岁的男子曾在美国生活，今年 4 月回国探亲时病倒了。目前当局已经确认了澳大利亚的另外 4 例艾滋病病例，并正在对另外 15 例病人进行调查。这 20 名男性都坦陈近年来与美国男性发生过性关系。

澳洲大陆的第一例死亡病例引发了当地的第一波艾滋病恐慌。在悉尼，医院实验室的工作人员在讨论是否应禁止对确诊的艾滋病人的血液进行分析，因为他们担心在工作中感染此病。一个保守的宗教团体提议关闭全国的同性恋酒吧，并隔离所有从美国回来的男同性恋。《澳大利亚医学杂志》发表评论说："也许这样的情况就是在佐证我们早已明知的事实，即堕落的生活方式会让人丧命。"

就在首例澳大利亚艾滋病患者死亡当天，开普敦卫生当局宣布，南非有 5 名男同性恋罹患艾滋病。西欧已有 160 例确诊病例，欧洲议会的社会党领导人呼吁卫生当局停止进口一切来自美国的血液制品。在法国，当局效仿美国的做法，开始对献血者的性史和药物史进行筛查。欧洲病人数量的增加促使世界卫生组织决定在 11 月召开一次关于艾滋病的国际研讨会。

在旧金山，塞尔玛·德里兹医生宣布，目前艾滋病已成为 30 多岁及 40 多岁单身男性的主要死因。对艾滋病患者的分析进一步表明，病情正在从卡斯特罗社区向旧金山各地更大范围的同性恋人群中扩散。

7 月 17 日，迈阿密

艾滋病的情况总是这样：有了新发现的那一刻，事情或许会变得更有希望或更前途暗淡，而艾滋病的新转折几乎总是前途暗淡的，而且比任何人想象的还要暗淡。

最坏的情况往往是层层叠叠混杂在一起的。当疾控中心的戴尔·劳伦斯医生前往迈阿密调查首例血友病艾滋病患者的妻子感染艾滋病的事时，并不感到惊讶。

这名 70 岁的妇女刚从第一次肺囊虫肺炎发作中缓过来，气喘吁吁。她的丈夫两个月前死于肺囊虫肺炎。戴尔向她询问了所有可能的风险因素。他们一起剥蔬菜皮吗？他俩共用的厕所里有没有出现过直肠出血？夫妻俩共用一支牙刷吗？她说，只有一种可能，而且非此莫属。因为他们很少过夫妻生活，戴尔才能估算出妻子是什么时候被感染的。根据死者的病历，戴尔很快意识到丈夫感染病毒的时间要远远早于其年迈的妻子。而两人却几乎是在同一时间病倒的。

这种疾病的潜伏期可能很长，也可能很短，取决于受感染者自己的体质。此外，劳伦斯现在认为，这种疾病的平均潜伏期可能长达 4 年，比大多数研究人员推测的 6 个月到 2 年要长得多。

过去一年，劳伦斯一直在研究血友病患者和输血接受者感染艾滋病的情况。他始终担心血友病患者的妻子及性伴侣会发生什么问题，但经费依旧匮乏的疾控中心并没有对这一问题进行过任何研究。

随着迈阿密这两个艾滋病案例的意义逐渐凸显出来，劳伦斯开始意识到艾滋病疫情正随着不同的浪潮展开，或者更确切地说，就像不同时间开始的不同的马拉松比赛。第一场比赛的参赛者是感染了艾滋病的男同性恋，另一场由血液制品的接受者参加的比赛开始时间要晚得多，但其中跑得最快的一批选手已经在 1982 年到达了终点线，并没有落后于第一场比赛的选手。血友病患者的妻子如此迅速地感染、发病，就像第三场马拉松比赛的选手，与她丈夫同时到达终点，尽管她丈夫起跑比她早得多。她只用更少的时间就跑完了这段路。在美国各偏远的州或不同国家出现的首批患者，不过是在第一场比赛中有领先优势，第二场比赛的“赢家”很快就会到来，尽管目前他们还不可见。大部分选手还没有到达能看到终点线的区域。

站在终点线上的疾控中心，只是记录到达时间而已。对于输血感染病例，可以通过输血记录客观地确定感染日期，疾控中心只看到了跑得最快的那些人的平均时间——他们在输血后的2、4或6个月就染上了艾滋病。而那些已经有2年、3年或4年潜伏期的人还没有染病的迹象。

回到亚特兰大，戴尔·劳伦斯注意到往期《柳叶刀》上发表的一项研究成果，该研究是在旧金山进行的，研究的是男同性恋中消化道寄生虫的感染率。其中包括一张图表，描出了20世纪70年代末、80年代初寄生虫感染的陡峭曲线。这个曲线是塞尔玛·德里兹几年前就开始担心的，当时她担心的是如果有新的传染因子在这类人群中出现会发生什么。劳伦斯把旧金山的艾滋病病例数量绘制成曲线图，并与《柳叶刀》上的寄生虫感染率曲线进行了比较。两者本质上是一致的，但中间相隔约5年。当然，反映艾滋病蔓延的斜率才刚开始。鉴于他目前预测的潜伏期，劳伦斯毫不怀疑艾滋病会像寄生虫流行病一样急剧蔓延。

* * *

与此同时，血液行业的一家单位不愿承认输血相关艾滋病存在，疾控中心还在继续与之做斗争。这家制药公司获得许可，开始制造经过热处理的第八因子。该产品的引入原本是为了终结凝血因子对肝炎传播的威胁，疾控中心的医生认为，用于对该产品进行消毒的高温也会杀死他们认定是导致艾滋病的病毒。然而，这家制药公司计划将经过热处理的第八因子定价为传统注射成本的2倍。因此，据疾控中心血友病专家布鲁斯·伊瓦特医生估计，如果使用这种消过毒的材料，普通血友病患者一年的治疗费用将在1.6万美元到2.4万美元之间。很少有血友病患者负担得起更昂贵的治疗费用。伊瓦特认为这种热处理过的材料定价高得离谱，但考虑到艾滋病防治的情形，他也无法要求该药物价格更亲民些。疾控中心尚未确证艾滋病病毒的存在，更不用说分离出造成此病的微生物了。他们根本没有资格对大公司提要求。

疾控中心对全国血液供应的诚信问题表示担忧，但他们在联邦政府或公共卫生机构内部几乎得不到任何支持。政府的高级卫生官员——最重要的是卫生与公共服务部部长玛格丽特·哈克勒及负责卫生事务的助理部长爱德华·布兰特——跟血库站在同一条战线上，说什么即便有机会通过血液感染此病，其可能性也是微乎其微的。

“我希望美国人民放心，我们的血液供应是百分之百安全的。”7月初，哈克勒部长前往华盛顿的红十字会办公室献血时说。作为一个模范公民，哈克勒花半小时填写了自我延期计划的医疗表格，以表明延期献血是在实施的。她在红十字会的新闻发布会上说：“无论是对于需要大量输血的血友病患者，还是对于手术时可能需要输血的普通市民，血液供应都是安全的。”

与全国各地的血库一样，华盛顿血库的献血量在艾滋病问题被大肆报道的前几周里是大幅下降的。6月，献血总量减少了16%；7月，许多血液中心的献血水平较上一年下降了30%。城市地区出现血液短缺现象。全国各地的消费者都在激烈争论，他们强烈要求实行“定向献血”计划，即那些等待做手术的人将由亲朋好友专门为他们献血。所有主要的血库都敦促其成员不要接受定向献血，担心这会对血液行业造成严重破坏。

“我们希望这样做能有助于控制恐慌。”旧金山欧文纪念血库的医学主任赫伯特·珀金斯医生说，他宣布他所在的中心将禁止定向献血。“通过输血感染艾滋病的风险大约是百万分之一。”

出于良好的意愿，当权派团结一致支持血库；毕竟，你不能让这种歇斯底里把美国医疗事业不可否认的一个基石给毁了。地方公共卫生官员通过尽量低估输血导致艾滋病的威胁来证明他们是关注此事的。比如在洛杉矶，有消息说3名死于艾滋病的婴儿可能是通过输血感染的，地方官员对此强烈否认，生怕引起艾滋病恐慌。“除非你能确定艾滋病患者通过某种方式直接影响了该婴儿的病情，否则很难称之为艾滋病，”县卫生局副主任雪莉·范宁医生说。范宁说，这些病例可能是先天性免疫缺陷所致。医生们反驳说，病人免疫系统呈现的是艾滋病患者的特点，而非先天性免疫缺陷患者的特点，但没有人听得进去。

在华盛顿，部长哈克勒和助理部长布兰特在另一场新闻发布会上再次向公众做出了类似的保证，以回应洛杉矶那几个病例带来的恐惧。哈克勒说：“我认为让公众对我们的血液供应有信心非常重要。”布兰特说，即使这些病人确实是艾滋病患者，但问题在于他们在“延期献血”指导方针出现之前就已经接受了输血。他说，“我们认为这些指导方针将极其有助于”降低风险。

一如往常，媒体成了故事不可分割的一部分。科技作家和记者自视为常识的捍卫者，对于疫病他们写了一些“遏制恐慌”的报道，并避免向血库领导层提出尖锐的问题。尽管有充足证据表明，男同性恋在出现任何明显的症状之前，早已通过性行为相互传播疾病了，但媒体接受了血库领导的说法，即只有当某人接受了确诊的艾滋病患者的血液后，也被确诊为艾滋病患者时，才能证明输血会导致艾滋病感染。这就是为什么只有那些出现明显症状的人才被禁止献血，迄今为止这是美国人避免输血感染的唯一保护措施。

血库和疾控中心研究人员之间的敌意日渐加深，后者依旧坚持认为血库必须对血液本身进行检测，寻找与过去肝炎感染类似的迹象，而延期献血指导方针的涉及面必须更广。在夏季到来之前，哈里·哈韦尔科斯医生将所有输血感染病例整理成了一份有关艾滋病的危险性的正式报告，他发现，血库管理者对疾控中心所怀的敌意已经公开化了。目前，他已经记录了 10 例输血感染病例。第三个病例的出现已使他深信确实存在输血感染的危险，而食药局依然对疾控中心的结论持怀疑态度令人惊愕。对于那些拒绝接受真相的血库领导们，他终于愤怒地质问：“说吧，给我们说个数。是不是我们说有 20 个、40 个甚至 100 个病例，你们才会信?”

*　　*　　*

在斯坦福大学医院血库，埃德加·恩格曼医生不像他的大多数同事那样相信“延期捐血”指导方针有效。这里是全美为数不多的对血液进行筛选的血库之一，每50份献血血样中就有一份因出现免疫缺陷而被丢弃。1983年7月，一名献血者就在他工作地点附近的流动血站献上了一份“要命的大礼”，不过经斯坦福血库检测，决定弃之不用。检测发现，辅助性T淋巴细胞与抑制性T淋巴细胞的比值是0.29∶1，远远低于正常的比值2∶1。出现这样的比值要么是检测有误，要么是确有严重的免疫问题。血库照例要求献血者——那位39岁的男性——回血库进行一系列后续检查。

那人约了个时间，却一直没露面。8个月后，他被诊断出卡波西肉瘤。截至那时，湾区所有主要的血库他都献过血，包括最大的两个：旧金山欧文纪念血库和圣何塞红十字会血库。事实上，从1981年到1984年，这名男子在湾区各血库共献血13次。他的血液中含有乙肝病毒核心抗体，假如血库根据疾控中心1983年1月提出的要求进行检测的话，他就可能会被排除在献血者之外。但他在那些年里并没有出现明显的艾滋病症状，也不符合食药局提出的延期指导方针中的任何类别。（其实，在旧金山开始实施延期指导方针的头5个月里，只不过从筛选的5万名献血者中剔除了16人。）经过反复询问，这名男子承认在过去几年里，他曾与3到5个不同男性有过性接触。

唯有在进行血液检测的斯坦福大学医院血库，他的血液才被弃之不用；接受了其他血库供血的11位输血接受者就没这么幸运了。

旧金山

在戴尔·劳伦斯医生前往迈阿密的那一天，盖瑞·沃什盯着电视监控器里杰瑞·法威尔的脸，他正在弗吉尼亚州林奇堡的总部通过卫星现场直播。美国广播公司地方台制作了一档时长一小时的电视节目，名为《艾滋病：危机解析》。

这位宗教激进主义牧师最近加入了关于艾滋病的辩论。他说他并不憎恨同性恋，只憎恨他们“变态的生活方式”。法威尔认为，应关闭实施“近乎动物的行为”的地点——同性恋浴场，献血者则必须填写有关性取向的问卷。他说：“如果里根政府现在不全力应对目前还只是在同性恋人群中发生的瘟疫，那么我个人认为，一年以后，里根总统将会因为任由这种疾病在无辜人群中蔓延而受到谴责。”

在与默文·希弗曼医生及盖瑞·沃什的电视谈话开始前，法威尔引述了《圣经》“加拉太书”的一段：“如果你违反道德原则、健康法则和卫生法规，你就会自食其果。你不能不敬上帝，然后还指望逃脱惩罚。”

盖瑞·沃什反驳道：“我的上帝不会睚眦必报。当那些孩子在50年代死于小儿麻痹症时，他们并没有受到上帝的惩罚。宗教最扭曲的用途之一就是用来证明仇恨同胞是正当的。”

法威尔慈爱地笑了笑。他说，“我能给盖瑞的只有我的同情、爱和祝福。”

“感谢你的祝福，”盖瑞回应道，“我是个相当敏感的人。作为一个同性恋，我很难感受到你的同情、关心和爱。相反，我感受到的是你的愤怒、歇斯底里和指责。这些我都感受到了，唯独不见你的同情心。”

“我真的很同情你，”法威尔答道，“但如果我告诉你说我觉得同性恋的生活方式是可接受的，那我就是在自欺欺人。”

接着，法威尔说他所在的教堂有7位精神科医生和咨询师，他们随叫随到，准备帮助同性恋矫正自己。盖瑞说他并不想治好自己的同性恋倾向。

“我想公开以个人身份邀请你飞来旧金山，跟我待一天，”盖瑞说，“我希望向他敞开心扉，也许我们可以互相学习。我甚至可以付钱给你。”

法威尔连眼睛都没眨一下。他说，“乐意之至，盖瑞不用付钱给我。我很乐意去一趟旧金山，跟他一起祈祷，一起读《福音书》，感受那种爱。”

法威尔换了个话题，开始谈输血的事情，但盖瑞打断了他。

“你什么时候过来?”盖瑞问。

法威尔没搭理他，继续谈输血的事。盖瑞说，“我想知道你什么时候可以成行，我们定个时间吧。”

法威尔说，“盖瑞，我很乐意去。给我写信吧，杰瑞·法威尔收，弗吉尼亚州林奇堡。标上‘私人信件’。我会收到的，会和你联系。我将尽一切可能帮助你。”

节目到这里结束了。盖瑞写信给法威尔，提醒他曾在电视上承诺要去旧金山与他待一天。但法威尔没有回信，盖瑞也并不惊讶。

温哥华

盖坦·杜加斯很喜欢穿他那身海军蓝的“加拿大航空”空乘制服。尽管他越来越虚弱，健康状况越来越差，但他需要回去工作以继续享受旅行福利。其他服务人员对自己得和一个艾滋病患者一起工作怒不可遏，纷纷向管理层投诉。然而，“加拿大航空”是政府办的航空公司，不能歧视病人。于是，盖坦被安排在短途航线上工作，通常是从不列颠哥伦比亚省的温哥华到阿尔伯塔省的卡尔加里，这样他就不会疲惫不堪。有时在夜里，恐惧占满他的心头，他就跑去朋友家，在沙发上捱一夜，这样他就不必单独待着了。

一天晚上，一名空乘来盖坦家看新闻，正好看到杰瑞·法威尔出镜，后者怒斥艾滋病，说这是上帝的愤怒。盖坦变得闷闷不乐。他的朋友惊讶地发现他居然没有发表任何自以为是的评论。

“也许法威尔说的没错，我们就是遭了天谴。”盖坦说道。

34. 寻常一日

1983年7月26日，疾控中心报告说，有1 922名美国人感染了艾滋病，这种疾病已蔓延到39个州和20个国家。典型艾滋病患者的平均年龄是35岁。虽然只有39%的病人死亡，但新数据并没有提供一个乐观的预后。在1982年7月26日或之前确诊的艾滋病患者中，至少有三分之二已经死亡。两年前患病的人当中，几乎无人幸存。

1983年7月26日，星期二，全国大部分地区温暖而晴朗。这一天，科研嫉妒、学术阴谋和资金短缺基本上被新闻忽略了。恐惧的野火突然烧了起来，然后熄灭了，接着又烧了起来。新电脑上，死亡数字在翻新，医生们不知道人们何时会开始关心艾滋病，成千上万的美国人眼睁睁地看着自己的生命流逝。但在艾滋病史上，这只是寻常一天。

亚特兰大，疾控中心

唐纳德·弗朗西斯对罗伯特·加罗出了名的坏脾气早有耳闻，但那天早晨的会上，是他第一次看到这位著名科学家彻底爆发。此次会议旨在协调各项研究工作，搜寻导致获得性免疫缺陷综合征的逆转录病毒。过去两年里，疾控中心在各种艾滋病研究中收集了病例和对照组的样本；而国家癌症研究所拥有研究疾控中心样本的技术和专业知识，可以找到这种流行病的病因。但是，到目前为止，两家研究机构都不确定对方在做什么；现在是时候开始合作了。

早些时候，唐纳德·弗朗西斯在把罗伯特·加罗从机场接到位于克利夫顿路的疾控中心总部的路上，已经向这位逆转录病毒学家解释了疾控中心实验室的工作情况。一年多来，弗朗西斯一直在寻找大型逆转录病毒实验室做艾滋病研究，考虑到建立疾控中心逆转录病毒实验室所面临的困难，在发现国家癌症研究所似乎有意研究艾滋病的免疫缺陷时，弗朗西斯终于松了口气。

参加此次会议的疾控中心参与艾滋病研究的核心人物聚集在传染病研究中心主任沃尔特·道达尔的办公室，此外，还有他的助手约翰·班尼特、詹姆斯·科伦以及布鲁斯·伊瓦特。哈佛大学研究人员麦克斯·埃塞克斯医生及一名助手从波士顿飞来，他们正好在研究艾滋病与人类嗜T淋巴细胞病毒1型之间的关系。当埃塞克斯医生的助手提到他们研究细胞株CT－1114的工作时，会谈破裂了。由于某种原因，疾控中心感染了艾滋病患者血液的细胞株突然产生了病毒活性。疾控中心将它送到了埃塞克斯的实验室，请这位哈佛医生进行检测，看看是否存在人类嗜T淋巴细胞病毒1型或人类嗜T淋巴细胞病毒2型，也许能从中找到这些病毒是否引起艾滋病的证明。埃塞克斯在研究中使用的是单克隆抗体。

加罗突然打断了他的话，严厉地问这些抗体是从哪里来的。

埃塞克斯的年轻助手说，是加罗以前寄给他的样品。加罗一下子怒了。

“你们怎么能一边跟我合作，一边背着我搞这些？”他大吼，“如果你们打算用我的材料做研究，就要提前知会我。必须得到我的许可。”

接下来的45分钟，加罗严厉地斥责了埃塞克斯和他的同事。疾控中心的医生都惊呆了。这家伙大老远地跑来亚特兰大，就为了花这么多时间羞辱一些级别较低的研究员？疾控中心的研究人员有时会在交谈中说，这就是国家癌症研究所的令人讨厌的一面。在更有社会意识的疾控中心工作人员看来，国家癌症研究所的不少研究人员只在乎个人荣誉。而在国家癌症研究所的科学家看来，疾控中心的研究人员大都是天真的好人，一旦有严重的危机发生，他们就让到一边，请这些“大哥”出来应对。加罗的暴怒坐实了疾控中心对国家癌症研究所最不堪的怀疑，会议结束时，疾控中心官员明显被加罗的行为弄得很尴尬。

会后，在唐纳德·弗朗西斯送罗伯特·加罗去机场的路上，加罗似乎也为自己的行为不好意思。

“我失态了，”加罗推心置腹地说，“都怪我这意大利人的脾气。”

弗朗西斯表示了谅解。他明白加罗的感受：其最大的优点，也是他的一大缺点。正是坏脾气和傲慢，使得加罗成了疾病的劲敌。

*　*　*

形势推动了对艾滋病疫情的报道，6个月来的媒体活动，在7月下旬达到顶峰，引得摄制组一拨一拨地前往疾控中心总部体育馆一角的模拟实验室。之所以建这个假实验室，是为了减少对真正的疾控中心实验室工作的干扰。在这里，来自各种“新闻目击节目”或“实时新闻”的团队兴高采烈地报道说疾控中心正在寻找病因，而这样或那样的“突破”预示着疾病可能将被终结。7月初，《时代》杂志做了一期有关疾控中心的封面报道——《疾病侦探：追踪杀手》；到7月26日，《新闻周刊》记者在疾控中心的走廊上来回穿梭，为两周后的封面报道做准备。从7月到9月，美国主要平面媒体共发表了726篇关于艾滋病的报道，总数比未来两年中任何一个季度的都要多。在华盛顿，公共卫生署定期向媒体发布公告，特别强调“［国家卫生研究院］已为艾滋病研究颁发了大批奖项”，疾控中心也已开展“密集的实验室研究，以确定艾滋病的传染因子”。疾控中心的媒体关系人员亦很能干，为各路电视新闻团队提供了疾控中心科学家进行艾滋病研究的实况录像。

记者们乐观地侃侃而谈，但疾控中心“艾滋病活动办公室”的工作人员回忆起这几个月的时候，认为是疫情发展过程中最令人沮丧的阶段。建立了一套新的计算机监测系统，以便更有效地监测全国艾滋病疫情的发展趋势。2个月前，疾控中心将艾滋病定为值得报告的疾病，要求各州和地方的卫生官员向亚特兰大报告所有已知病例。到目前为止，大多数州卫生官员已向下属县卫生当局提出了类似要求。数字增长很快，早前的可怕预言成了现实。在1983年的头6个月里，新增艾滋病患者人数相当于1981年、1982年报告病例的总和。全国艾滋病患者中的六分之一是过去6个星期里报告的。然而，尽管艾滋病病例迅速增加，患者中却并没有出现新的趋势。艾滋病不但没有在美国开辟出新领域，一年多来被认为是高危人群的一些人反倒被排除了。

至于疾控中心有多少人在从事艾滋病研究，记者们得到的数字通常是夸大的，事实上，艾滋病研究人员只有25到30人，而且工作进度几乎总是落后。每出现一个新线索就意味着要放弃旧线索。那年夏天，最热门的新线索是所有欧洲医学杂志都在谈论的扎伊尔与艾滋病之间的关系。疾控中心派出了一个小组，前往扎伊尔进行调查。

新要求带来的压力让研究人员焦头烂额，几乎无暇分析过去的研究结果。8月，就在病例对照研究开展两年以后，《内科学年鉴》有意发表最初的成果。要统计分析的东西很多，计算机根本忙不过来；而照章办事的医学期刊又不肯在出版时间安排上予以通融，两件事赶在一起，延误了这一重要艾滋病信息的传播。

疾控中心的医生似乎总在给地方卫生官员打电话，或者用同样的保证打发一波一波的记者。后来，垂头丧气的疾控中心艾滋病工作人员抱怨说，1983年7月，他们花在控制艾滋病恐慌上的时间比花在控制艾滋病上的时间还要多。

* * *

1983年7月26日，在内华达州的里诺，离“全国同性恋牛仔竞技大会”开幕只有几天时间了。“亲家庭基督教联盟”组织了抗议活动，反对这一年的牛仔竞技大会，因为他们担心那些同性恋会在内华达州传播艾滋病。该组织在当地报纸上刊登了整版广告，敦促瓦肖县政府取消合同，不允许同性恋组织在县游乐场举行竞技大会。为此，他们还雇用了内布拉斯加州的保罗·卡梅伦医生——一个老牌恐同分子。此人将同性恋群体描述为“活的、会喘气的病原体粪坑”。卡梅伦还说：“有一类人，因其性行为而被归为一类，从医学的角度来看，他们是以大量粪便污物维生的。任何允许成千上万这样的人聚到一起的社区，都将面临相当大的风险，不单是艾滋病，还有病毒性肝炎等其他疾病。”为了充分证明自己的观点，卡梅伦引用了《美国医学协会杂志》上发表的“日常家庭感染”理论。

里诺第一浸礼会教堂的牧师沃尔特·亚历山大走得更远，他告诉记者："我认为我们应该照《圣经》里的话去做，割了他们［同性恋］的喉咙。"在当地报纸上刊登抵制牛仔竞技大会广告的人表示，他不希望看到任何人因为这则广告而真的被杀，但他也不会直接批评亚历山大的言论，因为这位牧师显然有权就"圣经"问题发表意见。

几乎没有哪个地区不受席卷美国的艾滋病恐慌影响。在纽约，一名银行劫匪就利用了这种恐惧，他递给出纳员一张纸条，要求对方给他现金。纸条上写着"我得了艾滋病，活不过 30 天"。这个办法竟然奏效了。一名银行职员后来承认，她原本可以躲在保护栅栏后面打电话求救，但她非常害怕因为触碰了那张纸条而感染上艾滋病，于是把现金箱里的 2 500 美元全都给了那人。在化学银行①某分行，一位出纳一边看纸条，一边大笑，以为是恶作剧。她把纸条递给其他出纳看，直到那个劫匪闷闷不乐地空手走出大门时还没笑够。8 月中旬，当警方抓获这名银行劫匪时，他靠着这个伎俩打劫了 10 家银行，得了 1. 8 万美元。但他没得艾滋病。

流言四起，说这个或那个名人得了艾滋病；同性恋活动人士顺势推波助澜，他们相信名人感染了这种病，政府才会重视。在纽约，著名时装设计师卡尔文·克莱恩接受了一次采访，否认沸沸扬扬的有关他得了艾滋病的谣言，说自己"健康得不得了"。显然，谣言制造者把克莱恩和设计师佩瑞·埃利斯搞混了，后者 3 年后死于艾滋病。

一个名为"得克萨斯警惕的公民"的组织以一本"同性恋瘟疫"宣传册激起了当地人的恐惧。这本小册子对浴场、舔肛以及"黄金雨"② 进行了详细的描述。一份全国发行的"道德多数派"报告也以全彩图形式将同性恋生活中所有令人厌恶的细节抖了个淋漓尽致。这时杰瑞·法威尔牧师告诉忧心忡忡的美国人，他们可以通过给他汇款来抵御艾滋病的传播。

---

① 1824 年开始营业的一家总部设在纽约的银行，1995 年底时已是美国第三大银行，约有 1 900 亿美元资产，全球雇员超过 3. 9 万人。后收购蔡斯公司，其中的部分业务成为今天摩根大通的核心。——译注

② 一种受虐性行为。——译注

那个星期，在西雅图，打击同性恋的行为可不是纸上谈兵，成群的年轻人冲进同性恋经常出没猎艳的“志愿者公园”，用棒球棍殴打同性恋，咒骂这些“携带瘟疫的基佬”和“病态的怪物”。一伙人还用撬棍强奸了两个人。被捕后，其中一名袭击者对警察说，“如果我们不杀了这些人，他们就会用见鬼的艾滋病害死我们。”

从全国范围来看，反应没那么严重；尽管大多数美国人明显没有表现出艾滋病恐慌，媒体对此却鲜有关注。6 月下旬的一次盖洛普民调显示，77%的美国人听说过艾滋病或读过关于艾滋病的文章。7 月 20 日、21 日对成年人进行的第二次调查发现，91%的人接触过艾滋病信息，其中 25%的人认为他们有可能因与艾滋病患者的偶尔接触而感染。四分之一的受访者称自己有同性恋朋友，只有 21%的人表示不喜欢在有同性恋的公司工作。尽管全国各地的同性恋活动人士表示要保卫浴场这样的场所，因为他们认为美国人已准备将同性恋关进集中营；但调查显示，过去一年对同性恋权利的支持有所增长，65%的美国人支持同性恋获得平等的工作机会。这意味着 1982 年以来，对同性恋权利的支持增加了 6%。伴随着对艾滋病的恐慌出现了一些兜售虚假希望的人。那个夏天，各种蛇油销售商都声称自己能治愈艾滋病，其中包括来自印度的锡吕·玛塔吉·涅玛娜·德维①。旧金山的一名食疗师给急切的男同性恋办了讲座，宣扬“精液是健康的指标”。根据他的说法，男性可以通过检查精液的黏稠度来监测自己的健康状况。他在一份新闻稿上吹牛说可以“给大家讲讲能使精液增稠的食物”。联邦邮政检查员取缔了一家公司，因为后者以 1 900 美元的价格向艾滋病患者邮寄某种注射针剂，声称包治此病。

为了应对日益增长的恐慌情绪和错误信息，美国卫生与公众服务部推出了免费热线电话，每天有 1 万到 1.3 万人打进来。这可不是什么丰功伟绩，因为提供此项服务的 6 家运营商既没有紧迫感，也没有全局观。实际上，仅 7 月一个月就有超过 9 万个电话打进来而无人

---

① 印度灵性领袖。——译注

接听。

和那年夏天的大部分恐慌事件一样，在里诺举行的同性恋牛仔竞技大会上闹出了许多纷争。7 月 26 日晚，县委会的走廊里挤满了记者、宗教激进主义者以及焦虑的旧金山同性恋，后者是来看看在这样的腹地会不会已经准备好了大篷车把他们拖走。瓦肖县县委会听宗教激进主义者谈了他们的恐惧，也听了研究人员的保证，最终确定他们不能违背法律去终止与全国同性恋牛仔竞技大会的合同。大约 4.5 万人购买了牛仔竞技大会的门票，艾滋病和肝炎的患者和死者随后也并没有明显的增加。

不过，为此次争议收尾的却是总部位于加州伯克利的动物权利组织“为动物而行动”，他们在写给旧金山同性恋报纸的信中表示愤慨，称同性恋应该为任何基于“剥削和虐待非人类”的竞技活动感到羞耻。

* * *

罗伯特·加罗在亚特兰大见到疾控中心官员的那天，卫生部助理部长爱德华·布兰特提出了一项新的 3 500 万美元的经费申请，以供公共卫生署进一步开展艾滋病研究。这笔钱，布兰特原本申请的是在 1984 年财年拨付，即 3 个月后开始发放。但是，现在他要求玛格丽特·哈克勒部长允许他前往行政管理和预算办公室，以尽快拿到资金，应对“不断发展的形势”。

布兰特明白他的申请是有风险的。国会最近才批准了 1 200 万美元的艾滋病补充资金；要让注重成本的行政管理和预算办公室这么快再批准另一项吁求可不太容易。尽管如此，布兰特还是写道：“这些提案中的每一项都旨在应对一个重要的卫生问题，而这些问题正在越来越多地受到公众的关注和国会的审视。与此同时，这 3 个项目是适合联邦各卫生机构管理的领域，各机构应继续发挥其领导作用。”布兰特还附了一份 6 页的单倍行距的明细，详细说明食药局、疾控中心和国家卫生研究院将如何使用这笔经费。

布兰特总结道："对这些机构的要求都假定到 1984 年（财年）[10 月]，将分离出一种致病因子，并形成可靠的筛选试验。"

如果没有实现这样的突破，各机构将需要更多的钱。

第二天，卫生部长哈克勒宣布，政府将遵循自己将艾滋病作为"头号卫生问题"的许诺，继续加强艾滋病教育工作，为免费艾滋病热线增加新人手。至于增加艾滋病研究经费的事她只字未提。

* * *

在国会山，众议员特德·维斯为几天后举行的联邦艾滋病经费小组委员会的听证会做好了准备。他还在同卫生与公众服务部较量，希望能允许国会调查人员审查疾控中心的预算记录。不过，该机构已经交出了许多相关的内部备忘录，其中两份维斯特别有兴趣。一份是通过不太正式的渠道从国家癌症研究所获得的，上面要求癌症研究所的研究人员在接受国会调查人员的问询之前，应知会机构官员并"邀请"一名高级管理人员参加。维斯想，对独立调查提出这样的要求实在过分。

第二份备忘录是由疾控中心主任威廉·福格发出的，只是告知联邦机构官员："所有提交给国会的材料都必须能证明本机构是支持当局政策的。"

* * *

大约就在唐纳德·弗朗西斯把罗伯特·加罗送到亚特兰大机场的同一时间，旧金山的一些记者正被人领着穿过令人愉快的黄色和橙色走廊，去一个重新装饰一新的病房，最近这里成了供实习医生们在换班时小憩的地方。现在，旧金山综合医院的 5B 病区成了艾滋病病房。

所有的护士都是志愿者。其中一半是男同性恋，另一半是女性。所有人都经历了长时间的谈话环节，以考察他们对死者和将死之人的反应。克里夫·莫里森是一名同性恋临床护理专家，他按自己的理念组织并设计了病区，因为层级更高的医院管理人员似乎都对这个病区和这种疾病感到不安。32 岁的莫里森是一个敬业的理想主义者，他不喜欢医院里的等级制度，即医生为重，护士其次，病人最后。其他医生不会开办这样的病区，但他愿意；他甚至不愿称自己为护士长，而是更喜欢“护理协调员”这个不那么有权威性的称呼。莫里森注意到，病人对于接受的治疗更有发言权，这是有道理的，因为他们常用的实验性药物还在实验阶段，这让他们通常比医生更了解这些药物的复杂性。

一些同性恋组织，比如“香缇计划”，最近为无家可归的艾滋病患者开设了首个由市当局资助的住所，因而可以在5B病区内自由出入。一些艾滋病组织和同性恋宗教团体的志愿者也穿梭于一个个病房。患者入院的那一天，就会有一名社会服务人员开始为其安排出院后的生活计划。莫里森拒绝设立探视时间，因为这种做法是为了方便护士，而不是为病人着想。他还做了一些规定，如果访客需要，可以留下来过夜。

他们跟每个患者谈了以代码来表示状态的事。比如，遇上肺囊虫肺炎引起的呼吸衰竭，病人可以要求代码为蓝色，即医院工作人员要用一切必要的手段来维持他的生命。通常这就意味着上呼吸机。然而，在与艾滋病患者打了两年交道之后，医生们发现，85%的肺囊虫患者在用了呼吸机以后，再也离不开这种装置，最后他们悲惨而悄无声息地死去，喉咙里还插着一根管子。在5B病区，大多数患者选择不用蓝色代码，也就是不希望以任何特别措施来维持生命。在接下来的几个月里，5B病区里做出这一选择的病人人数超过了其他病房的总和。

那个周二的下午，当克里夫·莫里森和艾滋病诊所主任保罗·沃伯丁医生来为5B病区的启用剪彩时，沃伯丁惊讶地发现其他地方的医院——尤其是纽约的医院——并没有开设类似病区的计划；这些设施显然对病人和医生都有裨益，尤其是医生，他们仍在努力探索一系列可怕的艾滋病并发症。新出版的《发病率与死亡率周报》每一期都会报告一些与该综合征相关的新疾病，其中有一部分通常是动物才会得的病。

新的研究表明，不管是哪种病毒杀死了艾滋病患者的T淋巴细胞，它还会导致B淋巴细胞功能紊乱，而B淋巴细胞是免疫系统的另一个重要组成部分。神经学症状也越来越普遍。现在，淋巴结病病例大量出现，疾控中心最近确定了一种新现象，称为艾滋病相关综合征（ARC）。在一次部分艾滋病研究人员——包括艾滋病诊所助理主任唐·艾布拉姆斯医生——参加的电话会议上，疾控中心决定采用艾布拉姆斯的“中餐菜单”式[①]方法来定义艾滋病相关综合征。如果一个人出现两种临床症状或者其实验室检测结果符合疾控中心列出的描述，那他/她就得了艾滋病相关综合征。同时符合A栏上的任意两项和B栏上的任意两项，即可判定患有艾滋病相关综合征。最迫切的问题是，艾滋病相关综合征能否确定是艾滋病的前兆，抑或只是轻微的感染？两年来，唐·艾布拉姆斯研究了300名淋巴结病患者，希望能够证明艾滋病相关综合征是感染艾滋病病毒以后的一种积极反应。他假设：病人出现淋巴结肿大和鹅口疮之类的轻微感染，但同时他们体内还留有足够的淋巴细胞来击退与艾滋病有关的更致命的疾病。之所以如此乐观，源于艾布拉姆斯的观察发现：迄今为止，淋巴结病患者中只有极少数人得了艾滋病。但是，这些患者中渐渐开始出现中枢神经系统紊乱，他不确定这是怎么回事。

每天的工作都让唐·艾布拉姆斯、保罗·沃伯丁以及艾滋病诊所的其他工作人员更为绝望。唯有患者的参与度让沃伯丁引以为豪。他结识了患者的恋人，帮助患者解决与家人之间的问题，然后看着病人在临死前绝望地发出最后一声喘息。旧金山又新增了不少患者，艾滋病诊所的候诊室总是挤满了男同性恋，他们因为自己身上出现的艾滋病感染初期症状而忧心忡忡的，这时候沃伯丁围绕艾滋病研究思考起了国家经费问题。

和大多数艾滋病临床医生一样，为了筹集更多的研究经费、引起

---

① a “Chinese menu” approach是英文习语，在海外中餐馆点菜时，客人可以从菜单的A、B、C栏中各选一个菜，组成一个套餐，价格固定。此处意为从多个项目中各选一部分进行组合。——译注

更多的关注，保罗·沃伯丁不得不涉足他并不熟悉的政治领域。在全国卡波西肉瘤/艾滋病基金会的理事会会议上，沃伯丁经常是在场的唯一一个异性恋。他一直以为同性恋群体是铁板一块，所以当看到其中存在不同的派系和政治分歧时，他非常惊讶。艾滋病非但没让他们团结起来，反而加剧了分裂。

尽管如此，沃伯丁还是在艾滋病患者中发现了他长久以来相信的真理：病毒带给人疾病，也引出人身上最好的一面。就艾滋病而言，确实如此。在诊室和医院的临终病床边，每天都上演着勇气与和解的故事。大街小巷里，流传着恋人抛弃患艾滋病的伴侣的故事，但更多的关于无与伦比的不离不弃。有些家庭遗弃了自己遭人唯恐避之不及的孩子，就好像孩子得了麻风病，但更多的家庭是父母、兄弟姐妹挤在病人的床边，在疏远多年之后回来奉献最后的爱。对许多家庭而言，宣布病人患有卡波西肉瘤或肺囊虫肺炎等于向其父母坦陈子女的病情和性取向。尽管如此，沃伯丁仍觉得不用太在意。对艾滋病患者及其家属来说，和解的情形远比放弃更常见。

同样值得一提的还有这些人在面对早逝时表现出的勇敢。通常，他们都会同意让沃伯丁或艾滋病诊所的其他医生在他们的身上扎、戳和穿刺，以期找出可能与原因有关的线索，结果却一无所获。尽管任何医学发现显然都已经来不及挽救这些患者，但几乎所有人都表达了同样的愿望：也许从他们那近乎衰竭的静脉中千辛万苦抽出的最后一点血液可以拯救他人免于痛苦，也许还能免于死亡。

7月26日，当艾滋病特别护理病房在5B病区启用时，只有两张病床空着，其余的十几张全住满了。不过几天后，艾滋病患者就占据了病区的每一张病床，从此这里再也没有空过。

*　*　*

在看到几年前与他同床共枕过的人的死亡通知后，盖瑞·沃什不再查看《湾区记者报》的讣告栏寻找可能传染给他的人。病灶覆盖了盖瑞的胃，使他难以进食。他偶尔会头晕目眩，医生们正在检测他有没有感染隐球菌。走路也非常痛苦，因为不知道从什么时候开始他那严重的脚癣发作了。天知道为何关节会如此疼痛，但他还是觉得自己能挺过去。新闻里都在讨论突破性进展。也许他还有未来。

与此同时，同性恋群体的每个人都在打嘴仗。盖瑞的朋友乔·布鲁尔在《湾区记者报》发表了一系列文章，敦促男同性恋改变他们的性生活方式。为此，乔被谴责为“性爱法西斯”。盖瑞自己则为旧金山制定了一个艾滋病预防计划。“他们应该把我们中的一个人放在城里每个同性恋酒吧的一端，”他跟露·蔡金说，“然后他们就知道艾滋病究竟是什么了。”

加州大学的艾滋病研究人员选择越过学校直接从立法机构获得经费。到了7月底，显然他们要为这一激进举动付出代价了。

加州政府以惊人的速度为马科斯·柯南特在4月召集的艾滋病研究提供经费。没有人表示强烈反对，290万元的经费获得立法机关通过；7月底，得到了州长的批准。虽然立法机构不能为具体的大学研究项目拨款，但州议会议长威利·布朗的工作人员认为他们已经与大学官员达成协议，这笔钱将马上发到艾滋病医生的手里。遗憾的是，这笔意外之财激起了其他研究人员的嫉妒之心。突然间，之前对这种流行病没兴趣的医生开始给加州大学管理层打电话，汇报自己对艾滋病研究的想法，而大学官员宣布他们不会直接向艾滋病研究人员发放任何资金。相反，医生们要提交经费申请报告，此举意味着这些报告要像加州大学管理系统中任何拨款申请一样，等待漫长而枯燥的审查。学术机构对于疫情的反应特点是滞后，所以资金申请报告在大学系统里从一个委员会转到另一个委员会。最后，校方宣布申请10月截止，并计划于10月15日召开大学审查委员会第一次会议。运气好的话，经费可能会在12月开始发放。

马科斯·柯南特简直不敢相信。申请这笔经费的初衷就是因为国家卫生研究院出现了类似的拖延情况。为了聊表对艾滋病研究人员所受压力的敬佩，学校向研究人员发放了81.9万美元的小额资助。这笔补助金数实在太少，以至于一些研究人员拒绝接受，他们说，这些钱连添置设备都不够，更别说开始任何实实在在的研究了。该校还拨出了 74 万美元专门用于两个临床研究中心，它们分别由旧金山的保罗·沃伯丁医生和洛杉矶的迈克尔·戈特利布医生领导。不过，说好了分给科学研究、非临床研究的经费大都是遥不可及的。

很快，加州大学系统内流言纷纷，说管理层这么做其实是为了惩罚那些敢于越过大学的层级直接跟立法机构要钱的研究人员。不过，大学官员身上也有压力，所以他们只能寸步不让。情况很快明朗起来，那些抱怨经费拖延的医生终究是要付出代价的。

* * *

拉里·克莱默已经在欧洲待了一个月了。7 月下旬，他在德国慕尼黑无所事事，不知道自己该怎么办。那年夏天在火焰岛上，他跟恩诺·波斯克讨论了恩诺的情人尼克的神秘疾病，到现在已经 3 年过去了。他在自己的公寓里举办了第一个艾滋病募捐活动，并组建了"男同性恋健康危机"，才仅仅两年。他想，天哪，这些就像是上辈子的事。这是他"之前"的生活。

在慕尼黑，拉里看到一块牌子，上面写着"达豪"。他先搭地铁，然后换乘有轨电车，再转乘公共汽车，穿过郊区来到这个著名的死亡集中营。

"达豪集中营于 1933 年启用。"博物馆里这样写着。

他呆呆地站在那里。他不知道这个集中营这么早就启用了——就在希特勒掌权后几个月。拉里想，美国人是 1941 年才参加二战的。

"这 8 年人都他妈的去了哪里?"他想大骂，"他们杀犹太人、天主教徒和同性恋 8 年，竟然没人做点什么?"

突然之间，他的愤怒降到了冰点。他清楚地知道为什么纳粹能旁若无人地杀了整整 8 年。因为没人在意。这就是现在艾滋病所面临的情形。人们正在死去，然而没人在意。

愤怒再度涌上心头，拉里知道自己要怎么做了。当晚，他跳上了飞往波士顿的飞机并迅速到达了科德角（Cape Cod），在哈亚尼斯港假日酒店度过了回美国后的第一晚。几天后，一切都安顿好了。他找了一间水上小屋，开始坐下来写一个激发人们去关心艾滋病的剧本。

35. 政治

1983 年 8 月 1 日，星期一，华盛顿，雷伯恩众议院大厦 2154 室

就在众议员特德·维斯的监督小组委员会即将举行艾滋病议题听证会的前夕，一直困扰着他的如何才能让调查人员进入疾控中心的问题得到了解决。显然，政府不希望阻碍和拖延的事在国会山传得沸沸扬扬。尽管如此，政府的拖延还是成功地阻碍了民主党主导的众议院，使之无法及时确认各医疗机构的实际需求，以便制定 8 周后即将启动的 1984 年艾滋病统筹预算。总统的预算案要求疾控中心在下一年削减 30 万美元的艾滋病研究经费；联邦政府在艾滋病防治方面的支出预计只增加 20%，即从 1 450 万美元增加到 1 760 万美元。目前，联邦政府未曾资助任何预防艾滋病的活动，也没有任何类似的协调计划应对这种疾病。听证会第一天，做证的大多是正在进行艾滋病研究的科学家，他们的证词列举了一长串该做而未做的事。

“对此次疫情不作为，如今称得上是国之丑闻，”负责提供科学方面证词的马科斯·柯南特医生说，“国会，确切地说是美国人民，都被这种反应误导了。我们在这种误导下以为对疫病的回应是及时恰当的，而我要告诉你，事实并非如此。”

柯南特以国家卫生研究所“不分青红皂白地”拖延经费为例，指出制度性的懒怠“导致无数人丧命”。他呼吁成立一个蓝带委员会[①]来确立艾滋病问题方面的优先权，并且不受行政管理和预算办公室的强力干预，自行设置经费参数。柯南特总结道：“这是一种全国

① 是指由一些专业人士组成的旨在对某项社会事务进行调研，给出专业、客观的分析的组织，其一般不受政府和其他权力机关的影响，但自身也没有强制力。——译注

性甚至是全球性的流行病，我们正处于其开始阶段，而不是中间阶段，它正威胁着成千上万人的生命。显然，政府的任务是有所应对，并且要迅速果断。”

来自纽约纪念斯隆-凯特琳癌症中心的玛蒂尔达·克里姆医生提出了一个2亿美元的联邦资助计划，还呼吁设立一个艾滋病特别委员会，并且指出目前尚未制定任何针对艾滋病流行病学、治疗或基础研究的协调计划。此外，她还对联邦政府声称已直接向艾滋病研究项目投入2 500万美元的说法表示怀疑。“说1983年投入了2 500万美元，这让我感到困惑，”她彬彬有礼地说，“我没有在同事中间看到任何证据。我只知道给了几十万美元，早就花完了。”其他的证人则建议美国国家科学院应对经费需求进行独立研究，尽管与大多数科研团体一样，这个老牌研究机构对艾滋病几乎毫无兴趣。

美国公共卫生协会前任主席斯坦·马修克说，里根政府的艾滋病政策就是命令卫生官员，“别再来要钱了，尽力用你们手头的全部资源美化政府就行”。

旧金山公共卫生局局长默文·希弗曼医生指出，全国艾滋病患者仅医疗费一项就花掉了1亿美元。他提议政府开展艾滋病教育项目，并引用了300年前托马斯·亚当斯的建议：“预防远胜于治疗，因为它免去了生病的麻烦。”

这一整天，关于艾滋病经费之争的党派界线越来越明显。共和党代表显然已经收到了政府简报，指责证人想“砸钱”解决艾滋病问题。宾夕法尼亚州的共和党众议员罗伯特·沃克说：“我们应该谨慎行事，尽量不要动不动就来要钱，搞得好像美元是神药似的。”

倒是一些艾滋病患者给第一天的听证会增添了极为令人心酸，偶尔又忍俊不禁的时刻。这很合理，因为尽管他们在这场政治大戏中不过是些小角色，但他们没有照着剧本演，而是把自己的生活原原本本地展现了出来。华盛顿的艾滋病患者安东尼·费拉拉向大家描述了他在3月确诊卡波西肉瘤以后感到的绝望，他说：“那天晚上我回到家，我的另一半搂着我，我问他，‘为什么我会觉得自己像艾丽·麦克格罗[①]？’”来自旧金山的肺囊虫肺炎患者罗杰·里昂恳切地说：“今天我来这里，是希望本届政府能尽一切可能，用尽一切资源——我们不可能战胜不了这场疾病。我们不该内讧。这不是个政治问题，这是个健康问题；这不是同性恋问题，这是人类的问题。我不想被它打败。今天我来这里，是希望有朝一日我的墓碑上不会写我是‘死于政府的官僚作风’。”

* * *

第二天，爱德华·布兰特医生告知小组委员会，说政府已向国家卫生研究院和疾控中心提供了他们能够用到的所有艾滋病研究经费。

布兰特说：“坦率地讲，我不确定有哪些进一步措施是我们当前能以一种合理有效的方式实行的。”事实上，几天前在他申请 3 500 万经费的时候，他就已经列出了一份关于此类举措的详细清单，但申请未获回复。布兰特解释说，政府现在已投入 1.66 亿美元用于与“这个特殊问题相关”的研究。

* * *

维斯的听证会也给了血液行业一个机会再次对血液供应中的艾滋病问题予以否认。在听证会上，美国食药局输血咨询委员会主席兼美国血库协会所设类似委员会主席约瑟夫·博夫医生将输血恐慌归咎于“媒体的反应过度”。

博夫说：“即使——请注意这依然在很大程度上只是个假设——一小部分艾滋病病例被证明与输血有关，我也不认为这就说明我们的血液供应受到了污染。”博夫坚称，自 1980 年以来，已有 1 000 万人接受了输血，“假如——请注意没有证据表明以下是事实——假如疾控中心调查的所有 20 个艾滋病病例最终都证明与输血有关，那么发

① 1970 年美国热门电影《爱情故事》（*Love Story*）的主演，剧中人身患绝症，最终离世。——译注

病率也不到百万分之一。”博夫拿出图表及表格，声称一个美国人被洪水淹死的几率是输血感染艾滋病的 2 倍。他还说，一个普通的加州人死于地震的可能性是输血得艾滋病的 2 倍，疝气手术或阑尾切除术的死亡率是正常死亡率的 20 倍。

8 月 3 日，旧金山，欧文纪念血库

就在约瑟夫·博夫医生以图表说明输血感染艾滋病的可能性微乎其微的第二天，一位男性献血者走进了欧文纪念血库。护士没怎么留意他的延期输血证，也没注意到他从未回答过关于是否得过肝炎的问题。这名男子确实提到自己并非艾滋病高危人员。他的一品脱血液和其他血液一起被冷藏了起来，以备医院的不时之需。

第二天，旧金山，都柏林街

弗朗西丝·博尔切特和鲍勃结婚有 41 年了，夫妻俩在找医生咨询手术的可能性之前已经讨论了好几天。医生拍了 X 光片，发现弗朗西丝·博尔切特的右髋关节正在退化。医生认为髋关节置换手术确实可能会缓解这位老祖母的慢性疼痛。弗朗西丝和鲍勃觉得他们需要花几天时间考虑一下。4 天后，这对老夫妇再次出现在医生的办公室。弗朗西丝希望做这个手术。一旦弗朗西丝下定决心做某事，她就会行动。她的一个儿子将于 10 月结婚。弗朗西丝希望自己能健健康康地在他的婚宴上跳舞。医生把手术安排在了一周后。

在整个解释和咨询的过程中，没有人提到过要输血。

8 月 13 日，卡斯特罗街

几天前，盖瑞·沃什病得太厉害了，没法庆祝自己的 39 岁生日，所以当盖瑞感觉好些了，准备去卡斯特罗街享受一晚时，马修·克里格非常高兴。一周前，《旧金山纪事报》刊登了一篇关于盖瑞的长篇人物报道，里面有盖瑞在家里、在医生办公室以及与马修在一起的照片。

作为首批公开艾滋病患者之一，盖瑞·沃什把自己的生活像一本打开的书一样呈现在各种采访和电视节目中。但是，记者们打听他一生中有过多少次性接触以及同性恋社区对艾滋病患者的那种刻意谄媚，让他感到愤怒。

盖瑞告诉马修，那天早些时候，卡斯特罗街有个不认识的人在车里冲着他大喊“我爱你”。盖瑞说：“如果再有谁说他爱我，我就打烂他的嘴。”

前一天，盖瑞的医生在他身上发现了8处新病灶。就盖瑞而言，生活并不像电视剧《医门沧桑》里演的那样。他整天被针扎来扎去，然后不得不等上5天，看看这些针头是否探测出某种他闻所未闻的新毛病。

马修钦佩盖瑞在经历这一切时表现的勇气。他把盖瑞送回家后，给妹妹苏珊打了个电话。他不打算谈盖瑞或艾滋病，不过当他妹妹问起他的假期安排时，马修提到他和盖瑞计划去夏威夷过圣诞节。他担心盖瑞会因为健康原因无法成行。

“他的身体出了什么问题？”她问。

马修跟他母亲和另一个妹妹说过盖瑞患有艾滋病。显然，没有人告诉过苏珊。当他说起盖瑞所受的痛苦时，不禁气得发抖。

“他上周回医院查了隐球菌脑膜炎，结果是阴性的。”马修说。

“我不信！”苏珊说。

“他要死了。”他说。

“我不信！”她说。

“如果他能再活一年，就是奇迹了。”

“我不信！”她说。

“我们非常亲密，”马修继续说道，希望妹妹能说点别的，“我们比任何时候都要亲密，与性无关的那种亲密。我俩要一起渡过这个难关，我们非常开诚布公地谈过了。我简直没法相信妈妈和玛丽没有告诉你。”

“也许她们也才知道。”苏珊说。

“她们好几个月前就知道了。”

“也许她们不觉得这事很严重。”

“她们知道这很严重，”他说，“这是否定我的人际关系的另一种方式。如果是女朋友，甚至是前女友，你就会早些听说了。”

“你说得没错。”他妹妹温柔地说。

“异性恋家人看不起我的友谊和感情，不想谈论这些事，”马修继续说道，“这就是为什么我有时会生气，会和异性恋保持距离，哪怕是我的家人。”

苏珊说：“对不起，我真的很抱歉。我毫不知情。”

8 月 14 日，澳大利亚，珀斯

克里夫·琼斯的相机包里塞满了他在佛罗伦萨、米科诺斯、雅典和曼谷勾搭过的男友的照片。在巴厘岛飞往珀斯的航班上，克里夫遇到了一群澳大利亚男同性恋。这是他离开旧金山的第六个星期，克里夫计划根据他在旧金山建立的模式帮他们开办艾滋病帮助热线。他对自己说，他们有机会从头做起。当克里夫走进珀斯机场的一间男洗手间时，看到了小便池上方的涂鸦，心顿时一沉。上面写着：“基佬，得了艾滋病还跟人瞎搞?”

*　　*　　*

第二天，疾控中心公布的数据显示，美国的艾滋病病人已超过 2 000 例。截至 8 月 15 日，各地已向亚特兰大报告 2 094 例艾滋病病例，其中 805 人已经死亡。

8 月 17 日，纽约，卡布里尼医疗中心

为了缓解艾滋病恐慌，卫生与公众服务部部长玛格丽特·哈克勒希望让公众看到她拉着艾滋病患者的手。一周以来，她的助手们在纽约各家医院里寻找拍照的最佳地点。他们联系了十几家医院，但均遭到了拒绝，因为医院方面认为这种新闻具有讽刺意义——这是不作为的联邦政府在刻意制造作为的假象。贝尔维尤医院的艾滋病患者数量是全国所有医院中最多的，原本是最理想的选择。但是，医院管理人员坚持要哈克勒在进入艾滋病患者的病房前戴上口罩，穿上长外套。哈克勒认为，这样的画面，别说平息恐慌了，简直是火上浇油。终于，他们在卡布里尼医疗中心找到了理想的病房。

趁着这次去医院，哈克勒宣布，在即将到来的财政年度，里根总统将要求国会另外再拨款 2 200 万美元用于应对艾滋病，这样数额比原计划的 1 700 万美元多出了一倍多。尽管助理部长爱德华·布兰特申请的是新经费，但这笔钱实际上是从现有的其他健康项目的指定拨款——此次主要是从美国国家卫生服务团①和社区服务办公室的乡村发展基金——中截流的。哈克勒说，之所以递交新的经费提案，就是因为艾滋病研究人员希望获得更多的钱。

“假如他们认为需要更多的经费，我会向国会提交申请。”她说。

* * *

在华盛顿，国会助理蒂姆·韦斯特摩兰德看了电视报道，他觉得哈克勒虽然不是位杰出的管理者，但作为政府公关人员倒是可圈可点。

但是，韦斯特摩兰德跟其他一些华盛顿内部人士一样了解该提案的实情，它与艾滋病研究人员要不要经费根本无关。众议院拨款委员会的一个小组委员会已在秘密会议上批准为下一年的艾滋病研究拨款 4 000 万美元。考虑到国会目前的氛围，大家都认为这笔钱会通过。甚至连共和党人都对行政管理和预算办公室在艾滋病研究经费问题上如此锱铢必较感到吃惊。在整个预算提交给拨款委员会之前，此次投票原本应该是保密的。然而，里根的支持者把消息透露给了白宫，于是原本确定的划拨经费转而成了哈克勒的公关妙招。这就是 1983 年

---

① 即 National Health Service Corps。是美国卫生与公共服务部的一部分，隶属于卫生资源与服务管理局。自 1972 年以来，以专业人士为欠缺服务的社区提供初级卫生保健服务，作为交换，提供服务者可以在接受医学教育期间（不超过 4 年）获得贷款清偿或奖学金。——译注

夏天艾滋病政策的实施方式。

公共卫生署之外很少有人知道，哈克勒要求的经费比布兰特医生几周前提出的少了 1 300 万美元。布兰特医生的那项提案被预算人员彻底丢弃了。

当天，加州，戴利市，西顿医疗中心

弗朗西丝·博尔切特出生在旧金山的艾克塞西尔区，出生时还裹着胎膜，根据她的斯拉夫移民家族的传统，这意味着她能预见未来。当弗朗西丝还是个小女孩的时候，脖子上就挂着她出生当天助产士为她缝合好的胎膜残片。这会给她带来好运，尽管弗朗西丝总是抱怨她不走运。不过，她确实拥有不可思议的预知能力。鲍勃·博尔切特与弗朗西丝结婚后不久就注意到了这一点，他们住在都柏林街，离她出生的房子有 4 个街区。博尔切特的孩子们养成了一个习惯，电话一响，他们就先问弗朗西丝是谁打来的。弗朗西丝似乎总是知道是谁。

而弗朗西丝的洁癖令她的第六感黯然失色。她总在打扫卫生。每天早上她都要掸尘，一天差不多要洗 20 次手。弗朗西丝的小女儿凯茜开玩笑说，将来他们会把她和一罐“擦擦亮清洁剂”葬在一起。逼急了，弗朗西丝就说自己不过是讨厌细菌的芸芸众生之一。

就在玛格丽特·哈克勒部长坐进豪华轿车离开在卡布里尼医疗中心召开的记者招待会时，一位医生走进了旧金山郊区一家医院的候诊室——鲍勃·博尔切特和他的 4 个孩子正等待着母亲髋关节置换手术的消息。医生宣布手术很成功。全家人都松了一口气。谁都想不起来上一回弗朗西丝生病是什么时候，但她毕竟 71 岁了，他们知道，不管多么常规的手术都可能有风险。

几天后，弗朗西丝·博尔切特又恢复了执拗的本性，和一个侄女发生了激烈的争吵。她抱怨说，医生曾想给她输血。

“我跟他们说我不要。”她说。

她的侄女认为，医生知道该怎么做，应该听医生的。像往常一样，弗朗西丝固执己见，根本不为所动。

“我不会让他们给我输血的，就这样，”她说，“如果他们想让我的血好起来，可以给我吃补铁的药。”

当时，她的家人觉得她这么固执源于与生俱来的洁癖。她无法想象别人的血液在她的身体里流淌；她会说，谁知道这血是从哪儿来的。不过，后来这家人回忆起这场争执时，都说是她那块胎膜让她未卜先知。

* * *

弗朗西丝不知道自己手术中失血过多，需要输两品脱的血。医生说，输第三个单位的血是以防万一。这是两周前那个年轻人献的血的最后一个单位——而他没有按常规填写献血者延期捐赠卡。

36. 科学

1983 年 8 月 25 日，亚特兰大，疾控中心

唐纳德·弗朗西斯医生热切地希望在疾控中心建一个一流的逆转录病毒实验室，他从国家癌症研究所的罗伯特·加罗实验室招募了一位逆转录病毒学家——V. S. 卡利亚纳拉曼医生。大家都叫他卡利；他因为最近发现了人类嗜 T 淋巴细胞病毒 2 型而受到瞩目，这是加罗 1980 年发现的人类 T 细胞白血病病毒的第二种变体。长期以来，卡利一直在加罗位于贝塞斯达的大型实验室里工作，觉得很憋屈，想在一个小一点的团队里担当大任。他希望自己能在导师加罗的祝福下离开贝塞斯达，他以为如果他能在疾控中心成功地追踪到艾滋病病毒，将给罗伯特·加罗带去更大的荣耀。

但加罗医生不是这么想的。加罗好说歹说都没能说服卡利留在马里兰州，于是诉诸威胁手段：不允许研究人员从他在国家癌症研究所的实验室里带走任何一种逆转录病毒试剂交给疾控中心。加罗说，这个人得自己培养病毒和抗体。与此同时，8 月初，唐纳德·弗朗西斯听说加罗曾要求国家癌症研究所的高级官员阻止疾控中心雇用这位年轻的研究员。8 月底的这天早上，加罗觉得自己已经黔驴技穷，于是直接给唐纳德·弗朗西斯打了电话。

加罗说，艾滋病研究“正处在十字路口”，因此，疾控中心没有必要开展自己的逆转录病毒研究。这会让“政府重复花钱”。

眼见这一招也没有奏效，加罗只得变本加厉。

“我们不可能与你们合作。”加罗说，他不认为疾控中心对国家癌症研究所“怀有善意”。

因此，他不会提供人类嗜 T 淋巴细胞病毒的试剂或抗体。

“卡利什么也拿不到，”他说，“你们永远也不会有任何逆转录病毒。”

* * *

对唐纳德·弗朗西斯来说，对付罗伯特·加罗是一种令他反感的干扰，但他并不意外。加罗已经怀疑疾控中心没有把最好的样本提供给他进行分析，他把这些担忧跟一些亲密的同事说了，认为疾控中心正在密谋自己找出艾滋病的病因，然后“过河拆桥”，这意味着加罗不会有任何功劳。

国家癌症研究所和国家过敏及传染病研究所之间的纠葛也颇具传奇色彩。国家癌症研究所声称自己在艾滋病研究中占据首要地位，因为艾滋病爆发初期最常见的形式是皮肤癌，而皮肤癌这一块归他们管。尽管国家过敏及传染病研究所最近才表现出对艾滋病的极大兴趣，但它现在声称它应该在艾滋病研究中发挥主导作用，因为该综合征是一种传染病。

罗伯特·加罗也跟巴斯德研究所的逆转录病毒学家以及他们发现的淋巴结病相关病毒起了争执。“欧洲媒体都在报道法国人发现了病因。”加罗向唐纳德·弗朗西斯抱怨道。他担心的是，如果他们的研究后来被证明是错误的，他就会丢面子，因为他审阅过《科学》杂志 1983 年 5 月刊载的第一篇关于淋巴结病相关病毒的论文。

加罗还担心法国人的研究被证明是正确的，那他就无法因为发现艾滋病病因而获得荣誉。一些研究人员后来说，加罗私下里在科学家之间散布消息说，法国人分离出的并不是一种新病毒，而是一种污染物。加罗本人后来否认自己说过这些，并明确指出，法国人写的第一篇关于淋巴结病相关病毒的论文，他是审阅并同意发表者之一。加罗在电话中多次警告弗朗西斯不要与其他研究人员合作，尤其是法国人。“不要再跟第三方建立关系，”加罗告诉弗朗西斯，“让我保持在艾滋病研究上的领先地位，别辜负了我的好意。”

唐纳德·弗朗西斯整个夏天都在试图用他能想到的任何东西来培养这种病毒，包括来自新生儿血液的细胞，来自蝙蝠的肺、猴子的肾以及狗的胸腺的细胞。他已经从巴黎订购了法国人发现的淋巴结病相关病毒，但东西还没到。加罗依然认为引发艾滋病的是人类嗜T淋巴细胞病毒，他在8月初给国家癌症研究所官员的一份长长的备忘录里列出了所有的证据，但这对弗朗西斯没有任何意义。艾滋病病毒不会导致被感染的淋巴细胞增殖，而是会大规模杀灭淋巴细胞。它的表现不像白血病病毒。此外，人类嗜T淋巴细胞病毒的聚焦测定非常耗时。每次细胞感染都需要大约3个月的时间才能表现出来，而每次培养后，研究人员都空手而归，也就是说没有病毒。传染病中心主任沃尔特·道达尔医生担心疾控中心过度重视逆转录病毒的假说，把精力错误地用在了病毒学上。弗朗西斯看重卡利在逆转录病毒和人类嗜T淋巴细胞病毒方面的专业知识，希望他能帮助实验室有所收获。

* * *

在国家癌症研究所，卡利与加罗共事7年，他为两人关系走到这一步感到沮丧。卡利觉得，在疾控中心工作就像走入婚姻，但加罗是家人。

1945年的欧洲胜利日那天，卡利出生在印度的一个贫苦家庭。他靠学校的资助来到美国，1970年代参与了阻击癌症的工作，以分离与癌症相关的病毒。从1976年起，他就在加罗的实验室工作。近年来，卡利一直在研究艾滋病。和加罗一样，他也因无法让病毒增殖而沮丧。他对艾滋病研究很感兴趣，在他看来，和加罗共事的这些年令他获益匪浅，他也因此才有了今天。如今他觉得加罗对待员工就像对待家奴：一旦进了他的门，就永远别想走。即使卡利心意已决，尽管有医生表示抗议，罗伯特·加罗依然采取他那套恐吓策略。

8 月，一年一度的国际免疫学大会在京都召开。疾控中心的戴尔·劳伦斯医生发现，艾滋病疫情已经激起了全球免疫专家的好奇心，因为以前几乎没有这样的问题。尽管日本的会议组织者不太愿意主办一场关于艾滋病的特别会议，但在劳伦斯的坚持下还是办了；出席者非常之多，以致艾滋病会议不得不从一个中型会议室改到会议地点最大的礼堂。然而在私下讨论时，当劳伦斯坦言几年内仅美国一地就将出现 2 万例艾滋病确诊病例时，他看到所有人的眼神一片茫然。他想，在这些世界级的专家中，没有几个人能理解正在发生的事的严重性。

* * *

就在罗伯特·加罗打电话给唐纳德·弗朗西斯，发誓要阻止国家癌症研究所与疾控中心在艾滋病研究上的合作的这一天，加州大学扣留经费的事上了《旧金山纪事报》。著名儿科免疫学家阿特·阿曼医生是为数不多的敢于仗义执言的医生之一，他说，艾滋病研究人员因"冒犯"大学的官僚制度而遭到报复。马科斯·柯南特医生因泄露了一份备忘录而激怒了大学官员，备忘录上描述了大学一再拖延经费所产生的严重的公共关系后果。当然，到目前为止，加州大学系统内的所有艾滋病研究人员都因缺乏资金而备受煎熬。杰伊·列维医生仍然无法购买逆转录病毒实验室所需的超高速离心机，寻找艾滋病病毒的研究也因此停滞不前。

医学院院长斩钉截铁地告诉记者，现在他意识到艾滋病资金需要加速发放，还说就算他必须"穿过海湾大桥到伯克利"并强迫管理人员这么做，也会把这些钱发下去。然而，记者们刚一走，院长就告诉同事他的话被错误地引用了。资金发放不会加速。

事实上，学校又把这笔钱扣留了 3 个月，随后这些资金主要流向了他们最初就打算资助的科学家。但是有一个例外。阿曼医生被彻底从艾滋病经费发放的名单中剔除了。1982 年 12 月，阿曼是第一个提醒全国血液制品存在艾滋病危险的医生。他的行动可能挽救了许多人的生命，但是大学官员做决定时根本不看这个。不久，阿曼计划离开大学去私营机构工作。

这就是 1983 年 8 月艾滋病研究的状况。

8 月 27 日，旧金山，阿尔派露台酒店公寓 35 号

马修·克里格一边帮盖瑞·沃什洗碗，一边和他讨论他们的“家庭肖像”项目。做这样一本书，是想宣传基于后天选择而形成的家庭概念，而非生物学意义上的家庭概念。对许多同性恋来说，朋友常常比兄弟姐妹更亲密，盖瑞想在这本书里展示他后天选择家庭的理论，配上后天选择的家人的照片，其中包括马修、露·蔡金以及盖瑞的侄子瑞克·沃什。

马修问：“你对这个项目还感兴趣吗？”

过了很久，马修听到卧室里传出一个微弱的声音：“是的。”

马修走进盖瑞那间舒适的卧室，用胳膊环抱着他，紧紧拥着他虚弱的身躯。

“只是我知道我永远也看不到了，”盖瑞说，“书出版的时候我已经不在了。”

“也可能你还活着，”马修说，“我们难道不该期待奇迹出现吗？”

“可以期待，但我知道我要死了。”

马修问盖瑞是否真的感觉到了肉体上的死亡，抑或只是心理上这么觉得。

“我能感觉到它在我的身体里，”盖瑞说，“我能感觉到自己越来越虚弱，我几乎能感觉到细胞在死亡……今天早上我感觉特别糟糕，我觉得我今天就要死了。”

*　*　*

根据疾控中心 1983 年 8 月 29 日公布的数据，2 224 名美国人感染了艾滋病，其中 891 人已经死亡。

*　*　*

8 月 30 日，弗朗西丝·博尔切特从位于旧金山郊区戴利市的西顿医疗中心出院。尽管医生说手术很成功，但弗朗西丝仍然没有从手术中恢复过来。她身体虚弱，连续不断地莫名发烧。出院时，她的体温是 100 华氏度。一回到家，她就感到疲惫不堪，无法通过必要的锻炼来活动她的新髋骨。家庭医生建议鲍勃·博尔切特观察他的妻子几天，再报告她的情况。

正是在这段令人焦虑的时期，医院寄来了弗朗西丝的手术账单。由于医疗保险不涵盖输血费用，发票上包含了欧文纪念血库送来的那 3 个单位的血液费用。博尔切特一家这才知道他们的母亲接受了输血。

*　*　*

1983 年 9 月 9 日，挪威首位艾滋病感染者在奥斯陆去世；他也是该国第一个死于艾滋病的人。这名 33 岁男子死前三周，瑞典的首个艾滋病患者死亡。在墨西哥，卫生部门正式报告了该国首例艾滋病患者。海地当局对于一年来传得沸沸扬扬的这个贫穷国家与艾滋病有关的说法做出了回应，他们把首都太子港唯一一家同性恋酒吧的所有人都抓了起来。

夏去秋来，在美国，虽然过去 6 个月来媒体的密集关注正在渐渐散去，但欧洲人仍对这种新疾病感到不安。9 月初，英国卫生部门派发传单，敦促高危人群停止献血。有关输血可能传播艾滋病的证据越来越多。蒙特利尔的医生早前报告了一个婴儿罹患艾滋病的病例，唯一的可能就是其出生时不幸输了血。美国疾控中心现在掌握了 21 个与输血有关的艾滋病病例，但其中只有一个病患接受的血液确定来自艾滋病患者，于是，疾控中心官员强烈要求对献血者进行筛查，因为很明显，没有艾滋病症状的献血者亦携带着致命的艾滋病病毒。然而，血库坚称有延期献血指导方针就足够了，还说未来出现的任何输血感染艾滋病病例可能都是在指导方针生效前输的血。爱德华·布兰特医生也向同性恋团体保证，他不会要求进行更严格的献血筛查。有消息说，白宫助手们会见了杰瑞·法威尔的“道德多数派”的几个领导人，讨论立法禁止同性恋献血。随后，布兰特与同性恋领导人进行了会面。据说布兰特怒不可遏，如此重要的卫生问题白宫不愿跟卫生官员讨论，却愿意跟“道德多数派”的人谈。

9月15日，众议院拨款委员会投票通过了下一财年的4 100万美元艾滋病研究预算。委员会的报告称，将在未来几个月审查艾滋病项目的进展情况，并在必要时推动追加拨款。在一份明确的指导意见中，委员会指出公共教育和艾滋病预防计划严重匮乏，并责令玛格丽特·哈克勒部长“动员现有公共卫生服务资源，协助疾控中心实施及时有效的公共教育工作”。

就在众议院委员会通过艾滋病拨款方案的同一天，7名美国参议员发表了一份联合声明，要求负责卫生与公共服务部经费的拨款小组委员会主席的洛威尔·维克为公共卫生应急基金提供资金支持。参议员们已经得知，疾控中心和国家卫生研究院实际上为艾滋病研究申请了5 000多万美元的经费，比哈克勒部长那天所说的要多出1 000万美元。当天，这位部长还说过将满足艾滋病研究人员的资金需求，以阻止艾滋病蔓延。尽管公共卫生应急基金在7月就获得了国会的一致通过，但没有任何资金是留给他们的。“没有这些应急资金，协调工作就无法到位，卫生与公共服务部遇到突发公共卫生事件只能像处理艾滋病危机那样——从其他项目中挪用经费，而这些项目当时可能没那么紧急，但对于维护我国公民的健康同样必不可少。”参议员们写道，“此外，如果其他资源无法迅速找到并用于此处，我们阻止疾病传播的努力就会被延误，从而导致大面积的染病和死亡。”

在1984年大选年到来之前发表的这份声明具有耐人寻味的政治

意义。专家们认为，考虑到总统候选人艾伦·克兰斯顿、约翰·格伦以及爱德华·肯尼迪等人都在声明上签了名，艾滋病可能会在大选中扮演某种角色。

9月17日，巴黎，巴斯德研究所

从长岛冷泉港的联邦研究机构艾滋病研究人员大会回来后，吕克·蒙塔尼耶非常恼火。他以非常谨慎的表述，全面介绍了法国人9个月来对艾滋病病毒的深入研究。截至目前，法国研究者正在对来自克劳德-伯纳德、比提耶-萨尔贝提耶尔这两家医院的艾滋病患者进行血液检测，结果马上就会出来。虽然他们并没有在所有艾滋病患者的身上发现淋巴结病相关病毒的抗体，但是确实发现这些人的淋巴结病相关病毒抗体，要比罗伯特·加罗报告的人类嗜T淋巴细胞病毒1型抗体多。此外，他们对加罗的研究结果存疑，因为他把在海地艾滋病患者血液中发现的人类嗜T淋巴细胞病毒抗体也包括在内。人类嗜T淋巴细胞病毒是加勒比地区特有的，人们即使没有感染艾滋病，也可能会有这种病毒。

就在冷泉港会议前一周，巴斯德的研究人员已经通过了第一个独立进行的测试。美国疾控中心的唐纳德·弗朗西斯送去了4份来自旧金山男同性恋的血液样本，这些人都接受了乙肝检测。其中两份样本是早前提取的，可能早在这些男性接触到艾滋病病毒之前；另外两份样本也是这两位男子的，是在其表现出艾滋病症状后抽取的。弗朗西斯请法国人来确定哪个样本来自哪个时间段。在两个病人身上，巴斯德的医生都准确地发现早期提取的血清中没有淋巴结病相关病毒的抗体，近期提取的血液中则出现淋巴结病相关病毒的抗体。弗朗西斯显然被说服了，蒙塔尼耶希望美国其他研究人员也能信服。

然而事与愿违，按蒙塔尼耶的说法，人类嗜T淋巴细胞病毒成了冷泉港会议的主角。科学家们一直在讨论有没有可能是加罗医生发现的白血病病毒引起了艾滋病。蒙塔尼耶的演讲被推到会议尾声。当蒙塔尼耶坚持认为淋巴结病相关病毒与人类嗜T淋巴细胞病毒毫无关系，而与马贫血病毒相似时，一些科学家在下面窃笑，心想：马病毒，可不是么。

加罗亲自跳起来对蒙塔尼耶百般刁难，对他提出的马贫血病毒与人类的关系大加嘲弄。私底下，流言四起，都说法国人的分离物被污染了，至于真正的科学突破只能指望加罗的实验室。

这些消息让聚集在蒙塔尼耶位于巴斯德园区的办公室参加周六例会的研究人员心灰意冷。几乎所有的知名学术期刊都在美国，而且几乎没有一家对发表法国人的研究成果感兴趣。通常，他们拒绝的理由都是“让我们拭目以待罗伯特·加罗的想法吧”。就算在巴黎，科学家们对巴斯德研究的重要性也意见不一。雅克·莱博维奇依然对他去巴斯德研究所求职遭到拒绝的事耿耿于怀，如今他已是“加罗派”的支持者，认为巴斯德研究人员都是业余水平。

但最近几个月，巴黎的“业余研究者”取得了巨大的进展。他们现在完成了血液测试，大卫·克拉兹曼医生做的免疫学研究清晰地解释了病毒是如何攻击辅助性T淋巴细胞的。此外，威利·罗森鲍姆用抗病毒药物HPA－23所做的试验在艾滋病治疗的前沿领域取得了一些成果。他们认为，法国人的研究成果迟迟不被接纳，不只是国际竞争的老戏码，更是一种新情况，这将使科学界失去抗击艾滋病的最重要的武器：时间。他们需要时间开始测试抗病毒药物的艾滋病疗效，需要开展可广泛采用的抗体测试，需要开始血液测试和严格的防控措施。随着病毒在全球各地的传播，科学家已无暇卷入这种狭隘的斗争。法国人明白，在美国，加罗和国家癌症研究所比巴斯德研究所有分量。但是他们认为，全国的科学家对于这种严重的疾病不可能只持一种观点，尤其是在“人类嗜T淋巴细胞病毒1型”的说法很难令人信服的时候。

威利·罗森鲍姆认为，这个问题的根源是美国人身上的“科学帝国主义”思想，但蒙塔尼耶知道，美国国家癌症研究所与巴斯德研究所之间的针锋相对不是一朝一夕能解决的。法国研究人员为数不多，他们的研究预算只有美国人可能获得的预算的零头，在得不到足够经费的支持、没有专业认可的情况下，他们只能再接再厉。

他说，“我们就像在隧道里一样，四周一片漆黑。”

旧金山

弗朗西丝的健康状况日益恶化，整个9月下旬，鲍勃·博尔切特都是在持续焦虑中度过的。9月10日，她再次入院，随即确诊为肝炎。医生们很不情愿地告诉她是输血感染的。但是，弗朗西丝似乎比一般的肝炎患者更痛苦。她咳得很厉害，还吐白色的黏液。毫无胃口，所以她什么也不吃。在住院的17天里，她瘦了20磅。医生们将体重减轻归咎于“厌食症”。其间，有个家庭医生跟鲍勃·博尔切特说，他担心弗朗西丝可能会死。但是不知怎么的，这位脾气暴躁的老祖母还是挺过来了。后来鲍勃和孩子们才不无难过地意识到，早知她接下来要遭那些罪，还不如在这个9月死了的好。

9月22日，马修·克里格的日记

今晚，我从盖瑞的声音里听到了绝望——他的绝望不无道理。他今天摔倒了3次，因为他的腿根本不听使唤。之前他的一只眼睛感染了，现在另一只也感染了。

他去牙医那里做例行检查，发现牙齿也感染了，可能要做根管治疗。他的前列腺也出现了新的感染，医生告诉他，手淫或可减轻压力和疼痛。但手淫对他来说像是上辈子的事，他毫无兴趣。

“可能说了你也不信，”我告诉他，“但你会熬过这段低谷的。你以前也经历过，你会挺过来的。我真希望帮你分担或者让这病消失。”

我不知道他能否经受这一系列无情而又痛苦的疾病。可怕的是，我意识到自己脑海里有个黑暗的角落希望这一切都结束，然后我可以用过去式来谈论盖瑞和他的病。

我的脑子里在转悠这个念头。有时候我觉得一切都结束了，盖瑞已经死了。回想80年代，我曾经有过一个最好的朋友和前男友，一个我深爱过的了不起的男人，他饱受疾病折磨，死于这场席卷全国同性恋社区的恐怖疫病。这种病如今我们几乎不记得了。人们叫它艾滋病。

37．公共卫生

1983 年 10 月 4 日，旧金山艾滋病基金会

救护车停在第 10 街的路边，与其他车辆并排，一个年轻人迅速被固定在轮床上。救护车司机和另一名男子抬着担架上了二楼，放在了艾滋病基金会办公室的地上。随行的一名护士匆匆撂下几个装有年轻人全部家当的塑料袋之后，跟他们一起转身离去，撇下了那个躺在地上的瘦削男子。

迷惑不解的基金会工作人员大致拼凑出了他的故事。7 月以来，摩根·麦克唐纳一直在佛罗里达州盖恩斯维尔市的尚兹医院接受治疗，他患的是艾滋病引发的严重隐孢子虫病。当麦克唐纳的州医疗补助金用完时，这家私立医院要求他在 10 月 7 日前离开。可是这位 27 岁的病人无处可去，没有疗养院接收他；尽管佛罗里达州的艾滋病患者数量是全国排第三，但该州除了迈阿密及基韦斯特的志愿者组织外，没有任何针对艾滋病患者的公共服务计划。

尚兹医院的医生们打电话给旧金山综合医院，看他们是否愿意接收麦克唐纳。后者回复说他们不接收病情严重的转院病人，并建议他留在佛罗里达。接着，艾滋病基金会开始接到来自佛罗里达州的电话，咨询一位想移居旧金山的艾滋病患者如何才能得到门诊治疗。

周二早上，尚兹医院的官员把麦克唐纳装上了一架私人救护飞机，同时指派了一名医生和护士随行。虽然租用这架飞机的费用是 1.4 万美元，但相比一名艾滋病患者通常高达 10 万美元的医疗费用，这无疑是一种更划算的选择。这家医院还从同性恋社区筹集的用于帮助艾滋病患者的经费中取了 300 美元，塞进病人的口袋，作为他的零

花钱。

麦克唐纳病得连头都抬不起来，随即被人从艾滋病基金会送到了旧金山综合医院的艾滋病病房，在那里他的健康每况愈下。旧金山公共卫生局局长默文·希弗曼被激怒了，他谴责尚兹医院在患者病入膏肓时“甩包袱”。医院回应说，把麦克唐纳送往旧金山，是出于“人道主义原因”。院方说，当他离开佛罗里达州的医院时尚能走动，当时他不过是由于没好好吃饭而患上了厌食症。麦克唐纳离开尚兹医院才几个小时，病情便急转直下，对此，医院的一位发言人说：“艾滋病就是这样一种病情随时会发生变化的疾病。”

旧金山市市长黛安·范斯坦立即谴责此次转院是“无耻和非人道”的，并要求佛罗里达州州长调查此次抛弃病人事件。旧金山的两家日报均就此“无良行为”发表了社论。几天后，一名发言人宣布佛罗里达州卫生部门会对麦克唐纳事件进行调查，他同时承认：“佛罗里达确实遇到了问题，医务人员之所以不愿意提供护理，是因为他们对艾滋病知之甚少。我们也看到，人们会在法律允许的范围内利用一切机会避免提供医疗服务。”

旧金山公共卫生局

卫生局坐落在市政中心总部，当塞尔玛·德里兹医生在拥挤的办公室里抬起头时，看上去非常疲惫。在黑板的右上角，她列出了旧金山确诊艾滋病患者的最新数字——292 人，又将患有卡波西肉瘤、肺囊虫肺炎以及其他机会性感染的人分门别类。塞尔玛·德里兹有一份旧金山湾区所有艾滋病患者的名单，每去世一个，就用红墨水笔划掉一个。旧金山综合医院艾滋病诊所的一位流行病学家，最近用德里兹的这种方法统计出了不同疾病组的存活率。得了肺囊虫肺炎和其他机会性感染的患者均在确诊后 21 个月内死亡，同时患有卡波西肉瘤和肺囊虫肺炎的病人在 15 个月内全部死亡。最好的预后是那些仅患有卡波西肉瘤的病人，其中一半在确诊 21 个月之后仍然活着。

塞尔玛·德里兹回头看了看办公室里的文件夹，之前她对这场疫病的满腔热情如今早已消退。

“在与拿破仑作战中，海军上将纳尔逊问起了一周内的伤亡人数，他说，‘让我看看屠夫这周的账单吧。’”某天，德里兹这样对记者说。她又叹了口气，“当我每周根据新的艾滋病病例数写这些报告时，当我在他们死后划去他们的名字时，我感觉自己在给制作这场疫病的屠夫填账单。”

* * *

温文尔雅的比尔·坎宁安被人从退休生活中拉出来，委任为旧金山卫生局艾滋病活动办公室的领导，他还得到一句忠告：“做计划时要把所有不同的同性恋群体都包括进去，否则不管你干什么他们都会和你作对。”在他担任这个政治敏感职位的头几个月里，这位卫生部门前副主管小心翼翼地处理着各种同性恋派系既敏感又相互较劲的议程。他明白不能冒犯他们。为此，坎宁安遵循了艾滋病公共卫生政策的核心做法：一次次召开委员会会议。除非所有人都同意，不然绝不采取任何行动；这就是所谓的达成共识。几个月来，由于大家无法就大部分事情达成一致，结果一事无成。然而，这也无可厚非，因为华盛顿也好，旧金山也好，对于艾滋病一贯是多说少做。

坎宁安的问题是，哈里·布利特监事、比尔·克劳斯以及“哈维·米尔克同性恋民主俱乐部”一直在向卫生部门施压，要求为旧金山制订一种协调的艾滋病教育计划。这并非易事。首先，坎宁安不得不向该市的艾滋病协调委员会咨询，而后者并没有固定成员，同性恋活动人士谁来开会谁就是。该委员会随后任命了一个由25人组成的艾滋病规划小组委员会，其中包括各同性恋政治俱乐部的代表以及所有正在申请市政经费的组织的代表，但只有3人有公共卫生教育的专业背景。然后，这个小组委员会又细分出更多的附属委员会，并开了3个月的会。

其结果是一份乏善可陈的“计划书”，一共7页，只是重述了这座城市在艾滋病教育方面已经在开展的工作。即便这份9月下旬发布的计划书也是暂时的，因为还得经过一个月的“反馈”期才会被采纳。坎宁安个人承认这份计划书几乎毫无新意，但他坚持认为市政府需要遵循“这个过程”，这才不会激怒同性恋活动人士。

监事布利特读了卫生部门这份期待已久的计划后，火速给默文·希弗曼医生写了一封信。“这个部门如何确保与之签约的人员具备完成这项工作所必需的技能和经验，能开展进一步的教育活动？看起来你们要进行大量的引导，以便在此紧急关头急需的教育项目能迅速而彻底地实施起来。我不相信我们这个城市还能经得起拖延，不相信同性恋社区会坐以待毙，不相信我们无需对成千上万旧金山人的生命负责。”

当一位记者问及“这个城市将数十万美元用于艾滋病教育，说明了什么”时，布利特直言不讳道：“说明公共卫生部门把这场疾病当成了牛皮癣，而不是要命的疫病。”

*　　*　　*

没有市政当局协调的教育计划，同性恋社区应对艾滋病的做法发生了转变。当然，成千上万的男同性恋十分渴望了解更多的艾滋病信息，他们纷纷涌入宣讲安全性行为的讲座，加入为“忧心忡忡的人”迅速成立的治疗小组，讨论“艾滋恐慌”的问题。他们自学与免疫系统有关的所有知识，虽然是他们不熟悉的领域，却常常能给那些不太了解情况的医生讲解 T 细胞、B 细胞及巨噬细胞的微妙区别。

这种集体关注推动了 1969 年“石墙暴动”之后形成的当代同性恋运动在行为上的巨变——与性行为无关的社会活动蓬勃发展。离卡斯特罗街半个街区的卡斯特罗乡村俱乐部生意兴隆，他们为男同性恋提供了一个轻松的无酒精场所，可以玩一种棋盘式的常识问答游戏和“加纳斯塔纸牌”，与同性恋酒吧里寻花问柳的场景截然不同。在城里同性恋社区的教堂地下室，同性恋酗酒者匿名互助会如雨后春笋。离卡斯特罗街两个街区的神圣救世主教堂每周都安排宾果游戏，之前极少涉足此地的男同性恋，现在每周三晚上都会挤满教堂的地下室。

某些私人性爱俱乐部发现举办“打手枪之夜”颇受欢迎，他们鼓励情侣们回忆昔日的“童子军性爱时光”，回味青春期的自慰。随着录像带在全国的普及，男同性恋意识到就算没有从性爱场所带人回家，自己也不再是孤独的。约会服务及媒人服务亦随之东山再起。

酒吧里，那些仍在猎艳的男同性恋很少承认自己是单身。看起来每个在同性恋酒吧出没的人似乎都有一个不在城里的爱人。电话性爱服务蓬勃发展；反映被动肛交流行程度的指标——肛门淋病的发病率，那一年也急剧下降。这种相对低调的同性恋生活方式自 1983 年初开始流行，到那年年底成了一种趋势；在接下来的一年里，它将变成彻头彻尾的社会学现象。

不过，同性恋群体自身仍存在矛盾之中。虽然相当多的男同性恋的行为发生了改变，其他人还是像爱伦·坡小说《红死病的面具》里的狂欢者那样继续纵情声色，对身边的瘟疫视而不见。当夏天密集的媒体关注渐渐消散，周末去浴场的人又多了起来，性爱商店周围开始排起了长队。

人们对这种致命传染病的生理性厌恶助长了这种矛盾。某次晚宴上，旧金山综合医院艾滋病病房的护理协调员克里夫·莫里森被介绍给一个男人；这名男子后来责备主人说：“你应该告诉我他是什么人。假如我知道他在哪里工作，我绝不会和他握手。”晚宴后，这位焦虑的客人离开了聚会，去浴场过了一夜。更有甚者，在第八大道和霍华德街交汇处的“俱乐部浴场”门口排队的顾客，一边从钱包里掏出会员卡和储物柜的费用，一边戏称这里是“艾滋病和霍华德”[①]。

在当地一份同性恋报纸上，作家保罗·里德总结了形形色色的同性恋对艾滋病的反应。一类是“什么危不危机”型，这类人完全否认有疫病存在；与此相对的是“胆小怕事”型，被吓得什么也不敢做。“完美家庭型”已经形成了一夫一妻制的关系；“超人”型则继

① 第八大道（Eighth）发音近似艾滋病（AIDS）。——译注

续寻欢作乐，毫无缘由地认为自己对艾滋病免疫；“桃乐丝·戴”[1]型嘴里唱着“顺其自然吧”，然后以宿命论为自己无休止地猎艳找理由。里德把自己归在最后一类，“彻底想不通”型。

研究同性恋群体的心理学家比较了男性在面临中年危机时常见的矛盾反应。从心理上来说，中年危机标志着一个重新定义自己的阶段。朋友们开始死去，让他们突然意识到生命是会消亡的。一种失落感油然而生：我的人生已经过完了一半吗？有些男人会和年轻的秘书私奔，以为这样就可以找回失去的青春；另一些人则发现，逆境再次使他们成熟，并使他们在生活的方方面面形成更有意义的姿态。同性恋群体的混乱反应标志着他们开始了对这个集体的重新定义，这一过程，尽管在早期显得愚蠢，但在未来几年将成为艾滋病所造成的深远影响之一。

旧金山的同性恋报纸发行量比美国其他任何城市都要大，但这些报纸常常是声音大，却闹不清同性恋面临的挑战。《湾区记者报》的专栏作家康斯坦丁·伯兰特最近开始对哈维·米尔克俱乐部发起新的攻击，称俱乐部官员为“我们自己最糟的敌人”，因为在他看来，他们名为《我们能谈谈吗?》的提倡安全性行为的手册其实是“反性爱”的。伯兰特写道：“对于安全性行为的忠告或许出于善意，实际上是和体制沆瀣一气，这个制度惯于谴责我们，而我们也自我谴责。如果我们当中真的有人病倒了，被‘安全性行为’神话洗过脑的人就会指着他说，‘你看，我们早就告诉过你。这是我们自己造的孽。’”

一周后，伯兰特又续写了一篇，文中称“我爱舔肛。对某些人来说，游走在肛门上的舌头能让人放松、着迷，甚至精神振奋”。伯兰特坚持认为，社会有责任找到医疗手段来预防所有性传播疾病，但同性恋群体没有责任将性行为限制在医疗手段能力所及的范围内。至于安全性行为，他写道：“如果绝对必要的话，我们不是不能做出改

---

[1] Doris Day 是美国歌手，为电影《擒凶记》演唱的插曲传唱甚广。——译注

变，但为什么必须是我们呢?”

在医疗报道中，《湾区记者报》把大量篇幅留给了圣马修奥市的一位医生，此人声称可以用大剂量维生素C治愈这种综合征。一位同性恋心理学家也写了一系列文章讨论艾滋病的“心理潜伏期”，他认为艾滋病患者都像孩子一样经历了“情感紧急状态”，这令他们觉得自己被遗弃了。他说，艾滋病现在扮演的就是抛弃者的角色，这意味着改变看世界的心态可能是预防这种疾病的最好方法。

旧金山第二大同性恋报纸《哨兵》则刊载了大量的系列文章，抨击在马科斯·柯南特领导下刚刚起步的全国卡波西肉瘤/艾滋病研究和教育基金会。此番无情攻击表面上是因为基金会的工作人员向艾滋病患者免费发放了黛比·雷诺兹6月的筹款活动的门票，但真正的原因可没这么简单。当时，《哨兵》报的所有者和《湾区记者报》的发行人鲍勃·罗斯长期在发行量上斗得你死我活，而鲍勃·罗斯是该基金会的财务主管。攻击基金会不过是借此攻击商业对手。

尽管如此，卡波西肉瘤/艾滋病基金会陷入一片非议之中。8月下旬，由于当地的艾滋病组织拒绝合作，在洛杉矶举行的第二届黛比·雷诺兹筹款活动以失败告终。其他同性恋领导人的非议不断、争吵不休使得士气低落，理事会成员纷纷开始辞职。一位律师失望至极地对马科斯·柯南特说：“如果这就是他们想要的，就让他们都去死吧。”

纽约

一名西班牙裔男子满脸困惑地来到“艾滋病携带者”组织的会议现场。他刚被告知得了一种闻所未闻的致命疾病——艾滋病。

“为什么没有人告诉过我这里有疫情呢?”他问“艾滋病携带者”的主席迈克尔·卡伦。

“你看电视吗?”卡伦问他。

“不看。”

“你读《纽约人》吗?”

“不读。”

诚然，旧金山也有很多问题，但至少这个西海岸城市有个艾滋病项目——虽然进展缓慢迟钝。在纽约，一个跨部门工作组每月开一次会讨论艾滋病疫情，但会议除了是个机会，让大家来列举该市在应对艾滋病方面没有做到的事，没有其他用处。官方的不作为不是疏忽的问题，现在它被提到了政策层面。在旧金山，卫生部门被认为是服务协调员，纽约市则不同。纽约卫生专员大卫·森瑟坚持认为，卫生部门的职分应当是“提供其他部门没有、不会有、不该有或无法提供的服务”。跨部门工作组将其角色定义为“不指导，而是提供中立的对话平台”。森瑟医生说，卫生部门本质上应该填补空白，而不是另辟新领域。

这是个侥幸的想法，因为在大卫·森瑟看来纽约几乎没做到的地方。他反对像旧金山综合医院那样进行医疗协作，认为“试图在市一级把这些（预防性的、动态的、制度性的）服务绑得太紧是很危险的”。森瑟对教育和预防项目同样缺乏热情。在维斯的小组委员会听证会上，一名共和党议员提出，森瑟“应该大力强调……预防措施”。然而，卫生专员森瑟回应道：“我认为有很多办法可以做到这个，没必要去街头演说。我当然相信这些信息如果来自受影响的社区，会更能被大家接受，也会得到更有力的支持。”森瑟说他正在和同性恋报纸合作，并补充说：“我认为公开劝诫并没有阻止性病的传播。”

对一个公共健康教育项目而言，依赖同性恋报纸是一个莫名其妙的立场。纽约只有一份同性恋报纸，即《纽约人》。其发行量约为2万份，而这个城市估计有100万同性恋人口。这意味着每50名男同性恋中有49个没读到报纸，而纽约市的艾滋病教育却是以此为基础开展的。

到1983年年底，纽约市政府为艾滋病服务或教育所做的全部贡献就是向红十字会拨款2.45万美元，为艾滋病患者提供家庭护理服务。即便是这个项目也晚了3个月才启动，因为没人愿意接通电话线，让潜在的救助对象能打进来。红十字会的目标是为200名艾滋病患者提供服务。然而，在合同取消前的15个月里，由于执行协议时遭遇的官僚作风，只有80名患者得到了帮助。

与此同时，“男同性恋健康危机”正在一座公寓楼的五个小房间里处理所有事务。该组织已经招募到300名临床志愿者，并为寻求艾滋病治疗信息的医生和护士进行了为期数月的20次培训。他们每月培训50名新志愿者提供给新的救助对象。尽管“男同性恋健康危机”的工作场地严重不足，但几乎没有房东希望自家的房子成为曼哈顿的“麻风病中心”所在地。约瑟夫·索纳本德医生是纽约一流的艾滋病医生之一，因为有大量的艾滋病患者去他位于西12街的诊所看病，他被逐出了自己的办公室，为此他向他的合作伙伴提起了诉讼。“男同性恋健康危机”询问市政府是否可以使用西13街一座废弃的高中作为艾滋病服务中心，市里要求他们预付200万美元现金。同性恋不可能从科赫政府那里得到什么恩惠。

与科赫市长会面后，玛蒂尔达·克里姆医生、约瑟夫·索纳本德以及“男同性恋健康危机”的执行理事罗杰·麦克法兰一起写了份提案，希望能建立协调一致的城市反应机制。他们以旧金山的方案为基础，描述了一个多样化护理方案，包括临终关怀病床、艾滋病病区以及诊所。克里姆带着这个想法去见政府官员，但发现没有什么人对这场疾病感兴趣。纽约市议会主席卡罗尔·贝拉米不愿意会见研究人员。曼哈顿区长安德鲁·斯坦跟克里姆客气地聊了聊，但拒绝采取任何行动。克里姆后来用4个字总结了纽约官方的态度：“无人在乎”。

*　*　*

某次从科德角回来，拉里·克莱默发现邮箱里有5封信，其中4封是医生写的，他们担心一旦艾滋病问题淡出新闻头条，男同性恋放荡不羁的生活会死灰复燃。他们还对同性恋政治领袖没有坚决要求市长或卫生部门采取措施阻止艾滋病而感到绝望。第五封信是个通知，请他去参加一个刚刚死于艾滋病的朋友的追悼会。他是拉里的朋友中第 32 个死于这种综合征的。

“男同性恋健康危机”出售麦迪逊广场花园近期筹款活动门票的事不太顺，于是一位私人捐款者买下了《村声》的一整版，请拉里写篇文章，呼吁各方大力支持。在这篇名为《2339 人，还没完……》的文章里，拉里抨击了导致纽约出现这种令人遗憾的情形的两个罪魁祸首——市长科赫以及仍然对当地艾滋病政策毫无关注的《纽约时报》。

写完之后，拉里去了弗吉尼亚州的小华盛顿市，想在那里修改润色自己的剧本，而剧名依然定不下来。他想到的第一个名字是“死亡之城”，但觉得太压抑了。某晚，拉里读起了 W · H · 奥登的诗集，忽然从他的经典诗作《1939 年 9 月》中找到了灵感，决定将剧本定名为《凡俗的心灵》：

疯子尼金斯基所写
关于佳吉列夫，
道出了凡俗心灵的实情；
因为每个女人每个男人
骨子里滋生的谬误
渴望着无法拥有之物，
不是普遍的爱
而是单独地被爱……
也没有谁可以独自苟活；
饥饿让人无从选择，
无论是平民还是警察；
我们必须相爱要么就死亡。①

* * *

在艾滋病蔓延的头 5 年里，最辉煌的时刻只不过是让大家看到事

① 此处引用马鸣谦、蔡海燕译文，载上海译文出版社《某晚当我外出散步：奥登抒情诗选》。——译注

情到底有多糟。旧金山是全美对艾滋病疫情反应最快、最及时的城市，这是旧金山的荣耀，也是美国的耻辱。

到 1983 年年底，只有旧金山对这种已在全国肆虐的疫病做出了类似官方的反应。在纽约，除了过度紧张的同性恋社区提供的自助服务之外，市政机构并没有提供任何服务，但至少病人可以期待在该市的医院里得到相对体面的看护。在国内其他地区，公共卫生机制和医疗机构对于疫情的准备工作做得太差，患者甚至连一点安慰都得不到。

呈交给佛罗里达州州长鲍勃·格雷厄姆的一份关于摩根·麦克唐纳事件的报告认为，医方将这位年轻人装上飞机送往旧金山是出于“真心诚意”。州卫生部门判断，该医院只是想把病人安置在一个提供相关服务的城市。当然，如果佛罗里达有足够的条件来治疗那些不再需要急症护理的病人，本来是不需要把病人转走的，但全美除了旧金山哪里都没有这样的设施。某种程度上是为了对围绕麦克唐纳事件的抗议做出回应，美国医院协会正在汇集一些建议，要求所有健康的医院员工为艾滋病患者服务。这些建议与加州大学 9 月的说法如出一辙，后者称“目前没有任何科学证据表明健康人士接触艾滋病患者有危险”。

1983 年 10 月 20 日，摩根·麦克唐纳因心脏骤停在旧金山综合医院 5B 病区“安详地离世”。他是旧金山第 111 个死于艾滋病的人。卫生局局长默文·希弗曼给盖恩斯维尔的尚兹医院寄了一张 6 500 美元的账单，这是旧金山照顾该病人的费用，并且指责这家医院的所作所为“加速”了麦克唐纳的死亡。听闻摩根·麦克唐纳的死讯，市长黛安·范斯坦发表了一份声明，表示“一个年轻人在生命的尽头被医院抛弃，这太令人难过了”。

* * *

摩根·麦克唐纳去世的那天，盖瑞·沃什正走在联合大街上，他刚看完新上映的电影《大寒》，脑子里还回响着影片中的配乐，是他最喜欢的60年代歌曲。突然之间，他感到一阵头晕目眩，于是挥动手杖叫了一辆出租车。接下来他只记得自己在被人抬上救护车时说："我得了艾滋病。送我去富兰克林医院。"

盖瑞相信自己快死了。就算不是现在就死，他也不确定自己还想不想继续这样活下去。不管怎样，这事他已经想了一个星期了。他开始一点一滴地整理生活中的琐事。那天晚上，在露·蔡金和马修·克里格去看他之前，他跟一位医生朋友谈了自己的计划。医生很不情愿地答应盖瑞，说会给他需要的一切。

第二天，盖瑞打电话给马修，说他一旦活过来就打算自杀。几周前，马修和盖瑞为这个问题发生过激烈的争执，因为马修强烈反对自杀。盖瑞知道马修对于自杀有道德顾虑，所以当马修爽快地回答"我支持并尊重你的决定"时，盖瑞挺吃惊的。

"真的?"盖瑞问。

"这么长时间以来，你一直非常勇敢，充满斗志，"马修说，"你一直非常坚定。甚至你昨天独自去看电影也是勇敢之举。我钦佩你，也非常爱你。"

他们谈论了盖瑞的恐惧。

"天主教徒说的对，"盖瑞说，"自杀会让我下地狱。而且也可能死不成。"

几天后，医生给盖瑞注射了吗啡。这样一来他的痛苦尚在可以忍受的范围，于是放弃了自杀计划。他告诉马修他很高兴自己考虑了自杀问题，如果疼痛复发，他就考虑"这个选项"。

* * *

1983年10月31日，疾控中心统计出全美共有2 640个艾滋病病例，其中1 092人已死。这些人中，有1 042人来自纽约，320人来自旧金山湾区。随着疾病在全美的进一步蔓延，疾病集聚地开始转移。1982年10月，全国约有四分之三的艾滋病患者生活在受疫情影响最严重的4个城市：纽约、旧金山、洛杉矶和迈阿密。但目前上述城市的艾滋病患者只有不到三分之二。

* * *

盖瑞·沃什醒着躺在自己的床上时，她出现了，一头长长的白发，双臂伸向他。盖瑞认出这是他一位好友的母亲，几个月前刚刚去世。她美极了，绽放出灿烂的笑容安慰他：“别怕，亲爱的。我会帮你迈出这一步的，那边一点也不差。”

38. 新闻界

1983 年 11 月 4 日，旧金山记者俱乐部

媒体俱乐部邀请了《CBS 早间新闻》两位主播之一比尔·柯蒂斯为该俱乐部一年一度的颁奖晚宴做主题演讲。按照惯例，作为主题发言人的柯蒂斯以一个小笑话作为开场。

“昨天我在内布拉斯加州，当我说要去旧金山时，大家开始聊起艾滋病来，”柯蒂斯笑着说，“有人问，‘得了艾滋病以后最难的事是什么？’”

抖包袱之前，柯蒂斯停顿了一下：“是试图让你老婆相信你是海地人。”

人群中发出一阵尴尬的笑声。大多数人并不认为这笑话好笑。几个记者彼此望了一眼，会心地点点头，好像在说：“瞧，这就是住在纽约的人会说的话。”

柯蒂斯显然误判了他的听众。尽管如此，这个笑话还是反映了国家新闻机构一种无动于衷的状态，所有这些机构的总部都设在曼哈顿。艾滋病仍然是个下流的小笑话。此外，这也是你能拿到成群的记者面前开玩笑的事，因为你可以放心地假设，这种病还没有找上那些写新闻报道和播报晚间新闻的人。同性恋记者，尤其是纽约的同性恋记者，如果想在新闻界待下去，往往要知道自己的斤两，并且缄口不言。

《纽约时报》和《华盛顿邮报》等媒体都郑重声明不会因为性取向而歧视员工。但实际上，它们从不曾雇用过公开表示自己是同性恋的人，而在这些媒体工作的同性恋记者私下里也坚信，一旦他们的性取向为人所知，事业上就会陷入停滞。同性恋担任剧评人和美食评论家尚可被接受，但报纸的硬新闻版块很难接受女性记者，更不用说变性者了。业内很少有人谈论这事。美国新闻界总是很擅长挑别人的错而不是自己的。

在纽约，编辑们抱怨疫情没有发生什么新变化。事实上，更吸引眼球的突发事件还没出现，比如发现被大家普遍接受的病因或在治疗上有所突破。尽管如此，新病例的数量还在呈指数级上升，即便少量的调查性新闻也揭示了新闻报道的一大新视角。

《旧金山纪事报》在 11 月下旬披露了一些有价值的内幕信息。当时，依据《信息自由法案》的规定公布的数百页内部备忘录，暴露出疾控中心的经费严重短缺的问题。对比新公布的备忘录和几乎同一时段在国会的证言，美国许多高级卫生官员的表里不一一览无余。在华盛顿，政府官员们看了《旧金山纪事报》的头版报道后，准备迎接一系列的新闻调查，但什么都没发生。对于其他新闻机构来说，艾滋病报道就是从科学或者人的利益的角度讲故事，但在未来几年，标准的新闻报道技巧不会适用于艾滋病报道。因此，联邦政府不必担心新闻记者会像猎犬一样盯着他们在艾滋病问题上的作为不放。这事不会发生。

新闻报道的有与没有，对地方公共政策具有深刻的影响。加州大学旧金山分校的卫生政策研究所后来分析了纽约和旧金山两市政府对于艾滋病的不同反应，得出的结论是，两个城市的主要报纸在新闻报道上的巨大差异在一定程度上决定了两市反应的巨大差异。1982 年 6 月至 1985 年 6 月，《旧金山纪事报》刊载了 442 篇由其员工撰写的艾滋病报道，其中 67 篇上了头版。同一时期，《纽约时报》刊登了 226 篇报道，只有 7 篇上了头版。从 1983 年年中开始，《旧金山纪事报》

的报道聚焦于疫情的公共政策方面，而《纽约时报》的艾滋病报道几乎完全是医疗方面的，极少强调社会影响或政策。这项研究的结论是，“《旧金山纪事报》的报道内容广泛，除了提供纽约没有的健康教育之外，还帮助当地政府和卫生官员承担了一定的政治压力，以应对艾滋病危机”。

从全国来讲，问题不在于媒体报道的内容，而在于没有报道出来的东西。事实上，在整个疫情发展期间，善意的记者们竭尽全力平息艾滋病的恐慌情绪。特别是自从“日常家庭接触感染”一说被推翻后，几乎每个新闻报道都强调艾滋病不会随意传染，不会对“普通民众”构成威胁。在后来的深刻自我反思中，新闻评论批评新闻机构没有讨论传播艾滋病的具体性行为，尤其是肛交。这个批评很中肯，但声音也很弱。新闻界这唯一一次深刻的自我批评，事实上是艾滋病持续蔓延的一个量尺，甚至在艾滋病成为主要国内新闻之后也是如此。

其间，新闻机构并不是没有思考过艾滋病问题。人人都在谈论此事；人人都在拿它开玩笑。听说要报道在旧金山召开的 1984 年民主党全国代表大会，老谋深算的曼哈顿人对他们此去“艾滋病之都”产生了不寻常的担忧。例如，美国全国广播公司的人询问当地餐饮企业，假如雇他们提供餐饮服务的话，他们会不会让同性恋员工也插手。全国广播公司希望确保为他们服务的餐饮业人员中没有同性恋，因为他们害怕得艾滋病。

贝塞斯达，国家癌症研究所

肿瘤细胞生物学实验室位于国家癌症研究所那幢红砖砌成的 31 号楼 6 楼 B 走廊。煤渣砌块墙漆成了令人愉悦的黄色；离心机的声音回荡在灰色大门的背后，门上双重空气锁紧闭，以防实验室的致命逆转录病毒逃逸。6 个月来，B 走廊一直是美国人抗击艾滋病的实验室战争司令部，6B03 是罗伯特·加罗医生的办公室，他也是这场战争的总指挥。

9月，巴斯德研究所给加罗寄来了他们分离的淋巴结病相关病毒菌株，希望有助于说明淋巴结病相关病毒与人类嗜T淋巴细胞病毒1型没有关系，而是一种截然不同的病毒。这种病毒到达贝塞斯达的时间点后来证明是非常重要的。

收到病毒后不久，加罗医生就开始在艾滋病研究中取得重大突破。一年多以来，加罗的研究进度卡在了一个关键问题上。他的实验室工作人员无法培养出任何导致艾滋病的病毒，它不断杀死它的细胞株。加罗肯定这是某种逆转录病毒在起作用。几个月来，他已经检测到了逆转录酶的活动，但是当他需要分离出特定的病毒，维持微生物的生长并确定这是艾滋病的起因时，却发现这没多大帮助。加罗担心他所看到的逆转录病毒只是另一种机会性感染，如果没有特定病毒的分离株，就无法解决这个问题。

加罗也变得有些不耐烦了。秋天时，他向同性恋报纸《倡导者》的一位艾滋病记者透露，如果他的人类嗜T淋巴细胞病毒研究不能尽快取得成果，他就要转向其他疾病的研究，转到更有前途的领域。然而到了11月，他的疑虑消除了。尽管加罗只对少数同事说起过，但他相信自己现在已经分离出了导致艾滋病的病毒。

与此同时，竞争仍在持续困扰着国家卫生研究院的艾滋病研究。罗伯特·加罗的脾气让他在国家卫生研究院树敌不少。一些医生不允许实验室技术人员把组织样本给加罗，所以在国家卫生研究院的医院治疗艾滋病患者的萨姆·布罗德医生就亲自把会走的样本——病人——带到31号楼来。

国家癌症研究所和国家过敏及传染病研究所之间的狙击战也在继续。最匪夷所思的转折发生在10月下旬，当时肯·塞尔医生和国家过敏及传染病研究所的其他研究人员宣布发现了一种真菌，他们认为可能就是它导致了这种综合征。他们说，这种真菌引起的免疫抑制与通过药物人为减缓免疫反应引起的免疫抑制非常相像。国家癌症研究所的医生们认为，塞尔曾是过敏及传染病研究所的艾滋病协调员，他此举就是为了让加罗尴尬，贬低加罗的逆转录病毒理论。疾控中心的研究人员则认为真菌理论简直跟巫术差不多。大家都很清楚，发布这样的研究结果不过是国家癌症研究所和国家过敏及传染病研究所之间积怨的延续——他们都希望自己能在艾滋病研究中占据主导地位。

国家癌症研究所之外的科学家对人类嗜T淋巴细胞病毒1型的假说表示了更为公开的怀疑。没有一项研究表明，艾滋病患者中携带人类嗜T淋巴细胞病毒1型的人超过25%。这些分离株往往来自海地人，而这些人又来自白血病病毒流行的地区。哈佛大学的麦克斯·埃塞克斯医生是人类嗜T淋巴细胞病毒1型理论的主要支持者，他认为人类嗜T淋巴细胞病毒1型抗体测试可能还不够敏感，但鲜有科学家信服这一点。到了10月，波士顿大学医学院的保罗·布莱克医生在《新英格兰医学杂志》上发出警告，说人类嗜T淋巴细胞病毒1型的"重要性被夸大了，我担心这会降低研究者对其他病毒的兴趣……我认为它被过度强调了，这里面牵涉到很多炒作"。在谈及他为何"严重怀疑"人类嗜T淋巴细胞病毒1型理论时，布莱克指出，人类嗜T淋巴细胞病毒能让细胞"永生"，让它们疯狂繁殖，艾滋病病毒却相反，它在不断杀死淋巴细胞。

由于缺乏经费，其他政府实验室的研究工作继续停滞不前。国家癌症研究所环境流行病学分部的艾滋病研究始于1981年6月，其主任比尔·布拉特纳医生至今仍在从其他研究项目中挪用经费贴补这块。尽管现在有了艾滋病研究经费，但一道"冻结招聘"的命令，让布拉特纳试图引进更多科学家的计划付诸东流。更糟的是，由于"冻结招聘"，布拉特纳也无法在研究人员离开时填补空缺。有好几次，他听到国家卫生研究院的官员告诉国会，说艾滋病研究人员拥有他们所需的全部经费，他很想知道这些官员究竟是听谁说的。显然，这些人根本没有好好和研究人员交流过。

疾控中心的实验室工作停滞了，因为加罗医生居然说到做到，不肯让卡利医生带走人类嗜T淋巴细胞病毒试剂，以此作为对他离开癌症研究所的惩罚。卡利医生只得从头开始逆转录病毒的实验室研究，追查感染了人类嗜T淋巴细胞病毒1型和人类嗜T淋巴细胞病毒2型的人，以培养逆转录病毒和抗体。唐纳德·弗朗西斯在亚特兰大疾控中心每周的艾滋病研究人员例会上打开了所有的实验室报告，列举了由于缺乏场地、人手和经费引发的问题。国会的各种资助计划已经开始涓涓细流般提供资金，但是，正如艾滋病研究中常见的那样，它往往来得晚了点，而且少了点儿。

《旧金山纪事报》以《信息自由法案》为由，要求詹姆斯·科伦医生对资金需求进行评估；科伦承认，这些问题对疾控中心艾滋病工作组的早期工作造成了很大的困扰，但现在一切都好了。“蜡烛已经点亮，就别再诅咒黑暗了，”科伦说，“你不能单单指责政府；所有人都是很晚才意识到这事有多严重。媒体两年前根本没影儿，现在到处发表意见的国会议员当年又做了些什么呢。”

在国家卫生研究院和疾控中心，焦虑仍在加剧。1983 年年初，几乎所有人都认为到这个时候艾滋病病毒应该已经找到了。

* * *

在巴黎，6 个多月前，科学家们发表了关于导致艾滋病的病毒的论文，但很少有人注意到它们。巴斯德研究所的研究人员以法国人特有的轻描淡写的口吻回顾了 1983 年的秋天，称那段时间是“长途跋涉穿越沙漠”。

巴斯德的科学家确信他们已经累积了足够的证据来证明他们已经分离出了这场疫病背后的病毒。他们对 10 个淋巴结病患者进行了血液检测，在其血液中培养了病毒或发现了淋巴结病相关病毒抗体，他们正在进行一项标准化测试，以便找出能用于血库检测的淋巴结病相关病毒的抗体。他们分别把病毒送到了美国疾控中心以及位于慕尼黑的马克斯-冯-佩腾科弗研究所，在黑猩猩身上接种。详尽的免疫学研究确定，病毒是有选择地针对 T-4 淋巴细胞——即在艾滋病患者体内消失的细胞——进行攻击，为免疫系统的最终崩溃埋下了伏笔。抗病毒药物 HPA-23 的试验正在 60 名法国艾滋病患者中进行，以确定该药物的毒性反应。

尽管有了这些证据，但巴黎的医生们发现美国科学机构仍不愿认真对待他们的工作。他们的研究论文被长时间搁置，一位美国评审专家在否决其中一篇论文时，竟以一种民族主义口吻称淋巴结病相关病毒是“法国病毒”。国家癌症研究所的罗伯特·加罗则继续散播消息，说淋巴结病相关病毒只不过是实验室的一种污染物。巴斯德的研究人员一次又一次地听到他们的美国同行说，是的，巴斯德的研究很有意思，但是他们要等等看加罗会得出什么结论。威利·罗森鲍姆在听到这样的对话后，回到了热带疾病病房，继续眼睁睁地看着新的病人带着各种可怕的疾病四处走动。他想大喊一声：“人们快要死了，我们快没时间了！”但是没人听他的。心灰意冷的医生们常常在结束每天14小时的工作后，来到塞纳河左岸名为“天堂拉丁”的卡巴莱，在那里思考该做些什么让人们相信他们。研究人员的配偶开玩笑说他们将组建一个“反艾滋病委员会”，让研究人员摆脱那种残酷的、怀揣答案却没人想知道的挫败感。

11月，去年1月发现淋巴结病相关病毒的巴斯德研究员弗朗索瓦丝·巴尔在东京郊外的国际机场偶遇罗伯特·加罗。两人是去参加同一个科学会议，所以他们共乘一辆出租车前往东京。在路上，加罗透露他终于发现了导致艾滋病的逆转录病毒。他说，甚至有可能证明它与淋巴结病相关病毒类似。

回到巴黎，巴斯德的研究人员毫不怀疑加罗发现的艾滋病病毒最后都将被证实是淋巴结病相关病毒。长期以来他们一直被否定，也许最终会得到认可。

* * *

加州大学旧金山分校的研究员杰伊·列维医生曾在学校的轮休假期间到巴斯德研究所与让-克洛德·彻尔曼一起工作，多年来他一直与该所保持联系。当列维9月访问巴黎时，巴斯德的研究成果给他留下了深刻的印象，尽管他拒绝了让他带着淋巴结病相关病毒回旧金山的提议。他打算自己找到艾滋病逆转录病毒，而且也不希望怀疑论者将来指责他的研究受到了实验室污染物的污染。列维在回国后的一个月内，从当地艾滋病患者的血液中培育出了 6 株逆转录病毒分离株。他决定不急着发表研究成果，而是等到积累更多的确凿证据来证明他获得的病原体确实是导致艾滋病的病因，而不是机会性感染。

那是 1983 年 11 月，科学终于逐渐接近造成世界各地都有人死亡的病毒元凶。不幸的是，围绕这一发现的科学阴谋才刚刚开始。

11 月 7 日，马修·克里格的日记

大约四周内，盖瑞第三次住院。这次是肺炎。不是肺囊虫肺炎，只是普通肺炎。

肺炎、卡波西肉瘤、严重的牛皮癣、疱疹、肛裂，需要根管治疗的一颗坏牙（但因为有感染的风险而无法治疗，并且他也无法承受手术）。可能还有更多我意想不到的感染。

他一直极其虚弱，最近三四天尤甚。他虚弱得无法走路、进食、洗澡，甚至没有力气挤牙膏或者按下剃须膏罐子上的按钮。

过去四个晚上我和他一起住了三晚……在这段时间，他一直在念叨自己再也无力承受痛苦，“我活不下去了。我失去了斗志。我不知道还能撑多久。”现在我很能理解他的心情，尽管我永远无法对他的那种痛苦感同身受，哪怕一点点。

令我吃惊和喜悦的是，在他的建议下，三晚之中有两晚我是在他的床上度过的。我们分别睡在他那张大床的两侧。我的身体对他依然有感觉，尽管我有好长一段时间提不起性致了……

［今早］我在离开前和护士聊了聊，这前所未有地让我感到不安。她跟我谈起了拉里，拉里是个艾滋病患者。拉里和盖瑞从未见过面，但通过他们的医生互致问候。大家都说拉里很友善，很棒，了不起、有趣也很有爱心。现在的他疯了、衰老了还精神失常。他觉得自己被强奸了，觉得自己死了，觉得自己还在家里。他对他爱的人发泄愤怒，他谁也认不出来了。他放弃了，精神上已经散了。他很快就会死去。

盖瑞听到这些会是什么反应？他肯定会吓坏的。

我离开盖瑞的房间后遇到了一个叫安吉莉娜的护士。她证实了关于拉里的传言。“住这间的这个人得了卡波西肉瘤，”她在病人的房门外对我说，“不出两三天他就会死的。他来这儿已经两个月了。他的脸非常恐怖。你想看看吗？”

不，谢了。

她说：“我为盖瑞感到担心。几周前拉里也有过这么严重的头痛。”

我来医院的时候充满希望，离开的时候却觉得胃里难受极了。

未来会怎样？盖瑞不会受那些痛苦的，我知道……离开医院后，我去了趟盖瑞的公寓，取了我周末留在那儿的衣服和录音机。我遇上了那个给盖瑞送录像带的人。他是去那里取磁带的，我从公寓里找出来给他。

“盖瑞怎么样？”他问。

“不太好。”我说。

“我最好的朋友得了艾滋病，今早在洛杉矶去世了，”他告诉我，“他在三四天前出现了呼吸道感染，然后全身器官都不行了。”

我感到自己被痛苦的死亡包围着，无处可逃。

*　　*　　*

当盖瑞在床上醒着的时候，又有一个人影出现在他眼前。这位朋友9月死于白血病，生前是一名作家和雄心勃勃的脱口秀喜剧演员。盖瑞见到他很兴奋。

“你必须穿过一条道，”他告诉盖瑞，“我会帮你渡过难关。你会喜欢这里的。”

盖瑞让他有空再来，几天后他真的来了。

“我害怕。”盖瑞说。

“我告诉过你不要担心，”他的朋友说，似乎不喜欢被打断，“现在别打扰我，我要写东西了。”

*　　*　　*

11 月 8 日的非大选年市政选举产生了一场成果斐然的同性恋政治运动，该运动长期致力于在全国范围内扩大政治基础。出柜的男同性恋当选为波士顿和明尼阿波利斯的市议会议员，一位同性恋艺术商成了基韦斯特的市长。事实上，现在几乎所有主要的民主党总统候选人都支持同性恋公民权利。在选举后的几天内，获得提名的总统候选人——参议员艾伦·克兰斯顿、约翰·格伦和欧内斯特·霍林斯均宣布参加将于秋季举行的参议院艾滋病听证会，加上他们 3 个一共 15 人。市长黛安·范斯坦赢得了旧金山历史上最大的差额选票，成功获得连任。全城都在窃笑一个叫布莱恩·兰兹的名不见经传的竞争对手，他是北加州地区一名活动组织者，效力于一个与他同样籍籍无名的叫做林顿·拉鲁什的极端主义总统候选人。在竞选中，兰兹的主张是该市应该放弃亲同性恋政治，因为他能证明同性恋只是一种暂时性的病症，可以通过适当的方法“治愈”。

*　　*　　*

11 月中旬，有人爆料说塞尔玛·德里兹医生就能否禁止艾滋病病人出入该市同性恋浴场问题寻求了法律意见，这让一些同性恋领导人再次以为该市即将开始对同性恋采取一般性封锁。之前不断有报道称艾滋病患者频繁出入性爱场所，德里兹曾就强迫艾滋病患者离开浴场的合法性征求过该市律师的意见。当浴场再次人满为患的时候，德里兹又去咨询了。该市一名副检察长裁定，德里兹这种做法在法律上是站不住脚的，因为科学家尚未发现这种疫病背后的病毒因子，从而证明艾滋病是一种传染病。

德里兹将此事泄露给了《旧金山纪事报》，希望至少能警告男同性恋继续光顾浴场的风险。与此同时，加州大学伯克利分校的州卫生部传染病总部正在筹备各种会议，以制定州政策，应对那些不听劝阻、恣意妄为的艾滋病患者。最终，州卫生当局列出了一系列选项，首先是由社区对这种行为进行劝阻，对于顽固不化者最后可能进行隔离。按惯例，随后会招来同性恋领袖和民权律师的谴责。想象力丰富的同性恋领袖坚持认为，这些建议是拘禁整个同性恋群体的序幕。至于那些可能因为这些病人而感染致命疾病的人的民事权利，争论中很少被考虑到。

德里兹试图将这场争论提升到政策讨论的高度。她从未公开谈论过那个人——正是他启发她想出了限制进入浴场寻欢的建议。

*　　*　　*

在温哥华，盖坦·杜加斯的健康正在开始每况愈下。他在 1980 年 6 月被诊断患有卡波西肉瘤，至今他已克服重重困难活了三年多。当他渐渐力不从心，他跟朋友们说他慢慢地厌倦了与病魔搏斗。

*　　*　　*

1983 年 11 月 21 日，美国疾控中心报告，有 2 803 名美国人确诊患有获得性免疫缺陷综合征，其中 1 146 人已经死亡。

11 月 22 日，瑞士，日内瓦

当全球 38 位艾滋病专家齐聚日内瓦的世界卫生组织总部，参加首次国际艾滋病研讨会时，五大洲已有 33 个国家报告发现了艾滋病患者。

加拿大卫生当局在整个联邦范围内登记了 50 例病患。去年，以色列报告了 6 例，澳大利亚报告了 4 例。就在会议前夕，日本报告了全国最早的 2 例艾滋病病例，由此成为首个发现被艾滋病感染的亚洲国家。在东京著名的吉原①一带，妓院、土耳其浴室和性爱旅馆拒绝外国游客进入，以免感染艾滋病。澡堂外挂着“非日本男性莫入。”

截至 1982 年底，欧洲卫生当局共报告了 67 个艾滋病病例。当与会者聚集在铝合金和玻璃建造而成的世界卫生组织总部时，已有 15 个西欧国家报告 267 个病例。西德的流行病学家现在发现了他们自己

---

① 日本江户时代公开允许的妓院集中地区。——译注

的性行为关联病例群。尽管早期患者都与美国的性活动相关，但很明显，到 1983 年后期，德国有了自己的感染者，他们正在传播疾病。在丹麦，国家卫生委员会已着手建立专门的诊所和筛查中心。英国报告了 27 个病例，医生们正在争相向保守党首相要求研究经费，而后者并没有将艾滋病视为她要优先处理的卫生事务。

法国是欧洲大陆上报告艾滋病病例最多的国家，共确诊了 94 名患者。和比利时一样，这些病例中有一半以上来自非洲五国——扎伊尔、刚果、马里、加蓬和卢旺达，或者曾去这五国旅行。

正是法国人和比利时人在这些中非国家——特别是扎伊尔——进行的研究，引得美国国家卫生研究院和疾控中心的科学家近日前往金沙萨。就在日内瓦会议前不久，约翰·麦考密克医生在亚特兰大的疾控中心艾滋病研究人员会议上讨论了他的发现。短短 2 周，麦考密克就在金沙萨的两家医院确认了 37 个艾滋病病例。疾控中心对如此短时间、仅仅 2 家医院就能发现这么多病例感到震惊。显然，这种疾病在非洲很普遍，尽管由于缺乏先进的医疗手段，人们没有注意到它。通过查阅医院记录和死亡证明，流行病学家有了更令人不安的发现。死于这种疾病的女性几乎和男性一样多，研究人员由此相信在这些贫穷的赤道国家，艾滋病这种异性传播疾病正在蔓延。女性患者往往是年轻的未婚妓女，而男性患者则通常是与这些妓女发生关系的年长单身男性。有 9 个病例使两个集群产生了关联。流行病学研究表明，在美国，大多数异性传播病例都是由男性传给女性的；不同的是，艾滋病在非洲是双向传播的，男性传给女性，女性也传给男性。

这一发现与海地的情况一致。在海地的研究发现，202 名海地艾滋病患者中三分之一是女性，这再次证明异性间可以传播。疫情的最初传播途径由于 1970 年代早期海地和扎伊尔之间的关联而变得清晰起来：当时，这个非洲国家引入了很多受过良好教育的海地人，这些讲法语的黑人可以填补被驱逐的比利时殖民管理者留下的空缺。鉴于非洲艾滋病的历史较长，海地人似乎把艾滋病带回了伊斯帕尼奥拉岛①；大约在同一时间，第一批艾滋病患者开始在欧洲出现，几乎所有病例都能追溯到中非。

从世卫组织的会议室可以俯瞰日内瓦湖和瑞士乡村的风光。代表们聚集在 M 形的桌子周围。唐纳德·弗朗西斯和马科斯·柯南特坐在一起，他发现他俩对未来有着同样的忧虑。来自东欧苏联卫星国的卫生官员坐在他们对面，尽管捷克斯洛伐克是唯一一个承认艾滋病可能会在社会主义版图内蔓延的共产主义国家。在为期 4 天的会议中，来自苏联的代表坚持不同意见。

“苏联不会出现这种病例。”一名苏联代表自信地说。

唐纳德·弗朗西斯忍不住故意对马科斯·柯南特高声耳语：“不会的，没错。”接着，他用严肃的俄罗斯口音说:“你得了艾滋病——砰，砰，砰。”

苏联人并不觉得好笑。

更严肃的讨论集中在血液问题上，官员们认为解决这一问题可能会缓解疫情蔓延。9 名欧洲血友病患者因使用了美国生产的第八因子凝血剂而感染了艾滋病，其中 3 名是西班牙人，而西班牙首批感染者一共只有 4 名。大多数的提议都着重于禁止美国血液制品运到欧洲，有几个欧洲国家已经采取相应行动。但在荷兰，由于同性恋的激烈反对，荷兰红十字会放弃了血液筛查计划。英国卫生部为抵抗输血传染艾滋病的恐惧，也附和美国血库的说法，即“没有确凿的证据”表明该疾病可以通过输血传播。

* * *

那天晚上，唐纳德·弗朗西斯、詹姆斯·科伦以及爱德华·布兰特在一家瑞士小酒馆共进晚餐。

“艾滋病究竟怎么了？”弗朗西斯直截了当地问布兰特。

“你想说什么？”布兰特问。

弗朗西斯说：“我们的经费似乎总跟不上，我们总在东拼西凑。”

① 海地旧称。——译注

“比尔［福格，疾控中心主任］和我以为是催情剂引起的，”布兰特说，“我们认为这个念头现在该打住了。”

弗朗西斯感到难以置信。他每周都和福格一起打壁球，也知道疾控中心主任自1981年年底开始就不相信艾滋病是由催情剂造成的。那都是两年前的事了。

39. 人们

1983年12月，旧金山综合医院，5B病区

流行歌手莎朗·麦克奈特站在那里注视着一件浅蓝色病号服，同时将她那黑白相间、有羽毛装饰的围巾拂过病人的身体。这些病人身上都接着各种透明塑料管，像一张网似的。

“爱死了，”这位广受欢迎的卡巴莱歌手说，“它看起来像设计师的作品。”

“看到迪奥的标签了吗?”病人一歪脑袋，拉开他病号服的领口，就好像这是一件珍贵的貂裘。

“旧金山综合医院，”这位艺人抚着病号服，滔滔不绝地说，“没错，没错。这是唯一一个我不希望全场爆满的地方。”

大家都笑了起来，除了那个本周早些时候脑袋上钻了两个洞如今刚刚结疤的人。医生们试图弄清楚，究竟是什么奇怪的感染让他的精神出了问题。那个病人呆呆地直视前方，当麦克奈特的围巾扫过他的腿时，他偶尔不安地动了一下。其他十几个病人喝着香槟，微笑地看着医生和护士们，他们全都挤在艾滋病病区最大的房间里欣赏麦克奈特的表演。旧金山综合医院的所有人都知道不走寻常路的艾滋病病区是医院里最有趣的地方。同性恋护士在那里休息，和病人开玩笑，或者只是静静地握着他们的手。节假日期间，同性恋志愿者在走廊里走来走去，给病人按摩，分发礼物和美食。这些特别的慈善活动是同性恋社区活动的一部分，很少得到媒体的关注。在这阴冷多雨的夜晚，莎朗·麦克奈特会带钢琴来给这些男人演唱《站在爱人身边》，他们可能永远不会再去夜总会听她唱歌了，因为他们都已时日无多。

5B 病区是整个医院里病人死亡人数最多的地方；这里一个普通病人身上往往患有多种疾病，可能比其他病房的疾病加起来还要多。每天都有更多这样的病人前来登记入院。仅 4 个月时间，这里就收治了 100 多人。现在该病区已容不下再多的人了，有 3 个病人还在其他病房等着转到 5B 病区。

这座县医院的艾滋病病区创造了一个前所未见的场景：穿着考究、仪表得体的男同性恋大吵大嚷地要进去。毫不夸张地说，旧金山综合医院的形象早已难以维持，声誉也常常徘徊在受损边缘。但是，艾滋病护理协调员克里夫·莫里森在护理方式上的创新让医院焕发出光彩。其他医生相信莫里森对同性恋社区有政治影响力，也对他言听计从，这让他能够游刃有余地继续进行非传统意义上的医疗护理。

莫里森最近的一项创新是对于弥留之际的病人设立探视特权。通常情况下，在决定重症监护病房探视权的时候，病人的血亲拥有全部特权。但是，近期发生了一场不合宜的冲突：一位病人的母亲冲进垂死的儿子的病房，要赶走儿子的长期伴侣。“我是他的母亲，我不希望有任何基佬进这个房间，”她粗暴地说，“我也不想要那些同性恋护士进来，就是他们让他得病的。”

病人大哭了起来，但他戴着呼吸机，无法开口说话。没过几天他就死了，没能见他情人最后一面。

莫里森宣布了 5B 病区新政策：所有病人都可以指定他们认为至关重要的人拥有探视特权。在莫里森看来，美国家庭的定义已经改变了。决定谁是病人的家庭成员是病人的权利，而不是医院的。

几个月后，5B 病区有了自己的生活日常。白天，病人会推着各自的静脉输液器在走廊上转悠，彼此谈论着什么时候能出院，就像囚犯等待获释一样。有时谈话会变得平庸拙劣又不乏趣味，被痛苦冗长的咳嗽声打断，这通常是肺囊虫肺炎患者的病房里传出来的。晚上，为了让肺囊虫肺炎引发的高烧不超过103华氏度而使用的降温毯发出嗡嗡声，在它的伴奏下，只听见沉重的呼吸声，偶尔还传出噩梦中的呻吟。

布鲁斯·施奈德是5B病区的病人之一，他反复做噩梦，觉得自己消失了、溶解了，像幽灵一样消散在空中。他的朋友们会问他："布鲁斯，你为什么渐渐消失了?"他想回答，可他们听不到；他还在噩梦中。

布鲁斯住院两个月期间，这个梦反复出现。8月以前，他一直是卡斯特罗街上一名勤勤恳恳的普通工薪族，周一到周五他在电话公司上班，周末去做轮班的早午餐厨师。有一天，他感觉呼吸困难，胸口好像缠着钢圈。医生告诉他，他得了肺囊虫肺炎。现在，他躺在大厅尽头的床上看电视。电视上播的好多东西现在都与他无关了，比如关于退休金、养老金以及个人退休账户的广告。

根据保险精算的数据，像布鲁斯这样30岁的正常单身男性有望再活43.2年。但他现在知道，一般来说他只能再活10个月。他觉得自己好像待在死囚牢房。

从布鲁斯的病房往下走第三个房门，住的是德奥蒂斯·麦克马瑟，他正在噩梦中辗转难眠。德奥蒂斯出生在弗吉尼亚南部山区，曾在旧金山有过一段堕落的日子，在田德隆区拉皮条、吸毒。4月，他发现全身出现淤青。他当然不知道，他的身体已经停止生成一种叫血小板的血液细胞，它具有凝血功能。不能凝血的话，只要稍有磕碰，德奥蒂斯的血液就会从毛细血管中渗出。10月，一个嫖客告诉德奥蒂斯，他的背上布满了紫癍。当德奥蒂斯去旧金山综合医院做艾滋病检查时，他的室友把他的东西打包送到了他的朋友家，并叫德奥蒂斯别再回来。无所谓了，因为德奥蒂斯根本不可能活着离开医院。

住院一周后，医生们诊断德奥蒂斯患有特发性血小板减少性紫癜，这是血小板减少造成的。由于这个，他的脏器很多都发炎了，医生切除了他的脾脏以及部分肝脏和胃。一位报社记者路过，便来与他聊天，德奥蒂斯把浅蓝色病号服拉起来，给他看了长长的缝合过的刀疤。德奥蒂斯体内有积水，所以疤痕看起来像在肿胀的腹部上装了条大拉链。当摄影师在他拉起病号服的那一刻按下快门时，德奥蒂斯笑了。但这种照片从没上过报纸，因为一位编辑觉得看到它就想吐。

德奥蒂斯的噩梦是从手术后开始的。他梦见自己在旧金山市中心冰冷的混凝土高楼间奔跑，拼命地跑。街上没有人。只有他，还有在他身后穷追不舍的几个警察。德奥蒂斯踉踉跄跄，警察抓住了他，开始踢他的肚子。德奥蒂斯问："难道你看不出我病了吗？别踢了。"

但是他们继续踢他。他开始呕吐。棕色的蛆和寄生虫大块大块地从他嘴里喷出来。当他醒来时，他咳出了蛆虫。

手术大约两周后，原本忧郁的德奥蒂斯变得冷若冰霜。他开始告诉护士，他不想成为别人的负担。当他的肺开始充满积液，病情恶化了。医生给他上了呼吸器，但没过几天他要求摘掉。不到 1 小时，27 岁的德奥蒂斯·麦克马瑟就死了。他是当天 5B 病区去世的 3 位患者之一。

这样的故事让艾滋病病区的护士相信，活下去的意愿不是幻想，它可能是决定病人存活时间的唯一重要因素。那些认定了自己会死的人通常都死了；那些与疾病作斗争的年轻人往往活得更久。布鲁斯·施奈德在 1983 年 12 月常常谈起要与病魔作斗争，也许他会获得治愈的良方，或者他所谓的"州长给的缓刑"。他认为，一定会有办法的。他在报纸上读到里根政府把艾滋病列为头等卫生事务。也许一切很快就会结束，他将回到马林县乡间悠闲地野餐，在他喜欢的红杉林里漫步。

12 月 6 日，华盛顿，国会大厦

新闻通稿

众议院的报告证明对艾滋病反应不足

根据众议员特德·维斯（纽约州民主党人）任主席的政府间关系和人力资源小组委员会的一份报告，美国卫生与公众服务部未能向联邦政府抗击获得性免疫缺陷综合征（艾滋病）的工作提供足够的

经费。

……小组委员会的调查显示，尽管行政部门声称将投入足够的资金用于艾滋病，但疾控中心与国家卫生研究院的重要的监测、流行病学研究、实验室研究都因经费不足而受到影响。维斯说："可悲的是，艾滋病调查的经费标准是由政治因素决定的，而非科学家和公共卫生官员的专业判断，即便正是这些人在与这场疫病做斗争。资金不足以及研究过程中不可原谅的延误，让我质疑联邦政府是否做好了应对全国性突发卫生状况的准备，本届政府能否实现尽快解决艾滋病危机的承诺。"

除了这份宣布调查结果的简短的新闻通稿，小组委员会还递交了一份 36 页的报告——《联邦政府对艾滋病的反应》。不知道有多少记者会去读新闻通稿以外的材料，因为看起来没有什么新闻机构对此事感兴趣。《纽约时报》刊载了一篇报道，还有一篇简短的通讯社文章，其中包括新闻通稿的内容还有政府方面惯常的否认。

这份报告是迄今对联邦政府的艾滋病政策进行的唯一一次全面调查，因此它的乏人问津令人遗憾。数月来，调查小组仔细研读了疾控中心的档案，对疾控中心、国家卫生研究院的研究人员以及外来研究人员在试图对疫病做出恰当反应时所面临的每个问题都做了详尽的总结。唐纳德·弗朗西斯的多份备忘录都出现在了报告中，此外，还有在疫病蔓延过程中写的、按卫生部门级别排列的其他备忘录。

也许最令人震惊的发现是，到 1983 年底这个时候，仍没有打击艾滋病的任何协调计划。经过几个月的施压，卫生与公众服务部在 10 月下旬向小组委员会提交了一份 6 页的文件。然而国会报告对这一努力并没有什么赞扬。

"这份所谓的'行动计划'，从表面上看，就是专门弄出来应付小组委员会的，它只是强调了美国公共卫生署在应对艾滋病方面缺乏全面的规划和预算。"报告说，"它没有提供有关未来研究和监测计划的具体信息。很少提到卫生与公众服务部的策略、时间表、应急计划和评估政府活动的手段。基本上，卫生与公众服务部提交的计划就是对过去活动的简要说明，而不是一个处理国家‘头号卫生事件’的计划。”

为防止其他突发卫生事件出现类似问题，该报告建议为公共卫生应急基金提供资金。小组委员会还建议在紧急情况下，加快国家卫生研究院获得资源的程序。在具体的艾滋病问题上，小组委员会建议联邦政府成立一个独立的委员会，由该委员会提出全面抗击艾滋病的战略并为作战的必要资源提供建议。

报告总结道：“委员会认为，美国公共卫生署的研究人员和医生完全有资格规划和实施国家对包括艾滋病在内的突发卫生事件的应对措施。与此同时，这些科学家受到严重的政治及财政限制，尤其是在涉及公共卫生项目的联邦预算缩减的时候。不幸的是，如果艾滋病研究和监测的范围是由预算，而不是由公共卫生和医学专家的专业判断来决定的话，那么无数美国人的生命将岌岌可危。”

针对这份异常强硬的报告，党派路线决定了支持者和反对者的立场，其情形与目前在艾滋病政策上普遍存在的情况一样。小组委员会的 14 名共和党成员，有 10 人在报告中表达了不同意见，称该报告是“误导”，并谴责了成立独立小组来审视艾滋病战略是“毫无必要”的。共和党成员写道：“美国公共卫生署既有责任也有专业知识来制定此次提议的计划。”

爱德华·布兰特医生向记者证实，总统从未否决过国会希望增加艾滋病基金的努力。他说：“我提出申请后，经过了所有的程序，国会同意发放经费。政府从来没有采取过反对国会发放更多经费的立场。我们已经把手头所有的美元都给出去了。”谈到拖延发放预算外资金时，布兰特承认：“我不会分辩说我们做得很完美，也不会说我们没有犯过错，但我们付出了全面而负责的努力。”他说，批评他们早期的拖延行为无异于马后炮，这是在“事后诸葛亮”。

* * *

在旧金山，比尔·克劳斯等待着最后的结果。与其他同性恋国会助手一样，比尔也相信这份报告会使新闻界对联邦艾滋病项目展开深入调查。从没有哪个热点话题出现过这样多信息，而且是整整齐齐地捆在一起交到记者手上。

比尔左等右等，等到 12 月底，情况才明朗，这份报告并不会对联邦政府造成任何影响。

那年的一轮轮圣诞派对上，比尔大说特说电视网和全国媒体的坏话——是这些机构让政府摆脱了困境。

他说："他们什么也不会做的，他们会任由我们死光光，因为我们是同性恋。"

* * *

在亚特兰大，没有谁对报告内容感到意外。尽管有了追加拨款，疾控中心的艾滋病工作仍然资金不足。报告发布的第二天，传染病中心主任沃尔特·道达尔医生在艾滋病研究人员周例会上坦陈："我们需要的并不仅仅是经费。"

一周后，道达尔医生向疾控中心新任主任詹姆斯·梅森提出增加 300 万美元的经费，更重要的是，还要增加 46 名艾滋病工作人员。到目前为止，梅森医生还认为缺乏艾滋病相关资源是该机构面临的一个巨大问题。和爱德华·布兰特一样，梅森也是艾滋病研究人员不多见的盟友。之前，他一直担任犹他州公共卫生局局长。他与犹他州保守派参议员奥林·哈奇私交甚好，后者是监管卫生与公共服务部的参议院委员会主席，这让他获得了疾控中心主任一职。一开始，同性恋领导人对梅森持怀疑态度，他们注意到，他在上任第一天会见一个同性恋代表团时，竟无法说出"同性恋"这个词。不过，梅森和布兰特一样，对公平抱有根深蒂固的情感，他不可能放任这种可怕的疾病在全国蔓延，即使他本人反对感染此病的大多数人的性取向。

詹姆斯·梅森认为，在他自己的机构，不断从其他重要的疾控中心工作中调用人员的做法正在破坏士气。不过，梅森在如何处理资源问题上仍左右为难。国会议员经常打电话给他，询问有关艾滋病经费的需求，但梅森觉得应该支持政府的决定，所以他认同并从根本上赞成总统削减国内开支的想法。在沃尔特·道达尔提出要求后的几周，梅森决定采取行动，他认为这一行动在财政上是合理的，在道德上是负责的。他成立了一个特别委员会，开始对疾控中心所有的艾滋病工作进行彻底的内部审查，并将以这份报告作为未来经费申请的依据。

* * *

就在梅森医生写报告时，布鲁斯·施奈德在旧金山综合医院去世，直到临终时，他还在期待那永远不可能到来的“缓刑”。

纽约

在爱因斯坦医学院工作的埃尔·鲁宾斯坦医生及其研究人员，已经对发生在布朗克斯贫民窟的艾滋病儿童身上的悲剧感到麻木。18个月前，他收治了7名感染艾滋病的婴儿；一年前，13个；到1983年底，在他手上接受治疗的孩子是25人。他用州政府的一笔2.7万美元拨款雇用了一名帮手，后者成了为布朗克斯贫民区的艾滋病患者提供的几乎所有社会心理服务的核心。鲁宾斯坦可以想见，很快就会有更多的孩子跟小黛安娜一样，住进城里的医院，现在黛安娜大部分时间都在雅可比医院度过。她的哥哥长期以来遭受艾滋病相关综合征的折磨，现下又患有肺囊虫肺炎，已经奄奄一息。而鲁宾斯坦想为孩子们建一个日托中心的计划还是毫无进展，市政府依然没有给他迫切需要的帮助。

州和市卫生官员的策略是继续掩盖艾滋病问题的严重性，使人们相信他们正在采取足够的措施来对抗艾滋病。州卫生专员大卫·阿克塞罗德医生和市卫生专员大卫·森瑟医生都愉快地宣布，1983年的最后几个月，纽约的艾滋病确诊人数呈下降趋势。这些分析是基于这样一个事实，即与连续两年病人增长速度持续翻倍相比，目前的增长率下降了30%。这并不是说病人减少了；而仅仅意味着纽约的艾滋病病人数量从6个月翻一倍变成了9个月翻一倍。阿克塞罗德认为这种改善应归功于男同性恋“生活方式的改变”。森瑟表示，这一下降趋势表明卫生部门采取的低调教育方式正在发挥作用。纽约艾滋病研究所的赫伯特·迪克曼医生将艾滋病患者人数与生活在美国的300万至700万男同性恋的数量进行了比较，他得出结论，只有千分之一的人患有艾滋病。他说：“我不认为这是一种流行病。”

疾控中心对卫生官员自以为是的观点并不以为然，因为众所周知，由于与疾控中心的保密纠纷，曼哈顿的同性恋医生隐瞒了很多病例。针对纽约艾滋病病例下降的报告，艾滋病活动办公室的理查德·塞利克医生下令调查报告的数据。最后，事实证明，艾滋病患者在纽约并没有减少，病例的增长速度和国内其他地方一样快。但这并没有阻止州和市卫生官员继续在疫情的每个关键时刻宣布艾滋病病例的增长率“持平”。

纽约唯一的教育项目仍然是“男同性恋健康危机”办的那个；1983年1至12月，他们提供了价值300万美元的艾滋病志愿者时间及志愿服务，而预算仅为12万美元。

同一个星期，纽约官方看到的是艾滋病疫情放缓，旧金山市市长黛安·范斯坦则批准了另一笔100万美元的经费用于艾滋病服务，至此1983年1至12月该市在艾滋病服务上的支出达到了400万美元。

* * *

在1983年的最后几周，报纸上充斥着年度回顾文章。美联社的编辑发布了他们汇编的年度十大新闻。恐怖分子轰炸贝鲁特的海军陆战队总部，造成240名军人死亡，这条新闻名列榜首；紧随其后的是苏联飞机击落韩国客机以及美国入侵格林纳达。本年度的最佳影片是《丝克伍事件》和《大寒》，人人都在没完没了地谈论迈克尔·杰克逊的太空步和他的复出专辑《颤栗》。尽管有关艾滋病的报道在今年早些时候沸沸扬扬，但现在大家的兴趣已经消退，没有人把这一流行病列为本年度值得关注的新闻之一。

所以，亚特兰大的报告仅仅出现在报纸后面几页不起眼的地方，称截至1983年12月19日，疾控中心报告了3 000名美国人患有获得性免疫缺陷综合征；其中1 283人已经死亡。在所有的病例中，42%的人来自纽约，12%来自旧金山，8%来自洛杉矶，3%来自纽瓦克。全国尚未出现艾滋病患者的只有这几个州：阿拉斯加、爱达荷、缅因、蒙大拿、北达科他、南达科他、西弗吉尼亚和怀俄明。

* * *

到了圣诞节，罗伯特·加罗医生告诉国家癌症研究所主任，他发现了导致艾滋病的逆转录病毒。

12月26日，马修·克里格的日记

今早，我心里充满愤怒，无处发泄。

我醒了之后，盖瑞也醒了，他虚弱而痛苦。因为双腿疼痛，他走路时只能弓着腰……我给他泡了茶，把东西装进我的红色墨西哥购物袋，这似乎是过去5天里的第1 000次了，我带着东西在我家和他的公寓之间穿梭。我已经有点晚了，而盖瑞让我去商店给他买烟。就在这时，我心里似乎有什么东西突然爆发了。

在开车去给他买烟的路上，我开始吼叫："我的整个狗屁人生都围着盖瑞转。该死的每分钟都是！我再也受不了了。我要一个能一起做事的爱人。我想要一个健康的爱人！"

这是一种非理性的愤怒。我不能对着盖瑞发火。他已经尽力了。但我似乎失去了自己的生活。我没有了可以安心生活的家。我随叫随到，在他的住处和我的住处之间奔波。

我很害怕，因为我发现他比上个星期更虚弱，也更蔫了。他是厌倦圣诞节了吗？还是病情再次恶化了？他最近的好转只是为假期做的准备吗？……我好怕他会再次病倒。我不知道我能不能熬过漫长而恐怖的时刻，看着他在痛苦中煎熬，看着他逐渐接近死亡。我不知道我怎么挺过今天，眼看着死亡降临，眼看着他失去一切。这对我来说太痛苦，我已心力交瘁……

盖瑞依然病得很重很重。他非常虚弱，需要人陪伴。他的身体依然布满紫色病灶。我忘记它们的存在，可是当我在夜里抱着他，祈祷他健康，全心全意想把我身体里的力量传递给他的时候，它们是真实存在的。

我知道这一次我应该怀着感恩之心，无论对我来说有多艰难。因为对盖瑞而言要更难。如果我感到害怕，盖瑞一定会吓坏的。

12 月 30 日，亚特兰大，疾控中心

艾滋病潜伏期长短的问题，从 7 月开始就一直困扰着戴尔·劳伦斯医生。当时，他将艾滋病的蔓延视为一系列马拉松比赛，数千人正奔向死亡。疾控中心已经记录了 21 名艾滋病患者的感染与输血有关，另有 10 人正在调查中。这些病例的特殊之处在于，他们为研究人员提供了一个具体日期，可以据此确定感染时间。12 月初，劳伦斯把所有这些数据都交给了一个统计学家。尽管这些输血病例发生在潜伏期较短的人群中，但劳伦斯认为，从最初感染到疾病显露可以通过数学曲线描绘出来。

到目前为止，对艾滋病潜伏期的估计不过是各种猜测。大多数科学家以 2 年来算，然而有些输血病例可以追溯到 4 年前。劳伦斯认为，数学曲线应该能对疾病的最短潜伏期和最长潜伏期做出首个科学评估。为绘制生存分析曲线，美国疾控中心的统计学家设计了 17 页纸的复杂公式。

在 1983 年的最后一个工作日，统计学家把结果交给了劳伦斯。劳伦斯吓坏了。根据分析，此病平均潜伏期为 5.5 年。以数学投影法来测算，有些病例的潜伏期长达 11 年，当然也有些人可能短短 6 个月就会感染艾滋病。

劳伦斯从他的宿主因素分部办公室冲到艾滋病办公室，看见詹姆斯·科伦正和哈罗德·杰斐、比尔·达罗在大厅里说话。

劳伦斯说：“潜伏期是沿着 5 年那根线变化的。”

他解释了这些曲线。詹姆斯·科伦立刻领会了他的意思。

“有道理。”科伦说。

这就是劳伦斯所害怕的。他一直相信成千上万人会死于艾滋病。但是，这么漫长的潜伏期意味着在人们还没意识到它存在之前，这种未知病毒就已经悄悄传播多年了。艾滋病之所以还没有大爆发，是因为其潜伏期很长。目前报告的 3 000 例艾滋病患者仅仅是这种流行病即将造成的浩劫的开端。据此推算，未来会比任何人所能想象的更糟。

第七部分

光与隧道：1984 年

因此，他们也体会到了所有囚徒和流放者无可救药的悲伤，那就是存在于漫无目的的回忆之中。即使是过去，他们无时无刻不留恋的过去，也只有惆怅的滋味。他们真想把所有他们后悔没去做的事都加入回忆中……因而他们的生活中总有些缺憾。我们对过去充满敌意，对眼下没有耐心，对未来心存欺骗，我们很像那些人，那些拥有正义或者仇恨力量却被关在铁窗之后的人。

——阿尔贝 · 加缪《鼠疫》

40. 囚徒

1984 年 1 月 3 日，贝塞斯达，国家卫生研究院

过去一个月的大部分时间里，拉里·克莱默都在走访参与艾滋病工作的联邦机构。他的经纪人正在读他的《凡俗的心灵》剧本初稿，已经脱离艾滋病活动 9 个月的拉里想看看政府对这一流行病都做了些什么。12 月，他去了亚特兰大，发现疾控中心似乎一直经费不足，而且还在跟过去一样超负荷工作，但他并不意外。然而，当艾滋病活动办公室一名出色的工作人员突然问他“你们为什么不结婚?”时，他吃了一惊。于是，拉里开始解释大多数州都有专门的法律禁止同性婚姻，这让疾控中心的医生听得不耐烦。他说：“我不是说和男人结婚，我的意思是和女人结婚。要是你们早点跟女人结婚，这一切就不会发生了。”这样的话，居然出自疾控中心一流的艾滋病研究人员，拉里顿时明白为什么艾滋病已经蔓延近 3 年，疾控中心多出了那么多艾滋病工作人员，却从没招募过一个出柜的同性恋。

此次亚特兰大之行，有关疾控中心与国家癌症研究所之间的机构竞争不绝于耳。疾控中心一位官员坦承：“我们甚至不和他们说话。”

1 月初，国会工作人员蒂姆·韦斯特摩兰德安排拉里·克莱默去拜访一位主管，他掌管的是美国国家卫生研究院规模最大、最具权威的机构之一。与国家卫生研究院的其他高管一样，这位也住在贝塞斯达园区的一处豪宅里，家里都是古董，还有一个惟命是从的工作

人员。

午宴期间，拉里去了趟洗手间。他被楼上一大堆满满当当的书架吸引住了，书架正对着敞开的卧室门，对面是楼梯。拉里相信可以通过一个人读什么书大致判断出他是个怎样的人，于是便溜了进去。书架上各种书籍应有尽有：有通俗小说、哲学著作，还有科学著作。只有一个架子例外，昂贵的镜框里镶着几张英俊男子的泳装照，他们凸显着各部位的肌肉，双手交叉抱臂。其中一张照片上，国家卫生研究院一位著名官员正别扭地模仿着健美运动员查尔斯·阿特拉斯所特有的造型。

回到午宴上，这位著名的研究机构主管热切地向拉里说明他的机构为艾滋病做了多少工作，然后找借口说他要回办公室去了。拉里不为所动，因为他知道该机构对艾滋病的反应何等缓慢；而且他怀疑，该机构目前的大部分精力都用来跟国家癌症研究所较劲，以证明在抗击艾滋病的问题上它才是国家卫生研究院最杰出的机构。

主管的高级助理一边把剩菜端进厨房，一边和拉里聊了起来。等到四下无人的时候，助理悄悄对拉里说："我朋友和我都超爱你的小说《基佬》。下次你来城里的时候，我们想请你吃饭。"

拉里大跌眼镜，这一刻他突然什么都明白了。

"这就是这个研究所不拿艾滋病当回事的原因之一吗?"他问道，"因为主管还没出柜?"

助理尴尬地看着拉里，没有回答。

这种事，拉里再熟悉不过了。同性恋运动的积极分子都知道一个事实，同性恋进步的最大障碍往往不是异性恋偏执狂，而是隐藏身份的同性恋。在这个国家的决策者中，主流价值观认为公开表达对同性恋的敌意是不合时宜的，这在很大程度上压制了恐同分子的声音。事实上，只要自己的性安全感没有受到威胁，许多异性恋基于个人人格尊严的考虑是完全支持同性恋的。如果是这样的话，不愿出柜的同性恋显然放弃了自己的人格尊严。这使得隐藏身份的同性恋成了当权者的好工具：一旦大权在握，这些人肯定会支持反同偏见，哪怕是细枝末节上的差别。

隐藏身份的同性恋对这些细微的差别会有极为敏锐的理解，因为他们已决定彻底臣服于这些偏见。隐藏身份的同性恋很少会要求他人公平公正地对待他的同类，因为这样做会使人们注意到他。

这种自怨自艾和政策无力所导致的一系列令人遗憾的结果一再地出现在艾滋病蔓延的日子里，在贝塞斯达也是如此。

在华盛顿，卫生与公众服务部的一位高级官员也是位没出柜的同性恋。马科斯·柯南特医生曾经希望这位在卫生部预算流程中起着重要作用的官员能成为帮他们拿到更多艾滋病研究经费的可贵盟友。然而，此人在会见同性恋领导人及艾滋病研究人员时，却是在傲慢地捍卫当局的政策。

在加州，保守派共和党人、州长乔治·德克梅吉恩手下的某位高级卫生官员是个没出柜的同性恋。他的职责是在立法委员会面前大力反对为同性恋社区的艾滋病教育项目拨款，而他满腔热情地忠于职守。在市一级，受艾滋病影响最严重的4个美国城市的公共卫生主管中，有一个是没出柜的同性恋医生，可是他主管的艾滋病防治工作甚至比纽约的还糟，他也因此出了名。那个城市的艾滋病组织领导人私下里认为，他之所以拒绝向县政府伸手要艾滋病教育资金，是因为不希望人们注意到他本人和他的秘密。然而在同性恋看来，这位公共卫生主管非常擅长使用“艾滋语”，能令人信服地谈论同性恋的保密问题，并对浴场的好处深表同意。心存感激的同性恋推选他为该市主要艾滋病组织的理事会主席。

拉里·克莱默裹着厚厚的冬衣，悄悄从贝塞斯达那位研究机构主管家里走了出来，他想知道这种自欺欺人何时才是个头。几天前，他在华盛顿的一个鸡尾酒会上遇到了美国最有影响力的秘密同性恋之一。拉里一到派对现场便认出了特里·多兰。多兰为他的全国保守派政治行动委员会筹集到的数百万美元使得一批新右派当选为参议员，正是这些人让参议院的权力天平在1980年倒向了共和党人。而在1980年的总统竞选中，他为里根筹集了1 000万美元。如今，多兰的兄弟在白宫担任演讲撰稿人。

该委员会赞助的广告有时候会指责民主党纵容同性恋。但拉里知道，特里·多兰刚刚结束与纽约市卫生局一名流行病学家的风流韵事，他非常享受同性恋生活，而他的政治筹款活动的目标却是为了打击同性恋。性格使然，拉里端起一杯酒朝多兰的脸上泼去。

“你怎么有脸来这里?”拉里大叫，“你享受着我们的生活方式，然后做着损害我们的事。你应该感到羞耻。”

1月7日，旧金山联合广场

那天早上，克里夫·琼斯几乎无法从床上爬起来，但他不能错过那些示威活动。在服刑5年1个月零13天后，丹·怀特将被索莱达监狱释放。克里夫还记得那天自己看着哈维·米尔克的尸体被翻过来塞进一个黑色塑胶袋的场景，他觉得必须去参加示威游行，抗议释放这个凶手。

在联合广场的集会上，演讲者告诉底下的群众，丹·怀特的故事应该激励他们去根除深层的社会偏见，正是这种偏见让怀特认定谋杀一个同性恋是完全合乎道德的。然而人们却不想听这样的理性分析，他们叫嚣着“杀了丹·怀特”，将演讲者们嘘下了台。一些抗议者的翻领上别着徽章，自称“暗杀丹·怀特小组”成员。

当游行队伍穿过金融区时，有3 000多人加入了这场声势浩大的游行，有许多是穿着三件套西装的商务人士。当晚在卡斯特罗街，9 000人举行集会反对凶手获释，他们再次高呼充满仇恨的口号：“杀了丹·怀特！杀了丹·怀特！”这种愤怒是有问题的。让人不禁怀疑，他们究竟是对5年前哈维·米尔克及市长乔治·莫斯克尼被谋杀不能释怀，还是对艾滋病蔓延郁积了满腔愤懑。

克里夫和示威的人潮一起大步向前，一起呼喊，他很兴奋，因为同性恋社区又恢复了原来的战斗精神。然而，接近黄昏时，克里夫离开了游行队伍，回到了卡斯特罗街之外的公寓。游行让他筋疲力尽。实际上，持续的倦怠已经折磨他好几个月了。有时候他会在夜间突然莫名其妙地大汗淋漓。

*　*　*

偏见对仇恨者和被仇恨者都是桎梏。不到两年，这个道理就兑现了。丹·怀特把车停进封闭的车库，发动引擎自杀了。即使出了索莱达监狱，他还是像囚犯一样活着，也像囚犯一样死去。

1 月 26 日

马科斯·柯南特通常不参加病人的追悼会，但保罗·达格不只是个病人。1981 年 8 月，柯南特招募保罗在他位于加州大学旧金山分校的卡波西肉瘤诊所为新确诊的卡波西肉瘤患者提供咨询。正是保罗通过伯克利一个苦苦支撑的悲伤心理咨询团体——“香缇计划”为艾滋病患者服务。此后几年，马科斯·柯南特、艾滋病诊所的保罗·沃伯丁和唐·艾布拉姆斯难以面对向 30 多岁的男性宣布其死讯的日常工作时，不得不频繁求助于保罗·达格。

在追思会上，马科斯·柯南特听着人们赞颂保罗，不由得回忆起当他告诉保罗·达格其皮肤上的紫色斑点是卡波西肉瘤时，保罗极其震惊的画面。那是 1982 年 6 月，保罗因此成了当地确诊的第 52 名艾滋病患者。现在是 1984 年 1 月，保罗成了第 149 个死于艾滋病的旧金山人。就在本周，旧金山的艾滋病人超过了 400 人。

追思会期间，柯南特一直心神不宁。他环顾人头攒动的房间，发现盖瑞·沃什和一个满面愁容的朋友坐在一起。自从柯南特告诉盖瑞他患有卡波西肉瘤，已经过去了一年，确切地说是一年零一天，柯南特注意到盖瑞看起来已经走到了生命的尽头。

盖瑞·沃什也常常避开参加艾滋病人的追悼会，但他认识保罗·达格多年，觉得当晚必须到场。和他一起来的露·蔡金在折叠金属椅上坐立不安，出于对盖瑞·沃什的爱，过去一年她的大部分生活都围着他转。她也已经意识到自己是在提前感受盖瑞的死带给她的悲伤。听着所有的悼词，她唯一想到的就是过不了多久她就得参加她最亲密的朋友的追悼会了。露一直是个弗拉特布什来的假小子，她知道自己扛得住：她终究是个心理治疗师，知道死亡会让她成长。

然而，追悼会让她深深地意识到，她已经在过去一年里获得了这样的感受。与盖瑞相识之初，他温柔体贴，而她强势坚定。可是，随着盖瑞的病情恶化，露注意到盖瑞已经获得了一种内在的力量去面对命运的残酷预言。露也明白了生命的脆弱；她毫不犹豫地对盖瑞彻底敞开了心扉，因为他们的时间已所剩无几。即使是现在，当他们相处的时光一分一秒地消逝，露发现，在过去一年里，她从盖瑞身上学到了怎么做女人，而盖瑞也承认从她身上学到了怎样才是男人。

这样的认识常常让露感到难过，因为她不断地意识到盖瑞死后自己会多么思念他。追悼会快结束的时候，露觉得无力，她借了盖瑞的银头手杖，这样才有力气走出去。

亚特兰大，疾控中心

就在马科斯·柯南特、盖瑞·沃什以及露·蔡金参加保罗·达格的追悼会当天，哈佛大学的麦克斯·埃塞克斯医生告诉唐纳德·弗朗西斯，罗伯特·加罗掌握了导致艾滋病的逆转录病毒的 20 种不同的分离株。就在那一周，加罗还告诉疾控中心的詹姆斯·科伦，他已经分离出了神出鬼没的艾滋病致病因子。

现在，加罗正在尝试尽可能培养出更多不同的艾滋病病毒分离株。他希望在宣布结果时，这些证据是压倒性的，那就不会再有人质疑艾滋病的成因了。加罗认为这种新的逆转录病毒是他在 1980 年发现的人类 T 细胞白血病病毒家族的第三种变种，所以他称之为人类嗜 T 淋巴细胞病毒 3 型（HTLV－Ⅲ）。

*　　*　　*

4 天后，巴斯德研究所的研究人员向唐纳德·弗朗西斯提供了可信的证据，证明是他们发现的淋巴结病相关病毒引起了艾滋病。10 月，弗朗西斯曾寄给法国科学家 30 份血样，其中 10 份来自患有乙肝的旧金山同性恋艾滋病人，10 份来自患有淋巴结病的男同性恋，10

份来自没有艾滋病风险的异性恋。寄去的样本上没有任何说明，只有编号。法国研究人员向唐报告了他们的研究结果：20 个样本的淋巴结病相关病毒抗体呈阳性，另外 10 份为阴性。弗朗西斯迅速翻阅了笔记，比对了编号，发现法国人准确地把艾滋病感染人群及淋巴结病患者的血液与未受感染人群的血液进行了区分。弗朗西斯非常兴奋。发现了艾滋病的病因，科学家们现在可以着手控制疫情蔓延并研制疫苗了。

当天，跟唐纳德·弗朗西斯的办公室隔着一栋楼的地方，疾控中心公共事务办公室的秘书们整整齐齐地打印出了每周向媒体发布的最新艾滋病数据。截至 1 月 30 日，疾控中心报告了 3 339 例艾滋病病例，其中 1 452 例已经死亡，有 38 例感染艾滋病的唯一渠道是接受了输血。

加州，斯坦福，斯坦福大学

2 月初，斯坦福大学医院血库的埃德加·恩格曼医生接到一个电话，证实了所有血库管理者最害怕的事，即自愿遵守延期献血指导方针仍是社会上排除已感染艾滋病的血液的唯一措施。加州戴维斯的一家血库打电话给他，因为一名献血者过去几年里曾给包括斯坦福血库在内的 13 家血库献过血。由于该男子的血液显示有严重的免疫异常，戴维斯血库已将其血液弃置。8 月，斯坦福血库也弃置了该男子的血液。然而，他献过血的其他 11 家血库都没有处理他的血液，根据记录，他的血液输入了 11 人的体内。

似乎没有什么能唤醒血液行业或者它在食药局的监管机构去注意输血感染艾滋病的危险。整个 1983 年，只有恩格曼一人在大声疾呼，要求业内进行血液筛查。为此，他在当地血库系统中遭到中伤。1983 年底，美国主要血库的一位管理者告诉《华尔街日报》，斯坦福大学的筛查计划不过是个商业策略，目的是吸引湾区其他医院的病人。

然而到了 1984 年初，这种担忧开始扩散。召回第八因子的新闻报道已经屡见不鲜。其中一个例子是，得克萨斯州奥斯丁市一位警惕的血库工作人员在看到该市首例艾滋病患者的新闻报道后，认出病人是定期去当地血浆采集中心的有偿献血者，结果导致占全国供应量3%的凝血因子被迫下市。仅此次召回事件中就涉及6万瓶第八因子凝血剂。截至目前，有16位血友病患者感染了艾滋病。仅仅两年，这种疾病就已成为美国血友病患者的头号死因，甚至超过了出血不止造成的死亡。

血液行业继续回避问题。疾控中心在《新英格兰医学杂志》上发表了一项研究成果，再次警告输血导致艾滋病的问题，血库管理者则群起而攻之，对其中的研究方法吹毛求疵。其中最激烈的批评者，是美国红十字会的发言人杰拉尔德·桑迪耶医生，他坚持认为“这项研究涉及的7名患者大多是危重病人，普通病人一般需要3个单位的血液，他们需要的血量远远超出普通病人”。因此，美国红十字会认为，只有那些需要大量输血的人才有可能因输血感染艾滋病。社区血液中心委员会的主席告诉《美国医学协会杂志》，他的委员会认为可能确有某种通过血液传播的艾滋病病毒，但其传染性未必很强。在《新英格兰医学杂志》1月刊载的一篇文章中，血液行业的发言人约瑟夫·博夫医生写道：“疾病是不是由某种经输血传播的感染因子引起，目前尚不得而知；除非未来能收集到更多数据并明确分离出感染因子……血库保证将采取一切可能的措施，继续提供安全的血液。”

到目前为止，美国食药局血液和血液制品实验室主任丹尼斯·多诺休仍不相信血库采取了所有可能的措施。12月，多诺休开始推动业内进行肝炎核心抗体筛查，这是疾控中心一年前在灾难般的亚特兰大血液行业会议上首次提出的。1月初，卫生部助理部长爱德华·布兰特召集了一个电话会议，请血库管理者和疾控中心官员一起来讨论艾滋病问题。会议结果并没有使食药局推出什么新政策；相反，血库管理者同意成立一个特别工作组来研究这个问题。跟政府在应对艾滋病的方方面面所体现的速度一样，该工作组的行动非常缓慢：他们决定在3个月内举行首次会议。

旧金山，都柏林街

弗朗西丝·博尔切特在输入3品脱的血液后，6个月来一直没有康复。她萎靡不振，总是疲惫不堪，她再也不能像过去那样忙里忙外了。在他们夫妻俩位于旧金山艾克塞西尔区的小房子里，她感觉自己像是在坐牢。

然而，到了2月初，情况更糟了。弗朗西丝·博尔切特的手臂上开始出现牛皮癣。不久，红疹布满了她的全身，从头顶到脚底，都在发痒。鲍勃·博尔切特带着妻子辗转于每个他能想到的专家之间，从皮肤科到妇科。每个人都做出了不同的诊断，但谁也不能治好她。此时，弗朗西丝的女儿凯茜开始担心，她的母亲除了8月做完手术以来的各种不适，会不会哪里出了问题。当时只是怀疑，凯茜并没有对她忧心忡忡的父母说什么，但现在她开始密切关注新闻报道上所说的离她生活似乎非常遥远的事——一种名为“获得性免疫缺陷综合征”的病。

2月2日，旧金山，阿尔派露台酒店公寓

自从确诊了艾滋病，盖瑞·沃什一整年都在忙于重新装修他在卡斯特罗区的公寓。重新装修成了盖瑞、露·蔡金和马修·克里格之间的玩笑，因为盖瑞总有东西要买，就像西西弗斯的任务。似乎他永远也看不到自己的任务完成的那一天。终于，在这个周四的早上，新沙发运到，装修也告一段落了。

在沙发送到的前一天晚上，盖瑞断断续续地睡了会儿。身上一直在疼，呼吸也困难。早上，他的医生让他去住院，但盖瑞坚持先预约。在这个特殊的日子里，除非绝对必要，否则他不想在一个无菌病房里坐上几个小时。快速检查证实了盖瑞的医生担心的——肺囊虫肺炎复发了。马修冲进医生办公室，开车把盖瑞送去了医院。

“你害怕吗?”马修问道。他扶着盖瑞走上公寓楼梯，陪盖瑞理东西去医院。

“我怕。”盖瑞坦言。

"好吧，我们会帮助你渡过难关的。"马修说，"天哪，我才离开你一晚，你就给自己找了这么个麻烦。"

盖瑞和马修走出公寓大楼的时候，送货车来了，送来了盖瑞家重新装修完工的最后一件家具：沙发。

在戴维斯医疗中心，马修感觉早上就像有三个场地同时在表演节目的马戏团。护士、抽血医生、X 光技师以及各种护理人员在盖瑞的房间进进出出，他们连上机器，检测重要的症状或可能的疾病。其间，盖瑞续签了他的保单，这样他就不会失去伤残补贴，过去一年里这笔钱让他过得很舒适。保险公司已经撤销了一份团体保单，其中涵盖了与盖瑞共用卡斯特罗街那幢建筑的其他心理治疗师的保险。由于他的医疗费用是个天文数字，他现在每月的保费高达 300 美元。考虑到盖瑞过去一年的医疗费共计 7.5 万美元，这笔保费还是划算的。

他的医生后来说，肺部 X 光检查结果显示，盖瑞患的可能是常规肺炎，或者肺囊虫肺炎。不管是何种肺炎，医生都很乐观，他们认为问题发现得早，因而有望阻止它扩散。

那天晚上，马修在他的日记中写道，"今天我感到筋疲力尽。但我并不担心盖瑞的健康。不知怎么的，我相信他过几天就会回家。我越来越有信心盖瑞会康复，会战胜艾滋病。我几乎觉得，凭着我们共同的决心，一定能做到。在未来的日子里，我们还有很多事要一起做。"

魁北克省，魁北克市

盖坦・杜加斯躺在天主教医院的病床上，在他的朋友看来，他从未显得如此害怕过。和盖坦一样，这位朋友也是航空公司的空乘，趁着飞行间隙来探望盖坦。肺囊虫肺炎第三次发作后，盖坦下决心搬回了魁北克，在那里他可以享受到家人的关心照顾。他的家人时常守在他的床边，盖坦精神很好，但他已经瘦得不成样子，而且一直在发烧。过去的酒友认为他这次挺不过去了。

虽然 2 月初的不列颠哥伦比亚已经初现暖意，但盖坦依然抱怨加拿大东部的冬天严寒难耐。不久之后，他开始提出要回温哥华，他想找个人飞到魁北克，然后护送他回不列颠哥伦比亚，因为他不想一个人坐飞机。

他恳求道："我被困在地牢里了，守卫们都穿着白大褂，救救我吧。"

41. 讨价还价

1984年2月，旧金山，加州大学

马科斯·柯南特做完了他的检查，再次讶异于这种古怪综合征的离奇之处。这名病人患有特发性血小板减少性紫癜，这意味着他的血液已经停止产生凝血所需的血小板细胞。他的脾脏几乎全坏了，显然他已活不了多久。尽管如此，除了皮肤上的几处小问题，这个人看起来并没有明显的健康问题。他还是卡斯特罗街招牌式的帅哥形象。当他把手放在检查室的门把手上准备离开时，对柯南特说："好吧，我要去浴场了。"

马科斯·柯南特看得出来，病人之所以这么说，是想看看他会做何反应。

柯南特问："会跟人发生性关系吗？"

病人说："当然。"

"在发生性关系时，你会告诉对方你有艾滋病吗？"

当然不会。

柯南特立即想起差不多两年前他见过的那个法裔加拿大人，就是那位空乘挑起了所有关于艾滋病患者该不该去浴场的争议。不过，在柯南特看来，盖坦·杜加斯是反社会人格，其种种行为是受自我厌恶和混乱的驱使。而这个病人，柯南特知道他是个聪明人，有计算机科学博士学位，在同性恋社区享有良好的声誉。

“人们觉得你很聪明，所以给了你博士学位，”柯南特说，“你不认为你有责任不让这种疾病进一步传播吗？至少，你应该警告那些跟你有接触的人。”

病人勃然大怒。

“去浴场的都是些该死的蠢货，这是他们应得的报应。”他说。

柯南特想起自己最近在圣克鲁斯海滨游乐场玩过山车的经历。一开始，看似摇摇欲坠的旧机器让他惊恐不安，但他想，如果不安全的话，政府是不会让它运转的。他又想到那些想和这个迷人的病人发生关系的人，并迅速做了个类比：他们一定认为，如果这些浴场真的很危险，管理部门一定不会让其继续营业。相反，这些浴场统统拥有城市许可证，生意自然蒸蒸日上。

公共卫生局局长默文·希弗曼非但没有谴责这些商业场所，反而以“艾滋语”的新词称赞起了这些浴场，说是开展教育活动的好地方，理由是那里聚集了最需要接受教育的人。尽管私下里希弗曼更倾向于关闭浴场，但他不想伤害他所在的部门与同性恋社区的关系，他认为这种关系对促进公共卫生教育至关重要。

对于商业化的性行为在艾滋病流行期间的延续，马科斯·柯南特并不感到兴奋，但他和大多数医生一样讨厌卷入当地的政治斗争，尤其是在这样一个同性恋群体容易情绪失控的问题上。在与那位艾滋病患者尴尬地谈完话后，没过几天，柯南特与比尔·克劳斯也聊起了浴场问题。在比尔看来，浴场已成了可以公开杀人的窝点。他认为希弗曼允许浴场持续营业，无异于凶手的同谋。比尔·克劳斯说，敦促人们去浴场接受艾滋病教育，就像让人们待在燃烧的大楼里了解消防安全一样。比尔认为是时候重提这个问题了，他正在为“哈维·米尔克同性恋民主俱乐部”3月的会议组织一个关于浴场问题的论坛。

马科斯·柯南特同意比尔·克劳斯的意见。他说：“我会在论坛上发言，但理想的情况是让同性恋社区自己关闭浴场。政府不插手的话，关闭浴场就会被认为是对自己的生活负责的行为。”

柯南特不打算站出来说政府应关闭浴场。相反，他会说同性恋社团需要开始讨论是否关闭浴场。

比尔·克劳斯不相信社团会采取行动。自从9个月前发生最后一次关于浴场的争议以来，什么也没有发生。似乎每个人都希望这些争议会消失；可是，消失的是男同性恋。

莱昂·麦考斯克、威廉·R·霍斯特曼以及托马斯·科兹医生对旧金山同性恋性行为的变化进行了持续调查，他们收集的数据令比尔感到震惊。这几位心理学家向同性恋酒吧和浴场走出来的男同性恋分发问卷，共发了近700份。第三组采样来自关系固定的同性恋伴侣，是通过同性恋报纸广告征集而来，然后又通过邮件收集调查问卷。结果发现，三组人群——酒吧组、浴场组、固定关系组——在性行为上表现出惊人的差异。

尽管三组人群对艾滋病问题以及如何避免感染艾滋病具有相同的认知，但相比其他两组，去浴场的男性遵守安全性行为准则的几率要低得多。更糟的是，68%的浴场顾客说他们会通过“与陌生人发生关系来缓解紧张”。相比之下，全部受访者中只有29%的人承认会这样做。62%的浴场组受访者表示“会在感到非常沮丧的时候跟人发生性行为，而自己明明知道不该那么做”。

卫生部门收集的统计数据也显示，去浴场的男性有8%出现淋巴结肿大。这意味着，12名顾客中就有1人可能已处于艾滋病感染的早期阶段。一个顾客去一次浴场至少会和3个人幽会，有四分之一的概率和其中一人发生性关系。这项研究的结论不足为奇：“公共卫生部门的工作对浴场内发生的性行为没有产生任何影响。”

研究发现，尽管许多男同性恋对性行为做出了一些改变，但只有少数人彻底摒弃了可能使他们感染艾滋病的行为。总的来说，同性恋群体正处在应对悲伤过程中的“讨价还价”阶段。在个人层面上，这一阶段紧随“否认”和“愤怒”两个阶段之后；其特点是身患绝症的病人企图与致命疾病或上帝达成某种协议。最典型的例子就是一个垂死的病人说自己身体不错，恳求参加最后一次婚礼或者最后一次演出。一旦参加了婚礼、唱了歌，他又会要求参加下一场婚礼，下一场演出。讨价还价就是想拖延时间，所以男同性恋讨价还价。安全性行为意味着淘汰你最不喜欢的性行为，代之以其他性行为。许多人是这样想的：如果我放弃直接性交的话，也许还可以跟人口交。

政治上，同性恋领导人也在讨价还价。张贴警示海报可以，但在找到艾滋病病毒并证实其传播途径之前，他们还不想放弃浴场。当然，一旦发现了病毒并证实了传播途径，就会提出进一步的要求：这种讨价还价并不是理性的过程。从这个意义上讲，浴场问题之于同性恋与血库问题之于异性恋是一样的。先是否认，然后是讨价还价。同性恋对浴场问题的反应并非同性恋所独有：这是人类的普遍反应。

同性恋心理学家很明白这一点，所以他们恳请各方多点耐心。比尔·克劳斯认为，当同性恋群体跑完这场复杂的心理马拉松，"接受"事实的时候，他们中的大部分人已经死了。时间是同性恋群体玩不起的奢侈品。比尔知道，心理上的纵容并不能挽救生命。政治上，他意识到必须继续行动达到关闭浴场的目的，尽管旧金山综合医院艾滋病诊所的研究人员警告他说，城市领导人希望在这5个月里，即在民主党全国代表大会召开之前，先把这个问题掩盖起来。

而比尔·克劳斯已打定主意，时间不等人，有必要越过卫生部门负责人和同性恋社区领导行事了。2月2日，周四上午，他给《旧金山纪事报》的一名记者打了个电话，有意无意地提到了麦考斯克在研究中发现的一些数据。

记者随后采访了塞尔玛·德里兹医生，坦陈了人们对于浴场的更多担忧。德里兹刚刚完成了全市直肠淋病发病率的图表。尽管统计数字一直在直线下降，但1983年最后一个季度的直肠淋病患者数量显示，它在5年来首次出现了上升。增长并不惊人，但令德里兹震惊的是，这样一种唯有在无保护的被动肛交情况下才会感染的疾病，其患者人数的增长正是在同性恋被告知被动肛交肯定会感染的时候。

塞尔玛·德里兹把图表递给记者，说："根据图表，在浴场顾客增加的同时，直肠淋病发病率也上升了。这是一个非常有力的对应推定证据。"

记者准备离开时，德里兹瞥了一眼满是圆圈、箭头和数字的黑板。“单是周一这一天，我就登记了 8 个新病例，”她的声音听起来很疲惫，“都是年轻人，他们可能都难逃一死。”

当旧金山一名报社记者联系詹姆斯·科伦医生时，他正有话想说。作为一个很多时候要仰赖同性恋社区的合作才能开展调查的联邦官员，科伦不会直接叫默文·希弗曼医生去关闭浴场，但他确实发表了意见。“我希望同性恋社区能够正式表达他们对浴场问题的关注。我希望看到所有的浴场都歇业。我曾经和浴场老板们谈过，叫他们把生意多样化，做些健康的生意——比如把浴场改成健身房。男同性恋需要明白，如果他们滥交，寿命只能和发展中国家的人差不多。”

《旧金山纪事报》的浴场报道引起的后果，令同性恋社区的领袖们怒不可遏。他们一致认为，这个记者得了内化的恐同症。这种怒火因为次日报纸上的一篇分析长文而更加炽烈，文章探讨的是浴场对本市艾滋病教育计划造成的挑战。它引述了知名艾滋病研究人员的话，嘲讽了旧金山艾滋病基金会所采取的“突出正面影响”策略。在这个由市政府资助的基金会的全彩宣传海报上，呈现的是两个性感男人的背影，而不是艾滋病的残酷现实。“你可以寻欢作乐（且平安无事）。”海报上的宣传词轻松欢快。旧金山监事哈里·布利特公开谴责了卫生部门采取的这种“不要吓坏同性恋”的态度，并宣布他将会见医生和艾滋病研究人员，着手组织他自己的教育计划。他要让男同性恋知道，“在浴场或性俱乐部等场所发生的性行为不再是找乐，而是生死攸关”。

希弗曼医生重申，他不会对浴场采取任何行动，甚至不会强制那些经营场所执行他自己广为宣传的法令——张贴警示。

“任何这方面的行动都必须出自同性恋社区，而不是我的办公室。”希弗曼说。至于本市的教育计划，他坚称：“我认为，根据记录来看，我们对于教育已经尽了全力。一年来，我每日每夜都在思考这个问题，从不敢掉以轻心。”

到了 2 月 6 日，周一，对浴场问题的幕后操纵升级了。浴场老板会商之后发表了一份声明，谴责“那些漠不关心、肆无忌惮的神权政治家无耻地利用公众对艾滋病的恐慌心理，从清除同性恋浴场开始，然后清除同性恋酒吧，再清除所有同性恋企业和组织，甚而剥夺每一位同性恋的工作机会，以达到他们自己的个人政治目的”。《湾区记者报》以准备好的社论对《旧金山纪事报》以及任何怀疑浴场是进行艾滋病教育的好地方的人进行了抨击。与往常一样，讨论这个问题的框架是人的权利，而不是人的生命。“如果浴场自行停业、‘自然死亡’——就像它们的某些顾客那样——没有人会因此变富，也没有人会因此变穷。”《湾区记者报》的社论说，“这件事当中的问题事关宪法，而不是健康。这个国家的一个主要政治团体将被剥夺在某个并没有任何非法行为发生的地方聚集的权利。”

与此同时，全国卡波西肉瘤/艾滋病基金会的理事在几个街区外的地方举行了会议。比尔·克劳斯希望基金会能批准发放警告卡片，要求所有浴场经营者在每位顾客进门时发给一张。警告卡片上要直截了当地告知顾客，参与不安全性行为可能致命。比尔·克劳斯说，如果支持浴场营业的人争辩说同性恋有权在知情后做出选择，那就应该保证所有的顾客都是知情的。12 名理事会成员中，有 10 人同意，但基金会的财务主管鲍勃·罗斯强烈反对。罗斯是《湾区记者报》的出版人，这份刊物的大量广告收入来自浴场。鉴于他表示如果要求发放警告卡片，《湾区记者报》将撰文谴责，故而理事会决定推迟采取行动。随后，马科斯·柯南特和比尔·克劳斯转赴哈里·布利特及公共卫生局局长默文·希弗曼一起召开的另一个会议。

到会议召开时，战线已经一目了然。支持对浴场采取行动的同性恋政治领袖唯有米尔克俱乐部的盟友。当然，像塞尔玛·德里兹这样的资深公共卫生专家以及越来越多直言不讳的艾滋病诊所医生也支持关闭浴场。然而，在艾滋病蔓延的最初 5 年间，医生的建议在任何政府层面的决策中都无足轻重，现在也没人给予他们太多关注。联合起来反对关闭浴场的是本市其他同性恋领导人、湾区医生促进人权协会以及看重广告收益的同性恋报纸。某些浴场老板在过去 10 年的大部分时间里始终禁止少数族裔进军这一行，如今他们倒成了公民自由的新捍卫者。

希弗曼医生同意他所在的部门需要加强在浴场的教育活动；并对浴场老板们表示愿意合作予以赞扬。大多数与会者都同意这样应该可以解决问题。于是分发了更多的小册子。

私下里，希弗曼觉得，如果像比尔·克劳斯这样的人真这么憎恶浴场的话，他们应该举着警戒牌站在浴场外，警告人们离开。这样也能引来更多媒体报道这个问题，并证明同性恋社区是支持关闭浴场的，反过来，这也能证明他的做法合理。没有这样的支持，希弗曼认为关闭浴场不会起到建设性作用。同性恋领导人称赞希弗曼采取了最适当的行动。米尔克俱乐部的对手看到比尔·克劳斯几乎都抑制不住地露出得意的笑。每个人都认为是比尔在幕后操纵浴场问题再次引起关注，就像去年那样。这一次，他又输了。

*　　*　　*

2 月，纽约的浴场也在争议的漩涡中。《纽约人》的一位撰稿人在各家浴场都过了一晚，看这些地方是否真的变成了艾滋病教育场所。他发现没人使用避孕套，很少有人按照安全性行为准则行事，甚至最基本的也不愿一试。拉里·克莱默在浴场门上贴了艾滋病警告贴纸，然而此举只让他引来了更多的嘲笑。

《纽约人》上充斥着舞蹈演员和建筑师、牧师和诗人、大学教授和土木工程师的讣告，这些人都死于艾滋病，死的时候都很年轻。尽管如此，依然没有多少人要求正面抗击这种疾病。

长期以来，拉里·克莱默一直在为重新赢回他在“男同性恋健康危机”理事会的职位而奋斗，但在 2 月初的理事会投票中，他被大多数人否决了。拉里不改冲动的本性，立即向理事会发了一封信，称他们是“一群傻子、弱智和懦夫”。

纽约市市长科赫领导的跨部门工作组会议纪要，读起来仍像是一份实质性问题的冗长清单，由于缺乏协调的医疗设施，也没有任何社会支持服务，这些问题在纽约依然存在。2月，一名男性艾滋病患者被人从城市居民楼赶了出来，直接推到冰冷的街道上。在“男同性恋健康危机”，寻求临床服务的人从1983年初的每月40人增加到每周80到100人。因为缺乏资源，该组织现在大约有一半人离开了。尽管问题越来越多，工作组还是在2月投票决定停止每两周召开一次会议，改为每月召开一次。

2月7日，犹他州，帕克市

迈克尔·戈特利布在加州大学洛杉矶分校的赞助下组织了一个科学交流活动，其水平之高是他前所未见的。与会的150名科学家，无论是研究人员，还是临床医生，都是全国从事艾滋病工作的顶尖人才。自从戈特利布32个月前在《发病率与死亡率周报》上首次报告4例肺囊虫肺炎之后，免疫学领域取得了巨大的进步。尽管存在各种各样的经费问题和明争暗斗，科学家们的反应显然比其他受艾滋病影响的人要快。在卫生部助理部长布兰特的干预下，科学期刊最近同意加快发表与艾滋病相关的突破性进展。联邦政府和州政府新发放的一批经费，引来了更多顶级人才探索这一流行病领域的奥秘。

会议第二天，戈特利布安排了关于嗜淋巴细胞逆转录病毒的高级专家组讨论，其中包括罗伯特·加罗医生，与他密切合作的哈佛大学的麦克斯·埃塞克斯，以及巴斯德研究所的让-克洛德·彻尔曼医生。加罗私下里将法国人的研究贬得一钱不值；当另一位与加罗关系密切的哈佛大学研究员威廉·哈塞尔廷医生要求在彻尔曼之前占用10分钟发言时，戈特利布根本没有多想。尽管议程安排得非常紧凑，戈特利布还是同意给他10分钟时间。周二下午下了一场好雪，正适合滑雪，这次为期5天的会议有个诱人的承诺，就是科学会议将在中午结束，这样医生们就可以去滑雪了。

这个单元的发言从加罗医生开始，他谈了“人类嗜T淋巴细胞病毒家族”。尽管他在言语之间暗示自己最近取得了某些方面的突破性进展，但听众并没有像国家癌症研究所的其他研究人员那样听懂他的潜台词——加罗即将宣布他发现了艾滋病的病因。当哈塞尔廷站起来谈到人类嗜T淋巴细胞病毒1型基因调控的神秘问题时，人群已经变得焦躁不安。哈塞尔廷的发言持续了半小时之后，戈特利布开始担心。他让一位正在主持会议的哈佛同事打断哈塞尔廷，哈塞尔廷看到了主持人发出的信号，但又转向听众继续往下说。

就在哈塞尔廷喋喋不休时，彻尔曼紧张地在房间的一侧来回踱步。他对自己的英语不太自信，可现在看来他根本没有机会发言了。戈特利布目瞪口呆。哈塞尔廷甚至都没有受邀发言，却占用了会议的全部时间。发生了什么事？

而那些对于国家癌症研究所与巴斯德研究所之间一触即发的较量心知肚明的科学家则很清楚发生了什么。他们认为，哈塞尔廷是在试图阻挠法国人汇报他们的研究成果。不过，哈塞尔廷终于还是讲完了，彻尔曼也有机会对着那些不耐烦的听众发言了。

彻尔曼概述了这一年法国研究所的发现，刚讲了几分钟，会议室便鸦雀无声。他用结结巴巴的英语描述了淋巴结病相关病毒，解释了它对T－4细胞的选择性偏好，而且列出从广泛的血液检测中找到的确切证据，正是这些证据将淋巴结病相关病毒与艾滋病联系在了一起。听众们还在等着听有关淋巴结病相关病毒的有趣发现，但很少有人想到彻尔曼的话里隐含的一则佳音：这种神秘的疾病已不再是个谜。

罗伯特·加罗明显脸色苍白。

纽约的一位科学家故意用别人都听得见的声音交头接耳道：“瞧，罗伯特·加罗话都说不出来了。他刚刚想明白，别人要去瑞典拿诺贝尔奖了。”

在问答环节，加罗咄咄逼人地向彻尔曼发问，想让在座的每个人都知道他不相信法国科学家的研究。这个淋巴结病相关病毒难道不是某种污染物的产物吗？他问。他还提出，法国人不应该把他们的病毒命名为淋巴结病相关病毒，而应该是人类嗜T淋巴细胞病毒3型。彻尔曼坚持自己的立场，并指出该病毒与加罗发现的人类嗜T淋巴细胞病毒之间毫无相似之处。加罗的要求确实非常无礼，因为根据惯例，发现微生物的研究人员有优先命名权。尽管加罗费尽心机，来参加此次会议的精英科学家们离开时都在谈论法国人早已发现了艾滋病的病因。

而且是在一年以前。

2 月 10 日，旧金山，戴维斯医疗中心

就在让-克洛德·彻尔曼向美国顶级艾滋病研究人员报告获得性免疫缺陷综合征的致病原因的同一天，盖瑞·沃什的肺部组织切片显示，肺囊虫原虫正在增殖。在接下来的日子里，盖瑞的体温总是高达 104 至 105 华氏度。一周来，通常用于治疗肺炎的药物复方新诺明（Bactrim）引起了严重的不良反应。他的医生给他服用了戊烷脒，现在盖瑞每天睡 16 到 20 个小时，清醒的时间最长 45 分钟。

在去做组织切片活检的路上，盖瑞对露·蔡金和马修·克里格谈了他对追悼会的想法。周五，他提醒护士，他不想要蓝色代码状态。马修无意中听到了他们的对话。

只剩他俩独处的时候，盖瑞解释说："我再也受不了了。我不想没完没了地打针。我不知道自己想不想这样活着。"

3 天后，盖瑞的医生告诉他，戊烷脒已经不起作用了。肺囊虫原虫继续在他的肺里增殖。医生提到了一种新的实验药物，问他想不想试试。

盖瑞说："如果我不想试或者它不起作用，会怎么样？"

医生说："那么我们会送你回家，或者留你在这儿。给你注射吗啡，尽量让你感到舒服。"

盖瑞决定尝试实验药物。

2 月 15 日，亚特兰大，疾控中心

在让-克洛德·彻尔曼到亚特兰大给唐纳德·弗朗西斯送淋巴结病相关病毒样本时，他被说服在疾控中心礼堂发表演讲。艾滋病活动办公室的大多数研究人员都挤了进来。下午快结束时，疾控中心各总部都在热议，大家几乎一致认为法国人确实发现了艾滋病的病因。

哈罗德·杰斐现在是艾滋病分部的流行病学主任，听完演讲以后，他也相信法国人已经分离出了艾滋病致病因子，于是立即安排了目前可以开展的工作。处于感染早期的无症状携带者可以通过抗体检测被发现，这样一来，科学家终于可以开始描绘该疾病的自然发展史，这是艾滋病的一个在很大程度上依然尚未开展研究的方面。艾滋病相关综合征是艾滋病病毒感染的另一种表现形式，还是仅仅是更致命的机会性感染的一种前驱症状？这种病毒在人群中已经渗透到什么程度了？在第三世界，特别是已经深陷困境的中非国家，艾滋病究竟蔓延得有多严重？

旧金山综合医院，86 病区

2 月底，艾滋病诊所的医生决定表态，支持关闭浴场。尽管他们不愿意卷入政治纷争，但在浴场的问题上他们无法再假装冷静和客观了。诊所助理主任唐·艾布拉姆斯医生日复一日地记录着那些来诊所的男性患者的性史以及他们首次出现病灶或呼吸急促的时间，然后听这些年轻人日复一日地说着自己在浴场的经历。许多人的性生活并不活跃，他们住在远离那种及时行乐的同性恋生活方式的郊区。但是，当他们有欲望的时候就会去浴场。浴场就是比酒吧方便。

艾滋病诊所的流行病学家安德鲁·莫斯经常说，唯一能让顾客在知情后接受的浴场警示海报应该是一个人在患病晚期的彩色照片。2 月 21 日，莫斯给默文·希弗曼写了封信，敦促其发布更直接主动的公共信息，并且继续公开讨论浴场的未来。他写道：“如你所知，一切证据表明一旦媒体不再关注此事，同性恋的性活动水平又会恢复原样。因此，我认为不应持等待和观望态度。”

浴场问题正在逐步发酵，唐·艾布拉姆斯和保罗·沃伯丁决定邀请浴场老板到艾滋病诊所来谈谈艾滋病。沃伯丁认为浴场之所以还在营业，很大程度上是因为经营者不了解艾滋病的严重程度，他推断这些人一旦了解肯定会主动关闭。

浴场老板都带着敌意而来。一些人来只是迫于压力，因为旧金山综合医院是旧金山公共卫生部门的下属机构。另一些人根本不在乎，只派了他们的律师来。当一位浴场老板看到沃伯丁为此次谈话准备了幻灯机，立刻变得很不高兴，他说他不想看到任何艾滋病患者的照片。艾布拉姆斯和沃伯丁原本确实打算让他们看照片的，但后来改变了主意。

艾布拉姆斯和沃伯丁发完言之后，最大型浴场的一位老板把他们拉到一边，试图理论一番。他说："我们的工作都是出于同样的目的——赚钱。他们来浴场，我们从他们身上赚钱；他们来这里，你们就从他们身上赚钱。"

保罗·沃伯丁惊得说不出话来。这家伙谈的不是公民自由；他在说贪欲。沃伯丁觉得自己天真至极。浴场老板们还在营业并不是因为他们不明白浴场在让死亡蔓延。他们非常明白。浴场还开着是因为只要开了就有钱赚。

42. 心灵的盛宴，第二幕

1984 年 2 月 17 日，旧金山，戴维斯医疗中心，北二病区 213 室

盖瑞对马修·克里格和露·蔡金说："我决定不再进行治疗。我的身体吃不消了。这些药的副作用太厉害，我放弃了。"

马修和露表示理解。愤怒、拒绝、挣扎和沮丧的时刻早已过去；现在只剩下接受了。

"我理解你的决定，我也尊重你的决定。"马修说。

他是真心诚意说这话的，但还是觉得自己像是在演戏。这些话、这些想法和他以前生活中遇到的任何事都不沾边。

2 月 18 日，马修·克里格的日记

杂记。

"我不知道我的决定对不对。其他人都是奋战到底，我却在给自己找容易的出路。”

“盖瑞，你的决定是非常勇敢顽强的。你没有在给自己找容易的出路。此刻你仍然在像以前一样为自己选择美好的生活。你如此清醒地面对死亡，这是件无比勇敢的事。非常不容易。”

“真的吗?”

“吗啡带走了所有的痛苦。我感觉很好。感觉一好，我就动摇了。我不得不提醒自己没有吗啡的时候是如何痛苦。”

他安排了与乔·布鲁尔见面，然后对我说：“行了，这个钟头有安排了。”我们都笑了。

他［盖瑞］告诉［侄子］瑞克，周一晚上来可能就太晚了。我要死了。明天就来吧。

他大汗淋漓，床上湿得好像有人泼了一加仑的水上去。他这样来来回回醒了 3 次。

他非常平静。感觉不到痛苦。他时醒时睡。有时候他完全清醒，敏锐、有趣、机智，还有点孩子气。

有时，他神志不清，眼睛半睁着，嘴里含含糊糊地念叨着什么。

他非常幽默，对他人充满兴趣，这一点自始至终未变。

有位护士告诉露：“我们不觉得是我们在照顾盖瑞，倒觉得盖瑞是为我们而来。”

另一位护士告诉我：“看护他是一种享受。每次我走进去，他都会说一些特别深刻的话。让人想接近他，想知道‘他是不是个圣人?’”

我问他要不要我在另一张床上陪他过夜。他说，如果他要勇敢地经历这一切，就得独自过夜。

他说：“我很害怕，我害怕死亡。如果恐惧就是死亡的全部我该怎么办？如果那边是地狱我怎么办？现在我满脑子想的都是自己以前做过的可怕的事。”

我问他，你觉得你将要去的地方是什么样的。

“我不知道。我真的不知道。当我离得比较远的时候，感觉看得更清楚一些。可我说不上来。”

露和我一整天都跟他在一起。没什么不愉快的感觉。就像我们过去在一起的时候一样充实，充满欢笑、趣味，还有爱。

我知道我并没有真正接受他的死亡，也不知道对我的影响会有多大。我睡在他的公寓里，感觉他不过又去住院了，很快就会回来。

我的胃和心脏感到一种麻木的、痉挛的疼痛。

2月19日

马修·克里格在医院的电梯里遇到了瑞克·沃什和他的妻子安琪。瑞克的爸爸——也就是盖瑞的哥哥——也来了。盖瑞和他哥哥最近几年不太亲近，但是当他走进房间，看见盖瑞躺在床上时，他脱口而出的第一句话是“我爱你”。

盖瑞说：“就这样了，这可能是我们最后一次见面了。我快死了，我想在临走前告诉你，我爱你，我会想你的。”

看完盖瑞，就在病房外，瑞克抱着马修哭了起来。他看到他父亲也在哭；以前他从未见父亲哭过。

安琪看着这一家人团聚的场景，惊讶地发现瑞克和盖瑞竟长得如此相像，几乎一个模子刻出来的。而瑞克·沃什也没想到盖瑞最要好的朋友露·蔡金长得竟跟盖瑞的母亲那么像，几乎一模一样。

当晚

露·蔡金一直爱着盖瑞，即使在他任性、自我，偶尔咄咄逼人时，因为她看到了盖瑞·沃什的本质，看到了他的好。正因为如此，盖瑞才全身心地投入到帮助他人接受自我、完善自我的事业中去，这也是为什么他的政治意识形态从未偏离过“花童”① 的信条，即如果人们关心彼此就像关心自己一样，这世界没什么问题解决不了。在确

① Flower Children，与嬉皮士可谓同义词，指的是1967年夏天进驻旧金山、满怀理想的一群年轻人。他们身上佩戴以花为主题的饰物，给路人赠花，因为花儿象征爱与和平。——译注

诊艾滋病后的一年里，露目睹了这个不幸如何改变了她的朋友。身上的伪装一层层卸下，利他主义的天性依然存在。盖瑞忘记了作为天主教家庭的孩子在成长中受到的伤害以及作为一个同性恋遭受的虐待，现在他给朋友们无私的爱。人们与盖瑞谈完话后离开，犹如朝圣者离开圣地。露不确定盖瑞是否知道他对别人的影响；她不确定他是否明白，他已经完全成为了他自己，一个无比美好的自己。

当所有的亲朋好友都走了之后，露回到盖瑞的房间，想再次把之前想对他说的话告诉他。盖瑞淘气地做了个鬼脸，打断了她。

"我知道了，我终于知道了，"他说，"我是爱，我是光，我不过是做我自己，然后改变了别人。"

盖瑞一字一句地说着，就像一个正在努力掌握难学的功课的学生。露抑制不住地哭了出来。

盖瑞伸手从床边的桌上拿了个小铜像递给露，是个魔术师，一手拿着水晶球，一手拿着本书。盖瑞知道露很喜欢它。

他说："我想趁活着把这个给你。你应该拿着。"

露感觉一阵火焰掠过。她知道他们的关系画上了圆满的句号。

2 月 20 日，第二天下午

盖瑞说："以前我们是我们，他们是他们，现在我成了他们当中的一个。"

马修问："他们是谁？"

盖瑞说："感染艾滋病的人。得了艾滋病快死的人。我就要死于艾滋病了。我见过尸体之类的什么东西。见鬼，这是怎么回事？"

盖瑞神志不清了。马修看得出来，他在疼痛中煎熬，尽管他每小时被注射 50 毫克吗啡，而昨天早上的用量还只是 30 毫克。他的每次呼吸都很费劲，而且极其短促。

在喘气的当儿，盖瑞告诉马修："我正在离开我的身体。"

马修说："也许吧。我要你知道，虽然我希望你留在这里，和我在一起，但我也希望你平平安安的。你要走的话就走吧。"

盖瑞睡到下午，其间清醒了一小会儿，跟露和马修说了几句话。

他说："有意识地自然死亡太难了，比我想的要难多了，这是我做过的最难的事。死神就在不远处。我知道。没有你们俩我做不到。我会放弃。别人说的关于死亡的一切听起来都是陈词滥调。但他们说的都是真的。我看到了楼梯。"

* * *

黄昏时分，他又醒了。

他说："我想走了，我要走了。"

盖瑞挣扎着从床上爬起来。现在他的表情和声音都很呆板，一个劲地恳求让他出去。露和马修试图劝阻他，因为他显然没有力气站起来。但他很坚持。两个朋友和三名护士把他的上半身扶了起来，这样他可以坐在床沿。他们扶着他坐了一会儿之后，盖瑞不再恳求，让大家扶自己躺下了。

3 个小时后他又醒了，再次哀求让他离开自己的床。露、马修和护士帮盖瑞站了起来。他虚弱得连头都抬不起来。然而，他用双臂环绕着马修的脖子，还是向前迈了三步。当他的头再次落在枕头上时，立刻陷入了深睡。

那天晚上，盖瑞的肺部充满了液体。马修负责把一根管子伸进他的喉咙，把液体排干。盖瑞陷入了昏迷。他呼吸急促，但不再费力。露回忆起一个古老的催眠戏法，她抓住了盖瑞的手。

她说："如果你能听到我说话，就抬一下食指。"

盖瑞一动不动。

露又说了一次，盖瑞的手指动了。

深夜，马修和露在盖瑞的耳边喃喃地诉说着对他的爱。午夜过后，露再次要求盖瑞动动手指，但没有任何回应。

2 月 21 日，次日早上

第二天一早，一片凉爽的白雾笼罩着卡斯特罗区，马修和露醒了。马修摸了摸盖瑞的额头，发现他的皮肤摸起来很冷，也失去了弹性。时间慢慢过去，盖瑞的呼吸变得不那么规律，间隔也变长了。大约在早上 8 点 40 分左右，盖瑞连喘了几口短气，然后停止了呼吸。

露和马修在盖瑞的遗体旁坐了 5 分钟，最后一次和他交谈。露再次告诉他，自己有多么爱他，会有多想念他，他的去世会给她的生活带来多大的空虚。

当马修和护士一起回来时，盖瑞的脸上完全失去了血色。马修把盖瑞的东西装进了一个购物袋。露对护士说自己是盖瑞的姨妈，并交代如何处理遗体。

当露和马修离开医院时，太阳已经驱散了雾气。露回到家，累得失去了知觉。她意识到自己的生活中发生了一件非常重要的事，她自然而然地想到应该给盖瑞打电话，告诉他这件事。每当有重要的事发生时她总是给盖瑞打电话。然后她想起自己再也不能给盖瑞打电话了，空虚迎面袭来，她开始哭泣。

* * *

瑞克·沃什在他的牧场里，电话铃一响，他就知道是马修。听到这个消息，瑞克近乎崩溃，安琪坐下来向他们 4 岁的女儿解释发生了什么事。

她说："盖瑞是你爸爸最喜欢的人之一。但他现在去了很远的地方。他死了。"

小女孩问："为什么？"

安琪·沃什说："我不知道。不知道。"

小女孩看看她的爸爸，这是她第一次看到爸爸哭。

稍微平静了一点之后，瑞克给在苏城的爷爷奶奶打了电话，告诉他们盖瑞——他们的小儿子——已经死了。盖瑞的父母一直在不安地等电话，一旦接到电话，他们也没有和瑞克多说什么；他们不习惯那样。

瑞克只跟最亲密的朋友说过他叔叔患有艾滋病。第二天，他感到自己被生活中的熟人疏远了。没人能分享他的悲伤，因为这需要大费周章地解释。你不能到处跟人说自己的叔叔刚刚死于这种同性恋疾病。

*　*　*

盖瑞·弗朗西斯·沃什去世的这一天，是《发病率与死亡率周报》首次报告在洛杉矶男同性恋中发现不明原因的肺囊虫肺炎的第997天。盖瑞死后约1小时，疾控中心发布了每周最新报告。截至1984年2月21日，约有3 515名美国人被确诊患有获得性免疫缺陷综合征，其中有1 506人死亡。39岁的心理治疗师盖瑞是旧金山市第164位死于这种病的人。

*　*　*

就在一年前，盖瑞·沃什曾与另外34名艾滋病患者联名写信，要求《湾区记者报》解雇其编辑保罗·洛赫。当洛赫听到盖瑞去世的消息后，在名单上划掉了盖瑞的名字。

2月24日

盖瑞希望在他的追思会上播放披头士乐队的歌曲，所以在“香缇计划”为其在社区中心小礼堂举行的追思会上，300名吊唁者一进门就听到了《随他去吧》（*Let It Be*）。如今，艾滋病患者的葬礼对同性恋社区的很多人而言已经办成了社交活动。前来吊唁的人包括一些有抱负的同性恋政客，他们可能不认识盖瑞，但他们明白来就对了。不过，到场的大多数人都和盖瑞的生活有过交集——他的前男友们，他进行过心理治疗的客户、朋友以及他全力支持过的艾滋病患者。

鉴于当时艾滋病人的葬礼已经采用了高科技手段，所以盖瑞得以出现在自己的葬礼上——这是他3个月前接受采访的一段彩色的录像。盖瑞谈到了那些答应到了“那边”会帮助他的人，他的话让大家感到温暖。看到人们笑着听一个曾因怒怼杰瑞·法威尔而出名的人谈论神秘的幻象，这真是个奇怪的悖论。

瑞克和安琪·沃什不太理解这种已经非常流行的艾滋病人追思会方式。尽管如此，当露·蔡金在追思会结尾致悼词的时候，瑞克还是当场流下了眼泪。

“你会如何形容一颗一闪而过却照亮了无数人生命的星星呢?”露问，“现在我要对我最亲爱的朋友说，一路走好，平安幸福。正如我们经常承诺的那样，我们会永远在一起，永远相亲相爱。”

大家一起唱起了《奇异恩典》，等他们都走了以后，马修放了盖瑞最喜欢的披头士歌曲《你所需要的只是爱》。

43. 逼对手亮底牌

1984 年 2 月 26 日，亚特兰大，疾控中心

午夜刚过，装着两盎司淋巴结病相关病毒的小瓶抵达了亚特兰大机场。鉴于上一批在巴黎用干冰包好并邮寄的淋巴结病相关病毒在到达亚特兰大时已经死亡，疾控中心分子病毒学实验室的赛·卡布拉迪拉医生此次特别谨慎，他亲自去纽约检疫部门办理了病毒通关手续，并亲自等待从纽约肯尼迪机场飞来的航班。病毒一带回疾控中心实验室，卡布拉迪拉就开始测试，以确保病毒都是活的。到第二天早上，他已经分离出了病毒，并开始让病毒在新生儿脐带中提取的淋巴细胞中生长。有了这种病毒，疾控中心就可以进行自己的抗体检测，这将使研究人员能够追踪他们从事艾滋病工作两年半以来收集的血液和组织样本里的淋巴结病相关病毒。

到本周末，克里夫顿路的这片砖砌建筑里洋溢着激动人心的气氛。病毒正在迅速成长。很快，实验室工作人员将测试储存的样本。这些血样一个接一个地显示淋巴结病相关病毒抗体确实存在。所有艾滋病高危人群的抗体筛查结果均为阳性，其中包括男同性恋、海地人、吸毒者、血友病患者、吸毒成瘾者的女性性伴侣及他们的孩子。

对洛杉矶和旧金山空运过来的艾滋病患者的新鲜血液样本进行检测，结果也一样。这些人全都感染了淋巴结病相关病毒。法国人发现了艾滋病的病因。

3 月，华盛顿

“我们都知道，我们确实发现了艾滋病的病因。”罗伯特·加罗说。

詹姆斯·科伦已从亚特兰大飞到华盛顿，他带着 200 份用代码标示的、来自艾滋病患者及对照组的血液样本，这些血样 1 月时疾控中心已给加罗寄过。科伦和加罗坐在一家法国餐厅里，科伦将各种血样的代码编号与加罗进行的人类嗜 T 淋巴细胞病毒 3 型抗体筛查结果进行了比对。加罗的实验结果准确无误；科伦确定加罗已经分离出了科学家长期寻找的艾滋病病毒。科伦还认为这种逆转录病毒和一年前法国人分离出的病毒是一样的。两组研究人员分别发现了相同的病毒，这让科伦松了口气，他相信这两项研究结果会让科学界更快地接受这一发现。科伦问加罗，国家癌症研究所何时会公布结论，加罗对此闪烁其词。

加罗不愿提供太多信息，不仅因为疾控中心和癌症研究所之间的紧张关系，也因为如何宣布发现人类嗜 T 淋巴细胞病毒 3 型这个问题已经与选举年的政治活动纠缠在了一起，而这不是加罗所能掌控的。国家癌症研究所主任文森特·德维塔医生一度想公开这些信息，但卫生部助理部长爱德华·布兰特在 2 月获悉这一发现后阻止了他。这一突破不应归功于国家癌症研究所或国家卫生研究院，而应归功于里根政府。他们将利用这个来反击自由派，这些人总是批评政府在艾滋病研究方面拖拖拉拉。随着民主党总统候选人对联邦政府艾滋病研究经费的批评越来越多，当局迫切希望在 11 月总统大选的时候清除艾滋病这个潜在的问题。布兰特下令，任何进展都将由卫生和公共服务部部长玛格丽特·哈克勒在她认为最合适的时机宣布。

这一时刻越来越近。加罗已经向《科学》杂志提交了 6 篇论文，全部将人类嗜T淋巴细胞病毒3型作为导致艾滋病的原因。此外，研究人员已在48名患者身上分离出了病毒，数量远超过法国人分离出的淋巴结病相关病毒。加罗与科伦会面时，哈克勒也已经简单了解了人类嗜T淋巴细胞病毒3型的情况。现在，该由她来宣布这一发现了。

罗伯特·加罗有自己的政治考虑。和国家癌症研究所的许多研究人员一样，他担心，艾滋病感染源的具体证据会让过敏及传染病研究所获得研究艾滋病的主导权，而使癌症研究所失去艾滋病研究的核心地位。此外，加罗始终纠结于艾滋病病毒的发现是否会归功于巴斯德研究所。他不相信科伦，他意识到自从让-克洛德·彻尔曼2月在疾控中心发表演讲后，疾控中心已开始与法国人合作。因此，为了保持自己的优势，加罗尽量不让疾控中心知道癌症研究所的研究进展。当他与科伦讨论病毒时，他也没有提到那6篇论文或48个分离菌。

旧金山俱乐部浴场

拉里·利特尔约翰在腰间围了条毛巾，开始对本市最大的同性恋浴场进行非正式检查。虽然他也曾每周去浴场里寻欢作乐一次，但已经有一年没再踏足了。这座巨大的性爱宫殿让利特尔约翰意识到自从他1962年搬到旧金山后，这个城市的性产业已经发展到了何种程度。他在旧金山的第一个家是内河码头的基督教青年会，那里可谓现代浴场的前身。利特尔约翰参与组织了这座城市首个开创性的同性恋团体——“个人权利协会”；1964年，他开办了市里第一家私人性爱俱乐部。作为让整整一代旧金山同性恋享受了性狂欢乐趣的商人之一，他也因此赢得了声誉。

之后几年，拉里·利特尔约翰担任了两届“个人权利协会”主席，并被公认为该市第一批同性恋活动家之一。他去过旧金山的每家性爱俱乐部和浴场，对皮革俱乐部之类的场所更为偏爱。在读到拉里·克莱默的《1112，还没完……》一文前，他以为艾滋病问题离他很远。在粗略地了解相关信息后，他开始相信艾滋病是一种性传播疾病，进而得出结论：浴场再不能按原来的方式经营了，否则会害死成千上万的旧金山同性恋。

1983 年一年，拉里·利特尔约翰给旧金山公共卫生局局长默文·希弗曼、旧金山监事会以及各艾滋病组织写了很多信表明观点，即在他看来叫停公共浴场里的性行为是合理的。他想当然地认为必然会有人采取行动。毕竟这是人命关天的事。如果城市卫生部门会因蟑螂出没而吊销餐馆的营业执照，那么浴场的问题更致命，他们肯定会吊销浴场执照。然而，在 1984 年的头几个月，显然并没有任何人采取任何行动。直到最近，希弗曼才给利特尔约翰写信，说浴场是艾滋病教育的绝佳场所。于是，利特尔约翰在 3 月初来到这座城市最大的浴场，想看看顾客们得到了什么样的教育。

利特尔约翰认为，希弗曼显然不想承担保护公众健康的责任。而同性恋政客们依然在讨论关闭浴场的问题是否可以讨论。在察看完浴场之后的第二天，利特尔约翰打电话给一个在旧金山地方投票中起一定作用的朋友。利特尔约翰知道市长黛安·范斯坦一年前得到了什么教训。在旧金山，你可以就这个城市的任何问题进行投票表决。利特尔约翰在自己离“俱乐部浴场”只有一个街区的公寓里起草了一份倡议，要求禁止市里的浴场进行性活动。他知道这样的倡议会迫使旧金山的每位政客表明立场，而且能让希弗曼向选民解释为什么浴场是艾滋病教育的好地方——假如能解释的话。已经争论得够久了，利特尔约翰觉得现在是时候发问了。

* * *

同一周，旧金山的欧文纪念血库正在调查另一个问题。无意中提出这个问题的是玛丽·理查兹·约翰斯通，贝尔维蒂富人区的一位家庭主妇。

1982 年 12 月，玛丽·约翰斯通做了心脏手术，接受了来自欧文血库的 20 个单位的输血。手术 8 天后，她感染了一种神秘的肺部病毒。在好不容易熬过这场磨难后，她持续发烧几个月，还备受口腔念珠菌等怪病的折磨。医生们也搞不清她出了什么问题。

直到 1984 年 2 月，在翻阅自己的医疗档案时，玛丽·约翰斯通才看到 1983 年 10 月 19 日一名医生写给加州大学医学中心另一名医生的信，她正是在那里做的手术。信中说："我们发现给她输的血有一部分来自一个艾滋病患者。"但是，医生对玛丽·约翰斯通隐瞒了这一点，如果她没有凑巧看见这封信的话，也没有迹象表明她会被告知。后来，这位 55 岁的家庭主妇在医生确诊她患了这种综合征时依然很幽默，她说："我居然得了艾滋病，我都没找过什么乐子。"与此同时，在洛杉矶，一名在子宫切除手术中接受了输血的 38 岁护士感染了肺囊虫肺炎。当地的卫生官员焦急地关注着她的病情，因为该护士于 1982 年 11 月接受了输血，而献血者中有人参加过对当地所有艾滋病患者的问卷调查，对第 44 题"最近 5 年你有没有献过血液或血浆"，他做出了肯定的回答。

输血之后的两周里，该护士出现了淋巴结肿大。验血发现她的 T－4 淋巴细胞开始消失。

这两个病例的意义在于，首次有两名成年人在接受确诊的艾滋病患者的血液后被证实患有艾滋病。在疾控中心追查的所有疑似输血感染病例中，献血者都属于艾滋病高危人群，但实际上并未确诊感染了疾控中心所定义的艾滋病。1982 年 12 月，在加州大学旧金山分校发现的第一例输血感染者是个婴儿，当时有人质疑是先天性免疫缺陷。

在评估输血感染艾滋病问题的程度时，血液行业对以前所有的输血感染艾滋病病例都将信将疑。然而，有了这两例成人病例，再加上旧金山的婴儿病例，现在有了献血者和受血者都患有艾滋病的 3 个例证。疾控中心在 3 月 12 日之前总计发现了 73 例输血感染艾滋病病例，其中包括 24 名血友病患者，但 22 人已死。然而，当玛丽·约翰斯通和洛杉矶护士的事在 3 月曝光时，忠心耿耿的医疗报道撰稿人几乎不约而同地接受了血库方面的说辞，即这两人是美国首次确诊的输血感染艾滋病的成年人。

尽管有新闻媒体的慷慨支持，但玛丽·约翰斯通的诊断结果还是让欧文纪念血库的总裁布莱恩·麦克多诺陷入了两难困境。血液行业承认的3例输血感染艾滋病病例中，有两例是欧文血库提供的血液。而且麦克多诺知道，最近几年里还有14名确诊的艾滋病患者为欧文血库献过血。血库正在追踪22名接受输血者，看是否出现了艾滋病症状，玛丽·约翰斯通只是其中之一。目前已有11人的免疫系统出现问题。最重要的是，至少有一名献血者是在去年开始实施延期献血筛查之后献的血。当血库问他为什么献血时，他解释说，尽管自己是一名性行为活跃的男同性恋，但他从不认为自己属于艾滋病高危人群。他不是那种在皮革酒吧里搞拳交的人。

玛丽·约翰斯通的丈夫叫嚣着要起诉，麦克多诺这才下决心，血库不能再采取观望态度了，这是他所在的行业对艾滋病问题的反应。他知道自己会因为坏了行业的规矩而犯众怒，但他还是做出了自己的决定。甚至在约翰斯通的病例未公开披露之前，欧文纪念血库就宣布自5月1日起，血库将进行乙肝病毒核心抗体筛查，而这是早在1983年1月疾控中心就强烈要求血库做的。

“在旧金山地区，献血者未能做到自我排除，”麦克多诺说，“有些人不应该献血却还是献了血。”在宣布检测将于5月开始时，欧文纪念血库的医疗主任赫伯特·珀金斯医生为了让公众对血液制品的安全性放心，说感染艾滋病的风险非常低，不到五十万分之一。

湾区其他血库旋即宣布将效仿欧文的做法，开始进行肝炎病毒核心抗体筛查，尽管很不情愿。当圣何塞红十字会血库宣布它将开始检测时，并没有说是出于安全考虑，而说是“来自该地区其他血库的竞争压力”。换句话说，红十字会血库担心，如果它不启动肝炎筛查就会失去顾客。

布莱恩·麦克多诺一宣布完就遭到了同行的攻击。血液行业的发言人约瑟夫·博夫医生对《华尔街日报》表示：“被蜜蜂叮死的人”都比输血感染艾滋病的人多。

美国血库行业协会的时事通讯给出了血库行业对麦克多诺的声明的最有说服力的反应：“纽约血液中心的医学博士亚伦·凯尔纳表

示，他所在的血库‘不打算做出任何支持抗体检测的决定’，这不是因为此举将花费 1 000 万美元，并导致 6%的献血者延期献血，而是因为他们不相信此举会提高输血的安全性。凯尔纳说‘我们不相信艾滋病是通过输血传播的……证据很站不住脚’。（血液行业的）专家小组无一公开表示赞成进行艾滋病的抗体检测”。

正是在这种背景下，美国食药局血液和血液制品实验室主任丹尼斯·多诺休医生会见了食药局血液制品咨询委员会的艾滋病工作组。后者的成立是为了研究多诺休 4 个月前提出的建议，即要求全国的血液供应商进行肝炎核心抗体筛查。尽管商业血库感知到血友病患者的需求，纷纷支持检测，但非营利性血库——尤其是美国红十字会等——继续表示反对。跟往常一样，血库经营者谈及了成本问题，说如果进行检测，每单位血液将增加 12 美元的成本，而且他们将不得不寻求新的献血者来代替那 6%的因检测而被拒的人。

多诺休后来说，鉴于该工作组成员的身份，要求他们进行检测的所有努力注定会失败。这些成员要么来自血液行业，要么与血液行业有利害关系。没有一个成员以维护其客户利益为职责。而且说到底，这些知名医生经营国家血库时表现得像企业高管一样。工作组和血液咨询委员会都属于同样的利益集团，都致力于保护血库方面的利益。这两方都在 3 月投票时要求不采纳多诺休提出的肝炎病毒检测建议。这在很大程度上标志着，食药局为保护全国的血液供应免受艾滋病的侵害所做的微薄努力以失败告终。后来，当被问及为什么食药局未能履行其法定义务、守护美国人的血液安全时，该机构发言人拒绝置评。

亚特兰大，疾控中心

3 月 21 日，疾控中心主任詹姆斯·梅森直接对唐纳德·弗朗西斯做出指示。

“把这事做了。”他说。

唐纳德·弗朗西斯在他的笔记本里写下了“压力”一词，并在下面划了两道杠。破解艾滋病之谜已到了白热化阶段，弗朗西斯毫不怀疑，随着大选的临近，政府部门会对此表现出不同寻常的关注。但他很高兴，因为法国人发现的病毒正不断被层出不穷的科学证据所支持。疾控中心的所有实验都是用淋巴结病相关病毒进行的，因为国家癌症研究所的罗伯特·加罗依然对卡利医生的出走耿耿于怀，拒绝提供他的人类嗜T淋巴细胞3型病毒样本进行实验。3月底，弗朗西斯在无症状艾滋病高危人群中发现了淋巴结病相关病毒。事实证明，疾控中心自己的淋巴结病相关病毒抗体检测比巴斯德研究所或国家癌症研究所使用的同类检测更灵敏。在疾控中心，75%的艾滋病患者被检测出淋巴结病相关病毒抗体阳性。在复杂的病毒分离过程中，8名受检的艾滋病患者中有7人被发现携带淋巴结病相关病毒。

唐纳德·弗朗西斯有足够的信心采取下一个昂贵的实验，将法国病毒植入两只倒霉的黑猩猩——马维尔和切斯利——体内。此刻，弗朗西斯知道他给狨猴植入艾滋病病毒的尝试已然失败，疾控中心为此多耗了不少时间。之所以用狨猴而不是黑猩猩，是为了节省稀缺的研究经费，但较小的猴子显然不易感染艾滋病。现在，他只能把希望寄托在那些成本更高的黑猩猩身上了。

疾控中心艾滋病研究的最重大突破出现在几周后，卡利医生从那位输血感染艾滋病的洛杉矶护士的血液中独立地分离出了淋巴结病相关病毒。携带淋巴结病相关病毒的血液是在该护士的艾滋病发作之前抽取的，这标志着科学家们所做的开始满足柯霍氏法则的条件，并成为证明淋巴结病相关病毒是该疾病病因的最重要步骤。该病毒出现在护士的血液中，表明淋巴结病相关病毒感染发生在艾滋病发作前。之前，有人怀疑淋巴结病相关病毒仅仅是一种因患者免疫系统受损而产生的机会性感染，这样一来这种怀疑就消除了。随后在输血供体的血液中分离出了淋巴结病相关病毒，这是证明病毒在自然状态下传播的直接证据，要确定某种病原体是致病原因，这是另一个先决条件。

科学界围绕着宣布发现人类嗜T淋巴细胞病毒3型的政治化活动开始越来越多地引起唐纳德·弗朗西斯的注意。3月27日，弗朗西斯跟罗伯特·加罗谈话，试图就疾控中心、癌症研究所和巴斯德研究所发表联合声明达成一些协议。加罗希望任何声明都先放一放。他说："如果我们发布公告，过敏及传染病研究所就会接手艾滋病研究。我们需要保持安静，先等等。"

但是，加罗也担心如果美国人等得太久，发现病毒的功劳就被法国人抢了先。他告诉弗朗西斯："他们最好也有我的筹码，要不然可有一场大战了。"他还指出，最早发现淋巴结病相关病毒的巴斯德研究员弗朗索瓦丝·巴尔曾在加罗的实验室受训，"我认为我给法国人提供了很多东西"。

欧洲媒体盛赞法国人发现了艾滋病病因，罗伯特·加罗仍在愤愤不平。他说："每天的报纸上都有蒙塔尼耶的名字。"唐纳德·弗朗西斯知道这是加罗的痛处。今年 2 月，加罗曾称巴斯德的科学家为"婊子"，因为他们积极博取媒体的注意力。

然而当天谈话快结束时，加罗同意与人分享发现人类嗜 T 淋巴细胞病毒 3 型的功劳，并认可疾控中心进行的流行病学研究。如果能说服他淋巴结病相关病毒和人类嗜 T 淋巴细胞病毒 3 型是同种病毒的话，他也会认可法国人是第一批发现者。

弗朗西斯相信，美国和法国科学家之间达成一致，对于双方接受彼此的科学数据和接下来寻找治疗方法、疫苗以及某种控制疾病的方法都至关重要。弗朗西斯开始拼命工作，安排癌症研究所、疾控中心、巴斯德研究所三方会面，以便就发表联合声明达成一致。

3 月 28 日，旧金山

早报的头版报道了拉里·利特尔约翰关于在同性恋浴场禁止性行为的倡议。同性恋如今面临的政治现实立刻变得清晰起来。

利特尔约翰要在 5 个月里收集 7 332 个签名才能使他的提议获得投票资格。大家都认为这些签名将很容易收集到。一旦进行投票，几乎没有人怀疑它会以压倒性的优势通过。政治家们谁也不会为了浴场搭上自己的声誉。更糟的是，争议会贯穿整个夏天，而那时这里正好在召开1984年民主党全国代表大会，国际社会都会聚焦于旧金山。尽管范斯坦市长没有就浴场问题发表任何公开评论，但非官方消息证实，她过去两周很多时间都在与同性恋进行私人会面，试图说服他们自己关闭浴场。现在她告诉新闻媒体："我正在密切关注事态发展。"

一开始，比尔·克劳斯对利特尔约翰大发雷霆，他认为在全市就这样一个波动性极强的问题进行投票只会给同性恋社区带来灾难。

"那你是否也认为浴场里发生的事在要人命呢?"利特尔约翰问道。

比尔·克劳斯没有做声。

利特尔约翰说："我只是在做需要做的事，不能再像这样下去了。"

不过，他还是提出了折中方案。如果卫生局局长默文·希弗曼能行使自己的检疫权，根据利特尔约翰的提议制定规章，利特尔约翰将撤回请愿书。

鉴于利特尔约翰的请愿可能撤回，比尔·克劳斯的怒气平息了。他认为，没有人会想通过投票的方式来采取措施——自由派的政府官员肯定也不愿意，反对浴场就是疏远同性恋，支持同性恋又会冒犯异性恋，无论选哪个都必输无疑。显然，浴场注定是要完蛋了。问题是谁来下手，是异性恋的选民，还是同性恋群体自己？就克劳斯而言，唯一的障碍是希弗曼医生，他不会在没有同性恋社区支持的情况下关闭浴场。

克劳斯想出了一个逼对方亮底牌的点子。希弗曼将被告知，同性恋社区领导人现在愿意支持关闭浴场；与此同时，同性恋社区领导人也会被告知，不管他们是否支持，希弗曼都打算关闭浴场。当希弗曼关闭浴场时，他们有两个选择，要么宣称胜利，似乎是应他们要求关闭的；要么以失败者形象示人，即浴场是在未经他们同意的情况下关闭的。克劳斯向马科斯·柯南特解释了这一策略，后者也认为是妙计。

当然，浴场的关闭并不是既成事实。同性恋领袖和希弗曼医生默许关闭浴场，只是为对方所迫才不得不这样做。克劳斯并没有因为他的诡计而感到内疚。在他看来，浴场持续经营约等于官方默认杀人。克劳斯认为，这个诡计对于让希弗曼最终将一年前他就该做的事付诸行动是必要的，如果不能说是不幸的话。

有关“利特尔约翰的倡议”的报道，引得大量的政府官员和同性恋领袖纷纷出来表态，突然间所有人都要求希弗曼关闭浴场。范斯坦市长再次推迟发表公开评论，尽管据一位发言人透露，她认为应该关闭。同性恋社区的长期盟友、监事理查德·洪基斯托意味深长地说：“同性恋社区有我太多挚友，他们不是死于浴场，就是正在因为浴场而奄奄一息。我要参加的葬礼太多了。现在是到了该关闭浴场的时候了。”

同性恋社区领袖也在持续施压，《旧金山纪事报》的报道中提到了比尔·克劳斯的匿名评论：“希弗曼现在只要关闭浴场，就可以化解这个问题，让它消失。届时将会有1万名记者随着民主党全国代表大会的召开出现在城里，我们不希望大家把同性恋是否有权在浴场里自戕作为本市的大问题来关注。”

马科斯·柯南特打电话给默文·希弗曼。

“你要的东西，我办到了。”他说，并告知希弗曼同性恋领导人已经准备好支持希弗曼关闭浴场。

那天晚上，柯南特离开塞尔玛·德里兹的退休晚宴后，和比尔·克劳斯及其朋友迪克·帕比齐一起去了大卫·凯斯勒医生家，在那里，湾区医生促进人权协会的医生们正起草一份酝酿已久的声明，呼吁男同性恋自觉远离浴场。

柯南特告诉他们，希弗曼马上会关闭浴场。帕比齐建议同性恋社区领导人支持这一举措，以便使这个决定看起来像是同性恋社区的胜利。医生们很不情愿，但经过一番讨论后，12名与会人员中有10人同意支持希弗曼，并起草了一份声明：“这是一个极其痛苦和艰难的决定，是我们与社区许多成员经过认真的反省和协商后无奈做出的决定。长期以来，浴场一直对同性恋的生活很重要，但现在显然拯救生命更重要……因此，为了拯救生命，我们呼吁卫生局局长在此次突发公共卫生事件期间暂时关闭这类场所。”

有两位医生担心同性恋社区会对这样的声明做出不良反应，决定不在上面签名，大卫·凯斯勒是其中之一。会议结束时，凯斯勒的年轻情人史蒂夫·德尔·雷大步走进房间，对着马科斯·柯南特大叫起来。

“你做了件可怕的事——你会烂在地狱里的，”他尖叫着，脸气得通红，“大街上会鲜血横流。你们所有人都犯了大错。”

* * *

第二天早上，比尔·克劳斯打电话给克里夫·琼斯，请他出席一个新闻发布会，与卫生部门主管一起支持“默文关闭浴场的决定”。克里夫对关闭这些场所并不很起劲，但他当然不希望就这个问题进行投票，而且他也从不认为值得为关不关浴场这种事奋斗。

他也表示赞成，说：“那我们就把浴场关了，这事到此结束。”

和比尔·克劳斯、迪克·帕比齐一样，克里夫·琼斯整天都在打电话寻求支持。才几个小时，他就争取到了监事会 11 名成员支持关闭浴场。由于克里夫与同性恋街头激进分子关系最好，他也得到了许多左派同性恋的保证——即使不支持，也不会积极反对关闭浴场。当天晚些时候，克里夫接到了默文·希弗曼的电话。

希弗曼说：“很抱歉事情发展成了这样。”

克里夫不知道他在说什么。

希弗曼说：“我想对你们的群体来说，今天是个难过的日子。”

克里夫说：“如果你觉得有必要这样做，我会和你站在一起的。”

情况变得明朗起来，克里夫打电话给马科斯·柯南特，问：“这事算我们默许，还是算我们主动发起？”

后来，克里夫听说旧金山艾滋病基金会内部支持浴场的工作人员在当晚召开了一个会议，希弗曼和所有浴场老板都会来参加。他不知道比尔·克劳斯的策略还管不管用。

比尔倒没有这种顾虑。到这一天结束时，他召集了同性恋社区的政治团体和专业团体的50位领导人，这些人将支持希弗曼的做法。检察官办公室的律师们一整天都在为该市的14个浴场和性爱俱乐部起草隔离检疫令。

下午刚过，希弗曼宣布他将在第二天早上召开新闻发布会。

临近黄昏时，塞尔玛·德里兹在办公室接到一个匿名电话。对方说："如果希弗曼明天关闭浴场，那明天就是他的死期。"

* * *

在亚特兰大，唐纳德·弗朗西斯此刻已经打完了最后几通电话，安排好了国家癌症研究所、疾控中心和巴斯德研究所之间的会议。下个星期，他将和罗伯特·加罗飞往巴黎，就发现艾滋病病毒发表联合声明的事商讨所有细节。

魁北克市

3月26日，星期一，早报上提到了即将发表在《美国医学协会杂志》上的一项研究。报道说，这项集群研究的成果是在疾控中心的比尔·达罗医生汇总完各种信息两年之后才正式发表，其中有复杂的图表，所有的箭头和圆圈都指向一个人——如今名声大噪的"零号病人"。当然，这项研究以及新闻报道中并没有提及盖坦·杜加斯的名字，但提到了研究人员认为他还活着。

盖坦在第四次与肺囊虫肺炎较量之后，侥幸生还，并且似乎正在恢复中。他靠着给温哥华的朋友们打电话熬过了3月下旬的大部分日子，谈的都是他多么讨厌寒冷沉闷的魁北克市，以及如何渴望回到温哥华。在温哥华的最后几个月里，盖坦又像往常一样交了男友，并与这位英俊的男模陷入了热恋。3月底，他说服男模飞往魁北克，陪他回到不列颠哥伦比亚省。

盖坦在魁北克市死去时，那位男模正在飞往东部的飞机上。那天是3月30日，离盖坦的31岁生日还有一个月，离他第一次为自己耳朵附近的紫色斑点去多伦多看医生已经快4年了。最终，盖坦并没有死于艾滋病——他的肾脏由于多年的感染彻底失效了。

真的是盖坦·杜加斯将艾滋病带到北美的吗？这仍然是个有争议的问题，而且也永远不可能有答案。纽约和洛杉矶的首批病人可能与盖坦有关，盖坦本人就是北美大陆首批六七个患者之一，上述事实成为这种说法的有力证据。盖坦经常去法国，而1980年之前，艾滋病传播最广的西方国家就是法国。无论如何，毫无疑问，在把这种新病毒从美国的一端传到另一端的过程中，盖坦发挥了关键作用。他去世的那天早晨，旧金山的浴场争议达到了难以置信的高点，这些争议也直接与盖坦在那些性爱宫殿里的行为以及他拒不改变生活方式的做法有关。曾经，每个男同性恋都希望拥有盖坦；而他死的时候，人人都避之唯恐不及。

44. 叛徒

1984年3月30日，旧金山

午夜时分，当马科斯·柯南特在家接到疲惫不堪的默文·希弗曼打来的电话，立即预感到关闭浴场的计划将成为泡影。希弗曼刚参加完反对关闭浴场者组织的社区会议。他因为决定关闭这些场所而受了几个小时的谴责。早些时候，柯南特曾表示他也会去参加，但在晚餐时改变了主意。很明显，这是个反对者的集会，会上说来说去还是那些导致一年多来无法采取行动的陈词滥调。

希弗曼说："你太让我失望了。开会的时候你在哪？"

柯南特说："默文，有些会最好别去。"

他惊讶于希弗曼竟然到现在才发现，社区里一直有反对关闭浴场的声音。难道希弗曼是想等到每个同性恋社区领袖都支持他吗？

湾区医生促进人权协会的两名领导人之前在比尔·克劳斯那封支

持关闭浴场的信上签过名，他们告诉卫生局局长自己要撤回签名。在会议的某一时刻，一位同性恋领导人想要发言，希弗曼希望能从他那里得到一些支持。两周前，这位领导人去看望一位朋友，此人得了艾滋病已在弥留之际，随后他去了希弗曼的办公室，请求他关闭浴场。然而今晚，这位领导人对关闭浴场的计划进行了谴责。这正是希弗曼想要避免的情况——同性恋与卫生部门之间陷入了对抗局面。他希望大家达成一致共同对抗这种该死的疾病，而不是势不两立，争斗不休。

与此同时，数十名已经签名支持关闭浴场的同性恋社区领导人打电话给迪克·帕比齐，乞求将他们的名字从名单上删除。当然，这并不是说他们对浴场产生了新的感情。他们听说希弗曼在傍晚的社区会议上犹豫不决。他们认为自己押上了个人名声来支持希弗曼想做的决定，结果却搞得像打手一样。他们完全能想象得出要求同性恋社区最大的广告商关门，同性恋媒体会怎么对他们。大多数人都会考虑到自己的政治生涯，没有人想像比尔·克劳斯那样被人贴上“性爱法西斯”的标签。

最后一个给迪克·帕比齐打电话的是克里夫·琼斯。看到社区中出现的种种丑态，克里夫想坐下来喝一杯。一段时间以来，他感觉一直不太好。他的腿上出现了葡萄球菌感染和奇形怪状的皮疹。他总觉得很累，每天下午都溜出办公室回家打个盹。他的淋巴结肿了好几个月，他再也受不了所有的尖叫和仇恨；他想从争议中抽身。克里夫在电话里告诉帕比齐，他的老板、众议员阿特·艾格诺斯要求把自己的名字从名单中删掉。

迪克·帕比齐和比尔·克劳斯都感到难以置信。比尔发誓绝不会原谅克里夫竟然在这个最关键时刻抛弃了他。但克里夫无法集中精神应对。两年来，同性恋社区内部因艾滋病问题自相残杀，已然令他精疲力竭。给帕比齐打完电话后，克里夫瘫倒在床上，只希望这一切快点结束。

* * *

第二天早上，在希弗曼召开新闻发布会、宣布重磅决定之前，希弗曼、马科斯·柯南特和市检察官乔治·阿克诺斯特在市长范斯坦的办公室碰头。市检察官确认卫生局局长有权关闭浴场后，希弗曼看向了市长。

他说："我打算说我不准备发表意见。"

范斯坦看起来像是差点要从椅子上摔下来。

他说："我们没有令人信服的医学证据。"

她说："你当然有。"

"你是在命令我关闭浴场吗？"希弗曼问。希弗曼觉得市长希望关闭浴场是因为民主党全国代表大会的缘故。而他只会出于保护公众健康的考虑关闭浴场，绝不会将此作为城市净化运动的一部分。后者，希弗曼认为是对其公共卫生权力的滥用。

范斯坦没有回应希弗曼的诘问。她知道，如果消息传出去说是她命令希弗曼关闭浴场的，那么关闭浴场就不再是一个基于公共卫生考虑的决定，而是一项政治决定。

而且她也知道，根据市政宪章，她不能命令希弗曼做任何事。他只对市执政官负责。

在警察局局长帮希弗曼穿防弹背心时，范斯坦把马科斯·柯南特带进了她大办公室旁边的小客厅。柯南特认出这是乔治·莫斯克尼市长被暗杀的地方，顿感一阵寒意。

范斯坦对柯南特说："请看紧默文，我很担心他。"

柯南特也很担心。他认为，对其他城市的浴场生意介入很深的黑手党是卫生局局长短时间内改变想法的原因。

希弗曼满腹疑虑，在前一晚与同性恋社区的激烈交锋中，这些疑虑再次占据他的心头。如果浴场的事成为中心议题，远比这重要的艾滋病传播问题却没人理会，算不算是在履行公共卫生事业的职责呢？此外，由于他不能明确指出是哪种病毒导致了艾滋病，那么关闭浴场的决定在法庭上还能站得住脚吗？希弗曼希望有更多时间来思考这些事情，不想贸然行事。

希弗曼和柯南特离开市政厅去参加先于新闻发布会召开的同性恋社区领导人会议。在路上，一个旧金山特有的早晨正展现在柯南特的眼前。抗议者聚集在卫生局大楼的台阶上，他们脱光了衣服，用浴巾裹着身体，手里举着标语牌："今天关闭浴场，明天就轮到卧室了""走出浴场，走进灌木丛""出浴场，入火坑"。

许多电视台工作人员、记者和通讯社记者聚集在新闻发布会现场。美国的每家新闻机构——包括三大电视网和各主流日报——都派出记者来报道第一次针对艾滋病的具有决定意义的公共卫生行动。当然，这次行动的发生地点是充满异国情调的、号称"美国艾滋病之都"的旧金山。

会议即将开始时，马科斯·柯南特把比尔·克劳斯拉到一边，告诉他希弗曼在关闭浴场的问题上打了退堂鼓。

克劳斯说："他就是没有勇气。"

当希弗曼说浴场的事他必须迟些再做决定，他需要更多的时间考虑时，克劳斯的脸都气红了。

"那要到什么时候？"克劳斯大喊，"这种废话我们已经听了好几年了。你什么时候才能有点行动？"

向来寡言少语的迪克·帕比齐惊呆了。

"这是我听过的最愚蠢的事。"帕比齐冲着希弗曼喊道，"你是在玩忽职守。你让所有支持你的人丢脸。这会给你招来一场政治灾难。"

迪克·帕比齐和反对关闭浴场的同性恋医生大卫·凯斯勒在此问题上展开了激烈的争论。会议顿时乱作一团，希弗曼在一片闹哄哄中提高了嗓门。

他说："我们来表决吧。同意关闭浴场的请举手。"

克劳斯震惊了，他没想到希弗曼竟然用举手表决来对待如此重要的公共卫生问题。表决结果是支持者和反对者打成了平手。希弗曼说，他会告诉记者他要推迟做出决定。

当希弗曼由便衣警察护送到新闻发布会时，已经迟到近一个小时，卫生局的礼堂里挤满了记者、摄像机和身披浴巾的示威者。

“此时此刻，我不打算谈浴场是该关闭还是开放的问题。”希弗曼说。他表示要推迟宣布他的决定，直到他研究了“这个问题的其他方面，有些与医学有关，有些与医学完全无关。”

“有很多很复杂的问题。我没有意识到其中的某些方面，”他说，“我很抱歉我们行事过于仓促。有一点我希望大家清楚——继续开放浴场是我自己的决定，没有迫于任何集团的任何压力。”

希弗曼说，他将在一周内宣布他的决定。

* * *

也许第二天晚上发生的事最能说明同性恋社区的情绪：浴场的支持者宣布在卡斯特罗街举行抗议活动，以证明对性爱俱乐部的支持。只有22人到场，还不如来的记者多。然而在接下来的日子里，同性恋社区的政治势头从浴场问题转向了别处。

反对关闭浴场的“石墙同性恋民主俱乐部”主席杰瑞·帕克说：“在我看来，这显然不是一个医学上的决定；明摆着是一个政治决定。是什么让一个医疗政策几分钟内就被推翻了呢?”

全国发行的同性恋报纸《倡导者》在社论中对其他城市的同性恋领导人的情绪进行了总结，说那些想要关闭浴场的人“就像四眼天鸡[①]”一样。当然，该报也承认，“在同性恋群体因遭受相当大的苦难而赢得非同性恋的巨大同情之时，同性恋领导人不太愿意捍卫同性恋性交的权利”。

作家内森·法恩曾在纽约强烈谴责过拉里·克莱默，他在《倡导者》上撰文称：“没有证据表明，在疾控中心统计的3 775个艾滋病病例中有哪一个是通过性行为感染的。”他写道，同性恋支持关闭旧金山

① 即Chicken Little，它是美国同名漫画书中的主角。书中它一再警告大家天要塌了，但没人听它的。就它在沮丧不已的时候，天真的在大家面前塌下来了！最后，它成功地拯救世界，成了英雄。——译注

的浴场，这表明同性恋领导人已经准备“让自己人成为罪犯”。

北加州公共浴场主协会宣布，他们正在号召全国各地的性爱俱乐部筹款10万美元，准备拿起法律武器对付希弗曼之后可能采取的任何行动。

与此同时，市检察官放弃了一开始全力支持关闭浴场的立场，并忠告希弗曼：如果仅仅禁止那些能被证明传播艾滋病的性行为，他可以更理直气壮。

随着形势日趋复杂，范斯坦市长第一次就浴场问题发表了公开讲话。但直到讲完，她也没对这个问题明确表态。只有当《旧金山纪事报》的政治编辑尾随她去纽约进行正式访问，把她堵在豪车里使她没法回避时，她才发表了自己的看法。“我个人认为，如果这是一个事关异性恋的问题，浴场早就被关闭了。”她说，“这个问题的最根本之处是死亡。艾滋病只意味着一件事，那就是你会死在这上面。因此，如果你不想死，就要表达你的观点。要果断，不能犹犹豫豫。”

4月3日，亚特兰大，疾控中心

疾控中心主任詹姆斯·梅森医生去年12月任命的艾滋病审查小组提交了一份关于艾滋病研究资源是否充足的报告。审查小组发现，资源的转移影响了疾控中心的其他活动。疾控中心的艾滋病工作人员中约有70%是被从其他项目上转过来的，不在联邦政府的艾滋病研究经费的资助范围。

报告指出，“由于艾滋病研究所需的资源消耗殆尽，导致很多机会丧失，总体而言损害了疾控中心的工作”。而且称疾控中心的艾滋病实验室“条件过差”，建议“立即就加快建设更为完备的设施的可能性进行深入探讨”。审查小组建议梅森为疾控中心寻求2 000万至2 500万美元的艾滋病经费。

4月4日，巴黎

美国国家癌症研究所的罗伯特·加罗、疾控中心的唐纳德·弗朗西斯以及巴斯德研究所的让-克洛德·彻尔曼之间的谈判很快就产生了一种微妙的、只有互不信任的政党之间进行武器谈判时才有的气氛。

加罗断然拒绝在弗朗西斯面前讨论他即将发表的关于人类嗜T淋巴细胞病毒3型的论文的详情，因此，现场像是在玩“抢椅子游戏”①，弗朗西斯不得不经常离开房间，让加罗和彻尔曼私下商议。美国政府下属的一个机构竟如此轻视另一个机构，这让巴斯德的科学家惊讶不已。

唐纳德·弗朗西斯把电子显微照片带到了欧洲，从而使淋巴结病相关病毒和人类嗜T淋巴细胞病毒3型是否属于不同病毒的争议得以解决。它们都是非常不同寻常的人类逆转录病毒；它们是同一种病毒。另外，卡利医生还将人类嗜T淋巴细胞病毒3型与人类嗜T淋巴细胞病毒1型及2型进行了比较，发现艾滋病病毒与之前发现的两种人类嗜T淋巴细胞病毒逆转录病毒几乎没有相似之处；它们之间没有关联。

弗朗西斯认为，这一初步证据表明应由法国人来命名该病毒。然而，谈判进行到尾声，分类问题仍未得到解决。这3位研究人员最终一致同意，由疾控中心、癌症研究所和巴斯德联合发表声明，而且三方将分享即将发表的关于淋巴结病相关病毒和人类嗜T淋巴细胞病毒3型的论文的预印本②，并对这一突破的首次公开宣布进行精心安排。

那天晚上，他们去了拉丁区的情色场所“天堂拉丁”，看裸胸女坐在秋千上从天花板上荡下来。加罗的调皮非常吸引人，彻尔曼犹如电影明星般英俊，在这种非正式场合他俩如鱼得水。当彻尔曼和加罗并肩站在小便池边时，加罗提了个建议。

他说：“我们可以一起做——就巴斯德研究所和癌症研究所。我

---

① 一种游戏，椅子比人少，音乐停止时，谁没抢到椅子坐下，谁就被淘汰。——译注

② 指论文在出版物上正式发表前，出于同行交流的目的，自愿先在学术会议上发布或通过互联网发布。——译注

们不需要疾控中心。”

彻尔曼没有同意。

第二天早上，加罗在和唐纳德·弗朗西斯一起享用羊角面包和茶时透露，联合声明可能会使他获得大部分的荣誉，因为他有很多人类嗜T淋巴细胞病毒3型的分离菌株。然后，加罗把头天晚上给彻尔曼的建议换了种说法。

他建议道：“我们不需要巴斯德研究所，疾控中心和癌症研究所可以一起来宣布。”

* * *

4月的第一周，美国的艾滋病病例超过了4 000例。4月4日，新普利茅斯市报告了新西兰首例艾滋病死亡病例。几周前，英国卫生当局报告了苏格兰首例艾滋病死亡病例。至此，这种流行病已蔓延至全球33个国家。

4月4日，旧金山

就在唐纳德·弗朗西斯登上飞机返回亚特兰大时，新一期《湾区记者报》正被送往卡斯特罗街各同性恋酒吧，上面刊载了保罗·洛赫的一篇名为《扼杀这场运动》的社论。

“旧金山的同性恋解放运动差不多在上周五上午11点寿终正寝。不，这么说还不准确。此地以及其他各地的同性恋解放运动差不多在上周五早上死于16名男同性恋和女同性恋之手。这群人的数量随时间而变，因为他们希望这事就像坐过山车一样，有人上，有人下。他们在一项请求上签名，或者说同意自己的名字让他人用，从而为消灭同性恋生活开了绿灯。”

洛赫写道，这些“合作者”就是支持关闭浴场的人。

“这16人将扼杀这场运动，从容地将其交给那些自古以来就击败我们的势力……要是同性恋群体没有将这些名字蚀刻于愤怒与遗憾之中，应该好好记住他们。”

“叛徒名单”很快就曝光了。从很多方面来看，这是本地一群同性恋政治老手的光荣榜。排名第一的是监事哈里·布利特；排名第三的是同性恋运动战略家迪克·帕比齐，5年前就是他发现了哈维·米尔克的尸体；排名第六的是马科斯·柯南特医生，是他最先设计出了旧金山的艾滋病患者协调护理模式。科幻小说作家弗兰克·罗宾逊排名第九，他曾为哈维·米尔克撰写过竞选讲稿，完美地表达了同性恋解放运动的理想。罗宾逊上了叛徒名单，是因为有人听到他在一次公开会议上支持关闭浴场。米尔克俱乐部的副主席罗恩·胡伯曼是排名十一的叛徒；比尔·克劳斯紧随其后；拉里·利特尔约翰创立了一个先锋队，使后来所有的同性恋政治活动成为可能，而他被列为“杰出的叛徒”。

克里夫·琼斯听说自己也被列入这一名单，就跑去找那家报纸，请求隐去他的名字。结果，在其他人被列为同性恋运动的凶手时，他只是“态度不明者”。

这些批评令比尔·克劳斯深感沮丧。过去10年里，他的全部时间几乎都投入了促进同性恋权利的事业中。如今，他却因为努力确保同性恋的性命无虞而被指责为“叛徒”。他觉得同性恋麦卡锡主义[①]已悄然在同性恋社区落脚，其逻辑是：你可能既是同性恋，又是恐同者，就像麦卡锡谴责美国公民是“非美国人”一样。麦卡锡认为他可以禁止一个真正的美国人拥有自己的政治观点；《湾区记者报》以及与其沆瀣一气的同性恋社区领导人现在觉得，他们有权命令所有的同性恋完全像他们一样思考，不然就要被贴上“叛徒”标签，排除在同性恋之外。有了这样的逻辑，浴场老板倒成了英雄——他们曾向艾滋病诊所的医生保证，浴场没有问题，因为“我们跟你们一样，都在赚那些不要命的人的钱”。

比这些指控更令比尔·克劳斯心烦意乱的是，同性恋群体中没有

---

① “麦卡锡主义”简而言之就是在没有足够证据的情况下指控他人不忠、颠覆、叛国等罪，也指“使用不公正的评判、调查方式，特别是对持异议者和批评者进行打击”。——译注

人谴责这种文字上的恐怖主义。没有一个同性恋政客、作家或思想家站出来，哪怕简单说一句“这简直疯了”。理智的人缄默不言，疯子顺势乱中取胜。比尔感到自己被抛弃和孤立了。当然，在公开场合，比尔依然一副若无其事的样子，并假装有幸跟这些受人尊敬的人的名字列在一起。私下里，他向他的朋友凯瑟琳·丘西克抱怨道：“那些混蛋。如果我得病了，这些人就是罪魁祸首。”

* * *

4月9日上午，希弗曼医生宣布了一项决定，导致浴场问题更加复杂化。在22位同性恋医生和同性恋社区领袖的陪同下，这位旧金山卫生局局长宣布，他不会关闭浴场，而是建议采取措施禁止高风险性行为。

他说：“我们今天所做的是在大量社区成员的支持下采取措施，让浴场、书店和性爱俱乐部不再出现个人之间的性接触或多重性行为。我们希望这些地方能继续经营，用于社交聚会、锻炼身体以及开展其他活动，只是不再提供过去那些服务。我们要做的就是避免个人之间发生性关系。”

希弗曼此举没有让任何人感到满意。浴场的支持者们很生气，因为所有措施都是在阻止浴场的性爱活动，所以希弗曼被同性恋群体谴责为恐同者。希望关闭这些场所的人也对浴场还将继续开放的事实感到不满，而且政治上的推三阻四显然在接下来日子里还会有。据说范斯坦市长听到他的决定，脸都青了。然而，这一决定宣布后，此事的政治热度消失了，因为拉里·利特尔约翰表示他不会继续谋求投票，因为投票希望达到的效果实际上和希弗曼宣布的限制措施是一回事。

全国的同性恋领导人在这一问题上都变得偏激起来。希弗曼宣布限制措施的当天下午，《纽约人》的发行人查尔斯·奥特莱布给詹姆斯·科伦的秘书留了张条子，问他：“既然你已经成功地关闭了浴场，那转移同性恋的箱车准备好了吗？”

《纽约人》下一期的封面报道名为《我把浴巾留在了旧金山》，

其中暗含了奥特莱布在采访疾控中心主任詹姆斯·梅森时发现的一件事——政府官员首次明确表示发现了艾滋病的病因。梅森说，这种病毒被称为淋巴结病相关病毒，是法国人发现的。

贝塞斯达，国家癌症研究所

就在希弗曼医生宣布禁止浴场性行为的同一天，国家癌症研究所的一名医生前往国家卫生研究院31号楼，取了一个精心包好的装在双层密封塑料袋里的瓶子，然后开车把瓶子送到了马里兰州郊区弗雷德里克癌症研究中心的“P3级实验室”①。这个瓶子装有1亿个人类嗜T淋巴细胞病毒3型的颗粒，而这家中心曾是美国生物战研究机构，现在开始准备生产每月所需的750加仑病毒，用于对输血所用的每一单位血液进行检测。尽管美国公共卫生局下属的食药局继续坚持认为输血感染艾滋病的危害非常小，无需采取监管措施；但同为该局下属机构的国家癌症研究所已将血液检测作为应对艾滋病的首要任务。

支持人类嗜T淋巴细胞病毒3型为艾滋病病因的证据越来越多。1981年以来，国家癌症研究所环境流行病学分部的鲍勃·比格和詹姆斯·古德特一直在收集华盛顿和纽约地区的男同性恋血液，作为对这一高危人群的艾滋病前瞻性研究的一部分。随后几年，艾滋病传染因子的理论层出不穷，他们对血液进行了病原体宿主检测，包括非洲猪瘟病毒、细小病毒甚至干扰素水平。到了4月，当比格可以用人类嗜T淋巴细胞病毒3型检测时，剩余的血液仅够对每项研究进行最后一次血液检测。幸运的是，检测显示人类嗜T淋巴细胞病毒3型并不是一条无效线索。

在旧金山，一名艾滋病研究人员对电台记者随口说出的话，无意中加快了宣布人类嗜T淋巴细胞病毒3型的时间表。跟每一位艾滋病研究者一样，艾滋病诊所的助理主任唐纳德·艾布拉姆斯医生也获悉

① 即P3 containment facility，一种高级别的生物安全防护实验室。——译注

了这一突破。4 月 15 日，周日下午，他在接受哥伦比亚广播公司电台采访时提到发现了“艾滋病致病因子”。

记者问：“这是给我们的独家新闻吗？”

艾布拉姆斯立即意识到刚才的话不该说。宣布他人的科学发现在科学界是不合规矩的。然而，这位穿着史努比汗衫的记者似乎没有紧抓不放。艾布拉姆斯心想，她可能没明白他那句话的重要性。

她向他保证，节目“下周前后”才会播出，而且“只在本地播出”。

她若无其事地问：“什么是致病因子？是一种病毒吗？”

艾布拉姆斯说：“致病因子就是任何能引起疾病的东西。不过事实上它就是一种病毒。”

采访结束后，艾布拉姆斯并没有多想，直到第二天早上他接到了表哥从新泽西州打来的电话。

他说：“恭喜啊。今天早上大家都听到你在收音机里宣布发现了艾滋病病毒。”

接着，报纸和电视台纷纷打来电话，艾布拉姆斯拒绝发表评论。哥伦比亚广播公司更是软硬兼施，让他要么收回自己的话，要么披露研究人员的名字。

那天下午，唐纳德·弗朗西斯接到了哥伦比亚广播公司驻巴黎办公室的电话。

“这是怎么回事？”一名记者问，“加罗说是他发现了艾滋病的病因。”

《旧金山纪事报》计划于次日上午发表关于人类嗜 T 淋巴细胞病毒 3 型的独家报道，另一些报纸也要求就“新病毒”召开一次新闻发布会。

在英国，相关新闻也即将见报，因为几周前英国广播公司记者说服了罗伯特·加罗的秘书，拿到了加罗将在《科学》杂志上发表的那些论文的副本，并保证在 7 月前不会公开其中信息。随后，他将这些报告给了《新科学家》，后者很快就开始筹划人类嗜 T 淋巴细胞病毒 3 型的报道。当该杂志联系巴斯德研究所的研究员让-克洛德·彻尔曼，请他发表评论时，后者在盛怒中把电话打到了唐纳德·弗朗西斯那里。

“如果加罗违反我们的协议，我会杀了他。”彻尔曼说。

美国国家癌症研究所安排了一个新闻发布会来宣布这一消息，但卫生部部长哈克勒在西海岸，无法出席。于是，新闻发布会推迟到了 4 月 23 日，星期一。

就在宣布这一消息的前几天，疾控中心的公共事务负责人唐·贝雷思拿到了癌症研究所新闻稿的草稿，发现其中并没有提到淋巴结病相关病毒或巴斯德研究所。尽管卫生部助理部长爱德华·布兰特现在已经拿到了即将发表在《科学》杂志上的论文预印本，但他和癌症研究所都没有拿出来与疾控中心分享。詹姆斯·梅森、詹姆斯·科伦、唐纳德·弗朗西斯与布兰特开了一次电话会议，恳请他推迟宣布这一消息，先与法国科学家谈谈。弗朗西斯解释说，人类嗜 T 淋巴细胞病毒 3 型和淋巴结病相关病毒是同一种病毒，不能算是美国人发现的。

巧的是，《纽约时报》的科学作家劳伦斯·奥特曼一周前来过亚特兰大的疾控中心。梅森告诉奥特曼，巴斯德研究所对淋巴结病相关病毒所做的研究是“非常重要的”，而且看起来“他们已经找到了艾滋病病毒”。4 月 20 日，星期五傍晚，奥特曼打电话给梅森。他听说围绕即将宣布的有关人类嗜 T 淋巴细胞病毒 3 型产生了各种骚动，希望在星期日版的《纽约时报》上刊登梅森对此事的评论。梅森知道，这会让他看起来像在跟要发表声明的哈克勒部长抢风头，便要求奥特曼不要发表这个报道。

梅森说：“任何话，只要你说是我说的，都会给我找麻烦。”

4 月 20 日，旧金山公共卫生局

到那个周五下午，塞尔玛·德里兹医生已然听说即将举行人类嗜 T 淋巴细胞病毒 3 型的新闻发布会。德里兹认为，这个消息意味着像她这样投身于这场流行病的人的工作自然而然地结束了。看起来这将是她工作的最后一天。随着病因的发现、传播途径的建立，下一阶段的艾滋病研究重点将转移到实验室，在那里科学家们将研发出疫苗和治疗方法。塞尔玛·德里兹的心得都写在她的笔记本里，自从她第一次听说肯·霍恩生了不明原因的卡波西肉瘤以后，就开始严谨地记录与艾滋病有关的一切。退休让德里兹觉得心平气和，认为自己已经做了该为这个世界做的，而且做得很好。

在德里兹的退休晚宴上，有人回忆起她1980年在加州大学旧金山分校发表的关于男同性恋性病的演讲。在演讲中，德里兹警告说它“传播得太厉害”，如果有新的传染因子侵入这个群体，他们将付出“惨重的代价”。这位同事指出，她的话表现出了不可思议的先见之明。塞尔玛·德里兹却想不起来了。

45. 政治这门学问

1984年4月23日，华盛顿，汉弗莱大厦，美国卫生与公众服务部

罗伯特·加罗走进卫生部部长玛格丽特·哈克勒的办公室时，既疲倦又紧张。他刚在一个人类逆转录病毒研讨会上发表了闭幕演讲，连夜搭乘飞机从意大利飞回，又直接从机场赶了过来。昨天他才得知自己要出席今早举行的新闻发布会，哈克勒将在会上宣布发现了人类嗜T淋巴细胞病毒3型。让他震惊的是，前一天的《纽约时报》头版刊登了一篇文章，疾控中心的詹姆斯·梅森医生在文中称，分离出艾滋病致病因子是巴斯德研究所的功劳。当加罗得知这篇文章的作者劳伦斯·奥特曼医生曾任职于疾控中心，认为透露这个消息是为了抹杀他在癌症研究所所做的工作，抢他的风头。而且加罗毫不怀疑，正在与巴斯德合作的唐纳德·弗朗西斯就是《纽约时报》文章的幕后黑手。

事实上，已经飞到华盛顿来参加新闻发布会的詹姆斯·梅森也意识到，卫生部官员不能接受他在《纽约时报》上发表的言论。在新闻发布会开始前，当卫生部某人冒失地就泄密事件责备加罗、癌症研究所所长文森特·德维塔以及国家卫生研究院院长詹姆斯·温加登时，罗伯特·加罗和哈克勒的一名高级助手之间爆发了激烈的争吵。喊叫声平息后，科学家们向哈克勒做了简短介绍，然后走进了汉弗莱大厦的大礼堂。

加罗从没见过这么多记者、灯光和相机。他很快意识到，此次发布会将是一个重大的国际新闻，法国科学家将对他无比愤怒。哈克勒以一份 6 页纸的声明开启了新闻发布会，声明中既有民族主义倾向，也有政治倾向。

“今天，美国医学和科学的光荣榜上又多了个奇迹。”她说，“今天的发现，表明科学再次战胜了一种可怕的疾病。那些贬低此项研究的人，那些批评我们做得不够的人，并不理解合理、脚踏实地、至关重要的医学研究是如何进行的。从 1981 年艾滋病被发现的第一天起，卫生与公众服务部的科学家和医学盟友就一直在寻求解开艾滋病之谜。未尝有一天懈怠，公共卫生服务的资源得到了有效动员。”

当哈克勒宣布将在 6 个月内进行血液测试、两年内进行疫苗测试时，陪她站在讲台上的医生们明显脸色大变。没人敢相信她居然会这么说，也没人能确定她是根据什么定出了这样的时间节点，他们知道这么短的时间是绝无可能的。

由于疾控中心的促请，哈克勒在讲话中认可了巴斯德研究所的工作。不过，她也不遗余力地列举理由说明为什么国家癌症研究所的工作尤为“关键”。她指出，加罗以一己之力找到了大量复制这种病毒的方法，这是一项法国人望尘莫及的壮举。唯有这种能力才能使血液检测试剂盒的大规模生产成为可能。然而，不知何故，哈克勒竟自作主张地推断巴斯德的“一部分研究是与国家癌症研究所合作进行”的。她还补充说，随着研究的深入，科学家们预计淋巴结病相关病毒和人类嗜 T 淋巴细胞病毒 3 型“将被证明是同一种病毒”。

*　*　*

在疾控中心的电视演播室与艾滋病活动办公室的其他成员一起观看有线电视新闻网的现场直播时，唐纳德·弗朗西斯心想，在经历了多年的挫折之后，宣布发现人类嗜T淋巴细胞病毒3型是件值得高兴的事。然而，他也能预见到接下来的冲突，这让他心情沉重。法国人的努力没有得到承认，他们被骗了，美国政府以一种卑劣的手段拿别人一年前做的事来邀功。相比诚信，政府更关心的是大选之年的政治，这令弗朗西斯感到汗颜。此外，他还预感到，在未来的艾滋病研究中互相猜忌的情况不会变少，而是会越来越多。弗朗西斯知道，竞争通常会让科学变得更先进，让研究变得更有趣；不诚实的行为则会让这个领域变得污浊不堪，剥夺科学研究的乐趣，阻碍未来的合作。

部长宣布后不久，《纽约时报》发表了短篇社论，也表达了这样的忧虑。“这是怎么回事?”文章诘问道，“即使发现了致病的病毒，至少也要两年以上才可能研制出疫苗，就算再好的血液检测也不可能在几个月内便就位，因此，你所听到的这些并不是为公共利益着想，而是为私人竞争——为争名夺利，包括争取新的研究经费……确实取得了某些进展。这种乱象表明，为了争功，科学家与赞助他们研究经费的官僚机构之间过早地开始了激烈的斗争。当然，谁也没资格获得诺贝尔和平奖。”

在巴黎，巴斯德的科学家们震惊于他们的工作竟被轻描淡写地一带而过。威利·罗森鲍姆认为，哈克勒的所作所为更像是半吊子的政治演说。他模仿哈克勒的口吻一脸愁苦地说：“选我们吧，6个月就给你做抗体测试；选我们吧，两年内就给你接种疫苗。”

3天后，吕克·蒙塔尼耶在接受合众国际社采访时流露出自己的怀疑：“我不会说加罗拿了我们的病毒。他是独立工作的。”

国家癌症研究所的官员们没有半点迟疑，理所当然地认为自己在发现艾滋病致病因子一事上居于中心位置。没有加罗的早期研究，法国人永远也找不到他们的淋巴结病相关病毒。正是由于加罗说起过人类嗜T淋巴细胞病毒和艾滋病之间可能存在关联，才会引导法国人一开始就去寻找这种人类逆转录病毒。他们认为癌症研究所显然已对该病毒做了更广泛、更明确的研究，因而巴斯德研究所不配与癌症研究所享有同等的荣誉。除了完善大规模生产的手段外，加罗还培养了更多的分离菌株，并使血液检测变得更灵敏。他们觉得巴斯德和疾控中心之所以抱怨，就是出于酸葡萄心理。

*　*　*

至于发现寻觅多时的艾滋病病毒是否及时，科研机构和里根政府的支持者指出，解开艾滋病谜团的速度比任何类似的疾病快得多。这个观点并无差错。但它忽略了一个事实，即在安东尼·范·列文虎克①或路易·巴斯德的时代，艾滋病并没有出现。与其将艾滋病研究与早期的疾病研究相比较，不如查看艾滋病的实际研究进度。

事实证明，艾滋病病毒并不是一种特别难找到的病毒。法国人用了3个星期就发现了淋巴结病相关病毒，并在4个月里发表了他们的第一篇论文。这篇早期文章对病毒的指认不够明确，但法国人的研究中有足够的证据表明，他们在1983年夏天，即研究开展了七八个月后，就发现了艾滋病的病因。

癌症研究所找到病毒也没有花很长时间。加罗宣布掌握了48个人类嗜T淋巴细胞病毒3型（HTLV－Ⅲ）的那天，距离1983年4月11日癌症研究所的第一次年会正好1年零12天，在这次年会上，加罗曾发誓要“确定”艾滋病的病因。与此同时，在加州大学旧金山分校，杰伊·列维医生花了大约8个月的时间收集了20个病毒分离菌株，他称之为艾滋病相关逆转录病毒（ARV），而且也认为该病毒与淋巴结病相关病毒是同一种东西。列维的研究因缺乏资源而受阻，直到去年秋天他要了很久的层流罩以及加州大学的研究经费到手后，他才开始认真投入研究。在召开HTLV－Ⅲ的新闻发布会之日，列维也即将宣布他的发现。

---

① 荷兰商人，科学家，被誉为“光学显微镜与微生物学之父”。——译注

因此，到1984年4月，在巴斯德、癌症研究所、疾控中心和加州大学旧金山分校等地分离出的艾滋病病毒分离菌株，实际上都是在研究启动后大约一年内发现的。

由此可见，癌症研究所之所以晚了一步，并不是因为病毒难找，而在于他们连看也不愿意看。疾控中心的大多数研究人员私下里认为，如果国家癌症研究所1981年就开始认真进行实验室工作，那么这种病毒可能在1982年，在它广泛渗透进美国人的生活之前就被发现了。尽管所有分离出病毒菌株的科学家都应该得到掌声，但艾滋病的发现最终不是一场荣誉争夺战，而是一场与时间的赛跑。真正的对手——时间——又一次赢了。

* * *

美国疾控中心1984年4月23日下午宣布，截至这一天，美国发现4 177个获得性免疫缺陷综合征病例。其中，1984年报告了1 101例。这种疾病已蔓延至45个州。每个工作日大约会报告20个新病例。到目前为止，全美共有1 807人死于艾滋病。纽约市报告了近1 657个病例。就在那一周，旧金山的艾滋病患者超过了500人。

5月4日，旧金山，加州大学

人类嗜T淋巴细胞病毒3型的新闻发布会过后不久，马科斯·柯南特向一群有影响力的健康教育工作者、艾滋病专家和媒体人发出邀请，请他们参加一个研讨会，协商一个“关于艾滋病预防的媒体项目”如何开展。监事布利特将努力为该项目争取市政府的资助。

同性恋媒体仍恼怒于柯南特3月参与关闭浴场一事，对他进行了野蛮的人身攻击，不厌其烦地重提其反对浴场开放的所作所为。《湾区记者报》的头条新闻是“医学博士借‘矫正行为’欺骗同性恋”，并将这项活动描述为“奥威尔笔下的思想控制阴谋”。这一年是大选年，监事会成员对任何可能让同性恋选民不快的事都非常敏感，因而在这个项目上摇摆不定。

这个5月，预防计划并不是唯一困扰市长的争议。浴场问题被搁置了，旧金山的艾滋病预防活动也是如此。希弗曼后来表示，他对他的部门和旧金山艾滋病基金会开展的艾滋病教育活动感到失望，尽管他从未公开表示过自己的保留意见。他觉得自己别无选择，只能照顾所有同性恋派系的想法；而且他也明白，如果有哪一派感觉自己被排除在外，他们就会采取行动破坏预防措施。正如他后来所说的，宁可让帐篷里的所有印第安人往外尿，也不能让他们站在外面往里尿。

就在这时，曾经严厉谴责柯南特关闭浴场的史蒂夫·德尔·雷出现在了柯南特的办公室。柯南特已听说了这名27岁的男子与洛克·哈德森的绯闻，但是史蒂夫并不是来聊八卦的。

他说："我长了个紫斑。"

* * *

其他城市的同性恋领导人此时已开始阻止公共卫生当局对他们的浴场采取行动。纽约州卫生专员大卫·阿克塞罗德的一名发言人说，对浴场采取行动是"荒唐可笑的"，并引述了"色中恶魔"之说，即如果没了浴场，同性恋就会去灌木丛鬼混。纽约州州长库莫和阿克塞罗德都将关闭浴场的事交给了艾滋病研究所的咨询委员会来讨论，后者由反对这一举措的同性恋领导人主导。当纽约市卫生局的罗杰·安劳医生宣称该市反对对浴场进行监管时，他面有得色地提到罗伯特·博兰由于支持关闭浴场，失去了在湾区医生促进人权协会的职位。安劳写道："在这样的时刻，我们试图像小时候那样求助于权威人物，希望他们保护我们，接过我们肩上的责任，并告诉我们他们可以救我们。"

纽约官员跳起来捍卫公民自由的速度，相比他们花钱预防这种疾病的积极程度简直不可同日而语。就连库莫州长也向同性恋领导人保证，他永远不会反对浴场存在，他反对的是动用州政府的钱来抗击艾滋病，这是他连续第二年反对此事了。库莫没有在州政府预算中留出任何钱用于抗击艾滋病，随后立法机构投票决定投入120万美元用于艾滋病研究，40多万美元用于教育。

在洛杉矶，针对浴场的公共卫生措施也以取消而告终。加州大学洛杉矶分校的研究员迈克尔·戈特利布越来越相信，同性恋群体应该对这些场所采取行动，但是同性恋领导人继续信心满满地谈论他们的策略，即“取消”最有风险的浴场娱乐室，如聚淫屋和“鸟洞”①。私下里，同性恋领导人有时会说，艾滋病流行时病毒已然四处蔓延，关闭浴场并不能有效减缓感染的速度。戈特利布认为这种异乎寻常的逻辑出自那些公开声称浴场与艾滋病蔓延无关的同性恋领导人之口。他还怀疑卫生官员在疫情尚可控制时就早早宣称疫情已经失控。

在“追踪性接触者”的问题上，戈特利布已经与公共卫生当局发生了冲突。戈特利布认为卫生官员应当追踪与艾滋病患者有过性接触的人，就像他们追踪与梅毒患者有过性接触的人一样。卫生官员则认为，跟梅毒患者不同，当局并没有灵丹妙药可以提供给接触过艾滋病患者的人。他们说，追踪与艾滋病患者有过性接触的人只会吓到大家。此外，还要考虑公民隐私权的问题。而人们在不知不觉把艾滋病传染给他人的事以及下一波受害者的公民权，竟不在考虑之列。

南加州也在用少得可怜的经费进行着微不足道的教育。主要艾滋病服务组织“洛杉矶艾滋病服务方案”仍在由私人资助。洛杉矶的艾滋病患者人数高居全国第三，却只有 8 名带薪工作人员在协调市里的各项服务。因为县监事会由保守的共和党人控制，所以别想从县政府得到资助。这样一来，洛杉矶的教育工作只能有赖于州政府提供经费。

在纽约州，州政府的资金申请也遭到了州长的反对。尽管加州州长、共和党人乔治·德克梅吉恩准备批准 290 万美元用于艾滋病研究，但他反对立法机构拨款 100 万元用于艾滋病教育。在立法听证会上，州卫生服务部门负责人彼得·兰克表示这笔钱没必要花，因为“去年我们在教育上投入了 50 万美元”。

对艾滋病项目进行立法的努力也遭到了州长的阻挠，他反对在艾

---

① 即 glory hole，一种多出现在男厕的洞，为有特殊性爱好的男性所喜。——译注

滋病问题上做长期规划。上一年，州议会成立了一个由立法机构和州长任命的顾问委员会，准备艾滋病项目预算的提案。到1984年初，该委员会的所有立法委员均已到位，但德克梅吉恩州长拒绝提名其中任何一人。尽管德克梅吉恩的政府在谈到艾滋病时，称其为该州的"头号卫生大事"，但萨克拉门托的民主党人认为州长的策略与华盛顿那个保守的总统的并无二致。对艾滋病项目进行长期规划需要长期的资源投入，而这正是德克梅吉和里根政府唯恐避之不及的。

华盛顿，汉弗莱大厦，卫生与公众服务部

5月下旬，卫生部助理部长爱德华·布兰特渐渐注意到这个事实。宣布发现人类嗜T淋巴细胞病毒3型后，布兰特迅速确定了接下来要开展的四个方面的研究。当务之急是血液检测的进一步完善。联邦研究人员还必须开始寻找艾滋病疫苗和有效的治疗方法，同时确定人类嗜T淋巴细胞病毒3型是艾滋病的病因。如今，布兰特已经知道疾控中心主任手下的审查委员会对于该机构的研究需求所得出的结论。他也认为，既然现在艾滋病病毒已经找到了，国家卫生研究院应该得到足够的资金去探索对抗艾滋病的各种途径，于是为其申请了5 500万美元，其中有2 000万美元应立即拨付，用于本财年最后4个月的艾滋病研究。布兰特把他的要求写进了5月25日交给哈克勒部长的一份备忘录中。

"这些激动人心的发现使我们离艾滋病的检测、预防和治疗更近了。"布兰特写道，"还有很多事要做……为了抓住最近取得的突破所带来的机遇，我们希望在本财年最后几个月里以及1985年财年获得额外的资金。虽然我意识到总的政策并不支持在此时要求追加经费、修改申请，但我相信，鉴于艾滋病的特殊情况，我们在此时提出请求是正当合理的。"

布兰特附了21页的说明，详细列出了这些经费的具体用处，由此再一次开始了漫长的、没完没了的等待。

他后来发现，艾滋病或许是卫生和公众服务部的首要任务，但肯定不是行政管理和预算办公室的首要任务。

其他争议也在分散着布兰特的精力。5 月初，他同意出席全国同性恋工作组的筹款机构——“人类尊严基金会”的年度颁奖晚宴，并向圣地亚哥的“血亲姊妹项目”颁奖。该组织已经招募了数百名女同性恋献血，因为女同性恋中很少有人罹患这种疾病，所以此举几乎前所未有。这些血液稍后可以用来帮助圣地亚哥县的艾滋病患者。里根总统呼吁要有更多的志愿服务，布兰特认为这样的社区项目是一个可贵的典范。然而，一些保守的“支持传统家庭观”的团体听说布兰特要出席晚宴，纷纷发电报给白宫，说如果布兰特出席的话就必须解雇他。

“美国生活运动”的盖瑞·科伦说：“布兰特医生将艾滋病列为美国卫生部的头号要事，他要出席晚宴的事让我们感到无比愤怒和震惊。此举使得绝大多数美国人深恶痛绝的生活方式被无耻地合法化了。”其他宗教激进主义团体很快加入了反对声中。长期以来，这些组织一直对哈克勒部长怀有疑虑，他们认为她行事过于自由化。当布兰特遇见哈克勒，并谈及这场纷争时，她很担心由此产生的政治后果。

哈克勒说：“这事会炸开锅，搞得一团糟。”

布兰特说：“我已经感觉到了。”

那天下午，美国卫生与公众服务部的一名发言人宣布，颁奖会当晚布兰特要参加一个会议。尽管“深表遗憾”，但他终究无法出席。

*　*　*

到 1984 年 5 月 31 日，死于艾滋病的美国人超过了 2 000 人。但是，这死去的 2 000 人以及已经确诊、正在等死的 2 615 人，并未能促使社会各界动用各种资源来应对这一流行病。即使卫生部助理部长再三请求，情况也没有多少改观。直到 1984 年 6 月 5 日，一名男子去医生办公室了解自己的组织活检结果时，这种局面才真正开始扭转。这名 58 岁男子的脖子上长了个恼人的紫斑，医生一见就警惕起来。然而，直到活检结果证实了医生的怀疑之后，他才告诉洛克·哈德森，他患的是卡波西肉瘤。

46. 下行列车

1984年6月，亚特兰大，疾控中心

在艾滋病蔓延的最初5年里，最光明的时刻往往只不过是在提醒人们未来会有多黑暗。这一点，在淋巴结病相关病毒和人类嗜T淋巴细胞病毒3型被广泛认为是艾滋病病因的头几个月里得到了前所未有的印证。抗体测试让研究人员第一次了解到感染艾滋病病毒的美国人究竟有多少。过去的流行病学只能通过出现全部症状的艾滋病病例描绘疫情的发展过程，这意味着研究人员实际上追踪的是病毒几年前的传播轨迹。通过艾滋病抗体测试，科学家们能了解病毒目前的走向。这种进步给1984年夏天带来了一堆坏消息。

在疾控中心，唐纳德·弗朗西斯在他的病毒学实验室指导着这项惨淡的工作。最近在旧金山性病诊所验血的215名男性中，有65%——即140人——携带淋巴结病相关病毒抗体。此外，这些人中有相当一部分已出现免疫疾病的症状，最常见的是淋巴结肿大。对于未出现艾滋病早期症状或艾滋病相关综合征的126人，当地卫生官员检测了他们的血液，发现有55%感染了病毒。虽然，他们出现在性病诊所意味着他们的性行为活跃程度要高于一般的旧金山男同性恋，但这么高的感染率意味着病毒已在旧金山的同性恋群体中大面积蔓延，而且极有可能已殃及其他大都市。罗伯特·加罗的实验室对东海岸的男同性恋进行了检测，发现35%的人携带人类嗜T淋巴细胞病毒3型抗体，而在巴黎进行的类似筛查发现感染率为18%。

对通过血液——如使用非法药品或输血——接触病毒的人进行检测，得出了更令人沮丧的结果。在纽约市一家戒毒所检测的86名静脉注射吸毒者中，有 75 人（即 87%）感染了淋巴结病相关病毒。对没有艾滋病症状的 25 名血友病患者的检测显示，72%（即 18 人）携带淋巴结病相关病毒抗体。每月注射一次以上第八因子的严重血友病患者有着更高的感染率，达到 90%。疾控中心在对输入了高危献血者血液的人进行研究后，发现感染率相似。这表明，随着那些艾滋病马拉松比赛的落后者逐渐接近终点，未来的输血感染病例将呈指数级增长。

这项检测还澄清了人们对艾滋病与不明原因的免疫异常之间关系的疑惑，这种免疫异常在滥用毒品者的子女身上更为常见。由于疾控中心有严格的指导方针，长期以来并未将许多这样的婴儿计入官方的艾滋病统计数字中。埃尔·鲁宾斯坦正在治疗贫困的布朗克斯区的 128 名病人，他认为他们患的就是艾滋病。但为了符合疾控中心的分类要求，只将其中 10% 到 15% 的人纳入了统计数据。然而，当鲁宾斯坦对他们进行人类嗜 T 淋巴细胞病毒 3 型抗体测试时，发现所有人都感染了艾滋病病毒。这样的结果引得多方立即要求疾控中心扩大艾滋病的定义。毕竟，纽约和旧金山的许多人从未被算作艾滋病患者，却因感染淋巴结病相关病毒/人类嗜 T 淋巴细胞病毒 3 型而奄奄一息。然而疾控中心拒绝了这一要求。

抗体测试使科学家对艾滋病感染的过程有了初步的了解。参与 1970 年代旧金山肝炎疫苗研究的男同性恋在本项研究中再次证明了自己的价值。6 月，唐纳德·弗朗西斯穿上秋衣秋裤和滑雪外套，从冷库里取出了从 6 800 名男性那里收集的血液进行疫苗研究。他选取了 1978 年抽取的 110 个血样和 1980 年抽取的 50 个血样。在 1978 年的血样中，只有 1 人携带淋巴细胞相关病毒抗体，而两年后的人群中有 25%被感染。从那时起，感染率翻了一倍多。这项回顾性检测证实了一种假设，即 1976 年或 1977 年在旧金山的男同性恋中出现了一种新的病毒因子，并迅速传播，在 1980 年肯·霍恩第一次看到胸部的紫色病变之前就已在整个城市蔓延开来。从那以后，这种病毒就更猖獗了。

当美国国家癌症研究所的鲍勃·比格医生 6 月返回丹麦，对他 1981 年为艾滋病前瞻性研究招募的男同性恋进行体检时，他惊讶地发现其中 9%的人已携带人类嗜 T 淋巴细胞病毒 3 型抗体。尤其让比格感到苦恼的是，这群男同性恋并非来自大城市哥本哈根，而是来自奥胡斯。奥胡斯是峡湾以北的偏远城市，格蕾特·拉斯克曾就读于那里的医学院。比格开始提醒同事这种感染率暗藏的“恐怖”含义。虽然目前他的丹麦研究对象中感染艾滋病者很少，但旧金山的研究证实，相当数量的病人与首个出现的感染病例之间会相隔数年之久。其他科学家告诉比格，在他开始宣扬这个危言耸听的消息之前，得再多研究几组男同性恋。

比格的研究也使得感染途径渐渐浮出水面。例如，在丹麦，受感染的男同性恋往往去过纽约。同样，比格还发现使用了欧洲生产的第八因子的丹麦血友病患者体内并没有人类嗜 T 淋巴细胞病毒 3 型抗体：而体内携带人类嗜 T 淋巴细胞病毒 3 型的血友病患者使用的是美国生产的第八因子。

巴斯德研究所在非洲进行的抗体筛查确定了艾滋病传播的最早途径，根据他们的检测，巴斯德的研究人员估计扎伊尔的艾滋病发病率大概是每百万人 250 例。相比之下，美国是官方报道的艾滋病感染率最高的国家，艾滋病发病率为每百万人 16 例。比格检测了他从金沙萨北部偏远的扎伊尔丛林村寨中抽取的血液，发现当地居民中有 12%感染了人类嗜 T 淋巴细胞病毒 3 型。这些统计数据使研究人员得出结论，即艾滋病来自赤道非洲的某个地方。当然，没有人问是不是美国男同性恋最近去了那里的热带草原。但是，这种关于艾滋病起源的理论让非洲各国政府感到不安。作为进入扎伊尔的一个条件，当局要求美国和欧洲的研究小组保证不公布艾滋病数据。

在没有与非洲各国政府直接联系的情况下，麦克斯·埃塞克斯医生可以随意地公开假设艾滋病是如何开始的。他自己在马萨诸塞州和加州研究了类似于艾滋病的疾病是如何在猴类中间爆发的，由此他开始研究猿类艾滋病（SAIDS），并发现了猿类嗜 T 淋巴细胞病毒 3 型

（STLV－Ⅲ），其蛋白质与人类嗜 T 淋巴细胞病毒 3 型的蛋白质非常相似，这使得埃塞克斯相信，艾滋病可能在某些灵长类动物种群中潜伏了数千年，然后才转移到了人类身上。

鉴于近年来赤道非洲突然产生的社会混乱，要拼凑出故事的其余部分相当容易。一个偏远的部落可能感染了这种病毒，当地被殖民化后迅速都市化，病毒可能只是最近才进入金沙萨这样的大城市。这种病毒从非洲蔓延到欧洲，在 1970 年代末有规律地发作；也传到了海地，在整个 1970 年代，通过被派到扎伊尔工作的海地行政官员带到了海地。很快，欧洲和海地来的病毒在美国首次亮相，又在 1980 年代初通过同性恋游客带回欧洲。

尽管抗体测试让人们洞悉了很多东西，但在 1984 年中期仍有大量谜团。最重要的问题就是人类嗜 T 淋巴细胞病毒 3 型抗体的存在意味着什么。有这么多人感染艾滋病病毒或许意味着它不如科学家想象得那么致命，一些研究人员心存这样的希望。例如，早前对淋巴结病患者的前瞻性研究发现，其中发展成艾滋病者的数量相对极少。一些人认为，这也许意味着艾滋病相关综合征只是感染艾滋病的轻微表现，而艾滋病相关综合征患者可能会遇到的最糟糕的情况也不过是淋巴结肿块和少量皮肤病问题。其他科学家希望，也许其中一些抗体能够保护身体，起到中和艾滋病病毒的作用。尽管许多患者携带的艾滋病抗体表明情况并不总是如此，但目前对抗体的了解还不足以得出有决定意义的结论。

对于艾滋病病毒——无论称之为淋巴结病相关病毒，还是人类嗜 T 淋巴细胞病毒 3 型——是单独行动，还是与另一种感染共同导致了艾滋病，相关争论仍在继续。这可以再次解释为什么有些人感染了艾滋病病毒以后会出现所有症状，而另外一些得了艾滋病相关综合征的人，却没有任何不适。至于艾滋病的协同因素，最受怀疑的是巨细胞病毒和爱泼斯坦-巴尔病毒；但也有人认为是胃肠寄生虫。

尽管还存在不确定性，但戴尔·劳伦斯对艾滋病潜伏期的研究具有更为迫切的重要性。以平均潜伏期 5.5 年计，1984 年不必出现很多病例也能证明艾滋病病毒是致命的。据他计算，因为病毒在1980年之前并未进入很多美国人的体内，所以1985年年底之前也不会出现大量的艾滋病病例。尽管如此，疾控中心在1984年自始至终都没有公布劳伦斯这项令人不安的研究。

劳伦斯发现了其中的模式。一直以来，该机构都习惯性地拖延至少6个月再公布新的发现。其他研究者在研究静脉注射毒品者及其女性性伴侣时，也遭遇了这样的拖延。疾控中心的科研带头人向记者保证，“没有证据”表明艾滋病是一种传染病，尽管他们已准备好公开“零号病人及其集群”的故事。关于异性恋也可能传播艾滋病的警告也被搁置了，部分原因在于卫生部助理部长布兰特不相信异性恋也会感染艾滋病。

劳伦斯理解这种谨慎的必要。如果该机构在关键的国家卫生政策问题上鲁莽行事，可能会有损其信誉。尽管如此，劳伦斯仍然担心全国各地的卫生官员利用两年潜伏期的估计来支持乐观的分析，即由于最近同性恋行为发生了变化，艾滋病将很快进入停滞期。他知道，那些不是基于理性规划做出的统计。然而，自从1983年12月那天劳伦斯第一次告知詹姆斯·科伦他的研究情况，到科学家了解艾滋病病毒的可怕真相，中间过去了16个月。

* * *

唐纳德·弗朗西斯非常明白逆转录病毒潜伏期的难以预测，很快从有关艾滋病高危人群患病情况的各种研究中得出了一些令人沮丧的结论。他看得出，大都市的男同性恋正受到这种疾病的严重打击；血友病患者将大量死亡；静脉注射吸毒者将跟他们的性伴侣和婴孩一起死去。而赤道非洲人的死亡将堪比大屠杀的规模。隧道尽头的灯光，其实是一辆迎面而来的火车。

这些残酷的预言对艾滋病的蔓延来说并不新鲜。弗朗西斯的新烦恼是罗伯特·加罗和巴斯德研究所之间的恩怨：发现艾滋病病毒是谁的功劳？宣布发现人类嗜T淋巴细胞病毒3型，非但没有解决争端，反而把事情闹大了，以致严重影响了弗朗西斯在疾控中心的工作。由于加罗仍对疾控中心在哈克勒的新闻发布会前夕泄露有关淋巴结病相关病毒的消息怀恨在心，他不愿向疾控中心提供大剂量的人类嗜 T 淋巴细胞病毒 3 型。5 月，国家癌症研究所提供了极少量病毒，但疾控中心实验室难以培养，因而詹姆斯·科伦要求再多给些。

疾控中心知道这种病毒总量不少。5 月，癌症研究所已为获准制造血液筛查试剂的 5 家私营制药公司提供了 25 升的病毒。然而，国家癌症研究所只是象征性地给了疾控中心一丁点人类嗜 T 淋巴细胞病毒 3 型，便拒绝再给任何东西。加罗深信疾控中心没有把最好的血样提供给他的实验室，并怀疑疾控中心在与他作对，因而不肯与疾控中心合作。直到年底，癌症研究所才有所让步，最终与疾控中心达成了购买 100 升人类嗜 T 淋巴细胞病毒 3 型的协议。

加罗还坚决不许疾控中心把人类嗜 T 淋巴细胞病毒 3 型和法国人的淋巴结病相关病毒进行基因比对，并承诺会亲自比对，但迟迟不见结果出来。弗朗西斯知道，通过比对可以确定这两种病毒是否相同；如相同，谁最先发现艾滋病病毒的问题便会见分晓。弗朗西斯认为，加罗不希望解决这个问题，因为结果将证明他输掉了 20 世纪这场重要的病毒之争。弗朗西斯预计加罗会用一年时间发表大量有关人类嗜 T 淋巴细胞病毒 3 型的论文。之后，当国际社会公认他是病毒的发现者时，他就会承认人类嗜 T 淋巴细胞病毒 3 型和淋巴结病相关病毒是同一种东西。加罗认为这是正常的科学竞争的一部分：弗朗西斯则认为这是虚情假意。

在巴斯德研究所，法国研究人员一边气愤被人当作觊觎功劳的伪君子，一边等着罗伯特·加罗确认他们宣布的那个令人垂涎三尺的发现是正确的。在国际上，致力于艾滋病研究的科学家被迫选择站在法国人这边，还是美国人这边。在宣布发现病毒的那一周，弗朗西斯参加了在法国举行的一次科学会议，会上与哈佛大学的研究人员、加罗的盟友威廉·哈塞尔廷医生发生了激烈的争论。

威廉·哈塞尔廷冲着弗朗西斯喊道："你怎么能把血样给法国人，却不给罗伯特·加罗呢?"

在场的其他科学家沉默不语。弗朗西斯惊呆了。这意味着加罗曾给哈塞尔廷看过他在国家卫生研究院内部流传的抱怨疾控中心的私人备忘录。

弗朗西斯也大声回敬道："你不了解情况就不要指手画脚，别蹚这趟浑水。"

因为里根政府要依靠加罗来消除艾滋病带来的政治压力，所以卫生部和公共卫生署的高级官员都支持癌症研究所，甚至一度命令疾控中心在其论文中不许将病毒称为"淋巴结病相关病毒"，而要用加罗命名的"人类嗜T淋巴细胞病毒3型"。这个要求很荒谬：疾控中心的所有研究用的都是法国人提供的淋巴结病相关病毒，归根结底就是因为加罗不愿提供人类嗜T淋巴细胞病毒3型。最终，疾控中心说服政府高官接受了折中方案，即称为"淋巴结病相关病毒/人类嗜T淋巴细胞病毒3型"。

发表研究成果也困难重重。在聘请卡利医生一事上发生争执时，加罗曾对弗朗西斯放下狠话说"你们永远也别想发论文"。弗朗西斯还以为他不过是嘴上说说罢了。

随着这场纠纷愈演愈烈，弗朗西斯注意到，优秀的病毒学家正在避开艾滋病研究，以免陷入科学界政治斗争的泥沼。那年夏天，弗朗西斯在日记中写道，艾滋病研究已变得"和政治一样肮脏，科学所具有的全部乐趣和刺激荡然无存"。

这种阴谋的背后，是屡见不鲜的资金短缺问题。当然，到1984年夏天，弗朗西斯的实验室技术人员正在研究大量致命的淋巴结病相关病毒以及从艾滋病患者身上提取的大量组织。可是，他那老旧不堪的实验室并没有配备用于消毒实验器皿和仪器的高压灭菌器。因此，技术人员只能将被污染的托盘和仪器送到走廊另一头的实验室进行清洗。这就要求工作人员在用他们戴着被污染的实验室手套转动门把手时，另一只手要小心地端稳实验材料。1984年夏天，门把手问题正是弗朗西斯因资源不足而绝望的真实写照。

由于担心病毒泄漏或艾滋病纯病毒通过受污染的门把手传播，唐纳德·弗朗西斯要求施工人员把门改成双开式弹簧门，这样他的员工可以倒着退出实验室。可这种门太贵，要几个月才能批准。随后，弗朗西斯又要求以医院常用的欧式挂钩式门把手代替旋转式门把手。那样的话，实验人员可以用胳膊开门，而两只手拿住感染了艾滋病的材料。

弗朗西斯写了申请，但杳无音讯。他又写了很多备忘录，并在每次员工会议上讨论安全问题，还是没有任何回音。总之，弗朗西斯折腾了 4 个月，最后总算为实验室的门争取到两个价值 2.75 美元的挂钩。

弗朗西斯认为他近 90%的时间都耗在了经费问题上。例如，他曾遍寻全国，想再找一名病毒学家，以减轻其员工的负担。一旦录用，这位科学家得等两个月才能开始工作，因为实验室没有足够的空间给他。弗朗西斯放弃了自己的办公室，想把它改造成一个实验室，但是因为疾控中心没有足够的人员来施工，他又等了 3 个月。

弗朗西斯和他手下的科学家被迫在四楼走廊的桌子上做文书工作，而他们的实验室在地下二层。不断出现的问题对实验室人员造成了不良影响，每个人天天都工作到凌晨两点。那年夏天，病毒学实验室的一名研究人员因溃疡住院；另一个得了严重的高血压。

对唐纳德·弗朗西斯而言，为政府工作所取得的回报是影响。虽然没有高薪，没有豪华的办公室或者政府科学家的优厚福利，但你可以有所作为。弗朗西斯击败了与他交过手的每一种病毒；这就是影响。他参与消灭了天花和可怕的埃博拉病毒；可是，当体制成为人类病毒的帮凶时，他束手无策。1984 年夏天，弗朗西斯渐渐感到被彻底击败了。

* * *

资源问题阻碍了各个方面的艾滋病研究。到 1984 年底，只有两名科学家获得了研究逆转录病毒和艾滋病病毒的资助——国家癌症研究所的罗伯特·加罗和哈佛大学的麦克斯·埃塞克斯。然而，即便是卓有成就的加罗也没有新员工可用，无法如他所期待的那样加快实验室的艾滋病研究。加罗经常向其他科学家抱怨这些问题，大家都笑笑，但没人相信。

然而，最突出的问题还是艾滋病治疗的研究经费不足。淋巴结病相关病毒/人类嗜T淋巴细胞病毒3型的发现为测试实验性抗病毒药物开辟了道路。疾控中心的一位医生想测试利巴韦林（ribavirin），这是一种对流感病毒相当有效的药物。不过，为了测试药物的功效，医生需要在受试者的血液中进行病毒培养。只有这样，才能确定这种药物能否降低受试对象血液中的病毒水平。唐纳德·弗朗西斯不得不拒绝他的申请，因为疾控中心实验室每周只能做15个病毒培养，而这必须留给更紧迫的工作。

在国家癌症研究所，萨姆·布罗德医生负责治疗方案，而他也对开发抗艾滋病药物没什么兴趣。毕竟，过去几十年里发明的"特效药"都是用于治疗细菌生物，细菌是独立的生命形式。但病毒和逆转录病毒并不是独立的生命形式，而是作为感染细胞一部分的遗传物质片段。杀死病毒意味着杀死细胞。目前的科学尚未研发出任何成功治疗病毒性疾病的方法。疫苗可以产生抗体，保护人们免受感染，但那不是治疗。鉴于过去在抗击病毒方面缺乏成功先例，一些科学家认为，不会找到任何治疗艾滋病的方法。布罗德极力主张至少去探索一下可能性。他说："如果你宣布病人患了绝症，又不进行任何治疗，那他必死无疑。"

与此同时，爱德华·布兰特意识到公共卫生署上上下下都对艾滋病经费的事不满，但他无能为力。他5月25日提出的扩大艾滋病研究的申请仍搁在哈克勒部长的办公桌上，没有回应。

旧金山

克里夫·琼斯的脖子后面出现了带状疱疹，并蔓延到前额右侧，覆盖了额头和右眼上方。另一次发作是在肩膀，还有整个胸部。风吹过头发，也会让他疼痛难忍。当他走进医生办公室时，简直要发狂了。

医生问："你知道这意味着什么吗？"

"什么？"

"我所见过的有这种问题的年轻人最终全都得了艾滋病。"

克里夫挣扎着来到最近的同性恋酒吧喝酒。几天前，他去萨克拉门托参加集会，有人宣布当天休会，其间他听到一个熟悉的名字——弗兰克，长滩的一位律师，1982 年克里夫与他有过短暂的恋情。那天之所以休会，就是为了纪念刚刚死于艾滋病的弗兰克。而另一个男友也于几周前去世了。1980 年夏天才与克里夫发展出恋情的民权律师费利克斯·维拉德-穆尼奥斯也患上了肺囊虫肺炎。

费利克斯、弗兰克和克里夫三人一起为同性恋创造了一个新世界，现在一个死了，另一个也注定会死。克里夫想知道这个噩梦什么时候会吞噬他。他又喝了一杯伏特加汤力：他知道这个下午他得喝醉。他觉得自己漂泊无依，没有出路。

克里夫的迷茫反映了同性恋群体对这种流行病的困惑。浴场的争议没有解决方案，变成了一场旧金山独有的、充满意想不到的曲折的政治纷争。6 月初，有消息称，范斯坦市长已派警方调查人员进入浴场，让客人围上浴巾，并书面交代在浴场的活动。"利特尔约翰的倡议"出来以后，她在 3 月委托开展了这项调查，大概是为了获得资料，以便与犹豫不决的公共卫生主管沟通时更具说服力。然而，3 个月后公布的调查结果却把市长的朋友和对手统统激怒了，因为它让人想起当年警察袭击酒吧和浴场以强制接受爱尔兰天主教教义的情形。

为反击她的批评者，范斯坦直接要求希弗曼"拿出勇气来"在即将到来的同性恋自由日游行之前关闭浴场。"你去艾滋病病房，看到年轻人正在死去，会感到压力巨大。"她说，"希弗曼医生应该带上医疗信息，下定决心，然后付诸行动——而不是观望哪种做法更讨喜。”

建议将浴场许可证的发证机关从警察部门变更为卫生部门这一条，仍在监事会悬而未决。在听取了一些知名公共卫生专家的证词后，监事会决定推迟做出任何决定。这些专家来自湾区律师个人自由协会和美国个人隐私协会。建议推迟 7 周实施的是监事理查德·洪基斯托，就是他在 3 月说应该关闭浴场，因为他花了太多时间去参加同性恋朋友的葬礼。洪基斯托正考虑在 1987 年参加市长竞选。

尽管同性恋政治领袖把浴场问题视为他们的头等大事，但同性恋社区对这些场所的支持力度却在稳步下降。随着顾客人数大幅减少，北加州浴场主协会的会员俱乐部在同性恋报纸上登了整版广告，还提供半价优惠券，报纸背面还刊登了该组织的《关于客观应对艾滋病的决议》一文。然而，生意下滑对许多浴场和私人性爱俱乐部来说都是致命的。“温室”“玉米洞”和“自由浴场”都歇业了。“斗牛犬浴场”的隔间也锁起来不用了。“大锅浴场”宣布举办“最后的打飞机派对”并附赠吊索。

“苏特罗浴场”的停业活动节日气氛最浓；这是市里唯一一家“双性恋浴场”，无论什么性取向都欢迎。6 月初，超过 500 人参加了为期三天的告别狂欢，共同追忆“苏特罗浴场”开业之初无忧无虑的日子。当 5 个因为浴场关闭而失业的人在舞台上站成一排，把艾滋病宣传册丢进烧烤架焚烧时，现场气氛达到了高潮。

“苏特罗浴场”的老板说：“如果不能把它们分发出去，我们也可以把它们烧掉。”当然，这种逻辑对于大多数人而言是难以理解的。那年夏天，浴场员工公开焚烧艾滋病预防指南的画面成了艾滋病泛滥的旧金山同性恋社区在人们脑海里挥之不去的印象之一。

*　　*　　*

随着夏天的到来，人们对流行病的兴趣整体急剧下降。1984 年 7 月至 9 月，美国主要纸媒只发表了 266 篇关于艾滋病的文章，这是自 1983 年第一季度以来疫情报道的最低水平。相比 1983 年夏天媒体的闪电出击、高度关注，此时同一出版物的报道数量只及当时的三分之一。

死者或将死之人的数量却在上升。1984 年 6 月的最后一周，美国的艾滋病患者超过了 5 000 例。疫情已蔓延至 46 个州，近 2 300 人死亡。

47. 共和党和民主党

1984 年 6 月，华盛顿，雷伯恩众议院大厦

后来，卫生部助理部长布兰特每次接受关于艾滋病疫情的采访时，都一再否认他 5 月 25 日发给哈克勒部长，想再要 5 500 万美元的艾滋病经费的备忘录副本外泄。他甚至还经常开玩笑说自己是先读了《旧金山纪事报》上的，然后才拿到他秘书用打字机打出来的纸质版。众议院卫生与环境小组委员会的法律顾问蒂姆·韦斯特摩兰德怀疑是布兰特所为；但是，当他发现工作邮件中有一个普通的棕色信封，里面装着备忘录副本时，简直欣喜若狂，对这位神秘的寄信人是谁倒没那么在意了。韦斯特摩兰德终于有了确凿的证据。

的确，布兰特医生那份 22 页的备忘录的出现，成了 1984 年艾滋病预算战的转折点。没有比这个时机更巧的了。国会即将开始审议下一财年的预算，而当局仍然坚持认为，投入艾滋病项目的资助是完全充足的。

即使在宣布发现人类嗜 T 淋巴细胞病毒 3 型之后，里根政府的官员也没有为下一年的预算申请任何额外的艾滋病经费，将于 10 月 1 日开始的新一财年，只要求拨给 5 100 万美元，仅比上一年的艾滋病支出增加了 6%。尽管越来越多的艾滋病病例表明需要大幅增加经费，但自由派拿不出任何有说服力的文件。当局声称医生拥有他们所需要的全部资源，而布兰特的备忘录揭穿了他们的假面。这可是里根任命

的卫生部长在亲自解释为何需要更多经费。

几天后，韦斯特摩兰德向体恤民情的国会立法者们分发了这份备忘录的副本。各位国会议员私下里向哈克勒部长表示了不安，并希望政府能增加艾滋病预算。然而，他们的吁求没有得到回应。韦斯特摩兰德提供了一个副本给《华盛顿之刀》，一份因艾滋病经费问题的调查报道而闻名的同性恋报纸。他希望东海岸的一些主流报刊能关注此事。《刀锋报》在头版刊登了相关报道，但东海岸的报纸并没有刊登有关艾滋病的报道，所以它就这样被忽视了。

7月13日，旧金山，联合广场

6个打扮成修女模样的男人像在举行某种仪式一样围着一张桌子，一个女人正被压在桌上。

“啪啪小姐”冲着下面的2 000人喊道：“我们来这里是为了驱除谎言和偏见。”

那个被绑着的女人正在扮演菲利斯·施拉菲，一个反女权主义者、反对《平等权利修正案》的先锋。几个街区外，施拉菲本人正在参加“道德多数派”领袖杰瑞·法威尔牧师主持的反同性恋“家庭论坛”。

“啪啪小姐”说：“菲利斯·施拉菲的心被恐惧和贪婪腐蚀了。我们要去掉她那颗被谎言和恐惧包裹的心，给她一颗纯洁的有爱之心。”

“啪啪小姐”从那女人衣服的皱褶里拽出一条橡皮蛇，把它甩到空中。

过了一会儿，一个打扮成法威尔模样的男人走了出来，“永生纵情姐妹”一起冲上去扯下了他的裤子，露出了渔网袜和黑色紧身衣。

“啪啪小姐”以吟诵的腔调说道：“摆脱羞耻和悔过的恶魔吧！”

参加民主党全国代表大会的人已经抵达旧金山。

大会将于几天后召开，2 000多名记者云集在此，当地民众以极富当地特色的不寻常的示威游行和政治抗议活动迎接他们的到来。

“第二届国际妓女大会”的代表为争取妓女的权益而游行；大麻合法化的支持者举行了一场“吸大麻者集会”。在“家庭论坛”的现场，情绪激昂的美国革命共产党以及其他激进组织的成员与警察发生了冲突。在市政厅，一位经常装扮成一棵树、自称“黄松林”的环保主义者领导一群生态主义者举行了“所有物种的集会”，这些人把自己打扮成植物、鸟和鱼，呼吁人们关注“其他物种的命运”。

杰瑞·法威尔可不想错过这样的机会，他也来到了旧金山，在报纸上登广告，要求民主党人“恢复道德上的理性”，不要向同性恋提供“法律规定的认可和特权”。天主教大主教区和旧金山基督教委员会都已正式要求法威尔不要去旧金山，但这并不能阻止他，于是就出现了意料之中的情形：男同性恋打扮成修女的样子进行抗议。

民主党人选择在同性恋圣地开会，这让共和党领导人暗暗心花怒放。这样一来，“永生纵情姐妹”就通过晚间新闻进入了美国的千家万户，正中死对头的下怀。全国各地的宗教激进主义牧师宣称，民主党已经成为“3A 党”——迷幻药（acid）、堕胎（abortion）和艾滋病（AIDS）。主流共和党人则要谨慎得多，尽管他们在竞选活动中经常提及“旧金山民主党”。

仅仅因为担心被贴上这样的标签，民主党领导人不愿在政党纲领中公开提及同性恋权利和艾滋病，这为比尔·克劳斯的最后一次政治斗争创造了条件。克劳斯又一次成为党纲委员会的成员。委员会主席、众议员杰拉尔丁·费拉罗希望党纲内只使用反对歧视所有少数族裔的通用语。克劳斯与几个州的 65 名男女同性恋代表威胁要在大会上为同性恋权利斗争到底。他坚持说，你不能靠退让打败共和党人。私下里，他还提到了一个事实：如果党纲不能明确表示支持同性恋权利，他也无法预测那些不守规矩的街头激进分子会做些什么。最后，克劳斯靠自己的手腕获得了有史以来各大党派对同性恋的最广泛支持，包括承诺不再将同性恋排除在军队和移民之外。该党纲将被记录在案，它有望结束针对同性恋的暴力行为，并支持用于“了解艾滋病病因及治疗方法”的经费开支。

比尔·克劳斯和旧金山的同性恋领袖们将艾滋病视为头等大事，这让全国其他地区的同性恋活动分子颇为厌烦。当他们聚集在旧金山参加大会时，便传言说加州领导人特别关注这种疾病。全国同性恋工作组甚至没想把艾滋病单独作为一个问题来解决，他们认为应该把艾滋病列为一个子类，包含在有关“健康问题”的总述中。各同性恋共和党人团体热情地支持里根总统连任，他们决意澄清自己不是抓住“单一问题”不放的政治活动家。与此同时，关于联邦政府在艾滋病疫情中扮演的角色，美国医生促进人权协会竭尽所能地避免表态，转而将精力用在了其他方面，比如批评医学期刊上有关艾滋病危险因素的文章中使用了“滥交”这样的评判性术语。

民主党代表大会开幕前两天，浴场老板很快在全国男女同性恋民主俱乐部联盟召开的会议上宣布了他们关心的头等大事。过去两年里，“米尔克俱乐部”前任主席格温·克雷格一直担任该联盟的联席主席。然而，浴场老板们控制着迈阿密和芝加哥的同性恋民主俱乐部，甚至在抵达旧金山之前，他们就开始反对克雷格，反复提到她支持关闭浴场。作为联盟旧金山会议的第一项议程，克雷格被撤销了目前的职位，尽管她继续担任大会同性恋核心小组的主席。

* * *

第二天，10 万名男女同性恋聚集在卡斯特罗街，游行前往会场。如此庞大的一群人把整个社区挤得水泄不通。示威领导者忙着向媒体保证，称游行不是抗议，而是对民主党的支持。比尔·克劳斯和其他代表以及党内官员一起走在人群的前面，就像 4 年前的那个阳光明媚的日子一样。当这群人大步走向市中心时，克劳斯回想起了 1980 年那个晴朗的下午的同性恋自由日大游行。

克劳斯想，现在看来，同性恋运动的目标和未来发生了很大变化；而那个烦人的问题又回来了：这些人当中有多少能活到下一次总统选举？

7 月 25 日，纽约市卫生局

由市政府主办的关于人类嗜 T 淋巴细胞病毒 3 型抗体筛查的影响的会议，标志着美国艾滋病政策迈出了新的一步。这是政府官员首次在事情发生前就考虑应对计划。就艾滋病政策进行明智的规划，这种前所未有的尝试确实非常及时。没有任何问题像艾滋病检测那样复杂和暗潮汹涌，而在纽约会议上规划的战线也标志着未来几年伴随艾滋病检测将产生很多争论。

就在今年 4 月，哈克勒举行人类嗜 T 淋巴细胞病毒 3 型的新闻发布会后几天，科学家和艾滋病研究组织者意识到，血液检测的出现将引发一个公共政策问题。联邦卫生官员认为这是一个难得的机会，可以确定目前美国受艾滋病病毒感染的程度。疾控中心所定义的全面感染的患者只是冰山一角，最终，他们能看到艾滋病感染的冰山全景。根据惯例，当局在控制任何疾病前首先要确定谁感染了，谁没有感染，然后阻止已感染者传染给未感染者。显然，一旦获准广泛开展抗体筛查，它必将有助于做出上述决定。

唐纳德·弗朗西斯就是热切希望广泛开展对男同性恋的自愿检测的人之一。詹姆斯·科伦也认为这种检测对于抗击艾滋病的任何长期战略都至关重要。在纽约会议上，科伦对到场的 200 名卫生官员和艾滋病工作者也是这么说的。

当“男同性恋健康危机”的主席保罗·波帕姆听到大家这么热情地支持抗体检测，有些坐不住了。他知道，抗体检测可以有效反映出性取向。他想到了一个新的评估结果，即一名典型的艾滋病患者需要 10 万美元医疗费，他不知道保险公司听说了这个检测后会怎么做。波帕姆说：“保险业一定不会放过任何规避这种巨额支出的做法。”他担心一旦开始检测，同性恋就没有保险了。

其他同性恋领导人提到了对就业和保密问题的担忧。如果检测结果很容易查到，那么携带抗体的人可能会饱受各种歧视。《纽约人》已经写了一篇报道，预言抗体检测呈阳性的人可能在某个时候被迫前往隔离营。

只有食药局或国家卫生研究院能平息这种顾虑，即宣布测试结果受联邦保密条款保护，不得外泄。其他联邦卫生项目在处理诸如酗酒和滥用药物等敏感个人问题时诉诸该条款已是惯例。保密机制是现成的；只要动动笔签署就可实施。

联邦卫生官员不愿采取这一行动。当时，积极备战大选的政府正在采取一种更为直接的反同性恋立场，卫生官员担心此举会被视为纵容同性恋。然而，对于纽约会议上提到的公共卫生问题，这些机构坚持认为联邦政府此举“干预太多”，还说同性恋应该游说每个负责检测的机构以确保不泄密。这个建议引起大家哄堂大笑。

“为什么要给同性恋社区造成这样的负担?”“男同性恋健康危机”的执行理事罗杰·麦克法兰问，“联邦政府应要求签署统一的保密声明。”他还说，如果没有这样的保密条款，他会建议男同性恋不要参与涉及抗体检测的艾滋病研究。

合作仍是同性恋群体领导人与联邦政府谈判时所持的王牌。过去三年里，同性恋群体提供了医学史上最有帮助的一些研究课题，甚而联邦研究人员对艾滋病流行病学的了解几乎全部源于这种前所未有的合作。然而，由于联邦卫生机构不肯做出对等承诺，同性恋群体正在失去对他们的信任。

由于涉及抗体筛查，一项由国家过敏及传染病研究所牵头、加州大学研究人员开展的针对旧金山男同性恋的研究已经很难招募到志愿者了。拒绝合作是同性恋在这场辩论中的唯一筹码。在纽约会议结束时，联邦官员感到十分不安，他们承诺在做出最终决策之前，会再多方听取同性恋群体的意见。

* * *

尽管此次会议没能给出明确的政策建议，但还是令保罗·波帕姆深感困扰。艾滋病组织和联邦政府之间的裂痕日益扩大，联邦政府的所作所为令倾向于共和党人的波帕姆忧虑重重。某种程度上，他曾以为隔离营之说是极端激进分子的危言耸听，但是他对政府的一贯信任如今却被艾滋病疫情极大地动摇了。

到目前为止，他很清楚，如果死的只是同性恋，政府在艾滋病问题上投入就会能少则少。这个想法令他不安。在艾滋病出现之前，保罗从未相信同性恋真的受到了压迫；现在他担心的是大规模就业歧视和隔离营。保罗一生都相信自己的国家，他曾在越南为国而战。艾滋病蔓延过程中，他最失望的时刻之一就是当他觉得自己失去了对美国的信心时。

还有另一个原因让保罗担心抗体检测。1982 年，他参加了首批针对男同性恋的前瞻性研究。在曼哈顿的圣卢克-罗斯福医院的冰柜里，过去 3 年抽取的血液被找了出来。几周前，迈克尔·兰格医生告诉保罗，自研究开始时他就已经感染了这种新病毒，说不定时间还更长。事实上，参与这项研究的 60 名男性中有 50%显示抗体阳性，目前他们是美国本土第一批被告知携带艾滋病病毒的同性恋。

对此，保罗并不感到意外。毕竟，他的前男友杰克·诺就是纽约首批确诊的艾滋病患者之一。这也解释了为什么他的淋巴结长期肿大。

*　　*　　*

1984 年夏天，保密问题成了艾滋病的关注焦点。这个细节常常显示出问题的复杂性，甚至还决定了艾滋病流行的模式。

7 月下旬，詹姆斯·科伦向所有各州和本土的流行病学家发了份备忘录，引发了轩然大波。备忘录询问：一旦实施血液检测，当局是否应该开始对所有检测结果显示感染人类嗜 T 淋巴细胞病毒 3 型的献血者进行登记。全国各地的有关部门对感染乙肝和梅毒的人进行过类似的登记，再加进人类嗜 T 淋巴细胞病毒 3 型感染者的话，将有助于避免出现加州那样的情况——一个患有因艾滋病感染导致的免疫疾病的加州男子，竟然在 11 个血站献了血。同性恋们担心这样的名单最终无非是一份同性恋登记名单，并认为在至今仍将同性恋性行为视为非法的 25 个州，这样的名单可能会助纣为虐。

在旧金山，卫生官员们焦急地关注着同性恋的担忧，随着塞尔玛·德里兹的离开，热衷于保密的卫生部门工作人员看到了一个推进隐私问题议程的绝佳时机。德里兹这位称职的士兵在离开时，把她那本厚厚的笔记本留给了她工作过的部门，里面满满当当地记录了艾滋病疫情最初几年的观察资料。德里兹认为，这些信息是她在这里工作期间收集的，所以它属于这个部门。1984 年夏天，旧金山公共卫生局做出了政治正确之举，将笔记本塞进了碎纸机。

* * *

在纽约市举行抗体检测会议的同一天，《旧金山纪事报》公布了 5 月 25 日布兰特备忘录的内容，其中包括申请 5 000 万美元用于抗击艾滋病。行政管理和预算办公室的一位发言人在被问及此事时表示，预算办公室从未听说过这项预算申请。事实证明，布兰特的申请在两个月里根本没离开过哈克勒的办公桌。

第二天，洛杉矶众议员艾德·罗伊巴尔走进美国卫生与公众服务部负责拨款的小组委员会的行政会议现场，把布兰特的备忘录扔到了桌上。委员会立即批准追加 830 万美元的艾滋病研究经费，以供 1984 年财年最后两个月里使用。参议员艾伦·克兰斯顿提出了一项参议院法案，要求批准布兰特申请的全部款项。布兰特的备忘录在国会山广泛流传，这样一来，共和党人再也无法与政府当局保持一致口径，说政府的医生已经拥有抗击艾滋病所需的全部经费。

8 月 8 日，哈克勒部长就布兰特备忘录一事做出回应，拒绝了他新提出的艾滋病研究经费申请，却授权其挪用国际卫生研究院和疾控中心的其他项目资金。

从布兰特写下备忘录，到哈克勒回复备忘录，其间有 600 名美国人死于获得性免疫缺陷综合征，另有 1 200 人被诊断出患有这种疾病。

正是在这艰难的几周里，布兰特决定年底退休，应马里兰大学巴尔的摩分校之邀，担任受人尊敬的医学院的院长。同性恋领袖同情布兰特这样一位真诚的公职人员，散布消息说他因无力确保政府对艾滋病研究的支持而郁郁离职。不过，布兰特后来说，艾滋病经费的事起到了相反的效果，“我不禁担心，假如没有我在那里为经费而战，后面会发生什么。”

* * *

1984 年 8 月是旧金山的死亡月，越来越多的人死于艾滋病，包括名人。乔恩·西姆斯曾是堪萨斯州的音乐教师，组织过旧金山同性恋自由日大游行的乐队。他死于脑部感染，在生命的最后几周里他不仅失明，还患上了痴呆症。这座城市最著名的艾滋病患者鲍比·坎贝尔 8 月 15 日死于肺囊虫肺炎。他在 1981 年公开了自己的病请，成为“艾滋病海报男孩”，两年后上了《新闻周刊》的封面。一个可怕的巧合是，在生命的最后几个月里，鲍比·坎贝尔住到了阿什伯里街 1040 号，而这座公寓的上一个住户是该市首位确诊的艾滋病人肯·霍恩，自他死后，房子已经空了将近 3 年。

几周前，哲学家米歇尔·福柯在巴黎死于艾滋病。不过，直到生命的最后一刻福柯也没有向任何人透露诊断结果，包括他忠实的爱人。《纽约人》批评《纽约时报》没有在其讣告中指出艾滋病是死因之一，但其自己的报道写的也是福柯死于某种“中枢神经系统病毒感染”。

名人不愿公开承认自己得了艾滋病，这使得讣告栏里的普通人没有几个会表明是死于这种综合征的。只有真正了解讣告的读者，才能在这些死讯中发现流行病的存在。例如，一名 38 岁的时装设计师死于“癌症和肺炎”，也就是说，这个 30 多岁的人“沉疴难起，久病去世”后，居然没有遗孀，其中情况一目了然。对于一个只有 32 岁的人来说，沉疴宿疾能有多久？有时，报纸隐瞒艾滋病死因是因为记者觉得尴尬；但更是因为死者家人难堪。事实上，讣告栏里鲜有提到死于艾滋病，这个现实让同性恋记者拉里·布什愤懑，他大声发问：“假如他们把病传给了别人，却又无人死亡，情况会怎样？”

8 月 18 日，得克萨斯州，达拉斯市

拉里·布什艰难地穿过一群同性恋共和党人，他们在共和党全国代表大会召开前办了个派对。他认出了特里·多兰，新右派的筹款天才，其国家保守派政治行动委员会为里根的连任竞选筹集了超过 1 000 万美元。

在公开场合，多兰刻意与同性恋权利运动保持距离。布什知道，私底下多兰很享受该运动所创造的更为舒适的同性恋生活方式。多兰经常出没于华盛顿的同性恋酒吧，也常在旧金山北部俄罗斯河一带的同性恋度假区度假。里根政府对艾滋病疫情的回应少得可怜，布什忍不住想问问多兰的看法。

多兰说："我们已经能够阻止很多负面的事情，真的很吓人——有些人提的建议。"

"你说的是检疫隔离吗?"布什问，暗指坊间传言政府可能会拘禁每个携带艾滋病抗体的人。

多兰紧张起来。

他说："我无权讨论任何细节。"

"你是说在身上文上标记?"

"我不能说。"多兰说完借故走开了。

几分钟后，布什遇到了一位著名的反女权主义运动领袖的儿子，他母亲因带头反对《平等权利修正案》而全国闻名，最近又为反对该修正案找到了个新理由，说赋予女性平等权利将促进同性恋权利，进而导致艾滋病的传播。布什问这位反女权主义运动领袖之子，他母亲是否知道他现在在哪里。

"她不知道。"

"她知道你是同性恋吗?"布什问。

"我绝不会做让母亲丢脸的事。"他说。

布什问："那你母亲写文章把《平等权利修正案》与艾滋病联系在一起是什么意思?想让我们难堪，不是吗?"

"母亲在《平等权利修正案》上的立场非常坚定。"他不安地回答。

“你对艾滋病怎么看？人们即将死于这种疾病，你母亲却用它捞政治资本，对此你又怎么看？”布什问。

年轻人突然找个借口，离开了聚会。

* * *

在共和党大会上，艾滋病是个备受争议的话题，尽管所有的讨论都发生在会场之外。一位百万富翁、共和党籍商人在自己家办了个烧烤聚会，一位宗教激进主义牧师现场做了祈祷，并宣称上帝用艾滋病来惩罚不道德的人。一天后，在共和党籍企业高管的早餐会上，美国航空公司总裁张口就问客人们“同性恋”这个词的意思是：“还没得艾滋病?”为了凸显这个林肯总统所属的政党与日益增长的宗教激进主义政治势力之间的联系，共和党领导人邀请杰瑞·法威尔去里根总统再获竞选提名的会上祈福。

然而，在人后的所有谈话中，艾滋病仍是选举中基本未被提及的潜台词。一旦考虑起了这个问题，通常意味着一个政党认为另一个政党犯了错。对民主党人来说，艾滋病不过是共和党通过大幅削减国内开支向世界施压的另一个例子。对共和党人来说，这场疫病则是一道甜点，是自由主义者的世俗人文主义放任纵容出的结果，得病的大都是他们毫不在意的人。因此，这场在共和党政府任期内暴发的疫病，共和党人认为颇有民主党的特色；在民主党人看来，艾滋病就是共和党的传染病。

当然，在两党的大会上，没人会在讲台上大声说出这个以 A 开头的词。对主流社会的大部分人而言，这个话题仍令人尴尬；而这种不安是共和党人和民主党人共有的。

斯坦福大学

对于艾滋病临床医生来说，工作中最令人沮丧的地方是没有任何有效的治疗方法。当加州大学洛杉矶分校的迈克尔·戈特利布读到巴斯德研究所在使用一种名为 HPA－23 的抗病毒药物时，他大喜过望。听闻巴斯德的让-克洛德·彻尔曼正在斯坦福大学讲课，他迫不及待地去了学校。

彻尔曼向戈特利布展示了一份有关 HPA－23 研究成果的影印本，他正考虑在医学期刊上发表此文。根据巴斯德的研究，HPA－23 能有效抑制淋巴结病相关病毒在患者体内的繁殖。法国人论文的核心部分谈到一名患有艾滋病的血友病患者在服用 HPA－23 后，健康状况明显好转。

“你不能把这个给任何人看。”彻尔曼说。他担心如果数据泄露给了主流媒体，论文将永无发表之日。

戈特利布说服了彻尔曼，至少让他成为第一个在美国使用 HPA－23 的美国人。他补充说，当然，HPA－23 必须符合美国食药局的标准。

彻尔曼说他从未听说过食药局。他觉得可以寄几盒药物到美国，并立即给艾滋病患者注射。当戈特利布意识到测试这种大有希望的药物所面临的法律障碍，不禁心头一沉；但他仍然充满热情，因为彻尔曼认为这是成功治疗艾滋病的必要条件。

彻尔曼解释说，由于艾滋病病毒是一种逆转录病毒，在细胞内繁殖前它需要先完成一项额外的化学反应，即通过逆转录酶将其 RNA 复制到 DNA 中。他说，HPA－23 干扰了逆转录酶，因而阻断了病毒的自我繁殖。从这个意义上讲，HPA－23 并不是一种疗法，只是阻止病毒疯狂繁殖并破坏免疫系统。

戈特利布认为这一逻辑是有意义的，他开始游说美国制药公司开发逆转录酶抑制剂。然而，与国家癌症研究所的萨姆·布罗德一样，戈特利布也发现大多数制药公司对涉及艾滋病的事并不热心。市场潜力很小。相比能治疗成千上万的病人（如高血压患者）的药物，一种针对几千个艾滋病患者的药物所包含的利润是微不足道的。而且，成功的可能性似乎也微乎其微。

制药公司不会投资研发新药，但戈特利布发现，他们竟敢随便拿一种现有的药物来应付艾滋病患者。戈特利布回到加州大学洛杉矶分校，开始寻找有关抗逆转录病毒药物的医学文献。只要有可能成功，他愿意做任何尝试。南加州的一小部分艾滋病患者已经开始长途跋涉前往墨西哥，在美国搞不到的一些药可以轻易在当地药店买到。

在同性恋医疗圈，法国药物 HPA－23 的消息不胫而走。洛克·哈德森也听到了这种乐观的传闻。自从 6 月哈德森被确诊后，戈特利布一直在给这位电影明星看病。8 月下旬，这位演员缓缓走进戈特利布的办公室时，整个人显出消瘦的迹象。哈德森听一位旧金山的朋友史蒂夫·德尔·雷提到了 HPA－23，他正打算去法国参加多维尔电影节；他想知道戈特利布是否认识巴斯德研究所的人。

戈特利布给彻尔曼打了电话，彻尔曼又把他介绍给多米尼克·多尔芒医生，后者是一名军医，多年来一直在试验 HPA－23。当哈德森 9 月抵达巴黎时，多尔芒打电话给戈特利布，讨论了这位演员身体状况的一些细节。事实上，在哈德森走进多尔芒的办公室前，他根本不知道此人是谁。他是从电影中认出了这位演员。

当时，巴斯德对于艾滋病病人有两种疗法，一种是给病人注射几周大剂量的 HPA－23，另一种是在更长的时间内每天给病人服用小剂量的药物。哈德森已经答应回美国出演电视剧《豪门恩怨》，所以他选择了短期疗法。治疗结束时，多尔芒告诉戈特利布，在哈德森的血液中已经检测不到艾滋病病毒。

后来发现短期治疗有明显缺陷。尽管 HPA－23 能阻止病毒复制，但一旦患者停药，病毒复制就会重新开始，破坏患者的免疫系统。然而，这在几个月里并不明显；所以当哈德森离开巴黎时，他确信自己的艾滋病已经治愈。

回到美国后，忠实的共和党人哈德森去白宫赴宴。好莱坞的一位老朋友注意到他瘦了，关心起了他的健康状况。

“我在以色列拍片时感染了流感病毒，”哈德森向他的朋友南希·里根保证，“我现在感觉很好。”

48. 尴尬

1984 年 9 月，旧金山，都柏林街

髋关节置换手术做完一年多了，弗朗西丝·博尔切特的身体仍没有恢复。让她痛苦的牛皮癣一直不见好，患肝炎时瘦掉的 20 磅也没回来。8 月，稍微伤点风就变成了严重的感冒。弗朗西丝要么冷得瑟瑟发抖，要么烧得大汗淋漓，每天体温高达 103 华氏度。像往常一样，医生也很困惑。

有时候，弗朗西丝要丈夫鲍勃抱着她。即使鲍勃身上都被她的汗水浸湿了，可他盯着痛苦的妻子，觉得可怜、同情和悲伤，希望自己能做些什么来减轻她的痛苦。

弗朗西丝抱怨自己呼吸困难时，身上又开始盗汗。她没什么食欲，鲍勃和他们的女儿凯茜只能强迫她吃点东西。

对这一切，凯茜越来越疑心。也许是因为报纸上的那个故事，说一位住在贝尔维蒂、名叫玛丽·理查兹·约翰斯通的阔太太最近输了欧文纪念血库的血之后死了。凯茜坚决要求鲍勃问家庭医生，弗朗西丝的症状与艾滋病患者可有相似之处。

医生向鲍勃保证说没有出现这种综合征的迹象，但是凯茜不太相信。她老板的妻子是名护士，最近参加了一个艾滋病研讨会。她给了凯茜一些关于艾滋病的小册子，凯茜惊讶地发现，母亲的症状竟与小册子上列出的那些症状非常相似。

* * *

没有人争论输血是否会传染艾滋病。9 月初，疾控中心统计了 80 例输血感染艾滋病病例，短短 8 个月确诊病例增加了 4 倍。几周后公布的一份报告显示，22 个州的 52 名血友病患者患有疾控中心定义的艾滋病，另有 188 人患上了艾滋病相关综合征。首例血友病患者的妻儿同时患上艾滋病的病例刚刚报告。更可怕的是，新的研究表明，在病情最严重的血友病患者中，有多达 89%的人感染了人类嗜 T 淋巴细胞病毒 3 型，预计未来可能出现数千例艾滋病病例。据全国血友病基

金会的报告，其成员使用第八因子的比例下降了 20% 到 30%，这表明一些血友病患者甘冒致命的、不受控制的出血风险，也不愿因注射第八因子而感染艾滋病。

曾经带头反对替代指标检测的约瑟夫·博夫医生对眼前的统计数据感到震惊，于是改变了观点，要求食药局下令进行乙肝核心抗体筛查。然而，当食药局的血液制品专家顾问小组在夏天重新审议这个问题时，血液行业发言人占了上风，博夫的主张遭到了拒绝。

5 月以来，欧文纪念血库和湾区其他血库一直在进行乙肝核心抗体筛查；欧文血库还从每个献血点的血样中取了一部分存在小瓶里，以备用于人类嗜 T 淋巴细胞病毒 3 型抗体测试。由于采取了这些预防措施，欧文血库继续受到其他血库管理者的指责。8 月下旬，洛杉矶红十字会的女发言人格瑞·苏荷说，湾区血库是迫于“政治压力”才启动了疾控中心建议的检测。“我认为他们是因为政治上的压力才进行检测的，给他们施压的可能就是忧心同性恋社区的人。”她说。社区血液中心理事会的执行主任认为，这样的检测会让有可能被拒绝的献血者产生“不必要的焦虑”。

因此，在 1984 年剩下的几个月，保护国家血液供应的努力继续因各种原因而受挫，包括否认与拖延、诡辩与自私，而这些因素似乎总能阻挠明智的艾滋病政策。

贝塞斯达，国家癌症研究所

罗伯特·加罗医生对人类嗜 T 淋巴细胞病毒 3 型研究了一个夏天，也没得出什么让人安心的结论。当他开始研究人类嗜 T 淋巴细胞病毒 3 型的时候，他发现感染该病毒的 100 人中约有 1 人会发展成艾滋病。几个月后，他将自己的预测调整为 25∶1。夏末时，他认为每 7 个人类嗜 T 淋巴细胞病毒 3 型的携带者中就会有 1 人发展成艾滋病，甚至不止 1 人。

“很不幸，这是我见过的最厉害的病毒。”加罗告诉《纽约人》。

当加罗开始注意到人类嗜 T 淋巴细胞病毒 3 型会对脑细胞及

T－4 淋巴细胞造成感染时，一个更惊人的发现随之而来，它解决了疫病发生以来困扰临床医生的一个关键难题。艾滋病患者经常出现神经系统问题，但这些问题与各种脑部感染都扯不上关系。通常，早期症状较轻，表现为抑郁、失忆或类似于衰老引起的精神障碍。医生们最初归咎于心理因素，比如压力。然而，随着中枢神经系统的问题变得越来越明显和普遍，这个诊断变得空洞起来。一些病人因大脑功能紊乱而奄奄一息，问题可能出在大脑感染了人类嗜 T 淋巴细胞病毒 3 型，这一发现解开了谜团，同时也给找到治愈方法造成了更大的障碍。

为了感染大脑，逆转录病毒必须穿过血脑屏障，后者是一种细胞过滤器，通常使微生物远离人体最重要的器官。因此，任何想成功治疗艾滋病的药物也必须穿过血脑屏障。否则，病毒可能潜伏在脑细胞中并重新感染血液。然而，很少有药物能做到这一点，这是有效治疗必须跨越的另一个障碍。

加罗对人类嗜 T 淋巴细胞病毒 3 型的基因测序也揭示了病毒在不同人群中的变异。这种变异引发了人们的担忧，怕无法研制出疫苗，因为对一种人类嗜 T 淋巴细胞病毒 3 型菌株起效的疫苗未必对其他类型的菌株有效。

在国家过敏及传染病研究所，这个消息犹如已然暗淡的地平线上出现了一片灰蒙蒙的天。事实上，疫苗开发领域近年来因无利可图而一蹶不振。自从爱德华·詹纳首次实施疫苗接种以来，这 188 年里，科学仅为 23 种疾病造出了疫苗。1980 年，过敏及传染病研究所负责人理查德·克劳斯医生提出了一项计划，要在未来 10 年内开发 10 种新疫苗，但没有几家制药公司愿意参与。例如，肝炎疫苗的生产成本高达数千万美元，但该产品从未实现预期收益。在乙肝和猪流感疫苗均遭惨败时，许多制药公司深信疫苗开发并不能换来利润，只会耗费大笔的研究费用，惹上巨额的责任诉讼。与此同时，布兰特医生为吸引科学家参与艾滋病疫苗开发而在艾滋病计划中列出的经费申请，被哈克勒部长驳回了。尽管存在这些障碍，人类嗜 T 淋巴细胞病毒 3 型/淋巴结病相关病毒的发现仍然推动了对艾滋病认识的巨大飞跃；

过去3年里，这种疾病的许多方面一直仅限于假设，如今都敲定了。

到了8月，5个月前被弗朗西斯植入淋巴结病相关病毒的两只黑猩猩——马维尔和切斯利——出现了淋巴结肿大的症状，血液中发现了淋巴结病相关病毒抗体。这进一步证明淋巴结病相关病毒引起了艾滋病，并最终可能为科学家提供该疾病的动物模型。发现易受该病影响的动物是疫苗开发的关键步骤；可以在实验动物的身上测试疫苗的有效性。

现在，既然科学家知道要找什么了，研究人员就能研究各种体液，并确认其中是否存在艾滋病致病因子。在一名艾滋病患者和一名健康的男同性恋的精液中均发现了人类嗜T淋巴细胞病毒3型抗体，这证明健康的病原携带者也可能传播艾滋病。在一名受感染妇女的阴道分泌物中也发现了病毒，由此解释了这种疾病在非洲的传播方式：双向异性传播。从8名艾滋病相关综合征患者唾液中提取的病毒问题更大。全国近6 000名艾滋病患者中，无一是通过唾液感染的。鉴于唾液中的病毒含量非常低，杰伊·列维医生经常说，你通过唾液感染艾滋病的唯一方法是静脉注射1加仑的唾液。尽管如此，爱德华·布兰特医生还是意识到民众有可能因此恐慌，唾液研究一发布，他就召开了新闻发布会，向公众保证他们不会因一个同性恋打喷嚏而感染艾滋病。

到了10月初，国家癌症研究所的科学家们还发现了一种药物，他们希望此药能有效对抗艾滋病。苏拉明（Suramin）用于治疗非洲昏睡病已有60年。在试管中，该药物干扰了逆转录酶，使人类（HTLV－Ⅲ）的复制机制失效。保罗·沃伯丁计划1985年初在旧金山综合医院的艾滋病诊所测试这种药物。

抗体测试进一步证明艾滋病仍在受害社群中蔓延，并未危及全社会。病毒没有突破之前认为的传播途径。国家癌症研究所对血友病患者的家人做了检测，结果发现，无人感染HTLV－Ⅲ，尽管他们每天都接触感染HTLV的血友病患者。在全国各地的实验室里，多年来一直与艾滋病打交道的医生和技术人员都迫不及待地给自己做了检测。

每天不是针头，就是持续接触受感染的血液，大多数人认为自己血液中可能有 HTLV－Ⅲ。然而，反复检查后证实他们的担心毫无根据。感染艾滋病的必要条件是，必须有大量病毒通过性行为或输血直接进入血液。

科学在理解艾滋病方面迅速取得了进展，但这并不意味着该疾病获得了医学界的重视。这种综合征仍然缺乏明星气质，而且全力投入研究的科学家大都没有获得制度上的支持。有些助理教授已是国际艾滋病研究专家，却得不到晋升；而副教授倒在医生那里学习更常规的疾病的治疗方法。在加州大学旧金山分校，管理人员向全美最重要的研究人员之一表示，他们希望减少对艾滋病的宣传。加州大学的官员担心，顶尖的实习生们会选择去其他医疗中心，因为加州大学旧金山分校的教学医院——旧金山综合医院，是美国名列前茅的艾滋病医院。他们担心那些最优秀的医学院毕业生会因为不想只面对某一类病人，而不想来此实习。

但研究者们认为，不愿接受艾滋病作为科学研究的一个理所当然的课题，反映出的问题远不止是担心大学吸引不到高质量的实习生。简而言之，艾滋病继续让人们感到尴尬。从一开始，它就让人不舒服，不管是政府或媒体，公共卫生部门或知名大学，都一样。艾滋病是关于同性恋和肛交的，所有这些都让人觉得尴尬。当加州大学旧金山分校在夏天开办自己的艾滋病诊所时，它没有称其为“获得性免疫缺陷综合征诊所”，而是取名“成人免疫缺陷中心”。

旧金山

几个男人拿着医用橡皮管穿过“野兽浴场”——一家很受欢迎的同性恋浴池——的大厅，就像企业高管们拿着公文包行走在金融区一样随意。上楼后，其中一人将橡皮管缠在另一名顾客的二头肌上，直到静脉鼓起。一声长叹，说明针头已经准确地将美沙酮送进了顾客的中枢神经系统。当那个拿着针的人注意到有人在看他时，他高兴地给了那人一点甲基安非他命晶体。在大厅的另一边，另一人的手臂消失在同伴的双腿间，而且整个浴场里很多男人在发生的性行为都不属于湾区医生促进人权协会发放的降低风险指南中的“安全”范畴。

到 9 月底，该市尚在营业的公共浴场私人性爱俱乐部的顾客中都安插了私家侦探，他们受雇于旧金山公共卫生局，来查证这些场所是否存在传播艾滋病的性行为。由此形成的报告将在几周后希弗曼去法院申请关闭浴场时作为证据。

希弗曼曾希望问题不会走到上庭这一步，但在读调查人员的报告时，他毫不犹豫地决定采取行动。

尽管希弗曼并不对同性恋浴场发生的事抱有什么天真想法，但他还是被调查人员的发现震惊了。根据这份 85 页的限制级报告，几乎所有浴场都配备了避孕套和安全性爱手册，但是绝大多数顾客对此视而不见。每一种能想到的不安全性行为以及常人难以想象的各种异常性行为，都在这类场所里无忧无虑地进行着。毕竟，浴场就是为此而生。

更令人担忧的是有关同性恋性行为的新数据，这是第一次经过专业设计的针对旧金山同性恋的随机调查，由一家名为“调查与决定”的著名营销公司进行。研究发现，当地 12%的男同性恋在 8 月去过私人性爱俱乐部。在同一时期，每 10 名男同性恋中有 1 人去过浴场。尽管警示艾滋病危险的宣传材料铺天盖地，但许多男同性恋仍在光顾这些场所，这一事实说明，如果对同性恋进行艾滋病教育，浴场就会没有生意，这种观点根本站不住脚。

希弗曼的压力不仅来自政治方面，还来自因当地艾滋病病例急剧增加而慌乱的医疗部门。一家医院的 60 名医生通过《旧金山纪事报》给范斯坦市长发了封公开信，要求关闭浴场并且“必须采取不屈服于任何政治压力的、积极的公共政策措施”。9 月 14 日，希弗曼与范斯坦市长、医院管理者以及疾控中心的詹姆斯·科伦会面，私下宣布一旦私家侦探的报告完成，他将立即关闭浴场。

*　　*　　*

1984年9月的第三周，美国的艾滋病超过了6 000例。疾控中心估计，第一批患者的治疗费用将在10亿美元左右。

亚特兰大

汽车突然转向，唐纳德·弗朗西斯猛地醒过神来，他重新控制好沃尔沃车的方向盘，朝家里驶去。头天晚上，他像往常一样6点到家，8点半就上床睡觉了，这样他可以在早上5点前溜进克利夫顿路的疾控中心总部，在开会的电话铃响起前不受打扰地干几小时活。如果弗朗西斯要写论文，他就凌晨2点去上班；有时他会遇上詹姆斯·科伦，后者刚刚离开办公室下班。弗朗西斯是在印度抗击天花时养成了如此严格的作息。他认为，你对抗的是疾病，哪怕只松懈一天，疾病都有可能会赢。不过，在印度的时候弗朗西斯觉得自己胜算很大。

在疾控中心连续工作16小时后，他在开车回家的路上打瞌睡时已经对战胜艾滋病失去了信心。疫病暴发3年多了，疾控中心仍然没有足够的人手，弗朗西斯的申请依然被预算官员否决。与此同时，科学问题政治化的风气还笼罩着这个领域。罗伯特·加罗在艾滋病科学界的分量越来越重，加剧了研究人员与其宿敌巴斯德研究所之间的分歧。

在难得早回家的晚上，弗朗西斯茫然地发现自己的生活竟成了这样。4岁和6岁的儿子几乎不认识他，在他们生命中的大部分时间里，这个父亲都在和一个他们无法理解的东西进行着西西弗式的永无止境又徒劳无功的斗争。这两个孩子只知道，邻居们不希望自己的孩子和艾滋病科学家的孩子一起玩，生怕会传染。

弗朗西斯的妻子凯伦已经放弃了流行病情报学服务方面的工作，搬到了亚特兰大。她是一位备受尊敬的流行病学家，是她发现了阿司匹林和瑞氏综合征之间的关系。现在她没了工作，没了熟悉的家，夫妻关系也名存实亡。

唐纳德·弗朗西斯和詹姆斯·科伦的冲突越来越多。弗朗西斯的思路是控制：找到未受感染者，给他们接种疫苗；科伦却是流行病学的想法：通过人口绘制出这种疾病的病程。他没有进行控制的经验，而且还是一个现实主义者。他喜欢掌控项目，但他知道即使他设计好了项目，资金也不会到位。其他艾滋病研究人员对弗朗西斯和科伦之间的冲突并不惊讶，他们惊讶的是这些问题过了这么久才暴露出来。科伦是实际负责人，牢牢控制着自己的部门，这使得他和弗朗西斯的关系有点尴尬。一方面，科伦尊重弗朗西斯的国际声誉；另一方面，他不打算放弃对艾滋病活动办公室的控制。而弗朗西斯正日渐失去他在疾控中心方针决策上的话语权。

9 月 21 日，唐纳德·弗朗西斯会见了传染病研究中心主任沃尔特·道达尔，简要说明了他对缺乏应急疫苗开发项目及感染控制计划的失望。他想离开。道达尔提醒弗朗西斯不要草率行事，并建议他规划未来几年的职业方向。弗朗西斯同意了，尽管他当时对未来已有规划，但这并不意味着他会在亚特兰大工作。他以前从未败过，也不想留在疾控中心总部等待失败的到来。

9 月 23 日，纽约，同性恋社区服务中心

200 名同性恋医生大口嚼着多尔玛德斯[①]，就着蔬菜蘸酱吃花椰菜。詹姆斯·科伦在摆弄幻灯机。科伦与新闻记者交谈时总是很谨慎，唯恐他对艾滋病未来的观察可能会被写成耸人听闻的头条新闻，但他对同性恋群体从不会这般刻意小心。相反，他感到自己的使命是不断强调正在蔓延的疫病的严重性。每一项新的流行病学研究都在揭示一个更令人沮丧的未来，于是科伦给纽约医生促进人权协会的大会带来了一大堆坏消息。

“在座各位的有生之年里，艾滋病肯定会是人类的主要死因，说不定整个 21 世纪都是。”科伦说，“尽管同性恋社区和科学部门有良

① 一道用葡萄叶包裹肉及米饭的希腊传统食物。——译注

好的意愿并付出了持续的努力，但我们不应指望科技能在未来几年帮我们摆脱艾滋病，尽管科技最终可能会有助于战胜疾病。”

科伦说，在纽约，一名15岁以上的未婚男子死于艾滋病的几率要比死于心脏病高得多，而心脏病一向是男性的最大杀手。在旧金山，一个单身男子死于艾滋病的几率是死于心脏病的几率的5倍，目前疾控中心显然大大低估了疫情的范围，他补充说。科伦引述的统计数据，是从旧金山肝炎队列研究以及近期对血友病患者和静脉注射吸毒者的研究中收集的。有20万到30万人感染了HTLV-Ⅲ/LAV，说不定还不止。据科伦估计，其中至少10%、甚至20%会发展成艾滋病。他还说，未来5年里全国将出现2.5万个艾滋病病例。

科伦指出，鉴于艾滋病感染的普遍性，减少性接触并不足以避免感染。如果感染艾滋病病毒者是一年前的3倍，那么一个男人就算把自己的性伴侣数量减少到一年前的三分之一也根本不能降低他患艾滋病的总风险。事实上，当患病率增加的速度超过性行为转变的速度，参与任何不安全性行为的典型男同性恋比过去更有可能感染艾滋病。

科伦坦率地表达了这些艾滋病统计数据引发的政治忧虑。问题不在于会不会因此抵制同性恋，而在于什么时候抵制。可能很快。他说：“你们应该做好准备。”当然，会有人丧命。

“两年前，当我坐着厨房的椅子在客厅里和你们交谈，我觉得在场的那些人年龄和我相当。我们和那些死于艾滋病的人是同龄人。那是两年前的事了。现在死于艾滋病的人平均年龄低于我们，是时候开始考虑如何拯救年轻一代的同性恋了，因为他们发生性行为的这个世界，艾滋病无处不在。”

《纽约人》随后对科伦的评估进行了严厉谴责，声称假如联邦政府警告同性恋，艾滋病将持续到下个世纪，那就说明政府无意寻找艾滋病的治疗方法。颇为讽刺的是，科伦的预测大大低估了艾滋病的蔓延程度。不是5年出现2.5万个艾滋病病例，而是2年。届时，受感染的美国人预计将增长5倍。

然而，即使是如此温和的预测，也让参加纽约医生促进人权协会大会的医生感到震惊，尤其是因为当时已是烂摊子的纽约艾滋病问题正变得不可收拾。

今年8月，罗杰·安劳医生辞去了“男女同性恋健康问题办公室”主任的职务。尽管他拒绝就自己的遭遇接受采访，但对自己18个月来在科赫政府所做的艾滋病工作发表了评论：“很多时间我都是在光说不练。”

跨部门艾滋病工作组的会议变成了发牢骚大会，成员们对没有任何实质性行动来解决日益恶化的问题感到愤怒。在9月的会议上，工作组成员亚瑟·菲尔逊详细回顾了该组织成立两年来取得的成就。根据菲尔逊的统计，工作组已经讨论了艾滋病患者的住房问题16次，讨论这个城市缺乏积极监控14次，讨论家庭护理的必要性8次，市政府对这些没有采取任何行动。卫生专员大卫·森瑟承认，工作组“提出问题的能力高于解决问题的能力”，并宣布他将组建另一个特别工作组，后者将落实行动而不是流于空谈。

如此糟糕的局面使拉里·克莱默再次尝试重返“男同性恋健康危机”理事会。目前已有4个制作人有意购买《凡俗的心灵》，这出戏肯定会在1985年初启动，但他现在确定有时间参与艾滋病工作。9月中旬，克莱默对理事会说，官方没有采取任何措施应对艾滋病，这说明他的愤怒是有道理的。但董事会否决了他的复职请求，克莱默非常伤心。保罗·波帕姆说：“除非我死了，不然他休想进理事会。”

10月1日，旧金山，肌肉系统

比尔·克劳斯做完了诺德士健身中心力量训练的一组练习，靠在长凳上休息。低头喘气时，他发现自己右边大腿上有个紫色斑点。他告诉自己这是个血疱。那天晚上，比尔请了两个朋友来吃饭；他们嬉笑、喝酒、争论电影，但比尔没有提及他右腿上的斑点。两天后，他才去找马科斯·柯南特看病。

他先见到了柯南特的助手马克·伊莱曼。

伊莱曼说："我不能肯定地告诉你这是不是卡波西肉瘤。"

他看得出比尔已经知道答案了，只不过是希望自己的判断是错的。

过去几年，马科斯·柯南特和比尔·克劳斯在幕后从事艾滋病工作的过程中日渐亲近起来，因而当他走进检查室时，忽然全身一阵麻木。他摸了摸比尔的脖子，发现比尔的淋巴结几乎一夜之间肿大起来，这是艾滋病患者特有的表征。他立即意识到这 5 毫米的病灶不是血疱，不过在活检之前他无法给出明确的诊断意见。通常情况下，卡波西肉瘤活检需要 10 天时间，但柯南特向比尔保证马上就告诉他结果。

比尔开始穿衣服的时候，柯南特走进大厅，要伊莱曼在比尔·克劳斯的病历上写下卡波西肉瘤的诊断结果。

柯南特沉着脸说："他得的就是这个。"

49. 郁闷

1984 年 10 月，旧金山

现在，这么多人得了艾滋病，原先的公共卫生局附属医院改成了艾滋病医院。比尔·纳尔逊惊讶地发现，旧金山综合医院艾滋病病房的熟练员工们都来这里当管理员了。他们又在一起了，就像以前在 5B 病区，后者那时是个只有 12 张床位的艾滋病病区。

纳尔逊注意到，曾在 5B 病区担任护士长的艾丽森·莫德呼吸困难；她得了肺囊虫肺炎。另一名护士得了弓形虫病，而护理部协调员克里夫·莫里森得了肺结核。

经过一面镜子时，比尔打量了一下自己。他的脸布满了卡波西肉瘤的病灶。

"我不能这样走出去，"比尔说，"我不能在公共场合露面。"

纳尔逊笔直地坐在床上，一脸冷汗。当天早些时候，他读了报纸上的一篇报道，声称据马科斯·柯南特估计，到 1988 年，旧金山的艾滋病病人会多到需要一个专门的艾滋病医院，而市里应该考虑将公共卫生局附属医院改为艾滋病医院。每个人都在谈论柯南特有多疯狂，比尔·纳尔逊的梦就是因为这个。

他又躺下睡去。早上，他还要回艾滋病病房做护理工作，噩梦又将开始。

10 月 4 日

比尔·克劳斯驾驶着敞篷车，沿旧金山北部的丘陵地带飞驰，一路经过纳帕县的间歇喷泉和葡萄园，还有索诺马县的红杉林和灯塔。汽车音响隆隆播放着披头士、至高无上乐队（Supremes）和“杰斐逊飞机”乐队（Jefferson Airplane）的歌。

比尔说：“我照着镜子，回想起过去 20 年的事。”

这些音乐以及无所事事的日子，让比尔的朋友丹尼斯·西利忆起了往事。1974 年他遇到比尔时，俩人都是游荡在卡斯特罗街的失业嬉皮士。丹尼斯认识比尔时，比尔还没有参与同性恋政治运动；实际上，是丹尼斯把比尔介绍给了哈维·米尔克。如今，当比尔要找他成为同性恋政治名人前认识的朋友时，就会问丹尼斯·西利。在比尔打电话给马科斯·柯南特了解活检结果前，他们就这样打发时间。

比尔说：“我不知道他们跟我说了以后会怎么样。”

丹尼斯不相信比尔真的得了艾滋病。毕竟，比尔比他认识的所有人都更早约束自己的生活方式。1984 年的大部分时间里比尔都在算日子，到 12 月他坚持完全安全的性行为就满 2 年了，然后他就可以回家了。现在离两周年只有 6 周。丹尼斯想，如果比尔现在得了艾滋病，那简直是个残酷的宇宙玩笑。

丹尼斯说：“你怎么可能生这病呢？你都没怎么跟人上床——除非你有事瞒着我。”

“就剩 6 个星期了，”比尔说，“这不公平。我停止了性生活，别人骂我是‘反性爱分子’；还叫我‘性爱法西斯’，可我居然得了艾滋病。”

回到丹尼斯的公寓，比尔不想给柯南特打电话，丹尼斯就哄他打。丹尼斯以为柯南特会告诉比尔没问题，然后比尔会出门，那他就能打个盹了。但是，柯南特的护士叫比尔务必过去一趟，说柯南特要检查他的伤口绷带。比尔哭了起来。

比尔说：“他们不需要检查什么绷带。这就是个很小的活检。我得了艾滋病。”

丹尼斯说：“别那么夸张。”

当他们到达柯南特的候诊室时，比尔要了一粒安定。护士问比尔要不要来杯咖啡。

“你看到她看我的眼神了吗？”比尔问，说着又哭了起来。

丹尼斯说：“她那么看你是因为你看起来就是想要一杯咖啡的样子。”

比尔说：“我得了这病了，我就知道。”

他俩一起走进柯南特的办公室。进去后，柯南特把手搭在了比尔的肩头。

“我让他们再检查一遍，因为我难以相信，”他说，“你得了卡波西肉瘤。”

丹尼斯哭了起来。比尔一动不动，眼角涌起了泪水。

比尔对丹尼斯说：“我想把房子留给你和基科。”

丹尼斯一边哭，一边强撑着想开个玩笑，他说：“我可不想和基科共有那个房子。他那么不负责任，永远不会付他那份开销的。”

比尔坚持道：“你得和他一起住那个房子，因为我要把它留给你俩……”

“等一下，”柯南特插话，“用不着考虑谁得房子的事。比尔，你还有别的事可以做。你为萨拉工作，以你的职位可以要求更多的资金，你可以利用你的职位成为一个活动家。坏消息是，这种病有生命危险；但也有人已经活了 3 年。很多事都可能发生。”

比尔没有听进去。

他说："然后我就死了。"

柯南特怔住了。

"我们都会死，"半晌之后他这样说道，语气变得阴沉起来，"如果不采取行动，我们都将死路一条。"

* * *

比尔·克劳斯是第728位被诊断患有获得性免疫缺陷综合征的旧金山人。

* * *

比尔·克劳斯回到家时，他最亲密的朋友们已经聚集在了他的维多利亚式公寓里——他最近刚刚和"米尔克俱乐部"的副主席罗恩·胡伯曼一起购买这栋两层楼面的房子。他的老朋友格温·克雷格也来了。比尔的朋友们立即筹划，利用竞选捐款名单，筹集足够的资金，这样比尔在受疾病折磨的过程中不会有任何经济之虞。他们一直待到深夜，围着比尔的餐桌喝酒、追忆往事。

比尔说："我多希望自己不用生病就能知道有多少人真的喜欢我。"

基科·戈凡特斯迟到了，他感觉自己好像走进了一个葬礼——当然，大家哀悼的那个人还活着。

比尔哭了，基科抱着他，他意识到现在他俩的角色互换了。过去几年里，总是他需要比尔；现在比尔需要他了。

* * *

第二天早上，比尔醒来时心里充满了恐惧。每个动作都需要拼尽全力。自从父亲去世后，他再没有过这种感觉。

这是真的吗？他有点困惑。昨天到底发生了什么？

他意识到事情已经发生了，他将在每一天，在他活着的所有日子里清楚知道自己随时会死。在微观世界里，一个生物军团控制了他的身体；他只能任其摆布。

* * *

“你不是非死不可。”

确诊后的几天里，比尔·克劳斯的老朋友莎朗·约翰逊看着他越来越闷闷不乐。很久以前，莎朗就意识到比尔有一种殉道者情结。和比尔一样，莎朗也在虔诚的天主教家庭长大，她知道殉道者的结局都一样：他们死了。他会郁郁而终的，莎朗想，于是她带比尔去见了她认识的心理医生乔斯林·内尔森。

比尔·克劳斯既愤愤不平，也绝望至极。他和内尔森一起才待了几分钟，她就开始谈论他父亲的死，还谈到15个月前另一个人的死，这个人和比尔非常亲，就像他的父亲。这是内尔森的经验，被诊断出患了绝症的人通常在症状出现前的15个月里经历过某种创伤。

比尔惊呆了。很显然，她不可能知道他父亲25年就去世了，她还准确地描述了他对菲利普·波顿去世的情感反应。比尔把心事向内尔森和盘托出。他告诉她，这几个月来，他一直在想象自己的追悼会。所有人都聚在礼堂里谈论他，而他却不在那里。那种场景让他害怕。

内尔森让比尔冥想，然后说出他看到了什么。比尔进入了恍惚状态，但很快被吓得坐立不安。

他说：“我看到蛇了。它们准备攻击我。想杀了我。”

内尔森说：“你可以害怕它们，也可以掌控它们。和蛇做朋友。别害怕它们。”

然后，内尔森对比尔说了几个字：“你不是非死不可。”

她说，病是他自己造成的。他可以自愈。

比尔听到这个想法欣喜若狂。他虔诚地采纳了她制定的饮食疗法和冥想疗法。他把所有黑色、灰色的衣服都送给丹尼斯·西利。内尔森说，如果他只穿大地色会更健康。比尔全身心地投入自救，通常他只会为政治竞选这样卖力。他要求所有的朋友想象他安然无恙，他在场的时候再也没有人谈论死亡。

比尔告诉基科·戈凡特斯："生病是我自己造成的。我能打败它。"

10 月 9 日，旧金山公共卫生局

默文·希弗曼大步走进礼堂，在一大堆麦克风前坐下，记者们争先恐后地抢占位置。6 个月前，他走进这里，面对同一批记者，就浴场问题召开新闻发布会，他那句"无可奉告"如今成了名言。今天，他的讲话有着不同以往的果断，直接把浴场比作"俄罗斯轮盘赌场"。他说，在家玩俄罗斯轮盘赌也许合法，但你不能做这种生意，对来玩俄罗斯轮盘赌的每人收 5 美元。

"今天，我已经下令关闭 14 家商业机构，他们促进了艾滋病这种性传播的致命疾病的蔓延，并从中获利。"希弗曼说，"这些企业已被检查多次，显然他们公然无视其顾客和社区的健康。如果某种行为会对公众造成危险，但仍在商业环境中发生，那么卫生部门就有义务干预并停止其经营。别搞错了：这 14 家企业并不是在促进同性恋的解放，他们正在加速患病和死亡。"

不到一小时，卫生督察托马斯·佩蒂就在福尔森街"槽口浴场"的大门上贴出了公共卫生通告，上面写着："上述业务的继续经营对公众健康造成了危害，也构成了威胁。"佩蒂找到经理，向他解释说："我受公共卫生部门主管指派，要求你今天中午停业。"几个街区外的旧金山"俱乐部浴场"，广播里通知顾客归还浴巾。

当天下午，愤怒的同性恋组织在全市召开新闻发布会，抗议这一行动。旧金山艾滋病基金会称浴场为"艾滋病教育的领导者"，同性恋组织"金门商业协会"表示，关闭是对私有企业的侵犯。同性恋律师团体"湾区律师个人自由协会"的几位知名成员是浴场老板的法律顾问，他们声称，全国的同性恋因希弗曼的行为而丧失了公民权。湾区医生促进人权协会坚持认为，关闭浴场不会减少、反而将推高艾滋病患病率。到最后，支持希弗曼的同性恋团体唯有"米尔克同性恋民主俱乐部”。

那天下午稍晚时，6 家浴场的老板违抗希弗曼的命令重新开张。他们的律师希望在召开听证会充分讨论关闭浴场势在必行之前，法院能同意它们继续营业。然而，律师们高估了司法体系的容忍度，私自重开破坏了公共卫生秩序。法院很快签发了临时限制令，要求关闭浴场；不过，法官也遵照第一修正案，只要被关的几家色情剧院停用聚淫屋和“鸟洞”，它们就可以重新开放。

具有讽刺意味的是，在旧金山浴场关闭后的几个星期里，几乎没有证据表明同性恋都很在意此事。在卡斯特罗街集会抗议关闭浴场，他们计划了三个星期，结果只来了 300 名示威者。原以为同性恋的抗议会使卫生部门陷入瘫痪，令政客胆战心惊，结果什么也没发生。

* * *

旧金山浴场的关闭在其他城市引发了一系列骚动。在洛杉矶，市长汤姆·布拉德利和县监事埃德·埃德尔曼就关闭浴场问题召集了一个工作组。这两名政客基本上都对同性恋群体的政治支持心存感激，因此他们都不想让这个工作组只是装装样子。工作组主席是尼尔·施拉姆医生，“美国医生促进人权协会”前主席。两年来，施拉姆一直支持浴场事业。所以，当他的工作组最终得出浴场应该继续营业的结论时，无人感到惊讶。

洛杉矶县传染病控制局副局长雪莉·范宁医生在阐述该县立场时，用了一个在纽约和洛杉矶卫生官员中日益流行的论点。“一切可能已成定局，”范宁说，“所有可能在浴场感染艾滋病的人估计早已感染了。”纽约州艾滋病研究所所长梅尔·罗森表示，关闭浴场就跟“马都跑了再去关马厩的门”是一个道理。

* * *

最终，旧金山关闭浴场事件虎头蛇尾地落幕了，就像这场艾滋病大戏中的所有次要情节的结局一样。在接下来的几个月里，希弗曼医生的命令引发了许多法律纠纷，但真正重要的一幕已在 10 月那天早上希弗曼举行新闻发布会时演完了。一位地方公共卫生官员最后表示，艾滋病是一种需要采取特别措施的特殊情况。政治辞令让位于生物现实；拯救生命比挽回脸面更重要。

浴场的支持者们认为，下令关闭是出于政治动机。如果只是因为政治原因浴场被允许单独开放，这么说也有道理。从历史上看，政府当局最终会采取行动，艾滋病感染最严重的城市的浴场将被全部关闭。在希弗曼下令后的一年里，纽约和洛杉矶的浴场都关闭了，而且这两地的政治压力比旧金山的大得多。

然而，导致旧金山的关闭行动如此虎头蛇尾的原因，人们很久以后才知道。绝大多数在 1984 年下半年还光顾旧金山浴场的人已经感染艾滋病病毒，关闭行动拯救的很可能是上千名毫不知情的同性恋游客的生命。事实上，当浴场全面关闭，一个真正全面的教育项目在旧金山开始实施时，当地已有约三分之二的同性恋携带 LAV/HTLV－Ⅲ病毒，纵然艾滋病教育或浴场关闭取得了些许胜利，终究得不偿失。

卫生官员为自己在纽约和洛杉矶的不作为找理由时，提到了上述观点，这既说出了真相，也是在忏悔他们铸成的大错。实际上，他们是在承认他们本可以在马跑出去之前关上马厩的门。相反，他们什么也没做，任由感染失控，还为接下来的不作为找理由，辩称现在做什么都于事无补，因为病毒感染已经铺天盖地。

后来，人人都认为——应该早点关闭浴场；健康教育应该更直接、更及时；血库应该更早开始检测血液；研究者应该更早开始寻找艾滋病病毒；科学家应该把自己小算盘搁在一边；新闻媒体应该早点提供更确切的疫情报道；联邦政府应该采取更多措施。然而，当所有人都同意这一切的时候，已经太晚了。

因此，很多人丧命。成千上万。

* * *

1984 年底，西方世界没有哪个地方像卡斯特罗街那样对未来充满绝望。当比尔·克劳斯得病的消息传开，人们想的与其说是这对比尔意味着什么，不如说是对自己意味着什么。在同性恋群体中，比尔比任何人都更早改变生活方式。如果连比尔都得病了，那所有人都难逃厄运。当大家得知这个消息时，许多人说出了马科斯·柯南特私下说过的那句话："我们都将死路一条。"

通过比尔·克劳斯，这场疫病也提前向旧金山的同性恋传递了一个事实：它将在未来几年引起全球数百万人的恐慌。就算是那些对疫情迅速做出反应的人，也可能行动已晚。同性恋如今意识到，你无法否认、争辩或与这种病毒讨价还价。随着 1984 年冬天的临近，整个社区笼罩在沉重的气氛中，旧金山同性恋聚集区那些欢快活泼的维多利亚式房屋一片萧条景象。

在卡斯特罗区，至少一半的男同性恋被诊断患有艾滋病；研究人员警告说这个数字一年内就会翻番。美国国家卫生研究院对该地区男同性恋进行了挨家挨户的调查，得出了更令人不安的数据。近 40%的男同性恋感染了 HTLV－Ⅲ病毒。七分之一的男同性恋患有淋巴结病或 ARC。昨天的可怕预言正在变成今天的悲惨现实。

对于大多数男同性恋来说，更让他们抓狂的是他们对即将降临的厄运无能为力。到 10 月，一项针对 500 名男同性恋的调查发现，为有效避免罹患这种综合征，三分之二的男性已经改变了性习惯。颇为讽刺的是，最不可能改变自己行为习惯的是那些 30 多岁、受过更好教育的高级专业人士。约翰·加尔文[①]肯定会引以为豪，这帮人似乎以为他们的成功让他们拥有艾滋病的免疫力。此外，经历了卡斯特罗街区同性恋性行为的"糖果屋"[②] 时代，他们的性行为模式已经根深蒂固。而年轻一代对那个肉欲横流的时代不甚了解，改变起来也相对容易。

改变了生活方式的人想不出别的办法来改善自己的未来，也没有什么积极的想法来疏导日益增长的焦虑。于是，许多人转而求助于神秘主义。当地的保健食品店靠卖录像带生意兴隆，路易斯·海之类的

---

① 16 世纪法国宗教改革家。——译注

② 淫乱场所的代称。——译注

治疗师在录像带里引导受众在冥想中观察自己的健康状况。还有好几千人加入艾滋病组织成为志愿者，以减轻自身焦虑。但这一切并没有驱散笼罩在卡斯特罗街的阴郁气氛以及无处可逃的感觉。唯一的希望是政府庞大的科学机构能够创造奇迹，挽救生命。

10月11日，华盛顿，国会大厦

由于国会议员急于回到国会大厦参加最后一个月的竞选活动，参众两院的与会者不需要就艾滋病研究的最终开支法案进行冗长的谈判。在国会休会前夕，众议院领袖同意将其对艾滋病的拨款增加到9 300万美元，金额与布兰特医生备忘录泄露后参议院的拨款数额一致。事实证明，卫生与公众服务部从未将布兰特的任何申请转给国会考虑，这促使众议员亨利·威克斯曼举行了一场听证会，其实不过是借此狠狠批评卫生与公众服务部的官员。

威克斯曼痛斥卫生与公众服务部的预算主管："每天都有人死去，你的不负责任将被钉在这根耻辱柱上。"

会议谈判数小时后通过的最终拨款，比里根总统提议的艾滋病经费增加了60%。这标志着在第四个财年里，国会不顾政府的反对制定了自己的艾滋病预算，其中包括国家卫生研究院的5 800万美元和疾控中心的2 300万美元。

国会拨款第二天，爱德华·布兰特医生宣布他年底将从政府机构离职。

然而，休会几天后，国会和政府之间爆发了另一场争端。最终拨款中包含额外拨给食药局的835万美元，旨在加快发展HTLV－Ⅲ抗体测试。但政府要求他们只能用47.5万美元进行血液测试，余下的钱归还财政部。政府曾在4月承诺，6个月内将在血库开展血液检测，目前已然落后，政府居然还不愿花钱来加快行动，共和党和民主党参议员都惊呆了。然而，随后的强烈抗议却没有引起新闻媒体的兴趣，也没有得到当局的回应。

10 月 25 日，旧金山，卡斯特罗剧院

一部关于哈维·米尔克的纪录片的首映，让比尔·克劳斯在某一刻回想起旧金山同性恋运动的光辉岁月，当时的敌人是安妮塔·布莱恩特，而不是某种病毒，往日的场景似乎很清晰。灯光亮起，掌声散去，大家都向比尔表示祝贺，称赞他好口才——他在影片中描述了走在前往市政厅的烛光游行队伍中是什么感觉。

在剧院的另一边，克里夫·琼斯看着比尔被崇拜者包围。克里夫听说比尔已被确诊，但比尔的朋友们也明确告诉克里夫，比尔不想见到他。比尔的朋友们仍不能原谅克里夫 6 个月前撤回对关闭浴场的支持。克里夫每天都沉浸在绝望的情绪中，比尔的确诊对他来说是又一次打击。他 1980 年的 4 名室友中，已有 2 人死于艾滋病，另一人患有 ARC。让克里夫痛苦无比的带状疱疹已经消失，但淋巴结仍然肿大。现在，轮到比尔了。

走出剧院时，克里夫想知道比尔是否还记得哈维·米尔克和乔治·莫斯克尼被杀当晚的事。那天晚上，结束烛光游行后，克里夫和比尔做爱了。以比尔的个性来说，他对这种事并不那么感情用事，觉得自己只是偶尔偏离常态。但从那晚起，克里夫对比尔产生了好感，而且此心不改。现在比尔恨他。这场疫病就像一头狂暴的公牛突然闯入所有人的生活，到处一片狼藉。克里夫在街头乱逛，他决定去“象步”酒吧喝一杯。

比尔在离开剧院时遇到一个老朋友，他也被诊断出患有艾滋病。史蒂夫·德尔·雷告诉比尔，法国人正在使用一种名为 HPA-23 的实验药物治疗艾滋病，他要去巴黎试药。比尔或许也想去试试。

万圣节那天，比尔与马科斯·柯南特以及一位记者朋友共进晚餐，后者最近去巴黎采访了巴斯德研究所的人，于是当场播放了一段采访威利·罗森鲍姆医生的录音，谈论的是一位输血感染艾滋病血液病患者的免疫问题。

罗森鲍姆说：“他的免疫系统像正常人一样。这药起作用了。”

比尔·克劳斯欣喜若狂。他所有的否认和挣扎现在有了个新名字：HPA－23。他会活下去的。

50. 战争

1984年11月

11月6日，里根再次当选总统，其选举人票数为近50年来最大的压倒性优势。民主党候选人沃尔特·蒙岱尔只获得了其家乡明尼苏达州和华盛顿特区的选举人票，余下的全归了里根。整个大选过程中，迅速发展的艾滋病疫情从未被当作重要问题来讨论。两位候选人谁也没有公开讨论过政府的“头号卫生问题”，也没有记者认为这个问题重要到不得不提。事实上，里根总统从未公开说过“艾滋病”一词，也从没提到过他意识到艾滋病的存在。

大选之夜，当宣布里根总统获胜时，他对欢呼的人群说：“美国的明天会更好。”然而，正是在他再次当任的那个月，美国的艾滋病患者超过了7 000人。

巴黎，巴斯德研究所

法国和美国的艾滋病研究人员之间的针锋相对所体现出的民族主义丑态，在科学界并不常见，但问题还在继续恶化。受国家癌症研究所资助或与罗伯特·加罗合作的大多数科学家都站在了国家癌症研究所这边。由于科学合作的路线常常沿着大西洋海岸的美国东方航空①的航线，因此，西海岸各研究中心——如斯坦福大学、加州大学旧金山分校及洛杉矶分校——的研究人员与法国科学家合作更多，并同情他们在这场分歧中的立场。

---

① 1991年倒闭前是美国第四大航空公司。由于西海岸更接近欧洲大陆，有不少前往欧洲的航线，故出此言。——译注

加州大学洛杉矶分校的迈克尔·戈特利布率先报告了艾滋病疫情，他认为自己应该是艾滋病研究的元老。现在，艾滋病研究的重点转移到了东海岸的实验室，他觉得自己被排除在了病毒学方面的行动之外。加罗和国家癌症研究所的曝光度常常使法国人黯然失色，因此，法国人但凡在研究上获得一点认可都会欣喜若狂，而且对戈特利布 11 月的来访表示欢迎。

巴斯德团队的热情以及他们利用极其有限的资源取得的成就，令戈特利布印象深刻。和大多数欧洲政府一样，法国政府在艾滋病研究上并没有投入，他们认为庞大的美国科学机构会在这方面取得重大进展，世界各国都能从中受益。巴斯德研究所的全部艾滋病研究预算只有几百万美元。靠着这点钱，巴斯德正在协调对非洲的血清进行广泛检测，法国和比利时的研究人员正在非洲追查这种疾病在异性间的传播途径，还有一些法国人在巴黎的实验室里探究艾滋病病毒的遗传特性。

因为美国国家卫生研究院以及美国科学机构仍然忽视对艾滋病治疗的研究，巴斯德研究所已经成为世界上最重要的治疗研究中心。法国人迫不及待地在艾滋病患者身上实验各种药物，所有受试病人都是自愿的，因为他们知道，要么治疗，要么等死。威利·罗森鲍姆和多米尼克·多尔芒医生都对 HPA－23 的成功兴奋不已，多尔芒已经用它治疗了戈特利布的病人洛克·哈德森。

法国人的关注点给戈特利布留下了深刻的印象，因为最令医生沮丧的莫过于无法让病人看到治疗的希望。美国政府在艾滋病治疗方法上采取了一贯的做法，比如，美国食药局最近批准异丙肌苷用于实验性治疗，但只允许在全国范围内对 200 名患者用药。根据标准的科学程序，测试包括可控方式和双盲方式，一半受试者服用异丙肌苷，另一半服用安慰剂。为了确保个人期望不会导致结果偏差，医生和病人都不允许知道谁服用了什么。这种方案具有科学意义。控制参与者人数，能确保有可能会造成严重毒副作用的、未经测试的药物不会对很多人造成不必要的影响。只有通过这样的受控实验，科学才能真实地并相对迅速地确定一种药物是否真能用于治疗艾滋病。

然而，很难向死到临头的病人解释这些科学原则。戈特利布知道，很多洛杉矶的病人开车去墨西哥购买异丙肌苷和利巴韦林，后者是另一种被认为具有抑制病毒作用的药物，尽管它在美国没有获得许可。每周都有越来越多的美国人来到巴黎，请求接受 HPA－23 治疗，因为艾滋病人之间都在传播这种小道消息。

巴斯德的医生们认为，美国人没有积极寻求一切可能的治疗手段，这是缺乏人性的。他们认为，双盲研究是残忍和不人道的；接受安慰剂的病人被排除了存活的可能性。法国人说，每个想活下去的病人都应得到某种治疗。那年秋天，罗森鲍姆对一位加州记者说："你们美国人听任病人不抱任何希望地死去，这些人还能再失去什么呢?"

尽管法国人热情高涨，戈特利布还是认为他们在科学领域是糟糕的玩家。他们的研究成果很难在美国发表和被接受，原因之一在于他们缺乏撰写符合美国科学期刊口味的论文的经验。而且不像美国同行那样展示数据，巴斯德的首席发言人吕克·蒙塔尼耶医生也缺乏加罗那样的魅力和强悍个性。

在巴黎，巴斯德研究人员请求戈特利布帮他们把 HPA－23 早期成就的论文搭出个框架来。法国人急于发表此文的原因之一是担心加罗在苏拉明疗法方面的研究会再次盖过他们的风头。

巴斯德团队仍对他们的成就得不到认可感到沮丧。他们一次次地参加研讨会，一次次看到他们的工作被忽视，他们发现的病毒被归为他人的功劳。到了年底，蒙塔尼耶叹道："我在此间学到的东西，政治上的远多于科学上的。我从没想过，我必须成为一个出色的推销员才能让人们听到我们的声音。"

*　　*　　*

这场罗森鲍姆所谓的"战争"，也在美国前线酝酿着。加罗正与疾控中心开战，因为疾控中心仍在备忘录上称艾滋病病毒为 LAV/HTLV－Ⅲ。加州大学旧金山分校杰伊·列维医生的论文被多家医学杂志退回，因为他将这种病毒称为 ARV，而对方指出应该称为 HTLV－Ⅲ。列维注意到，要求他改名的一般都是国家癌症研究所资助的科学家。加罗本人就曾建议大家“摈弃艾滋病这个叫法”，改称“HTLV－Ⅲ病”；认为这将消除“艾滋病”一词附含的耻辱感。

旧金山，加州大学

上大学时，马科斯·柯南特曾跟他笃信天主教的母亲说他不再相信上帝了，母亲责备了他，“等你快要死的那天，你会需要它。你会重返教堂的。”她说。

这句话一直萦绕在柯南特心头。天主教神秘主义或许会再次战胜他良好的判断力，这个想法与他的科学理性主义格格不入。他甚至在杜克大学辅修了神学，希望通过了解宗教图腾避免屈从于迷信。柯南特一直担心他有一天会倒向神秘主义，这种担心使得比尔·克劳斯去巴黎治疗的决定更让他心烦意乱。

在比尔·克劳斯身上，马科斯·柯南特看到了年轻时的自己。和柯南特一样，比尔头脑灵活，口齿伶俐，很早就放弃了否认艾滋病的存在。现在比尔去找一个神秘的治疗者治病，还想去遥远的异国他乡寻求一些未经测试的药物。柯南特想，这是在否认艾滋病、做垂死挣扎。这样做太不明智了。

比尔对巴黎之行同样坚定不移。他是在 11 月，第二个病灶出现后做出这个决定的。沿着“兰兹角步道”海风吹拂的峭壁前行，太平洋汹涌的海浪拍击着脚下的岩石，他曾告诉凯瑟琳·丘西克他害怕旧金山同性恋社区笼罩的消沉萎靡。他不知道自己还能做些什么。听到她建议去和“香缇计划”的悲伤治疗师谈一谈，比尔跳了起来；过去他常称这个组织为“死亡天使”。比尔告诉凯瑟琳：“他们教人们如何去死——可我想活下去。我要去巴黎。”

凯瑟琳不得不承认，整个卡斯特罗街区确实弥漫着对死亡的病态迷恋。同性恋报纸上的讣告越来越多，人们不再只是死于艾滋病。相反，他们离开了这个阶段，摆脱了肉身，或者去了另一边。当一个朋友悄悄告诉比尔，如果他得了艾滋病，他希望讣告上写他“翘辫子”时，比尔哈哈大笑。然而，比尔还是向神秘主义屈服了，他花几个钟头来想象自己是健康的，幻想 HPA－23 治好了他。

尽管比尔的许多朋友都不赞成他日益高涨的玄学倾向，但大家都注意到，在决定去巴黎后，他的情绪好了不少。他们计划资助他的巴黎之行，并开始安排行程，这样比尔就不必一个人在那里生活了。这些事很快便一一落实。比尔的政治人脉会让人得到最好的待遇。由于他在申请资金的过程中尽过力，研究才得以在美国继续。他会从他帮忙组织起来的同性恋社团中获得支持。

颇为讽刺的是，曾因迷信而成为比尔笑柄的基科·戈凡特斯，现在成了比尔的倾诉对象，在他面前，比尔可以畅所欲言自己对灵性的态度转变。因为在天主教环境中长大，所以当比尔意识到灵魂确实存在，意识到他拥有能赐予他力量的纯粹心灵时，他是心怀敬畏的。一天晚上，基科在比尔的床边看到一本《薄伽梵歌》时，忍不住笑了起来。

比尔立即辩解道：“这是本好书。”基科提醒比尔，4 年前当比尔在他床上看到同一本书时是如何笑话他的。他告诉比尔，他们就是在那晚相遇的。

“4 年前，”比尔若有所思地说，声音里充满了对所有失去的和正在发现的东西的惊奇，“才 4 年啊。”

11 月 28 日，旧金山

在肃静的法庭上，旧金山高等法院法官罗伊·旺达宣布了一项旨在平衡公共卫生和个人权利的裁决。旺达说，浴池可以重新开放，前提是雇监察员每隔 10 分钟检查一次，并驱逐所有从事危险性行为的人。此外，浴池必须拆除所有的门和私密空间，避免危险行为的发生。任何违反这项裁决的行为都可能导致营业场所被关闭。

有了这份裁决，默文·希弗曼 4 月中旬提出的反对危险性行为的条例将得以实施。同性恋律师称这个裁决取得了部分胜利，当然，浴场老板不这么想。在希弗曼下令关闭浴场两个月后，好几家倒闭了。虽然有人说同性恋到浴场消费符合《第一修正案》提到的结社自由，但浴场老板比任何人都明白，同性恋来这里只是为了性交。旺达法官的裁决宣布几周后，大部分浴场都不打算重新开放了。有的重开了，但生意大幅下滑。浴场和性爱俱乐部开始一个接一个关门，这个问题基本上也从城市的意识中消失了。

随着浴场问题得到解决，旧金山公共卫生局终于实施了一项激进的教育计划，直言不讳地告诫同性恋们改变性行为。广告牌、同性恋报纸上的大幅广告，公共电视网的公告都成为这一重量级项目的一部分，很快全国都照样做了起来。比尔·克劳斯的朋友们注意到，1984年末发起的这项活动，其实与比尔·克劳斯在16个月前，即1983年中期的某个周末制订的计划一模一样。

澳大利亚

在最近一次有关美国总统选举的新闻分析出炉时，艾滋病突然在一场原本平淡无奇的联邦选举中成为重大议题。这场争议始于里根连任一周后。当时，昆士兰州卫生局长宣布4名婴儿因输入一名布里斯班男子献的血而感染了艾滋病。这名男子是在2月献的血，4名接受输血的婴儿，3人已死，还有一个奄奄一息。这名27岁的同性恋献血者并未出现艾滋病症状，尽管随后的检测显示他携带HTLV-Ⅲ抗体。截至当时，这个洲只报告了26个艾滋病病例，其中9个已死。然而，这起首次出现在同性恋群体之外的死亡事件把总理鲍勃·霍克领导的工党政府推上了风口浪尖。昆士兰州议会在一天内通过了一项法律，决定对献血的高危人群处以高额罚款并监禁两年。

反对党保守党立即谴责工党支持废除该国原来的鸡奸法。右翼国家党领导人伊恩·辛克莱指出："如果不是因为工党推动同性恋行为成为社会常态，我相信这种事不会发生，这3个可怜的孩子不会死。"一名国家党议会候选人主张以过失杀人罪起诉任何去献血的男同性恋，另一些人则说应该指控他们犯有谋杀罪。

知名宗教激进主义者表示，如果国家听从他们1983年的建议对所有去美国旅行的男同性恋进行隔离，这种事永远不会发生。同性恋权利组织报告了多起针对男同性恋的帮派袭击，这显然是艾滋病恐慌引发的。

全国各地呼声高涨，霍克总理中断了一次竞选巡演，与艾滋病专家和州卫生官员在墨尔本召开紧急会议。现场气氛激烈，根据一份报告，昆士兰州卫生局长拒绝走进一个有出柜同性恋在场的房间。会议成立了一系列的委员会和工作组，卫生部官员们同意在全国实施指导方针，严惩那些在填写是否属于高危人群的调查问卷时误导血库的人。霍克呼吁全国各地的女性去献血。

虽然1984年的澳大利亚是艾滋病恐慌的热点，但其他地区的担忧也与日俱增。据世界卫生组织报告，1984年西欧的艾滋病病例增加了3倍，14个国家确诊了762例病人。其中约三分之一在法国发现，丹麦和瑞士的同性恋最喜欢旅行，这两个国家报告的人均艾滋病发病率是整个欧洲大陆最高的。

血液检测进而显示出艾滋病病毒正在向尚未报告高发病率的国家蔓延。例如，只报告了5例患者的芬兰，所有病人都是在1984年下半年确诊的。然而，对175名芬兰同性恋的检测显示，有10%感染了HTLV－Ⅲ，其中三分之一已发展成ARC。

欧洲第二大受灾国是西德，检查发现有三分之二的血友病患者、20%的静脉注射吸毒者和三分之一的男同性恋携带HTLV－Ⅲ抗体。西德当局估计，到1990年该国艾滋病患者将达1万例。这种预测引发了第一批建议——对艾滋病患者采取与梅毒或淋病患者同样的限制。根据在北欧国家几乎都有效的性病法，性病患者与他人发生性行为是一种犯罪。

艾滋病在非洲的传播速度很可能超过了世界上其他任何地区，尽管还没有确切数字来证明这一点。非洲各国政府还是跟原来一样，不愿承认这种流行病存在于他们境内。因此，这一问题的严重程度在欧洲最明显——那里六分之一的艾滋病患者是非洲人。这些病例可以追溯到撒哈拉沙漠以南的18个非洲国家。然而，欧洲三分之二的非洲艾滋病病人来自同一个国家——扎伊尔，11%来自其邻国刚果。比利时科学家报告说，这些国家只存在一个主要危险因素：异性滥交。

12月，英国卫生当局报告55名英国人在治疗过程中接受了被艾滋病病毒污染的血液制品，由此引发了新一轮对艾滋病的担忧。没过几天，英国宣布其首例输血感染病例是一名婴儿，其母亲在怀孕期间输入了被感染的血液。医生们焦急地观察着这位母亲是否有患病迹象。

在美国，疾控中心在1984年底报告了90例输血艾滋病。另有49名血友病患者因为被感染的第八因子得病。

12月10日，加州，戴利市，西顿医疗中心

一位医生表示，弗朗西丝·博尔切特此次住院是因为患了鹦鹉热。他说，也许是她家里的长尾鹦鹉让她染上了这种病。弗朗西丝的女儿凯茜研究过艾滋病宣传册，相信母亲得的是艾滋病，但医生们坚称她没有任何症状。

他们培养了弗朗西丝·博尔切特的血液，检测了她的骨髓，用上了核医学的每个装置，想找出问题所在。与此同时，这位老祖母一天天衰弱，呼吸变得极其困难。

12月23日，弗朗西丝出现呼吸衰竭，被紧急送往重症监护室。弗朗西丝戴着呼吸机，努力通过在纸上涂画与焦急的丈夫和孩子们交流。她指出，这是她大女儿去世一周年纪念日，离她父亲去世周年还有一天。在护理员给弗朗西丝准备紧急手术时，这个极为迷信的女人说："这次轮到我了。"

圣诞前夜

比尔·克劳斯的母亲玛丽早已盼着圣诞节时去看望在旧金山的两个儿子。比尔被确诊后，她彻底垮了，而且感到孤独，因为没人能和她聊聊比尔的困境。和朋友谈论艾滋病让她感到不自在。多年来，她甚至不敢说她的两个儿子住在旧金山，担心这样一来别人就会知道他们为什么还没结婚。

圣诞节前夕，比尔得了感冒，躺在床上。他情绪不稳，和母亲说话时似乎很不安。

比尔说："我总是梦到我面前有一堵冰墙。"

玛丽建议道："你就想象这堵墙正在融化，让它消失。"

比尔犹豫了一会儿，对母亲坦言："它让我害怕。"

圣诞节

弗朗西丝·博尔切特戴着呼吸器，身上插着各种管子，她又成了那个一贯发号施令的人，给凯茜写条子告诉她如何做烤牛肉和土豆泥。通常情况下，圣诞节是博尔切特的大戏，到时候弗朗西丝会统治厨房，宠溺孙辈们。这家人努力让彼此感受到圣诞节的愉快，尽管护士坚持要他们在探望弗朗西丝之前穿上长袍、戴上手套。老祖母的两个孙女留在候诊室；大家都不愿意让孩子们看到弗朗西丝戴着呼吸机又虚弱又消瘦的样子。

3天后，家庭医生告诉鲍勃·博尔切特，肺部活检显示弗朗西丝感染了肺囊虫肺炎。他提到艾滋病患者也会得这种肺炎，但没有继续谈及此话背后的恐怖。当鲍勃告诉凯茜时，她想尖叫。

她说："爸爸，那是艾滋病！妈妈得了艾滋病！"

* * *

与此同时，在华盛顿，里根政府尚未决定是否发放国会在两个多月前批准的840万美元，以推进血库的HTLV-Ⅲ抗体检测。一名白宫发言人表示，此事"仍在讨论中"。

年末，试图让其他国家机构关注该流行病的影响的各种努力都以失败告终。国防部长加斯帕·温伯格拒绝会见即将离任的助理卫生部长爱德华·布兰特，后者认为美国军人感染艾滋病势必会引发问题，对此，军方需要正视。与此同时，在与保险业游说人士的私下讨论中，国会助理蒂姆·韦斯特摩兰德警告说，他们应该利用其强大的政治力量申请更多的艾滋病资金。他预测，未来几年会产生数十亿美元的医疗开支，企业将因此陷入瘫痪。然而，跟大多数大企业一样，保险公司都支持那些赞成减少而非增加政府开支的保守派领导人。他们还没打算开始考虑像艾滋病这样的同性恋问题，所以韦斯特摩兰德几乎找不到愿意倾听的人。

1984 年，电影《阿玛迪斯》和《紫雨》上映。蒂娜·特纳戏剧性地复出，其装扮引得全国各地的“变装皇后”在除夕夜纷纷效仿。各电视新闻节目里，似乎都有巨幅美国国旗飘扬在洛杉矶奥运会和共和党全国大会会场的画面；配的是年度最畅销专辑《生于美国》。布鲁斯·斯普林斯汀这张专辑里的歌，讲的都是默默无闻的美国人的故事，美国梦把他们遗漏了，他们生活在绝望中。它表达了 20 年来最强烈的不满情绪，但不知为何，《生于美国》却被视为狂热爱国主义的一部分，那一年，全美的爱国主义情绪高涨。

1984 年的反常现象很容易被忽视。里根总统主政期间，出现了人类有史以来最严重的政府赤字，他却因承诺以赤字开支违宪为竞选纲领而赢得连任。每个人都认为，美国的未来一片光明。12 月 31 日，美国疾控中心报告，7 699 名美国人死于或将要死于一种他们闻所未闻的疾病，而在里根总统宣誓就职、开始第一个任期时，没人注意到疾控中心的警告：在里根总统的第二个任期结束时，将有成千上万人死亡。

旧金山

在旧金山，艾滋病公共卫生政策的最后阶段也在 12 月出现，就在默文·希弗曼医生召开新闻发布会，宣布一项令所有人意外的声明时。在担任助理卫生部长 7 年后，他需要“做点别的”。他这是在宣布辞职。

敦促希弗曼离开的大字报已在市政厅墙上贴了好几个星期了。11 月，选民通过了一项提议，将卫生部门的控制权从市执政官转移到由市长任命的新的卫生委员会手上。三天后，范斯坦市长宣布成立一个高级工作组来负责交接；显然，她没有任命希弗曼。

如今，希弗曼在市里得不到什么支持。支持对艾滋病做出积极回应的医生和政治家认为希弗曼行动太慢；与此同时，许多同性恋觉得希弗曼做得太多了。他们尖锐地指出，卫生部门的新教育计划不过稍微改了下马科斯·柯南特医生在今年早些时候提出的“行为修正”计划。几个月来，同性恋报纸上充斥着刻薄的社论和恶毒的来信，谴责希弗曼是“恐同症患者”。当然，这些批评是具有讽刺意味的，因为希弗曼的许多问题恰恰出于他不愿做任何有可能被认为是反同性恋的事。

无论如何，年底时的希弗曼身心俱疲，期待得到休息。他并非因为丢脸而离职。毕竟，他留给继任者一个艾滋病项目，这个项目现在在国际上被视为评估其他城市未来工作的标准。可以肯定的是，教育和预防项目在旧金山高度紧张的公共卫生政治氛围中耗时数年，现在终于完成了。希弗曼为自己取得的成就感到自豪，如果能再做一次，他不觉得会有什么不同。

在希弗曼的新闻发布会上，一位记者问他“在疫病蔓延的中间阶段”离职感觉如何。

希弗曼答道：“恐怕还没到疫病蔓延的中间阶段，这只是开始。”

第八部分

屠夫的账单：1985 年

……这疲劳，热病，和焦躁，
这使人对坐而悲叹的世界；
在这里，青春，苍白，削瘦，死亡，
而瘫痪有几根白发在摇摆，
在这里，稍一思索就充满了
忧伤和灰暗的绝望……

——约翰·济慈《夜莺颂》[①]

① 译文采用查良铮先生译本。——译注

51. 异性恋

1985 年 1 月，纽约

在格林威治村圣文森特医院的急诊室里，病人躺在轮床上，因为肺囊虫肺炎的缘故而呼哧呼哧地喘气。他已经在那里躺了 24 小时，希望等到一间病房。正常情况下，他的医生会给医院打电话，安排他住院。但医院管理方不愿再接受任何艾滋病患者；他们已经人满为患了。这名男子的医生教他绕过标准程序，直接出现在急诊室，根据纽约的法律，他们不能将他拒之门外。

这就是 1985 年初纽约医生给那些需要住院治疗的艾滋病患者的建议。在纪念斯隆-凯特琳癌症中心，玛蒂尔达·克里姆医生每天都要应付绝望的医生打来的电话，想帮他们的病人找到病房。鉴于过去一段时间某些医院对艾滋病患者的治疗效果不佳，医生们不敢将病人送去；而那些声誉良好的艾滋病治疗机构已经不堪重负。

纽约上城的圣卢克-罗斯福医院是世界上最大的医疗中心之一，医院里一半的单人病房里都住满了奄奄一息的艾滋病患者。在纽约一家著名的医院里，纽约一家最大的公司的副总裁患了卡波西肉瘤，也没有床位，不得不通过急诊室住进了医院。即使到了那里，在高烧 104 华氏度的情况下，他也得等上 7 个小时才得到一间病房。艾滋病临床医生之间流传过这样的事：一名艾滋病患者在等待入住曼哈顿最有名的大学医院的病房时死了。放眼这座城市，艾滋病临床医生无法想象在未来几个月，当数量庞大的患者攻陷这座资源有限的医院时他们该怎么办。

圣卢克-罗斯福医院的艾滋病专家迈克尔·兰格医生说："我们并不是在谈将要发生的噩梦，现在已然是一场噩梦了。"

在布朗克斯区的雅可比医院，3 岁的黛安娜有气无力地朝埃尔·鲁宾斯坦医生挥了挥手——他是她生命中认识的仅有的几张面孔之一。从 1983 年起，她就住在医院里，不是因为她需要住院，而是因为纽约没有别的地方安置艾滋病患者。在纽约和新泽西的医院，至少有 25 个像她这样的孩子；每个月，由于父母去世或遭到遗弃，还会再进来几个孩子。当然，大家都清楚会发生这种情况，但没有人真正计划过要做点什么。

纽约艾滋病治疗的危机标志着艾滋病流行进入了新阶段。1983 年，无人在意警告；1984 年，机会渐渐丧失；1985 年，悲惨的故事正在成为现实。艾滋病的未来冲击正在到来；"屠夫的账单"到了该兑现的时候了。

1 月 3 日，旧金山，田德隆区

街灯和闪烁的霓虹在年轻女子的脸上投下阴影。当便衣警察要求她出示身份证时，她故意噘起了嘴。其他女人见状纷纷作鸟兽散，离开埃利斯街，离开旧金山肮脏的拉客地。当然，在这座城市的这个角落，如此逮捕人并不罕见。

实施逮捕的警官正在等待无线电通知他这名 34 岁的褐发女子是否有被捕记录，西尔瓦娜·斯特勒斯则假装不知道过往司机在盯着她看。结果发现，就算在城市的这个角落她的记录也很可观。过去 5 年里，她总共被逮捕了 32 次，被控犯有 13 项重罪、39 项轻罪，包括抢劫、盗窃以及今晚的"占据人行道"。

西尔瓦娜把长长的直发从眼睛前移开，逮捕她的警官注意到她手臂上有深棕色的针眼儿，那是注射海洛因留下的。他知道她的事，她和在田德隆区谋生的其他妓女没有什么不同。

西尔瓦娜被戴上手铐，押到警车后座坐下。她立刻注意到逮捕她的警察似乎过于健谈。他们没有宣读“米兰达警告”，而是想谈谈西尔瓦娜的男朋友兼皮条客托尼·福特。他们在街上听说托尼得了艾滋病。这是不是真的?

沉迷海洛因多年，西尔瓦娜·斯特勒斯已经忘了如何谨言慎行，她承认托尼刚刚从艾滋病病房出院。她担心自己是不是也得了艾滋病。

就在这时，西尔瓦娜注意到巡逻车并没有朝法院开，而是驶过了教会区。午夜时分，警察把戴着手铐的囚犯带进了旧金山综合医院的急诊室。

其中一名警官说：“我们想让你们给她做个艾滋病检查。”

医院的工作人员对这个要求感到惊讶。他们认真地解释说，到目前为止还没有真正的艾滋病检测。HTLV－Ⅲ抗体筛查尚未获得许可，而且它也不是艾滋病检测。此外，他们不能强迫一个戴手铐的囚犯接受任何检查，并把结果交给警察。也许这个女人可以在艾滋病诊所开门时再来，届时自己决定她想做什么。

失望的警官押着西尔瓦娜回到巡逻车里，给她开了一张“占据人行道”的传票，然后开车回到了田德隆。他们告诉西尔瓦娜，她应该回到艾滋病诊所做任何能做的检查，拿到书面诊断结果。他们会回来查看医生的诊断意见。

西尔瓦娜哆哆嗦嗦地从车里出来，找毒贩买了些海洛因，然后回到她那破烂不堪的房间，托尼·福特正在等她。像往常一样，他们共用一个针头注射海洛因。很快，两人昏睡过去。

第二天早上，《旧金山纪事报》的一名记者得到某位急救室工作人员的线报，敲响了西尔瓦娜家的门。

托尼嘟囔道：“让他滚。”

“我要搭车去诊所。”西尔瓦娜边说边在蓝色牛仔服外披了条破披肩。

在艾滋病诊所，护士长盖玲·吉调整了自己的日程安排，以便和西尔瓦娜交谈，而这名妓女对自己的困境过于尴尬，几乎说不出话来，于是请求记者跟吉谈一下自己的职业、警察的事以及她迫切需要进行艾滋病筛查。吉和诊所的其他工作人员听了她的故事都傻眼了。他们对保密原则和公民权利等问题感到担心。

西尔瓦娜不想听这个。她只想要一张纸，上面写着她没得艾滋病。她可以把它给警官看，然后继续接客赚钱、买海洛因。吉帮她预约了下周的检查。

记者开车把西尔瓦娜送回她在琼斯街旅馆的房间，并问她："你怎么会变成这样？"

西尔瓦娜调高了汽车音响的音量，里面正播放"穆迪布鲁斯乐队"（Moody Blues）的歌，她叹了口气，说自己在旧金山郊区一个优渥的意大利家庭长大。1968 年从一所天主教高中毕业时，她对一个貌似即将迎来新时代的世界有着无限憧憬。接下来的几年里，理想主义逐渐消退，她开始吸毒，然后遇到了托尼，并生下了他的孩子。卖淫来钱快，现在的生活就是接完这个嫖客再接下一个，打完这针海洛因再等下一针。

当这两口子听说艾滋病与共用针头、性交有关时，已经太晚了。托尼已经出现了免疫紊乱的先期症状，然而一旦他需要海洛因舒缓焦虑，未来的健康问题就被远远抛到脑后。她又补充了一句，在田德隆区没人在意这种疾病。几个星期前，当托尼躺在艾滋病病房时，附近街区的人还把毒品带到他床边。他们会关上门，拿同性恋男护士开玩笑，然后用同一个针头注射毒品。

当然，毫无疑问，西尔瓦娜今晚还会做一样的事。托尼无法工作。他肯定也不希望她停止工作，那将意味着他的海洛因断供了。

"都是毒品惹的祸，"她说，"就像他们在电视上说的那样，你进去就出不来了。"

这就是为什么西尔瓦娜那天晚上要回到街上去。没错，她担心传播艾滋病。事实上，她淋巴结肿大，夜间盗汗，始终觉得筋疲力尽。但她必须工作，除此之外，她不知道还能怎么赚钱。

* * *

第二天早上，关于一名妓女的头版报道引爆了深层的公共政策问题，这些问题隐含在一个几乎可以肯定是艾滋病病毒携带者的站街妓女身上。保罗·沃伯丁医生谈了这个妓女为何会成为一个“公共卫生问题的怪物”，而且还带有公共卫生和个人权利之间的典型冲突。然而，其他有关西尔瓦娜·斯特勒斯的新闻报道就没那么温和了。

“行走在旧金山街道上的一颗人肉定时炸弹。”当晚的旧金山晚间新闻头条中，播音员严肃地宣布。另一位新闻主持人则把她比作“伤寒玛丽”。

整个周末，电视台工作人员开着装有“实时眼”设备的面包车游走于田德隆区，试图采访焦虑的行人。惊慌失措的人们打电话给谈话类节目，几乎所有人都一致认为警察应该把这名女子锁起来，并立即扔掉钥匙。

一时间，西尔瓦娜在她居住的社区变成了不受欢迎的人，4 个愤怒的妓女在路上追赶她，冲进她住的旅馆大厅，并威胁说：如果她再离开酒店就刺死她。事实证明，这些新闻报道对性交易有所影响。那个周末，似乎每个出来寻欢的男人在谈交易之前都会问：“你是那个得艾滋病的人吗?”

这桩闹得沸沸扬扬的事件深刻揭示了主导新闻媒体的异性恋男子的偏见。毕竟，多年来，上千名同性恋一直在互相感染，但并未能促使新闻机构对城市施压，开展积极的艾滋病教育活动。不过，一个异性恋妓女就是另一回事了。她可能会传染给异性恋男子。这是新闻界所关心的；于是成了新闻。

尽管艾滋病在异性恋之间传播的证据可以追溯到疾控中心 1981 年夏天首次开展的流行病学研究，但直到 1985 年初，其间的直接联系才引起了很多关注。最令人不安的消息来自中非，在那里，艾滋病被直接称为“恐怖性病”。尽管注重形象的非洲政府决意要让在其境内工作的研究人员守口如瓶，但泄露的消息证实，数千名患有免疫抑制的人正在黑非洲[1]地区奄奄一息，通常的死因是胃肠道寄生虫——该地区最常见的机会性感染。乌干达人不知道国外叫它什么，他们称艾滋病为“瘦身病”，因为这种致命的寄生虫病的特征就是病人日渐消瘦。

在科学界，与中非团队密切合作的欧洲研究人员最直言不讳艾滋病通过异性恋传播的现象。这些医生大部分来自比利时和法国，他们向来认为把艾滋病看成同性恋独有的疾病是一种奇怪的美国特色。鉴于扎伊尔、卢旺达等国的情形，这些医生警告说，西方世界不应沾沾自喜，因为这种新型性传播疾病对所有人都是威胁。

在美国，对异性间艾滋病传播最激进的研究来自一个最不可能的领域——美国军队。在华盛顿的沃尔特·里德陆军研究所工作的罗伯特·雷德菲尔德医生的文件中，男女之间通过性传播艾滋病相当容易。例如，在7名罹患艾滋病和ARC的已婚男性中，雷德菲尔德发现有5人的妻子感染了HTLV－Ⅲ病毒。而在这5名妻子中，有3个已出现临床症状。军队中罹患艾滋病及ARC的人中，有三分之一声称接触妓女是他们唯一的危险行为，这一事实也使得雷德菲尔德极为支持女—男性行为会传染艾滋病的结论。但是，他的论据也有副作用，因为军方现在已经习惯性地把患有这种综合征的同性恋军人解职。这也极大地鼓励军事人员将感染归咎于妓女，而不是同性恋。

此前不久，女—男艾滋病传播问题在旧金山炸开了锅。当时，艾滋病诊所的保罗·沃伯丁医生召开新闻发布会，宣布当地异性恋男子中出现了首批2例艾滋病病例，这两人声称除了与静脉注射毒品的妓女发生性关系外，并无其他可能导致感染的高危行为。在旧金山，新病例带来某种新启示，因为艾滋病在该市一向几乎仅限于同性恋。旧金山的艾滋病人超过98%是同性恋或双性恋；除了输血感染病例和5名吸毒感染病例外，一切都证明艾滋病在这里是同性恋疾病。

沃伯丁在宣布两名异性恋男子通过女性感染艾滋病的同时也承

---

① 指撒哈拉沙漠以南的非洲地区。——译注

认："通常我们不会专门为宣布一个新的艾滋病病例而召开新闻发布会，但我们不能贻误战机，这也许就是我们阻止疫病在异性恋人群中蔓延的最后机会了。"

几天后，沃伯丁的担忧应验了，当地确诊了第一例通过异性性行为感染艾滋病的女性。没几天她住进了5B病区，成了艾滋病病房的首位女病人。在凝视窗外荒凉的风景时，她不明白几年前跟一个双性恋男子幽会怎么就让她落到了这步田地。

默文·希弗曼医生在他担任卫生局局长的最后几周宣布，卫生部门将开始更新宣传册，把异性恋感染的风险加进去。一个新的工作组刚刚成立，为将来制定更详细的教育计划打下基础。沃伯丁提议采取更进一步的措施，即由城市流行病学家开始追踪每位异性恋艾滋病患者的性接触。而接替塞尔玛·德里兹在传染病控制局的职位的迪恩·艾森伯格医生，以目前俨然已成标准说法的公共卫生观念表示反对；说即使通过追踪发现了受感染者，也没有医疗服务可以提供给他们。"最后你可能好事没办成，反倒惹出大麻烦。"艾森伯格说。沃伯丁反驳他，那些后来可能因此类接触而感染的人可不会这么看。

他的医学观点并没有占上风。"艾滋语"仍主导着公共卫生决策，这种语法要求，即使在致命的流行病蔓延期间，你也不应该做任何可能伤害他人感情的事。

尽管对异性间传播艾滋病有各种担心（还担心妓女在传播疾病方面可能扮演的角色），但这场流行病中可能没有哪个方面比这些事实更值得商榷了。截至此时，全国只有50例艾滋病病例与异性间传播相关。其中45人是女性，只有5人是男性，这些男性除了与受感染女性有过性接触外，并无其他风险。全国报告了近8 000例艾滋病病例，仅有5例的话并不构成疫情。这5名男子中有2个住在旧金山，还不确定他们是不是羞于承认性取向的同性恋。

女传男的机制也存在疑点。在阴道性交或肛交过程中，哪些女性体液会侵入男性，产生与精液相同的作用？在非洲，当阴道分泌物接触到未经治疗的性病引起的开放性溃疡流出的血液时，疾病可能就这样传播了。在美国，性病几乎总能得到治疗，女性对男性的传播很少。当然，这种传播途径确实存在，而且随着越来越多的女性感染了这种病毒，感染者数量可能会增加。然而，异性恋没有类似于同性恋浴场这样的放大系统来加速病毒在全国的传播。未来，异性间传播的艾滋病对已感染者而言仍是个问题，静脉注射吸毒者的性伴侣主要集中于东部城市的穷人和少数群体中。这种疾病似乎不太可能像席卷同性恋社区那样突然重创异性恋群体。

在这一点上，也许没有哪个方面比携带艾滋病病毒的妓女更能说明问题。西尔瓦娜·斯特勒斯的故事占据头版的当儿，加州大学旧金山分校的研究人员已经完成了他们的论文，内容是关于美国第一个感染艾滋病病毒的人。他们说，第一个记录在案的病毒携带者并非同性恋，而是一个旧金山妓女。她和斯特勒斯一样，曾因在田德隆区卖淫及静脉注射毒品多次被捕。1977 年，当时 25 岁的她产下一名女婴，11 个月后，婴儿开始出现免疫缺陷症状。婴儿病情恶化期间，这位母亲又于 1979 年产下第二个女孩，后者也出现免疫异常的迹象，包括慢性腹泻和淋巴结肿大。第三个女儿 1982 年 4 月出生，2 个月后婴儿的口腔和阴道都出现念珠菌病，3 个月后医生将她的呼吸问题归咎于肺囊虫肺炎。到了 1984 年，3 个孩子已经死了 2 个。在加州大学旧金山分校的研究人员对他们储存的血液样本进行 HTLV-Ⅲ抗体检测后，她们的免疫问题之谜解开了。3 个孩子都被感染了。这位母亲在 1982 年患了淋巴结肿大，显然她早在 1977 年——甚至可能是在病毒到达美国后不久的 1976 年——就感染了这种病毒。

直到 1987 年 5 月去世前，这名女子在被感染后的这些年里一直在田德隆区卖淫。如果她很容易地把病毒传播给顾客，那么受感染的男子早该浮出水面了，可是旧金山只统计了 2 名异性恋男性感染病例。同样，纽约市也没有多少异性恋将责任归咎于妓女，尽管该市有大批吸毒妓女，数量令西海岸相形见绌。综合来看，在卖淫引发艾滋病的辩论中，流言似乎多过事实。

然而，1985 年初官方对仅有的几例异性恋艾滋病病例的关注，被证明是未来两年中决定艾滋病的辩论方向的关键事件。曾经想尽一切办法也未能让政府和媒体关注艾滋病疫情的卫生官员和艾滋病研究人员，现在明白了，没什么能比艾滋病在异性间广泛传播更能引起编辑和新闻主管们注意的了。讨论这样的话题可以保证节目时长和新闻空间，而在艾滋病相关事务上它能迅速转化为经费和资源。因此，尽管对于艾滋病在异性恋群体中传播的担心并没有获得多少流行病学上的支持，但很少有研究人员公开这样说。这么说毫无裨益，即使它最终证明是实话实说。5 年来的惨痛经验教育了所有卷入这场疫情的人：在艾滋病政策中，真相并不重要。

1 月 10 日

当一位同事递给凯茜·博尔切特一份《旧金山纪事报》，问她有没有读过第 8 版的内容时，她正在旧金山警察局的档案室干活。报上是一份欧文纪念血库的声明，称 1983 年 8 月一位不知名的女病人在西顿医疗中心输入了欧文血库提供的血液，感染了艾滋病。

“那是你妈妈吗？”

这是博尔切特家的人首次得知弗朗西丝确实因输血感染了艾滋病。

凯茜一边浏览报纸，一边说：“我一直有点怀疑，因为医生说她得了肺囊虫肺炎。”

她的同事表示同意：“现在到处都是肺囊虫肺炎。”

凯茜知道她母亲是注重隐私的人，不想在报纸上看到任何关于她的事，不指名道姓也不行。凯茜打电话给医院，确保她的房间里没有这份《旧金山纪事报》。

那天晚上在医院，凯茜和弗朗西丝一起在看电视，当新闻播音员开始谈论西顿医疗中心的新输血病例时，弗朗西丝·博尔切特难过地摇了摇头。

“那个女人真可怜，”她说，“换作是我，一定告他们。”

凯茜吃了一惊。显然，没人告诉她妈妈得了艾滋病。那天晚上，鲍勃·博尔切特坚持要医生们告诉弗朗西丝到底发生了什么。

第二天，弗朗西丝对于她和医生的谈话只字未提，尽管家人注意到她看起来很沮丧。

* * *

西顿医疗中心的这名女子是第100位因输血感染艾滋病的美国人，欧文血库的总裁布莱恩·麦克多诺第二天说。作为新的透明政策的一部分，欧文血库现在将公布每一起新的输血感染病例，以打消人们对血库掩饰输血感染艾滋病问题的怀疑。除了透露弗朗西丝的诊断结果外，麦克多诺还说，近年有32名艾滋病患者在欧文血库献过血，至少72名当地人接受了这些献血者的血液制品。这家血库预计，明年还将有24起因接受艾滋病患者的血液而感染的病例。

欧文血库的坦白策略激怒了其他血库经营者，他们要么对输血感染问题三缄其口，要么仍然坚持“感染率只有百万分之一”的说法。血库经营者急于摆脱所有的艾滋病问题，这件事将随着HTLV－Ⅲ抗体筛查的开始得到解决，到时候他们就可以宣布其血液供应没有受到艾滋病的影响。

美国食药局已于2月15日宣布了开始筛查的日期，而当地公共卫生官员和同性恋组织仍在担心这项政策将造成的巨大影响。鲜有议题像这样集社会、政治、心理和医疗等各种变量于一身，形成了政策上的僵局。

对男同性恋的调查显示，多达75%的人打算抗体筛查一开始就去检测。有人担心，一旦血库开始筛查，这些人就会去血库献血，借机了解自己的抗体情况。

与此同时，科学家们对检测的准确性还存有疑虑。罗伯特·加罗医生1月初说，5%到30%的艾滋病病毒携带者可能无法通过检测发现，这不仅是因为检测的准确度问题，还因为在感染6周后感染者才会产生可检测到的HTLV－Ⅲ抗体。因此，最近才感染艾滋病病毒的人的抗体检测结果不会呈阳性。这使得卫生官员担心，如果同性恋通过献血来了解抗体情况的话，一些已受感染的血液可能会通过艾滋病筛查，以致进一步污染血液供应。

除了这些担忧之外，人们也越来越担心同性恋血液检测会有损公民自由。在一些研究中，有多达一半的男同性恋血液测试呈 HTLV-Ⅲ阳性，显然这项检测很有可能成为事实上的性取向测试。检测结果外泄的话，可能会导致雇主、保险公司或政府普遍歧视同性恋，甚而在未来几年打压同性恋。

所有这一切都可能发生，即使测试的医学价值仍存在疑问。官方的估计依然是，抗体检测呈阳性的人当中，只有 5%到 10%会发展成艾滋病——尽管依然无法预测具体是哪些人群。因为这个检测无法提供这方面的预测，因此，“艾滋语”的最新格言是“检测没有任何意义”。

将所有这些问题转化为政策，成了美国地方卫生官员会议主席默文·希弗曼医生的任务。希弗曼提出了一项建议，似乎满足了每个人的需求——筹款建立替代检测点，让男同性恋和其他相关人士在血库之外的地方接受测试。希弗曼还希望政府出台相关规定，确保血库检测结果保密，这样一来，雇主或政府机构就不能将其用于与保护血液供应无关的目的。

这些提议受到了疾控中心的热情欢迎，后者一直在与艾滋病政策的复杂性作斗争。然而，在与联邦官员的会晤中，希弗曼踢到了墙。他被告知，建替代测试点需要花钱，而联邦政府并不打算在艾滋病问题上投入更多资金。事实上，里根政府仍未发放国会在去年 10 月拨出的、用于加快血库抗体检测的 800 多万美元。此外，政府不会采取任何措施确保血库测试结果不外泄。官员们说，这事应该在地方一级处理。

1 月 15 日与食药局代表会面时，希弗曼变得强硬起来，他表示，如果政府不为替代测试点提供资金，他将公开宣布联邦官员正在对血液供应构成新的威胁。他给了食药局两周期限。政府官员对他的最后通牒感到愤怒，他们告诉希弗曼，他只是在想法子让他所在的卫生部门中饱私囊而已。这一指控令希弗曼好笑，因为这是他担任旧金山公共卫生局局长的最后一天。

*　　*　　*

旧金山艾滋病基金会的社会服务部门工作效率非常高，很快就帮西尔瓦娜·斯特勒斯加入了美沙酮戒毒项目，并帮她解决了食品券和一般援助资金的问题，因此她无需再靠卖淫来付房租。西尔瓦娜似乎悔悟了，准备开始新的生活。她泪流满面地说："大家不该看到我在田德隆过着那种生活，至少现在我开始看到这一切要结束了。"

不过，西尔瓦娜故事的结尾并不是开始新生活，而是反映出了静脉注射吸毒者在艾滋病中呈现的复杂问题。这些人并不是乐观的同性恋，同性恋人会在生命中的最后时光和"香缇计划"志愿者一起进行白光冥想，而他们是瘾君子。

被诊断出患有绝症后，托尼·福特根本无意戒毒，也没有给西尔瓦娜什么鼓励。几周后，西尔瓦娜从她的戒毒康复项目中消失了。2个月后，她因小偷小摸被捕，第二年她因卖淫和毒品相关指控被逮捕了5次，而这是第一次。

1985年6月20日，托尼·福特死于肾衰竭，之前他经历了4次肺囊虫肺炎发作。

1986年1月24日，隐球菌病首次在西尔瓦娜·斯特勒斯身上发作，11天后，她死了，她的遗体被安葬在中产阶级家庭集中的旧金山郊区。她在那里开始她的人生，当时她是一个意大利家庭的女儿，而且一个新时代即将到来。

52. 流亡

1985年1月20日，旧金山，卡斯特罗街

卡斯特罗大街上人来人往，大家吹着喇叭，挥舞着旗帜，口号声不绝于耳："我们最棒！我们最棒！"

一整天，卡斯特罗街的酒吧跟全美各地的酒吧一样，挤满了等待着最后一次触地得分的球迷。在华盛顿，刚刚宣誓开始第二届任期的里根总统被安排在电视机前观看旧金山“49人队”和迈阿密“海豚队”在“超级碗”的对决。卡斯特罗街在与外界的短暂交流中得到了些许安慰；由于目前同性恋正承受着大多数异性恋体会不到的重压，因此这种感觉越来越罕见。

随着“49人队”的最后一次传球，他们夺得了3年里的第二个“超级碗”冠军，旧金山陷入了二战结束当日以来最疯狂的庆祝活动。卡斯特罗街区的狂热尤甚于任何一个社区，这里的人们对任何值得庆祝的事都心存感激。警察迅速封锁了卡斯特罗街的交通，以便越来越多的人挥舞着红、金两色的横幅涌入街道。他们爬上路灯杆，甚至在一辆被困在人群中的无轨电车顶上排出了康康舞队形。

克里夫·琼斯在“熊洞”（Bear Hollow）门口向人群欢呼。他一点也不关心橄榄球，但是这么多人聚在一起无论是出于什么原因都让他兴奋不已。克里夫还因为21岁的托德·科尔曼对他产生了极大的兴趣而激动。托德有一头漂亮的棕发，一双迷人的眼睛，精致的容貌令克里夫神魂颠倒。托德还是克里夫的铁杆粉丝，对他的生活几乎了如指掌，这种好事克里夫根本无法抗拒。

克里夫是在“超级碗”比赛中场休息时，在“熊洞”遇到的托德。克里夫追着这个年轻人要电话号码，托德却闪烁其辞，于是克里夫一直粘着他。当托德和一帮朋友找地方狂欢时，克里夫也跟着去了。几小时后，他们俩回到了克里夫位于卡斯特罗街外的公寓，一起过了一夜。

几天后，克里夫又去“熊洞”喝伏特加，看见托德和一群朋友一起进了酒吧。

克里夫得意洋洋地对一个熟人说：“看到那边那个小可爱了吗，我和他一起玩过。”

克里夫的朋友说：“哦，他得了艾滋病。”

“什么？”

克里夫的朋友说托德住在“香缇计划”为无家可归的艾滋病患者提供的宿舍里。

突然之间，一切都讲得通了。克里夫明白了为什么托德躲躲闪闪不给他电话号码，也明白了为什么托德会那么了解他在组织艾滋病基金会方面所做的工作。

克里夫惊骇至极，后来去找托德对质。这个年轻人承认自己得了艾滋病，他解释说他一直崇拜克里夫，已经追随他的事业多年，也读了关于他的所有资料。他在“超级碗之夜”一见到克里夫就知道自己想干什么。克里夫没有引诱他，是他引诱了克里夫。

克里夫追问：“你为什么要这样做？你有责任让你的伴侣知道你患了艾滋病。更重要的是，你有责任保护自己。”

托德说：“在‘香缇计划’时，他们说性生活对我很重要。”

克里夫感到绝望再次从他的胃里升腾起来。似乎每个人都快疯了。

几个月来，克里夫的情绪一直低落，几乎每天都有亲密的朋友或男友被确诊，他自己的健康状况这一年来也在艾滋病的边缘徘徊。他想了几个月，想逃往夏威夷。与托德·科尔曼的一夜情坚定了他离开旧金山的决心。每个人不是快死了，就是快疯了，如果他留下来，他也注定如此。

克里夫定期给亚利桑那州的母亲打电话，让沉甸甸的心空下来；1月时，他也打了电话，跟她说了他前男友费利克斯·维拉德-穆尼奥斯的死讯。玛丽安·琼斯温柔地谈起了40多年前从高中毕业的年轻人，当时正值二战的至暗时刻。她说：“我认识的所有男孩都去打仗了，大多数人都没回来。那些幸存下来的人都被毁了。你现在肯定也是这样的感觉。”

克里夫点点头。那就是他现在的感觉。

* * *

同性恋群体中的其他思想家认为，同性恋的困境与其说是处于战争状态，倒不如说是生活在恐怖主义中。任何时候，没有任何相互连贯的理由，病毒就会在受害者的血液中冒出来，攫取他们的生命。这种流行病毫无道德意识，远比战争中对立的意识形态更可怕。

在以色列等国经历过恐怖主义的同性恋认为，艾滋病是个更阴险的敌人。他们说，生活在遭受恐怖袭击的国家的人有一种同志情谊，一种意识，那就是团结在一起才能活下去。

但是，美国同性恋群体中感染艾滋病的人成了流亡者。大多数异性恋只有在这种疾病可能会影响到他们时，才关心它的存在。这场流行病非但没有让美国人更加团结，反而使他们彼此更加疏远。对于那些每天到主流社会去工作的同性恋来说，异性恋的生活方式似乎是超现实的。那里的人想的是自己能否买得起第二台彩电，或者是否该要个孩子。同性恋现在的生活也是一堆乏味的问题，比如你的爱人是否会在下周死去，或者如果某天你醒来会不会发现一个紫色的、预示着死亡的斑点。

此外，对于那些困在这种残酷的新现实里的同性恋而言，没人叫他们“坚持住”；相反，大家普遍表示同情或怜悯，但仍然是超然置身事外的，说到底，大家都漠不关心，好像是在暗示：这团乱麻都是你们自己造成的。

1 月 23 日

比尔·克劳斯的哥哥迈克租了辆豪华轿车，里面有香槟，还有伊迪丝·琵雅芙的磁带，他把比尔及其朋友们送到旧金山国际机场。出于心理作用，比尔起初不想坐黑色的车，觉得它看起来像灵车，是个坏兆头。可他还是被哄上了后座，一边呷着香槟，一边开玩笑说，如果他要流亡的话，最好是去巴黎。

比尔的朋友们知道他是在掩饰恐惧。他不知道是否能有机会试用 HPA－23。更重要的是，他还不知道药物是否有效。

第二天，巴黎

当比尔和他的朋友莎朗·约翰逊到达巴黎时，正赶上巴黎半个世纪以来最冷的冬天。这俩人当天就找到了公寓，第二天就去了位于巴黎郊区的一战美军医院，向多米尼克·多尔芒医生咨询 HPA－23的事。

多尔芒已经听说了比尔·克劳斯的病情。令莎朗印象深刻的是，法国人超乎寻常地重视比尔，这是一种比尔不愿打破的幻象。多尔芒描述了各种艾滋病药物在临床试验中的相对优势，包括异丙肌苷、干扰素、利巴韦林和 HPA－23 等。

“这些药物并不能治愈。”他警告说，它们只能阻止病毒的发展，而且比尔很可能不得不长期依赖它们。一旦停药，很可能复发并导致死亡。

“我想试试，”比尔说，“我想活下去。”

多尔芒说，比尔可以在下周进行第一次注射。

* * *

在美国，1985 年的头几个月，没什么比拿不出实验性治疗方案给艾滋病患者更让艾滋病临床医生和研究人员感到沮丧了。在艾滋病研究的任何领域，没什么比资金短缺的破坏性更大。

在纽约，贝斯-以色列医疗中心的唐娜·米德文医生每天接到 5 个电话，都是艾滋病患者的爱人、朋友和亲戚打来的，请求对病人进行任何可能的治疗。每天都有一位母亲抽泣着哀求：“求求你，医生，救救我的儿子吧。”

国家癌症研究所的官员向所有人保证，他们正在对所有可能用于艾滋病患者的实验性治疗药物进行筛选。他们没有透露的是，这个联邦筛选项目的工作人员只有萨姆·布罗德和两名技术人员；联邦政府要求冻结招聘，这让国家癌症研究所无法扩大这个项目的规模。

缺乏训练有素的逆转录病毒学家以及逆转录病毒实验室的研究经费，的确是药物测试中一道不可逾越的障碍。为了确定抗病毒药物能否阻止病毒复制，科学家需要分别对每个病人进行病毒分离，其成本是 700 美元一次。即便是国家癌症研究所这样世界上预算最多的医疗研究机构，也发现大量药物测试和病毒分离的成本贵得令人望而却步。即使真有这笔经费，也没有多少研究机构能进行这种分离，能完成这项工作的逆转录病毒学家更是少之又少。比如在纽约，仅有一个实验室能够分离 LAV。

缺乏这样的实验室是里根政府任内最初几年削减开支的后遗症。1980 年代初，当逆转录病毒研究经费枯竭后，科学家们就不再从事这方面研究了。这个领域毫无前途。现在，全国各地的研究机构都急需逆转录病毒学家，但根本雇不到人。就算资金到位，培养科学家和建实验室也要耗时数年。

当国家卫生研究院在贝塞斯达开会讨论药物研究时，唐纳德·弗朗西斯抱怨说："我们不需要再开什么会了。我们要的是实验室，还有钱。"

然而，这两样都遥不可及。

旧金山，都柏林街

"我觉得自己像个麻风病人，"出院回家的弗朗西丝·博尔切特对她丈夫和孩子们说，"没有亲戚会来看我。我也不想出家门。"

凯茜·博尔切特回答道："别灰心，妈妈。打起精神，我们会好起来的。"

弗朗西丝没有斗志。她感到疲惫、不适、孤独。虽然在抗生素治疗她的肺囊虫肺炎时牛皮癣已经消退，可是弗朗西丝到家后，它又杀回来了。凯茜帮出院后的母亲洗第一次澡时，母亲的状态令她震惊。她瘦得只剩 98 磅，尾椎骨从松弛的皮肤上突出来，凯茜觉得她看起来就像书上照片里的二战集中营受害者。

这个家庭很快就陷入了男同性恋所面临的那种困境，即这家人很可能会患上这种综合征。医生让他们采取预防措施，不要用弗朗西丝用过的盘子，洗碗洗衣时要戴上手套。在他们看来，自己说不定已经感染了病毒，但没有检测可以平息他们的恐惧。

凯茜开始研究输血感染艾滋病的信息。马科斯·柯南特医生跟她讲了斯坦福大学的T细胞检测，还有关于肝炎核心抗体检测的争议；并且告诉她，他们家应该请个律师。

凯茜问朋友："为什么没有人采取任何行动?"

巧的是，1985年的头几个月，旧金山发生了一系列戏剧性的输血感染艾滋病事件，引起了公众的注意。其中一个说的是罗马天主教的罗曼娜·玛丽·瑞恩修女，她在垒球比赛进本垒时滑倒，以致髋部骨折。1983年7月，这位66岁的修女接受了髋关节置换手术，输入了受感染的血液。宣布她的死讯时，牧师说，瑞恩在临终前"痛苦不堪"地为输血给她的人以及所有遭受艾滋病折磨的人祈祷。

* * *

围绕着是否进行HTLV－Ⅲ抗体测试发生的很多事进一步强化了其中的利害关系。1月31日，默文·希弗曼医生兑现了他的承诺，宣布了美国公共卫生协会和美国地方卫生官员会议的反对意见。他说，这些组织希望为艾滋病的血液替代测试点提供资金，但遭到联邦政府的拒绝，这可能会导致血液供应受到污染。

在几个月的谈判中，哈克勒部长办公室以及食药局的官员都在回避就替代检测点的经费问题做出任何决定，但是希弗曼的新闻发布会在媒体上出现还不到一小时，他们就打电话给他，承诺将为该项目提供1 200万美元。然后，他们把血库检测推迟了两周，这样希弗曼的项目就可以到位了。

尽管这解决了围绕检测许可的公众卫生问题，但并没有解决困扰同性恋领导人的民权问题。联邦政府没有对血液检测结果的保密问题做出任何规定。随着战线的日益分明，双方的对立变成了公共卫生和公民自由的经典对抗。总部设在纽约的同性恋法律团体"兰姆达法律辩护基金会"威胁要上法庭阻止该测试的启动。他们问，政府怎么能在没有任何保障的情况下，开始一项对如此多的美国人的生活造成灾难性影响的测试？在疾控中心，从事输血感染艾滋病研究的医生惊得目瞪口呆。这些人怎么可以威胁要阻止一项显然能挽救生命的测试呢？到2月中旬，对峙双方陷入僵局。

加州大学，旧金山分校

过去一年里，马科斯·柯南特设在加州大学旧金山分校的艾滋病临床研究中心和旧金山综合医院之间的合作关系逐渐瓦解。随着综合医院的国际声誉和影响力不断上升，其研究人员已经能自己争取到政府资助。他们还注意到，当地艾滋病工作的重点已经转移到县医院，这很大程度上是因为加州大学旧金山分校的官员对该校医学中心成为艾滋病研究的核心区感到不安。

马科斯·柯南特继续争辩说，医疗中心应该承担市里更多的艾滋病医疗工作，且不说其他原因，单看其地理位置就正巧处在西方世界最大的同性恋群体的旁边。然而，柯南特个人的影响力正在减弱。自从他越过加州大学的行政领导，直接向立法机关申请州研究经费，他就成了大学里的异类。因此，在寒冷的1月，当他在某次会议上被告知如果他辞去临床研究中心主任的职务对大学来说再好不过了，他并不感到意外。当然，学校对于柯南特为什么应该辞职给出了合理的理由。他们说，他是一名临床教授，如果把主任的头衔授予一位拥有更广泛的科研资历的全职教授，会使该中心更有声望。

然而，几乎每个与艾滋病研究相关的人都知道这种变动的真正原因。大学的官员们还是担心，由于旧金山是赫赫有名的艾滋病重灾区，优秀的实习生将不会申请来此实习。4年来，柯南特屡屡做出可怕的预测，已经成功地使大学官员相信，附近卡斯特罗街区的艾滋病病例将会暴增，因此在焦虑的加州大学旧金山分校管理者看来，未来看起来并不那么有希望。加州大学旧金山分校的其他科学家被告知要少谈艾滋病，大学官员对艾滋病研究的热情也下降了。赶走柯南特能让学校摆脱一个麻烦的特立独行者，一个不优先考虑学术政治的人。

这所大学再也不用担心柯南特的离开带给同性恋社区的政治后果。柯南特在反对浴场、推动积极的教育活动中所起的作用，使他成了大多数同性恋政治领袖和“湾区医生促进人权协会”不欢迎的人。

每一期《湾区记者报》几乎都会对柯南特进行人身攻击。

接受柯南特辞职的院长安慰他说，这是最好的选择。然而，柯南特回忆起这位院长还说，“至少有了艾滋病，许多不良分子会被消灭。”

洛杉矶，加州大学

迈克尔·戈特利布医生过去两年里一直在申请成立一个艾滋病诊所，但加州大学洛杉矶分校的管理人员却不愿卷入此事。当他们最终给了他一间办公室让他接待病人时，戈特利布简直不敢相信，它就在过去的退伍军人管理局医院一隅，隔壁的新医院造起来后，这里基本上就废弃了。如果病人要到戈特利布的办公室找他，得经过一个布满灰尘的空荡荡大厅，沿着潮湿的走廊经过一间间破屋，听到脚步声，巨大的蟑螂会从满是裂缝的墙上窜出来。患者一看就明白，学校对治疗这些病人兴趣不大。戈特利布则不得不提醒自己，对于艾滋病研究而言，加州大学并不是最糟的地方之一，而是最好的地方之一。

1 月 29 日，旧金山公共卫生局

新成立的旧金山健康委员会召开了第一次会议，成员吉姆·福斯特疲倦地看着一群公民自由律师和同性恋活动人士，这些人是来抗议在本市浴场里禁止“高危性行为”的。福斯特知道，这场辩论正在迅速变得毫无意义。该市 11 家浴场中仅有 3 家还在营业，而这 3 家的老板是新成立的“维护性与公民自由委员会”的资助人，他们是来反对禁止性行为的规定的。

吉姆·福斯特当然理解该组织的说辞。作为旧金山同性恋政治之父、“个人权利协会”和“托克拉斯民主俱乐部”的开创者，福斯特一手缔造了浴场老板现在所倡导的大部分性解放意识形态。

但是，他们说的话在今天听起来很空洞，福斯特很奇怪，男同性恋怎么到了这个时候还在要求公共委员会为其争取无节制性行为的权利。

在委员会开会前30小时，吉姆·福斯特一直待在埃迪街那栋舒适的维多利亚式住宅里，拉着情人拉里·路德维奇的手，他俩在一起12年了。被卡波西肉瘤折磨了17个月后，拉里陷入了昏迷。午夜时分，拉里喘了四口粗气，便再也没了呼吸。

吉姆·福斯特心想，这是个可怕的时刻，也是个美好的时刻。他参与组建一个同性恋群体，并不是为了让这一代人在中年时为死去的亲友守灵。然而，通过这场考验，福斯特从拉里这样的人身上看到了不可思议的勇气，也体会到了同性恋在这场集体创伤中的互相帮助和关爱。福斯特意识到，一个新的社群正在艾滋病的悲剧中涌现出来。其中的成员不是政客或为了浴场问题争论不休的激进派，而是那些学会了为自己和对方负责的人。

福斯特想，这才是社群的真正含义。说到底，这就是他多年来在同性恋政治活动中孜孜以求的：让同性恋有机会体会到这个集体的好。如今，在这场悲剧中，这个社区正在铸成。

在“维护性与公民自由委员会”的领导们向卫生委员会陈述完之后，这位旧金山同性恋政治元老驳斥说，他们的担忧“微不足道”。领导们当场呆住了。

1月31日，亚特兰大，疾控中心

唐纳德·弗朗西斯终于完成了9页的“艾滋病控制计划”。他警告说“未来几年”，可能会有2万至5万人死于艾滋病，并设计了一项计划，其中用到了卫生当局可以对抗该疫病的仅有的两种武器——血液检测和教育。弗朗西斯希望启动为期6个月的一项计划，检测药物治疗中心和性病诊所收集来的血液。即将获得的HTLV－Ⅲ测试许可，意味着疾控中心终于能准确掌握病毒在美国社会的渗透程度。他们还可以开始警告感染者：他们不但自身携带病毒，最要命的是，还能将病毒传染给他人。

弗朗西斯还建议为高危人群，如男同性恋、吸毒者以及滥交的异性恋“量身定制”教育项目，以减少性传播。为了减缓艾滋病婴儿的激增，政府必须着手教育女性静脉注射吸毒者如何避孕。弗朗西斯写道，应鼓励男同性恋了解他们的抗体状况，并通过血库之外的保密程序进行测试。当局只有在确定哪些人被感染、哪些人没被感染之后，才能开始利用教育项目减少新感染者的数量。

弗朗西斯知道他的提议都牵扯到政治问题。同性恋团体将反对他提出的对同性恋进行广泛的检测。保守派会反对艾滋病教育计划。他已经注意到，联邦政府几乎拒绝启动任何艾滋病教育项目，因为他们担心保守派会反对政府就安全的同性性行为指手画脚。迄今政府仅为教育项目买过一次单，是通过“美国市长会议”提供了一小笔钱。

疾控中心就壬苯醇醚-9可能的用途公布了一些数据，就连这个也引发了争议。1984年底，弗朗西斯实验室的一名研究人员进行了一项测试，其结果显示，避孕泡沫中的杀精成分壬苯醇醚-9成功地杀死了试管中的艾滋病病毒。弗朗西斯对这一发现兴奋不已，因为它终于向同性恋提供了某种可以保住性命的有效手段。他认为把壬苯醇醚-9和安全套一起使用有助于防止传播，希望立即发布这一发现。但詹姆斯·科伦搁置了此事，因为一部分被列为此文资深作者的科学家吃不准这项研究的方法。科伦不希望给人落下不严谨的口实，并以此攻击疾控中心的研究；弗朗西斯怀疑是政治原因在作祟。联邦政府不愿承认壬苯醇醚-9的价值，因为这可能被解读为纵容肛交行为。

疾控中心的其他工作人员指出，某种程度上，唐纳德·弗朗西斯和詹姆斯·科伦之间的冲突反映了他们在对待疫情的态度上的潜在矛盾。在科伦的领导下，疾控中心在收集艾滋病数据方面的成就有目共睹。他采用了他认为在保守的政府管理下所能做到的最大可能来指导疾控中心的艾滋病研究。

弗朗西斯一直是个理想主义者，目标就是阻止艾滋病的蔓延。他认为疾控中心已经放弃了控制疾病的职能，转而热衷于提供最新的死亡人数统计数字。他也明白自己正在输掉这场战斗。“艾滋病控制计划”是他希望让疾控中心发挥其“控制”职能的最后一项努力。该计划将耗资3 280万美元，远远超过联邦政府去年一年为疾控中心所有艾滋病项目支付的开销，但弗朗西斯认为，如果政府今天不严肃对待艾滋病问题，未来几年将产生数十亿美元的医疗费用和预防费用，相比之下，这笔费用是合理的。

1 月 30 日，也就是弗朗西斯提交计划的当天，疾控中心公布的数据显示，在上周，美国的艾滋病患者已超过 8 000 人。

2 月 4 日，华盛顿，国会大厦

当行政管理和预算办公室公布 1986 年财年所拟的艾滋病预算时，连里根政府最尖锐的批评者也感到震惊。政府不仅没有增加艾滋病研究资金，而且要求下一财年的艾滋病开支从目前的 9 600 万美元减少到 8 550 万美元。艾滋病研究整体被削减 10%，疾控中心则被削减了 20%，仅为 1 870 万美元，是受冲击最严重的。政府计划专门拨款 25 万美元作为同性恋社区的教育经费，并再次通过“美国市长会议”发放，以确保联邦机构不被牵扯进教同性恋“如何安全地进行肛交”这样的事。总之，约 5%的艾滋病预算将用于艾滋病预防和教育工作。

预算削减来得真不是时候。卫生部部长玛格丽特·哈克勒已经告知同性恋领导人，当她知道国会打算增加拨款时，她不想利用自己的政治资本在政府中为艾滋病争取资金。事实上，她在政府中的声望已急剧下降。与玛格丽特·哈克勒结婚 31 年的丈夫正在弗吉尼亚州起诉离婚，他声称，姑且不论其他，玛格丽特 22 年前就终止了他们之间的婚姻关系。他说，玛格丽特是个虔诚的罗马天主教徒，她拒绝离婚是怕有损于她的政治生涯。一个显然从 1963 年起就不再有性行为的人居然在主持政府的艾滋病防治工作，同性恋领袖觉得这太匪夷所思了，据说政府也感到尴尬。讽刺的是，在政府内部，哈克勒部长因为在艾滋病问题上做得太多而受到批评。其他保守的政府官员对她在这个问题上表现出的高调表示愤怒。传言纷飞，说卫生部长即将下台。

卫生与公共服务部反复要求增加预算，行政管理和预算办公室不胜其烦。在他们看来，有了政府分配给全国所有卫生机构的 80 亿美元资金，哈克勒想做什么都行。不是他们不愿意给她更多的钱去对付艾滋病；他们只是不想给她更多的钱。预算官员认为，国家癌症研究所、疾控中心以及过敏及传染病研究所的负责人之所以要为艾滋病研究争取新的资金，是因为他们太懦弱，不敢告诉自己的科学家必须砍掉其钟爱的项目以支持艾滋病研究。

在国会，许多国会助手开始畏缩不前。过去几年里，由于他们的幕后操纵，艾滋病研究获得了追加拨款，其中一些人现在向全国同性恋工作组联席主任杰夫·利维透露，他们已厌倦为里根总统遮掩。似乎政府官员无论有多反对国会的资助计划，一旦资金到位、研究取得进展，他们就会占别人的功劳为己有。

参众两院都还没有出现艾滋病问题方面的国会发言人。大多数艾滋病立法是洛杉矶众议员亨利·威克斯曼和纽约众议员特德·维斯处理的，但他们俩都是小组委员会的主席，还有其他职责。旧金山的两位众议员芭芭拉·伯克瑟和萨拉·波顿都没有把艾滋病作为她们的首要任务；她们更关注环境问题和国防问题。如果没有立法机构发言人，争取艾滋病资金的工作将再次落到杰夫·利维这样的同性恋说客和蒂姆·韦斯特摩兰德这样的一小撮主要的国会助手手上。在国会，艾滋病问题仍然无人关注；无论是艾滋病病例的惊人数量，还是对未来死亡人数将激增的预测，都没有引起多大的反响。

* * *

就在里根政府公布预算的当天，香港卫生部门宣布，亚洲大陆确诊了首例艾滋病病例。官方称，这名 46 岁的中国海员去年在迈阿密度过假，目前在香港一家医院奄奄一息。

艾滋病现在已经蔓延到地球上每个有人居住的大陆。

亚特兰大，疾控中心

传染病中心主任沃尔特·道达尔医生的首席助理在疾控中心总部的走廊上遇到了唐纳德·弗朗西斯。

他说出了对弗朗西斯那个雄心勃勃的“艾滋病控制计划”的结论。疾控中心无力提供资助。

给弗朗西斯的建议是，“尽量少做事，但要让自己看起来做了很多。”

弗朗西斯早已决定如果他无法启动艾滋病控制工作，他会怎么办。他不想再花时间凭一己之力去跟政府抗争了。事实上，疾控中心的艾滋病工作正在重组为一个单独部门，流行病学研究和实验室工作正在合并。这是他离开的好时机。他已经有了新的工作意向：担任疾控中心在加州卫生局的艾滋病联络员。他将离开亚特兰大。

53. 清算

1985 年 2 月 8 日，纽约，哈雷酒店

约瑟夫·索纳本德医生看起来心事重重。这群记者——其中包括国内大部分报道艾滋病疫情的记者——看起来也是一脸困惑。

“它的影响极其重要。”索纳本德谨慎地说。

索纳本德是纽约顶尖的艾滋病医生之一，他正试图解释吕克·蒙塔尼耶医生在艾滋病研讨会上所作演讲的重要性。该研讨会为期一天，由艾滋病医学基金会和科学家公共信息研究所共同赞助。

蒙塔尼耶以一种显赫的专业风范描述了巴斯德研究所对三种艾滋病病毒原型所做的基因测序，这三种病毒分别是 LAV、HTLV-Ⅲ以及杰伊·列维的 ARV。法国人的 LAV 与 ARV 的基因序列差异约为 6%，与会科学家都同意这是正常值。任何两株艾滋病病毒分离菌的基因都会有所偏差，偏差值通常在 6% 至 20%。然而，当蒙塔尼耶咬定 HTLV-Ⅲ原型分离菌的基因序列与 LAV 的基因序列相差不到 1% 时，他抿紧了嘴唇。

这些话引得在场的艾滋病研究人员开始嘀嘀咕咕，与此同时，记者们打起了呵欠。记者们一直以来都认为 HTLV－Ⅲ、LAV 和 ARV 是同一种病毒的不同名称。然而，记者们没有抓住要领。

索纳本德小心翼翼地提到了根本问题："看起来，HTLV 和 LAV 太一致了。它们与同一科属的两个独立分离菌所预期的一致性相同。"

记者们仍没有听懂。医生们倒是懂了，但不敢大声说出来。

一个医生对索纳本德喊道："你有胆量挑明刚才说的话的意思吗?"

索纳本德说："不，我不能说。这话不该我说。"

另一个医生说："也不该我说。"

美联社记者问："你们在说什么？你们知道一些你们不能说的事?"

索纳本德终于开口道："它们看起来像是同一株分离菌，要么就是特别奇怪的巧合。"

有人问："你在暗示什么?"

会议组织者玛蒂尔达·克里姆医生走到了麦克风前。

她说："蒙塔尼耶医生觉得他不适宜指出这一点。"

一位恼怒的记者说："并没有人确切指出什么呀。"

克里姆说："对你们而言，这可能是一个复杂的概念，不过我认为你差不多理解了。"

《费城问讯报》的资深科普作家唐纳德·德雷克是现场少数几个听明白索纳本德言外之意的记者之一。

德雷克问："你的意思是加罗偷了法国人的病毒?"

索纳本德圆滑地说："也可能是蒙塔尼耶偷了加罗的病毒，要不然就是特别奇怪的巧合。"

《旧金山纪事报》记者说："这下明白了。"

记者们现在明白了科学家们一整天在哈雷酒店走廊上讨论的内容。在病毒学的世界里，两种不同的病毒分离株之间只有不到 1%的基因差异是不可想象的。这就像去找两片相同的雪花。根本不可能。

此外，分离 LAV 和 HTLV－Ⅲ原型的时间相差了 17 个月，且病毒来自两个大陆的两名男性，因而更不可能出现这样的一致性。对于这两个病毒原型如此一致的唯一解释，就是它们是来自同一个人身上的同一种病毒。

蒙塔尼耶很了解加罗发现 HTLV－Ⅲ的时间表，尽管他从未在公开场合质疑过。按照加罗自己的说法，他在 1983 年底才成功分离 HTLV－Ⅲ，也就是说，是在 1983 年 9 月巴斯德研究所给他寄去 LAV 样本之后。在当天参加会议的法国研究人员和许多艾滋病医生看来，蒙塔尼耶的对比表明，1984 年 4 月国家癌症研究所宣布的 HTLV－Ⅲ有可能是在法国人 1983 年 1 月培养出的同一细胞中长出来的。如果是这样的话，这将是科学界的惊天丑闻。

在许多方面，2 月这个寒冷的周五在纽约举行的艾滋病医学基金会会议传递出这场流行病接下来会出现的第一个迹象。屠夫的账单如此之长，为艾滋病付出的代价如此之高，以至于长期被容忍的违法行为再也无法被忽视了。清算的日子即将到来。

克里姆一直在寻找一种新的方式让记者对艾滋病产生兴趣；她召集此次会议，就是为了把最优秀的艾滋病科学家和艾滋病记者聚到一起。背后的动机有很多，而很多最初答应来开会的重要艾滋病工作者突然决定不来了。

例如，哈克勒部长在最后一分钟以流感为由，取消了她的主题演讲。也许是因为她听说克里姆有意谈一谈联邦政府为证明其为艾滋病研究投入了足够的资金而“捏造的数据”。罗伯特·加罗医生也在最后一刻取消了行程。

巴斯德的研究员让-克洛德·彻尔曼出席了这次会议，展示了 HPA－23 实验性疗效的相关数据。并非巧合的是，克里姆和纽约的其他临床医生正在花大量时间恳求极不情愿的食药局加快对艾滋病药物实验性治疗的批准。与此同时，有越来越多的证据支持蒙塔尼耶有关 LAV 遗传特性的观点，即 LAV 不是与 HTLV 家族相关的白血病病毒，而是一种慢病毒。这也是法国方面长期坚持的观点。这个问题——鉴于一些艾滋病研究人员转向了 HTLV－Ⅰ和 HTLV－Ⅱ的研究，希望这些相关病毒可以解开 HTLV－Ⅲ感染之谜——现在已不单单是学术问题了。显然，假如 HTLV－Ⅲ与其他 HTLV 完全无关的话，那么上述工作就白做了。由于艾滋病研究人员的圈子现在已经刮起了斯德哥尔摩综合征之风，因而此事还涉及个人声誉。

当然，彻尔曼和蒙塔尼耶来参加会议，也是试图弥合巴斯德研究所和国家癌症研究所之间不断升温的敌意。加罗医生突然就不来了，这让克里姆非常生气，她在会议一开始就说："这种较劲有碍于阐明真相、互相理解。"

多年来，克里姆一直在努力让纽约市政府对疫情应对计划产生兴趣，她还希望公开播出纽约市卫生专员大卫·森瑟和默文·希弗曼医生就地方公共卫生政策进行的对谈。希弗曼医生 3 周前辞去了旧金山公共卫生局局长一职。随着浴场问题得到解决，全国——尤其是纽约——的艾滋病临床医生越来越认为希弗曼是个了不起的人物。毕竟，希弗曼真的把钱花在了艾滋病治疗设施和教育计划上。与森瑟相比，他过去的优柔寡断简直微不足道。森瑟被要求解释为什么在艾滋病教育、病人服务或治疗设施协调上不肯花一分钱的公共政策，竟然敢说是好政策。为了让大家明了希弗曼—森瑟组合所蕴含的讽刺意味，拉里·克莱默被安排在房间后面，随时对森瑟的表现发表不太冷静的评论。希弗曼为森瑟感到尴尬，他自己也不太舒服，感觉自己在不知情的情况下被设计成了捉弄纽约市卫生专员的一颗棋子。然而结果证明，森瑟的丢脸不过才刚刚开始。

曼哈顿，公共剧院

坐在轮椅上的艾玛·布鲁克纳医生抬起了头，她的声音游移在疲倦和绝望之间，就像多年来在这个城市照顾艾滋病人却缺乏真心的医生一样。

她说："在发现疫苗之前，几乎所有的男同性恋都会被感染。奈德，你那个组织毫无用处。我昨晚在克里斯托弗街来回走了走，看见男人们一个个独自走进酒吧，出来时却都成双成对。浴场门口，成排的男人等着进去。为什么你不直截了当地跟他们说‘停！’你一天不提醒他们，就多一些互相感染的人。”

奈德·维克斯理解她的沮丧。

他说：“别对我说教，忘了吗，咱俩是一伙的。”

布鲁克纳反驳道：“别跟我一伙，我不需要你跟我一伙。你得有你自己的立场。我已经看了238个病人——我，一个人。你说起来好像这事并不比麻疹更糟糕。”

奈德坦陈：“他们不会把我写的东西印出来，绝不会。”

突然，表演停了下来，演员们开始休息，拉里·克莱默注视着空荡荡的舞台。有时，排练《凡俗的心灵》给克莱默一种超现实的感觉。这是他的生活。当然，他也是主角奈德·维克斯，在纽约市艾滋病爆发的头几年里暴怒、喊叫。艾玛·布鲁克纳医生的原型是坐在轮椅上工作的艾滋病工作开拓者琳达·罗本斯坦因医生，她跟反应迟钝的联邦政府、跟僵化的市卫生机构做斗争。该剧忠实地再现了克莱默多年来在艾滋病运动中面临的每个障碍，他还特别详细地描绘了“男同性恋健康危机”及其领导人的缺点和过失。

克莱默迫切希望他能以剧作家的身份完成作为同性恋活动家的他未能做到的事——将纽约及其同性恋社区推向对抗艾滋病的行动中。该剧严厉地控诉了市政官员的冷漠。市长科赫的支持者散布消息说，约瑟夫·帕普制作该剧，只是为了扯平以前和市长的个人恩怨。克莱默怀疑科赫政府对这一最新攻击的回应可能与过去几年其应对关于艾滋病政策的批评并无二致，要么忽视，要么设置障碍。他还知道，各种事件终将汇集到一起，迫使这个城市拿起武器抗击艾滋病。

艾滋病在城市中不断出现变化，这预示着如果艾滋病预防方案继续推迟，后果将不堪设想。相比美国的任何一个地方，纽约的艾滋病已经不仅仅是同性恋问题了。异性恋静脉注射吸毒者病例在一年里增加了三分之一，随着艾滋病开始在社会底层蔓延，1985年1月的最新艾滋病统计数据首次显示，纽约的艾滋病人中有54%是非白人。

瘾君子大量罹患艾滋病，酿成了一系列与之相关的社会问题，因为吸毒者是把艾滋病扩散到异性恋人群的主要媒介。该市大部分艾滋病婴儿都有瘾君子父母，而且几乎所有异性恋感染病例都是少数族裔吸毒者的女性性伴侣。治疗瘾君子艾滋病患者的临床医生担心这种疾病会在东海岸的穷人中蔓延，埃尔·鲁宾斯坦医生害怕这种病毒会通过瘾君子传进高中，在性行为活跃的青少年群体中扩散。他呼吁学校积极开展艾滋病教育，却因此被斥责为“危言耸听”。

最终，关注这个城市该如何组织起来处理不断增加的艾滋病患者的不只有艾滋病临床医生，市政府也出手了。1 月下旬，7 人组成的一个城市卫生官员代表团前往加州调研旧金山的艾滋病患者服务网络及社区计划。去年年底，克里姆医生曾率领一个非官方实地考察团去过，和他们一样，城市卫生代表团返回纽约后提出了基于旧金山模式的艾滋病教育和治疗方案。他们把一份长达 59 页的报告交给了卫生专员森瑟，报告直接指出，纽约市“必须”开始长期及短期的规划，并警告说艾滋病“极有可能摧毁城市医疗卫生系统”。

与此同时，该市的浴场政策也面临更严格的审查。最近才开始报道艾滋病的《村声》杂志，做了一件同性恋媒体不敢做的事——把正反两方的观点都发表在杂志上，引发了关于浴场的争议。曾在纽约州艾滋病咨询委员会工作的艾滋病患者迈克尔·卡伦在《村声》杂志上发表了一封长信，讲述了同性恋政治领袖们是如何破坏他在州议会上讨论关闭浴场的各种努力的。但这么说也于事无补，因为森瑟依据城市流行病学家艾伦·克里斯托的研究，指出关闭浴场只能将艾滋病的感染率降低四分之一。后来发现，克里斯托此项研究部分是由北加州浴场业主协会资助的。

对大卫·森瑟的朋友们来说，他的职业生涯似乎受到了诅咒——时运不佳，还老是出错。之前担任疾控中心主任时，他主持过对臭名昭著的塔斯基吉梅毒实验的内部调查。这项实验的对象是一群贫穷的、患有梅毒的南方黑人，医生希望通过他们研究这种疾病的长期影响。即使被披露后几乎成了一桩丑闻，但森瑟还是反对终止它。后来，森瑟主持了猪流感研究，并亲自说服当时在任的福特总统开展了雄心勃勃的猪流感疫苗接种运动。不幸的是，猪流感疫情并未发生，死于疫苗接种的人多过死于该疾病的人。由于冒进，森瑟丢了饭碗。

1982 年初，当几个艾滋病病例出现，预示着一种新的流行病即将到来时，森瑟来到纽约市担任卫生专员一职。几乎从一开始，科赫市长就把该市的艾滋病政策全权委托给了森瑟。时至 1985 年 2 月，科赫仍然拒绝回答记者关于纽约市如何处理艾滋病的问题，并把所有询问都转给了森瑟。就他而言，这位卫生专员在整个疫情发展过程中的表现说明了他不会再犯让他失去疾控中心工作的那种错误。森瑟倒是没在行动上犯错，但他错在不作为，还宽慰自己说至少他没有引起恐慌。多年来，森瑟采取的这种姿态在很大程度上躲过了同性恋群体的愤怒——拉里·克莱默的除外；因为当地同性恋更关心艾滋病的政治层面，而非其医学层面。而且，森瑟很少成为媒体攻击的牺牲品，因为主流报纸上没多少关于艾滋病的文章。

然而，1985 年的头几个月里，森瑟的日子越来越难过。1 月，市议会成员担心这个问题可能会在选举中出现，因而召集了一次听证会，他在听证会上受到了严厉质询。当被问及该市在艾滋病方面的支出金额时，森瑟说“大约每年 100 万美元”。可他说不清钱都花在了哪里，并且坚称不可能这样做决定。

在随后与希弗曼医生的对谈中，森瑟也表现得极其尴尬。几天后，森瑟的公关助理告诉记者，如果他们打算直接拿纽约跟旧金山比的话，森瑟不会接受采访。

2 月 12 日上午，卫生专员森瑟同意与《旧金山纪事报》的一名记者会面，讨论纽约市公共卫生部门对艾滋病疫情的反应。在进专员办公室前，记者遇到了玛蒂尔达·克里姆、迈克尔·兰格和乔伊斯·华莱士等人。过去几天，这 3 位医生已经向该记者详述了由于纽约反应迟钝，噩运正在弥漫。他们在离开办公室时悄声告诉记者，过去 1 小时里他们一直在试图说服森瑟做点什么，但毫无进展。一进森瑟的办公室，记者就对这座城市提出了批评，他的话跟森瑟刚刚听到的几乎没什么区别。

森瑟面无表情："我没注意到这些问题。从没有人跟我提过。"

至于艾滋病教育，森瑟认为这个城市已经做得够多了。他说："有必要知道的纽约居民已经获得了他们需要知道的所有艾滋病知识。"

森瑟驳斥了有关艾滋病已成纽约市"危机"的说法。他说，一切都在掌控之中。

1985 年 2 月的那个星期，尽管纽约市官方认为艾滋病疫情尚未发展成一场危机，但该市艾滋病患者的数量已超过 3 000 人。

一周后，第一批调查纽约的艾滋病反应的报道公之于众；但没在纽约见报，而是上了《旧金山纪事报》。

* * *

到目前为止，在所有艾滋病疫情严重的城市里，艾滋病教育已成敏感问题。虽然保守的洛杉矶县监事会仍没有为艾滋病教育拨款，但州政府资助了一项雄心勃勃的"洛杉矶在乎你"的广告攻势，宣传艾滋病信息。在广告牌、海报和同性恋报纸广告上，一个系着围裙的矮小母亲对着她年轻健壮的儿子摇晃木勺，警告他"玩要玩得安全""不要忘记戴套"。

然而，根据定义，这种艾滋病防治运动坦诚地讨论了一个让主流社会心惊胆战的话题——性。"洛杉矶艾滋病项目"花了几个月时间与"快速公交系统"会谈，然后才被批准在公共汽车上张贴警示。只有一个电视台愿意播放"洛杉矶艾滋病项目"制作的艾滋病公益广告，洛杉矶地区的其他所有电视台都以低级趣味为由拒绝播放。在艾滋病圈子里这成了个笑话，说这标志着有史以来第一次有同性恋死于没品位。

当"圣地亚哥艾滋病项目"开始其名为"阻止艾滋病"的运动时，发现遇到了一个前所未有的反对者。强生公司申请"停止并终止"① 来

① 即 cease and desist，向法院申请要求终止一项行为并且不许再从事，违者将面临法律诉讼。——译注

叫停这一运动，声称“阻止艾滋病”的口号冒犯了他们的标志性产品“创可贴”①。

2月21日，华盛顿，雷伯恩众议院大厦

艾滋病正在成为一个足够大的新闻话题。电视台的摄像机9点45分准时到达，准备录制由参众两院的小组委员会联合举行的一场不同寻常的国会听证会，主持人是亨利·威克斯曼和特德·维斯。自从爱德华·布兰特辞职以后，疾控中心主任詹姆斯·梅森一直代理卫生部助理部长一职，现在他与其他政府官员坐在一起，感觉很不安。他知道威克斯曼和维斯此次是有备而来，不会像平时那样代表民主党的立场指责政府漠不关心；相反，他们将出示一份由技术评估办公室起草的强有力的报告，这是一个备受国会尊重的机构，有权就复杂的科学问题为立法机构提供不带党派立场的分析。技术评估办公室这份长达158页的报告，名为“关于公共卫生署应对艾滋病问题的述评”，是对联邦政府的艾滋病政策所做的最广泛的调查。这也是梅森医生在听证会上不安的原因。

“技术评估办公室发现，虽然联邦政府已将艾滋病列为我国头号卫生问题，但专门针对艾滋病活动的资金在国会的倡议下才得以增加；此外，由于预算及人员分配的不确定性，公共卫生署下属各机构在规划与艾滋病相关的活动时遇到诸多困难。”报告这样总结。

通过大量的脚注、表格和图形，该报告详尽叙述了在争取联邦艾滋病经费的悲惨经历中的每个曲折细节，而这项研究记录了疾控中心和国家卫生研究院在疫情蔓延期间历年为获得资金所面临的诸多问题，即使卫生与公众服务部的官员义正词严地指出防治艾滋病是他们的首要任务。联邦政府下属各艾滋病研究机构都卷入其中的激烈竞争也暴露无遗，尤其是国家癌症研究所和疾控中心之间悬而未决的争端。然而，最令人震惊的是，报告显示，政府至今仍未制定出任何深

---

① “阻止艾滋病”的英文 Ban－AIDs 与创口贴 Band－Aids 发音相近。——译注

思熟虑的长远计划来打击和预防艾滋病。相反，这几年以来似乎都是在随意处理该疫病，制订计划的并非是卫生官员，而是由行政管理和预算办公室负责削减预算的官员。

“里根政府假装艾滋病只是图表上的一个暂时异常，他们希望这些统计数据会消失，”威克斯曼在听证会开场发言中说。“根据最乐观的流行病预测，在下届总统竞选开始之前，死于艾滋病的人将跟死于越战的人一样多。我们不能袖手旁观，眼睁睁看着那些美国人死去。”

私下里，梅森医生长期以来一直因为艾滋病经费问题备受煎熬。他觉得忠于里根政府是他的职责，但他也知道解决艾滋病问题需要更多的资源。他很清楚政府下一年预算给艾滋病的拨款严重不足。至少在布兰特医生担任助理卫生部长时，梅森可以确信有一个人在华盛顿为争取艾滋病资金不懈努力。然而，政府至今仍然没有卖力地寻找布兰特的长期继任者，只是让梅森去抵挡枪林弹雨。梅森就像个好士兵一样承受着这一切。

“我们同意技术评估办公室的报告，即艾滋病患者的数量正在迅速增加，而且这种感染有可能蔓延到现有的高危人群之外，”梅森作证说，“我们正准备与艾滋病作长期斗争。”

梅森指出了应对该疾病所取得的“惊人”进展。他说：“医学史上还从没有在如此短的时间内就对一种全新的疾病达到这种程度的了解。”至于政府将在下一年削减1 000万美元的艾滋病经费，梅森只能底气不足地辩称，经费不必与艾滋病患者的数量“一对一地”递增。

威克斯曼的助手蒂姆·韦斯特摩兰德经历了4年的艾滋病工作，他目睹了政府在艾滋病政策上的表里不一，这一点在技术评估办公室的报告里淋漓尽致地揭示了出来。这下子记者再也没有理由忽视此事了。

虽然最激烈的部分——交叉询问，在听证会开始30分钟后才进行，但电视摄制组已经开始打包了。两分钟的报道已经有了足够的素材，这就是他们要的。

摄制组撤离时，威克斯曼正在斥责梅森削减预算。威克斯曼问，是谁决定了支出额度，公共卫生署的医生还是行政管理和预算办公室的会计？

至于艾滋病经费的数额，梅森说："数字不是我们写的，它们本来就写在那里。"

然而，记者们并没有听到这句话。媒体对技术评估办公室的报告及其听证会的反应再一次令人感到失望。《华盛顿邮报》完全忽略了这份报告，《纽约时报》则在报告发布 4 天后，才在第 14 版用 6 个段落提及。

* * *

虽然政府不必担心记者调查他们的决策过程，但接下来几周这份报告确实在华盛顿产生了一些影响，很大程度上是因为技术评估办公室在政府中的可信度。面对如此确凿充分的证据，梅森还是不得不为政府辩护，他感到难堪。听证会结束后，全国同性恋工作组的联合主任杰夫·利维无意中听到梅森嘀咕："我再也不想陷入这种境地了。"他不再满足于把艾滋病预算问题留给显然在政府中几乎没有影响力的哈克勒部长，而是开始出入于新行政办公大楼——行政管理和预算办公室的会计师们就是在那里做各种数据表格的。他警告他们，艾滋病就像山上滚下来的雪球，会越滚越大，而且不会消失。

* * *

自从让-克洛德·彻尔曼在艾滋病医学基金会会议上介绍了 HPA-23，不到几周，每天就有上百个电话打进基金会办公室。在巴黎，多米尼克·多尔芒半夜被急盼治疗的美国艾滋病患者打到家里的电话吵醒，为这些人不顾欧洲时差而恼火。一名美国男子从机场打来电话，请求治疗。他要求救护车送他去医院，结果因病情太重，已无药可救，10 天后在巴黎去世。

法国科学家警告说，巴斯德研究所并不是神庙，没有立即治愈艾滋病的灵丹妙药，有些人对美国政府表示不满——认为他们太不重视艾滋病治疗，以致美国人都奔向海外寻求 HPA－23。巴斯德研究所的菲利普·桑索尼蒂医生说：“美国不是第三世界国家。我不希望我们这里变成像卢尔德①。”

让-克洛德·彻尔曼、唐娜·米德文和迈克尔·兰格去华盛顿与食药局的官员会过面，讨论加速批准 HPA－23 和其他药物的进程，但是联邦机构并不着急。全国各地的艾滋病科学家都相信：食药局会要求艾滋病药物像其他所有药物一样不急不忙地进行实验。食药局指出，缓慢的早期试验旨在排除可能产生毒副作用的物质。而艾滋病医生指出，如果是减肥药或治疗中年女性高血压的药物，如此慎重并不为过；但很明显，无论这些药物的长期副作用是什么，都不会比未经治疗的艾滋病的长期副作用更有害。

不过，美国官员对急于到巴黎接受艾滋病治疗也有怀疑。梅森医生认为，法国人之所以希望将 HPA－23 引入美国，是因为他们知道，美国食药局将要求进行各种对照研究，而这是法国人无法做到的。只有经过如此严格监督的检测才能确定 HPA－23 是否真的有效。一些研究人员认为，法国人允许美国人参与 HPA－23 试验的唯一原因在于他们知道这会增加美国当局的政治压力，最终允许此药进入美国。

治疗困境也使医生群体出现严重分歧，有些人认为，每个艾滋病患者都应该得到某种治疗，即便其治疗效果尚未得到证实。《纽约人》甚至呼吁，如果政府不把治疗研究作为重中之重，同性恋就应停止与联邦政府的流行病学研究合作。该报社论称：“这似乎是个公平交易。我们配合他们的流行病学研究，他们在治疗上也快马加鞭。”不过，也有医生倾向于回归希波克拉底誓言的基本原则：“首先，不伤害病人（Primum，non nocere）”。

这些医生认为，哪怕只对 15 名患者进行有限的实验性药物研究，实际上已足以确定药物是否有效。与其大量分发药物，到后来发现很

① 欧洲著名天主教徒朝圣之地。——译注

多人由于之前未发现的副作用而早早丧命，不如限制药物实验的人数。对于这个问题，没有一劳永逸的答案。

法国，卢尔德

比尔·克劳斯和他的朋友莎朗·约翰逊一起待在法国快一个月了，他们疏远天主教已久，讨论诸如神迹、圣母马利亚之类的事在他们的圈子里很不搭调。这使得他们在刚到卢尔德的头几个钟头里感到不适，因为他们都不想先承认那里有多令人敬畏。他俩的童年都在天主教学校度过，都听过修女谈论“天堂之门”，还有伯纳黛特在圣母马利亚显灵的岩洞里看到的神迹。他们当然很兴奋。

当莎朗提议坐火车去卢尔德看看时，比尔一副无所谓的样子。“随便，”他说，“对我又没什么损失。”

即使下了火车，他还是不愿承认自己确实失去了一些东西，而且和很多人一样，来这里期盼奇迹。

比尔和莎朗走过大教堂，穿过广场，两旁都是纪念品商店，里面有来自岩洞的圣水。现在是淡季，所以没有平常那么拥挤。比尔打量着前往岩洞的人们，看到了为这次朝圣攒了 20 年积蓄的葡萄牙家庭主妇，看到一个修女手捧摩托车头盔，虔诚地跪在那里。当比尔和莎朗走近岩洞时，他们经过大厅，看见那里摆放着此前经年被治愈的瘸子用过的拐杖。

比尔说：“这些拐杖看起来放了 40 年了。也许她在 1945 年以后就不再给瘸子治病了。”

当他们到达泉水叮咚的岩洞时，比尔沉默了。莎朗找了个借口去旁边转悠。比尔独自一人坐在石凳上，注视着洞里圣母马利亚的雕像。“耶稣”和“上帝”这两个词交替出现在他的脑海，而他自然而然地按多年来的习惯，他想把它们从脑海中推开。比尔看着其他朝圣者，不禁对着雕像陷入沉思，他意识到自己不应该排斥这个想法，就好像耶稣是个讨厌鬼。无论基督教如何败坏耶稣的福音，耶稣的本意是爱和慈悲。

比尔盯着圣母像，渐渐感到她不再是神的字面上的母亲，而是典型的母亲，是所有生存养料和希望的源泉。他可以和这个母亲说说话，而这样做是有意义的。他终于能够祈祷了，而这些祈祷不是空洞的。

他意识到，由于对教会怀有怨恨，他已疏远了这种最根本的力量之源。他被隔绝在耶稣普世的爱和宽恕之外，这是不对的。上帝知道这一点。现在比尔很清楚这一切，多年来，这是他第一次祈祷。

莎朗·约翰逊很享受此地的宁静，她在附近漫步了好几个小时才回到岩洞，看见比尔还坐在她离开时的位置上。她从没见过比尔的神情如此温柔，他的焦虑完全消失了，取而代之的是她很少见到的平静。

他们俩决定去附近的大教堂参加弥撒。不过在那里，魔法失灵了。彰显卢尔德的神圣的是百姓的信仰，而非教堂的仪式。

当莎朗和比尔离开教堂和岩洞时，夜幕已降临。蜿蜒的老街上一片漆黑，因为是淡季，没人指引他们回旅馆的路，商店和餐馆都关着。莎朗·约翰逊永远不会忘记这一天：他们俩迷了路，漆黑的夜里在卢尔德混乱难辨的街道上徘徊，想找到回去的路。

54. 暴露

1985年3月2日，旧金山，欧文纪念血库

夜幕降临旧金山，一辆黑色雪佛兰驶来，车里装着艾滋病的未来。雅培公司已将全美首次公开进行艾滋病抗体检测所用的试剂空运到欧文纪念血库。毕竟，这家血库供应的被艾滋病污染的血液比国内其他任何血库都要多。雅培公司地区代表雷·普莱斯将6箱米色塑料试剂包搬上了他在机场的雪佛兰轿车，以便其更快送到血库。

几小时前，卫生部长玛格丽特·哈克勒在华盛顿宣布发给雅培公

司测试许可证，允许其将试剂分发到全美 2 300 家血库和血浆站。其他 4 家制药公司也在争取检测许可证；美国所有的血液和血浆都需要检测，一个每年 7 500 万美元的市场由此而生，他们都想在其中分一杯羹。

从技术上讲，这项检测的机制与用于肝炎及其他许多疾病的抗体测试并没有什么不同。塑料小颗粒外面包裹着艾滋病病毒片段，当一滴血滴入颗粒敞开的小口时，HTLV－Ⅲ的抗体就会抓住病毒片段，经过各种染料和化学物质的洗涤，如果有抗体存在，塑料颗粒就会变成紫色。自此以后，输血感染艾滋病的机会就被有效地消除了，或者说，终于真的减少到百万分之一。检测过程很简单，但考虑到这个米色塑料试剂包对艾滋病疫情的未来，尤其对同性恋群体的巨大影响，这可能是唯一简单的方面。

当联邦政府明确表示会支付用于替代测试地点的费用，公共卫生组织便不再反对测试，但同性恋团体在整个 2 月间继续威胁采取法律行动。最后，在检测延期后，美国食药局和疾控中心于 2 月 22 日举行了一次联合研讨会。在产品获得实际许可之前，制药公司通常要对有关各种检测试剂准确性的数据予以保密，但它们还是公布了测试结果，以平息人们对该检测结果无效的担忧。事实上，结果显示，雅培公司的试剂灵敏度高达 95%，这意味着它能从 20 个感染者中检测出 19 人；试剂的特异性为 99%，这意味着每检测 100 人抗体假阳性率仅为 1 人。这样的统计数据表明，该检测的可靠性远远超过了其他疾病的可比分析，并能让存有疑虑的人相信检测的医学效用。

然而，这些都没有平息同性恋社区领袖们的担忧。在他们看来，这项检测可能会变成一种歧视工具。在疾控中心—食药局的联合会议上，佛罗里达州卫生官员史蒂芬·金医生指出，已经有学区联系他，迫切希望清除同性恋教师，乡村俱乐部也表示希望利用该检测排查食品加工人员。军方会拿检测结果作何用途也是个问题，因为军队一向是歧视同性恋的。而联邦政府也依然没有承诺将保证血库筛查结果是保密的。

就在哈克勒宣布雅培公司获得许可证前48小时，全国同性恋工作组和兰姆达法律辩护基金会向联邦法院提交了请愿书，要求叫停抗体筛查许可证的发放，直到确认验证检测的精确度为止，并要求保证测试瓶上的标签不会意味着将开始对男同性恋实施大规模HTLV-Ⅲ筛查。

哈克勒部长正在政府内部为个人政治生涯而战，她迫切希望启动测试，并最终通过击败艾滋病获得公共关系上的益处。压力来了。在请愿书提交后数小时，兰姆达的律师和全国同性恋工作组的负责人会见了食药局局长弗兰克·扬，后者很快同意了同性恋对于测试瓶标签的要求。根据协议，每份检测试剂都贴上了如下警示："将此项检测用于艾滋病筛查或普通人中的艾滋病高危人群筛查都是不合适的。"由此，检测被明确限用于血库或实验室，同性恋希望此举能防止它成为测定同性恋性取向的血液测试。

尽管这解决了短期的忧虑，但并不能解决同性恋将要长期面临的负面影响。一项调查表明，在研究过程中得知自身抗体检测结果为阳性的人有14%考虑过自杀。接不接受检测，将成为大多数男同性恋在成年后做出的最重要的个人决定。接受的话，意味着发现自己随时可能成为一种致命疾病的受害者；这是异性恋很难体会的心理负担。而不接受的话，意味着你可能携带了一种致命的、有可能传染给他人的病毒；许多研究表明，如果同性恋知道自己被感染了并可能感染他人，那么他们发生不安全性行为的可能性会小很多。还有一个更广泛的公共卫生问题：如果不找出受感染者，这种疾病该如何控制。

在检测启动前的几个月里，卫生官员和艾滋病研究人员对试剂的看法发生了翻天覆地的变化。鉴于阳性结果造成的心理影响，他们最初建议男同性恋不要接受检测。现在，许多人都相信：这种检测可能是控制艾滋病传播的有效工具。在旧金山，意见分歧导致艾滋病基金会决定不对任何一方表示异议，反倒是在同性恋报纸上发起了激进的广告宣传，将测试的利弊一一列出。男同性恋不得不思考这些复杂的问题并自己做出决定。

然而，其他绝大多数城市的同性恋领导人认为这种中立的态度是彻头彻尾的背叛，很快，讨论要不要检测的问题时用的全是政治术语。保密成了头等大事。人们担心测试结果可能成为获得工作或保险的条件，加剧了人们的恐慌。不过，实在走投无路时，最坚定的反对检测者通常会抛出一种更可怕的末日预言，即有一天，所有查出艾滋病抗体阳性的人都会被关到某个医疗集中营去。

这种恐惧很少会传达给异性恋，但它在 1985 年早期继续在同性恋噩梦中活灵活现。尽管科赫市长对艾滋病问题的反应不尽人意，但《纽约人》的出版商查尔斯·奥特莱布还是决定该报将全力支持科赫在 1985 年竞选连任，很大程度上是因为奥特莱布相信，如果联邦政府大规模隔离感染艾滋病的同性恋，这位喜欢据理力争的市长会站起来坚决反对。3 月下旬，“全员抗击艾滋病”组织在旧金山开了个会，与会者通过了一项决议，呼吁武力抵抗任何试图软禁抗体呈阳性的同性恋的行为。

对大多数异性恋来说，这些言论听起来匪夷所思，甚至到了荒谬的地步，但大多数异性恋并不了解偏见在受压迫人民心里留下的永久烙印。在主流社会一辈子受到非理性偏见对待的人，生出包藏着不合理的恐惧是情有可原的。美国社会对艾滋病表现出的普遍冷漠只会加深同性恋和异性恋之间的不信任。联邦政府在过去 4 年间几乎没有采取任何行动来阻止艾滋病的蔓延，同性恋对其意图产生怀疑一点都不难理解。

在这种糟糕的气氛下，控制感染的长期后果的细微差别在同性恋关心的一系列问题中排得很后。政治术语再次被拿来讨论一个关键的艾滋病问题。抗体检测问题被政治化，那么就需要对“艾滋语”进行补充。

要把抗体检测在医学方面的重要性降到最低，就要削弱检测本身的意义。因此，“艾滋语”的新口号变成了“检测并不能真的说明什么”。这种想法源于大家相信抗体呈阳性的男性中只有 5% 到 10% 会感染艾滋病。许多研究人员怀疑，要将 HTLV－Ⅲ感染转化为完全的艾滋病，可能还需要一种尚未确认的辅助因子，他们指出该测试没有揭示这种辅助因子的存在。因此，检测能查出你有没有抗体，但查不出你究竟有没有不幸地感染了艾滋病。

根据这一思路，病毒让人感染的情形跟美国海军陆战队征兵一样——很多人入围，很少人入选。大众普遍接受“检测并不能真的说明什么”这种言论，反映出“艾滋语”不可或缺的一部分——脱离现实。按照大多数人的标准，如果一项检测表明某人在几年内哪怕只有十分之一的死亡概率，该检测还是有意义的。

然而，“艾滋语”中新增的最恶毒的词汇或许是“暴露”。艾滋病组织解释说，携带 HTLV－Ⅲ抗体意味着你已经“暴露”在病毒面前；这个词很快受到全国各地卫生官员的青睐。圣地亚哥微生物学家布鲁斯·沃勒尔博士曾是美国同性恋工作组的执行主任，他毫不留情地嘲笑了这种委婉的说法。沃勒尔赞成在同性恋群体中开展广泛、自愿的检测，他说：“如果你携带某种病毒的抗体，你就是被感染了——而不只是‘暴露’在这种病毒中，有感染的可能。我查阅了医书，根本没有‘暴露’这个词。当人们说‘暴露’时，我感觉他们认为病毒就像栀子花的香气在房间里飘荡，然后不知怎的，他们就‘暴露’在其中了。原理不是这样的。如果你携带抗体，那病毒就在你的血液里。你被感染了。”

纽约的艾滋病活动人士尚未摆脱对旧金山关闭浴场行动的惊恐，西海岸在检测问题上表现出的更为开放的态度令他们感到震惊。保密问题在加州从来都不像在纽约那样让人头疼，很大程度上是因为旧金山人不太热衷于维护未出柜者的权益。关于抗体检测，加州和纽约分别制定了公共政策，由此反映出东海岸和西海岸在处理方式上的天壤之别。

在旧金山，国会议员阿特·艾格诺斯的助手拉里·布什已经花了4个月时间起草法规，以确保抗体检测结果不外泄。当检测获得许可时，州议会已经通过法案，禁止向任何人公开抗体检测结果，哪怕通过传票索要也不行。雇主和保险公司不得要求求职者和申请人接受检测。未经书面同意，不得对任何人进行检测。任何未经允许进行检测或者公开他人抗体检测结果的医生，都将面临刑事处罚。为了让想要检测的人可以接受检测，州政府迅速为替代检测站点提供了资金。2月，一项拨款500万美元用于检测的法案出台。考虑到一个人得知抗体检测结果后可能产生的心理打击，该法案还要求进行后续疏导。

为了保障这些检测中心建成以前的全国血液供应，州卫生部门主管在检测许可发布的第二天动用应急权，禁止血库透露抗体检测结果。红十字会也旋即宣布了这项政策，旨在防止男同性恋去血库了解自己的抗体状况。

在纽约市，同性恋领袖害怕公民自由受到侵犯，仍坚决反对男同性恋接受检测。要在纽约颁布保护公民权利的法令，其难度远远超过加州，所以他们转而采取策略，根本不让同性恋接受检测。卫生专员大卫·森瑟在没有征集任何公众意见的情况下公开下令，除科学研究以外，纽约市的任何实验室都不得进行抗体检测。血库不在禁止范围。

虽然纽约市的禁令消除了滥用检测的可能性，但同时也将那些可能出于个人原因想接受检测的人拒之门外。一些同性恋医生惊呆了。他们期待这项检测，想看看它能否用于诊断那些症状奇怪的ARC病人。抗体检测能引导他们发现免疫功能障碍，而阴性结果可能会帮助他们得出艾滋病之外的其他诊断结果。此外，有吸毒史而考虑生育的妇女也是个问题。受感染的妇女所生的孩子很可能会感染艾滋病病毒，并且像那些失去父母的婴儿一样面临生而向死的命运。在这种情况下，检测的价值无法估量，但医生们被禁止对病人实施检测，因为少数同性恋艾滋病活动人士和政治领导人说服了卫生专员，后者出于政治考虑下了禁令。

无论是浴场问题，还是教育问题，对于一群基于“知情选择”理念开展全部艾滋病活动的人而言，这是一项颇有讽刺意味的政策。批评者指出，当同性恋的选择与精英们认为合适的选择相吻合时，同性恋领导人似乎就倾向于认为符合“知情选择”。

也许森瑟医生的命令最令人吃惊的地方在于当地媒体根本不以为

意。尽管报纸对抗体检测的未来影响进行了广泛报道，但却一以贯之地忽略了检测对于地方公共政策的重要意义。在接下来的 6 个月里，只有一份主流报纸报道了森瑟那项异常的命令，仍旧是旧金山的报纸，不是纽约的。

与此同时，加州关于抗体检测的立法很快成为全国的榜样。同性恋记者拉里·布什敏锐地意识到，检测在未来数年具有的重要意义，他向全国宣传该法案，以期其他各州也考虑类似的提案。威斯康星州和佛罗里达州迅速效仿，但布什发现纽约州州长马里奥·库莫毫无兴趣。最终，来自犹他州的摩门教参议员、保守派的奥林·哈奇成为立法的主要支持者，并以此作为各地应效仿的样板给其他立法者传阅。哈奇看到了检测的价值，并意识到要求同性恋自愿检测是行不通的，除非他们确信接受检测不会毁掉自己的生活。这其中的道理再次让布什明白了，对艾滋病问题在不在意，并不取决于一个人是自由派还是保守派，而是取决于一个人是否关心公众健康。

旧金山，《旧金山纪事报》

“我太太去做头发，她的美发师说，加州大学医疗中心某个大人物的太太头天来染发，她丈夫说他听闻一个大牌电影明星正在那儿接受治疗。”

“治什么……？”

“……艾滋病。”

记者已经听说了。这是他一小时里接到的第五通关于这个猛料的电话。

“这个大明星是伯特·雷诺茨，对吧？”

“你已经知道了？”

多年来，没有什么流言能像伯特·雷诺茨的这个一样在旧金山传得沸沸扬扬，他在无数 B 级片里演过男子汉，据传如今得了艾滋病，正在加州大学医疗中心或旧金山综合医院接受治疗。有些传言甚至提到是谁传染给他的，至于他是如何掩饰自己身份的，每个人的版本都不同。最普遍的说法是他没戴假发。

有段时间，旧金山各家日报以及4家当地电视台中的3家都试图追查这些谣言的出处。许多人私下认为，这种流言之所以无法遏制，是因为雷诺茨极具阳刚之气。想到他可能患有艾滋病，每个人潜意识里暗藏的关于性别角色的原始意象便得到了满足。当时有位电视节目编辑说："伯特·雷诺茨是条真汉子，跟李伯拉斯①可不一样。"他想不到历史会赋予这句评价怎样的讽刺意味。

有关里根总统的儿子罗恩得艾滋病的谣言也到处都是。此外，很多痴迷电视剧《豪门恩怨》的同性恋惊讶地发现洛克·哈德森近来明显消瘦了。不过，在旧金山、好莱坞和纽约流传最广的还是关于雷诺茨的八卦。3月初，雷诺茨的新闻发言人坚决否认这位明星得了艾滋病，而雷诺茨在伯班克环球影城的短暂露面还是平息了流言蜚语，尽管旧金山的许多同性恋群体依然认为，除非有名人感染艾滋病，不然疫情不会获得新闻界和联邦政府的密切重视。

"我不希望这不是真的。"当地一家同性恋报纸的专栏作家艾伦·怀特私下透露。怀特说的并不是雷诺茨的健康问题，而是暗指名人得了艾滋病以后会产生的社会动力。"如果我们要活下去，这些事就得是真的。"

到目前为止，这场疫病已经杀死了许多杰出人士，但是受害者至死仍因为患有这种同性恋疾病而感到尴尬，以至于他们不愿承认。医生则通过伪造死亡证明来配合隐瞒真相。

《广告时代》的特约编辑詹姆斯·布雷迪在一篇社论中洋洋洒洒地写道："我厌倦了整理死者名单。他们中有演员、作家、设计师、舞者、编辑、零售商和置景师，有时，当你在《纽约时报》讣告栏看到他们的名字，你会想，哦，我认识那个家伙……死的都是感染了艾滋病并会死于艾滋病的人。几乎所有认识他们的人都知道这一点，但出于高尚和爱，他们恪守秘密，否认现实。男人们正在死去，而我

① 美国著名艺人和钢琴家，传说是同性恋并死于艾滋病。——译注

们媒体人礼貌地咳嗽一两声，谨慎地为真相拉上帷幕。不要伤害任何人。保护他们的名字、家庭、声誉。还有对他们的记忆。所以，我们出于善意杜撰了死亡原因……谎言会成为死因吗？”

旧金山，加州大学

整个3月，马科斯·柯南特都感觉处在崩溃边缘。他曾希望全国卡波西肉瘤/艾滋病研究和教育基金会能发展成像美国癌症协会那样的艾滋病组织，现在它却因为没人感兴趣而解散了。他还被摘去了艾滋病临床研究中心主任的头衔，同性恋报纸频繁地批评他，以致他无法在同性恋社区发挥任何影响。而身为旧金山顶尖的艾滋病医生之一，他的私人诊所也让他忙得喘不过气来。

3月，柯南特手下那位年轻活跃的接待员吉姆·谢里登告诉他，自己因为呼吸困难无法来上班。几年前，吉姆·谢里登的情人死于肺囊虫肺炎时，他还是个电脑奇才，后来他放弃了前途无量的事业转而学医。在医学院的头几年，他一边努力学习，一边在柯南特的诊所兼职——在那里他一向热情开朗。

如今他也患上了肺囊虫肺炎，还告诉柯南特他放弃治疗。“我见过这些人是怎么死的，”他说，“我不想重蹈他们的覆辙。假如我得了这病，我希望死得快一点。”

马科斯·柯南特和吉姆的姐姐最终说服了这个32岁的小伙去加州大学旧金山分校的医院治疗，他的病情似乎有所好转。这给了柯南特极大的鼓舞。一天清晨，在去上班的路上，柯南特临时起意去了吉姆的病房，想分享自己的好心情。

然而，当柯南特打开门时，发现床上空无一物，所有的床上用品都塞进了一个篮子里。吉姆·谢里登在一个黑色塑料收尸袋里，柯南特能认得出这个年轻人的模样。

在过去4年里，柯南特大部分时间都在警告人们死亡即将降临，但直到这一刻他才意识到自己这么做是非常明智的。现在，死亡的现实一丝不苟地呈现在他面前，如同一幅日本水墨画。正是破晓时分，医院窗外的山坡上树木葱茏，与之形成对比的是一个装在收尸袋里的年轻人的轮廓。此时此刻，马科斯·柯南特不是在设想未来，而是感受到了未来，多年来他第一次想哭。

3月23日，唐纳德·弗朗西斯的日记

现在是早上5点。4点我就起了，过去两年里我经常因为艾滋病的事而失眠。今天早上，我没有回复大量的邮件，也没有写备忘录或手稿，而是读了《旧金山纪事报》的艾滋病特稿。其中描述了一个名叫费利克斯·穆尼奥斯的人，读得我泪流满面。他是个年轻的、充满理想主义的律师，与我有很多相似之处——在伯克利念的本科生，哈佛读了研究生。他一定是个好人——现在死了，因为他是同性恋。这篇文章细致入微地叙述了艾滋病带给个人、地方乃至国家的难以置信的悲剧。我既同情，又为每个细节而愤怒……

我们做了什么来阻止这场可怕的灾难？比我们应该做的少得多。我们看着灾难降临；我们这些一向跟传染病打交道的人，在1982年中期看着疫情发生。把疫情控制计划推广到地方层面为何如此困难呢？个中缘由很复杂，我不能完全理解。如果必须归咎于谁，那就是权欲熏心。我们没能在寻求理解艾滋病的过程中的某个地方扭转危机，我们并没有意识到我们确实理解它而且采取了一些行动。我最想谴责的是华盛顿的统治集团，他们更愿意把科学发现解读为政治手段，而非公共卫生方面的突破……缺乏远见的疾控中心也难辞其咎，但很大程度上还是因为华盛顿的同一帮人压制任何预防疾病的新建议……于是，费利克斯·穆尼奥斯们一个接一个地死去。

*　　*　　*

那一周里，全美艾滋病病例超过9 000例。其中4 300多人死亡。

巴黎

跟大多数欧洲卫生官员一样，法国当局将艾滋病视为美国人的问

题，认为对他们基本上没什么影响。政府鲜少关注艾滋病研究，当巴斯德研究所设计出自己的 LAV 抗体检测试剂包时，当局并没有要求血库采用。

雅克·莱博维奇医生认为这么做不合理，于是自己开始对巴黎人实施随机抽样检测。对 7 500 人进行检测后，发现每 200 人中就有 1 人感染了艾滋病病毒。这位个性张扬的科学家在新闻发布会上说，据他估计，仅巴黎一地，每周就有大约 50 人在医院被感染。直到此时，政府才宣布将要求对献血进行检测。

1985 年 4 月，旧金山

凯西·博尔切特从电视新闻里看到欧文纪念血库的总裁在新闻发布会上说，血库预计本地在未来几年将出现 72 例输血感染艾滋病病例。

“那百万分之一是怎么回事?”她问道。

的确，在旧金山和全国实施血液检测后，第一个月的结果显示，即使在 1985 年中期，输血感染艾滋病的概率也远远超过百万分之一。3 月，欧文血库接受的 5 300 单位献血中，有 12 单位感染了艾滋病，这意味着在旧金山因接受输血感染艾滋病的概率约为 1/440。

美国红十字会也发布了类似报告，称全国每 500 名献血者中就有 1 人的抗体检测结果呈阳性。这当然不是说所有男同性恋都会去献血，显然，自我延期献血指导原则在很大程度上是成功的，但这也预示着未来情况堪忧。考虑到近年来有数百万美国人接受了输血，很明显，即使是 1/500 的感染率也意味着会有上千人死亡。例如，随后的回顾性筛查显示，在 HTLV－Ⅲ检测开始前的最后几周，有 150 名已感染的献血者的血液输进了 200 人的静脉。4 月 2 日，欧文血库通过一份新闻稿明确宣布，3 月报告了 4 例因输入欧文血库血液而感染的新增病例，情况之严重由此可见一斑。最重要的是，欧文血库报告的所有这些病例中无一是在 1984 年 5 月血库开始乙肝核心抗体检测后输血造成的。

此时，博尔切特家的律师正在准备起诉欧文血库。与之前那些愤愤不平的输血受害者家属提起的诉讼不同，博尔切特家不打算追究产品责任——因为血库受特殊法规的保护，能免于此项指控。相反，他们起诉血液行业玩忽职守，称其意识到问题存在之后并没有采取行动来应对。案情摘要追溯了艾滋病公共政策的进程，回想起 1983 年 1 月的亚特兰大会议，当时唐纳德·弗朗西斯用拳头猛击桌子，问："有多少人会在我们采取行动之前死去？"现在，弗朗西丝·博尔切特显然就是其中一员，既然是这样，她的家人希望得到赔偿。

弗朗西丝·博尔切特在报纸上看到了自己的名字，羞愤交加。而凯茜依然在尽可能了解关于这场疫病的一切消息。4 月，她在美国公共电视网的《新星》[1] 上看到关于艾滋病的那期节目里有人谈起 1982 年春天的早期血友病艾滋病患者，得知几个月后在旧金山发现了美国首例输血感染艾滋病病例。凯茜大怒。

她对每个愿意听的人说："他们早在 1982 年就知道输血会感染艾滋病！他们为什么不做点什么？"

* * *

莎朗·约翰逊一下子就听出电话那头是比尔·克劳斯。他刚从恶梦中醒来。

梦里，比尔正穿过一片墓地，一只枯瘦如柴的手突然从地下伸出来，抓住他的裤脚，握住他的脚踝，试图把他拽到地下去。比尔开始奔跑，穿过墓碑往安全的地方跑去，但坟墓里跃出一些鬼影，他们紧追不放，双手继续拉扯他。

"冥想吧，"莎朗说，"脑子里想一个安全的地方。我陪着你呢。"

慢慢地，莎朗让比尔摆脱了歇斯底里。

比尔解释说医生正考虑给他换药。他不知道那意味着什么，他很害怕。他还担心一旦他回到旧金山——如果还能回去的话，朋友们会抛弃他。他说，他爱过的每个人都抛弃了他。他不想再一个人待着

① 美国著名科普节目。——译注

了。他在巴黎感到无比孤独。

55. 觉醒

1985 年 4 月 14 日，亚特兰大，世界会议中心 304 室

“唐纳德·弗朗西斯就是个纳粹。”

这句话言之凿凿地从一个同性恋领导人传到另一个同性恋领导人那里，与此同时，他们对一位疾控中心病毒学家厌恶地点点头，后者正要去参加关于同性恋是否需要参加抗体检测的小组讨论会。会议室外面的走廊上挤满了 2 000 名科学家和卫生官员，他们正在登记参加首届“获得性免疫缺陷综合征”国际会议。尽管会议第二天才召开，但与会的同性恋已经安排好他们自己的会议，他们将在周日下午讨论同性恋社区的问题，包括一个小组会议，讨论最重要的抗体检测问题。

参加小组会议的同性恋找出各种理由向与会者解释了为什么他们应该全体反对抗体检测。轮到唐纳德·弗朗西斯发言了，他用了两条线和两个圆圈概括了他的想法。

两条线就像圣安德鲁十字①一样交叉。向下走的线代表同性恋性接触减少的总量——由于过去两年间戏剧性的反性解放运动席卷同性恋社区，大多数男同性恋已经做到了这一点。这种趋势是乐观的。但是，第二条线的上升趋势意味着男同性恋中的病毒感染率急剧上升，表明为何目前的情况还不足以使同性恋免遭生物学上的淘汰。弗朗西斯解释说，如果与男同性恋发生性关系的人将艾滋病病毒传染给他的可能性是 4 倍的话，那么减少一半的性接触是不够的。他说，此人被感染的概率还是两年前的 2 倍。男同性恋拿艾滋病当赌注的情况减少了，但只要他们这么做了，赌输的机会就会大很多。

---

① 圣安德鲁十字呈“×”状，相传耶稣门徒安德鲁在此十字架上殉道。——译注

弗朗西斯说，分发小册子建议同性恋减少性伴侣数量是重要的，但这还不够。旧金山的肝炎研究数据显示，男同性恋依然在不断感染艾滋病病毒。同性恋群体需要开始考虑控制。

弗朗西斯画了两个圆圈，一个代表感染了艾滋病病毒的男性；另一个代表未感染的男性。他说，控制艾滋病的重点应该是确保每个人都知道他们属于哪个圆圈；他们应该接受检测，感染者应该只和感染者上床；未感染者应该只和他们知道的未感染者发生性关系。弗朗西斯强调，他并不是在建议强制检测，他认为需要确保公民权益，以鼓励人们接受检测。然而，最终还是必须做出艰难的选择。弗朗西斯警告说，这两个圆圈应该截然分开，否则成千上万的人会死于本可避免的死亡。

“我迄今见识过很多病毒，遇到这种病毒时我的内心深处才生出敬畏。”弗朗西斯总结道，“人类历史上能导致十分之一的被感染者死亡的病毒并不多。我们需要开始考虑控制这个病毒了。”

弗朗西斯的呼吁令在场的同性恋感到震惊和怒不可遏。没什么比“控制”这个词更令人不安了。“控制，控制，控制，控制，”《纽约人》的艾滋病问题记者嘀咕道，“把人放在圆圈里谈怎么控制，这太法西斯了。”

某种程度上，厌恶这个词的语义反映出同性恋群体对公共卫生术语的无知，而这一问题在疫情发展过程中一直未得到纠正。几十年来，在以根除疾病为己任的流行病学家的字典里，“控制”一直是个有效术语。然而在艾滋病流行期间，它很少被提及，因为可用的控制工具少得可怜。对唐纳德·弗朗西斯而言，目前最重要的工具是供给血库的米色塑料试剂套件。他不希望他们拒绝他。

弗朗西斯比几乎所有政府官员都更清楚，未来几年内联邦卫生当局不会采取严厉的控制措施。在联邦一级不存在资金和动力。他认为，如果要进行控制，就要召集同性恋群体本身的力量。

同性恋领袖立刻对弗朗西斯的言辞表示怀疑。他批评浴场是“商业化的性交易”，是一种任由艾滋病病毒在同性恋群体中传播的

"增效系统"，他们已经深感恼怒。而且唐纳德·弗朗西斯毕竟是联邦政府的一员，而联邦政府几乎毫不关心这一代同性恋陷入的绝境。为什么突然之间，"控制"成了如此重要的目标？

此外，弗朗西斯建议的要点对他们来说是完全陌生的。在过去4年里，艾滋活动人士听到的都是彬彬有礼的公共卫生官员以"艾滋语"表述的无关痛痒的话，当有人暗示真的要采取什么行动时，他们都不习惯了。到目前为止，大多数针对这场疾病的同性恋活动不外乎是在曼哈顿的各个讲堂举办深奥的艾滋病教育论坛，在旧金山同性恋自由日大游行期间分发避孕套。面对今后的挑战，这些活动是不够的，参加小组会议的大多数同性恋对弗朗西斯所做的，正是过去4年里他们对在艾滋病问题上意见相左者所做的事：咒骂他。

詹姆斯·科伦在会场后面紧张地看着，发言者一个接一个地指责弗朗西斯是纳粹，意图把同性恋关进集中营。小组会议主持人大卫·奥斯特罗医生并不认同弗朗西斯的观点，但他在1970年代末做肝炎研究时就认识了弗朗西斯，也理解其意图。他请那些意见不同者不要进行人身攻击，但是那些感觉受到了不公对待的人充满敌意，因而停止人身攻击是不可能的。

私下里，詹姆斯·科伦赞同唐纳德·弗朗西斯的意见。他最近听说参加肝炎研究的3名旧金山男同性恋只是在最近才出现了HTLV－Ⅲ抗体，这太令人吃惊了。他们告诉医生，他们近年来的性关系完全是一夫一妻式的；显然说不通。后来发现，这3人的情人均是被感染者。科伦知道，这3个男人如果了解他们情人的抗体情况，本来是有救的。他想，这就是答案，但是那些与会者的敌意让他气馁。

"唐纳德·弗朗西斯的发言不代表疾控中心，只代表他自己。"科伦急切地告诉每个向他提问的记者。

然而，那个星期天下午，在那个房间里，有些人还是觉醒了。在这场灾难的第一阶段，艾滋病疫情的公共卫生问题很大程度上就掌握在他们手中。尽管同性恋艾滋病活动人士喜欢宣扬"艾滋病不是同性恋疾病"，但实际上，他们几乎把艾滋病视为同性恋独有的疾病、同性恋社群的私产，从而以他们自己的政治术语来构建公共卫生政策。如今，圈外人提出了其他想法，也许他们不再把艾滋病当作同性恋独有的磨难。詹姆斯·科伦的怯懦意味着这一时刻还没有到来，但是关于抗体检测的争论显然第一次让许多人明白了，这一天可能会到来。

在许多人看来，这场为期 3 天的、由美国卫生与公众服务部以及世界卫生组织共同赞助的国际艾滋病会议标志着一个觉醒的时刻。

当晚

马科斯·柯南特在离开威斯汀桃树广场酒店时，偶遇湾区医生促进人权协会的主席。

后者冷笑着说："唐纳德·弗朗西斯提出男同性恋应该检测抗体，抗体阴性的人不该与抗体阳性的人发生性行为，你能相信吗？"

柯南特说："我同意他的意见，在我看来是有道理的。"

欢迎会上，同性恋医生叽叽喳喳地谈论着弗朗西斯的法西斯行为，疾控中心的人则在谈论他申请调到湾区工作。据说在此之前他跟沃尔特·道达尔说"疾控中心有史以来从未控制住一种疾病"。

柯南特追上了弗朗西斯。他很欣慰有人对抗体测试发表了明智的意见。柯南特同意弗朗西斯的想法，认为在全社会开展检测势在必行。唯一的问题是，还需要有多少人痛苦和死去，才能让同性恋及异性恋相信情况危急。柯南特认为，事态会迫使人们走到这一步。

弗朗西斯对个人前途感到乐观。

"如果说还有机会阻止这场疾病，那就要看旧金山了。"弗朗西斯说。他对此已经踌躇满志。

柯南特很兴奋。他终于听到联邦政府里有人谈论要阻止这种疾病。后来，柯南特听说疾控中心的一些人称弗朗西斯的调任为"流放到西伯利亚"。

第二天，世界会议中心，大礼堂

"艾滋病已经蔓延至发达国家的每个主要城市。"詹姆斯·科伦在艾滋病研讨会的开幕辞中说，有 50 万到 100 万美国人感染了艾滋病病毒。这种感染在美国如此普遍，如果疫苗研制成功的话，应该纳入所有儿童入学前的标准接种。他建议为高危人群提供产前和婚前筛查的诊所及医生应考虑定期对患者进行 HTLV－Ⅲ抗体检测。

罗伯特·加罗在科伦之后发言，他认为现在讨论美国人接种疫苗的时机简直是太过乐观了。为这种变异迅速的病毒制造出一种全效疫苗并非易事，此外还有一个问题，那就是疫苗一旦开发出来就能证明是有效的。加罗说："在谈论为公众接种疫苗前，你得进行测试和试验——我尚未听说任何人已经接近这一步了。"

测试疫苗的通常方法是高危人群那组接种，另一组不接种。如果没接种疫苗的人病倒，而接种疫苗的人未得病，那就是有效的疫苗。举个例子，对肝炎这样的疾病而言，这是个非常简单的过程，因为得病的人通常会康复。然而，对艾滋病疫苗进行测试却会引发巨大的伦理问题。对所有参与测试的志愿者进行安全性行为指导是必不可少的，但这样一来会妨碍评估疫苗的效力。

此外，还有巨大的经济风险。哪家公司能扛得住为研发疫苗而有可能面临责任诉讼？乙肝疫苗在商业上已然失败。从那时起，人们对疫苗的热情大幅下降。

坏消息才刚刚开始。接下来的日子里做了 392 场报告，其中提到的科学发现并没有让听众高兴起来。关于艾滋病的医学见解令人郁闷甚而愁云密布。

科学家说，这种病毒就算不是有史以来，也是人类几个世纪以来遇到的最危险的微生物。抗体的存在是表明病毒持续感染的"推定证据"。一旦被感染，人体就携带了这种病毒，且余生都有可能传染他人。病毒会侵扰脑细胞和中枢神经系统，除了 T－4 淋巴细胞感染导致的免疫缺陷之外，还会引发一系列神经紊乱。正如罗伯特·加罗所说："我们的确知道抗体检测意味着什么。抗体阳性就意味着感染了病毒。要筛查［艾滋病］的话，我不认为还有比抗体检测更好的方法。"

多数人只是艾滋病病毒的携带者，真正的患者没有几个——这种想法被詹姆斯·古德特的数据无情地打破了，自 1982 以来他一直在监测纽约和华盛顿的同性恋人群。在感染艾滋病病毒的曼哈顿同性恋中，目前 20%患有艾滋病，另有 25%患有严重的免疫疾病，后者古德特称为“艾滋病前驱症状期（lesser AIDS）”。只有约一半的人是健康的。在华盛顿的样本中，12%罹患艾滋病，11%为“艾滋病前驱症状期”。罗伯特·比格检测过的丹麦男同性恋中，目前 8%患有艾滋病。古德特怀疑，这些组别的艾滋病感染率之所以有差异，不过是反映出了感染时间的先后。病毒似乎最先抵达纽约，这给了曼哈顿人更长的时间来孕育该疾病。华盛顿人紧随其后，接下来病毒开始在丹麦传播。

古德特强烈地感觉到疾控中心低估了病毒带来的风险。当他听到人们用“暴露”替代“感染”一词时，他非常震惊。据他推理，艾滋病病毒只需要一个辅助因子就能发展成致命疾病，那就是时间。只要假以时日，病毒也许能让死亡人数比乐观估计的高出 5%到 20%。

有关时间在流行病中的作用问题，出人意料地被疾控中心的戴尔·劳伦斯出示的潜伏期研究解决了。尽管劳伦斯在 1983 年下半年就得出了结论，但时隔 1 年零 4 个月，这些结论才在此次国际会议上公之于众。当劳伦斯沉着地说出他的预测——即艾滋病病毒的平均潜伏期是 5.5 年时——人们手中的铅笔落地，目瞪口呆。他补充道，有些人在感染病毒 14 年以后才会发展成艾滋病。这些数据意味着，1985 年 4 月确诊的艾滋病患者在 1979 年 10 月就感染了。1982 年、1983 年和 1984 年病毒肆虐时，大量的人已经感染，但他们直到 80 年代末才会出现艾滋病症状。至于在此次研讨会召开之时感染病毒的人，要到世纪之交才会发展成艾滋病。

还有一个问题是，那些感染了艾滋病病毒，却没有出现任何机会性感染的人会怎样？根据疾控中心的定义，获得性免疫缺陷综合征的特征正是机会性感染。詹姆斯·科伦指出，有些人由于器官移植手术，免疫系统遭到人为抑制，其后这些人会出现更高的癌症发病率。

结合这一统计数据和病毒损毁神经系统的事实，科伦总结道："随着时间的推移，HTLV－Ⅲ感染者中会出现更多的癌症、神经紊乱和其他免疫抑制疾病。"

关于艾滋病疫情，最常见的隐喻是：艾滋病本身只是毁灭性冰山的一角，这座冰山将会在未来几十年继续困扰美国社会。

有关艾滋病国际流行病学的大量报告也揭示了糟糕的前景。哈罗德·杰斐和安德鲁·莫斯所出示的旧金山乙肝研究数据表明，1978年有4.5%的研究对象血液中存在这种病毒，到1980年有20%，1984年末达到67%。换句话说，在人们尚未意识到疾病存在的若干年前，大量男同性恋就已经感染了这种病毒。

对全国艾滋病感染的普遍性的研究加深了这种忧虑。匹兹堡是个艾滋病发病率相对较低的城市，在一项研究中，25%的男同性恋感染了这种病毒，而且每月还新增2%的当地男同性恋感染者。波士顿的一项研究发现，21%的男同性恋样本呈HTLV－Ⅲ阳性。所有这些研究在很大程度上都是有偏差的，因为研究对象是从去性病诊所就诊的、性行为相对活跃的人中挑选的。在旧金山，随机抽取的同性恋样本中只有约40%的感染率，相比之下肝炎组的感染率为67%。所有的研究都表明，病毒已经不可思议地进入了很多城市，但只有很少几个城市开展过艾滋病教育和预防运动。

还有令人不安的证据表明，病毒正在异性恋中传播，尽管速度慢得多。曼哈顿的一项研究表明，300名性行为活跃的年轻异性恋男性中，有3.4%呈抗体阳性。最重要的是，这些人无一参与过同性恋性行为，也无滥用毒品行为——当然与抗体阴性的研究对象相比，他们更有可能与静脉注射毒品的女性发生过性关系。（但是几乎所有的异性恋研究中，与妓女有过接触显然与是否被感染无关。）

与此同时，疾控中心刚刚把海地人从官方的高危人群名单上移除，对他们的研究很大程度上解开了海地人如何被感染的谜团——是共用针头和异性滥交导致了高感染率。在扎伊尔，由于病毒泛滥，科学家很难对危险因素进行研究，因为难以找到一个未被感染的对照组。

对感染的流行程度的研究都表明，需要为艾滋病患者提供更好的临床治疗，就算不为其他，也为了未来即将出现的大量患者。保罗·沃伯丁医生在会上发言，指出“国内艾滋病治疗的效果没有跟上艾滋病科学研究的步伐”。他要求其他城市“重视艾滋病的程度至少要达到旧金山的一半”，并开始像他的艾滋病诊所那样开展协同治疗。

疾控中心的报告，似乎是为了给沃伯丁的恳求提供数字依据。报告说，在美国，艾滋病已成年轻单身男性的第五大死因，排在意外、他杀、自杀和癌症之后。但是，在曼哈顿，死于艾滋病的人比死于其他 4 种原因的人的总和还要多。相关社会成本也在蹿升。据疾控中心计算，全美 9 000 名艾滋病患者的医疗账单以及损失的工资、福利已达 56 亿美元。要不了几年，其社会成本将开始接近癌症造成的每年 500 亿美元的代价，或 850 亿美元的卫生保健支出以及因心脏病导致的工资损失。

* * *

好像这些坏消息还不够似的，会上还暴露出了仍在阻碍艾滋病研究的问题。吕克·蒙塔尼耶和罗伯特·加罗都在第一天早上发表了演讲，都说了利用艾滋病病毒学大搞科学政治的事。尽管加罗声称，民族主义倾向引发的科学界内讧是“科学的退化和降格”，但他大部分时间都在解释为什么他发现的艾滋病病毒属于 HTLV 一族。几个星期前，加罗曾试图解释 LAV 和 HTLV－Ⅲ之间令人吃惊的相似基因，他说那个携带 LAV 的巴黎男同性恋在纽约与人有过性接触，由此暗示此人感染的病毒株就是加罗后来在贝塞斯达分离出的那种。

吕克·蒙塔尼耶在加罗之后发言，谈了 LAV 为什么不是白血病病毒，而是慢病毒家族一员。关于逆转录病毒分类学的各种发言凸显了两大洲之间的科学战争——虽然加罗和蒙塔尼耶握手言欢，但依然无法掩饰他们之间的争端。

不过，最令人沮丧的既不是争论不休的研究人员，也不是令人沮丧的研究，而是来发表主题演讲的卫生与公众服务部部长玛格丽特·哈克勒。

时而停顿、时而语无伦次的哈克勒部长，通过12页讲稿磕磕巴巴地陈述了科学家们在应对艾滋病时需要面对的复杂的病毒学问题。即便文中标注了艾滋病术语的读法，也没能帮她正确发音。但比起她非要谈论的问题，这还不算最难堪。

科学家汇集到大礼堂，并不是为了听政府负责卫生事务的内阁官员谈论逆转录病毒复制之谜的；他们想知道的是里根政府打算采取什么行动。哈克勒能承诺给艾滋病研究提供哪些经费？政府何时开始资助艾滋病教育？而哈克勒只承诺说："在艾滋病被攻克前，它仍始终是我们首要的公共卫生问题。"

在唯一一次脱稿讲话中，哈克勒补充说："我们必须战胜艾滋病，否则它会影响到异性恋和普通民众……我们极其重视公共利益，因而会在艾滋病向高危人群以外蔓延之前，在它成为压倒一切的问题之前，阻止它的蔓延。"

这番话惹恼了来自艾滋病组织的会议组织者，他们认为艾滋病已经是一个"压倒一切的问题"，并且不同意等到"艾滋病快要影响到异性恋人群"时才把艾滋病研究作为优先事项去阻止这一祸害。此外，许多同性恋领导人想知道，同性恋不属于卫生部长殷切关注的"普通大众"，这是谁定的。

演讲结束才几分钟，同性恋就组织了一场请愿活动来抗议这些言论，而这位面红耳赤的部长则遭遇了一群充满疑惑的记者。当被问及艾滋病经费额度是谁决定的，哈克勒坚称是"由科学家的要求决定的"。一位记者提到爱德华·布兰特在实现这一目标时遇到的重重困难，但哈克勒反驳道："最终，布兰特医生还是赢了。"

对于那些基本上相信了政府所谓"头号卫生问题"论调的记者而言，这次新闻发布会让他们猛然警醒过来。显然，是否被优先考虑要基于艾滋病对异性恋的影响程度。

4月17日

爱德华·布兰特在艾滋病大会最后一次全体会议上发表主题演讲时，受到了凯旋英雄般的欢迎。同性恋领导人盛赞他是极少数能够超越政治观点和背景，并真正想投身艾滋病战斗的人之一；研究人员认为他是一个为了争取经费与冥顽不灵的政府抗争的人。布兰特注意到，在哈克勒说出“普通大众”的话之后，争议席卷会场，他说，“所有可能感染艾滋病的人都是人类，这是值得所有人关注的事实。”

布兰特赞成高危人群自愿检测，说国家必须“以更快的速度在抗击疾病方面取得进展”。他补充说，保密承诺也应该就位，因为“众多团体会大幅施压，要求报告患者的姓名”。

至于过去，布兰特承认，“我不认为我们在疫情早期阶段应该采取的行动会有如此成效。在不牺牲科学标准的前提下，必须建立应急机制以应对像艾滋病这样的疫情。我们必须不断检查我们的反应能力……撒钱并不能解决艾滋病这样的问题。但什么也不给同样无助于形势好转”。

然而，对于前方的黑暗，布兰特建议大家稍安勿躁。他以自己最喜欢的书籍《圣经》中的一句话结束了这个环节。

“这也终将过去。”

4月21日，纽约，公共剧院

雷鸣般的欢呼声响彻剧场。人们站起来，鼓掌欢迎演员回到舞台上谢幕。拉里·克莱默的目光投向85岁的母亲，她一直希望克莱默写舞台剧，他现在已经这么做了。诚然，《凡俗的心灵》还不能和尼尔·西蒙的杰作相提并论，但评论家几乎一致宣称它是政治戏剧的杰作。甚至在预演结束之前，来自纽约各大新闻机构的评论家就已经搜肠刮肚地寻找溢美之词来描述该剧。全国广播公司说它“充满激情”；《时代》杂志称其“影响深远、充满张力、打动人心”；《纽约每日新闻》称这是“一出愤怒、坚忍、扣人心弦的政治戏剧”。一位评论家说，《凡俗的心灵》一剧之于艾滋病疫情如同阿瑟·米勒的

《炼狱》之于麦卡锡时代。最近有人偷听到《纽约杂志》评论家约翰·西蒙说，他期待纽约戏剧舞台上所有的同性恋都被艾滋病杀死的那一刻，然而在记者采访时他却承认自己是哭着离开剧院的。

无论是地方政府，还是联邦政府，在制定艾滋病公共政策的时候从来都不是受理性力量驱使，没有什么能像最近几周《凡俗的心灵》所表现出的影响力那样宣扬这一事实。研究人员和专家们的理性吁求屡遭失败，但拉里·克莱默通过自己的戏剧成功了，最终把这个议题推到了公民问题的最前沿。

就在首次预演前几个小时，《凡俗的心灵》剧本的影印版已在纽约各新闻机构之间传开了，市长埃德·科赫匆忙召开新闻发布会，宣布要为当地艾滋病患者"全面扩大城市服务"。科赫把卫生专员森瑟手上的艾滋病职责转交给了副市长维克多·博特尼克，并制订了艾滋病临床医生多年前提出的协调护理和长期设施的计划。在这项耗资600万美元的新计划中，包括拓展家庭护理和临终关怀，为艾滋病儿童提供日托服务，以及为10个跨学科病人护理团队提供资金——这些团队分散在拥有大量艾滋病患者的各家医院。这些举措只能满足一个拥有全国三分之一艾滋病病例的城市的很小一部分需求，但这是一个开始。

在宣布这些项目时，6个月内将争取连任的科赫一如既往地带着火药味。市长并没有承认过去在发放艾滋病经费方面存在任何缺失，相反，他声称该市已为艾滋病耗资3 100万美元，也就是说，比科赫自己的卫生专员在六周前模棱两可地宣布的艾滋病开支高出约3 000%。（结果发现，科赫把每个艾滋病患者在市医院的住院费也包括了进去，如果艾滋病患者被城市违法逐出病房时，这些费用只能延期支付。在旧金山和其他城市都不存在类似的统计数据。）科赫自吹自擂，说他的新计划非常出色，以至于旧金山最终可能会效仿纽约对艾滋病疫情的反应。他驳斥了关于纽约需要进一步对同性恋及异性恋开展艾滋病教育的建议，说："我认为大家都会认同我们的市民对此有充分的了解。"

《凡俗的心灵》指控科赫是个单身汉，由于担心自己的生活方式遭到质疑而在艾滋病疫情中避免高调采取行动；对此科赫直接回应道："很遗憾，在我们的社会中，如果要诽谤一个人，办法之一就是直呼此人是同性恋。如果这个人是40岁以上的单身未婚人士，这种指控就会更频繁地出现。这是一个令人发指的指控，因为在大多数情况下它不是真的，就算是，也无关紧要。"

尽管拉里·克莱默渴望得到这种直接的政治影响，但观众看完这部剧的时候，最受震撼的似乎还是贯穿全剧的、更广泛的偏见主题。对克莱默而言，艾滋病不是上帝的愤怒，而是异性恋的愤怒。异性恋颁布法令，规定同性恋不能合法地结婚，甚至不能公开地共同生活在一起，否则就会受辱。在克莱默看来，同性恋运动变成了性解放运动，而非人类解放事业，这是与异性恋串通一气的结果。正如克莱默在剧中的化身奈德·维克斯所言："你们为什么不为争取婚姻而战，却去争取合法滥交的权利?"在维克斯的爱人死于艾滋病之前，维克斯与其在医院病房里结为连理，全剧到此结束。

至于"男同性恋健康危机"，克莱默谴责他们是一群"南丁格尔"，这些人眼看着悲剧发生，却不向政府施压，不再要求应得的研究经费和服务。在第二幕中，维克斯愤怒地说："我以为我在触动一群拉尔夫·纳德①或贝雷帽特种部队，使他们不得不第一时间在政治问题上表明立场并展开斗争，结果几乎就在我的眼皮底下他们变成了一群护士助手。"

圈内人津津有味地把剧中人对号入座，因为几乎所有角色都是根据"男同性恋健康危机"的高层创作的。克莱默的情人、"男同性恋健康危机"的执行理事罗杰·麦克法兰成了汤米，一个可爱的南方基佬，每天都要面对"男同性恋健康危机"大量工作的折磨。冷漠刻板的"男同性恋健康危机"主席保罗·波帕姆在剧中成了布鲁

① 美国律师、作家，个性犀利，曾以独立候选人身份参加2004年、2008年美国大选。——译注

斯·奈尔斯，为“同性恋”一词是否该出现在“男同性恋健康危机”的派对邀请函上而犯愁。

* * *

保罗·波帕姆一再听说此剧预演的消息，决定不去看剧。那些调调他听过太多，现在他脑子里有别的事。

3 月，医生告诉保罗，他脖子上的紫色斑点是卡波西肉瘤。保罗坦然接受了这个消息，只告诉了几个亲密的朋友。他注意到，一旦人们知道你得了艾滋病，就会对你另眼相看，而他不希望人们对他有别的看法。他在创立“男同性恋健康危机”时起到了核心作用，朋友们恳求他利用他的人脉，但保罗拒绝了。他说，那是给别人的，不是给他的。

尽管如今“男同性恋健康危机”的名声不太好，但保罗·波帕姆在管理“男同性恋健康危机”期间无疑做了正确的事。他不认为自己和拉里·克莱默观点不一就成了杀人犯。为了这个组织，保罗 4 年没有个人生活，在此过程中他失去了很多。他对第二故乡失去了信任，他觉得自己为之奋斗并一生信赖的政府背叛了他。

他也获得了一些东西，一些他从来没意识到其价值的东西。身为同性恋，在保罗·波帕姆看来并没有什么特别，他也不觉得关于同性恋运动的言论有什么意义。如今，当他看到一个“男同性恋健康危机”的志愿者从垂死之人的病榻回来，他意识到自己对这个四面楚歌的同性恋社区有了信心。也许拉里·克莱默会称之为红十字会女志愿者干的活，但保罗视“男同性恋健康危机”的志愿者为先锋队，认为他们给同性恋社群注入了一定的尊严。他们用临终陪护证明了在这场疫病中消失的每个同性恋的生命都是有价值的。在孤独的患者即将死去时，只要有一个人见证，就等于昭告天下：“这个人是有价值的。他是一个人。”

拉里·克莱默喜欢说“艾滋病疫情中没有英雄”，但保罗·波帕姆不这么认为，他觉得有，而且很多。

*　　*　　*

就在保罗·波帕姆被确诊的那几周里，恩诺·波斯克得知 1980 年夏天住在海洋街房子里的另一位朋友也得了艾滋病。在《凡俗的心灵》首演时，瑞克·威利考夫最后的情人鲍勃正准备动身去巴黎接受 HPA－23 治疗。对恩诺来说，这是一个心碎的时刻，他回想起 4 年前尼克之死给他的第一次打击。现在瑞克死了，海洋街的另一个住客韦斯死了，保罗的男朋友杰克也死了，保罗和鲍勃也快死了。

这个夏天，恩诺最后一次租住海洋街的房子。现在，跟恩诺的避暑屋一样，火焰岛上的好几栋房子都落下了可怕的名声。经过那些房子时，有人会指指点点，然后大家都点点头加快脚步离开。在这栋房子里住过的人死了这么多，恩诺的新情人心里很不舒服，拒绝踏入半步。

5 年前，当尼克因腹泻而下班回家时，这一切就开始了。但对恩诺而言，几乎像是过了一个世纪，发生了那么多事，改变了那么多。太多的朋友死于艾滋病，而恩诺依然健康，有时候他觉得自己仿佛在飓风眼中享受野餐。唯一的出路就是变成飓风的一部分然后消亡，于是他留在了飓风中心，他的生命被死亡的狂风彻底包围。

*　　*　　*

当纽约州后知后觉地开始应对艾滋疫情时，艾滋病政策问题渐渐变成了许多行政辖区的地方问题。在马萨诸塞州，民主党州长迈克尔·杜卡基斯提交了一项 33 亿美元的卫生和公共服务预算，但一分钱也没留给艾滋病，这激怒了同性恋领袖。1984 年，杜卡基斯又犯了类似错误，立法机关拨款 150 万美元用于教育和大学研究。在巨大的压力下，杜卡基斯在 1985 年至 1986 年的预算案中追加了 163 万美元。

在纽约州，自由派民主党人士、州长马里奥·库莫也被指责克扣艾滋病研究经费。他的州预算提案连续三年都低于卫生部门的建议，当被问及为什么纽约州只有 300 万美元用于教育和直接服务，而旧金山为900万美元时，纽约艾滋病研究所所长梅尔·罗森以里根政府的说法答道："在纽约，我们不相信砸钱就能解决问题，我不知道怎么来用那900万。"州政府尚未对贫民区和少数族裔社区投入一分钱来遏止艾滋病在静脉注射吸毒者中的蔓延，那里的卫生工作者立即答复罗森，这笔钱会大有用武之地。

多位民主党人州长公开表示反对州政府为艾滋病投入经费，这对保守的加州州长乔治·德克梅吉恩来说是个安慰。1985年5月，德克梅吉恩再度就艾滋病经费问题与民主党议员掐了起来。对下一年的艾滋病预算进行了7次非常彻底的听证会后，立法机构最终同意为艾滋病投入2 150万美元资金。德克梅吉恩否决了其中的1 160万美元，但一部分还是重新发放了。民主党人批评了州长的行为，共和党人则指出，加州在艾滋病方面的支出超过了全国其他州的总和，且西海岸共和党人批准的艾滋病经费总额远高于东海岸民主党人批准的数额。这些话竟让人无法反驳。

公共卫生问题继续向地方渗透，让卫生官员意识到了未来可能出现的问题。例如，在奥克兰，一名同性恋艾滋病患者不断造访性病诊所，求治身上的各种性传播疾病。他承认自己没有将健康状况告知性接触对象，并且无视减少不安全性行为的建议。当该县主管传染性疾病的罗伯特·本杰明医生召集同性恋领导人讨论这个问题时，同性恋媒体称他是反同偏执狂，意在将所有同性恋关进集中营。

旧金山下令禁止在浴场发生性行为之后，浴场老板们不安地等待着他们预料中的全国范围内的禁令。独立同性恋健康俱乐部协会宣布，他们已经筹款50万美元，准备起诉关闭浴场的行动。批评人士指出，这笔钱甚至比该组织提议用于艾滋病预防的钱还要多。事实上，艾滋病教育太让人神经紧张，以至于"俱乐部浴场业主协会"威胁"基·韦斯特俱乐部浴场"，如果后者打算赞助地方台一个关于艾滋病的5集电视节目，就将其逐出协会。

5月初，一部分浴场老板开始考虑退出"俱乐部浴场业主协会"，因为该组织反对在浴场进行任何艾滋病教育。然而，该协会的执行董事不为所动，他在致股东的信中质问："我们的界限划在哪里？如果有人因为洗桑拿死了，我们会要求所有会员取消桑拿服务吗？"该董事建议企业对艾滋病采取观望态度，而不是急匆匆地发放艾滋病教育手册。

在旧金山，一名男同性恋声称自己患有艾滋病并咬了一名警察之后，引发了关于加州抗体检测法规是否合理的首次争议。警官想让该男子接受艾滋病病毒检测，地方检察官办公室表示，如果该男子是感染者，可能会以"故意严重伤害他人"的罪名被起诉。

然而，抗体检测法规赋予了咬人者所有的权利。法官裁定，不能强迫该男子接受检测，假如医生未经该男子许可而公布抗体检测结果则是违法的。但在警察看来，他才是受害者。他的公民权利谁来保障？

说"艾滋语"的人没有预料到这一点。他们的行事原则是艾滋病人不会做坏事。于是，警察受到了那些心存歹念之人的恶意人身攻击，他之所以免遭"希望所有同性恋被关进集中营"的指控，唯一原因在于他是众所周知的同性恋——该市第一个援引反同性恋歧视法加入当地警队的人。

不过，在回应这名警察提起的诉讼时，旧金山艾滋病基金会的新闻联络人创造了"艾滋语"的终极表达方式——她说这名警察患有"艾滋病恐惧症"。

什么是艾滋病恐惧症？

她说："就是表现得好像艾滋病是你遇到过的最糟糕的事。"

亚特兰大，疾控中心

目前，在疾控中心总部 6 号楼 274 室的 277 型显示计算机里，艾滋病统计数据被制成了表格。每周都会有工作人员更新艾滋病人的数量，将死者按风险组和地理区域进行分类。1985 年 4 月的最后一周，计算机显示美国的艾滋病患者人数超过了 1 万人。而 4 年前的这一天，药物技术员桑德拉·福特写了份备忘录，内容是关于纽约市一名同性恋医生不寻常的戊烷脒订单。

56. 接纳

1985 年 5 月，夏威夷，毛伊岛

如果克里夫·琼斯命中注定要死于艾滋病，那么他不希望像他的许多朋友那样在别人的注视下病情恶化，捱过生命中的最后几个月。克里夫离开旧金山时买的是单程票，他觉得自己可能永远回不来了。可是，到达毛伊岛几周后，健康问题不见了，他的眉头舒展了，开始考虑留在夏威夷的可能——不是为了等死，而是要重新享受生活。

白天，克里夫抽大麻，在郁郁葱葱的林间游荡；晚上，去毛伊岛的同性恋酒吧“汉堡玛丽”喝伏特加、马提尼，直到酒吧打烊。第一个月过得挺不错，但后来他开始感到良心不安。一天早上，克里夫醒来对自己说：“从今天开始，我要好好照顾自己。我不去喝酒了。我会变得健康起来。”可是那天晚上，他又忍不住去了“汉堡玛丽”喝伏特加、马提尼。他一次次在睡醒后信誓旦旦，又在晚上一次次回到“汉堡玛丽”。

他现在知道喝酒的事完全失控了。他已经失控多年，却不愿对自己承认。他否认自己的问题，生自己的气，甚至和自己讨价还价，向自己保证说只要能喝酒他就会适量。但克里夫并没有控制住他的酒量，酒量控制了他。他的宿醉比以往任何时候都严重，空虚占据了他的灵魂。夜晚喝得烂醉，早晨悔恨交加，但他就是停不下来。

克里夫·琼斯是谁？那个曾经领导示威抗议不公正的理想主义者现在变成了什么样？那个克里夫消失了。除了一杯接一杯的冲动，似乎什么也没留下。就在克里夫快被这些念头压垮之时，他翻了翻电话簿，拨出了那个他知道必须要打的电话。

那天晚上，克里夫心情紧张，信步走进瓦伊鲁库社区中心，悄悄

坐进房间后面的一把金属折椅里。他听着一个13岁男孩和一个80岁老人谈论他们与酒精的斗争，意识到了他们的故事和他的故事的共同之处，不禁哭了起来。

接下来的日子里，克里夫待在家里阅读有关酗酒的书。他感到恐惧在心中滋长，明白如果现在不行动，就没希望了。就算他躲得过这场疫病，也躲不过酒瘾。他要么学会接受真相活下去，要么准备死于谎言。

经过一周的自我反省，克里夫迫使自己回到了那个房间，在那里人们分享他们的经历、力量和希望，努力从酒瘾中挣脱出来。当有人问今晚的分享会上是否有新成员时，克里夫深深地吸了口气，说出了他早就知道但从未承认过的话。

“我叫克里夫，”他说，“我有酒瘾。”

巴黎，卢森堡公园

寒冬过后，比尔·克劳斯为春天的到来而高兴。他对巴黎越来越不抱幻想，不断担心自己钱花完了，变回加州穷光蛋。4月，众议员萨拉·波顿把他从国会工资单上剔除了。尽管国会助手生病后通常能保住他们在国会的工作，但波顿还是在别人的劝说下解雇了比尔，因为他人都不在国内。监事哈里·布利特和比尔的一些朋友发了募捐信为“比尔·克劳斯信托基金”筹款，但《湾区记者报》依然对比尔在浴场争议中扮演的角色耿耿于怀，他们发表了一篇社论，称该筹款是精英主义行为。之后，筹款之事引发了争议。

比尔认为，生活在巴黎的唯一好处是，在法国，人们把艾滋病看成白血病那样的某种疾病。在美国，光是提到这个词就会引起明显的反应。尽管如此，比尔还是感到孤独，想念朋友，渴望回到旧金山。

治疗过程也让比尔不快。他的医生对HPA－23不太感兴趣，一直敦促他开始服用异丙肌苷——一种被认为可以强化免疫功能药物。比尔把活下去的全部希望都寄托在了HPA－23上，所以这个建议让他心烦意乱。甚而这种药也许不是灵丹的想法也让他恼怒，因为这样一来他再也不能否认艾滋病诊断并与之讨价还价了。5月初，比尔的情绪更低落了，他的脸上出现了几个新的病灶。

他的朋友兼室友罗恩·休伯曼来法国看他，要住上一个月，比尔显然松了口气。他俩一起漫步，穿过巴黎的同性恋社区，与来接受HPA－23治疗的旧金山人一起用餐。

"也许我们该卖掉我们在旧金山的房子，搬到这里来，"当他们穿过卢森堡公园时，罗恩建议，"我爱巴黎。你住在巴斯德附近。我们可以在这里找到工作。"

"不，我想回旧金山，"比尔说，"我想要在那里……"

比尔停了下来。

罗恩知道他想说什么。

比尔继续说道："……那是我想要待着的地方。我真的很孤独。我不能忍受和朋友们分开。"

"你什么时候想回家就回吧，"罗恩说，"我们永远支持你。"

两人在雕像和树篱之间漫步，然后比尔打破了沉默。

"我觉得我熬不过去了。"他脱口而出。

这是罗恩第一次听到比尔透露对死亡的恐惧。事实上，自从确诊后，比尔就命令他的朋友们不要去想他可能会死的事实，并坚信他们想象他死去的情形会对他的健康造成损害。比尔的很多朋友都认为这个想法莫名其妙，但从根本上说，他们也想和比尔一样否认他生病的事实，所以他们照办了。罗恩松了口气，因为比尔似乎已经进入了接受诊断的阶段。然而，当晚的晚些时候，比尔显得有些尴尬。

"别把我之前说的话当回事，"他跟罗恩说，"我就是紧张。"

生气似乎最能让比尔放松，罗恩来访期间，他一直在抱怨美国缺乏治疗方案。漂在巴黎的美国艾滋病人大概有100人，他们每天都要长途跋涉到城郊的珀西医院注射HPA－23。

比尔从他在塞莱斯汀码头的公寓俯瞰塞纳河，他怒气冲冲地给朋友们写信，联系记者，敦促他们写一些关于治疗问题的报道。美国艾滋病患者中只有不到10%的人获得了某种治疗艾滋病的实验性药物，据估计，约10万名ARC患者中只有极小一部分在接受治疗，尽管科学家们认为在被确诊为艾滋病之前，此类病人的免疫系统尚未被破坏殆尽，因而治疗可能会颇见成效。艾滋病患者以及ARC患者被告知只需等到实验性药物完成谨慎的对照药物研究，就可接受治疗——尽管很多人知道病人会在此之前死去。

联邦政府仍对这个问题漠不关心。5月初，美国食药局宣布，根据研究药物协议，将允许新港国际制药公司向医生供应异丙肌苷。然而该公司计算发现，为了满足食药局的要求，要在每个服用该药的患者身上花大约2 000美元用于血液检测，此外还有其他费用。当然，广泛的测试是没有政府资金支持的。果不其然，新港公司宣布只允许少量美国病人使用该药。与此同时，负责卫生事务的代理助理卫生部长詹姆斯·梅森就政府在治疗艾滋病方面的努力接受国会质询，他信誓旦旦地保证“公共卫生署将继续为治疗艾滋病的新实验予以最大可能的支持”。

在旧金山，绝望催生了一个庞大的地下黑市，为艾滋病患者及ARC患者提供两种最受欢迎的黑市药物——利巴韦林和异丙肌苷。这两种药物在美国都被用于有人数限制的实验性治疗，但它们没有得到广泛使用的许可。不过，在墨西哥的任何一家药店都可以买到这两种药，伯克利的一个自称“牙齿仙女”的团体编写了教人不让海关查获药物的指南。经过缺乏社会道德意识的投机商之手，这些艾滋病药物的价格在生意兴隆的黑市飞涨。一盒20片的异丙肌苷，在墨西哥2.5美元即可买到；在旧金山，焦虑的艾滋病患者要花1.2美元才能买到1片。

比尔·克劳斯对艾滋病团体很生气，因为他们花了这么多时间来保护浴场老板，却不愿去争取更广泛的艾滋病治疗手段。他还哀求自己在政治团体的朋友参与这项事业。“这太荒谬了，”比尔抱怨道，“大家本该在美国接受治疗。我们不该被迫离开。”

在巴黎逗留期间，比尔基本上与同性恋夜生活断绝了关系。不过，罗恩·休伯曼更热衷于派对，所以有时候比尔也难得陪他去酒吧和迪斯科舞厅。在热门舞厅“高压电”，比尔遇到一个对他有点意思的年轻帅哥。当比尔说他来自旧金山时，话题立刻转到了艾滋病上。

“这件事真的有那么糟糕，还是他们拿这个来对我们说教？”法国人问比尔。

比尔承认这病确实存在。

“他们真的关了所有的酒吧和浴场？”他又疑惑地问。

比尔解释了危险性行为禁令的复杂之处，并明确表示他认为这个禁令早该颁布。巴黎也出现了类似的问题，巴黎的许多同性恋酒吧都有暗室，里面的性活动堪比旧金山浴场鼎盛时期的狂欢高潮。警方要求同性恋酒吧的老板把密室的灯打开，当地同性恋媒体称此为法西斯行为。

法国人说：“他们用这种方式对我们说教，我觉得太可怕了。”

比尔有种似曾相识的感觉。这样的对话他在旧金山经历过几百次。他想摇醒这个年轻人，对他喊：“看在上帝的分上，别再犯我们犯过的错了。”

*　　*　　*

到 1985 年 5 月，艾滋病恐慌席卷五大洲。欧洲卫生当局报告了近 1 000 例艾滋病病例，有 300 多人是法国人，162 人来自西德，英国人 140 人。奥地利卫生当局报告，一名 1 岁婴儿患有肺囊虫肺炎。其母显然是一名妓女，而这个孩子是欧洲首例艾滋病婴儿。在瑞典，8 人死亡，300 人出现 ARC 症状，当局建议将艾滋病纳入性病法，这样政府便可对任何明知有可能传播疾病却依然与人发生性行为的艾滋病患者处以 2 年监禁。在英国，政府首席卫生官宣布艾滋病是该国自二战以来受到的最严重的健康威胁。英国卫生大臣肯尼斯·克拉克宣布了新条例，如果一名艾滋病患者继续与人发生可能传播艾滋病的性行为，地方法官有权下令将其送医院隔离。

英国媒体上那些耸人听闻的艾滋病报道，引发了对于同性恋的偏见。一位著名的同性恋活动人士在伦敦地铁外遭到一群持刀青年的袭击，这伙人叫嚣着应该在此人将“同性恋瘟疫”传播给其他人之前将其处死。伦敦的一条同性恋求助热线被打爆了，电话公司的员工却拒绝去检修，因为他们害怕通过电线染上艾滋病。

在英国艾滋病历史上最奇怪的转折中：英国贵族指南《伯克贵族名谱》宣布，为保护“人类血统的纯洁性”，它不会列入任何已知有艾滋病患者的家庭。该书的出版总监说：“假如艾滋病以一种不同寻常的方式传播，我们担心它可能不是一种简单的感染，而是某种遗传缺陷的迹象。”

亚洲大陆首位艾滋病患者的死亡引发了香港的艾滋病恐慌。然而，卫生当局发现，当地立法严禁同性恋使他们在追踪艾滋病方面举步维艰。根据当地法律，同性恋将面临终身监禁。因而当政府开通热线解答艾滋病问题时，毫不奇怪，几乎没人愿意把自己的名字和地址告诉卫生工作者，以便他们邮寄降低风险指南。此外，对同性恋行为的严厉惩罚，也使得任何类型的流行病学研究或接触追踪都是不可能的。一位同性恋商人警告说，如果政府不把同性恋合法化，“那就犯了谋杀罪”。

有证据表明，这种病毒已经广泛传播，世界各地的卫生当局都在为不断增加的病例数量做准备，那些还没有发现艾滋病患者的国家也是如此。在各地开展的调查研究中，蒙特利尔发现28%的男同性恋感染了艾滋病病毒，墨尔本发现有20%到30%的男同性恋被感染。伦敦三分之一的男同性恋感染了 HTLV－Ⅲ，英国主要艾滋病组织特伦斯-希金斯信托基金会的一名组织者直截了当地建议英国男同性恋不要与任何伦敦人发生性关系。

公众普遍认为受艾滋病影响最严重的国家，其政府偏偏最不愿意承认艾滋病问题。虽然非洲卫生官员声称只存在少数艾滋病病例，但疾控中心的一名工作人员3月报告说，仅扎伊尔就有1.1万个艾滋病病例。在卢旺达和乌干达等国，大量妓女感染艾滋病病毒，这表明“瘦身病”通过异性恋人群传播的情况有增无减。

在西欧，围绕艾滋病的政策问题中有一个大家熟悉的因素。到

1985年初，丹麦是欧洲人均艾滋病感染率最高的国家。一项研究发现，36%的男同性恋感染了艾滋病病毒，而光顾浴场的男同性恋则以每月3%的速度被感染。像伊比·拜博耶格博士这样的临床医生认为应该关闭浴场，而且政府应该像瑞典那样将艾滋病纳入性病法。但是在得到组织有序的同性恋社区的首肯之前，卫生当局没有采取任何行动。丹麦的艾滋病患者人数不多，同性恋领袖不以为意，他们认为艾滋病威胁是恐同人士夸大其词，并游说当局说关闭浴场是对同性恋公民权利的侵犯，这是不可接受的。

随着患者一个接一个出现在瑞斯医院——8年前，格蕾特·拉斯克医生就是在这家医院去世的——拜博耶格感到绝望。他抱怨说："同性恋激进分子挟持公共政策以达到其政治目的。我们必须阻止这种疾病，却不许我们采取行动。"

1985年初，威利·罗森鲍姆医生在巴黎给一名淋巴结病患者做检查，并建议该男子不应继续发生性行为。后者对这个建议怒不可遏。

"这是我的权利。"他说。

罗森鲍姆辩了几句，但他看得出毫无用处。

毫无疑问，这个人感染了艾滋病病毒。事实上，他的身体孕育了世界上最著名的艾滋病病毒后代，因为1983年初，巴斯德研究所正是通过他的淋巴结培育出了第一个LAV分离株。

5月17日，旧金山，都柏林街

弗朗西丝·博尔切特在旧金山的加州大学医疗中心住了一周，顽固的牛皮癣也未见好转。鲍勃·博尔切特看着妻子回到家里躺在床上，心都要碎了。他们一起在这个家度过了许多幸福时光。有时候，弗朗西丝会坐到客厅那张塞满了东西的橘色椅子上，但谁想拥抱她都会被赶走。

她会说："你们可不要靠近我。"

弗朗西丝什么都不想吃，所以凯茜或鲍勃想出各种有想象力的点子来喂她。他们一丝不苟地在她喝水的杯子上标记她喝了几盎司；每一口都是小小的胜利。

有时候，老祖母的脑子好像走神了。多年来，她每天都玩《纽约时报》的填字游戏，但突然间她发现自己想不出答案，也无法集中注意力。连铅笔都拿不住。

5 月的最后几周，各种疾病接二连三地向弗朗西丝·博尔切特袭来。她患了严重的淋巴结病，医生现在诊断她患有血液疾病，还有特发性血小板减少性紫癜。她还得了乳腺炎和鹅口疮。

尽管如此，弗朗西丝还是努力以正常方式生活。跟结婚 40 年来所做的一样，每天早上她都会整理床铺，但现在有时需要 45 分钟；她就是打不起精神。6 月的头几天，弗朗西丝·博尔切特开始剧烈地咳嗽。那一刻，鲍勃、凯茜和家里其他人都明白死神就要降临了。

* * *

6 月 10 日，星期一，弗朗西丝·博尔切特的家人带着她回到西顿医疗中心接受支气管肺炎治疗。她的肺里充满了液体，不断因为高烧而大汗淋漓。医院的神父为她主持了临终仪式，弗朗西丝抬头问凯茜："那是谁？"

日子一天天过去，她开始自言自语。凯茜注意到，有时候她的呢喃仿佛在与人对话。有一次，她转身避开想象中的对话者，问凯茜："我为什么生病了？"接着陷入了昏迷。

6 月 15 日，星期六，弗朗西丝·博尔切特失明了。

弗朗西丝一直念叨说她不想戴着结婚戒指进坟墓。当她体内开始充满液体、浑身肿胀时，凯茜觉得该把戒指取下来了。可是，她母亲的手指肿得太厉害，医院不得不打电话给保管员，从她的手指上剪下没有装饰的平纹白金戒指。打那以后，弗朗西丝就不再嘟囔了。

几周前，血库律师已经安排好 6 月 20 日与弗朗西丝会面，就这家人提起的诉欧文纪念血库玩忽职守一案采集她的证词。律师听说她正在住院，便要求重新安排见面时间。这令凯茜·博尔切特非常生气。

她说："应该强迫这些人到这里来看看得了艾滋病的人在遭什么罪。"但她未能如愿。

6月17日，星期一，鲍勃·博尔切特一整天都和妻子坐在一起。她陷入了更深的昏迷，护士们看鲍勃精疲力竭，建议他回家休息。如果有事就打电话给他。鲍勃刚回到都柏林街不久，电话来了。弗朗西丝过世了。

* * *

弗朗西丝·博尔切特去世那天，美国疾控中心宣布，感染艾滋病的美国人已超过1.1万人。目前，新病例预计将以每月1 000人的速度增长。疾控中心说，截至6月17日，已有1.101万美国人感染了艾滋病，其中5 441人已经死亡。

* * *

6月21日，乔治·华盛顿大学医院的艾滋病患者睁开眼睛，看到一个身穿白色亚麻长袍的女人在他们之间走动。她没戴口罩或手套，也毫不害怕地走到床边询问这些年轻人的病情。特蕾莎修女从白宫出来，就直接来看望艾滋病患者，而尚未接受疫情现实的里根总统刚在白宫授予她自由勋章。

尽管接下来5周发生的戏剧性事件会掩盖这样的事，但显而易见，仅1985年夏天的头几天，人们对艾滋病问题的关注已明显增加。问题太大了，不容忽视。

在呼吁对艾滋病问题予以更多关注的过程中，宗教领袖发挥了关键作用。在旧金山，圣公会主教威廉·斯温发表了一场影响深远的布道。他在布道中说，如果1985年耶稣尚在人世，他不会站在谴责同性恋的道德家一边，而是会站在艾滋病患者一边。他说，基督之所以如此慈悲，正因他与社会的弃儿同呼吸共命运。

对艾滋病病毒"致命性"的最新科学认识，引发了美国医学学会在 6 月中旬的全国大会上采取了史无前例的行动。尽管美国医学学会一贯反对帮助特定的医学研究获得资助，但众议院投票决定将美国医学学会的要求记录在案，为艾滋病研究寻求更多的资金。该决议几乎没有经过辩论，就以压倒性的优势通过了。一位支持者解释说："我们现在意识到这不仅是一种疾病，而是一场会对公众健康产生严重影响的重大疾病。"

那年夏天，在后来被证明是此类报道的先驱中，《生活》杂志发表了一篇引人注目的封面人物报道，还有摄影随笔，封面上冷冷地印着："现在，没人能从艾滋病中全身而退。"实际上，大多数美国人并没有受到艾滋病的影响。《生活》杂志的断言——异性恋血友病患者、异性恋输血接受者以及静脉注射吸毒者的异性伴侣是艾滋病的"新受害者"——并不靠谱。事实上，这些都不是"新的"风险群体。所谓的新，是说媒体在异性恋语境下谈论艾滋病。这一语境赋予艾滋病新闻价值。在那年夏天的几个月里，艾滋病组织者中最常说的就是，"艾滋病不是同性恋疾病。"

正是在回应这些说法的过程中，美国人率先意识到一场新的疫情将不可避免地被写入美国的历史，没有什么是一成不变的。

6 月 30 日，旧金山

明媚的阳光把天空染得湛蓝，也照亮了旧金山斜坡上的绿色植被。旧金山同性恋自由日游行这一天，似乎永远阳光明媚。在市中心，25 万人把人行道和大街挤得水泄不通，足有两英里长，花车、乐队和其他队列甚至在游行开始前 3 小时就出动了。

全球各种杰出的同性恋社团再次因一年一度的同性恋自由日大游行欢聚一堂，全方位地展现了为什么无法从单一的角度来描绘同性恋群体。男人们肩上扛着 6 岁的孩子，孩子的 T 恤上印着"我爱我的同志老爸"。距离这种健康向上的场景一个街区外的地方，"皮裤子"皮革酒吧的花车缓缓地移动着，上面是一群仅着黑色皮背带的男人，他们戴着镣铐摆出各种撩人姿势；他们也爱他们的"老爹"。老一套的“女同性恋机车队”亮相后，紧接着是“卡车鸭子”上场了，几十只橡皮鸭子漂浮在花车的塑料游泳池里。排在热情洋溢地抗议“中美洲政策”的女同性恋—女权主义者后面的，是带有讽刺意味的“淑女反妇女”队伍，他们举着“当众亲热有罪”“宁愿受苦不要参政”之类的标语牌。

此次游行的气氛与以往不同，它所代表的社群精神状态也是。这个社群面临大面积死亡的倒数第二阶段的一大特征是压抑，如今气氛正在好转，人们开始接受现状。“从前”也许是段好时光，但现在大家都明白，时光一去不复返。生活将永远走向“以后”。这很残酷，而且不公平，但这就是生活；显然参加第16届同性恋自由日大游行的旧金山同性恋大都明白这一点。

经过了多年的否认和愤怒、讨价还价以及无以言表的悲伤，旧金山的同性恋社区已经行动起来抗击疾病，这在美国是绝无仅有的。这次游行是为了纪念鲍比·坎贝尔，去年夏天去世的“卡波西肉瘤海报男孩”。今年，由众多艾滋病相关组织组成的队列获得了比裸男彩车更多的掌声；目前，这些组织已经说服了数千名当地男同性恋在业余时间接听热线、为艾滋病服务筹款，并帮助病人家庭打理家务。这是一个新的同性恋社区，成千上万人沐浴着午后阳光，列队前行，所有人都为他们鼓掌。旧金山艾滋病基金会的花车庄严肃穆，巨大的黑色人造大理石墓碑上覆盖花环，当它缓缓驶过，人们似乎明白了这也代表了同性恋群体的一部分，游行队伍评委们给该花车颁发了一个特别奖。

游行队伍中规模最大的一支占了整整两个街区，他们举着“清醒生活”的横幅行进。这是一个迅速壮大的同性恋人群，他们中的很多人通过匿名戒酒互助会戒除了毒瘾和酒瘾，并成为同性恋社区新生活方式的开拓者。其他团体分发了上千个避孕套，而不必担心男同性恋会像过去游行时那样把避孕套当成气球吹炸了扔掉，没有人开玩笑说他们不知道怎么用这该死的玩意儿。如今，卡斯特罗街的一家小商店报告他们平均每周售出4 000个避孕套，最近还推出了“特制安全套”系列。一位前色情明星也来参加游行，推广他称为“让糙人得病去吧！”[①] 的安全性行为运动。

在艾滋病基金会的展位上，工作人员正在兜售一项新调查的结果，这项调查发现，当地男同性恋有五分之四已经完全戒绝了高危性行为，只有1/11的男同性恋依然会进行无保护的口交，而不使用避孕套进行肛交的男性仅为1/14，超过半数的男同性恋有稳定的伴侣关系。基金会也不再向同性恋传达“安全性行为也有乐趣”的观念，相反，新的广告直截了当地警告说“没有任何借口进行危险性行为”。

带着他们特有的乐观，同性恋群体对其性行为模式进行了极大的转变。喜剧演员道格·霍尔斯克劳经常用他的俏皮话逗得观众哈哈大笑：“我喜欢和陌生人上床——你叫我老古董也成。”[②]

特别值得注意的是，在疫情暴发后，同性恋政治力量非但没有消失，反而继续增强。阿兰·克兰斯顿出现在游行结束后的集会上就充分地证明了这一点，他是首位在同性恋自由日大游行上发表演说的美国参议员。克兰斯顿说：“我们的自由孕育出了多样性，而我们的多样性又赋予我们克服困难的力量。”

当天最热烈的喝彩不是在政客演讲或艺人表演时出现的，而是在集会主持人宣布两名旧金山男同性恋获释时，他们是被黎巴嫩恐怖分子劫持的29名美国人质中的两位。两人搭乘的是雅典飞往罗马的环球航空847航班，在被囚禁的大部分时间里处在恐惧中，当时劫机犯已在飞行途中杀死了一名美国军人，他们担心宗教激进主义穆斯林劫机分子会知道他们是同性恋并杀死他们。

在他们被囚禁之初，旧金山新闻机构了解到，人质杰克·麦卡迪曾在18街和卡斯特罗街交界处的“象步”——这座城市最著名的同性恋酒吧之一——当厨师，之后和他的情人、邮差维克多·安布吉一

① 此处糙人指不戴套性交者。——译注
② 意为“和陌生人上床”已经是过去的事了，不再流行。——译注

起去旅行。当地新闻机构的克制史无前例地在报道时避开了某些角度，唯恐同性恋的事会导致两名人质丧命。

被囚禁的漫长日子里，麦卡迪和安布吉被关在暗无天日、老鼠出没的地下室里，恐怖分子一次次地和人质玩俄罗斯轮盘游戏。当其他人质开始崩溃时，一些美国人向似乎异常平静的麦卡迪求助。麦卡迪无法告诉他们自己是个旧金山的同性恋，这就是他在死亡面前如此镇定的原因。他转而扮演了其他人质的业余心理辅导顾问。作为“香缇计划”的前志愿者，这是他熟悉的角色。

在整个磨难期间，这位 40 岁的厨师回想起了 27 岁的司各特·克里弗——他在“香缇计划”工作期间辅导过后者。麦卡迪亲眼见证了克里弗以难以置信的力量和勇气与绝症抗争，暗自发誓要像他那样坚强地与这些恐怖分子做斗争。他这种不屈不挠的精神感染了其他人质，正因为如此他们才活了下来。

就在 25 万名男女同性恋在旧金山庆祝同性恋自由日的时候，获释的安布吉和麦卡迪步出空军飞机，手挽着手走下舷梯。他们彼此相爱，他们为彼此相爱而自豪，他们得以幸存的部分原因正是在旧金山以同性恋的身份生活时培养出来的力量。

在这个阳光明媚的旧金山同性恋自由日，显然这个完整的同性恋群体也有一些东西要与大社会分享。但愿美国人能从同性恋群体的错误中吸取教训，不再浪费宝贵的时间在否认中挣扎；也许美国人也可以从同性恋群体的新力量中学到什么。这种关于力量的新理念，与他们在 1980 年同性恋自由日大游行中傲然前行时所想象的完全不同，那时他们觉得自己会成为时尚。他们依然在谋求同性恋群体的权力，但在人们鼓起勇气与美国社会注定要受到的最严重打击斗争时，它基本上就黯然失色了。同性恋互相扶持找到了这种力量，他们建立了一个真正意义上的同性恋社区，而不单单是街坊。到目前为止，人们也有一种共同的感觉，那就是希望梦想不灭。为这一天，他们经历了 5 年的痛苦和磨难，好在今天终于到来了。

57. 终局

1985 年 7 月 12 日，星期五，华盛顿，雷伯恩众议院大厦

随着国会进入即将到来的财年预算编写的最后阶段，政府和众议院之间再次发生冲突。两个月来，众议员亨利·威克斯曼一直在敦促卫生与公共服务部部长玛格丽特·哈克勒提供相关文件，以展示国家卫生机构的医生就艾滋病研究提出了哪些需求。政府声称研究人员获得了他们需要的所有资金，这意味着医生们要求减少 10% 的艾滋病经费。亨利·威克斯曼及其助手蒂姆·韦斯特摩兰德毫不怀疑，如果他们能拿到内部备忘录，应该会发现政府机构的医生们只会申请更多经费，而不是减少。哈克勒的办公室没有理会这些要求。

与此同时，众所周知负责卫生事务的代理助理部长詹姆斯·梅森博士也多次去行政管理和预算办公室争取更多资金。有线电视健康频道的一位记者几周前问罗伯特·加罗医生是否有足够的经费研究艾滋病，这位通常热情洋溢的研究人员只是简单地答了一句“无可奉告”。私下里，加罗愤愤地抱怨说，政府注意到他发现的 HTLV－Ⅲ已经一年多了，但给他的实验室的经费仍未见明显增长。加罗公开对一群法国记者发牢骚：“目前在治疗研究方面所做的工作是不够的。”

国会的不安情绪也在加剧。加州参议员克兰斯顿正考虑争取 1986 年的连任竞选，他已经成为参议院申请艾滋病经费的主要代言人。自从众议院拨款委员会主席艾德·罗伊巴尔在洛杉矶地区办公室的一名同性恋职员死于艾滋病，他在艾滋病问题上也变得激进起来。

众议员威克斯曼已安排在 7 月 22 日星期一举行艾滋病预算的听证会，届时他希望有书面文件证明需要更多艾滋病经费，所以 7 月 12 日，他在给哈克勒部长写的信中下了战书。

“如果在那天之前没有收到所有文件，我将不得不考虑采取行动，通过传票获取这些信息。”他写道，“我为我如此直白地提出要求感到抱歉……然而 6 个月来，国会一直在等待回应，却始终没有等到。在这 6 个月里，约 1 800 名美国人死于艾滋病，约 3 300 人被确诊患有这种几乎必死无疑的绝症。在这种情况下，鉴于政府过去几年的拖延和忽视，我认为不能再等下去了。”

威克斯曼再次感到政府应该亡羊补牢，为其“头号卫生问题”分配足够的经费。

7 月 15 日，星期一，加州，卡梅尔

哈德森的朋友们曾恳求他取消原定与桃乐丝·戴一起录制的电视节目，但这位平易近人的电影偶像明星坚称他已经答应了，不可反悔。他认识戴，1960 年代早期，曾和戴一起主演过《枕边细语》以及其他浪漫喜剧，他知道戴希望通过他俩的重聚来宣传她新近在基督教广播网推出的动物秀。

到哈德森到达时，健康恶化的证据都显现在憔悴的脸上，不仅戴惊呆了，在戴位于卡梅尔的住所附近参加新闻发布会的记者也傻眼了。哈德森几乎没有力气走路，但他顽强地撑完了两天的录影，并告诉记者自己患了流感。这是洛克·哈德森最后一次公开露面。

当被问及哈德森是否生病时，哈德森的新闻发言人戴尔·奥尔森说，他“健康状况良好”，而且正在节食，已经减掉了一部分体重。

回到洛杉矶，洛克·哈德森就累得晕倒了。他的卡波西肉瘤已经有一年了。几周前，他被诊断出淋巴母细胞淋巴瘤（Lymphoblastic lymphoma）——一种越来越常见于艾滋病患者的癌症。哈德森告诉他的朋友，他将尽快回巴黎接受 HPA－23 治疗。

*　　*　　*

7 月 17 日，巴哈马卫生当局关闭了一家用血液衍生药物治病的癌症诊所。因为发现成批的药物都感染了艾滋病病毒。在该诊所接受治疗的患者多达 1 000 人，疾控中心初步调查后，卫生官员警告病人有患艾滋病的可能。

佐治亚州前州长莱斯特·马多克斯在其中。民权运动最高潮时，马多克斯的名字永远刻在了美国种族主义历史上。他在自家的餐馆实施种族隔离，民权领袖在餐馆静坐示威之后，他向前来用餐的白人顾客发放了斧头柄。马多克斯一如既往地沉默寡言，听说自己可能感染了艾滋病病毒后，他感觉非常糟。他说：“我宁愿直接得癌症，也不愿意得艾滋病，得癌症还有点尊严。”

7 月 19 日，周五，华盛顿

上周五晚，当一名信使匆匆将哈克勒部长的信函交到众议员威克斯曼办公室时，要求政府提供艾滋病相关文件的传票尚在准备中。

“政府内部已就增加经费的必要性达成一致意见。”哈克勒写道。她宣布，政府刚刚发现了艾滋病预算中的“缺额”，总计达 4 570 万美元，而哈克勒授权将其他卫生项目的资金转移到艾滋病预算中。经过哈克勒的重新安排，下一财年的艾滋病经费增加了 48%，总计为 1.264 亿美元。哈克勒称，这一增长表明政府正在全力兑现将艾滋病作为“头号卫生问题”的承诺。

7 月 21 日，星期天，巴黎

抵达巴黎后不久，洛克·哈德森就在穿过丽兹酒店大堂时昏倒了。一名医生去他房间替他检查，认为他的心脏问题是罪魁祸首，1981 年哈德森还接受过心脏手术。哈德森被送到巴黎郊外纳伊的美国医院，那里的医生仅被告知哈德森有心脏病史。

7 月 22 日，星期一，华盛顿

众议员威克斯曼的卫生与环境小组委员会艾滋病听证会遵循了国会调查政府处理这一疫情的流程。包括来自旧金山的保罗·沃伯丁和来自洛杉矶的迈克尔·戈特利布等多名医生都严厉指责政府提供的资助太少，（尤其是）艾滋病治疗研究——哪怕是零散研究——匮乏。马萨诸塞州综合医院的马丁·赫希医生请求采取“应急方案”研究该疾病，并且颇有预见性地警告说：“在研究完成之前，成千上万的人将成为受害者。”

詹姆斯·梅森医生为政府文件中的说法辩护，指出“短时间内取得了巨大的进展”，并提醒国会，这一疾病是政府的“头号卫生问题”。

此话导致威克斯曼议员愤怒地诘问，尽管如此他还是感谢梅森增加了研究经费。随后，他以讥讽的语气补充道，“近 2 000 名美国人死于艾滋病，还有数千人被感染”，在此期间国会一直在等待追加的预算请求得到回复。威克斯曼说：“对这些人来说，即使这笔预算也太少太迟了。”

7 月 23 日，星期二

急电！洛克·哈德森得了绝症。急电！

好莱坞（合众国际社）——洛克·哈德森，一位硕果仅存的传统方下颌的浪漫男主角，最近因出演电视剧《麦梅伦探长》和《豪门恩怨》走红。据周二的消息，他患上了手术无法治愈的肝癌，此病可能与艾滋病有关。

这条消息下午 1 点后发布，刚好赶上下午的头条。自从一周前哈德森和戴一起亮相以来，好几家新闻机构一直在追踪他患有艾滋病的传闻。7 月 23 日早上《好莱坞报道》刊出了一篇文章，直截了当地说哈德森得了艾滋病。当天下午，美国医院的消息人士证实，这位电影明星已经住院两天。实验室检测显示，哈德森酗酒成性，肝脏异常，所以谣言四起，说他得了肝癌。

哈德森只跟 4 个朋友透露过他患有这种综合征，对其他人则坚决否认艾滋病传言。在合众国际社发布第一条新闻稿后几分钟后，其新闻发言人戴尔·奥尔森首次否认哈德森患有艾滋病，后来又多次否认。

“我的官方声明是，洛克·哈德森正在美国医院住院，那里的医生诊断他患有肝癌，而且无法进行手术。”奥尔森说。然而，哈德森在洛杉矶的私人医生证实，哈德森去巴黎是与巴斯德研究所的医生探讨病情。鉴于巴斯德在艾滋病研究方面的名声，许多记者开始有了明确的结论。

当天下午晚些时候，戴尔·奥尔森证实哈德森正在接受“全面”检查。记者问是否包括艾滋病，奥尔森重复道：“是全面检查。”

当晚，南希·里根接受记者采访时，回忆起哈德森与总统夫妇在白宫共进晚宴的那个晚上。她说哈德森告诉她，他是在以色列染上了某种病菌。

7月24日，星期三，巴黎

美国医院发表了简短声明，否认哈德森患有肝癌，只说他因为“疲劳和全身不适”而住院。

传言说，哈德森正在接受多米尼克·多尔芒医生的治疗，他正在治疗比尔·克劳斯以及其他大部分美国艾滋病患者，这些人壮大了巴黎的艾滋病流亡者社区。由于新闻机构突然迫切地想知道哈德森来巴黎要找的神药，记者们终于对艾滋病问题产生了兴趣，开始对大多数美国病人穷追不舍。

《华盛顿邮报》的一名记者在采访开始时对比尔·克劳斯说：“抱歉，我们之前在这方面做得不多。我们只是没能找到一个能让大众感兴趣的切入点。”

比尔强忍着，才没把记者从窗口扔进塞纳河。

那天下午，洛克·哈德森接到了一个好莱坞老朋友的电话。

“里根总统祝他健康平安，请转告他，总统和夫人一直惦记着他，为他祈祷。”一位白宫发言人说。

戴尔·奥尔森否认肝癌的说法是为了掩盖哈德森得了艾滋病的事实，并且说医院在否认癌症诊断时“含糊其辞”。

然而，光是洛克·哈德森有可能感染艾滋病的消息就足以轰动全国。突然间，所有的广播电视和报纸都在报道这种疾病的事。在华盛顿，哥伦比亚广播公司制片人打电话给众议员威克斯曼，邀请他在周日的《面对全国》节目中与哈克勒部长讨论联邦艾滋病政策。威克斯曼很高兴，尤其是因为这意味着主流新闻网的节目将首次用大段时间讨论联邦政府在这场疫情中的作用。

制片人说："当然，如果后来发现洛克·哈德森没有得艾滋病，我们会取消这期节目。"

在纽约，玛蒂尔达·克里姆收到了大量的采访请求，私下里她很反感里根总统现在为哈德森流下的"鳄鱼眼泪"。她想知道，对于这些年死去的上千人，他的同情心在哪里？

民众对疫情的兴趣激增，"男同性恋健康危机"的理事理查德·邓恩觉得这是个向市长科赫的政府施压的好时机。在打了几通电话暗示媒体突然对所有艾滋病相关话题产生了兴趣之后，邓恩得知科赫出其不意地承认给地方艾滋病项目增加经费对公共卫生大有裨益。

* * *

大多数新闻机构在报道哈德森的故事时，面对的主要问题是解释该演员是如何得的艾滋病。当然，在好莱坞电影圈几乎所有人都知道哈德森是同性恋。但对媒体而言，谈及同性恋问题时说谎依然比说实话更容易。因此，有关哈德森健康状况的报道避开了这个问题，只暗示了疾控中心所定的高危人员一览表。

同性恋团体和艾滋病组织大多倾向于这种方式，渴望向全世界证明"艾滋病不是同性恋疾病"。这种掩盖真相的欲望有时会达到荒唐的地步。例如，旧金山艾滋病基金会的新闻发言人说，哈德森向世界证明了"艾滋病不是白人男同性恋的疾病"，就好像哈德森不是白人男同性恋一样。当被问及哈德森是否属于高危人群时，洛杉矶艾滋病项目的执行理事比尔·梅瑟海默拒绝推测哈德森的性取向，转而谈到哈德森在心脏手术期间接受过输血。

然而周三深夜，这种三缄其口被打破了，晨版《旧金山纪事报》上刊载了一篇文章，描述了哈德森"躲在柜子里"多年来的内心挣扎。该报道引用了哈德森在旧金山的一群老友的原话，讲述了一个男人的痛苦——多年来他一直纠结于一个问题：坦承自己的性取向是否有好处。《旧金山纪事报》决定把此文放在第 7 版，而不是头版，编辑们认为这种不同寻常的编排方式展示了他们的高素质。然而，其他报纸却没有表现出这样的克制，到周四上午，全国各地的报纸和广播电视都报道了《旧金山纪事报》披露的哈德森的同性恋性向。

7月25日，星期四

到目前为止，美国医院的官员已经得知哈德森得了艾滋病，他们想让这个演员离开医院，不希望医院的好名声与同性恋疾病扯上关系，担心会因此失去威望和病人。护士们都害怕去护理哈德森。

多米尼克·多尔芒医生请求医院官员让他去探视病人，但院方甚至不希望这位艾滋病专家踏进他们的大楼。当多尔芒最终见到哈德森时，他惊讶地发现后者的病情已极度恶化，再进行 HPA－23 治疗也没什么用了。

还有一个问题就是该怎么告诉媒体。医院直截了当地告诉哈德森的随行人员，如果他们不解释这位演员的病情，医院就来解释。一名巴黎的公关人员被招来对付当地媒体，他与哈德森会面后，获准发布一份简短声明。下午2点，扬诺·科拉特告知记者："哈德森先生得了获得性免疫缺陷综合征。"

然而，科拉特的解释让情况进一步复杂化，因为她坚称这位演员"完全康复了"。当被问及这位演员是如何感染艾滋病的，她说："他也不知道自己怎么就得了艾滋病。他周围没人得啊。"

在旧金山，马科斯·柯南特听说哈德森曾是迈克尔·戈特利布的病人。

"他承认自己得了艾滋病，这很勇敢。"柯南特在电话里对戈特利布说。

戈特利布说："勇敢？见鬼。他在酒店大堂里晕倒了。"

尽管如此，柯南特还是对任何能让媒体关注这场疫病的事感到兴奋。他告诉记者："目前出现了一个新的艾滋病高危群体：富人和名人。"

7月26日，星期五

哈德森选择离开美国去接受艾滋病治疗，这个消息使得巴斯德研究所成为国际社会关注的焦点。这让巴斯德的美国同行颇为不快。

巴斯德研究所所长雷蒙德·德顿迪医生根据早就做好的安排，去旧金山见了法美商会。德顿迪解释说，法国人是在1983年12月申请的LAV专利，而加罗医生是在1984年初向国家癌症研究所申请的HTLV-Ⅲ专利。加罗医生的专利立即获得了批准；而巴斯德研究所的专利至今未获批准。没有专利，巴斯德将无法在美国市场销售其血液检测试剂，也拿不到LAV血液检测试剂所产生的巨额特许使用权费用。德顿迪警告说，巴斯德将提起诉讼。

法国人和美国人之间激烈的科学战的故事就这样一点一点地汇集起来。哈德森事件以及随之而来的各种舆论，迅速让美国科学界——特别是联邦政府——陷入极其难堪的境地。

在巴黎，巴斯德研究所的大卫·克拉兹曼医生说："我们终于走出了困境。"

7月28日，星期日

美国几乎每份周日晨报的头版都是艾滋病报道。而当地媒体报复性地挖掘消息，娱乐版挤满了对洛克·哈德森职业生涯的回顾。哈德森被诊断为艾滋病后，某些东西似乎在美国人的意识里引起了共鸣。几十年来，只有为数不多的演员在银幕上呈现了健康的美国男性气质，哈德森便是其中之一；如今，他因为一次晕倒而曝光为同性恋，遭受贱民才会受的病痛折磨。参与艾滋病研究的医生称，宣布哈德森罹患艾滋病是疫病史上唯一一桩重大事件。此话一出，无人反驳。

在洛杉矶，一大群人参加了为洛杉矶艾滋病项目筹款的步行马拉松。仅一个下午，就筹款63万美元，创下了艾滋病筹款活动新纪录。洛杉矶市市长汤姆·布拉德利也跟许多影星一起参与了活动，他称赞哈德森公开病情是当日筹款成功的一个关键原因。

在华盛顿，卫生部长玛格丽特·哈克勒突然取消了与众议员亨利·威克斯曼一起上《面对全国》节目的安排。代理助理卫生部长詹姆斯·梅森替她去了，他向观众保证，近年来“经费问题并没有削弱或拖慢我们前进的步伐……自从1981年首次发现疾病，我们就一直在努力，这是我们工作的重中之重”。

为了证明政府言而有信，梅森提到了本周宣布的追加艾滋病资金的事，但他没有说国会曾以发传票相威胁。

在旧金山郊区，随着洛克·哈德森的病情曝光，瑞克·沃什的怒气与日俱增。他心想，哎呦，一个叫洛克·哈德森的人得了艾滋病，大家都开始上心了；当一个叫盖瑞·沃什的人慢慢地痛苦死去时，没有人在意。瑞克知道，他的叔叔盖瑞直到最后都相信可能确有一种缓解疾病的方法，一种治愈的良方。但他无法企及，因为没人在乎，现在盖瑞死了，几千个和他一样的人也死了。除了一个叫洛克·哈德森的家伙，没人在乎过其中任何一人。瑞克·沃什从没想过政治可能会跟医疗扯上关系，现在他明白了。

7月29日，星期一，旧金山，菲利普·波顿纪念联邦大楼

“抗击艾滋病”组织召开了新闻发布会，再次呼吁里根总统就疫情发表讲话，说什么都行——因为他和旧金山的男同性恋一样，也有一个朋友罹患艾滋病，危在旦夕。该组织负责人保罗·伯尼伯格：“总统在艾滋病问题上的沉默昭然若揭。至今他依然只字未提这场疾病。”

白宫新闻发言人说，总统对于新闻发布会或艾滋病疫情不予置评。

近期出版的《时代周刊》和《新闻周刊》刊载了大量关于哈德森和艾滋病的报道。美国的每家主流新闻机构都在准备对疫情进行调查。疾控中心艾滋病活动办公室的电话几乎被打爆，所有暂无安排的工作人员都被派去应付媒体的提问。从桑德拉·福特首次要求疾控中心注意神秘的戊烷脒申请单那天开始，哈罗德·杰斐就一直在研究这种传染病，他差点想在电话里大吼：“过去4年你们都干什么去了？”

唐纳德·弗朗西斯眼看着这出戏慢慢展开，他回想起了某天，他们刚刚击败在非洲暴发的严重的埃博拉病毒的那天。他和世界卫生组织的其他科学家冒着生命危险阻止了一种可怕的致命疾病的蔓延。当载着他们返回欧洲的飞机着陆时，成千上万的人等在跑道上。但是，他们不是来迎接筋疲力尽的世卫组织医生的，而是在欢迎一支刚刚赢得国际冠军的篮球队。哼，一群讨厌的运动员。弗朗西斯心想。

在弗朗西斯看来，哈德森事件并不是对个人勇气的颂扬，倒是对我们这个时代的控诉。许多善良、正派的美国人在这场瘟疫中丧生，但只有一位影星的诊断真正引发了改变，而他之前并没有想要公开自己的困境。

那天下午，疾控中心在亚特兰大发布了新数据：过去一周，美国的艾滋病患者超过了 1.2 万人。截至当天上午，12 067 名美国人被诊断患有艾滋病，其中 6 079 人死亡。

那一天，北京的卫生部门报告了中国境内首例艾滋病病例。

7 月 30 日，巴黎

午夜前 2 分钟，一架法航波音 747 包机滑行进入巴黎奥利国际机场的跑道，机上只有哈德森和 6 名医护人员。哈德森本来想从美国医院转到珀西医院，在那里接受 HPA－23 治疗，但多尔芒医生劝阻了他，说他时日无多，已经无药可救了。当多尔芒得知哈德森花 25 万美元租了一架大型客机回国时，他惊呆了。他知道哈德森本可以乘坐商业航班回国，包机完全没必要。

多尔芒嘟囔道：“25 万美元比我做 4 年艾滋病研究的预算还要多。”

飞机于太平洋时间凌晨 2 点半降落在洛杉矶国际机场。数百名新闻记者闻风而至，只为一睹这位演员从这架飞机转移到一架直升机上的情景。机场的屋顶上满是带望远镜的电视摄像机，摄影师们争抢着拍下自哈德森被曝光患有艾滋病以来首次在公共场合露面的那一刻。当轮床被推上直升飞机时，摄像机瞬间捕捉到一个瘦骨嶙峋的身影，他身穿医院的白色长袍，身上盖着白色床单。

在夏威夷，克里夫·琼斯看着电视新闻里的怪诞场景——多架新闻直升机争抢全世界首位患艾滋病的名人的独家镜头——真想一拳砸了电视机。电视台为了拍摄 15 秒钟躺在担架上的洛克·哈德森的镜头，直升机都用上了，他们愿意花这个钱，却不肯花时间记录在他之前死去的数千人。克里夫回忆起 1982 年夏天，“卡波西肉瘤基金会”办公室在卡斯特罗街只有一间屋子，而外面楼梯上站满了面色苍白、神情焦虑的人。那些男孩现在都死了，他们的死没有引起媒体的哀悼和注意。克里夫心想，某个未出柜的名人在酒店大堂昏倒，事情倒成了。

几天前，克里夫听到一份新的报告，说科学家在艾滋病患者的眼泪中分离出了艾滋病病毒。克里夫盯着电视机，这一发现和哈德森的画面结合成一种想法。他自言自语道：“行，我不会再哭了。我要跟你们这帮混蛋斗下去。”

克里夫·琼斯来夏威夷时又颓废又孱弱。现在他戒了酒，恢复了信心。他已足够坚强，有能力再次做出改变。他将回到卡斯特罗大街。他属于那里，那里也需要他。他会回到卡斯特罗大街，再不离开。

*　*　*

透过位于韦斯特伍德的加州大学洛杉矶分校医疗中心 10 楼的平板玻璃窗，迈克尔·戈特利布看着载有洛克·哈德森的直升机降落在医院的停机坪上。新闻直升机明亮的灯光从上面投射下来，照亮现场，呈现出一种超现实甚至是可怕的气氛。戈特利布曾提出去巴黎接他的病人回洛杉矶，但多尔芒医生让他放心，说哈德森的情况控制得很好。后来，戈特利布给哈德森做检查时，才发现他已经病入膏肓，几乎不知道周围发生了什么。

整个晚上，医疗中心都被媒体围着追问病人的状况。戈特利布知道，到目前为止，还没有医生证实过哈德森的病情，唯有扬诺·科拉特在巴黎发表的歪曲事实的声明。戈特利布认为，如果要摆脱媒体的轰炸，他必须澄清事实。

早上，他准备了一份简单的声明，然后念给哈德森听。

哈德森说："没问题，去吧。"

自戈特利布在《发病率与死亡率周报》上发表第一份关于5例不明原因的肺囊虫肺炎病例的报告以来，已经过去了4年1个月零25天。从那时起，他治疗了200名艾滋病患者，其中大部分已经死亡。戈特利布对悲痛和疲倦已经麻木了。在他警告、恳求了多年之后，居然靠一位影星的病情才唤醒这个国家，这让他感到愤怒。他难以平静，可见这反映出了一个真正的美国，以及美国自吹自擂的这个国家是如何尊重人类生命的神圣的真面目。尽管如此，戈特利布还是看到洛克·哈德森的病情彻底改变了与艾滋病疫情有关的一切。在这场突如其来的关注之后，艾滋病再也不会如过去很长时间里那样默默无闻了。

加州大学洛杉矶分校的媒体关系工作人员通知新闻媒体，他们即将发布有关消息。戈特利布回到他破旧的办公室，将实验室工作人员召集到一起。他们共同经历了多年的挫折和绝望，他们将共同分享局面扭转的时刻。

戈特利布大步走向讲台时，看到手下的工作人员正满怀期待在拥挤的会场后面站成一排。戈特利布调整麦克风时，记者们停止了叽叽喳喳，屋里一片寂静。

戈特利布停顿了一下。

他的目光从会场的一边扫向另一边，明白自己说的每个字都需要深思熟虑。最重要的是，他不想显得尴尬。戈特利布知道，这是一个与这场人间瘟疫始终如影随形的问题：它与性，与同性恋有关。总之，它就是让人——政客、记者、科学家——难堪。他知道，艾滋病让所有人感到难堪，正因如此成千上万的美国人失去了生命。戈特利布认为，如果美国社会要击败这个可怕的敌人，从现在起，人们不应该再感到难堪。

戈特利布开始用平静而坚定的语气宣读声明。

"哈德森先生正在接受获得性免疫缺陷综合征的评估和治疗。"

第九部分

尾声：之后

“只有这个是我可能做到的，”他说道，“因为它是有必要做的。我要么写那本书，要么陷入绝望。这是拯救我摆脱虚无、混乱和自杀的唯一方法。这本书是在这种压力下写出来的，还给我带来了预期的疗愈，仅仅因为它写出来了，无关好坏。这是唯一一件有意义的事，而且在写作时，除了我自己，我根本无需想到其他任何读者，或者顶多在这里或那里想到另一位亲密战友；我还非常确定我从没想到那些幸存者，倒是总想到那些阵亡者。在写书时，我就像精神错乱或者疯了一样，被三四个缺胳膊少腿的人包围着——这本书就是这样诞生的。”

——赫尔曼·黑塞《东方之旅》

58. 团聚

1987 年 5 月 31 日，华盛顿

他们到达的那天，华盛顿非常潮热。气温在 95 华氏度以上，空气中弥漫着浓厚的湿气。偶尔，闪电划过，大家都打住话头等着后面发生些什么；雷声轰隆隆响起，然后就没了。天气还是那样。

即使是最适应环境的当地人也因为高温感到轻微的恶心。当天下午，好几千人涌入机场出租车站、穿梭巴士和酒店大堂，他们是科学家、研究人员、公共卫生官员和活动分子，从各地赶来首都。大家显然都感觉喘不过气来。

他们来参加世界卫生组织联合美国卫生与公众服务部主办的第三届“获得性免疫缺陷综合征”国际研讨会。作为 1985 年亚特兰大首届国际研讨会的延续，此次会议将提供与艾滋病有关的所有最新信息，不过全世界对它的关注与其说是研讨内容，毋宁说是开会的时机。在过去两三个月里发生了一些事，疫情终于触到了人们的痛处。

两年前，当迈克尔·戈特利布医生站在洛杉矶那个会场的讲台时，他意识到艾滋病疫情的发展从那天起将发生巨大变化——他想的没错。多年来已对疫情有所了解的人如今普遍认为，在美国，艾滋病疫情分为两个界限分明的阶段：洛克·哈德森得病前和得病后。一个影星的诊断结果可以带来如此巨大的改变，这要归功于 20 世纪后半叶新闻媒体所发挥的力量。

1986 年，人们对疫情的关注度略有下降。如今还有其他一些名人感染了艾滋病，但是尽管媒体已经为艾滋病正名，这种病本质上依然令人难堪。百老汇的著名编舞迈克尔·贝内特病倒时，坚称自己患有心脏病。佩里·埃利斯的发言人一口咬定这位著名服装设计师死于昏睡病。律师罗伊·科恩坚称自己患的是肝癌，尽管他利用自己的政治圈人脉在国家卫生研究院签了一份接受实验性艾滋病治疗的协议。保守派筹款人特里·多兰声称他有糖尿病，将不久于人世。李伯拉斯临终前，其发言人坚称这位钢琴家病入膏肓是西瓜减肥导致的。当这些著名的同性恋为了维护死后的公众形象而撒谎时，第一个感染艾滋病的职业运动员、“华盛顿红皮”橄榄球队前明星杰瑞·史密斯平静地站出来说明了真相。

尽管这些故事给新闻机构提供了新的视角，但这场疫情尚有一个方面游离于调查之外，那就是联邦政府在抗击艾滋病的过程中起到了什么作用。国会继续迫使心不甘情不愿的里根政府提供艾滋病拨款。资金数额大幅增加，但在政府行政部门内，似乎很少有人对启动诸如协同抗艾之类的计划感兴趣。开发疫苗和进行有效治疗仍然不紧不慢地进行着。

联邦政府也没有推出任何类似的艾滋病预防方面的协调计划。实际上，美国疾控中心已在 1985 年停止为艾滋病教育项目投入资金，因为白宫的保守派人士顾虑重重，认为政府不应介入同性恋性行为教育。据说连詹姆斯·梅森医生也在发牢骚，自从他担任疾控中心主任后，常跟陌生人讨论性行为，而这是他即使在家也不会跟太太谈的话题。

自由派的国会助手竭力想使记者对联邦政府的行动拖沓感兴趣，但媒体对那些平淡无奇的故事根本无动于衷。相反，他们在意的是得艾滋病的名人、儿童或实验室的“突破性进展”。到目前为止，几乎每家报纸都还在刊载关于艾滋病患者生活的系列报道。当然，还有无穷无尽的关于“艾滋病在异性恋中传播”的故事。只要有任何迹象表明这种病会传播给异性恋，不管是不是真的，都会上头条。

与此同时，在1986年的大部分时间里，政府内焦虑的卫生官员拼命想要把媒体的注意力转移到更重要的事情上：艾滋病问题依然没有得到解决。公共卫生署曾召集85位顶级艾滋病专家在西弗吉尼亚州伯克利的库凡特会议中心开会，给联邦政府的艾滋病政策献计献策。媒体报道了他们的惊人预测——5年内，美国艾滋病患者将达到27万，死亡人数将达到17.9万。他们提了些建议，比如大规模展开公共教育、更好地协调联邦政府各部门的艾滋病研究，并成立一个蓝带委员会调查用于研究和治疗的经费是否充足，但大部分都没有受到重视。

4个月后，著名的美国国家医学院发表了一份长达390页的报告，试图将媒体的注意力引向政府在艾滋病问题上的表现，报告称政府的艾滋病应对措施“严重不足”，呼吁成立一个常设的国家艾滋病委员会，并开始协调规划，同时将每年的艾滋病研究和教育的开支增加到20亿美元。报告还明确要求“总统出马召集社会各界力量一起来解决这个问题”。国会助手再度希望，此次对政府的猛烈抨击可能会促使雄心勃勃的记者调查里根政府的艾滋病措施。的确，各大新闻机构都在委员会报告发布的次日刊发了严肃的报道，也确证了艾滋病是政府的“头号卫生要务”。但接下来并没有开展任何调查。几天后，这份报告就完全从新闻里消失了。

最终，1986年10月发表的一份报告扭转了局面，刺激了媒体，导致艾滋病在1987年成为重要的社会问题。

C. 埃弗里特·库普医生之所以引起里根总统的注意，是因为他在反堕胎运动中的领导作用。他保守的宗教激进主义理念，吓坏了自由派、女权主义者和同性恋领导人，1981年他被提名为医务总监，遭到以上各方的强烈反对。但政府占了上风，里根在发表1986年国情咨文讲话的次日前往汉弗莱大厦，请库普写一份关于艾滋病疫情的报告。当时，白宫核心集团内几乎没人对此感到担心。

1986年，库普花了大量时间采访科学家、卫生官员甚至心存疑惑的同性恋社区领导人。准备好文字材料后，他做出了一个非常之举——没给白宫过目便印了上万份。当库普将这份报告公之于众时，他的用意显而易见。“医务总监关于获得性免疫缺陷综合征的报告”号召人们行动起来对抗这种流行病，还提出了具体行动方案。这是第一次不带政治色彩，纯粹从公共卫生的角度来讨论艾滋病问题。库普写道，“应尽早开始”对儿童进行艾滋病教育，还直截了当地提倡广泛使用安全套。他总结道，强制鉴定病毒携带者以及任何形式的隔离对抗击这场疫病毫无意义。

医务总监的调研还对艾滋病抗体检测得出了一些不可避免的结论，后者至今仍存在争议。库普认为，强制检测只会吓坏那些最易感染艾滋病、最需要检测的人，使他们对公共卫生机构敬而远之。他重申了卫生官员近两年来一直在说的一句话——在人们不必担心接受检测会失去工作或保险之前，大规模检测是不可行的。库普表示，在推动更多人接受检测的同时，应确保保密和不歧视原则。

这样的保护措施被证明是对保守派的诅咒，他们认为这是在纵容同性恋。在加州，仅 1986 年一年，保守的共和党州长乔治 · 德克梅吉就两度否决针对艾滋病人和病毒感染者的反歧视法案。而库普视这些法案为抗击艾滋病的工具。

这份报告立即引起了媒体的轰动。要求进行性教育和使用安全套的呼声，最终给了记者一些有趣的切入点。没有烦人的蓝带委员会或官僚，而是关于安全套和性教育。最终，关于为什么强制艾滋病检测不是个好主意，也有了合理的解释。库普没有买“艾滋语”的账，他的讲话言之有物；终于有一位公共卫生官员听起来是称职的了。不仅如此，他还能坦坦荡荡地用了“同性恋”之类的词。

库普的影响堪比哈德森，一个像哈德森这样的脸型方正、被认为是异性恋的演员使艾滋病成为可以谈论的话题；一个极端保守的宗教激进主义者、看上去像《旧约》先知的人最终以其公信力号召美国人民严肃对待这场疫情。

里根政府无意中造就了一位公认的艾滋病英雄。在这个国家的每个角落，艾滋病研究人员、公共卫生专家甚至最激进的同性恋领袖都为这位医务总监欢呼。很快，库普便经常受邀发表演讲，并被誉为“科学界的布鲁斯·斯普林斯汀”。

从更广泛的历史意义上讲，库普在这场疫情中的作用要更大一点。毕竟，这位医务总监5年多来对疫情完全保持沉默。到他发表意见时，已有2.7万美国人死于这种疾病；库普感兴趣的是其言论的历史影响，而不是时效上的影响。然而，不可否认该报告终究是艾滋病发展史上的一个分水岭，保守派大吃一惊。

反女权主义者领袖菲利丝·施拉菲认为，所谓进行性教育的提议，说白了就是让人去教大家同性恋性行为而已。反堕胎团体开始撤销之前给库普的嘉奖。里根总统保持了一贯的沉默，而没有得到白宫许可就同意该报告的公共卫生署官员很快发现自己在官场受到了排挤。

1987年初的几周，保守派进行了反击，多次要求进行艾滋病检测。呼吁大规模乃至强制性的艾滋病检测带有一种恐同倾向；这是“艾滋语”的新面孔。保守派人士暗示，反对检测的公共卫生官员是同性恋好战分子的替死鬼。当然，这个观点颇有讽刺意味。尽管一开始同性恋将艾滋病问题政治化，但他们多年来为抗击艾滋病所做的一切也是真的——无论是艾滋病教育，还是为开展艾滋病研究进行游说。保守派对疫情的新忧虑掩盖了一个事实，即保守派对疫情蔓延的威胁完全漠不关心。诚然，同性恋群体自身蓄意阻挠过公共卫生部门早期的努力，尤其是在浴场之类的问题上，这也助长了公众的观念，即同性恋为了自己的利益而藐视公共卫生。公共卫生官员也没有将问题置于政治框架内以帮助问题得到解决。公众习惯于把卫生官员当作政客，所以当政客们开始像卫生官员那样发言时，听起来并不觉得刺耳。

检测问题使得保守派有机会抓住艾滋病问题，采取主动，他们含蓄地指出，那些自私的同性恋太可怕了，应该强制他们接受测试，以保护所有没被感染的好人。民调显示，大多数美国人倾向于大规模的艾滋病检测，这也许是因为大多数人相信自己不可能被查出病毒阳性，强制检测政策的后果对他们也没什么影响。有了如此广泛的支持，保守派的政治理论家们已经在讨论下届总统选举：艾滋病对共和党人而言将会是个绝佳的制胜点。

与此同时，世界其他地区正在认识到艾滋病的威胁。1986 年 1 月，全球 51 个国家报告了这种疾病；到 1987 年春，南极洲以外的所有大陆上有 113 个国家报告了超过 5.1 万例病例。世卫组织警告说，到 1991 年，全球可能会产生 300 万艾滋病患者。

欧洲国家争相在全国开展教育工作。英国当局发起了大规模的艾滋病教育运动，通过广告牌、报纸广告和电视广告进行宣传，主题只有一个："切勿死于无知。"事实上，到 1987 年初，美国是唯一一个没有开展各方协调的教育运动的西方工业大国。

* * *

整个春季，有关艾滋病教育和抗体检测的各种争议在美国持续发酵。随着国际艾滋病大会的临近，里根政府面临的压力越来越大。尽管里根终于说出了"艾滋病"一词，但他仍没有就 6 年来的疫情发表讲话。现在，他的沉默振聋发聩。甚至连铁石心肠、无视艾滋病严重性的白宫记者团，如今也强烈要求他发声。在为提高人们的艾滋病防范意识所做的巡回演讲中，库普医生频繁地被问及为何里根总统拒绝与他会面之类的尴尬问题。

5 月初，公众的关注迫使在艾滋病问题上远不如众议院积极的参议院一致通过了一项决议，呼吁里根任命一个全国艾滋病委员会。该决议由参议院共和党领袖罗伯特·多尔起草，大批共和党人和民主党人也纷纷加入，作为共同提案人。

保守派也同样期盼里根站出来表态。教育部部长威廉·贝内特是保守派在艾滋病问题上的主要发言人，他强烈要求进行强制检测，对库普的批评也越来越尖锐。保守派意见领袖和报纸专栏作家也加入批评的行列，有些人还要求库普辞职。各方都日益希望了解总统在艾滋病问题上的立场。

随着艾滋病大会临近，里根宣布他将按照参议院的意愿，任命一个由 11 人组成的总统委员会，负责就艾滋病疫情向他提供建议；同时他将在会议前夕的艾滋病筹款晚宴上发表讲话。到了 5 月底，情况开始明朗，此次大会将不仅是一次科学界聚会。在这里，在美国的权力中心，科学、政治以及与艾滋病疫情相关的人将聚集在一起；这些日子将被铭记，成为美国未来的艾滋病进程的序幕。过去、现在和未来将在这一周交会，铸成重要的历史时刻。当所有人在那个阴沉、闷热的周日下午长途跋涉抵达华盛顿各家旅馆时，大家对这一点似乎心照不宣。

当晚，乔治城

过不了几天，就是迈克尔·戈特利布发表那篇文章的 6 周年纪念日了，那篇文章是关于 5 名洛杉矶男同性恋罹患不明原因的卡波西肉瘤的。6 年前，戈特利布刚刚加入加州大学洛杉矶分校没几个月，还是一位充满热情的年轻免疫学家。如今，他是一个基金会的联合主席，他们正在主办一场晚宴款待总统和夫人。戈特利布挽着一位著名影星，餐厅里挤满了参议员和国会议员，大家正在享用鸡尾酒和开胃小菜。艾滋病问题受到如此郑重对待，戈特利布简直不敢相信。

戈特利布知道，当天的晚宴以及基金会之所以能取得成功，很大程度上应归功于陪他出席宴会的女伴——演员伊丽莎白·泰勒。早在艾滋病成为好莱坞的时尚事业之前，泰勒就对艾滋病产生了兴趣——当时，戈特利布正与纽约市艾滋病医疗基金会的玛蒂尔达·克里姆医生讨论建立一个全国艾滋病筹款组织。戈特利布最著名的病人洛克·哈德森在他生命的最后几个月，捐款 25 万美元发起成立了全美艾滋病研究基金会，泰勒也同意担任主席，艾滋病终于首次拥有了明星气质。

当戈特利布和泰勒一起穿过餐厅时，许多前来赴宴的人在交头接耳，谈及戈特利布最近离开加州大学洛杉矶分校的事。作为世界顶级艾滋病临床医生之一，戈特利布帮学校获得了 1 020 万美元的联邦拨款，但是他在那里仍然不怎么受待见。没错，他是加州大学洛杉矶分校发表成果最多、最受瞩目的研究人员之一，但这只能激起资深学者的妒忌，这些人从不认为艾滋病研究是正途。他们的理由是，如果他真的致力于研究，为什么要和电影明星们一起跑来跑去，到处筹款，而且沉迷于肮脏的政治世界呢？

戈特利布当然明白，同事对他的反感可以追溯到 1983 年——当时他和马科斯·柯南特医生越过加州大学的行政官员，为艾滋病研究争取紧急拨款。柯南特也在加州大学旧金山分校的学术圈遭遇了类似的放逐，如今他在艾滋病方面的工作很大程度上局限于他的私人诊所。1987 年初，戈特利布意识到学术政治毁掉了他在大学的职业生涯。他一直只有助理教授的职称，6 个月内他 3 次申请终身教授 3 次被拒。有人说，那些妒忌他的学者不仅阻挠他申请终身教授，而且如果他尝试去其他任何大学的研究中心，他们也将进行干预。

戈特利布不禁回想起 1982 年 4 月他和马科斯·柯南特参加完国会关于艾滋病的首次听证会之后的一次谈话，他俩此行的目的是为了让艾滋病获得更多的资金和关注。当时，两人以为一旦人们意识到疾病的威胁有多严重，他们就会因为没有发出更严厉的警告而受到谴责。现在，戈特利布和柯南特都发现自己完蛋了，不是因为人们认为他们不够在意，而是因为他们太在意了。几周前，戈特利布从加州大学洛杉矶分校离职，在圣莫尼卡开了家专治免疫系统疾病的私人诊所。

*　*　*

晚上的主要活动安排在晚宴前，为此，户外已经支起了一个巨大的帐篷，特勤局特工已经为里根总统的演讲做好充分的安保准备。人们走出餐厅，进入帐篷，当晚的主持人在现场迎接他们。凭借一头浓密的白发，很容易认出他就是旧金山公共卫生局前任局长默文·希弗曼，如今的“全美艾滋病研究基金会”总裁。大众对艾滋病疫情早期不少人的作为是褒贬不一的，其中，希弗曼是近年来被认为最值得原谅的。

在他辞去公共卫生局局长一职后，一些全国性医疗组织迅速与他联系，请他从公共卫生的角度阐明对艾滋病问题的看法。林顿·拉鲁什在加州倡议强制艾滋病检测时，希弗曼的表现受到大家的欢迎，他的发言非常理性，为抵制艾滋病恐慌注入了力量。1987 年，抗体检测成为一个具有影响力和分裂性的全国议题时，又是希弗曼出来从公众卫生的角度进行耐心的解释。前几天，他与里根的演讲撰稿人共同撰写了当晚总统演讲的初稿。与主张性解放的人的痛苦会面还有很长的路要走，这些人担心在城市推广安全性行为的警示太“容不下性”。当艾滋病政策由心怀善意的人来决定时，希弗曼正是个心怀善意的人。尽管有时候他也手忙脚乱，但在那个不太热情友好的年代，他的存在提醒了人们心怀善意的人对公共卫生事业的危害终究比心怀恶意之人小得多。

* * *

当希弗曼医生在帐篷前和同事们打招呼，并与电影明星们聊天时，保罗·沃伯丁医生坐在帐篷靠后的位置，远离人群。夏天的第一缕热浪让他想起疫情刚刚出现时的情形。对于沃伯丁来说，那天是 1981 年 7 月 1 日，也是他在旧金山综合医院工作的第一天，他接替一位前辈的工作时，前辈指着一间检查室说“下一个大病在等着你”。这对沃伯丁的首位卡波西肉瘤病人来说，是一个非常有先见之明的介绍；随后 6 年的艾滋病研究使他成为全世界顶尖的艾滋病临床医生之一。今天，他还是跟往常一样马不停蹄，早早起床去参加《媒体面对面》节目。他还被选为一个“国际艾滋病协会”组织委员会的 9 名成员之一。未来一个星期的演讲、会议和采访都已经安排好。几天后，他将宣布旧金山被选为 1990 年国际艾滋病大会的举办地。

乐队开始奏响《向统帅致敬》，总统和夫人走进帐篷，所有人起立。

正如希弗曼致开幕词时所说，沃伯丁惊叹于这场疫病已经进入美国人生活的最前沿。再过6年，它又会走到哪里呢？沃伯丁无法想象那时会是什么样子。他当然理解对病例的预测，也知道这对他的医院和诊所意味着什么，但他真的无法理解它的更大意义——对国家、世界、历史——是什么？他在其中陷得太深，以至于感觉不到恐慌；然而他知道，如果自己没有涉足其中，那将会非常害怕。

*　　*　　*

当伊丽莎白·泰勒向医务总监颁发特别奖时，人群纷纷起立，大声欢呼甚至尖叫。库普发表了简短讲话，当他谈及赞同“自愿”检测并保证保密和不歧视时，向总统的方向瞥了一眼。之后，希弗曼医生介绍了戈特利布医生，后者将颁发两个艾滋病研究奖项中的第一个。

当罗伯特·加罗医生走上台接受戈特利布颁发的奖项时，台下响起了一阵克制而有礼貌的掌声。当然，加罗肯定了法国人对艾滋病研究的贡献，并谈到科学家之间开展国际合作对于战胜艾滋病至关重要。然而，帐篷里聚集的科学家们迅速交换了眼色。过去两年，法国和美国科学家之间的纷争与宿怨，可不是向国际合作致敬的方式。

1985年底，巴斯德研究所对美国国家癌症研究所提起诉讼，威胁要将这场令人不快的争议交给联邦法院审理。尽管该诉讼仅要求国家癌症研究所与巴斯德共享从艾滋病血液检测专利权中获得的收入，但科学界都明白，法国人实际上是在要求得到之前被剥夺的全部认可。可以肯定的是，洛克·哈德森事件已经引起全世界对巴斯德研究所的艾滋病治疗工作的关注。巴斯德还在继续开展世界一流的艾滋病研究，最值得一提的是，他们在1986年末发现了第二种类似艾滋病的病毒。但他们仍然觉得，他们最重要的成就——即发现难以捉摸的艾滋病病毒——被人剥夺了获得认可的机会。

美国政府厚颜无耻地把加罗的工作转变为里根政府的政治资本，死死咬住加罗发现了艾滋病病毒的谎言不放。这就意味着要支持加罗的观点，即加罗发现的病毒属于HTLV家族，这样一来，按照惯例，他就有权给病毒命名。最终，一个国际委员会裁定：一，这不是白血病病毒；二，加罗医生无权给它命名。但是为了平息众怒，委员会想出了一个折中的名称：人类免疫缺陷病毒，简称 HIV。

不过，1986 年全年巴斯德研究所都在提出证词指控国家癌症研究所，还根据《信息自由法案》要求其提供相关信息。就算是最顽固的政府律师也逐渐意识到，这起诉讼可能会让美国政府非常难堪。唐纳德·弗朗西斯医生就此类诉讼的潜在问题写了一份简洁有力的备忘录警告政府，“如果该诉讼进入公开法庭，所有不那么体面的事都将公之于众，我认为这将对科学和美国公共卫生署造成伤害。法国人显然首先发现了艾滋病的病因，一年后加罗无疑试图抢他们的风头”。关于最核心问题——HTLV－Ⅲ是不是从窃来的病毒中分离出来的，弗朗西斯提出了一个假设：HTLV－Ⅲ和 LAV 的菌株原型会是某种巧合吗？然后回答“可能不是”。但是两年以后，应加罗的要求，弗朗西斯写信给加罗：“不管是现在，还是过去任何时候，我都没有支持过以下说法，即你或你实验室里的任何人‘窃取’了 LAV。”

至于加罗，他挥挥手就否认了这种说法。他说，就算没有发现 HTLV－Ⅲ，他也已是人类逆转录病毒学领域的明星。他当然想拿诺贝尔奖，而且他认为自己当之无愧，但他不会为获得诺贝尔奖而犯下科学重罪。

面对法院公开庭审的可能，美国政府开始重新考虑与法国人之间的对战。1987 年的头几个月里，乔纳斯·索尔克医生犹如一名使节穿梭于针锋相对的科学家之间，以促成双方妥协。最终，里根总统和法国总统希拉克在白宫签署了一份和解协议。这是科学史上首次请国家元首出面解决关于病毒发现者的争议。

根据这项解决方案，在分离 HIV 的道路上，每位研究人员都有不同的发现，都有一定功劳。正是有了这个解决方案，加之没有任何媒体深究其中的争议，后面的故事就变得令人愉快了，罗伯特·加罗和吕克·蒙塔尼耶成了艾滋病病毒的“共同发现者”。从这个意义上说，加罗赢了。现在，就在总统发表关于艾滋病问题的第一次演讲之前，加罗以 HIV 的“共同发现者”身份接受了奖项。

* * *

玛蒂尔达·克里姆上台给蒙塔尼耶颁发了一个类似的奖项。那天晚上，也许是因为往事历历在目，平日里沉着冷静的克里姆心情不佳。在此之前，整个仪式当然还是很庄重的。但是在过去 4 年里，不管是纽约市卫生局，还是联邦政府，克里姆都花了太多时间来争取他们的关注，她不会保持沉默和礼貌，尤其是在还有那么多未竟之事的时候。

例如，一些被搁置的艾滋病治疗方案亟须测试，但药物测试程序却停滞不前。有人说，除非是联邦政府开发的治疗方案或疫苗，否则其他任何方案或疫苗都不会迅速获得食药局的批准。在艾滋病团体中，国家卫生研究院的缩写 NIH 意思是对“非本机构发明（Not Invented Here）的疗法不感兴趣”。人们都在讨论政府批准使用 AZT——国家癌症研究所早前开发的一种药物。然而，其他疗法如果要通过，中间的繁文缛节不胜其烦。现在，男同性恋在全国各地建起了大量网络，分销他们自己的艾滋病药物，有的来自墨西哥，有的则出自厨房里的实验室。

克里姆知道，这种延误和混乱与其说出于恶意，不如说因为政府无能、官僚不为；更重要的是，政府内部缺乏领导大家抗击艾滋病的人。

克里姆告诉在场的人们，她听到过一些乐观的说法：有一天，可能会出现专治艾滋病的疫苗；有一天，或许治疗方法会找到。

当在场的听众突然静下来时，克里姆问道：“但到底是什么时候呢？”

她注意到，帐篷外有人在举行烛光游行，隐约传来抗议者呼喊的回音。

“成千上万的艾滋病患者举着蜡烛，在夜里哀鸣，问我们‘什么时候？’——这个问题的答案取决于国家的意愿。”

* * *

蒂姆·韦斯特摩兰德坐在帐篷后面，在保罗·沃伯丁背后几排，等待着献给蒙塔尼耶医生的掌声平息。接下来是里根总统的发言。

作为众议院卫生与环境小组委员会的顾问，韦斯特摩兰德为艾滋病服务的时间超过国会山的任何一人。遥想当时，如果他和比尔·克劳斯的努力能将为艾滋病研究申请的200万元追加拨款纳入补充拨款法案，他们会觉得自己无比幸运。如此锱铢必较的时代已经过去。就在一周前，肯尼迪参议员还提出了一项法案，要求在下一年度投入约10亿美元用于艾滋病，看上去最后极有可能通过，而且金额相当。韦斯特摩兰德明白，钱不再是关键问题，领导力才是。

韦斯特摩兰德希望总统的演讲不会集中在检测上，而是关注研究和教育，因为这是唯一可行的对抗艾滋病的办法。韦斯特摩兰德和参议院助手们一直在为本届国会认真准备两党共同的艾滋病法案。民主党人和温和的共和党人似乎都渴望达成某种妥协，因为大多数领导人都明白，如果艾滋病被过度政治化，就会有潜在的危险。它触动了太多的神经，引发了太多的恐惧；最好留给公共卫生部门的办公室处理。正如老话所说：酝酿战争靠政客；打响战争靠将军。韦斯特摩兰德认为，通过宣布举国抗击艾滋病，里根最终可以向公共卫生方面的将军提供道义上的支持，并让这场战争远离政客，远离政客进行艾滋病强制检测的呼吁。

希弗曼医生说："女士们，先生们，下面有请美国总统。"

罗纳德·里根咧嘴笑了笑，开始了他关于艾滋病的第一次演讲。他说："许多年前，当我在通用电气剧场①工作时……"

在对通用电气剧院进行了简短回忆之后，总统决定讲个小笑话。这是他经常在筹款晚宴上讲的一个故事，说的是一个慈善委员会去镇上最富有的人那里筹款。

① 该剧场由通用电气公司赞助，1954年秋到1962年春，里根曾主持该节目。——译注

“我们的记录显示你今年没有捐过钱。”委员会的人跟富人说。

这位富人问慈善委员会的记录上有没有写着他有一个病弱的母亲和一个残疾的兄弟。

委员会的人说：“没有。我们不知道这事。”

“好吧，”富人反击道，“我连他们都一分钱不给，为什么要给你们呢？”

观众迟疑片刻笑了起来。蒂姆·韦斯特摩兰德吃惊地发现这个笑话几乎完美地总结了里根处理艾滋病的方式：在他的总统任期内，他没有把任何非军备项目放在非常重要的位置，也没有为其优先安排资金，那为什么要为艾滋病这么做呢？

韦斯特摩兰德对坐在他旁边的朋友说：“这不是个笑话，这是一个寓言。”

接下来的20分钟里，总统阐述了他对艾滋病的看法。关于教育他讲得很少，关于检测则讲得很多。但是，他没有承诺为那些检测呈阳性的人提供保密或公民权利。当然，里根的计划对阻止艾滋病蔓延几乎没什么用。尽管在婚姻登记处对异性恋进行测试，会让人误以为是别有企图，但这批人中感染病毒的极少，能因此得救的人也非常少。但是，拯救生命从来都不是里根政府的首要任务。里根的演讲并不是为公众卫生服务的；这是一个政治问题的政治解决方案。这些话为总统及其追随者创造了一种政治上比较坦然的立场，也是一种致命的立场。有些人已经说过，罗纳德·里根在历史书上只有一件事被人铭记：他是任由艾滋病在美国蔓延的人；是在行动迫在眉睫时，将政治置于美国人民的健康之上的国家元首。

* * *

整个下午，拉里·克莱默一直在问自己，今晚他将如何回应里根总统的演讲。虽然拉里依然是全美最敢于直言的同性恋活动家之一，但他已不再是唯一一个对里根政府表示愤怒的人。就算是当年最激烈地批评过克莱默的人也不再坚持他有错，即便他的行事风格曾经令人反感；他只是走在了时代前面。随着《凡俗的心灵》获得成功，克莱默找到了证明自己的方法，另一部戏剧也开始在他的脑海中成形。他甚至还与保罗·波帕姆达成了和解。保罗·波帕姆就是那位保守的“男同性恋健康危机”组织主席，早年间他俩曾闹过很多不快。就在保罗去世的前几天，他们进行了最后一次谈话，拉里为他们的争吵道歉，而保罗只是叫他“继续战斗”。

尽管克莱默比以前成熟了，但当里根讲话时，他仍然觉得有必要表达某种抗议。当晚在场的其他同性恋权利支持者也表示同意，但并未组织任何抗议活动。克里姆医生曾放话说，如果里根支持强制检测，她和其他艾滋病研究人员就会退出，但他的演讲巧妙地避开了这一问题。事实上，这篇演讲似乎经过精心设计，涉及的全是正确的主题。他呼吁人们表现出同情和理解，并对志愿者为艾滋病患者付出的努力表示敬意。里根甚至特别表扬了旧金山的“香缇计划”。

拉里一路听下去，发现总统的讲话中没有提到“同性恋”一词。他提到了感染艾滋病的血友病患者、接受输血的人、静脉注射吸毒者的配偶，但只字未提 G 开头的这个词①。然后，里根开始谈论检测的具体细节。

拉里火冒三丈。这篇演讲几乎提及了艾滋病疫情的方方面面，唯独避而不谈一个事实，即死去的是同性恋，而且实际上正是同性恋在里根熟视无睹的这些年里做出了无数的努力来抗击疫情，这是绝对不诚实的。

在里根总统发表讲话的当晚，保罗·波帕姆已经去世三周。临终前，他对他信任的美国，对这个他曾经在越南为之浴血奋战的国家彻底失望。这个国家背弃了波帕姆和他的朋友，任由他们死去，而现在，里根拒谈保罗·波帕姆或者那些多年来彰显出勇气的男同性恋，似乎在这场疫情中难堪的是波帕姆，而不是里根本人。当里根开始谈论检测时，好像真的在提议某些最终能阻止疫情的政策似的，拉里·

① 指 gay。——译注

克莱默积蓄了 6 年的怒火涌上心头，他开始冷笑。

* * *

在里根总统发表关于“获得性免疫缺陷综合征”疫情的首次演讲期间，有 36 058 名美国人被诊断出患有这种疾病；其中 20 849 人已经死亡。

次日早上，华盛顿希尔顿酒店

丹·威廉医生回想起 1980 年 6 月那个阳光明媚的日子里举行的“旧金山同性恋自由日大游行”，很难想象自己当年竟如此天真。1920 年代的欧洲大抵就是如此吧：当时，经济大萧条尚未开始，战争尚未爆发，每个人都纵情享乐，显然没有考虑到未来，对自己的脆弱也一无所知。

到 1987 年中期，他的病人中有 185 人感染了艾滋病，而他近期正在治疗的 350 人则处在 ARC 的某个阶段。如果 7 年前有人告诉他，未来他将治疗数百名绝症患者，他会说这些人脑子有问题。尽管如此，事实上他已经适应了这样的工作量并保持着清醒的头脑，这表明人们是能成功应对艾滋病带来的最严酷现实的。在实际操作方面，由于经验积累，相比最初谈艾色变的那几年，艾滋病比以前可预测和可控了，处理起来也比以前容易了。人们仍然对这种疾病的无情感到难过，但如今，人们也有理由对未来怀有希望。

这是当天清晨聚集在华盛顿希尔顿酒店大厅，来参加艾滋病大会的首日会议的医生和科学家们预料到的。这里既有悲伤，也有希望。

所有的“老兵”都聚集于此。阿尔文·弗里德曼-肯恩医生来了，他是最早意识到少数卡波西肉瘤病患的背后预示着更广泛疫情的皮肤科医生；琳达·罗本斯坦因研究员来了，她在 1979 年看了纽约的头两位卡波西肉瘤患者，并被告知应该去找一位名叫盖坦的法裔加拿大空乘，因为他身上也有这些奇怪的斑点。马科斯·柯南特医生匆匆穿过人群，威利·罗森鲍姆医生和他的巴黎同事让-克洛德·彻尔曼、弗朗索瓦丝·巴尔一起走向会议开幕式。早期在疾控中心工作的资深专家都来了：戴尔·劳伦斯、比尔·达罗和哈罗德·杰斐依然在进行各种流行病学研究，詹姆斯·科伦还是疾控中心艾滋病工作的负责人。科伦现在常说，艾滋病就像一个人的中年，它不是所有人都想要的经历，但也躲不掉。玛丽·桂南医生来了，在 1981 年那个令人沮丧的夏天，她对很多艾滋病患者进行了首次访谈，如今她已经升任疾控中心助理主任。尽管如此，她那天还是带来了更多的艾滋病研究信息，并且她从不认为艾滋病已经受到足够重视。

1985 年召开的首届艾滋病大会上，疫情各个方面正在暴露出的问题震惊全场；1986 年在巴黎举行的会议，最明显的特点是气氛压抑，但似乎也呈现出谨慎的乐观。到目前为止，大家都已经知道本次会议的主旨是发布新的科学成果。好消息与坏消息并存，因为在这场疫情中，长久以来难得听说不那么可怕的消息，所以至少在当天宣布的数百项研究中，人们可以找到一些安慰。

最重要的好消息是 AZT，这是第一种干预艾滋病病毒生命周期、延长患者生命的治疗方法。它充其量只是一种原始药物，有许多有害的副作用。但它起效了。这表明，即使没有彻底治愈的方法，也可以找到更成熟的治疗方法来延长寿命。虽然医生目前估计，HIV 感染者在感染后的预期寿命只有 7 年，而且其中 5 年还是疾病潜伏期，但一些专家私下预测，5 年内他们将能够确保患者在感染后能继续存活 20 至 25 年。

尽管开发疫苗的障碍仍然存在，但它们似乎不再像两年前那么不可逾越。一位法国研究人员已经给自己接种了一种正在扎伊尔人身上测试的疫苗。其他几种实验性疫苗都还在冰柜里，等待通过漫长的审批过程。

事实上，为了让联邦政府全力开展艾滋病疫苗工作，科学家遭遇到不少问题，这使他们相信最大的障碍并非技术上的，而是官僚作风。不过，对这一方面还是有理由抱有希望。

希望如此重要，很大程度上是因为会上讲到的一个关于 HIV 病毒性①的坏消息。这项正在进行的、针对 6 700 名在 1970 年代末注射过乙肝疫苗的旧金山男同性恋的研究，带来了本周最令人震惊的坏消息。在 63 名感染 HIV 至少 6 年的男性中，30%的人发展成了艾滋病，48%的人则发展成 ARC，只有 22%的人没有任何生病的症状。此外，一旦研究对象感染 HIV 的时间超过 5 年，患病人数似乎就会急剧上升。患艾滋病的比例非但没有下降，反而急剧上升。

旧金山综合医院艾滋病诊所的助理主任唐纳德·艾布拉姆斯医生进行的另一项研究显示，那些患有 ARC 的男性也前景堪忧。1981 年，艾布拉姆斯开始随访淋巴结肿大患者，他乐观地以为淋巴结病将被证明是对感染艾滋病病毒的保护性反应，能阻止病人患上艾滋病。在研究的头几年，艾布拉姆斯的假想似乎是成立的。现在他发现，淋巴结肿大一旦超过 3 年，患者就开始转为艾滋病。事实上，艾布拉姆斯现在认为，他的一半病人将在淋巴结病发病 5 年内转为艾滋病，而到目前为止，没有任何证据表明这个比例不会达到 100%。

未来如此明朗，不过，HIV 感染者令人沮丧的预后至少可以激励更积极的抗病毒药物试验，因为显然仅美国就有数十万人需要。制药公司的营销经理已经在迫不及待地讨论“ARC 的市场”了。

当然，这些预测对熟悉疫情的人来说并不是特别新鲜。1987 年 6 月的大会上公布的数据在 1983 年 12 月的某天已经提到过了：当时，戴尔·劳伦斯发现该疾病的平均潜伏期是 5 年，他清楚地意识到艾滋病患者进行的是一场马拉松。艾滋病再度成为所有人最可怕的噩梦。

* * *

正在发生的一切的可预见性是使唐纳德·弗朗西斯继续沉迷于这场流行病的原因之一，他也因此常常喜忧参半。例如，与输血相关的艾滋病病例的新数据表明，在联邦政府和血库行业彻底意识到输血导致艾滋病的问题后，还有更多的美国人注定要死于被艾滋病病毒污染

---

① 病毒性是指一种生物的致病性程度，即一个病原体引发疾病的相对能力。——译注

的血液。据估计，就在疾控中心徒劳地呼吁血液行业采取行动阻止艾滋病蔓延之后，又有约 1.2 万名美国人因输血被感染。早在 1983 年初，弗朗西斯就问过血库管理者“还要死多少人”，现在答案很明确：成千上万人。

大会议程中有一场为血库管理者举办的研讨会，讨论如何在输血诉讼中自辩。研讨会的发言人是旧金山欧文纪念血库的律师，而欧文血库新近首次与一个输血受害者家属达成了庭外和解。正当博尔切特家族有望通过大陪审团裁决胜诉之时，欧文决定和解。奇怪的是，博尔切特家族的律师听说弗朗西斯对血液行业有所不满后，曾试图传唤弗朗西斯到庭作证。最后，美国司法部长代表联邦政府向联邦法院提交了一份申请，阻止弗朗西斯出庭——他若出庭简直太令政府难堪了。

如果说过去很多事弗朗西斯都能痛苦地预料到，那么未来也是如此。他是作为一篇论文的合作者来华盛顿开会的。该论文叙述了艾滋病在美国蔓延的简单过程。正如弗朗西斯很久以前就意识到的，你若了解乙肝的传播途径，就可以预测艾滋病的未来，这就是唐纳德·弗朗西斯将在本次会议上做的分析。

当主持人请弗朗西斯陈述自己的论文时，念错了他的名字；显然她从未听说过他。当唐谈到在市中心的贫民区，瘾君子将病毒传给他们的性伴侣，而他担心艾滋病会成为这些区域的流行病时，观众中两名来自芝加哥的同性恋医院——霍华德·布朗纪念诊所的人不耐烦地把脚从鞋子里伸进伸出。最后，其中一人大声问另一人：“说个没完了，这个自大的家伙是谁啊?”

现在很多艾滋病工作的核心人物都不知道弗朗西斯是谁。罗伯特·加罗如今也说唐纳德·弗朗西斯与艾滋病工作“无关”。

几乎没人怀疑弗朗西斯被边缘化是因为他在法、美两国研究者的“战争”中与加罗发生了冲突。而弗朗西斯总是在要求更多的资金，让官僚们不胜其烦，也是原因之一。现在，政府内的科学机构恶意报复。在今年的艾滋病大会上，将弗朗西斯列为演讲人的论文没有一篇获准在会上陈述，就连他与乔纳斯·索尔克医生合著的一篇关于疫苗研究的论文也被拒绝了。最后，弗朗西斯之所以能做演讲，只不过因为那个本该做演讲的女人那天没能抵达华盛顿。

在他位于伯克利的办公室里，弗朗西斯仍在为加州的艾滋病预防项目做规划。他还经常去加州大学戴维斯分校，与索尔克一起进行艾滋病疫苗研究。然而，他已经不在第一线了，这让他无法忍受。就在大会召开之前，世界卫生组织联系他，请他考虑重返旧战场——去非洲抗击疾病。艾滋病正沿着赤道一带迅速向北扩散，急需像弗朗西斯这样曾经在那片大陆生活过的人。

弗朗西斯考虑了这个提议。阻止这种疾病，是他从一开始就想做的。时至今日，弗朗西斯还是不认为自己被艾滋病打败了；他只是不敌这个体制，而正因如此，这种疾病在美国获得了立足之地。大会在华盛顿召开的那天，他明白自己将回到非洲抗击这场瘟疫。他的第一站将是苏丹。在那里，远离政府的预算政治和科学的政治化，他还有机会发挥作用。

当天下午，宾夕法尼亚大道 1600 号

看到一大群愤怒的同性恋，克里夫·琼斯总是兴奋不已，当他带领游行队伍走向白宫，并高喊“历史会记住，里根做最少!”时，一种久违的激情油然而生。

所有的晨间新闻节目都播放了昨晚的筹款晚宴上部分宾客嘲笑里根总统的片段。今天，克里夫听说，当副总统乔治·布什在艾滋病大会上致开幕辞并为总统新宣布的检测政策辩护时，也得到了一片类似的起哄声。今天下午，国内每家新闻机构似乎都派人去了白宫，因为那里将有一场“非暴力抵抗运动”，是克里夫在过去一周内组织起来的。

白宫的抗议活动最初是由几位有全国影响力的同性恋领袖组织的，他们想拍下自己在宾夕法尼亚大道上被捕的照片，放在下次的筹款宣传册上。不过，示威发生之际，一股沮丧的情绪席卷了同性恋群体，来自全国各地的组织者决定加入抗议活动。作为一名善于利用媒体的街头活动人士，克里夫具有传奇般的名声，他从旧金山被急召来协调组织抗议活动。

准备逮捕堵住白宫车道的64名同性恋领袖的华盛顿警察都戴上了长长的橡胶手套，他们原本要求戴上口罩、穿上全套防护服，就像人们在进入熔毁的核反应堆时穿的那种，不过市政官员说服了他们——戴橡胶手套就足够了。克里夫看了几十个报纸记者及电视摄像师争先恐后地给抗议者和戴手套的警察拍照，他对事情的变化感到惊讶。

他毫不怀疑，举国上下对艾滋病问题的各种担心，迟迟才投入报道的媒体难辞其咎。事实上，目前全国所有主要报纸都有专职的艾滋病记者。《纽约时报》也终于即将宣布，该报允许在描述同性恋时使用“gay”一词。《华盛顿邮报》过去几年在报道联邦艾滋病政策方面的工作令人惋惜，如今也派出6名记者报道艾滋病大会的开幕以及随之而来的抗议活动。

克里夫发现人们终于开始关注疫情，但这仅是变化之一。感染者的数量变了。在旧金山，包括克里夫在内的数万人被感染，超过3 300人被确诊。无论是在策划最近一次激进行动时，还是在酝酿竞选1988年的监事时，克里夫都在担心自己能否活到那个时候。

他的许多梦想都不可能实现了，现在克里夫已经接受了这一点。在过去几年里，克里夫和卡斯特罗街上的其他居民曾经展望过这样的未来：他们彻底根除了对同性恋的偏见，治愈了偏见留给他们的创伤。那时，他们可能已经老了，但他们可以用回忆互相取暖：他们曾经都相信自己能改变世界，也知道自己已经在某种程度上改变了世界。现在其中的很多人已经死了，克里夫接受了这个事实：他的大多数朋友盛年便离世了。

对克里夫来说，没有改变的是梦想本身；他认为他们为之奋斗的、哈维·米尔克为之牺牲的东西，从根本上来说是正确的。这是一场争取接纳与平等、反对无知与恐惧的斗争。正是为了这场战争，克里夫在这一天来到了华盛顿。

他相信艾滋病患者的数量反映出了美国的耻辱。美国这个拥有应对疫情的知识、资源和机构的国家，已然失败了，败给了无知、恐惧、偏见和排斥。克里夫感到艾滋病的故事非常简单：偏执，以及偏执对一个国家造成的影响。

国家耻辱留下的痕迹可以从那些面孔上看出来，那些面孔，那些死者的面孔，一直在克里夫的记忆中。现在，当克里夫带着人群在白宫的大铁门前高呼“耻辱！耻辱！耻辱！”时，他又看到了那些面孔。当他冲着总统办公室挥舞拳头时，泪水顺着脸颊流下。他看到了西蒙·古兹曼、鲍比·坎贝尔、盖瑞·沃什和费利克斯·维拉德-穆尼奥斯。当然，他也看到了比尔·克劳斯。

59. 心灵的盛宴，第三幕

肯特：“这就是末日的预兆吗？”

埃德加：“或者是末日的恐怖景象？”

——《李尔王》第五幕第三场

“我要眼镜！”

比尔·克劳斯要他的眼镜；如此而已。为什么大家看他的眼神那么奇怪？

“我要眼镜！”

丹尼斯·西利和一些朋友冲进房间，大家小心翼翼地看着比尔，不知道该说什么。比尔摔倒了，四肢摊开躺在地板上。

“我要我的眼镜！”比尔喊道。

然而大家听到的却是：“Glubsh nein ubles sesmag.”

听上去比尔说的是某种夹杂着德语的胡言乱语。他的大脑和嘴巴不听使唤了，话也说不清楚。

“比尔，你说的不是英语。”丹尼斯说。

比尔嘴角掠过一丝羞怯的笑意。

他试探着问了一句：“Gluck eye bub glenish?”

“不，”丹尼斯说，“你说的不是英语。我们听不懂你在说什么。”

比尔向上翻着白眼。从他发出的音节数，丹尼斯觉得他说的是“耶稣基督”。

外面阳光明媚，碧空如洗，仿佛画出来的一般。正是这样的澄澈清朗让每年6月的旧金山同性恋大游行更有魅力。但现在是1月，少了一层暖暖的冬日迷雾，晴朗的天空带来的只有刺骨的寒意。

这本来可能是艾滋病史上的任何一天，可能发生在任何一个城市，因为在这样的场景中最终留下的不过是艾滋病统计数字的意义：有前途的人，原本可以贡献良多，却在年轻时无谓死去。然而这一天是1986年1月5日，这里是旧金山，那个人是威廉·詹姆斯·克劳斯，很快他就会成为统计数据上的一个数字——第887个死于艾滋病的旧金山人。

比尔的老朋友，“米尔克同性恋民主俱乐部”的凯瑟琳·丘西克在比尔旁边跪下来。

“比尔，你得去医院，”她说，“来吧。”

4个月前，几乎从比尔由巴黎返回的那天起，他的室友迈克尔·豪什就发现他出现了神经紊乱的症状。比尔的手臂抖得很厉害，早餐时他几乎握不住一杯橙汁。

“你看错了。”比尔不止一次地喊道。

最后那几个月里，比尔不太敢离开公寓去卡斯特罗街走走，因为他相信他的政敌——那些称他为“叛徒”和“法西斯”的人——会因为他的不幸而大呼痛快。比尔的朋友们试图使他相信，这会使他听不到很多颂扬他的声音。比尔一度是同性恋政治抱负的象征，当疫情暴发时，从联邦资助、公共教育、同性恋社区责任，到争取更广泛的治疗服务，几乎在任何一个艾滋病问题上他都起到了核心作用。他曾是一座桥梁，帮助同性恋从“疫情发生前”过渡到“疫情发生后”。他也是第一个通过重新定义同性恋群体和同性恋运动的意义，阐明如何在疫情肆虐之际坚持同性恋理想的。虽然一度引起争议，但比尔的重新定义绝大部分已经成为现实。人们终于开始感激他做的贡献；有些人称他为英雄。

到了圣诞节，比尔已经咽不下东西了，还患上了严重腹泻。他的体重仅有120磅，头也疼得厉害，像是有个大木槌在敲他的脑袋。朋友们劝他去医院，他拒绝了，坚持说他只是得了肠胃炎，肯定能好。这个寒冷的星期天下午，他的朋友们一直在厨房里讨论该怎么办。这时，他们听到比尔的卧室里传来一声巨响。

凯瑟琳注意到比尔已经无法控制自己的动作。他显然是得了某种癫痫，但大家还是费了很大力气才说服他去医院。

马科斯·柯南特医生很快就为他在加州大学旧金山分校医疗中心准备了一个床位。到了该走的时候，比尔拒绝了任何人的搀扶。他从地板上慢慢站起来，挺着胸膛开始下楼。

屋外寒风刺骨，比尔可以看到自己呼出的气。离开公寓时，他拉紧了身上的大衣，这也是他最后一次从卡斯特罗街走出去。

他的朋友们商量好了轮班，一天24小时都有人陪他。比尔的挚爱基科·戈凡特斯是医院的常客，如今他是一个成功的艺术家，但仍是比尔的情感支柱，而比尔的朋友们担心他通宵陪夜的话会情绪波动。丹尼斯和哈里·布利特安排自己来陪夜，于是不安的等待开始了。

第一天深夜，当丹尼斯·西利躺在医院病房的地板上时，比尔说话又正常了。

“一旦你们控制了我，你们就成了法西斯。”比尔说。

“你在说什么？”

“我想要眼镜，你不给我。”

丹尼斯说：“比尔，我们听不懂你在说什么。你说的不是英语。”

比尔说：“哦。”

可他已经记不清了。

* * *

第二天，医生做了一系列的神经系统检查。有一半时间比尔是清醒的，虽然他的颅脑神经似乎已经失去了功能。他看东西有重影。

医生想看看比尔的神志是否清楚，问道："谁是总统啊？"

比尔说："肯尼迪。"

医生看起来很担心，他说："我看是里根吧。"

比尔呻吟道："请不要提醒我！我病得够重了。不要再雪上加霜了。"

诊断结果是隐球菌脑膜炎。任何脑部疾病都是严重的，不过医生说有办法治疗隐球菌病，而且有理由相信比尔能挺过去。但比尔对结论感到绝望。最让他害怕的是，他觉得这种病可能会让他失智。对他而言，智力比其他一切才能都重要。

比尔的哥哥迈克问他："你害怕死亡吗？"

比尔说："我更害怕如果活下去会发生什么。"

* * *

反常的寒冷天气持续了整整一个星期。周六下午，当比尔打瞌睡的时候，莎朗·约翰逊陪在他旁边。头几天，比尔的觉总是断断续续；看到他睡着了，脸上又恢复了一些平静，莎朗才松了口气。他似乎做出了某种决定。莎朗看着他，想起了以前在比尔脸上看到过的表情。那是差不多一年前，在卢尔德，比尔坐在圣母像前的石凳上，一动不动地待了好几个小时。她以前从未见过比尔如此平静，从那以后，她也没有见过他如此平静——直到此刻。

之后，丹尼斯·西利睡在医院的地板上陪夜。比尔的朋友们坚决要求护士别在半夜到病房来给他量体温，说他从没有好好睡过一夜，后来护士们同意了。

第二天早上 6 点护士进来时，丹尼斯刚醒。

丹尼斯说："别吵醒他。"

她说：“我得给他量体温了。”

丹尼斯坐起来伸了个懒腰，感觉休息得不错。他在比尔的病房里度过了好几个夜晚，这是他第一次没有被比尔的鼾声弄醒。

虽然天还很黑，丹尼斯仍能看出护士把体温计放进了比尔的嘴里。

这时，温度计从比尔张开的口中掉了出来，玻璃碰到他的牙齿发出了声响。

护士叫：“威廉？威廉？”

丹尼斯一边站起来，一边说：“叫他比尔。”

“比尔？”

丹尼斯走到床边，看见比尔一动不动地躺着，头侧向一边，卷曲的棕发软软地散落在枕头上。

丹尼斯说：“我想他已经死了。”

护士很漂亮，金发碧眼，她低头看着病人时，语气里带着一丝惊讶。

她说：“我是新手，我手上还从来没死过人呢。”

床单整齐地盖在比尔的下巴处。没有最后的挣扎，只有深夜里的最后叹息。

护士柔声说：“现在我看出来了。他死了，但这不是真正的他，是不是？”

比尔的身体一动不动，但在护士眼里并不可怕，反而有一种真实的魅力，仿佛就在刚才那一刻她对生死有了某种理解。

她有点惊惶地说：“哦，我知道是他。”

她说：“但那不是那个他，他并没有真的离去。”

资料来源

本书基于新闻报道写成，内容绝非虚构。为了叙事的连贯性，我重建了场景，转述了对话，偶尔会以“他认为”或“她觉得”这样的短语来表达他人的观点。此类引用材料或来自我为写作此书所做的采访，或来自我为《旧金山纪事报》做艾滋病报道若干年所进行的调研。

在艾滋病传开以前，本书提到的许多重要人物已是我多年的信息来源。举例而言，1976 年时，我是一家同性恋新闻杂志的记者，为撰写健康文章，我采访过塞尔玛·德里兹医生、丹·威廉医生和大卫·奥斯特罗医生。同样，在过去十年间，作为一名电视记者，同时也是一本关于旧金山政治的书的作者，我对本书中出现的一些旧金山政治人物及同性恋社区领袖进行过数十次采访。但是，为便利起见，下述笔记仅列出了与本书主题相关的、就艾滋病疫情各个层面进行的访谈，并不完全包括我在过去 5 年间就艾滋病问题进行的所有采访记录——我总共采访过 900 多人。

姓名后面附有访谈日期，访谈形式包括电话采访和面谈。如果数月内我对某位采访对象进行过一次以上的访谈，我会在日期后的括号内标示访谈次数。

本书中，时间表不可或缺；科学家的一些做法令我获益匪浅，他们会习惯性地写下标明具体日期的日志，保存他们的观察及与其他研究者的交流信息。本书描述的艾滋病患者的具体细节也得益于其病历资料和死亡证明。其他一些重要文件和资料来源亦在此处酌情记录。

华盛顿政治人物

国会：Rep. Henry Waxman 7/85，2/86；Rep. Barbara Boxer 12/83；Rep. Sala Burton 11/84；Michael Housh，aide to Rep. Boxer 2/85，1/86，3/86；Susan Steinmetz，staff，Intergovernmental and Human Resources

Subcommittee, 2/85, 10/86; Bill Kraus, aide to Reps. Phil & Sala Burton 10/82, 3/83 (3), 4/83, 5/83, 6/83, 10/83, 11/83, 12/83 (2), 1/84, 2/84 (4), 3/84, 4/84, 10/84, 11/84, 6/85, 7/85, 9/85, 10/85 (6), 11/85; Tim Westmoreland, counsel, House Subcommittee on Health and the Environment 2/85, 11/85, 2/86, 6/87; Larry Mike, Office of Technology Assessment 2/86; David Sundwald, counsel, Senate Committee for Labor and Human Resources 2/86; Dan Maldonado, counsel, House Appropriations Subcommittee for Health 2/86; Rep. Ted Weiss 12/83。

里根政府: Dr. Edward Brandt, Assistant Secretary for Health 12/83, 2/85; Surgeon General C. Everett Koop 3/87; Dr. Lowell Harmison, Deputy Assistant Secretary for Health 2/85; Dr. Anthony Fauci, dir. NIAID, 2/85, 9/85, 2/86; Dr. Richard Krause, dir. NIAID 2/86; Dr. James Whitescarver, asst. to dir. NIAID 2/86; Peter Fischinger, asst. dir. National Cancer Institute 2/85; Dr. James Mason, dir. CDC & acting Asst. Sec'y for Health 2/86; Dr. Don Hopkins, asst. dir. CDC 2/86; Dr. Walter Dowdle, director, Center for Infectious Diseases 4/84; Bill Grigg, spokesman, FDA 2/85。

政府内部的备忘录是依据《信息自由法案》相关条款获得的。1983 年，我曾向行政管理和预算办公室、卫生和公众服务部、疾控中心以及国家卫生研究所提出过申请。1985 年，我再次向上述机构以及美国国防部和司法部提交申请。有关联邦资助决策的后续文件，来自由“技术评估办公室”出具的“关于公共卫生服务如何应对艾滋病的审查报告”（1985）以及由“政府间关系和人力资源小组委员会”出具的一份关于众议院政府运作委员会工作的报告（1983）。

艾滋病研究人员及医生

纽约: Dr. Mathilde Krim, AIDS Medical Foundation & Memorial Sloan-Kettering Cancer Center 2/85, 1/86; Dr. Arye Rubinstein, Albert

Einstein College of Medicine 2/85, 2/86; Dr. Joyce Wallace, St. Vincent's Hospital 2/85; Dr. Michael Lange, St. Luke's-Roosevelt Hospital 2/85, 2/86; Dr. Dan William 1/86, 6/87; Dr. Alvin Friedman-Kien, NYU Hospital 1/86; Dr. Linda Laubenstein 1/86, 6/87; Dr. Larry Mass 1/86; Virginia Lehman, Bellevue Hospital 2/86; Dr. Donna Mildvan, Beth Israel Medical Center 2/86; Dr. Stuart Nicholls 2/86。

The account of the February 1985 AIDS conference sponsored by AIDS Medical Foundation was taken from a videotaped recording of the conference provided by American Foundation for AIDS Research. The name of the AIDSstricken child at Jacobi Hospital was changed to Diana to protect her confidentiality; this was the only name alteration in the book.

旧金山: Dr. Marcus Conant, University of California at San Francisco 4/82, 4/83, 10/83, 2/84, 3/84, 6/84, 8/84, 10/84, 11/84, 12/84, 3/85, 4/85, 8/85, 10/85, 12/85, 1/86, 7/86, 9/86 (2), 10/86; Dr. Paul Volberding, dir. San Francisco General Hospital AIDS Clinic 3/84, 8/84, 1/85, 2/85, 1/86, 2/86, 3/86, 12/86, 6/87; Dr. Constance Wofsy, assoc. dir. SFGH AIDS Clinic 5/83, 1/85; Dr. Donald Abrams, asst. dir. SFGH AIDS Clinic 10/83, 2/85, 5/85, 7/85, 8/85, 9/85, 10/85, 1/86, 1/87; Dr. Andrew Moss, epidemiologist, SFGH AIDS Clinic 3/83, 7/83, 2/84, 7/84, 11/84, 3/85; Dr. Jay Levy, UCSF Center for Human Tumor Virus Research 8/84, 3/85, 7/86; Dr. Mort Cowan, UCSF 7/86; Dr. Michael Gorman, epidemiologist 3/83; Dr. James Groundwater, dermatologist 11/83, 1/86, 2/86; Dr. Robert Bolan 3/83, 5/86; Peter Arno, UCSF Institute of Health Policy Studies 8/85; Dr. Edward Shaw, polio expert 10/85; Dr. Warren Winkelstein, professor of epidemiology, UC Berkeley 10/83, 11/84, 10/85, 5/87; David Lyman, San Francisco's Men's Study 8/84; Cliff Morrison, AIDS Coordinator, SFGH 10/83, 1/84, 3/84, 11/84, 5/86; Bill Barrick, RN, SFGH AIDS Ward 10/83; Cathy Juristo, RN, SFGH AIDS Ward 10/83;

Bill Nelson, RN, SFGH AIDS Ward 11/84; Alyson Moed, RN, SFGH AIDS Ward 11/84; Paul O'Malley, SF City Clinic hepatitis study 3/86; John S. James, editor, *AIDS Treatment News* 3/87;

Dr. Samuel Stegman, dermatologist 4/83; Dr. Arthur Ammann, UCSF 8/83; Dr. Dan Stites, UCSF 8/83; Dr. Cornelius Hopper, special asst. to UC pres. 8/83; Dr. Rudi Schmid, dean of UCSF school of medicine 8/83; Dr. James Wiley, SF Men's Study 10/84。

亚特兰大，疾控中心：Dr. Don Francis, laboratory coordinator, AIDS Task Force 8/85, 10/85 (4), 11/85 (2), 1/86, 5/86; Dr. James Curran, dir. AIDS Task Force 6/83, 10/83, 12/83, 2/84, 4/84, 8/84, 12/84, 2/85, 4/85, 4/86, 2/87; Dr. V. S. Kalyanaraman 4/86; Dr. Bruce Evatt 3/86, 4/86; Don Berreth 4/84; Bill Darrow 4/86, 2/87; Dr. Harold Jaffe 4/82, 4/84, 11/84, 2/85, 2/86; Dr. Mary Guinan 4/84, 4/86; Dr. Dale Lawrence 4/86 (2), 2/87; Ward Cates 4/86; Dr. Paul Weisner 4/86; Dr. James Allen 2/85, 4/86, 2/87; Dr. Meade Morgan 1/86; Dr. Richard Selik 3/83, 12/83; Sandra Ford 4/84; Mary Cumberland 4/84; Dr. Thomas Spira 4/84; David Cross 4/84; Dr. Russ Havlak, Center for Prevention Services 1/86。

贝塞斯达，国家卫生研究院：Dr. Bill Blattner, NCI 2/86; Dr. Samuel Broder, clinical dir. NCI 2/86; Dr. James Goedert, NCI 2/86; Dr. Robert Biggar, NCI 2/86; Dr. Harry Haverkos, NIAID (previously with CDC) 3/84, 2/86; Dr. Robert Gallo, NCI Division of Tumor Cell Biology 4/86。

洛杉矶：Dr. Joel Weisman 3/86; Dr. Michael Gottlieb, UCLA 3/86, 9/86; Dr. David Auerbach UCLA 3/86; Dr. Wayne Shandera 5/86。

迈阿密：Drs. Mark Whiteside and Caroline MacLeod, Miami Institute of Tropical Medicine 4/85。

巴黎：Dr. Luc Montagnier, Pasteur Institute 9/84, 12/85; Dr. Jean-Claude Chermann, Pasteur 9/84, 2/85, 6/87; Dr. Willy Rozenbaum,

Pitie-Salpetriere Hospital 9/84, 12/85, 6/87; Dr. Francoise Brun-Vezinet, Claude-Bernard Hospital & Pasteur 12/85; Dr. Francoise Barre, Pasteur 12/85; Dr. Jacques Leibowitch, Rene Descartes University 9/84, 12/85; Dr. David Klatzmann, Pitie-Salpetriere & Pasteur 12/85; Dr. Jean-Baptiste Brunei, World Health Organization 12/85; Michael Pollack, sociologist 12/85; Dr. Didier Seux, Pitie-Salpetriere 12/85。

布鲁塞尔：Dr. Nathan Clumeck, University of Brussels 11/85。

扎伊尔，金沙萨：Dr. Z. Lurhama, Clinique Universitaires 11/85。

波士顿：Dr. Myron Essex, Harvard School of Public Health 2/86。

芝加哥：Dr. David Ostrow 10/83, 4/85, 11/85。

哥本哈根：Dr. Bo Hoffman, Rigshospitalet 12/85; Dr. Viggo Faber, Rigshospitalet 12/85; Dr. Ib Bygbjerg, Rigshospitalet 12/85; Dr. Jan Gerstof, State Serum Institute 12/85. Other friends of Dr. Grethe Rask were interviewed, though they asked not to be identified。

市、县及州官员

纽约：Dr. David Sencer, Commissioner of Health 2/85; Kevin Cahill, NYC Board of Health 2/85; Mel Rosen, director New York State AIDS Institute 2/85, 2/86。

旧金山：Mayor Dianne Feinstein 10/82, 5/83, 10/83, 3/84, 4/84, 5/84, 6/84; Dr. Mervyn Silverman, director, Department of Public Health 5/83, 6/83, 10/83, 1/84, 2/84. 3/84, 5/84, 6/84, 10/84, 11/84, 1/85, 2/85, 3/85, 4/85, 8/85, 3/86, 6/87; Dr. Selma Dritz, asst. dir. SF DPH Bureau of Communicable Disease Control 4/82, 3/83, 4/83, 5/83, 6/83, 7/83, 10/83, 11/83, 2/84, 1/86; Bill Cunningham, AIDS coordinator 9/83; William Petty, health inspector 10/84; City Attorney George Agnost 3/84; Deputy City Attorney Victoria Hobel 11/83; Deputy City Attorney Phil Ward 10/84; Dr. Dean Echenberg, dir. Bureau of Communicable Disease Control 7/84, 8/84,

11/84, 3/85, 4/85, 8/85; Board of Supervisors President Wendy Nelder 6/83, 9/83, 5/84, 10/84; Supervisor Richard Hongisto 3/84; Supervisor Bill Maher 9/83; Supervisor Harry Britt 6/83, 9/83, 2/84, 5/84, 6/84, 10/84; Supervisor Carol Ruth Silver 6/83; Dr. Steve Morin, CA DHS AIDS Task Force 1/84, 2/84, 6/85; Bruce Decker, CA AIDS Advisory Committee 9/85, 8/86; Dana Van Gorder, aide to Supervisor Harry Britt 3/83, 5/83, 6/83, 8/83, 9/83, 11/83, 2/84, 3/84, 4/84, 5/84, 6/84, 8/84, 12/84, 7/86; Assembly Speaker Willie Brown 8/83; Assemblyman Art Agnos 3/85, 4/85, 6/86, 7/86; Dr. Robert Benjamin, Alameda County Bureau of Comm. Diseases 8/85。

萨克拉门托：Dr. Ken Kizer, dir. , Calif. Dept. of Health Services 3/85, 7/85, 7/86, 2/87; Dr. James Chin, dir. infectious diseases, Calif. Dept. of Health Services 8/85; Dr. Robert Anderson, Calif. DHS Office of AIDS 11/84, 6/86, 7/86, 5/87; Stan Hadden, aide to Sen. Pres. David Roberti 8/86。

同性恋社区、艾滋病患者协会、艾滋病服务机构及相关访谈

洛杉矶：James Kepner, AIDS History Project, International Gay & Lesbian Archives 3/86; John Mortimer, AIDS Project Los Angeles 9/86; Paul Van Ness, exec. dir. APLA 9/86; Bill Meisenheimer, exec. dir. APLA 9/85。

纽约：Virginia Apuzzo, dir. National Lesbian/Gay Task Force 1/86; Charles Ortleb, publisher, *New York Native* 2/85, 2/86; Rodger McFarlane, executive director Gay Men's Health Crisis 8/84, 2/85, 2/86; Larry Kramer, organizer GMHC 2/85, 1/86 (3), 4/86; Paul Popham, pres. GMHC 2/86, 4/86; Enno Poersch, GMHC board member 4/86; Richard Dunne, exec. dir. GMHC 2/86, 5/86; David Nimmons 2/86; Terry Biern, American Foundation for AIDS Research 2/85, 2/86; Jeff Richardson 2/85, 2/86; Dr. Stephen Caiazza, pres. NY Physicians for

Human Rights, 2/85, 10/85, 1/86。

旧金山：Cleve Jones 8/82, 10/82, 3/83 (2), 5/83, 3/84, 4/84 (2), 12/84, 9/85, 1/86, 6/86; Catherine Cusic, Harvey Milk Gay Democratic Club 6/83, 6/85, 12/85; Jack McCarty and Victor Amburgy, hostages 7/85; Gary Walsh, PWA, 5/83, 6/83, 7/83, 8/83, 12/83, 1/84; Rick and Angie Walsh, 10/85; Lu Chaikin, 9/85, 10/85 (2); Matt Krieger 5/83, 9/86, 11/86; Josep Brewer, 11/84, 10/85 (2), 11/85; Larry Bush, journalist and aide to Assemblyman Art Agnos 4/84, 10/84, 11/84, 1/85, 2/85, 3/85, 6/85, 7/85; Paul Lorch, editor, *Bay Area Reporter* 4/84; Konstantin Berlandt 5/83, 6/84; Allen White, *Bay Area Reporter* 7/84; Pat Norman 3/83, 6/86, 7/86, 8/86; Sharon Johnson 1/87; Dennis Seely 1/87; Bill Jones, proprietor, Sutro Bathhouse 6/83, 6/84; Randy Stallings, pres. Alice B. Toklas Democratic Club 3/83; Martin Cox, People With AIDS 5/83, 10/83, 11/83, 10/84; Paul Castro, PWA 6/83; Bob White, PWA in Paris for HPA - 23 9/85, 11/85; Wayne Friday, pres. Tavern Guild 6/83, 12/86; Andrew Small, PWA 6/83; Lawrence Wilson, Alice B. Toklas Democratic Club 6/83; Russ Alley, businessman 6/83; Silvana Strangis 1/85; Anthony Ford 1/85; Louis Caspar, proprietor, Hothouse 7/83; Steve Folstad, exec. dir. Pacific Center for Human Growth 4/83; Leon McKusick, psychologist 4/83, 10/83, 2/84; Karl Stewart, leather columnist *Bay Area Reporter* 4/83; Mark Feldman, PWA 5/83; Hal Slate, proprietor, The Cauldron 5/83; Gloria Rodriguez, PWA mother 10/83; Gary Ebert, Shanti volunteer 11/84; Bob Owen, proprietor, Academy sex club 10/84; Roberta Achtenberg, Lesbian Rights Project 10/84; John Wahl, Committee to Preserve Our Sexual & Civil Liberties 1/85; Deotis McMather, PWA 10/83; Bruce Schneider 10/83; Nick DiLprea, PWA 10/83; Dale Bentley, proprietor, Club Baths 3/84; Bill Morse, Animals sex club 6/84; Ron Huberman, Harvey Milk Gay Demo Club 11/86; Wayne Friday, *Bay Area Reporter* 11/86; Gwenn

Craig, Harvey Milk Gay Democratic Club 12/86; Dick Pabich 11/86; Ken Maley 12/86; Larry Littlejohn 3/84, 4/84, 12/86; Jocelynn Nielsen 1/87; Carole Migden, pres. Harvey Milk Gay Demo. Club 4/84, 11/86; Sal Accardi, Northern California Bathhouse Owner Assn. 3/84, 5/84; Jim Foster, former pres. Alice B. Toklas Demo. Club, 2/85; Mike Kraus 1/86, 3/86; Mary Kraus Whitesell 1/86; John Graham & Larry Benson, friends of Ken Home 2/86; Enrique Govantes 3/86; Bobbi Campbell 4/82; Ron Carey 4/82; Tom Simpson, Lambda Funeral Guild, 3/85; Dean Sandmire, Mobilization Against AIDS 9/85; Sam Puckett, SF AIDS Foundation 6/84; Larry Bye, Research & Decisions, Corp. 10/84; Tristano Palermo, social services dir, SF AIDS Foundation 11/84, 1/85; Ed Power, projects dir. SF AIDS Foundation 5/83, 10/83; Jim Geary, exec. dir. Shanti Project 4/82; Sam Pichotto, Operation Concern 10/83. Richard Rector, SF People With AIDS 10/85; Dan Turner, People With AIDS 6/83, 1/86; Kenn Purnell, KS Foundation 2/86; *Op. cit.* Kraus。

华盛顿：JeffLevi, National Gay & Lesbian Task Force 4/85, 8/85, 2/86; Garry MacDonald, Federation of AIDS - Related Organizations 8/85; Don Michaels, publisher, *Blade* 2/86; Vic Basile, Human Rights Campaign Fund 2/86。

明尼阿波利斯：City Councilman Brian Coyle 4/84; State Senator Allan Spear 4/84; State Rep. Karen Clark 4/84。

波士顿：City Councilman David Scoundras, 4/84。

温哥华：Kevin Brown, PWA 3/86, Bob Tivey, AIDS Vancouver 3/86。盖坦·杜加斯的两名朋友同意接受采访，前提是他们的名字不能出现在本书中。

有关洛克·哈德森在巴黎最后一段时间的生活，参考了当时的新闻报道、采访和两本关于他的传记《*Rock Hudson: His Story* and *Idol — Rock Hudson: The True Story of an American Film Hero*》。

关于各大报纸杂志的艾滋病报道覆盖率，其数据出自美国疾控中心委托 NEXIS 对艾滋病报道进行的分析。

马修·克里格的日记经他本人授权直接使用。

关于 1970 年代末和 1980 年代初旧金山同性恋人口迁移模式的统计数据，取自研究与决策公司 1984 年对旧金山同性恋群体进行的人口统计研究，该研究由旧金山艾滋病基金会委托进行。

关于旧金山同性恋社区的历史资料主要来自本人在写作《*The Mayor of Castro Street: The Life & Times of Harvey Milk*》一书时所做的研究。

本书中使用的气象数据由旧金山地球环境服务中心的史蒂夫·纽曼提供。

血库行业

Dr. Joseph Bove 3/86; Dr. John Klok, Pacific Presbyterian Cancer Research Center 8/84; Brian McDonough, president, Irwin Memorial Blood Bank 3/85, 4/85, 3/86; Dr. Herb Perkins, med. dir. Irwin 8/84; Gerry Sohle, Los Angeles Red Cross Blood Services 8/84; Dr. Robert Huitt, exec. dir. Council for Community Blood Centers 8/84; Dr. Edgar Engleman, Stanford Medical Center Blood Bank 8/84, 10/85; Ruth Cordell, lab. mgr. Irwin 3/85; Ray Price, sales rep., Abbott Labs 3/85; Dr. J. Lawrence Naiman, dir. blood services, Santa Clara Red Cross 3/85; Robert and Cathy Borchelt 3/86; Borchelt family attorneys James Waite and Sarah Jane Burgess 3/86. *Op. fit.* Dritz, Evatt, Lawrence, Curran, Francis, Jaffe, Westmoreland and Brandt.

关于 1983 年 1 月的政策会议，素材来自对与会者的采访，以及当时的新闻稿及新闻报道，尤其是《*Inquirer*》《*New York Native*》《*The Truth About AIDS*》。关于血液行业的一般资料及产业信息也出自“技术评估办公室”发布的一份题为《血液政策和技术》的报告（1985）。

以下是本书调研过程中的部分录音采访：

Dr. Robert Gallo (4/19/86, Bethesda); Dr. Edward Brandt (2/6/85, Baltimore); Dr. Luc Montagnier (9/12/84 & 12/5/85, Paris); Dr. Willy Rozenbaum (9/13/84 & 12/3/85, Paris); Dr. Jean-Claude Chermann (9/12/84, Paris); Dr. Francoise Barre (12/6/85, Paris); Dr. Jacques Leibowitch (9/12/84 & 12/5/85); Dr. Francoise Brun-Vezinet (12/5/85, Paris); Dr. David Klatzmann (12/5/85, Paris).

致　谢

在艾滋病被认定为流行性疾病之前，《旧金山纪事报》是全美唯一一家不需要仰赖哪位罹患艾滋病的电影明星就能全方位报道相关情况的新闻媒体；如果我不是《旧金山纪事报》的记者，就不可能写成这本书。正因《纪事报》行事开明，从 1982 年起我得以自由地就该疾病发表报道；自 1983 年开始，我把所有的时间都花在与艾滋病有关的报道上，这些报道构成了本书的核心内容。《旧金山纪事报》能如此全力以赴，应归功于各管理层，但我还是想特别感谢地方新闻编辑阿兰·马修，是他在该话题尚未成为街头巷尾的谈资之前就发现了其价值所在。同时，我还要感谢以下《旧金山纪事报》同仁的指点和帮助，他们是凯蒂·巴特勒、大卫·珀尔曼、杰瑞·伯恩斯、基斯·鲍威尔以及凯西·芬伯格。《旧金山纪事报》图书馆的工作人员也给予了大力的协助，尤其是查理·马拉凯。

如果没有圣马丁出版社编辑迈克尔·丹恩尼的信任，我的新闻报道不可能集结成书。当时，大部分出版机构对于艾滋病的严重程度都持怀疑态度，并不认同此书的重要性，但他鼎力支持。我还要感谢我的经纪人弗雷德·希尔对我的信任。

另外，我还要感谢帮助我编辑初稿的人。假如没有多丽丝·奥博持续的鼓励、安慰和深入独到的修改，我不可能坚持到最后，写出这部大部头作品。同时，我还要感谢凯蒂·利什曼和瑞克斯·阿德金斯以杰出的编辑能力为我的初稿润色。

我在本书的调研阶段常常奔波各地，如果没有下述各位的热情接待，这些旅程可说是苦不堪言的，他们是哥本哈根的保罗·伯克·埃里克森、纽约的马克·平内以及洛杉矶的鲍勃·坎宁和史蒂夫·圣斯维特。我还要感谢弗兰克·罗宾逊，他保存了大量关于这一流行病的文件，并慷慨地提供给我。此外，慷慨提供文件的人还有蒂姆·韦斯特摩兰德、丹·特纳、大卫·尼蒙斯、杰夫·理查森、劳伦斯·舒尔曼，以及《哨兵》的汤姆·默里、《华盛顿刀锋》的唐·迈克尔斯、美国艾滋病基金研究会的特里·拜恩、洛杉矶国际同性恋档案馆艾滋病历史研究项目的吉姆·凯普纳。史蒂夫·昂格尔和弗雷德·霍夫曼为我提供了专业的计算机协助。我还必须感谢旧金山综合医院的工作人员、巴斯德研究所、国家癌症研究所、国家过敏与传染病研究所，特别要感谢疾控中心的恰克·法里斯。在他们的帮助下，我的工作容易了许多。

我还要感谢我的兄弟们在漫长的写作过程中对我的支持，他们是里德·希尔茨、罗素·丹尼斯·希尔茨三世和盖瑞·希尔茨。我有幸拥有一帮了不起的朋友，在我着了魔一般投入此书的工作时始终守在我身边，他们是詹妮·克罗恩、比尔·瑞纳、大卫·以色列斯、比尔·凯格尔、威尔·普瑞提、里奇·肖特尔，还有以自身经历、力量和希望支持我的比尔·W 的朋友们。

总而言之，唯有好素材才能造就好记者。在我做新闻报道以及为本书调研期间，我最感激的是允许我占用他们时间的那几百个人。其中很多是科学家和医生，他们从繁忙的日程中为我留出大量的宝贵时间。那些藏得很深、没有留下正式记录的素材也是无比珍贵，把它们提供给我的人，我也要在此致谢。

还有一群人，令我始终怀有特殊敬意，他们罹患艾滋病，其中有些是在弥留之际接受采访的，连呼吸都很艰难。当我问及他们为什么愿意接受采访时，大部分人希望他们留下的某段话能有助于减少其他人的痛苦。我从未见过世间还有比这更高贵的懿行。

图书在版编目(CIP)数据

世纪的哭泣／(美) 兰迪·希尔茨(Randy Shilts)
著;傅洁莹译. —上海:上海译文出版社,2019.12(2020.4重印)
(译文纪实)
书名原文:And the Band Played on:Politics,
People, and the AIDs Epidemic
ISBN 978-7-5327-8133-1

Ⅰ.①世… Ⅱ.①兰… ②傅… Ⅲ.①纪实文学—美
国—现代 Ⅳ.①I712.55

中国版本图书馆 CIP 数据核字(2019)第 263158 号

世纪的哭泣: 艾滋病的故事
[美] 兰迪·希尔茨/著 傅洁莹/译
责任编辑/钟 瑾 装帧设计/邵旻工作室 未氓设计工作室

上海译文出版社有限公司出版、发行
网址:www.yiwen.com.cn
200001 上海福建中路 193 号
杭州宏雅印刷有限公司印刷

开本 890×1240 1/32 印张 23.75 插页 2 字数 531,000
2019 年 12 月第 1 版 2020 年 4 月第 3 次印刷
印数:21,001—31,000 册

ISBN 978-7-5327-8133-1/I·5003
定价:88.00 元